国家社科基金重大招标项目
上海市促进文化创意产业发展财政扶持资金项目

文化观念流变中的英国文学典籍研究
British Literature midst Changes in the Idea of Culture

总主编：殷企平

卷 六

文化观念裂变时期的英国文学典籍研究

*The Idea of Culture in British Literature: Volume Six — **Fission***

欧 荣 等著

上海外语教育出版社
SHANGHAI FOREIGN LANGUAGE EDUCATION PRESS

图书在版编目(CIP)数据

文化观念裂变时期的英国文学典籍研究/欧荣等著. —上海：上海外语教育出版社,2020
(文化观念流变中的英国文学典籍研究)
ISBN 978-7-5446-6559-9

Ⅰ.①文… Ⅱ.①欧… Ⅲ.①英国文学—近代文学—文学研究 Ⅳ.①I561.064

中国版本图书馆 CIP 数据核字(2020)第 191036 号

出版发行：**上海外语教育出版社**
（上海外国语大学内） 邮编：200083
电　　话：021-65425300（总机）
电子邮箱：bookinfo@sflep.com.cn
网　　址：http://www.sflep.com
责任编辑：梁晓莉

印　　刷：苏州市古得堡数码印刷有限公司
开　　本：710×1000　1/16　印张 41.25　字数 630千字
版　　次：2020年12月第1版　2020年12月第1次印刷

书　　号：ISBN 978-7-5446-6559-9
定　　价：148.00 元

本版图书如有印装质量问题，可向本社调换
质量服务热线：4008-213-263　电子邮箱：editorial@sflep.com

总　序

　　学界对于"文化"观念的研讨方兴未艾,在过去的几十年中,专门探究"文化"的论著可谓汗牛充栋,可是在英国的语境中梳理文化观念发展轨迹的工作,一直不尽如人意。最令人遗憾的是,这些工作多着眼于抽象的理论概念梳理,或者说观念史的演绎,而较少介入文学典籍的研究。我们认为,文学典籍的研究实在不可缺席,因为它能提供对文化状况的细腻、丰满的把握,并且有助于充分阐释文学典籍在引领文化走向、塑造共同价值方面所发挥的作用。偏重抽象的理论概念梳理,忽视文学典籍的研究,这种不合理倾向有其背景,即学界对所谓"大观念"有一种痴迷。如克利福德·格尔茨(Clifford Geertz, 1926—2006)所说,当今世界常常会"有一种大观念(grande idée)的突然流行",而且"一些观念往往带着强大的冲击力突现在知识图景上。顷刻之间,这些观念解决了如此众多的重大问题,似乎向人们允诺它们将解决所有的重大问题,澄清所有的模糊之处"。[①] 姑且不论这种言论是否真有道理,我们至少不难想到,所谓"流行的大观念"必须是恰当的,否则不可能解决问题,遑论"重大问题",也不可能澄清模糊认识,遑论"澄清所有的模糊之处"。由此可知,对文化观念的研讨,必须做到恰当,而这个"恰当"离不开对文学维度的深入研究。

　　撇开上述缺憾不提,现存相关研究的时间跨度也不甚理想,不是局限于某个时代,就是拘囿于少数代表人物。即便在这种被框定的范围内,不少专论也是貌似举其荦荦大端,却难免标举不全,甚至有严重的破绽。例如,莱斯利·约翰逊(Lesley Johnson)的《文化批评家:从马修·阿诺德到雷蒙德·威廉斯》(*The Cultural Critics: From Matthew Arnold to Raymond Williams*, 1979)一书虽然较多地讨论了英国历史上的一些文化批评家,但充其量只是文化理论意义上的断代史,而且在论及19世纪的文化批评家时,只是浮光掠影

[①] 克利福德·格尔茨:《文化的解释》,韩莉译,南京:译林出版社,2014年,第3页。

地涉及托马斯·卡莱尔(Thomas Carlyle, 1795—1881),并且完全忽略了查尔斯·金斯利(Charles Kingsley, 1819—1875)。再如,杰弗里·H. 哈特曼(Geoffrey H. Hartman, 1929—2016)在《文化的重大问题》(*The Fateful Question of Culture*, 1997)中追溯文化主义的思想源头时,虽然具体讨论了马修·阿诺德(Matthew Arnold, 1822—1888),但是对卡莱尔和约翰·罗斯金(John Ruskin, 1819—1900)等重要作家的分析过于简短。又如,西蒙·杜林(Simon During, 1950—)编纂的《文化研究读本》(*The Cultural Studies Reader*, 1999)收录了各路名家有关"文化研究"的作品,但其中提到阿诺德和威廉·莫里斯(William Morris, 1834—1896)等文学/文化思想家的寥寥无几且着墨轻浅。

相对而言,雷蒙德·威廉斯(Raymond Williams, 1921—1988)的《文化与社会:1780—1950》(*Culture and Society: 1780—1950*, 1958)和《漫长的革命》(*The Long Revolution*, 1961)是迄今为止最详细也最经典的关于英国文学的文化主义传统的研究。威廉斯最重要的发现是,19世纪思想史的一个重要产物是关于文化观念演变的假说。不过,他的研究有一个缺陷,即在选择研究对象时轻视乃至漏掉了许多对19世纪文化观念发展史做出重要贡献的文学家,如沃尔特·司各特(Walter Scott, 1771—1832)、简·奥斯汀(Jane Austen, 1775—1817)和艾尔弗雷德·丁尼生(Alfred Tennyson, 1809—1892)等;就文化观念在20世纪的发展而言,其所涉作家则更加不够全面。同时,威廉斯仅侧重对文化观念的发展做宏观把握,虽然旁征博引,但是较少对具体文本做细致的研究。

在观念史研究方面,特里·伊格尔顿(Terry Eagleton, 1943—)的《文化的观念》(*The Idea of Culture*, 2000)和《文化》(*Culture*, 2016)是两部绕不开的力作。《文化的观念》在梳理了各种文化观念之后指出,无论在前现代还是后现代时期,文化都与社会生活密切相连。该书的最大优点是指出在19世纪初,"文化观念开始从'文明'的同义词转变成它的反义词",[①]并对这一转变过程做了分析。在《文化》中,伊格尔顿进一步对上述过程做了饶有趣味

---

① Terry Eagleton, *The Idea of Culture*, Oxford: Blackwell, 2000, 9.

的描述,并精到地指出"文明如今只关乎事实,而文化却追问价值"。① 伊格尔顿的观点超越了阿瑟·O. 洛夫乔伊(Arthur O. Lovejoy,1873—1962)、昆廷·斯金纳(Quentin Skinner,1940—)和以赛亚·伯林(Isaiah Berlin,1909—1997)等人,但是后三者的贡献也都具有里程碑意义。洛夫乔伊在《存在巨链——对一个观念的历史的研究》(*The Great Chain of Being: A Study of the History of an Idea*,1936)中指出,在西方思想传统中存在一些基本的"观念单元"(unit-ideas),即"在个体或一代人思想中起作用的、或多或少未意识到的思想习惯",而观念的最具活力的部分,往往活跃在富有想象力的著作中。② 这一论断实际上为本丛书的文学典籍③研究提供了学理上的依据。在洛夫乔伊工作的基础上,斯金纳进一步指出,"观念单元"并非固定不变的,因此更有价值的工作是追溯这一概念定义在具体历史语境中不断发生的变化。④ 伯林则认为不能把观念局限在具体的历史环境中,因为伟大的观念具有自身的生命力。⑤ 所有这些研究都能为我们提供借鉴,但它们毕竟不等同于本丛书立足于文学典籍所做的研究。

本丛书名为"文化观念流变中的英国文学典籍研究",关键词为"文化观念"和"文学典籍",因此有必要先对此二者做以下界定:

1) 本丛书所说的"文化观念",是限定在文学典籍视域中的文化观念,特指文学典籍中所体现的、具有针对现代文明的批判内涵的、支配一个民族总体生活方式的思想观念。在西方思想语境中,"文化"一词的含义有其逐渐展开与深化的过程,其基本脉络是从物质走向精神、从个体走向社会两种向度的延伸和转变。早在18世纪,欧洲启蒙思想家们就从社会变迁和历史发展的角度,直接或间接地论述了"文化"与"文明"这两个概念以及它们在语义上既紧

---

① Terry Eagleton, *Culture*, New Haven and London: Yale University Press, 2016, 10.
② 诺夫乔伊:《存在巨链——对一个观念的历史的研究》,张传有、高秉江译,邓晓芒、张传有校,南昌:江西教育出版社,2002年,第5页。作者Lovejoy现在多译为"洛夫乔伊",本书亦取此译法。外国人名翻译常因人因时而异,本丛书多遵循现行规范,对已出版的文献则尊重原状,如实著录。后文同类情况不再一一说明。
③ 关于"文学典籍"的含义,请参见本序下文中的定义。
④ Quentin Skinner, "Meaning and Understanding in the History of Ideas," *History and Theory* 8, no. 1 (1969): 35-36.
⑤ 贾汉贝格鲁:《伯林谈话录》,杨祯钦译,南京:译林出版社,2011年,第24页。

密相连、又相互抵牾的关系。在英国,"文化"(culture)一词最早使用于1420年,① 但是其语义跟如今广为使用的"文化"不尽相同。不过,在18世纪之前的英国,文化观念虽然还未正式形成,但是其内涵早已处于孕育期,并经历了漫长的萌芽/生发阶段,这一现象在文学作品中尤为明显(这也是本丛书着眼于文学典籍的原因之一)。自19世纪以降,由于卡莱尔和阿诺德等人的不懈努力,"文化"一词越来越具有针对现代文明的批判内涵,因而常被用来指涉人类完善自身的一种状态或过程,或者指涉人类精神领域的实践和成果,更指涉个体和社会大众的生活方式。广义的观念史,常常也被译为思想史,与英文 history of ideas 或 intellectual history 对应,而狭义的观念史则类似范畴史或概念史。本丛书取其折中,在宏观层面上力求通过对文学典籍文本的整理与阐释,辨梳文化观念的关键词如何借由文学典籍文本意义的衍射,来反映其思想内涵和发展过程的复杂性、多样性和矛盾性;同时也在微观层面上着力于描述文化观念及其范畴,以及它们对文学典籍生成的潜在规定和形塑影响。

2) 本丛书所说的"文学典籍",是指受到"文化观念流变"这一关键词限定的、在文化观念流变中发生重要作用的文学典籍。它有别于文学经典,是一个比文学经典宽泛的概念;它不限于单纯的文学作品,而是拓展到与文化观念相关联的文学领域。凡是与文学相关的、在阅读史和社会发展史上有重大影响的、具有重大文化价值的文献,都是我们考察的对象。因此除了文学作品,它还包括文学批评著作、文学理论著作、文学流派宣言、文学刊物中的特写、文学传记,甚至包括文学翻译著作。所有这些典籍,既延续着本土文化的血脉和基因,又吸纳着外来文明的元素和精华。总之,文学典籍具有文化史和思想史的坐标原点价值,反映着一个广阔的领域,包孕着一个民族的历史、文化、风俗、道德、思想等多重文化观念,以及文学赖以作为媒介和手段的、记录着丰富文化资料的语言文字。

本丛书题目中的"文化观念流变"即"文化观念史"。顾名思义,本丛书侧重于"文学典籍"和"文化观念史"这两个关键词的互补、互释与互证:一是在

---

① "culture," in *Oxford English Dictionary*, 2nd ed., on CD-Rom (v.4.0), Oxford: Oxford University Press, 2009.

欧洲思想史的背景下,在英国文化观念的系谱学演进历史中,来探讨英国文学典籍的生成、表现和发展;二是从英国文学典籍的整理、重释与研究入手,捕捉相关文本细节所衍射的文化观念以及它们所构成的思想语义场。这一研究不仅需要分析把握文学作品的细节,也需要把目光投向中西方近年来文化史研究的相关知识学背景。在设计框架和推进落实的过程中,我们注重文学作品的文本细节与相关文化理论的契合与互释,以期通过文本细读和观念细察,在爬梳文化观念流变的过程中勾勒作家、作品的"点",文学思潮与社会思潮的"线"以及英国社会变迁的"面",使三者深度结合,进而在整体感知与微观"厚描"之间保持一种思想上的张力,呈现一种学科互涉的知识学新景观。

近年来,新文化史研究在西方史学界方兴未艾,其研究思路为文学、社会学、心理学等关联学科的发展提供了新的范式借鉴。剑桥大学历史学者彼得·伯克(Peter Burke,1937—)致力于历史学与社会科学的沟通,采用跨学科的视角,在传统文化史研究的对象、方法和视域等方面多有挖掘,开拓了新的研究空间。在伯克看来,文化史在20世纪下半叶的复兴,得益于"内部研究"和"外部研究"两种方法的有机结合。前者"着眼于在本学科范围内来解决一系列问题",而后者则更倾向于"把历史学家的实践跟他们所生活的时代联系在一起"。[1] 伯克认为,以往文化史研究成果斐然,但"遗漏了某种难以捉摸却又非常重要的东西",而新文化史倡导的内部研究路径恰恰提供了一种"弥补手段",即强调"复数形式'文化'的整体性",这在一定意义上克服了"当前历史学科的碎片化状态"。[2] 与此不同,外部研究对当下学科拓展的意义则在于"它将文化史的兴起与政治学、地理学、经济学、心理学、人类学和'文化研究'等领域中发生的广泛的'文化转向'联系了起来",使得新文化史的研究兴趣"日益"转向了"特定群体在特定时代和特定地点所持有的价值观"。[3]

什么是新文化史视域中的文化?伯克认为,在人文社会学科"文化转向"的大背景下,"要把什么东西说成不是'文化',反倒变得愈来愈困难"。[4] 关于

---

[1] 彼得·伯克:《什么是文化史》,蔡玉辉译,北京:北京大学出版社,2009年,第1页。
[2] 同上,第2页。
[3] 同上。
[4] 同上,第3页。

如何以新文化史的视角观照文学典籍所折射的观念生成与变迁,伯克的《什么是文化史》(What Is Cultural History?,2004)一书不无启发作用。在伯克看来,经典是指"某一特定文化里的'经典书写'和'文化书写'",也就是指"所有具有读写能力的读者拥有的'共同知识及其联想物'";文学作品和"文化术语"的"经典化",其目的在于帮助读者以阅读为阶梯,以沉淀观念为思想进路,成为"新文化体里的好公民"。① 对此,我们所要加以补充的是,任何真正的文学典籍——不一定是人们刻板印象中的"经典"——都是一种文化书写。

在国内学界,早在1998年,常金仓就指出,文化史研究的目的就是"从大量的事实中捕捉、发现、确定文化现象"。② 2011年,黄兴涛在《文化史的追寻——以近世中国为视域》一书中把文化史研究定位为一种"研究省思"。③ 在他看来,所谓"省思",即指一种包含三个层面的"深度追求":

其一,一般性研究聚焦于"相对单纯的文化人物和事件",虽然"综合度相对较低","却是进一步深化研究的基础"。④

其二,文化史研究更重要的命题在于"从各文化因素和门类的相互联系的视野中找出一些有意义的、相通相贯的共像和问题",进而"揭示文化内部各因素的关系实态",由此研究者务必具备"广博的知识储备和把握文化整体的能力"。⑤

其三,文化史的研究理路应该是从"文化与社会政治、经济的互动关系"和"对具体的文化现象和问题的解析中"展现"对文化时代精神的揭示及其文化社会功能的把握"。⑥

可以说,上述"深度追求"呼应了彼得·伯克的一个重要观点,即文化史研究应从"辩证的角度考察文化与社会之间的关系"。⑦ 此外,上述三个层次的梳理还凸显了当下文化史研究"更注重揭示思想观念、文化价值的社会化过程、对社会的渗透和影响"这一趋向,⑧ 这无疑对本丛书的思路设计和细节推进具

---

① 彼得·伯克:《什么是文化史》,第164页。
② 常金仓:《穷变通久:文化史学的理论和实践》,沈阳:辽宁人民出版社,1998年,第39页。
③ 黄兴涛:《文化史的追寻——以近世中国为视域》,北京:中国人民大学出版社,2011年,第1页。
④ 同上,第4页。
⑤ 同上。
⑥ 同上。
⑦ 同上。
⑧ 同上,第5页。

有启发作用。

在西方知识学系谱中,观念史与文化史关联密切,其研究成果和范式特质在西方学界积淀已久。在伯克看来,"1800年至1950年这一时期可称为文化史的'经典'时代",这一时期的文化史学家更多关注的是"艺术、文学、哲学、科学等学科中杰出作品的'典范'",这些经典作品也由此构成了观念形成与观念传播的"伟大传统"。[1] 在中国学界,较早引入观念史研究的学科是政治学和历史学。在《观念史研究:中国现代重要政治术语的形成》一书中,金观涛、刘青峰将观念史研究定义为"研究一个个观念的出现以及意义演变的过程"。[2] 在他看来,"观念"一词"最早源于希腊的'观看'和'理解'",观念即指"人用一个(或几个)关键词所表达的思想"。[3] 人们通过这些特定的关键词来"表达某种意义",并在与他人沟通的过程中"使其社会化",从而"形成公认的普遍意义",以期在更为广泛的社会语境中"建立复杂的言说和思想体系"。[4] 金观涛、刘青峰认为:一方面"观念作为意识形态的组成要素,比意识形态更基本",研究者"只有厘清观念的起源,才能理解意识形态的形成和演变";另一方面,"观念作为用关键词表达的可社会化的思想",研究者要分析其形成和变迁,"就必须去探讨表达该观念的关键词的出现,并分析其在不同时期的意义"。[5]

文化观念的内涵非常丰富,其梳理需要一种跨学科的知识积淀和学术视野。在历史学家爱德华·帕尔默·汤普森(Edward Palmer Thompson,1924—1993)看来,"'文化'是一个笨重的词,它把如此多的属性纳入一个平常的包裹,实际上可能混淆或掩饰了应该在它们之间加以辨别的东西"。[6] 在伊格尔顿眼中,"'文化'最先表示一种完全物质的过程,然后才比喻性地反过来用于精神生活"。[7] 汤普森对文化观念的分析提醒我们应注意文学研究和文化研究在内涵与方法之间的平衡,而伊格尔顿的观点则启发我们应整体把握"文

---

[1] 彼得·伯克:《什么是文化史》,第7页。
[2] 金观涛、刘青峰:《观念史研究:中国现代重要政治术语的形成》,北京:法律出版社,2009年,第3页。
[3] 同上。
[4] 同上。
[5] 同上,第5页。
[6] 爱德华·汤普森:《共有的习惯》,沈汉、王加丰译,上海:上海人民出版社,2002年,第11页。
[7] 特瑞·伊格尔顿:《文化的观念》,方杰译,南京:南京大学出版社,2003年,第2页。

化"一词在内容语义上的流动性,注重物质层面和精神生活的互释关联。

随着文化史研究领域的深化与拓展,"观念的文化史"研究也以其"杂糅"的特质松动了传统文学研究的学科边界束缚,在一定意义上实现了文化与文学在观念聚焦中的有机贯通。为进一步实现这种贯通,我们选择了以下10个关键词来勾勒文化观念的主要内涵:"转型焦虑""愿景描述""共同体形塑""审美趣味""心智培育""文学语言的创造""民族良心""道德伦理传统""工作/生活方式"和"秩序诉求"。这些内涵的萌芽、生长、成熟、拓展和裂变都可以在相关时期的文学典籍中得到印证。本丛书内容还涉及另外一些关键词,如"进步""财富""身体""性别""认同""地理""景观""精神""物质""阅读""传统""记忆"和"情感"等。可以说,对上述关键词在文学典籍中的复现进行重点研究,有助于重新勾勒文化观念在文学史中的嬗变轨迹。近年来,西方学界也有不少从文化史的视角来研究文学的尝试,蒂姆·阿姆斯特朗(Tim Armstrong)的《现代主义:一部文化史》(Modernism: A Cultural History,2005)即是一例。作者将文学上的现代主义和社会历史语境重新进行深度连接,从时间、新媒体、市场、消费、身体、自我、政治美学、感知、科技、种族、他者、帝国、审美情趣等文化史研究视角勾勒了现代主义的知识形态和文学谱系。在阿姆斯特朗看来,现代主义与现代性互为主体,近来的研究趋势是"将现代性放在文化范畴中","放在一切受文化影响的人类活动中来加以规定和诠释"。[①] 随着"后现代"和全球化的演进,学科"公认的界限已被打破","代之而起的是互为交融和相互关联",在这样的社会与知识语境中,"我们所理解的文化领域是由各种互为关联的活动所组成"的,因此,"对现代主义的研究势必与文化领域紧密相连"。[②]

在研究过程中,我们得益于人类学家格尔茨和新历史主义批评家斯蒂芬·杰伊·格林布拉特(Stephen Jay Greenblatt,1943—)提供的成果,前者的"厚描"理论和后者的"自我形塑"理论对于提升本丛书理论高度依然具有很重要的学理价值。在盛宁教授看来,所谓"厚描",即"把人置于他所处的环境

[①] 蒂姆·阿姆斯特朗:《现代主义:一部文化史》,孙生茂译,南京:南京大学出版社,2014年,序第1页。
[②] 同上。

之中、对他和他所处文化机制的关系反复加以描述",而"自我形塑"则意味着"在阐释文学作品所可能包含或表现的历史意义时,必须将文学作品纳入某种特定历史时期的生活范式"。① 格尔茨、格林布拉特和阿姆斯特朗的观点似乎都印证了一种新研究范式的出现,这种范式转型恰如彼得·伯克所言:"思想的创新常常是在躲避边界警察和跨进其他领土时取得的成果。"② 朱丽·汤普生·克莱恩(Julie Thompson Klein, 1944—)在《跨越边界——知识、学科、学科互涉》(*Crossing Boundaries: Knowledge, Disciplinarities, and Interdisciplinarities*, 1996)一书中指出,科际整合与知识碰撞已经成为一种新的学术潮流,"学科互涉"和"边界跨越"的趋势引领了传统研究的自我创新,有效地推动了人文社科领域中很多新概念和新范式的诞生。克莱恩在对文学的学科互涉问题进行了知识谱系考察之后,进一步指出,文学与历史是一种"毗邻关系",新历史主义既是一种"特殊的实践",也是一种"普遍的趋势",在很多学术著作中所体现的"不同联系和定位的融合"反映了近年来"知识的重大转向",这个转向意味着文化已不再是一个"单纯、连贯、整体性的系统",而是一个"倾向性、碎片性、冲突性的领域"。③ 克莱恩同时强调:"文学文本是历史、社会、政治和经济环境的产物,这些东西一度被认为是'外在于'文本,而现在必须将文本重新纳入其中。"④ 本丛书的撰写及前期研究也遵循了类似的思路。

雷蒙德·威廉斯指出,"文化"一词在 19 世纪的社会语境中蜕变出一种新的含义,既意味着"对自然成长的照管""社会智性之发展"以及"艺术的整体状况",也包括"物质、智性、精神等各个层面的整体生活方式"。⑤ 本丛书借鉴威廉斯对文化的这个定义,侧重从文学典籍的生成语境出发,考察文化观念与"整体生活方式"在文学作品中的互动,分析文化观念、语义变迁、话语转型和文学生产的深层关联,以期推动文学与历史学、社会学等相关人文学科之间的对话,通过点、线、面结合的跨学科研究,尝试深化对英国社会/文化的整体性

---

① 盛宁:《人文困惑与反思》,北京:生活·读书·新知三联书店,1997 年,第 151 页。
② 彼得·伯克:《什么是文化史》,第 136 页。
③ 朱丽·汤普森·克莱恩:《跨越边界——知识、学科、学科互涉》,姜智芹译,南京:南京大学出版社,2005 年,第 200 页。
④ 同上。
⑤ 雷蒙·威廉斯:《文化与社会:1780—1950》,高晓玲译,长春:吉林出版集团有限责任公司,2011 年,第 4 页。

把握,推动"静态"的传统文学研究走向一种更具流动感的文化"实践"。

前文提到,本丛书内容涉及的关键词之一是"进步",意在指涉"进步"的异化和社会转型。在经历了 19 世纪相对漫长的一个稳定期的基础上,欧洲主要国家在 20 世纪初进入了相对的"太平盛世"。以法国为例,社会有机体虽然"有着各种弊端",但其"总体表现还算令人满意"。① 一方面,国家"体制似乎逐步稳固,国家的经济、殖民和外交地位尚未遭到挑战";另一方面,"法兰西文明的魅力又将大量的文人与艺术家引向了在当时堪称光明之城的巴黎",② 整个法国呈现出一种活力和自信。在奥地利作家斯蒂芬·茨威格(Stefan Zweig, 1881—1942)看来,"太平盛世"意味着"一切都那样稳固,在自己的位置上不可动摇","在既有的秩序中,一切都不会变"。③ 这是一个"理智的时代",理性是生活的主宰,"一切极端的、暴力的事情都不可能发生"。④ 这种"太平盛世"似乎赋予了生活一种"真正的价值",也是"大众一致的生活理想"。⑤ 茨威格显然把握到了那个时代最深层的社会心理结构——"人们深信自己一生都能阻止任何厄运闯进生活",这类想法如此普遍,如此深入人心,既代表了一种"令人动容的信念",又意味着社会心态上一种"巨大而危险的自负"。⑥ 在当时的很多欧洲人看来,时间的车轮刚刚驶过了几十年,"一切邪恶和暴力均被消灭","对于这种不断'进步'的坚信"在当时已经变成一种近乎牢不可破的"宗教信仰","普遍的繁荣已经越来越明显,越来越迅速,越来越丰富",以致"人们相信这'进步'已胜于相信圣经"。⑦ 在画家威廉·冈特(William Gaunt,1900—1980)的眼中,此时的英国"生活费用不高,而且日渐兴旺",似乎和法国一样,也在经历着一个"镀金的时代";但是与这种"兴旺"相伴而生的却是一种"虚假的娱乐升平",人们情绪浮躁,精神领域里有很多东西"显得分外空洞,没有风

---

① 米歇尔·维诺克:《美好年代:1900—1914 年的法国社会》,姚历译,长春:吉林出版集团股份有限公司,2017 年,第 378 页。
② 同上。
③ 斯蒂芬·茨威格:《昨日世界:一个欧洲人的回忆》,史行果译,北京:作家出版社,2017 年,第 2 页。
④ 同上。
⑤ 同上。
⑥ 同上,第 3 页。
⑦ 同上。

骨,也缺乏目标"。①

通观18世纪以来的欧洲社会历史,"进步"是对人们生活产生最大影响的观念之一,可是在进入20世纪之后,这一观念却面临着语义的分裂和多重的思想纠缠。人们既崇尚享乐却又"焦灼不安",因为前面有一个"并不理解的过去",而后面却必须要面对一个"难以应付的未来"。② 不仅是英国,整个欧洲当时都面临着社会与文化转型的问题。社会转型必然带动文化观念的变化,而文化观念的变化也势必触发牵引社会转型的进程,这两者以何种方式在文学作品中构成了一种相互形塑的逻辑关联? 这也是本丛书力图聚焦的一个问题。在社会学中,转型的"型"是一个"结构的概念",它包含三个层面:"社会与自然的关系""社会内部人与人的关系"以及"社会与其自身心理的、精神的和思想的关系"。③ 在社会学家看来,所谓"转型",也就是从一种结构类型向"另一种通常是更为高级的结构类型"的转变。④ 从社会与自然的关系来看,传统社会指的是"自然形成"的社会;从社会内部人与人的关系来看,传统社会指的是"各种各样自然形成的有机体、共同体社会";而从社会与自身关系来看,传统社会则是建立在心理、精神和思想三重维度上的"具备某种心理原型和共同心理的神圣社会"。⑤ 就此意义而言,社会转型也就是指"从自然形成的、神圣的共同体社会向文明创造的、世俗的政治社会的结构转型"。⑥

可以说,社会转型是现代社会学对历史进程的一种描写和判断,而"转型社会"则是指"介于传统社会与现代社会之间、处于结构性转型中的社会"。⑦ 对这种转型的回应就是一种文化,而且常见于文学典籍之中。社会转型是一个十分缓慢的过程,其漫长的轨迹则留在了文学作品里。前文所说的"太平盛世"和"镀金时代"并非一蹴而就,而是经历了几个世纪的准备阶段,而文学典籍在每个阶段都有相应的回应,这就是本丛书要从中世纪写起的原因。

"太平盛世"和"镀金时代"这两个词的内涵非常丰富,不仅概括了英、法两

---

① 威廉·冈特:《美的历险》,肖聿译,南京:凤凰出版集团,2005年,第238—239页。
② 同上。
③ 路杰:《转型社会的权威认同》,北京:国家行政学院出版社,2015年,第12页。
④ 同上。
⑤ 同上,第17页。
⑥ 同上。
⑦ 同上。

个主要欧洲国家在 19 世纪末、20 世纪初的那种或隐或现的社会演进特质，也充分折射出一种个体对社会现实的精神感受和价值判断。这种感受和判断意味着，在大多数民众的心中，相信"进步"——从 18 世纪之前就开始慢慢形成的观念——已经成为一种具有主导性的社会心态。随着工业化、商业化和殖民化的进一步发展，英国社会的现代化程度不断提升，这些变化一方面佐证了"进步"一词在新时代的持续有效性，同时也迎来了文化思想界饱含质疑的反思。如诺斯洛普·弗莱（Northrop Frye，1912—1991）所说，这是一个"革命和嬗变的时代"，"一切过程都在加速运转"。[1] 在弗莱的眼中，这种"加速运转"本身也包含着时代的悖论，"任何想从过眼烟云似的景观中辨认出什么的努力，它本身就有一种使它过时的效应，因为一旦你们确认这是什么东西，它实际上就已经隐入过去了"。[2] 在论及变革对社会心理的影响时，弗莱指出现代世界"普遍存在着一种对于变化的惊恐情绪"，"事情的进展太快了，转瞬即逝，根本来不及细看"。[3] 这种感受就像中世纪"狂奔逐猎"的传说，"死者的灵魂必须整日整夜地向前飞奔，却又不知该上哪儿去。谁如果体力不支而掉队，顿时就会化为齑粉"。[4] 弗莱把这种对"进步"景观的感受和心态概括为一种"进步的异化"，它意味着伴随着文明的进步，人类最终却迎来了无处安放自己灵魂的文化困境，"总有什么在催逼着你往前赶，越来越快，越来越快，致使你最终感到绝望"。[5]

波兰社会学家彼得·什托姆普卡（Piotr Sztompka，1944—　）指出，自启蒙运动以来，西方语境中"进步"一词的外延和内涵得到了进一步的扩充与丰富，呈现出非常"复杂的现代意义"。[6] 在社会学研究中，"阐释进步观念的演变过程"具有丰富的思想内涵，既是为了发现"现实与愿望、存在与梦想"之间的"永久鸿沟"，也是为了探寻"人类状况的根本特征"。[7] 在《社会变迁的社会学》

---

[1] 诺斯罗普·弗莱：《现代百年》，盛宁译，香港：牛津大学出版社，1998 年，第 7 页。
[2] 同上。
[3] 同上，第 8 页。
[4] 同上。
[5] 同上。
[6] 彼得·什托姆普卡：《社会变迁的社会学》，林聚任等译，北京：北京大学出版社，2011 年，第 23 页。
[7] 同上。

(*The Sociology of Social Change*，1993)一书中，什托姆普卡梳理了进步观念在西方历史中的语义演进。在他看来，"进步观念"最早可以追溯到古希腊和犹太教传统：一方面，古希腊人对社会的"进步与改善"有着自己的体认和思考；另一方面，犹太教也始终强调"神意和天意"关于人类发展的进步逻辑。"两条思想线索"碰撞汇流，形成了"犹太-基督教传统"。这一传统赋予了"进步"一词最早的知识形态和思想内涵，同时也把进步观念变成了"基督教相信天意的一种世俗化观点"。① 到了中世纪，进步观念和"思想领域"以及"乌托邦"产生了新的关联，开始成为一种面向未来世纪的愿景想象。进入启蒙运动之后，"进步"一词延续涵括了以往不同时期的语义积累，同时也在历史、文学、宗教和科学的综合维度上凸显了自身在观念史层面上的与时俱进。在1795年出版的《人类精神进步史表纲要》(*Esquisse d'un tableau historique des progrès de l'esprit humain*)一书中，孔多塞（Marie Jean Antoine Nicolas de Caritat, Marquis of Condorcet，1743—1794）把人类历史分为"十个时代"，并以历史哲学家的眼光梳理了从部落时代到科学复兴这一漫长过程中人类社会进步的诸多变化。在他看来，历史学的作用在于能"预见人类进步""指导进步"和"促进进步"，② 而"进步取决于人类理性的发展"，因此人类也有充分的理由"对未来寄予无穷的信心和希望"。③ 孔多塞还强调，"理性进步"和"科学与技术的进步"应"保持并驾齐驱"，④ 这种"人类不断进步"的观念带有浓郁的乐观主义色彩，并奠定了启蒙运动的基调，同时也对19世纪以后的现代进步观念产生了重要的影响。

在进入19世纪以后，"进步观念已成为常识"，不但"被哲学普遍接受"，而且也逐步"融入文学、艺术和科学"之中，逐渐辐射与沉淀为一种为普通大众所接受的主流价值取向。也正是在这一时代语境中，"浪漫的乐观主义精神和相信人类的理性和力量相伴而生"，人们开始接受并相信"科学和技术可以无限

---

① 彼得·什托姆普卡：《社会变迁的社会学》，第24页。
② 孔多塞：《人类精神进步史表纲要》，何兆武、何冰译，北京：生活·读书·新知三联书店，2003年，第9页。
③ 同上，译者序第3页。
④ 同上，第191页。

扩展和进步"。① 在什托姆普卡看来,19世纪的这一充满乐观基调的进步观不仅渗入人类精神生活的各个微观层面,同时也在宏观维度上整体形塑了对未来社会的愿景。不过,随之而来的是对进步论的怀疑。1881年,英国人麦布里奇发明了世界上第一架电影放映机,这台机器改变了世人记录时空的方式,也对人类的情感与思想交流产生了深远的影响。1887年,德国社会学家斐迪南·滕尼斯(Ferdinand Tönnies,1855—1936)出版了《共同体与社会》(Gemeinschaft und Gesellschaft)一书,阐明了"共同体"与"社会"这两个概念在人类文明史框架中各自的发展形态和内在关联。什托姆普卡指出,对于梳理"进步"一词的语义系谱而言,滕尼斯此书的重要贡献在于它肯定了"早期传统共同体美德","预期"了"对进步的普遍失望",同时也表达了对社会变迁中"进步本性"的"怀疑",以此提醒人们关注"发展的副作用"。② 滕尼斯在书中指出,在世纪之交,社会学研究中的"共同体概念"已经"深深地浸入普遍的意识之中",已经成为现实生活中"生机勃勃的感情的中心点"。③ 不过,在社会生活实践中,工业文明和城市文明对传统共同体的瓦解作用也愈发明显。在大城市里,怀着"金钱欲、享受欲"的人们聚集到一起,"艺术追逐着面包","对传统事务的依恋松弛了","家庭制度也陷入衰落与瓦解";少数人凭借"意志的力量","在一个十分狭小的圈子里崭露头角,兴旺起来",而更多的人则沉浸在"生意"之中,在"利益"的驱动之下"远走他乡,分道扬镳"。④ 在滕尼斯看来,西方社会已经走入一个"鼓励竞相挥金如土的世界",这个社会"千方百计"要确保的是"资本家和商人的利益优先于一切需求","追求享受"不仅变得很普遍,而且似乎已是"天经地义",在这样的现实包围中,人的精神世界正在一步步走向衰退和荒芜,走向"毁灭和死亡"。⑤

滕尼斯的上述观点可以被视为对孔多塞进步观的回应。后者的核心是基于对知识进步的理性崇拜,但是在《人类精神进步史表纲要》出版后的一百年

---

① 彼得·什托姆普卡:《社会变迁的社会学》,第24—25页。
② 同上,第26页。
③ 斐迪南·滕尼斯:《共同体与社会:纯粹社会学的基本概念》,林荣远译,北京:北京大学出版社,2010年,第34页。
④ 同上,第74、262、264页。
⑤ 同上,第265页。

里,法国思想界对此反思的声音不绝于耳,并且在 1908 年乔治·索雷尔 (Georges Sorel,1847—1922)出版的《进步的幻象》(*Les Illusions du Progrès*)一书中达到了高潮。新旧世纪之交,西方社会对未来世界充满着乐观与美好的愿景,而索雷尔却对延续了一个世纪的线性进步理论进行了系统的反思。在该书英译者约翰·斯坦利和夏洛特·斯坦利(John and Charlotte Stanley)看来,该书以其"反理性主义激进立场迎合了当时的风气",呈现出两种矛盾交织的思考面向。一方面是大西洋彼岸的美国后来居上,经过近两百年的发展与"扩张",国力蒸蒸日上;在"自由理性主义"的浸润之中,进步观念对于这一时期的美国人似乎具有"某种特别的魔力"。[①] 政治家们热衷于"我们所取得的巨大'进步'",而普通人也把进步当成"生活的几大目的之一"。[②] 那一时期的美国社会主流都乐于相信"新的发现都会有益于大众","人类理性的运用可以增进人类的福祉"。[③] 但是另一方面,在西方文明发源地欧洲大陆,很多文化圈中的知识人对于进步观念却意外地表现出一种冷静和淡漠。在这些人看来,"理性和科学并没有给人类带来解放,反倒奴役、贬低了人类"。[④] 1889 年,为了庆祝法国大革命一百周年,并赶超 1851 年伦敦世博会的耀眼光芒,法国人建成了埃菲尔铁塔。铁塔展现了 19 世纪进步观念下人类技术革命的伟大成功,但铁塔的建设也伴随着莫泊桑等三百多位法国文化名人的反对。1900 年,也就是铁塔建成后的第 11 个年头,第 9 届世界博览会在巴黎如期召开,再一次向世人展现了西方最新的工业成果和科技进步。这次博览会与往届不同,它第一次展示了很多殖民地"落后"而新奇的文化风俗;在特定的历史语境中,"先进"和"落后"并置,文明和原生态混杂,让会展充斥着一种居高临下的反差、猎奇和怪异。在熙熙攘攘的观会人流中,高耸的埃菲尔铁塔似乎变成了一种极具机械蕴意的新景观,变成了展示西方文明与进步的人造幕布;它所包含的"进步"意象在工业、商业、科技、殖民、环幕电影等交织而成的语境中起到了二律背反的作用,促使世人对西方文明进程进行反思。

[①] 乔治·索雷尔:《进步的幻象》,吕文江译,上海:上海人民出版社,2003 年,英译者导言第 8 页。
[②] 同上。
[③] 同上。
[④] 同上。

《进步的幻象》是进入 20 世纪后西方出版的第一本反思进步逻辑的著作。索雷尔通过该书分析了"进步"这一观念如何"发轫并且盛行于一个技术性的时代"。① 在他看来,"进步观念"之所以在 21 世纪显得如此重要,就在于它已经变成了一种"居主导地位"且同时"具有深远政治后果"的"意识形态"。② 对此,什托姆普卡也有相关的论述。他强调进步并非一个"超然、客观、纯描述性的概念",而是"属于价值观范畴","总是相对于一定的价值观而言的"。③ "进步"话语之所以在 20 世纪呈现出一种动摇与衰落、一种"觉醒和幻灭",一方面是因为这个观念本身就有"各种不协调、矛盾和不合理之处",另一方面是因为在经验层面也存在着一些"与其极为矛盾的历史事实"。④ 从社会学的角度来看,"进步"一词的核心逻辑其实是一种"反思性的观念",正是在与社会现实的多向互动之中,这种观念"在明显的繁荣期盛行,在问题期衰落"。⑤ 什托姆普卡此言呼应了索雷尔对进步观念的批判,切中了"进步"话语与社会变迁之间的关联实质,也为分析 20 世纪上半叶西方社会的文化矛盾和转型危机提供了独特的视角。

埃里克·霍布斯鲍姆(Eric Hobsbawm,1917—2012)是 20 世纪享誉思想界的史学大家,他的系列著作考察了英国和欧洲现代历史的重要变迁,分析了西方现代化进程的演进规律和思想特质。《断裂的年代:20 世纪的文化与社会》(*Fractured Times: Culture and Society in the Twentieth Century*,2013)一书立足于世界史的学科框架,以独特的杂糅视角勾勒了西方世界在 20 世纪的整个发展历程。细密的史料爬梳以及对历史碎片中关键概念的廓清,使得该书呈现出一种独特的思想深度和知识学广度。在霍布斯鲍姆看来,20 世纪是一个"失去了方向的历史时代",其社会表征就是一种文化"断裂":"欧洲资本主义在 19 世纪确立了对全球的统治,并通过武力征服、技术优势和自身经济的全球化改变了世界;但与此同时,它还带来了一整套强大的信仰和价值观,并自然而然地认为这套观念比其他的都优越。这一切加起来构成了

---

① 乔治·索雷尔:《进步的幻象》,英译者导言第 10 页。
② 同上。
③ 彼得·什托姆普卡:《社会变迁的社会学》,第 27 页。
④ 同上,第 28、31 页。
⑤ 同上,第 31 页。

'欧洲资产阶级文明',而这个文明在第一次世界大战结束后却再也没有恢复元气。"① 霍布斯鲍姆认为,如果要对欧洲历史和社会进程中的这种文化断裂有更深层次的把握,研究者还需要结合共同体的观念来进一步辩证思考。在霍布斯鲍姆看来,"19 世纪社会学家提出的'共同体'或'社会'的概念填补不了这个浩大的虚空",这种断裂的后果之一即是一种社会心理和时代精神上的"认同危机"。② 这种认同危机意味着人类在如下一系列问题上陷入了困境:"我们在这个虚空中的位置是什么?我们在实际生活中处于人群中的什么地位?我们属于谁?属于什么?我们是谁?"③

从观念史的层面来看,霍布斯鲍姆的"文化断裂"也可以具体细化为一种"话语断裂"。在霍布斯鲍姆看来,产生断裂的原因大致可以归结为三点:1)"20 世纪的科学和技术先是改变了、后又摧毁了过去谋生的方法";2)"西方经济的迅猛发展催生了大规模消费的社会";3)"大众作为选民和消费者获得了决定性的政治发言权"。④ 也正是"在这三重打击下,旧有的社会制度已完全无力招架"。⑤ 小说家 E. M. 福斯特(E. M. Forster,1879—1970)曾以颇带感性的文字描写了这种断裂感。在他眼中,维多利亚时代的英国"调子是温和的,地平线上悬浮的黑云也只有巴掌那么点儿大,可以说是快乐时光"。⑥ 在那个年代,人们"讲究博爱行善",言谈举止中都"洋溢着人文主义精神和知性的好奇心",大家都相信"人人各不相同且理应各不相同,对社会的日渐进化也深信不疑";而时至今日,"一切都大变特变了",生活再也不可能如以往那样"舒适惬意",旧日的"世界观"已经"危危欲坠于深渊悬崖的边缘"。⑦ 在福斯特看来,这种断裂感让人无所适从,变得焦虑和茫然,要想"成功地"应对这种"现代的挑战",就必须"调和新的经济概念和古老的道德原则"。⑧ 福斯特指出,19 世纪下半叶以来的自由主义学说虽然在经济上取得了巨大成功,夯实了"进

---

① 艾瑞克·霍布斯鲍姆:《断裂的年代:20 世纪的文化与社会》,林华译,北京:中信出版社,2014 年,第 V—Ⅵ页。
② 同上,第 208 页。
③ 同上。
④ 同上,第Ⅸ页。
⑤ 同上。
⑥ 福斯特:《现代的挑战》,李向东译,北京:作家出版社,1998 年,第 58 页。
⑦ 同上,第 59 页。
⑧ 同上。

步"话语盛行的物质基础,但同时也"导致"了"供求盲目和弱肉强食的资本主义丛林竞争"。① 在一波波社会变迁和观念大潮的冲击之下,很多人"已经不适应现在的物质世界",而传统的道德信仰则有可能为这"大乱之世"中"主义间的冲突"和"忠诚的分裂"找到某种救赎的良方。② 福斯特痛心于英国传统生活中那些"不可替代之物毁于一旦",他呼吁"为了世界不至于土崩瓦解",社会主流必须重扬精神生活的旗帜,务必在"新的经济关系"中,为艺术与人性的连接、为那些长期以来被物质文明所"轻蔑"的共同体元素"保有一席之地",唯有这些积极元素的维系、平衡和发展,才有可能使人类在不断的反思中"与野兽划出界线",从而在思想和文化层面"脱离原始的黑暗"。③

福斯特对上述"断裂"所做的回应,只是无数英国文学家所做回应的一个典型例子。前文提到,"进步"话语在 20 世纪呈现出了一种动摇与衰落,其原因在于进步观念本身就充满了矛盾,尤其是在经验层面存在着与其极为矛盾的历史事实。事实上,"进步"话语光环的褪去还有一个更重要的原因,这就是历代文学家对它的推敲和质疑。这不光是"19 世纪英国小说的最强音",④ 而且不同程度地体现于不同时期、不同体裁的英国文学作品。对"进步"话语的推敲,就是对现代化/现代性的回应。英国是最早见证现代化的国家,也最早见证了现代性——与现代化相匹配的现代价值体系。童明曾经巧妙地用"赋格"一说来形容现代性以及质疑它的思辨策略。与现代化相匹配的"现代性"是以工具理性、科学主义、客观知识主体论以及以鼓吹"无限进步"的宏大叙述为特征的现代价值体系,而童明所说的"现代性赋格"则多见于文学著作,二者"恰如赋格音乐中的主题和对题,一问一答,相互追逐"。⑤ 鉴于童明的相关研究几乎不涉及英国文学,而是以探讨法国、俄罗斯和德国的个别代表性作家为主,因此我们有必要延伸这一话题,在英国文学领域找到突破性空间。

本丛书审视的对象,正是上述"赋格音乐"中的对题,即英国文学家/批评

---

① 福斯特:《现代的挑战》,第 59 页。
② 同上,第 61 页。
③ 同上,第 62—63 页。
④ 殷企平:《推敲"进步"话语——新型小说在 19 世纪的英国》,北京:商务印书馆,2009 年,第 3 页。
⑤ 童明:《现代性赋格:19 世纪欧洲文学名著启示录》,桂林:广西师范大学出版社,2008 年,第 1 页。

家持续不断地从文化观念的视角对现代文明及其价值体系发出的质询。作为一种文化传统,对现代性的反思至少可以追溯到 18 世纪。如罗伯特·康·戴维斯(Robert Con Davis)和罗纳德·施莱伏尔(Ronald Schleifer)所说,18 世纪就已经存在着一种"与启蒙理性'秩序'相对的文化秩序",[①] 但是更确切地说,"文化"的种子早在资本主义萌芽时期就已经埋下了,因而我们的视野将扩大到中世纪的一些作品,如《农夫皮尔斯》(The Vision of Piers Plowman,1370—1390)和《坎特伯雷故事集》(The Canterbury Tales,1387—1400)等——朦胧的文化意识早在那里就有迹可循了。也就是说,本丛书的研究范围远远超出了前文所说的威廉斯和约翰逊等人的著述。更具体地说,本丛书共由 6 卷组成,其总体框架如下:

卷一为《总论》,着眼于英国整个现代化转型时期文化观念和英国文学典籍之间互动关系的综述。本卷还负有一个前勾后连的使命,即引导本丛书其他各卷论证以下核心观点:就最主要的文化命题而言,伟大的英国文学家们在不同时期给出了相同的答案,即生活质量不在于发达的工业、诱人的科技经济指标,而在于共同体的和谐,在于精神与物质的互补和平衡。

卷二为《文化观念**萌芽**时期的英国文学典籍研究》,承接《总论》卷,追根寻源,展现早期英国文化观念和文学典籍之间的互动关系。时间跨度从中世纪后期开始,一直到 1688 年"光荣革命"。这段时期跨越了英国的近代早期(early modern)时期,是英国文化观念流变中的现代性和个人主义的源起时代。本卷的出发点之一,是承接《总论》卷中梳理的关键词,后者所代表的文化内涵有不少已经萌发于这一时期。例如,因田园文明向商业文明过渡而产生的"转型焦虑",早在杰弗里·乔叟(Geoffrey Chaucer,1342—1400)的作品里就已经初现端倪。

卷三为《文化观念**生长**时期的英国文学典籍研究》,时间跨度从 1688 年"光荣革命"开始,一直持续到 1815 年英法战争结束前后,刚好跟所谓"漫长的 18 世纪"相吻合。自中世纪末期开始萌芽的文化观念在这一历史时期内快速生长,在农业文明和工业文明的撞击中不断修正、融合并且成形。继弗朗西

[①] Robert Con Davis and Ronald Schleifer, *Literary Criticism: Literary and Cultural Studies*, New York: Longman, 1998, 322.

斯·培根(Francis Bacon, 1561—1626)和托马斯·霍布斯(Thomas Hobbes, 1588—1679)之后,经验主义哲学在英国大放异彩,约翰·洛克(John Locke, 1632—1704)、乔治·贝克莱(George Berkeley, 1685—1753)和大卫·休谟(David Hume, 1711—1776)等人的本土哲学思想脉络深刻地影响了英国文化的构成,这种情况一直持续到19世纪二三十年代。自此之后,外来的德国浪漫主义哲学和文学思潮经由卡莱尔等人极大地影响到英国的文化观念与思想构成。就文化观念的流变而言,18世纪的文坛巨擘塞缪尔·约翰逊博士(Dr. Samuel Johnson, 1709—1784)和亚历山大·蒲柏(Alexander Pope, 1688—1744)等人与英国启蒙运动时期以来的洛克和沙夫茨伯里(Anthony Ashley Cooper, 3rd Earl of Shaftesbury, 1671—1713)等人一脉相承,为推崇理性与注重道德的文学传统注入了强大动力。新古典主义的长期盛行、18世纪前期小说的兴起和18世纪后期浪漫主义的崛起分别成为这一历史时期之内文化观念在英国快速生长与嬗变的征兆。除"转型焦虑"以外,其他一些关键词(如"审美趣味"和"心智培育")所指涉的文化内涵在这一时期渐现雏形。例如,塞缪尔·泰勒·柯勒律治(Samuel Taylor Coleridge, 1772—1834)已用"培育"来表示他心中的文化,而威廉·柯珀(William Cowper, 1731—1800)和威廉·华兹华斯(William Wordsworth, 1770—1850)甚至直接使用了"文化"一词。卷三对这些文化内涵雏形的揭示和分析,为卷四描写文化观念的成熟起了铺垫作用。

卷四为《文化观念**成熟**时期的英国文学典籍研究》,时间跨度基本与维多利亚时期吻合。这一卷重点探讨两个问题:1) 英国文化观念的成熟期为何是在维多利亚时期?2) 维多利亚文学家们是如何扩充文化观念内涵,从而助推其进入成熟期的?解答这两个问题的关键在于论证如下观点:就"文化"和"文明"观念而言,必须有众多文人学者致力于它们的语义区分,才能确保文化观念的成熟;恰恰是在维多利亚时期,几乎所有优秀的文学家都承担起了给"文化"和"文明"分家的工作,都奋起批判独尊"事实"的文明,都表达了含有价值诉求的文化思想。这一时期的文学家们对文化的观照,已经更自觉地表现为对秩序/共同体的诉求、对人类生活总体方式的观照、对人的全面发展状况(各种禀赋和潜能的协调发展)的观照,也表现为对追求单向度发展的"进步"

话语的强烈质疑。

卷五为《文化观念**拓展**时期的英国文学典籍研究》，聚焦从爱德华时期到二战结束之前英国文学与文化观念之间的互动。跟上一卷所关涉的历史时期相比，此时文化观念的内涵和外延更为丰富，而且有了一些新的特点。这一时期，英国社会的思想格局经历了世纪末的转变以及各种新思潮的碰撞与洗刷，而两次世界大战更是对英国民族的文化心理与身份意识产生了深远的影响，因此文学家们的文化之旅更加艰难。他们在上一时期文学家们所做工作的基础上，继续拓展文化观念的内涵，如对转型焦虑、共同体意识、文化身份和审美趣味的深度探索等。例如，伊丽莎白·鲍温（Elizabeth Bowen，1899—1973）的《心之死》（*The Death of the Heart*，1938）所呈现的转型焦虑，包含了趣味和伦理两个层面，是对转型焦虑的深度挖掘。鲍温等人继承了上一时期查尔斯·狄更斯（Charles Dickens，1812—1870）等人质疑"进步"话语的传统，而这一传统在二战之后又由格雷厄姆·斯威夫特（Graham Swift，1949—　）等人予以继承（见卷六）。由此，本卷承前启后的作用也得以彰显。

卷六为《文化观念**裂变**时期的英国文学典籍研究》。这一时期的文化观念受到了后现代主义思潮和经济全球化浪潮的强烈冲击，以致新一代作家必须回应这一冲击，而这种冲击和回应导致了文化观念的裂变。例如，关于"共同体"和"英格兰特性"的观念出现了多样化和多重性的趋向，甚至出现了"反文化"这样的一些术语。此时文学家们的文化诉求和道德关注呈现出有别于上一时期的新特点。也就是说，文化观念的新变迁影响了当代的英国文学典籍，从而得到了后者的反映和折射。剖析两者间的互动关系，尤其是它们在战后全球化背景下的互动，构成了本卷的主要任务之一。如何在经济高速发展的形势下营造共同文化？英格兰特性是否还存在？英国文学如何再现英格兰特性？这些都已成为英国知识界普遍关注的话题，也是本卷要回答的问题，而回答这些问题的同时，也是在对以上各卷做出呼应。特别值得一提的是，在众多当代优秀文学家的努力下，一种更加包容、更富有弹性的英格兰特性得以形成，而种族已经不再是（作为文化身份的）英格兰特性的标识。例如，在V. S. 奈保尔（V. S. Naipaul，1932—2018）的笔下，一些国外移民逐渐抵达并融入了英国文化，甚至比原居民更熟悉其所在地，更具有共同体情怀。更值得注意的是,像彼得·阿克罗伊德(Peter Ackroyd,1949—)这样的一些作家用出色的创作表明:杂糅拼贴并非"后现代"的专利,而是英国文化遗产的一部分;正视多元化/多样性未必意味着混沌,而杂糅/包容可以成为一种绵延不绝的民族传统。另外,阿克罗伊德和奈保尔等人都重视语言的建构性,但是他们的语言不但没有解构传统,反而因其本身的稳定性成为维护与更新传统的力量。这一切对于所有面临建设多民族共同体任务的国家都具有深刻的启示意义。

在上述每卷的正文①之后,都附有与之相对应的代表性文学典籍的汉语译文,或首译,或重译。在英国文化观念史中,不少意义重大的文学作品尚未译出,而已经问世的译作有些则存在较多质量问题。本丛书的翻译部分(见各卷附录)旨在弥补上述缺陷,并为各卷的阐述提供更宽厚的佐证基础。②

最后,还有必要强调一下本丛书各个关键词的关联性。如前文所述,本丛书用以勾勒文化观念主要内涵的关键词分别是"转型焦虑""愿景描述""共同体形塑""秩序诉求""审美趣味""心智培育""文学语言的创造""民族良心""道德伦理传统"和"工作/生活方式"。它们彼此之间都有着内在的联系,甚至密不可分。例如,对于社会转型的焦虑除了是对上述"进步"话语的回应之外,还意味着人类的工作/生活方式(因转型)出了问题,或者说"礼崩乐坏"——社会秩序混乱,伦理道德败坏。本丛书所说的"文化"既因为"转型焦虑"而发生,又必须提供走出焦虑的途径,如描述各种愿景,包括共同体愿景、乌托邦愿景或者关于美好社会秩序的愿景等。而这些愿景的实现离不开心智的培育、民族良心的锻造和民族特性的构建以及提倡理想的工作/生活方式等。对于所有这些文化内涵的关联性、复杂性和丰富性,非文学典籍不足以充分表达。这就是本丛书的题目赖以立足的理由。

总之,从中世纪后期开始,英国文学伴随着近代社会的转型而演变;几个世纪以来的英国文学既是这一社会转型进程的产物,又积极影响着这个进程。从《乌托邦》(*Utopia*,1516)到《一九八四》(*1984*,1949),从莎士比亚到石黑一雄(Kazuo Ishiguro,1954—),英国文学不断对侧重物质文明的现代价值体

---

① 本丛书部分正文章节已作为阶段性成果发表过。
② 本丛书(包括正文和附录)未注明译者的汉语译文为笔者自译,不再一一注明。

系发出质疑,通过展望理想的共同体生活,逐渐形成一个强大的文化主义传统。大量的文学典籍在争论与创新中以丰富多彩的文学意象不断地影响着民族的想象,打造着英国的公共文化,成为民族核心价值体系的建设者与守望者,帮助英国在世界各民族中相对顺利地完成了社会转型。

当代中国在现代化进程中处于重大的历史转折时刻,习近平总书记强调指出:"文化是一个国家、一个民族的灵魂","文运同国运相牵,文脉同国脉相连"。[①] 如今,建设"文化强国"这一目标已上升为我国的国策。在这样的时代背景下,对文化观念流变中的英国文学典籍进行充分的梳理、阐释和评价,以期提供借鉴,已经成为他山之石的当然之选。

殷企平　胡　强

[①] 习近平:《在中国文联十大、中国作协九大开幕式上的讲话》(2016 年 11 月 30 日),《人民日报》2016 年 12 月 1 日第 2 版。

本卷撰写分工说明

（按姓氏拼音排列）

陈　军：翻译　附录　戴维·洛奇：《想……》
陈礼珍：第二章（第一节）　"愤怒青年"预示的变化
陈　敏：第九章（第一节）　托马斯重建威尔士民族共同体之旅
　　　　第九章（第二节）　拉金歌咏的英格兰特性
　　　　第九章（第三节）　"斯威尼"的文化象征
邓天中：第二章（第二节）　"幸运儿吉姆"的"幸福诉求"
　　　　第二章（第四节）　《愤怒的回顾》中隐含的憧憬
冯　昕：第十章（第一节）　《魔戒》：奇境中的真实
胡　强：总序（合写）
黄　怡：第九章（第四节）　莱辛的"共同体之梦"
金　佳：第五章（第二节）　"花园"赋格：《尤金尼娅蝴蝶》中的文化反思
　　　　第五章（第三节）　"孤岛"不孤：《英国音乐》中的共同体情怀
金　雯：第四章（第三节）　《发条橙》中的情感文化
梁　钫：第三章（第二节）　《院长》背后的探索
　　　　第三章（第三节）　《好工作》和《想……》的文化思辨
罗　媛：第八章（第一节）　《时间中的孩子》：关怀伦理的力量
　　　　第八章（第二节）　《赎罪》中的移情书写
聂　薇：第六章（第一节）　《抵达之谜》的抵达与出发
　　　　第六章（第三节）　《西北》中的英国特性
欧　荣：绪论　从帝国到联邦：文化观念的裂变
　　　　第一章（第一节）　利维斯的文化批评与"共同体"形塑
　　　　第一章（第二节）　威廉斯：走向"共同文化"

第一章(第三节) "英国特性"的重构:从安德森到霍米·巴巴
第三章(第一节) 斯诺与利维斯之辩
第四章(第四节) 《永远不要弃我而去》中的人性焦虑
结　语　走向人类命运共同体

尚必武:第三章(第四节) 重访"斯诺命题":《星期六》
沈　雁:第七章(第一节) 《法国中尉的女人》的三种对话
　　　　第七章(第二节) 《海洋三部曲》的历史想象
　　　　第七章(第三节) 《水之乡》的"进步"话语再推敲
苏　忱:第五章(第一节) 《英格兰,英格兰》中的景观社会
王　玮:第四章(第二节) 《一九八四》中的乌托邦冲动
王卫新:第六章(第二节) 《长日留痕》中的帝国"遗产"
肖明文:第四章(第一节) 《蝇王》中的饮食文化冲突
徐　彬:第六章(第四节) 黑人流散者的英国家园焦虑
许　巍:第十章(第二节) 《纳尼亚传奇》:"仙境"与共同体想象
　　　　第十章(第三节) 《哈利·波特》:魔棒下的共同体话语
殷企平:总序(合写)
余凝冰:第二章(第三节) "每况愈下"的社会文化转型

目 录

绪 论　从帝国到联邦：文化观念的裂变 ………………………………… 1

第一章　二战后新时期的文化对话 …………………………………… 13
第一节　利维斯的文化批评与"共同体"形塑　16
第二节　威廉斯：走向"共同文化"　30
第三节　"英国特性"的重构：从安德森到霍米·巴巴　43

第二章　从焦虑到愤怒 ………………………………………………… 53
第一节　"愤怒青年"预示的变化　56
第二节　"幸运儿吉姆"的"幸福诉求"　71
第三节　"每况愈下"的社会文化转型　85
第四节　《愤怒的回顾》中隐含的憧憬　97

第三章　转型焦虑的新维度："两种文化"之辩 ……………………… 115
第一节　斯诺与利维斯之辩　118
第二节　《院长》背后的探索　132
第三节　《好工作》和《想……》的文化思辨　138
第四节　重访"斯诺命题"：《星期六》　155

第四章　"反乌托邦"创作的乌托邦冲动 ……………………………… 169
第一节　《蝇王》中的饮食文化冲突　172
第二节　《一九八四》中的乌托邦冲动　184
第三节　《发条橙》中的情感文化　192
第四节　《永远不要弃我而去》中的人性焦虑　208

第五章　"英国音乐"中的"主题"与"变奏" ………………………… 219
第一节　《英格兰，英格兰》中的景观社会　223
第二节　"花园"赋格：《尤金尼娅蝴蝶》中的文化反思　236
第三节　"孤岛"不孤：《英国音乐》中的共同体情怀　249

第六章　当代移民作家的英国特性书写 ······················· 265
   第一节　《抵达之谜》的抵达与出发　269
   第二节　《长日留痕》中的帝国"遗产"　279
   第三节　《西北》中的英国特性　292
   第四节　黑人流散者的英国家园焦虑　304

第七章　历史书写的反思性回潮 ····························· 319
   第一节　《法国中尉的女人》的三种对话　322
   第二节　《海洋三部曲》的历史想象　336
   第三节　《水之乡》的"进步"话语再推敲　350

第八章　增添了"救赎"维度的伦理关怀 ······················ 363
   第一节　《时间中的孩子》：关怀伦理的力量　365
   第二节　《赎罪》中的移情书写　383

第九章　找回"忠诚"的民族良心 ···························· 395
   第一节　托马斯重建威尔士民族共同体之旅　397
   第二节　拉金歌咏的英格兰特性　410
   第三节　"斯威尼"的文化象征　423
   第四节　莱辛的"共同体之梦"　429

第十章　"魔棒"下的共同体形塑 ···························· 441
   第一节　《魔戒》：奇境中的真实　444
   第二节　《纳尼亚传奇》："仙境"与共同体想象　456
   第三节　《哈利·波特》：魔棒下的共同体话语　467

结语　走向人类命运共同体 ································· 479

主要参考文献 ·· 484

附录　戴维·洛奇：《想……》 ······························· 521

索引 ·· 620

绪 论

从帝国到联邦:文化观念的裂变

英国文化观念自进入20世纪后半叶以来,逐渐呈现出裂变的趋势。这一新的变化影响了当代英国文学,同时又得到了后者的反映和折射。要剖析两者的互动关系,还得从英帝国的消亡说起。

19世纪英国批评家托马斯·卡莱尔(Thomas Carlyle,1795—1881)在《过去与现在》(*Past and Present*,1843)一书中已经预见到"日不落帝国"的衰落:"英格兰富得流油,产品琳琅满目,能够满足人们形形色色的需要。然而,英格兰也在空虚浅薄中日渐消亡。"①此处卡莱尔所指的"消亡"更多是精神层面的隐喻。19世纪的英国迅速扩张,很快成就"日不落帝国"的梦想,即使到了1895年,狂热的殖民主义者塞西尔·罗得斯(Cecil Rhodes,1853—1902)还在鼓动英国失业工人:

为了将联合王国的4 000万居民从残酷的内战中拯救出来,我们的殖民政治家必须获得新的土地来安置这个国家过剩的人口,为工厂和矿山生产的产品提供新的市场。正如我始终所说的那样,帝国就是一个涂黄油的面包。如果你们想避免内战,就必须成为帝国主义者。②

英帝国在政治、经济和军事上的衰落则是在20世纪两次世界大战之后。进入20世纪后,欧洲经济的后起之秀德国成为英国最强劲的竞争对手。英德矛盾成了帝国主义国家之间的主要矛盾。英帝国的崛起和繁荣,过于依赖其海外庞大的殖民地,这为它埋下了日后衰落的种子。这些殖民地虽然为英国提供了巨大的市场和丰富的资源,但统治和压榨庞大的殖民地也极大地消耗

---

① Thomas Carlyle, *Past and Present*, Berkeley: University of California Press, 2005, 5. 译文参考卡莱尔:《文明的忧思》,宁小银译,北京:中国档案出版社,1999年,第109页。部分译文有改动。
② 转引自 L. S. 斯塔夫里阿诺斯:《全球通史——1500年以后的世界》,吴象婴、梁赤民译,上海:上海社会科学院出版社,1999年,第841页。

了英国的国力。第一次世界大战削弱了英国的霸权地位。虽然它在一战中打败了主要对手德国,但是战争的破坏使英国元气大伤。第二次世界大战加速了它的衰落,英国经济濒临破产的边缘,军事力量也遭到重创。英国在战争中损失了近36万人口,耗去250亿英镑巨额经费;为了支付军火的费用,英国变卖了战前海外投资的四分之一,国债较战前增加了两倍,外债高达37亿英镑。① 随着美国主导的欧洲经济复兴计划(又称马歇尔计划)的实施以及美国在世界各地军事基地的建立,英国的经济和军事陷入依附于美国的地位。第二次世界大战也导致了英帝国殖民体系的迅速瓦解。战后各殖民地的民族解放运动此起彼伏,革命浪潮不可阻挡:20世纪40年代,印度、巴基斯坦、缅甸、锡兰先后取得独立;到50年代,英国在非洲、亚洲、加勒比海、地中海的殖民地也纷纷独立;到了80年代初,英帝国的殖民体系几乎全部土崩瓦解,英国的领土又回复到它对外扩张前的旧貌。

有学者对英帝国解体的原因进行了深入的分析:就英国国内而言,战后英国国民对殖民地事务兴趣骤减,转而关注国内福利国家的建设,在政党政治中工党也倾向于放弃殖民地,他们发现脆弱的英国经济根本无法继续维系帝国的生存;就国际环境来看,美国出于其自身利益需要,尽力制约英国在殖民事务上的努力,此外殖民地民族主义运动也加快了非殖民化的进程,多种因素的合力导致了英帝国的迅速解体。②

随着英帝国殖民体系渐趋瓦解,其组织体系逐渐解体,战前的英国殖民地(Crown colony)和英国自治领(dominion)③纷纷独立,帝国逐渐演化成"英联邦"(British Commonwealth of Nations),直至成为完全失去帝国色彩的"联邦"(the Commonwealth)。1926年的《贝尔福宣言》(*Balfour Declaration of 1926*)对联合王国与自治领之间的关系作出如下界定:"它们是英帝国内部的

---

① 转引自王建:《第二次世界大战与英帝国的衰落》(硕士论文),西北师范大学,2012年,第47页。

② 陈仲丹:《英帝国解体原因探析》,《南京大学学报》(哲学·人文科学·社会科学),1999年第4期,第102页。

③ 自治领(dominion)是英帝国殖民制度下一种特殊的国家体制,是殖民地走向独立前的最后一步。除内政自治外,自治领还有自己的贸易政策和有限的自主外交政策,也有自己的军队,但没有宣战权。在19世纪,所有实行自治或半自治的英国殖民地,尤其那些已具有自身宪政体制的,包括当年的加拿大、澳大利亚、新西兰、南非和爱尔兰,都曾是英国的自治领。

自治体(autonomous Communities),地位平等,在其内政或外交事务的任何方面不隶属于另一政体,不过,共同忠于英王这一点使它们合成一体,它们是作为英联邦(British Commonwealth of Nations)的成员国自由地联合在一起。"①1931年,英国议会通过的《威斯敏斯特条例》(Statute of Westminster)给了英联邦的这一定义以法律效力。

第二次世界大战之后,伴随着英帝国殖民体系的瓦解,英联邦因许多已赢得独立的前亚非殖民地的加入而得到扩大。这些国家的加入引发了有关英联邦前途的新的担忧。之前的英联邦成员国仅限于那些英国白人殖民者拓居的主要国家,它们同"宗主国"有着牢固的、天然的联系,而新的成员国则是亚非前殖民地国家,它们有着反英国殖民统治的政治传统。为了协调英联邦成员国间的上述微妙关系,英国人迅速而体面地放弃了帝国权力,这种明智的做法赢得了和平和民心。1949年的《伦敦宣言》(London Declaration)明确了联邦成员国之间"自由平等"(free and equal)的关系,组织名称也由"英联邦"变成了完全中立意义上的"联邦"(the Commonwealth)②。

1971年《联邦原则宣言》(Declaration of Commonwealth Principles)对联邦作出了沿用至今的界定:"联邦是各独立主权国家组成的一个自愿联合组织……通过协商和合作维护各民族的共同利益,促进国际理解和世界和平。"③

今天的联邦可以定义为由54个独立主权国家(包括属地)组成的自由联盟,这些国家有着广泛的共同利益,这种共同利益一定程度上源于如下事实:每个国家都曾经与英帝国联系在一起。成员大多为前英国殖民地或者保护国,联邦元首为英女王伊丽莎白二世。联邦中的一些国家是独立的共和国(如加拿大、澳大利亚),另一些是尚未独立的属地(如百慕大群岛、库克群岛)。它们大都承认女王是象征性的国家元首,也都因曾与英帝国联系在一起而继承着共同的传统,使用着共同的语言,并且在自愿合作的原则指导下就经济和外

---

① Inter-Imperial Relations Committee: Report, Proceedings and Memoranda, 2, https://www.foundingdocs.gov.au/resources/transcripts/cth11_doc_1926.pdf(accessed 2018/4/4).
② 国内仍习惯将其译为"英联邦",其实并不准确,《伦敦宣言》所取得的核心共识是"去英国化"。
③ 引自联邦官方网站 http://www.commonwealthofnations.org/commonwealth/(accessed 2018/4/5).

交等事务不断交换意见。这些有形和无形的联系也正是印度前总理尼赫鲁所形容的"环绕着英联邦的丝一般的联系"。①

因此,殖民地的丧失并没有给英国带来毁灭性打击。随着英殖民帝国的瓦解,英国社会在经历过20世纪50年代的艰苦岁月后,一直享有前所未有的繁荣,成为名副其实的"福利国家"。

不过,具有讽刺意味的是,当英国仍凭借(英)联邦这一改组后的帝国组织对其成员国施加着种种影响时,英国本土的民族主义运动却此起彼伏。德国历史学家奥斯瓦尔德·斯宾格勒(Oswald Spengler,1880—1936)在目睹一战带来的创伤之后写下了《西方的衰落》(*The Decline of the West*,1918),德国社会学家阿尔弗雷德·韦伯(Alfred Weber,1868—1958)在目睹二战带来的灾难之后写下《别了,欧洲历史》(*Farewell to European History or the Conquest of Nihilism*,1947),英国学者汤姆·奈伦(Tom Nairn,1932—)则在1977年为联合王国唱起了哀歌,写下《不列颠的崩解》(*The Break-up of Britain*)。1948年,爱尔兰宣布脱离英联邦,并通过宪法成为永久中立国。爱尔兰独立后,北爱尔兰就陷入多年的内战和纷争,直至2007年恢复分权自治政府。威尔士、苏格兰也在战后掀起分权运动。1976年英国议会通过《苏格兰和威尔士分权法案》(*Scotland and Wales Bill*),给予两地更多的自治权。然而,苏格兰民族主义者并不满足,2014年苏格兰举行全民独立公投,虽投票结果是继续留在联合王国内,但独立运动仍在继续。

如同二战后英帝国的分崩离析,英国文化观念也在战后发生了裂变。本卷的立论有一个前提,即随着社会和历史语境的转变,英国文学作品在战后呈现出一些新的文化内涵。本卷要考察的是战后英国文化批评如何反映文化观念的裂变,文化观念的裂变又如何对文学创作产生影响。

第二次世界大战以后,英国传统的文化观念受到了技术功利主义、消费主义、享乐主义、马克思主义、工人阶级运动、民族主义运动、移民风潮②、后现代

---

① 转引自斯塔夫里阿诺斯,《全球通史》,第843页。
② 二战以后,英国面临大量劳工短缺。1948年《英国国籍法》(British Nationality Act)规定:所有英联邦国家公民可以自由进入英国。这项规定鼓励了大批亚非以及加勒比地区人移民到英国,从1955年至1962年,约47万多人移民英国。1962年为了遏制移民浪潮,保守党主导的英国政府通过了《联邦移民法》(Commonwealth Immigrants Act)。

主义思潮和经济全球化浪潮的强烈冲击,以致新一代学者和作家必须回应这些冲击,而这种种冲击和回应导致了文化观念的裂变:利维斯(F. R. Leavis, 1895—1978)看到"大众文明"与"少数人文化"的对峙,威廉斯(Raymond Williams, 1921—1988)探析"资产阶级文化"与"工人阶级文化"观念的差异,斯诺(C. P. Snow, 1905—1980)提醒人们注意"科学文化"与"文学文化"之间的鸿沟;更多的学者看到,由于英国本土民族主义的兴起,"英格兰特性/英国特性"(Englishness/Britishness)这些概念遭到解构,使得走向"共同文化"之旅日渐艰辛,这些新的变化左右了战后英国文学创作与文化观念的互动轨迹。剖析两者的互动关系,尤其是两者在战后全球化背景下的互动关系,构成了本卷的主要任务之一。

如果说19世纪英国文人的文化观蕴含着"转型焦虑",贯穿着对机械文明所代表的"进步"话语的质疑和批判,那么英国社会进入20世纪以后,"转型焦虑"便呈现出新的特征。两次世界大战在结束战争的同时,也终结了人类社会"线性进步"的神话,但"科技进步""福利至上"的话语仍然不绝于耳。在1957年的一次演讲中,时任英国首相的麦克米伦(Harold Macmillan, 1894—1986)自信满满地宣布:大多数英国人的日子现在过得最红火![1] 这给当年由狄更斯(Charles Dickens, 1812—1870)等人开创的、针对"进步"话语的批评语境增添了新的语料和新的视角,进而促使文化批评向新的深度拓展。斯诺和利维斯发起的"两种文化"之辩,既体现了科学领域和人文领域对高等教育中心地位的争夺,也体现了"技术功利主义"话语对文化观念的侵蚀,极大地影响了战后英国文坛的文学创作和文化观念之间的互动,从斯诺的《院长》(*The Masters*, 1951)、《新人》(*The New Men*, 1954),到洛奇(David Lodge, 1935—)的《好工作》(*Nice Work*, 1988)、《想……》(*Thinks…*, 2001),及至麦克尤恩(Ian McEwan, 1948—)的《星期六》(*Saturday*, 2005),我们都可以听到"两种文化"之辩的回响。

在20世纪之前的英美文化交往中,英国文化一直占据主导,英国文化产品是处于"贸易顺差"地位的。1820年,美国还至少有80%的书籍是从英国引

---

[1] Qtd. in Peter Hennessy, *Having It So Good: Britain in the 1950s*, London: Allen Lane, 2006, 533-534.

进的,到1830年时,这个数字仍高达70%。对英国知识分子来说,美国文化是不存在的。英国评论家西德尼·史密斯(Sidney Smith,1771—1845)的态度颇有代表性,他于1820年反问道:"在全球各地,有谁读过一本美国的书,看过一场美国的戏,见过一幅美国的画或一尊美国的塑像呢?"这种高高在上的态度也为美国人自己所接受;美国历史学家亚当斯(Henry Adams,1838—1918)曾感慨:"纵观一生,人们已看到,美国人在文学上总是向欧洲人屈膝。"①美国的现代主义作家大部分都选择自我流亡,到英国和欧洲大陆"朝圣"。但二战之后,随着英美两国政治地位和经济形势的逆转,文化地位也发生了"换位"。在英国批评家利维斯的批评著述中,可以明显感受到战后美国流行文化对英国文化传统的冲击,英美文化地位的转换也形象地体现在艾米斯(Kingsley Amis,1922—1995)的《幸运的吉姆》(*Lucky Jim*,1954)和洛奇的《好工作》中。

  本卷还有一个主要观察点:这一时期的优秀文学作品,不仅深刻反思并回应了人类经历战争浩劫之后,社会急剧转型所引发的各种问题以及全球化带来的文化多样性,而且自觉地担当起了重建战后民族特性和民族身份的职责;这些回应的方式和特质,是本卷关注的又一重点。随着英属殖民地的独立和(英)联邦的扩大,越来越多的亚非拉移民涌入英国本土,逐渐改变了英国的社会结构。一些重要的文化观念,如关于"共同体"和"英格兰特性/英国特性"的观念,出现了多样化和多重性的趋向。随之出现的是文学典籍在文化诉求和道德关注等方面产生的新特点。对这些新特点的研究,体现于对如下问题的追问:在经济高速发展、社会结构日渐多元的形势下,如何营造"共同文化"?如何打造新的共同体?英国传统文化是否需要重构?能否重构?"英格兰特性/英国特性"究竟是否存在?怎样构建一种体现平衡性、包容性、多元化的"新英格兰特性/新英国特性"(New Englishness/New Britishness)?以斯威夫特(Graham Swift,1949—)、巴恩斯(Julian Barnes,1946—)、拜厄特(A. S. Byatt,1936—)、麦克尤恩和希尼(Seamus Heaney,1939—2013)为代表的当代作家在这些方面描述了什么样的新愿景?奈保尔(V. S. Naipaul,

---

① 转引自斯塔夫里阿诺斯,《全球通史》,第550页。

1932—2018)、石黑一雄(Kazuo Ishiguro，1954—　)等移民作家如何看待英国文化？莱辛(Doris Lessing，1919—2013)等后殖民作家如何看待"共同体"？他们为"共同体"作出怎样的贡献？这些问题反映了新一代英国文人的文化诉求和道德关注，也是本卷要一一细究的研究焦点，而对这些问题的关注，也是对前面各卷的呼应。

本卷第一章综述这一时期文化观念的裂变过程，以及各种文化观念之间的对话。例如，利维斯对"少数人文化"的界定、威廉斯提出的作为"整体生活方式"的文化定义，以及他跟利维斯在文化思想方面的扬弃关系，都是本章综述的对象。此外，第一章还重点研究安德森(Benedict Anderson，1936—2015)提出的"想象的共同体"、霍米·巴巴(Homi Bhabha，1949—　)的"文化差异"和"杂交性"思想对构建传统与多元性兼容的"新英国特性"的启示，等等。就文本类型而言，本章关注的重点是文论或文学批评。从文论的角度审视文化观念和文学的互动，也不失为一种有效的研究方法。

第二至四章围绕二战以后文化观念的新变化，选取一些典型的文学作品，探讨它们在不同文化层面所作的特殊贡献。例如，大量受到良好教育的工人阶级子弟进入社会的精神生活领域，并为普通人的生存状况呐喊，因而出现了"愤怒青年"和"反文化"的呼声。从艾米斯的小说《幸运的吉姆》和奥斯本(John Osborne，1929—1994)的剧作《愤怒的回顾》(*Look Back in Anger*，1956)中，我们可以看到在英国战后社会转型期青年一代积攒起来的愤怒情绪，以及他们探索人生价值的艰辛历程——在"愤怒"的背后，是对于社会转型的焦虑，更是对社会核心价值的拷问，其文化脉络清晰可见。

斯诺和利维斯之间的"两种文化"之辩，蕴含着英国社会在科技时代的"转型焦虑"，折射出英国文化观念的嬗变，尤其是"技术功利主义"话语对文化观念的侵袭，并在戴维·洛奇、麦克尤恩等作家的创作中引发回响。必须一提的是，这一时期的"反乌托邦"作品，如戈尔丁(William Golding，1911—1993)的《蝇王》(*Lord of the Flies*，1954)揭示了对于人性固有缺陷的恐惧，以及对于现代文明的焦虑；然而，在"反乌托邦"的背后，仍然是作家们的"乌托邦冲动"，以及对真善美的向往、对道德规范的关注、对人类生活总体方式的关照——这是本卷此处要论证的观点之一,也是难点之一。

第五至十章紧扣"共同体"这一关键词展开。总体而言,当代英国作家的有关思辨多是朝着"向后"(backward)和"向前"(forward)的双向维度展开。在后现代多元文化思潮(尤其是解构理论)的影响下,当代作家开始反思潜藏在文化表象之下的种种暗流,并且在"历史转向的集体写作"中保持着自觉与自省意识。虽有迷惘与困惑,巴恩斯、拜厄特、阿克罗伊德(Peter Ackroyd, 1949—　)等一些作家仍然坚信,通过文学的想象可以将孤立的个体和历史融入整个文化传统的命脉,以深度的情感共鸣将每一位成员相连。

此外,英国战后新历史小说的创作潮流形成了英国文坛叩问共同记忆的反思性回潮,福尔斯(John Fowles, 1926—2005)、戈尔丁和斯威夫特三位作家从个体经历和个人风格出发,透过不同的反思角度聚焦具有现实意义的重大问题,在叙写过去的同时观照当代英国社会和人类未来。

除了本土作家的愿景描述之外,流散作家也作出了贡献,从个体经历和个人风格出发,透过不同的人物形象和历史现象反思英国特性的方方面面。例如,奈保尔的《抵达之谜》(The Enigma of Arrival, 1987)表明移民可能对所在地比原居民更熟稔而有情,一种更包容和不断新生的英国特性从而得以形成。又如,石黑一雄的《长日留痕》(The Remains of the Day, 1989)以小说形式呈现帝国"遗产"意象的再流通。再如,扎迪·史密斯(Zadie Smith, 1975—　)的《西北》(NW, 2012)让我们思考多元社会里阶级、种族、宗教、性别等交互作用造成的社会不公。卡里尔·菲利普斯(Caryl Phillips, 1958—　)的作品则再现黑人流散者的英国家园焦虑。

除了小说和戏剧以外,诗歌创作也反映出当代英国诗人在重建民族身份、锻造民族良心方面所做的不懈努力。R. S. 托马斯(R. S. Thomas, 1913—2000)、拉金(Philip Larkin, 1922—1985)和希尼的作品是这一心路历程的最佳见证,因而本卷也将它们作为细读对象。

本卷的另一个特点是将战后英国儿童魔幻文学作品纳入研究视域,如《魔戒》(The Lord of the Rings, 1937—1949)、《纳尼亚传奇》(The Chronicles of Narnia, 1950—1956)和《哈利·波特》(Harry Potter, 1997—2007)等。这些

小说虽不在通常意义的文学经典之列，却在英国的文化观念史中影响巨大。它们描绘了一个有别于现代文明的"第二世界"，展现了魔棒下的"共同体"形塑，因而具有不容小觑的文化意义。把这些作品纳入研究视野，能让我们更深刻地体悟当代英国"文化观念裂变"。

第一章

二战后新时期的文化对话

如本卷绪论所示,随着二战后英帝国的分崩离析和英国社会、历史语境的转变,英国文化观念也逐渐发生了裂变。

本章聚焦英国二战后当代文人/文学批评家之间的文化对话:利维斯(F. R. Leavis,1895—1978)指出"少数人文化"与"大众文明"的对立,威廉斯(Raymond Williams,1921—1988)揭示工人阶级与资产阶级文化观念的差异,而安德森(Benedict Anderson,1936—2015)和霍米·巴巴(Homi Bhabha,1949—)则清醒地看到文化对民族特性的建构作用以及民族与叙事之间的关系。他们的文化对话既一脉相承,又在"转型焦虑"以及对"共同体"的想象上各有侧重。利维斯忧心于"少数人文化"与"大众文明"之间的对立,但他也清醒地意识到,解决"大众文明"时代的"文化困境",光靠"少数人"的突围是不够的,只有得到"心智成熟的民众"的回应和支持,文化传承才有希望;"少数人"与"心智成熟的民众"之间的创造性合作就是利维斯对"共同体"的想象。

威廉斯对文化观念的辨析、对18世纪以降的英国文化批评传统的发掘和整理为英国的文化研究奠定了坚实的理论基础。他虽然误读了利维斯的"少数人文化",但他继承了利维斯对文化传统和共同语言的重视,发展了利维斯开创的"大众文化"批评,批判了狭隘的阶级文化论,更全面更具体地探索"共同体"走向"共同文化"之路。

安德森深入探究民族意识的"文化根源",对文化和民族性的关联做出精辟的论述。霍米·巴巴则清醒地看到文化观念隐含的民族特性,进而指出由"文化差异"和"杂交性"建构"新英国特性"之路。

第一节
利维斯的文化批评与"共同体"形塑

英国批评家利维斯一向是个富有争议的人物。他一生好辩，树敌甚多；对他的批评也是多种多样，不少学者对利维斯的批判大多立足于其文化批评的开山之作《大众文明与少数人文化》（*Mass Civilization and Minority Culture*，1930），①并止步于片面理解其"少数人文化"论，给利维斯扣上"文化精英主义"的帽子。例如，威廉斯在《文化与社会：1780—1950》（*Culture and Society 1780 - 1950*，1958）中断言，"利维斯的少数人，本质上就是保存着文学传统和对语言最精细的鉴赏力的少数文人"。②王宁批判利维斯"表现出强烈的精英意识和对高雅文学经典的崇尚"。③周珏良提出："利维斯既主张文化是少数人的事，当然会注意培养精英人物。"④邹赞声称："利维斯理想中的文化就是文学，尤其是他在《伟大的传统》中设定的'文学正典'！"⑤陆扬、王毅也提出："F. R. 利维斯是把文化主要定位在优秀的文学传统上面，能否欣赏这一传统的少数人，因此首先是趣味雅致高远的批评家。"⑥

我们认为，对利维斯"少数人文化"的理解必须结合他对"大众文明"的界

---

① 该书虽发表于20世纪上半叶，放在本卷中讨论有以下几点考虑：1）该书开创了大众文化批评的先河，对20世纪的影响更大，是20世纪文化批评和文化研究的重要参照点；2）该书的主要论点是利维斯整体文化批评思想的立足点，本卷将结合他的多部著述（其中有不少是在二战以后发表的）一起研究；3）研究威廉斯的《文化与社会》必须与此书做对比。该书在1933年首次被介绍到中国，书名译为"大众的文明与少数的文化"，见常风：《利威斯的三本书》，《新月》，1933年第6期，第108页。后译名有所不同，如"大众的文明和少数人的文化""大众文明与少数人的文化""多数人的文明与少数人的文化"等。本节此处暂用"大众文明与少数人文化"这一译法。但我们认为这些译名都无法传达英文标题的"一语双关"，造成很多国内读者对利维斯的理解有失偏颇，后文将详细分析这一点。
② Raymond Williams, *Culture and Society 1780—1950*, Garden City：Doubleday, 1960, 272.
③ 王宁：《当代英国文论与文化研究概观》，《当代外国文学》，2001年第4期，第117页。
④ 周钰良：《二十世纪上半的英国文学批评》，《外国文学》，1989年第6期，第57页。
⑤ 邹赞：《大众社会理论与英国文化主义的源起》，《浙江师范大学学报》，2011年第4期，第58页。
⑥ 陆扬、王毅：《文化研究导论》，上海：复旦大学出版社，2015年，第86页。

定和批判,结合他的"共同体"想象,更不能忽视他对"心智成熟的民众"的关注和思考。利维斯批判的"大众文明"是工业技术发展带来的批量生产的文化后果,他所批判的"大众文化"并非指人民群众创造的民间文化,而是指在商业利益的驱动下现代传媒对大众的操纵、欺骗和误导。他清醒地意识到,解决"大众文明"时代的"文化困境",光靠"少数人"的突围是不够的,而只有得到"心智成熟的民众"的回应和支持,文化传承才有希望;因此,大学教育的各门学科都应该以培养"心智成熟的民众"为使命,文学研究尤应如此。"少数人"与"心智成熟的民众"之间的创造性合作就是利维斯对"共同体"的想象。

一、"少数人文化"再探

要正确理解利维斯的文化批评和他的"共同体"想象,首先要明确他的"少数人文化"(minority culture)所指为何,而利维斯饱受诟病的就是他提出的"少数人文化"的概念。很多学者对其批判的立足点都是对《大众文明与少数人文化》中有关表述的选择性引用:

> 在任何时代,敏锐的艺术和文学鉴赏要仰赖很少的一部分人:只有少数人能作出有创见的判断(那些简单的和大家熟悉的作品除外)。另外,能够通过本真的个人反应支持此类判断的人虽然数量稍多,但在整个社会仍占少数……①这少数人不仅能够欣赏但丁、莎士比亚、多恩、波德莱尔、哈代(仅举主要几例),而且能辨识出其最新的后继者,因而在某一特定时期构成这个民族(或其分支)的良知。这种鉴赏力不仅属于孤立的美学王国,它意味着当理论和艺术、科学和哲学可能影响人们对生存状况以及生命本质的感受时,对其做出反应。依靠这少数人,我们才得以从过去人类最美好的经验中获益;他们使传统中最微妙、最易消亡的部分保持生机。依靠这少数人,美好生活的标准不言自明,据此我们明白什么更有价值? 哪儿是前进的方向? 理想的中心在哪

---

① 此处省略的是利维斯引用的理查兹(I. A. Richards,1893—1979)在《文学批评原理》(*The Principle of Literary Criticism*,1925)中的一段论述:"……批评家关注精神的健康如同医生关注肉体的健康,成为批评家就是成为价值的评判者……艺术家总是注意把自己认为最值得拥有的经历加以记录和保存……也是最有可能拥有值得记录经历的人,他们是显示人类精神成长的标志。"(Qtd. in F. R. Leavis, *Mass Civilization and Minority Culture*, Cambridge: Minority Press, 1930, 4)

里?他们守护的是——用一个值得深思的隐喻和转喻来比拟——美好生活赖以存在的语言及其变化的风格,没有它们,卓越的精神就会消亡而难以传承。我指的"文化"就是对这样一种语言的使用。①

以上黑体字部分经常被利维斯的批评者所引用,并由此得出利维斯持"文学精英主义"的结论。这些学者往往忽视了利维斯对"鉴赏力"的进一步阐释:"这种鉴赏力不仅属于孤立的美学王国,它意味着当理论和艺术、科学和哲学可能影响人们对生存状况以及生命本质的感受时,对其做出反应。"②因此,利维斯眼中的"少数人"不仅具有文学艺术的鉴赏力,还具有对其他领域影响人类生存状况的因素的感知力。孟祥春对"少数人"的理解切中肯綮:"利维斯认为文学最终通向文学之外,所以,'少数人'就势必不仅仅是'文学内'的少数人。"③

上述引文的最后两句国内学者一般不太引用。细读原文,我们可以看出利维斯把文化看作"语言的运用",是一种隐喻和转喻的说法。语言是文化的一部分,是最能体现"美好生活"和"卓越的精神"的一部分。利维斯的这种说法难道不是事实吗?我们提到希腊文化,必然会想到《荷马史诗》;讲到基督教文化,必然会联系到《圣经》;讲到英国文艺复兴,怎么能跳过莎士比亚?一个时期的语言成就无疑是其文化水平的重要表征,语言的贬值不是文化贬值的重要标志吗?

更多学者把利维斯的"少数人文化"看作"少数人的文化",把利维斯的"少数人"与"大众"或"人民"对立起来。常见的批评论调是:利维斯"坚信文化总是少数人的专利"。④ 其实通读原文,我们看到利维斯一再强调的是少数人对"文化"的守护(in their keeping)(利维斯从未说过文化是由少数人创造的),他们守护的是"过去人类最美好的经验",是"传统中最微妙、最易消亡的部分",而使"美好生活"和"卓越的精神"赖以存在的语言是"文化"的重要组成部分。

---

① F. R. Leavis, *Mass Civilization and Minority Culture*, Cambridge: Minority Press, 1930, 3-5.
② Ibid., 5.
③ 孟祥春:《利维斯的文化理想研究》,《文化理论研究》,2012年第1期,第84页。
④ 陆扬、王毅:《文化研究导论》,第85页。

如此看来，利维斯的文化观仍然呼应着阿诺德（Matthew Arnold，1822—1888）对文化的界定："最优秀的思想和言论（the best which has been thought and said in the world）"，①这种文化必然是全人类的创造，而非"少数人的专利"。殷企平曾经令人信服地论证过一个观点，即"把'精英文化'的标签贴在阿诺德身上，实在过于牵强"。② 同样，给利维斯贴上"精英主义"标签，也有些牵强附会。

利维斯在对"文化"下定义之前，以阿诺德的《文化与无序》（Culture and Anarchy，1869）作为参照指出，在阿诺德时代，文化被公认为人类"最优秀的思想和言论"，无须更多的阐释；然而，在利维斯时代，有必要对"文化"再作界定，以别于流行报刊、电影、广播等大众媒介操纵下的"文化产物"。其实利维斯所谓的 minority culture 语带双关：一方面指任何时代，优秀文化都为少数人所守护；另一方面，少数人守护的文化曾经是"强势文化"（major culture），是能引起大多数民众回应的文化，然而在利维斯时代，最优秀的文化成为"弱势文化"（minority culture）了。

因此，对利维斯"少数人文化"的理解必须结合其对 mass civilization 的界定和批判。mass civilization 常被国内学者译为"大众文明"，并等同于"大众的文化"。这些学者进而把利维斯及其拥戴者视为"大众"的对立面："他们首先是对大众不满，然后才迁怒于大众文化，而大众文化的甚嚣尘上又加重了他们对大众的不满。"③事实上，利维斯的 mass civilization 是双关语。mass 一词，在英语中既指"大众、民众"，也有"大批量"的意思，如工业化产品的大批量生产（mass-production）。④ 在汉语中，"文明"和"文化"常被视为近义词或同义词，但在 19 世纪以降的英国文化批评语境中，"文明"（civilization）是与"文化"（culture）相对立的。现代"文明"是指以"机械的崛起"为标志的工业文明，而"文化"的概念也演变为"对工业文明的焦虑"和"对于社会转型的焦虑"，文化

---

① Matthew Arnold, *Culture and Anarchy: An Essay in Political and Social Criticism*, Oxford: Oxford University Press, 2006, viii.
② 殷企平：《"文化辩护书"：19 世纪英国文化批评》，上海：上海外语教育出版社，2013 年，第 88 页。
③ 赵勇：《批判·利用·理解·欣赏——知识分子面对大众文化的四种姿态》，《探索与争鸣》，2011 年第 1 期，第 69 页。
④ 见 mass 词条，《新牛津英汉双解大词典》，上海：上海外语教育出版社，2007 年，第 1306 页。

的功能则是"化解这种焦虑"。① 阿诺德在《文化与无序》中指出:"文化为人类担负着重要的职责;在现代社会中,这种职责尤其重要。与希腊罗马文明相比,整个现代文明在很大程度上是机器文明,是外在文明,且有愈演愈烈之势。"② 利维斯继承了阿诺德的文化观,在《大众文明与少数人文化》开篇的题词中就引用了这段话,强调"文化"对"机械文明"的抗衡作用,并在后文中指出:"'文明'和'文化'正成为对立的两个概念。不仅文化失去了力量和权威感,而且一些对文明最为无私的关注反而有意无意地加害文化。"③

关于利维斯所指的"大众文明",威廉斯在《文化与社会》中其实已经有较清楚的阐述:

如果我们的文明已沦为"大众文明",对质量和严肃性漠不关心,我们要问,何以至此? 事实上,"大众"究竟是何所指? 是指依赖于普选权的民主,是指依赖于普及教育的文化,还是指依赖于能识文断字的大众读者群? 如果我们发现"大众文明"的产物如此讨厌,我们是否应该把选举权、教育或识字能力看作罪魁祸首? 或者我们用'大众文明'指代依赖于机器生产和工厂制度的工业文明? 我们是否认为流行报社和广告之类的机构是这种生产制度的必然后果? 或者说,我们是否认为机器文明和流行机构是某种重大变化和人类精神颓败的产物?④

细读利维斯,我们会发现利维斯的"大众文明"指的是工业技术发展带来的大批量生产的文化后果:

我们将会更高效,销售得更好,然后有更多的批量生产和标准化。如果批量生产和标准化仅体现在麦乐购连锁超市,我们还不至于感到绝望。但是,现如今批量生产的后果已比较严重地危及共同体的生活。例如,我们看到以出

---

① 殷企平:《"文化辩护书"》,第 5—9 页。
② Arnold, *Culture and Anarchy*, 14 - 15.
③ Leavis, *Mass Civilization and Minority Culture*, 25.
④ Williams, *Culture and Society*, 275.

版业为代表的批量生产和标准化,显然这必将伴随着平庸化。①

值得注意的是,利维斯此处把"大众文明"直接看成了对共同体的威胁:"大众文明"/"大批量文明"的后果就是"劣币驱逐良币",优秀文化遭到"批量生产"的"标准化文明"(standardized civilization)的挤压,沦为"弱势文化"(minority culture),而以量取胜的流行消费文化则成了"大众文化"(mass culture)。显然,利维斯批判的"大众文化",并非指人民群众所创造的民间文化,并非指共同体文化。他批判的是工业化、商业化的现代传媒对大众的操纵和误导。他这样描述"大众文明"时代的"文化困境":

和华兹华斯一起长大的读者行走在数量有限的文化符号之间,其变体还未达到铺天盖地的程度。因此他一路前行的时候,尚能获得辨别力。然而,现代读者面对的是一个庞大的符号群,它们的变体和数量如此之多,叫人不知所措。除非他才具过人或天赋极高,否则委实难作甄别。这就是我们面临的总体文化困境。②

面对这样的困境,"少数人"对优秀文化传统的坚守和传承显得尤为重要。利维斯的"少数人"并非一个孤立的概念,而是与"民众"(public)紧密相连的。他认识到,要解决大众文明时代的文化危机,光靠"少数人"的突围是不够的;"少数人"的文化守成,必须得到"慧民"(the educated public)的回应和支持,否则文化传承就没有希望,共同体(community)的生活就没有着落。我们以下将对这一话题做更深入的探讨。

二、心智成熟的民众

在《大众文明与少数人文化》中,利维斯已经注意到普通民众的重要性。那些"能够通过本真的个人反应"支持"少数人"发表独立创见的人即是利维斯

---

① Leavis, *Mass Civilization and Minority Culture*, 7-8.
② Ibid., 18-19.

心目中的"民众",文化传统依靠"少数人"和"民众"的心气相求才得以传承和发展。令人遗憾的是,很多学者忽略了利维斯在其著述中对"民众"和"心智成熟的民众"的一再强调。

在《英诗新方位》(New Bearings in English Poetry,1932)中,利维斯再一次把脉时代的病症,他发现不少诗集编者对诗人诗作的大量涌现欢呼雀跃,却没有意识到诗歌在现代社会已变得无足轻重,因为这个时代"缺乏诗歌评价的严肃标准,缺乏活跃的诗歌传统,也缺乏有见识和严肃兴趣的民众"。① 利维斯推崇艾略特(T. S. Eliot,1888—1965)的诗歌,理由是后者"表达了一种现代性感受(a modern sensibility),表达了个人与其时代血脉相连的情感方式与生活体验";②但反映时代精神的《荒原》(The Waste Land,1922)只有少数人能欣赏的"被高雅"恰是现代文明丧失甄别力、良莠不分的症候。③ 论及"诗歌的未来"时,利维斯不无焦虑地指出:"这个时代缺乏心智成熟的民众"(an educated public);"现在有一定修养的读者也弃诗歌而去",因为大批量生产的庸俗化读物使他们"失去阅读诗歌的能力","失去对新颖、微妙的文字符号做出反应的能力",但"没有民众的支持,诗歌几乎无以为继"。④

利维斯夫人(Q. D. Leavis,1906—1981)所著《小说与阅读民众》(Fiction and the Reading Public,1932)呼应了利维斯对"民众"的关注。该书从人类学的视角对伊丽莎白时代以降英国民众阅读趣味的演变进行了深刻的剖析。此书献给利维斯,并引用了利维斯对"大众文明"的表述,可见利维斯思想在其背后的影响。在利维斯夫妇看来,在前工业化时代,"少数人"守护的文化是能够得到大多数民众的理解和回应的,那时的阅读群体虽然人数有限,但他们是"一个真正的共同体"(a genuine community),能对文学作品产生"健康的自发的情感反应",⑤如莎士比亚(William Shakespeare,1564—1616)的戏剧雅俗共赏,班扬(John Bunyan,1628—1688)的《天路历程》(The Pilgrim's

---

① F. R. Leavis, *New Bearings in English Poetry: A Study of the Contemporary Situation*, London: Chatto & Windus, 1938, 6.
② Ibid., 75-76.
③ Ibid., 104.
④ Ibid., 211-214.
⑤ Q. D. Leavis, *Fiction and the Reading Public*, Harmondsworth: Penguin, 1979, 85.

Progress，1678)家喻户晓,"少数人"通过《旁观者》(*The Spectator*)和《闲谈者》(*The Tatler*)等刊物与民众有效沟通。19世纪英国民众的阅读趣味有所分化,但民众接触优秀文学的渠道仍然是畅通的。然而,到了20世纪,大众传媒、商业逻辑、商业标准影响一切,由此在读者中产生了高眉(highbrow)、平眉(middlebrow)和低眉(lowbrow)的分野。① 廉价杂志逐渐影响大众的阅读习惯,阅读如同吸毒,变成不需思考的习惯性行为;在商业利益面前,真正的文学价值和标准遭到排斥。利维斯夫人在书中引用了一位"成功的"美国专栏作家的写作指南:

如果想被好杂志接受就要记住,有些写作主题是禁忌,不管小说的价值如何。很少有期刊愿意发表不道德的或悲惨的故事。像托马斯·哈代那样对人生持悲观态度的作家是不受流行杂志欢迎的,不管他们的写作艺术有多高超。②

在这样的环境中,民众的阅读能力每况愈下,"即使是受过教育的读者也几乎不愿意——或者说没有能力——阅读优秀的诗歌"。③ 面对这样的文化困境,利维斯夫妇并没有悲观失望,他们认为"少数人"可以在两方面做出努力:一是在研究领域,通过著书立说,提高民众的文化批判意识;二是深入学校教育工作,培养英国年轻一代对美国流行文化的"抵抗意识"。他们相信"少数人""自觉的、方向明确的努力",可以汇集"潜在的"民众的力量,重建"一个真正的共同体"。④

利维斯与汤姆森(Denys Thompson,1907—1988)合著的《文化与环境》(*Culture and Environment*,1933)就是"少数人"与"民众"沟通、唤醒民众文化批判意识的又一次努力。在"使用说明"中,著者表明此书为普通读者

---

① Leavis, *Fiction and the Reading Public*, 31-32,此处高眉、平眉、低眉采用钱锺书的译法,参见钱锺书:《论俗气》,《钱锺书散文》,杭州:浙江文艺出版社,1997年,第56—64页。利维斯夫人在书中对出版物做如此分野是持批评态度的,并未表示对所谓高眉文学或高雅文学的偏爱。
② Ibid., 37.
③ Ibid., 185.
④ Ibid., 213-215.

(general reader)所写。① 在序言中,利维斯剖析了文化与环境之间的关系。利维斯认为英国的前工业化社会是"一个体现鲜活文化的有机共同体(an organic community);民歌、民间舞蹈、科茨沃尔德的村舍以及手工艺品是这个有机共同体的文化符号,代表着更深层的意义:一种生活艺术、一种有序规范的生活方式,它涉及社交艺术、交流的准则,它源自远古的经验,是对自然环境和岁月节奏的因应调整"。② 这个"有机共同体"在工业文明的进程中消失了,但其所代表的文化传统在文学作品中得以保存,通过文学教育而有所传承;利维斯追忆往昔,并非要"复古",而是希望英国民众了解文化传统,思考在现代文明的高歌猛进中失去了什么,从而培养"对文明总体进程的意识",认识到"当前的物质环境和知识环境如何影响趣味、习惯、成见、生活态度以及生活质量";③工业文明造成消费文化的"批量生产",这不仅体现了现代文明对思想的机械控制,而且改变了民众的品性。面对这样恶劣的"文化环境",利维斯强调了教育的重要性,并对"教育"的内涵进行重新界定:现代环境所能提供的"教育"就是批量生产的标准化读物,因此真正意义上的"教育"应该主要是"反现代文化环境的教育",这就需要教育工作者付出更艰辛的努力。④ 显然,利维斯对"有机共同体"的回顾,对消费文化的剖析以及对"教育"的甄别,都是为了培育"慧民"。

二战后英国高等教育不断发展。在《教育与大学》(*Education and the University*,1943)一书中,利维斯提出:大学是"文化传统的象征",但文化传统与"僵化的传统主义"不同;文化传统是"在传统智慧指导下,对一种成熟的意识和价值感的传承",是机械文明的反制力量。⑤ 在利维斯看来,现代文明中大学教育的专业化发展不可避免,关键是如何培养一种"核心理解力"(a central intelligence),使不同学科的知识发生有意义的联系;大学教育要培养

---

① F. R. Leavis and Denys Thompson, *Culture and Environment: The Training of Critical Awareness*, London: Chatto & Windus, 1964, vii.
② Ibid., 1-2. 从这一段论述中,我们可以看出,利维斯对文化的界定已扩大到"生活艺术"和"生活方式",而非仅限于某些利维斯批评者眼中以"文学艺术为核心的高雅文化"。
③ Ibid., 4-5.
④ Ibid., 106.
⑤ F. R. Leavis, *Education and the University: A Sketch for an "English School"*, Cambridge: Cambridge University Press, 1979, 11, 15.

"专家"(specialists),更要培养"心智成熟的人"(the educated man)。① 利维斯强调要在大学设立一个人文中心(a humane center),联系不同的研究领域,而英文学院可担此重任,因为文学研究可从文化传统中汲取智慧以应对当下的文化危机,文学研究不是纯粹的学术活动,而是对"理解力和感受力"(intelligence and sensibility)的训练,这些训练也是其他领域所需要的。② 因此,利维斯坚信文学批评应作为大学教育的核心,以培养具备"理解力和感受力"的"慧民"为使命。

然而,随着英国战后技术功利主义的盛行,"科技进步"的话语不绝于耳。随着大众教育的发展,英国教育拨款大规模增加,但自然科学是主要受益者。不少学者和政治家声称:保存和发展西方文明的任务"已经从人文学科转到了自然科学"。③ 斯诺(C. P. Snow,1905—1980)1959 年提出的"两种文化"论,在貌似公允的姿态中把未来托付给"科学文化",因为"科学是新兴文化,文学文化在后退",④所以大学教育要回应技术革命的需求,培养更多的科技人才。⑤ 1961 年利维斯发表演讲,对此进行了针锋相对的驳斥。在利维斯眼中,斯诺代表的是庸俗文化,是"技术革命造成的文化恶果";斯诺的演讲进入中学课堂,体现了英国当下良莠不分的文化状况;⑥斯诺的"两种文化"是个"伪命题",现实只有"一种文化",即文化传统。⑦ 利维斯特意对自己所推崇的"文化传统"(cultural tradition)和斯诺所谓的"传统文化"(traditional culture)加以甄别,认为后者意味着沉湎于过往,"在生活和变化面前畏缩不前",而"文化传统虽源于过去,但鲜活而又富有创造力地帮助我们应对当下的变化"。⑧ 由此利维斯再次强调:"大学不仅仅是各个专业院系的组合,它更应该是体现洞察

---

① Leavis, *Education and the University*, 25, 28.
② Ibid., 34 - 35.
③ Qtd. in Guy Samuel Ortolano, *The "Two Cultures" Controversy: C. P. Snow, F. R. Leavis, and Cultural Politics in Post-War Britain* (diss.), Evanston: Northwestern University, 2005, 22.
④ C. P. 斯诺:《两种文化》,纪树立译,北京:三联书店,1994 年,第 17 页。
⑤ 同上,第 34 页。
⑥ F. R. Leavis, *Two Cultures? The Significance of C. P. Snow*, Cambridge: Cambridge University Press, 2013, 54.
⑦ Ibid., 101.
⑧ Ibid., 105 - 106.

力、知识、判断力和责任感的人类意识的中心。"①利维斯在该演讲的美国版前言中又一次突出"慧民"之重要：

> 在真正需要知识和精神权威的领域,严肃的标准被制造名人效应的力量所取代,这表明现代文明正走向一个可怕的境地。文评家要诉诸文学标准,则取决于是否存在能敏锐地回应批评并与批评家形成互动的民众。我相信在当今的英国(我所言仅限于英国)存在这样一个民众的基础；这个群体由许多有教养、有责任感的个人组成,正在形成某种知识共同体,但力量不够强大,未形成完全意义上的共同体,技术革命的后果阻碍其形成批评家所需要的一个群体。②

利维斯在其后的著述中一直保持对"慧民"的关注。在1969年的一次演讲中,利维斯提出,60年代的校园骚乱、吸毒、青少年犯罪、性解放等问题体现了"技术功利社会的文化断裂和精神虚无",解决问题的关键是"全社会应持续做出一种新的创造性的努力,努力培育一个心智成熟、见多识广、有责任心、有影响力的群体——一批让政治家、管理者、编辑和报业老板尊敬、依赖而又惧怕的民众"。③ 社会机构中唯有大学能担此重任：

> 哪怕只有一所大学能如我所愿成为创造性生活和人性的中心,都值得我们为此付出不懈的努力。那所大学也会因此声名鹊起,它会成为力量和勇气的源泉,与其他未获成功的大学互为鼓励；如果有一批大学如此,借助各自不断扩大的关系网络,就会形成一大批心智成熟的民众,他们是希望所在。④

在两年后的一次演讲中利维斯对此进行了更为详尽的阐释：大众传媒无助于塑造"慧民",大学应该成为文明的创造中心,"我们有必要扩大真正负责

---

① Leavis, *Two Cultures?* 75.
② Ibid., 81-82.
③ F. R. Leavis, *Nor Shall My Sword: Discourses on Pluralism, Compassion and Social Hope*, London: Chatto & Windus, 1972, 131.
④ Ibid., 131-132.

的、慧民的力量,大学的功能就是塑造这样一个群体,保持他们的活力,培养他们的责任感,扩大他们的影响力。"①利维斯把"慧民"与"精英"和"寡头政治"区别开来:

> 慧民即便被称做有教养的阶层……也不可能被看做寡头政治;……更不应该被称做"精英人士"。……心智成熟的民众或阶层,由广大的人民组成,他们代表不同的社会地位、不同的经济利益和政治立场,他们的重要性正在于他们思想倾向的多元性和意识形态的非同一性……他们的活力不在于思想上的大一统而在于其创造性的差异,正是这种创造性的差异保持了文化传统的活力,而对文化传承的坚持构成了他们的统一性。②

可见,利维斯心中所念其实远远超过了少数精英的利益,他所关心的是如何使广大民众的心智得以成熟,或者说建设广大而知书达理的知识共同体。

三、构建"共同体":"少数人"与"慧民"的"共同追求"

利维斯的"文化"命题一直围绕着他对"少数人"和"慧民"的关注和思考,两者之间的互动和创造性合作体现了利维斯对"共同体"的想象。

威廉斯曾指出"共同体"(Community)一词在英语中至少有以下五个含义:1) 平民或普通民众,2) 一个国家或有组织的社会,3) 一个行政区的居民,4) 具有聚合力的性质,5) 有着共同身份和特征的意味。③ 作为"文化"内涵的"共同体"常指后两个定义,即一个包含共同价值观或共同身份和特征的群体。在利维斯的"共同体"中,"少数人"与"慧民"的共同价值观是对"文化传统"的坚守和传承。利维斯不否认科技和物质文明在现代社会中的重要性,"但技术进步、物质水平的提高以及公平分配并非人类追求的唯一目标,人类的生存还有其他事关人性和人生意义的考量;而我们对人生意义的思考和洞察则受益

---

① Leavis. *Nor Shall My Sword*, 201.
② Ibid., 213
③ Raymond Williams, *Key Words: A Vocabulary of Culture and Society*, Oxford: Oxford University Press, 2015, 39.

于文化传统"。① 利维斯的"文化传统""既非乌托邦式的,也非怀旧或复古的",而是针对当下现实主义的。②

有学者批评利维斯夫妇总是以精英自居,"居高临下"指导大众"怎样阅读才符合人文传统……与阿诺德的贵族意识"一脉相承。③ 其实,利维斯一直把少数人与民众的"创造性合作"(creative collaboration)和"创造性争论"(creative quarrelling)作为构建共同体的途径。根据德国学者滕尼斯(Ferdinand Tönnies,1855—1936)的说法,"共同体是持久的和真正的共同生活……应该被理解为一种生机勃勃的有机体"。④ 在利维斯的"共同体"——"一种生机勃勃的有机体"中,"少数人"与"民众"之间不是单向的"师生"或"主从"关系,而是创造性的合作关系。在论文集《共同追求》(*Common Pursuit*,1952)中,利维斯引用艾略特所言:"合作可能是以争论的形式进行的,我们应该感谢那些我们认为值得与之争论的批评家",因为批评一向是"合作性活动"。⑤ 利维斯认为真正的文学教师不是"教授文学",而是"与学生一道从事批评事业——究其本质,就是合作"。⑥ 利维斯提出一种文学研究中相互促进的交流对话模式:"是这样的,对吗?"——"说得对,但是……文化传统由此存于鲜活的当下,存于个体参与对话的创造性反思中,这些个体合作性地更新、延续他们参与其中的事业,因而构成一个文化共同体,具有共同的文化意识"。⑦

利维斯的"共同体"是个开放的共同体。利维斯一再声称自己并非"英语福音主义者",大学是人类创造力的中心,各专业学科和专门知识都要发挥积极的作用。⑧ 利维斯鼓励学生读哲学家、科学家的著述,他认为英文学院的理想状态应该有其他学科的老师。⑨ 在利维斯主导创立的评论性刊物《细察》

---

① Leavis, *Nor Shall My Sword*, 90.
② Ibid., 192-193.
③ 陆扬、王毅,《文化研究导论》,第99页。
④ Ferdinand Tönnies, *Community and Civil Society*, trans., Jose Harris and Margaret Hollis, Cambridge: Cambridge University Press, 2001, 19.
⑤ F. R. Leavis, *The Common Pursuit*, New York: New York University Press, 1964, v.
⑥ Leavis, *Nor Shall My Sword*, 109.
⑦ Leavis, *Two Cultures?*, 75.
⑧ Leavis, *Nor Shall My Sword*, 186.
⑨ Ibid., 126.

(Scrutiny，1932—1953)刊行的 20 年间，其编辑团队来自剑桥各个学科，共发表 150 多位作者观点各异的论述，主题涉及外国文学、自然科学、社会心理学、音乐等多个学科；至少有五个深受《细察》影响的英文专业的学生最后成为人类学家，①实现了利维斯把文学研究作为联络中心、把英文学院看作大学联络中心的想法，利维斯的"共同体"也必然从"文学内"走向"文学外"。

利维斯一生都在为构建"有机共同体"而奋斗。他著书立说，通过教学、演讲、辩论，也利用大众媒体对现代文明进行不懈的批判，其言辞可能有偏激之处，但也是一种文化策略。常有人嘲笑利维斯是在进行"一场无望的战斗"，②但他从来不是悲观主义者，而是执着的行动者。他与妻子和好友创办《细察》，秉持客观公正的标准，不接受任何商业资助，在逆境中保持"少数人"与"民众"的沟通，"使许多观点不同的批评家得以广泛联系，形成一个坚持感受力和价值标准的共同体"。③ 对于社会上弥漫的怀疑主义论调，利维斯认为必须坚定信念，希望就在于持续的努力。④ 利维斯把晚期演讲集定名为《我的剑不会休息》(Nor Shall My Sword，1972)，取自英国诗人布莱克(William Blake，1757—1827)长诗《弥尔顿》(Milton: A Poem，1804—1810)中的诗句，表达他坚定的信念和斗志：

> 我将不停这心灵之战
> 也不让我的剑休息
> 直到我们把耶路撒冷
> 建立在英格兰美好的绿地。⑤

四、结语

1962 年英国《观察家报》(The Observer)刊登了一篇特写，题为《利维斯主

---

① F. R. Leavis, "Scrutiny: A Retrospect," in Valuations in Criticism and Other Essays, Cambridge: Cambridge University Press, 2009, 225 - 229.
② Ibid., 9.
③ Ibid., 222 - 223.
④ Leavis, Nor Shall My Sword, 186 - 187.
⑤ 王佐良：《英国诗选》，上海：上海译文出版社，1988 年，第 205 页。

义的隐蔽网络》("The Hidden Network of Leavisites"),称"利维斯的信徒已遍及世界,尤其在英国的中小学和地方大学人数众多"。① 20多年后,伊格尔顿(Terry Eagleton,1943—)如此论及利维斯的影响:"今天英国的学生都是利维斯主义者,不管他们是否意识到这一点。"②

1978年利维斯辞世,英国《泰晤士报》刊登悼词,评价利维斯的身上"混杂着苦行主义和旺盛的生命力",对许多人来说他"好像是个剑走偏锋的奇才",而对另一些人来说"他几乎是个苏格拉底式的人物"。③ 这个"苏格拉底式的人物"在工业文明大潮中对"文化共同体"的想象和形塑,对今天的中国文化建设尤其具有借鉴意义。

第二节
威廉斯:走向"共同文化"

关于雷蒙·威廉斯的"共同文化"立场,国内学界常视之为针对"阿诺德和利维斯的少数人文化传统",或是"对阿诺德、利维斯为代表的精英主义文化立场的背离"。④ 这种阐释未免过于简单化。殷企平曾经令人信服地论证过阿诺德超阶级的文化观,即"阿诺德的文化视野并非局限于某个特定的阶级,也非局限于少数的社会精英,更非局限于没落的贵族阶级,因此把'精英文化'的标签贴在阿诺德身上,实在过于牵强"。⑤ 我们也在上一节论证了利维斯坚持的"少数人文化"并非与民众相对立的"少数人的文化",给利维斯贴上"精英主

---

① Qtd. in Guy Samuel Ortolano, *The "Two Cultures" Controversy*, 378.
② Terry Eagleton, *Literary Theory: An Introduction*, Minneapolis: University of Minnesota Press, 1983, 31.
③ Leavis Society, "Life and Work," http://www.leavissociety.com/life-and-work(accessed 2015/5/6).
④ 参见陆扬:《文化是一种生活方式》,《文艺争鸣》,2010年第17期,第9页;周刊:《雷蒙德·威廉斯的"情感结构"与几个相关概念的比较研究》,《社会科学论坛》,2014年第4期,第49页。
⑤ 殷企平:《"文化辩护书"》,第88页。

义"的标签更有失公允。换言之,威廉斯对利维斯的文化思想既有误读,也有继承和发展,他误读了利维斯的"少数人文化",继承了利维斯对文化传统和共同语言的重视,发展了利维斯开创的"大众文化"批评范式;他认识到文化观念蕴含的阶级性,但也批判了狭隘的阶级文化论,更全面、更具体地探索由不同阶级构成的共同体走向共同文化之路。

一、威廉斯对文化概念的梳理

1958 年出版的《文化与社会》一书让威廉斯声名鹊起,奠定了威廉斯文化批评思想的基石。威廉斯在书中发掘并整理了 18 世纪至 20 世纪中叶的英国文化批评传统,他把 industry(工业)、democracy(民主)、class(阶级)、art(艺术)和 culture(文化)这五个关键词的词义演变作为切入点管窥工业革命给英国社会带来的总体变化。在书中,威廉斯首次指出,19 世纪英国思想史的一个重要产物是关于文化概念演变的假说,即"一个时期的艺术必然跟该时期普遍流行的'生活方式'紧密相连,其结果是审美判断、道德判断和社会判断都互相紧密地联系在了一起"。① 威廉斯率先勾勒出上述假说的形成轨迹,并对其背后的原因进行了鞭辟入里的分析。用他自己的话说,

> 文化一词的演变记录了人们对历史性变化的反应,即对我们的社会、经济和政治生活中重大历史性变化作出的重要而持续的反应。该词的演变本身好比一张特殊的地图,从中我们可以探寻那些变化的本质。(xvi – xvii)

威廉斯追溯了"文化"一词内涵的发展变化。"文化"原是一个有关自然的概念,意为"守护自然生长"(the tending of natural growth),即指对动植物的培育,后来类比为"培育人的过程",常用于指某物的培育或培养(a culture of something)。到了 19 世纪,该词汇演变为自成一统的"文化"(culture as such),主要有四种含义:1) 心灵的总体状态或习惯,与人性完美的观念密切相关;2) 全社会思想发展的总体状态;3) 整体的艺术成就;4) 由物质、知识与

---

① Williams, *Culture and Society*, 130. 本节以下该文本引文只标出页码,不再加注。

精神构成的一种总体生活方式(a whole way of life)(xvi)。[①]

威廉斯在书中以文化内涵的演变为基本脉络，梳理了一百多年间英国思想家、作家和社会改良者对工业革命和现代文明发展的回应和反思，着重勾勒了从柯勒律治(Samuel Taylor Coleridge, 1772—1834)、卡莱尔(Thomas Carlyle, 1795—1881)、阿诺德、艾略特到利维斯一脉相承的浪漫主义文化观，即现代"文明"(civilization)是指以"机械的崛起"为标志的工业文明，整个社会乃至人心都在机械文明的影响下，变得机械化、庸俗化，而传统的精神和气度却日渐式微；在这些文化批评家看来，判断一个社会的好坏，不应以财富的增加和技术的进步为标杆，而应以人们的精神状态和心智水平为准绳。"文化"(culture)着眼于心智培育，追求人性内在完美，是"有机的"(organic)，与追求物质财富和技术进步的"机械文明"相抗衡。大力宣扬文化，有纠偏时弊、挽救颓风、匡正人心的功效。

威廉斯对利维斯的评述，自然也是从选择性地引用后者的"少数人文化"开始，[②]并据此把利维斯的"少数人"(the minority)与柯勒律治的"知识、文化阶层"(clerisy)以及阿诺德的"残余人物"(remnant)联系起来，并断定："利维斯的少数人，本质上就是保存着文学传统和对语言最精细的鉴赏力的少数文人(a literary minority)。"(254)这是威廉斯对利维斯的批判，但我们认为这也是他对利维斯的误读。

在上一节引文中，我们可以明确看到，利维斯的文化守护者具有的鉴赏力"不仅属于孤立的美学王国，它意味着当理论和艺术、科学和哲学可能影响人们对生存状况以及生命本质的感受时，对其做出反应"。因此，利维斯眼中的"少数人"不仅具有文学艺术的鉴赏力，还具有对其他领域影响人类生存状况的感知力。如孟祥春所说，"利维斯认为文学最终通向文学之外，所以，'少数人'就势必不仅仅是'文学内'的少数人"。[③] 如果我们看不到这一点，就从根本

[①] 在1976年出版的《关键词》(*Keywords*)中，威廉斯对"文化"一词又做了更为详尽的剖析，归纳了三个常用含义：1)描述思想、精神和审美演变的总体过程，2)表示一个群体、一个时期、一个民族乃至全人类的某种特定生活方式，3)指涉思想艺术领域思想艺术领域的实践和成果。参见Williams, *Keywords*, 52。

[②] 威廉斯对利维斯有删节的引用，见Williams, *Culture and Society*, 253-254；利维斯的原文见Leavis, *Mass Civilization and Minority Culture*, 3-5，另参见本章第一节。

[③] 孟祥春：《利维斯的文化理想研究》，第84页。

上误解了利维斯的文化思想。

此外,威廉斯的引文中省略了利维斯原文中很重要的两句话,即:

> 他们守护的——用一个值得深思的隐喻和转喻来比拟——是美好生活赖以存在的语言及其变化的风格,没有它们,卓越的精神就会消亡而难以传承。所谓"文化",我指的就是对这样一种语言的使用。①

细读原文,我们可以看出利维斯把文化看作"语言的运用",是一种隐喻和转喻的说法。他把语言看成文化的重要表征,从而以文学研究为切入点,对英国当代文化状况展开批评,这种策略是无可厚非的。威廉斯对此也是认同的:

> 文学极其重要,文学是正式的经验记录,每部作品都是文学与日常语言的契合点,鲜活的语言在文学中以不同的方式得以保存。把文化看作所有这些活动的总体,了解这些活动以何种方式得以延续,并进入我们的共同生活,这是一种可贵和适时的认识。(255)

不过,他又指出了其中隐含的危险:

> 这样的认识不但会变得抽象,事实上还会变得孤立。让文学担负起,或者更准确地说,让文学批评担负起决定全部个人与社会经验品质的责任,将使这个重要的立场受到有害的误解。(255)

读到这里,我们不禁莞尔:威廉斯把利维斯的"少数人"等同于"少数文人",把利维斯的"文化观"等同于"文学观",这是不是一种"有害的误解"呢?威廉斯就是在他误解了的利维斯的"少数人文化"的基础上扩展"文化观念"的:

> 我们要汲取记录下来的经验,我们不但可以借助丰富的文学资源,也可以

---

① Leavis, *Mass Civilization and Minority Culture*, 5.

借助历史、建筑、绘画、音乐、哲学、神学、政治和社会理论、物理和自然科学以及人类学。确实,我们可以借助全部的知识体系。如果明智的话,我们还可以借助其他方式记录下来的经验,如惯例、礼仪、风俗、家族回忆录等等。(255)

威廉斯耿耿于利维斯"少数人文化"的说法,认为利维斯本来可以这样表述的:

这少数人不仅能够欣赏莎士比亚、英国的习惯法、林肯教堂、委员会议事程序、柏塞尔、工资劳动的性质、霍加斯、胡克尔、遗传学理论、休姆(仅举主要几例),而且能辨识出其最新的后继者,或者了解其在当代的变化和丰富的内涵,因而在某一特定时期构成这个民族(或其分支)的良知。

如果他是这样写的(并且同时承认他所选择的例子是武断的),他所宣称的"依靠这少数人,我们才得以从过去人类最美好的经验中获益",才有可能在某种程度上更具有实质性。(255—256)

然而,威廉斯很快意识到文化概念泛化可能引发的问题:"关于文化这个概念,困难之处在于我们必须不断扩展它的意义,直至它几乎等同于我们全部的日常生活。"(256)可见,威廉斯并没有完全否定利维斯"少数人文化"的意思。他指出,利维斯面对的不仅是工业主义对民众思想情感的机械化影响,还面临流行报刊、广告、通俗小说、电影、广播等"大众文明"生产的廉价文化产品对民众思想情感的庸俗化影响。威廉斯还指出,利维斯把文学传统作为人类更有价值的文化经验,把文学批评作为文化批评的一个支点,虽然是被建构出来的"一个神话",但有效实现了文化批评意图,有其重要的意义和价值所在(256)。不仅如此,威廉斯还强调"利维斯努力扩大文学研究的深度和广度,并将文学研究与其他兴趣和学科联系起来,在这些方面,没有几个人比他付出更多"(255)。

虽然威廉斯对利维斯的"少数人文化"的概念有所误读,但我们更应看到他对利维斯文化思想的发展。他的贡献在于对"大众文明"(mass civilization)的细致分析,并在此基础上批评利维斯对"大众文明"的全盘否定:

当代研究通俗文化的历史学家往往把注意力集中在低劣的东西上而忽略了好东西。低劣读物固然很多,优质书的数量却也相当可观,两者的流通都比以往任何时候更加广泛。低俗报纸的读者数量固然增加了,但优质报刊的读者、使用公共图书馆的人、参加各种正式和非正式成人教育的学生也越来越多。严肃音乐会、歌剧、芭蕾舞的观众也增加了,而且有的增加幅度相当大。参观博物馆和展览会的人数与日俱增。电影和广播节目中,优秀作品占有相当大的比例。当然,就每一种情况来看,优秀文化的比例还不如人意,但并非无足轻重。(308)

威廉斯还批评利维斯和汤普森在《文化与环境》中表现出怀旧的"中世纪主义",指责他们制造了一个"有机共同体"的神话,忽视了前工业化社会中存在的"贫困、专制、疾病、死亡、无知和受挫的才智"等问题。威廉斯肯定了工业革命带来的物质成就,因为"物质上的劣势并不能用来映衬精神上的优势"(260)。他提醒读者要更加全面地评判现代文明,既指出其存在诸多不如人意之处,也肯定它带来"诸多令人满意的新工作、新机会、教育上明显的进步,以及重要的新社会组织"(261)。

不过,威廉斯在利维斯对"有机共同体"的描绘中看到文化与日常生活的紧密联系:

民歌、民间舞蹈、科茨沃尔德的村舍以及手工艺品是这个有机共同体的文化符号,代表着更深层的意义:一种生活的艺术、一种有序规范的生活方式,它涉及社交艺术、交流的准则,它源自远古的经验,是对自然环境和岁月节奏的因应调整。①

显然,威廉斯与利维斯在文化思想上的传承关系,绝非国内有些学者说的那么简单分化:"威廉斯将文化定义为普通男男女女的日常经验,由此而进入日常

---

① Leavis and Thompson, *Culture and Environment*, 1-2. 从这一段论述中,我们可以看出,利维斯对文化的界定已扩大到"生活艺术""生活方式"而非部分利维斯批评者眼中以"文学艺术为核心的高雅文化"或"精英文化"。

生活的文本和实践,终而使他同以文学为上的利维斯主义分道扬镳。"①威廉斯在利维斯的文化批评思想中,已经看到后者把宝贵的"文学经验"与"总体的生活方式"联系起来,不过,"如果要想有进一步的建树,就必须要构想一个能充分体现各种经验的社会的成长及其总体生活方式"(262),而这进一步的建树,则有待于威廉斯来完成。

二、文化:一种总体生活方式

在《文化与生活》的结论部分,威廉斯探讨了"文化"观念隐含的阶级性及其与意识形态的关系:

> 我们生活在一个转型的社会,文化观念经常被等同于转型社会包含的这种或那种势力。有的认为文化是过时的有闲阶级的产物,他们现在力图维护文化,以抗拒具有毁灭性的新势力。有的认为文化是新兴阶级继承的遗产,包含着未来的人性;这个阶级现在力图把文化从旧有的限制中解放出来。(319)

在这种观念的影响下,就会有"资产阶级文化"和"工人阶级文化"之分。威廉斯发现,现代人对这两个概念存在诸多误解。威廉斯批评了狭隘的"阶级文化论",进而提出,如果要对此有清晰的认识,就要涉及对文化的不同界定。如果把文化作为"整体的知识与想象性作品"来思考,就不存在所谓的"资产阶级文化",因为"一代代作为其传统文化而接受下来的知识与想象性作品往往不是,而且必然不是单一阶级的产物……此外,即使在一个由某个阶级为主导的社会中,其他阶级的成员显然也有可能对共同的文化作出贡献,而且这些贡献可能不受支配阶级的观念和价值的影响,甚至还与之相对立。"(320)威廉斯反对狭隘的"阶级文化论",在他看来,"一个文化的范围,似乎常常是与一个语言的范围相对称,而不是与一个阶级的范围相对称";"使用一种共同语言的人也共同继承了一笔知识和文化传统的遗产,随着经验的每一次改变,这笔遗产必然会不断地被重新评价";从这个意义上来说,"人为地制造一个'工人阶级文化'

---

① 陆扬、王毅,《文化研究导论》,第174页。

以对立于这个共同的传统,纯属愚蠢之举";再者,随着教育的普及,大众传媒的发展,文化受众也更为广泛,很难用阶级属性再加以界定(320—321)。

不过,威廉斯更看重作为"总体生活方式"的文化,就这个意义而言,资产阶级文化与工人阶级文化可以加以区分,但他又提醒读者:"区分整个生活方式,一定不能限于住房、衣着和休闲方式的不同";因为工业生产的批量化和标准化,使现代人的住房、衣着与休闲模式渐趋同一化,所以威廉斯强调两者"区分的要素在于如何看待社会关系的本质"(325)。

由此,威廉斯提出:资产阶级文化是基本的个人主义观念(individualistic idea),以及由此产生的惯例、习俗、思维习惯和意旨;工人阶级文化是基本的集体观念(collective idea),以及从集体观念而来的惯例、习俗、思维习惯和意旨。威廉斯认为这两种文化分享共同的文化遗产,不能割裂开来,"在我们的整体文化中,这两种生活方式不断相互作用";但他强调,工人阶级所产生的文化是集体的民主机制,如工会、合作化运动或政治团体,是"了不起的创造性成就",是对整体文化的丰富和补充(327)。

威廉斯又进而论述两种不同的共同体观念:中产阶级的"服务"(service)观念和工人阶级的"团结"(solidarity)观念。他肯定了前者在社会发展中的重要作用,"为共同体服务的观念经过一代代的教化,已经成为行业人员、公共服务和政府工作人员的伦理实践,抵制了自由主义(*laissez-faire*)与自我服务的实践,是一个重大的成就,促进了社会的安宁与繁荣,"当然,"工人阶级的团结伦理也是一大成就"(328—329)。威廉斯强调了"团结伦理与服务伦理的不同之处":中产阶级的服务观念体现在教育中就是致力于公仆的训练,强调顺从和尊重权威,那么在实践中就是用来在各个层次上肯定和维护社会现状,即使现实中存在诸多的不公(329)。威廉斯还批判了阶梯观念(the ladder idea),在他看来,这仍是资产阶级个人主义观念的产物,"阶梯是资产阶级社会观念的一个完美象征,毫无疑问它提供了往上攀升的机会,但它是只能让个人使用的一种器械;你爬阶梯时,只能独自一个人往上爬"。威廉斯反对阶梯观念,一则"它削弱了共同改善的原则,而这个原则应该具有绝对的价值";二则它使等级制度变得合理化,是"裹着蜜糖的毒药"(331)。

威廉斯从作为"总体生活方式"的文化观念出发,赞扬了以集体观念为基础、以团结观念为核心的工人阶级文化的重要价值。他指出,资产阶级文化的服务观念强调顺从和尊重权威,致力于保持社会现状,阶梯观念强调竞争使社会变得分裂,这两种生活方式都无助于社会的良性发展,只有在集体观念和团结观念的引导下,才能形成和谐的共同体和共同文化。

三、走向共同文化

殷企平曾指出,在英国文化批评语境中,文化诞生于社会转型引起的焦虑或者说机械文明引起的焦虑,文化的功能就是化解焦虑,而化解焦虑的手段就是从事批评和提供愿景,即"描绘了理想社会的蓝图",呈现了"一个和谐发展的有机社会"。① 可见,"共同文化"的构想在英国文化批评传统中源远流长。阿诺德在《文化与无序》中就提出过"共同文化"的理想:"人类是个整体,人性中的同情不允许一位成员对其他成员无动于衷,或者脱离他人,独享完美之乐;正因为此,必须普泛地发扬光大人性,才合乎文化所构想的完美理念。文化心目中的完美,不可能是独善其身。个人必须携带他人共同走向完美。"②阿诺德的文化观超越阶级的界限,"文化寻求消除阶级,使世界上最优秀的思想和知识传遍四海,使普天下的人都生活在美好与光明的气氛之中,使他们像文化一样,能够自由地运用思想,得到思想的滋润,却又不受之束缚。"③

利维斯的"共同文化"理想存在于其对"共同体"的想象。利维斯一直把少数人与民众的创造性合作和创造性争论作为构建共同体的途径。作为一种生机勃勃的有机体,在利维斯的"共同体"中,"少数人"与"民众"之间不是单向的"师生"或"主从"关系,而是创造性的合作关系。在相互促进的交流对话中,"文化传统由此存于鲜活的当下,存于个体参与对话的创造性反思中,这些个体合作性地更新、延续他们所参与其中的事业,因而构成一个文化共同体,具有共同的文化意识"。④

艾略特的"共同文化"是从个人、群体、社会三个层面加以构想。他在《文

---

① 殷企平:《"文化辩护书"》,第 9 页。
② 阿诺德:《文化与无政府状态:政治与社会批评》,韩敏中译,北京:三联书店,2002 年,第 10 页。
③ 同上,第 31 页。
④ Leavis, *Two Cultures?*, 75.

化定义札记》(*Notes towards the Definition of Culture*，1948)中把文化分成个人的、群体的和社会的三层含义；"个人的文化依赖于一个群体或一个阶级的文化，而后者又依赖于其所属的整个社会的文化；因此，社会的文化是根本性的"，文化是全社会的共同创造，包含一切文化活动的社会是文化重要的核心。① 他强调个人的文化不能脱离群体的文化，而群体的文化不能脱离整个社会的文化："我们追求完美应该同时考虑到这三个层次的文化，关注不同文化活动的群体不应该独树一帜、互相排斥，只有交流与分享，共同参与、彼此欣赏，才能形成文化的凝聚"。② 他反对卡尔·曼海姆(Karl Mannheim, 1893—1947)的精英主义思想，主张"全体民众都应该积极参与各种文化活动"。③ 他坚持文化的整合性，认为"文化不是几种活动的总和，而是一种生活方式"，并提倡"文化的多元性与统一性"的并存。④

伊格尔顿曾对威廉斯和艾略特的"共同文化"观念做过如下评述：

在威廉斯那里，一种文化只有在它是集体创造的时候才是共同的，而对于艾略特，一种文化即使当它由特权阶层的少数人形成的时候也是共同的。威廉斯认为，共同文化是由其成员的集体实践不断再创造、再界定的，而不是其中的少数人制定的价值观然后被许多人接受并被动体验的一种文化。由于这个原因，他更喜欢"共享文化"(culture in common)这个术语。⑤

我们认为，伊格尔顿的上述说法对艾略特而言，有失公允；对威廉斯而言，则过于抽象和简单化。实际上，威廉斯继承了以上批评家对共同体和共同文化的想象，从而更全面、更具体地探索共同体走向共同文化之路。

威廉斯对共同体的考察首先要消除社会对"大众"(the masses)的误解。威廉斯发现"大众"常被用作"群氓"(mob)的代名词，并且在词义中保留了后

---

① T. S. Eliot, *Towards the Definition of Culture*. London: Faber & Faber, 1948, 21.
② Ibid., 21-24.
③ Ibid., 38. 艾略特常被国内学界视为精英主义的代表，其实他是反对精英文化观的，详见他对卡尔·曼海姆精英主义思想的批评，37—40。
④ Ibid., 41, 51.
⑤ 特瑞·伊格尔顿：《文化的观念》，方杰译，南京：南京大学出版社，2003年，第138页。

者的传统特征:"容易受骗、反复无常、群体偏见、兴趣和习性低级,因而形成了对文化的永久威胁"。威廉斯从政治经济学的角度分析了"大众"从"多数人"(majority)到"群氓"的词义演变。在他看来,"实际上没有大众,有的只是把他人看成大众的那种看法";"大众往往是其他人,我们和他们在一起,对于其他人来说,我们也是大众,大众就是其他人"(299—300)。当人们把大多数同胞转变为"大众",就是用一个政治公式把他们变成了可恨或可怕之物;威廉斯呼吁要摆脱"大众"是客观存在的幻觉,从而转向一个更现实、更积极的人际观念,即只有当"大众"的意义还原到"多数人",当人们意识到"大众"就是其自身,才能确立共同体的基础,大众传播(mass-communication)、大众民主(mass-democracy)和大众教育(mass-education)也就成为构建共同体的有效手段。

其次,威廉斯提倡以"团结观念"为基础的共同体。现代社会分工越来越细,日益增强的专业化分工如何与一个真正的共同文化相容,这是个大难题。威廉斯指出,"团结观念把共同利益界定为真正的自我利益,明确个人价值主要是在共同体中得到检验,因而是社会潜在的真正基础"(332)。现代文明高度的专业化分工,造成现代人生活经验的支离破碎,团结观念就更加重要,"我们当代的共同文化[①]将不是往昔梦想中那种整齐划一的简单型社会,而是一种非常复杂的、需要不断调整和重新规划的组织。从根本上说,团结的感觉是这个高度复杂组织中唯一可能的稳定因素"(333)。

威廉斯强调充分的民主对构建"共同文化"的重要性:

对于任何个人来说,不管其天赋如何,充分的参与都将是不可能的,因为文化将是极其复杂的,但有效的参与当然是可能的。在任何时候,人们都是从整个文化中选择出一部分,然后有效地参与,而在选择中,正如在贡献方面,都会有差别与不平衡。这样的选择,这样的不平衡可以与一个有效的文化共同体和谐共存,但是,只有通过真正的相互负责和相互调整,才能做到这一点。(333)

[①] 在书中,威廉斯既用 a common culture,也用 a culture in common,并没有对这两个概念加以区分,或表达对 a culture in common 概念的倾向性,故在此均译为"共同文化"。

威廉斯提醒我们要警惕，团结观念如果过度发展，有可能会导向专制或威权；他提出要容纳异见，保证言论自由，因为"从来没有任何共同体、任何文化能够有充分的自觉、充分的自知之明；在共同的忠诚之中，不仅必须容纳变化，而且甚至必须容纳异见"(334)。他进而提出：

一个美好的共同体，一个有生命力的文化，都会促进人们在公共需求方面的意识，不仅会为此提供空间，而且会鼓励所有的人都为此努力。无论我们的出发点是什么，我们都有必要聆听从不同立场出发的其他人的看法。我们必须全身心地思考每一种信念、每一种价值，因为我们不了解未来，我们永远无法确定什么能使未来变得更加丰富；我们现在只能聆听并思考任何给予我们的东西，从而吸收我们所能吸收的。(334—335)

他坚信"思想和表达自由与其说是一种天然的权利，不如说是一种共同的需要"，是促进共同理解的重要途径(335)。

威廉斯构想的"共同文化"并非简单或绝对意义上的"平等文化"(an equal culture)，因为人的才能、个性千差万别，但"平等的生存权"(equality of being)和"机会平等"是共同文化的基本原则，因为"为民主而奋斗就是要使人们承认平等的生存权，否则民主就毫无价值"(317)。他提醒我们回到文化的原初意义，即"守护自然生长"(the tending of natural growth)(335)。如果我们意识到文化是一种"自然生长"，我们就不是以长期存在的支配观念去思考人的成长，而是以团结、民主、自由、平等的观念去思考和守护人的成长，每个人既是共同文化的创造者，也是守护者，用威廉斯的话来说：

任何文化，在其整体发展过程中，都是一种选择，一种侧重，一种特定的守护。一个共同文化的特征就在于这种选择是自由的、共同的，或者说是自由的、共同的重新选择。守护则是基于共同决定的一种共同的成长过程，而且共同决定的本身包含着生活与成长的各种实际变化。自然成长以及对自然成长的守护是相互作用的一个过程，平等的生存权是保证这个成长过程的根本原则。(337—338)

威廉斯的这一论断无疑是正确的。

四、结语

在《文化与社会》的结尾，威廉斯强调：走向共同文化，需要共同的行动，而共同的行动需要共同理解；为达到共同理解，就需要进行"扎实、详细的探讨与协商"，而在这探讨与协商中，所使用的语言和词汇是"实际而又关键性的要素"(338)。威廉斯相信，"从经验中汲取词的意义并使这意义有活力，就是我们的成长过程"(338)。此处所说的"经验"不仅包括日常生活的现实经验，也包括文学作品中的想象经验，即文学语言建构的"可知共同体"（knowable community）和"情感结构"（structure of feeling）；① 威廉斯把语言作为文化的隐喻一定程度上与利维斯对"少数人文化"的界定相暗合，即把语言看成文化的重要表征，语言作为载体"保存过去人类最美好的经验"和"卓越的精神"。②

威廉斯在《文化与社会》前言中坦陈自己对英国文化批评传统的传承："我对这个共同经验的某个层面提出了自己的论述，这不是对这个传统做判断，而是试图从某些意义与价值的方向上扩大这个传统"(xix)。《文化与社会》发表之后，有学者批评威廉斯仍局限于英国的人文主义批评传统，没有提出根本性的革命主张，是局部的改良主义者。③ 威廉斯后来在《长期的革命》（*The Long Revolution*，1962）中对此作出回应：相比工业革命和民主革命而言，"共同文化"的建设并非一蹴而就，而是一项"长期的革命"。④ 诚哉斯言。

---

① 威廉斯提出"情感结构"和"可知共同体"的概念，强调文学作品对共同经验的记录以及对共同体的形塑作用。在他看来，有很大部分的社会经验被主流意识形态所忽略或压制，这部分经验便构成一个社会的情感结构，所有的艺术从此而来，而大多数小说某种意义上就是"可知共同体"，小说家用本质上可知的、可交流的方式展示人与人之间的关系，以此探索共同体的实质和意义；参见 Raymond Williams, *The English Novel from Dickens to Lawrence*, New York: Oxford University Press, 1970, 11, 14。

② Leavis, *Mass Civilization and Minority Culture*, 5.

③ Lesley Johnson, *The Cultural Critics: From Matthew Arnold to Raymond Williams*, London: Routledge & Kegan Paul, 1979, 156.

④ Raymond Williams, *The Long Revolution*, Harmondsworth: Penguin, 1965, 11.

第三节
"英国特性"的重构：从安德森到霍米·巴巴

二战后，随着英属殖民地的相继独立和英联邦的扩大，越来越多的亚非拉移民涌入英国本土，也逐渐改变了英国的社会结构。与之相伴的是多元文化与民族意识的兴起，一些重要的文化观念——如关于"英国传统"（English tradition）[①]、"英格兰特性"（Englishness）和"英国特性"（Britishness）的观念——成为英国学界反思和探究的热点。在经济高速发展、社会结构日渐多元的形势下，如何营造"共同文化"？如何打造新的共同体？英国传统文化是否需要重构？能否重构？"英国特性"究竟是否存在？怎样构建一种体现平衡性、包容性、多元化的"新英国特性"？这些问题反映了新一代英国文人的文化诉求和道德关注。

一、何谓 English tradition？

虽然利维斯在文化批评中一再坚持 English tradition，但其实 English tradition 一说是颇为含混的。

在《新牛津英语词典》（*New Oxford English Dictionary*）中，English 作名词的两个常用释义分别为"英语"和"英格兰人"（the English）；作形容词时，释义为"英格兰的；英格兰人的；英语的"（Relating to England or its people or language）。[②] 在《柯林斯英语词典》（*Collins Cobuild English Dictionary*）中，English 作形容词时，可以指"英格兰的；英格兰人的；英语的"，也常指"英国

[①] 把 English tradition 等同于"英国传统"其实是不确切的，此处的说法为权宜之计，下文将加以阐释。

[②] 见 English 词条，《新牛津英汉双解大词典》，上海：上海外语教育出版社，2001年，第611页。

的;英国人的",但后者的释义常引起争议。① 就英国的政体演变而言,16 世纪之前,英伦三岛各自为政。1509 年来自威尔士都铎家族的亨利八世(1491—1547)成为英格兰国王,在其统治时期,以《1535—1542 年威尔士法案》(Laws in Wales Acts 1535 and 1542)将威尔士并入英格兰王国;1603 年苏格兰国王詹姆斯六世同时成为英格兰国王詹姆斯一世,1707 年通过的联合法案(the Acts of Union)将两个王国联合,组成大不列颠王国(Kingdom of Great Britain)。1800 年联合法案(the Acts of Union 1800)把爱尔兰王国并入,组成"大不列颠及爱尔兰联合王国"(United Kingdom of Great Britain and Ireland,简称 UK)。1921 年爱尔兰独立,英国政体就变成"大不列颠及北爱尔兰联合王国"(United Kingdom of Great Britain and Northern Ireland,仍简称 UK),沿用至今。因此,English tradition 到底是代表着英格兰传统、英格兰特性(由 English 延伸出的 Englishness),还是代表基于英语作为共同语言的不列颠王国的英国特性(由 British 延伸出的 Britishness)? 经常是言人人殊,莫衷一是。

利维斯的文化批评关注了"少数人文化"与"大众文明"之间的对立,但他把文化作为具有普遍意义的概念提出,忽视了文化观念隐含的民族意识和民族特性。在《英诗新方向》中,他推崇艾略特②、庞德(Ezra Pound, 1885—1972,美国诗人)和霍普金斯(Gerard Manley Hopkins, 1844—1889),认为他们的诗歌创作根植于现代生活,表达了现代感受力和时代意识,代表了"对英诗传统的决定性重组"(a decisive re-ordering of the tradition of English poetry)。③ 利维斯在《伟大的传统》(The Great Tradition, 1948)中,把简·奥斯汀(Jane Austen, 1775—1817)、乔治·爱略特(George Eliot, 1819—1880)、亨利·詹姆斯(Henry James, 1843—1916)④、约瑟夫·康拉德(Joseph Conrad, 1857—1924)⑤作为英国文学"伟大传统"的代言人,利维斯此时并没

---

① 词典中原文为:"English means belonging or relating to England, or to its people or language. It is also often used to mean belonging or relating to Great Britain, although many people object to this."见 English 词条,《柯林斯英语词典》,上海:上海外语教育出版社,2000 年,第 548 页。
② 艾略特出生于美国密苏里州的圣路易斯,1927 年加入英国籍。
③ Leavis, *New Bearings in English Poetry*, 195.
④ 詹姆斯出生于美国,1875 年定居欧洲,1915 年加入英国籍。
⑤ 康拉德出生于波兰,1886 年加入英国籍,英语是其第三门语言。

有意识到这几位作家的民族身份的混杂,他对伟大小说家的甄别标准在于"他们不仅为同行和读者改变了艺术的潜能,而且就其所促发的人性意识——对于生活潜能的意识而言,也具有重大的意义"。① 他坚持认为自奥斯汀以降存在着一脉相传的 English tradition,"英国小说的这些伟大经典都从属其间";虽然詹姆斯具有美国血统(American origin),"但这个美国血统,却也没有令他比后来的康拉德更难算作伟大传统下的英国小说家(English novelist)。"②弗朗西斯·马尔赫(Francis Mulhern,1952—)据此批评利维斯的英语本土主义(nativism),即"英语是最能表达人性的媒介",并批评《伟大的传统》"整本书就是讲述一个英文传统(English tradition)如何战胜异质影响的故事",③这种批评未免言过其实。如果我们联系到利维斯对斯诺"两种文化"观的驳斥,坚持只有一种文化即"文化传统",便可以理解他的文化观是包容性的,他对作家文化身份的界定,是以语言的同一性为标准的。

在《文化与社会》的结论部分,威廉斯关注到文化观念与意识形态的关系,即文化观念的"阶级性",他探析了"资产阶级文化"与"工人阶级文化"观念的差异,但没有触及文化观念的"民族性"。在《英国小说:从狄更斯到劳伦斯》(*The English Novel from Dickens to Lawrence*,1970)④中,威廉斯从马克思主义批评的立场出发,重构了 19 世纪 40 年代到 20 世纪上半叶的英国小说史,也在一定程度上对利维斯的"伟大传统"作出回应和修正,并对文学传统的"民族性"有所触及。全书共分八章,前四章分析狄更斯(Charles Dickens,1812—1870)、勃朗特姐妹(Brontë Sisters)、爱略特和哈代(Thomas Hardy,1840—1928)的作品。在威廉斯看来,19 世纪 40 年代社会转型的巨大变化促使该时期的作家探求新的写作方式,狄更斯的创作天才、勃朗特姐妹的独创性以及爱略特富有激情的洞察力都给英国小说注入了新鲜的血液和能量。该书后三章探讨康拉德、现代都市小说和劳伦斯(D. H. Lawrence,1885—1930)。

---

① 利维斯:《伟大的传统》,袁伟译,北京:三联书店,2002 年,第 4 页。
② 同上,第 15、18 页。
③ Francis Mulhern, "English Reading," in *Nation and Narration*, ed. Homi K. Bhabha, London: Routledge, 2000, 254.
④ 把 English novel 等同于"英国小说"也是不确切的,此处的说法为权宜之计,下文将稍加阐释。

在著述过半的第六章,当讨论到 1911—1914 年间威尔斯(H. G. Wells, 1866—1946)和詹姆斯的文学论战时,威廉斯才不安地对著述中的 English novel 加以界定:

由于来自(英格兰和威尔士)边境地区,我一向无法自如地对待这一类带有民族性的概念。我必须东张西望,左右兼顾。我所谓的 English literature 和 English novel 是指用英文创作的文学和小说(These are literature and novels, in English.);而此前和此后愈发重要的是,美国作家用英文创作的优秀作品会忝列其中,但其自身会形成一个传统——一个重要的传统。纵观文学史,来自非英格兰文化的苏格兰人、爱尔兰人和威尔士人也都为英语文化作出了贡献。但总体而言,19 世纪小说中存在一种特殊的英格兰特性(specific Englishness)……但这种特性的形成不关乎作家的出生地,而是共同的意识、共同的文化,一种特殊的共同关注、共同的忧思使然。①

威廉斯称赞 19 世纪英国小说(或者说英格兰小说)具有"创造性的自信",但他也发现 19 世纪末的英格兰特性中有着令人不安的因素,比如由于帝国的扩张,英国中产阶级形成了"自大封闭的"的英国特性,这在文学领域里也有体现,如由威尔斯、贝内特(Arnold Bennett, 1867—1931)和高尔斯华绥(John Galsworthy, 1867—1933)所代表的英国特性变成"狭隘、乏味和物质主义"的代名词。与此相对照的是,在英语文坛上有影响力的是叶芝(William Butler Yeats, 1865—1939)、萧伯纳(George Bernard Shaw, 1856—1950)、乔伊斯(James Joyce, 1882—1941)、辛格(John Millington Synge, 1871—1909)、奥凯西(Sean O'Casey, 1880—1964)、詹姆斯、艾略特、庞德和康拉德等侨居作家,他们创作出了最重要的想象性作品。威廉斯坦言:"至此,英国特性成为一个问题。我不属于,也不愿意属于这时英国特性所指代的意义。"②所幸,在威廉斯看来,劳伦斯传承了英国小说中特殊的英格兰特性。

在该书的结语中,威廉斯提出,从狄更斯到劳伦斯的文学传承,指明了一

---

① Williams, *The English Novel from Dickens to Lawrence*, 121-122.
② Ibid., 122-124.

个特殊的方向,"沿此方向,我们才能相遇,并一道前行,这就是我所理解的传统";在威廉斯看来,这个文学传统就是对共同体问题的探寻,对"可知共同体"的创造性想象。① 由此,他揭示了想象性作品与民族历史之间的紧密联系:

> 从狄更斯到劳伦斯作品中的历史给我们以勇气,给我们连接的意义,如果没有这些小说,一个民族的历史肯定是不完整的;当阅读这些小说时,我们感受到的历史就会与我们通常被告知的历史有所不同,小说能更深刻、更及时地捕捉到一种问题意识,即对共同体和个人身份的疑虑,在可知的人际关系中的不确定感,这优于其他任何有关人类经验的记载。②

可见,威廉斯和利维斯都意识到文学作品对文学传统的建构,也是对民族性格的建构,他们远早于安德森关注到文学作品对民族共同体的想象和形塑,但深入探究民族意识的"文化根源"这项开拓性工作还是由后者来完成的。

二、民族:想象的共同体

爱尔兰裔英国学者安德森出生于中国云南,在英美接受教育,致力于东南亚研究。由于自身的漂泊和流亡经历,他对文化的民族性、民族主义的建构性有着更多的思考。他在《想象的共同体:民族主义的起源与散布》(*Imagined Communities: Reflections on the Origin and Spread of Nationalism*, 1983)中对民族、民族主义和民族特性等问题都进行了创新性的阐发。

安德森反对民族主义先验论(primordialist)的观点③,他视民族为一种"现代"的想象以及政治和文学建构的产物。他遵循人类学的精神,把民族界定为"一种想象的政治共同体——并且,它是被想象为本质上有限的(limited),同时也享有主权的共同体。"④可以看出,安德森超越了将民族主义当作一种单纯的政治表象的普遍观点,将它与人类深层的意识与世界观的变化结合起来,强

---

① Williams, *The English Novel from Dickens to Lawrence*, 185-186.
② Ibid., 191.
③ 民族主义先验论或原生论者把民族看作客观的先天存在和"天然"的实体。
④ 本尼迪克特·安德森:《想象的共同体:民族主义的起源与散布》,吴叡人译,上海:上海人民出版社,2003年,第5页。本节以下引文只标出页码,不再加注。

调民族作为心理现实的存在特质,"因为即使是最小的民族的成员,也不可能认识他们大多数的同胞,和他们相遇,或者甚至听说过他们,然而,他们相互联结的意象却活在每一位成员的心中"(5—6)。在这种共同体的想象中,想象的主体把自己归属于一个更大的集体并在心理上产生对这个集体的归属感,因此对民族共同体的想象必然带来民族的认同感。民族的想象的作用——"民族能激发起爱,而且通常激发起深刻的自我牺牲之爱"——也证明了这一点(137)。

与此相关的是"民族性"的持久,在安德森看来,"民族属性(nation-ness)是我们这个时代的政治生活中最具普遍合法性的价值"(2)。安德森进而探求民族意识的文化根源。既然民族是想象的共同体,那么,民族特性以及民族主义也都并非先天的客观存在,而是一种特殊类型的"文化人造物"(cultural artifacts)。他把民族主义和大的文化体系联系起来加以理解,这些大的文化体系既是孕育民族主义的条件,也是民族主义形成的背景。民族主义因此不再只是一种政治运动或意识形态,而是一种更为复杂、深刻的文化现象。

安德森进一步论述道:"区别不同的共同体的基础,并非他们的虚假/真实性,而是他们被想象的方式。"(6)他尝试描绘出民族开始被想象,被形塑、改编和改造的过程,以及人们对于想象的共同体的执着,并试图解答为什么人们随时愿意为这些文化创造物献身(168)。

对安德森而言,"民族"这个"想象的共同体"最初且最主要是通过文字(阅读)来想象的(10)。他在书中花了大量篇幅描述并论证现代世界如何从宗教共同体、王朝共同体转向民族共同体,以及印刷术、报纸等技术如何参与到民族的建构和民族主义的传播。在现代民族国家形成的过程中,人们通过共同的想象,尤其是经由某种叙述、表演与再现,将日常事件通过资本主义印刷业、报纸杂志、小说、记忆、官方语言、人口普查、博物馆等表征方式,通过升国旗、奏国歌等国家型的纪念仪式及种种音乐和节庆活动,让所有国民,都在阅读、想象、记忆的同时性与即时性过程中,设定大家同属一个共同体,透过想象与形构共同的生活和行为规范,形成国家与公民的观念,并因而产生强烈的归属感和同胞情,以达成巩固民族国家既有体制、促进民族主义有益发展的目的。

安德森尤其强调了语言在共同体形塑中的重要作用,"从一开始,民族就是用语言——而非血缘——构想出来的,而且人们可以被请'进'想象的共同体之中"(168)。他形象地论述,语言之于爱国者就如同眼睛之于恋人一般,"通过在母亲膝前开始接触,而在入土时才告别的语言,过去被唤回,想象同胞爱,梦想未来"(181)。安德森从现代小说的结构和叙事技巧,以及诗歌的语言中,探讨文学作品如何"重现"人类对民族共同体的想象和形塑。综合对代表性小说文本的分析,安德森归纳出小说的共同特征:小说展现了置身于同一背景、不同地点中的人物和事物共时地存在,并通过某种形式建立起联系——这种共时存在的形态就能在读者心中召唤出对民族共同体的想象。正是在这个意义上小说构成了一种想象民族的手段。

如果民族是"想象的共同体",民族性是文化建构物,那也就意味着重构民族特性就有了可能。由此,霍米·巴巴把"民族"与"叙述"联系在了一起。

三、民族与叙述:重构英国特性

巴巴采用和安德森同样的立场,批判了本质主义的民族话语,对民族神话进行了解构。他在自己主编的论文集《民族与叙述》(*Nation and Narration*, 1990)导言中开宗明义地指出:"民族就如同叙述一样,源头消失于神话时代,只有在心灵之眼(the mind's eye)中才能全然意识到自己的视野。这样一种民族或叙述的形象似乎显得极具浪漫主义色彩并且极具隐喻性,但正是从政治思想和文学语言的那些传统中,西方才出现了具有强有力的历史观念的民族。"[①]在巴巴看来,民族是叙述话语的建构物,它来自不断冲突的文化各要素之间的混杂互动;民族本身就是一种叙述,它的不确定性也如同叙述的不可靠性一样。

《民族与叙述》关注种种矛盾性叙述与话语,通过这些叙述与话语,人们建构出一个想象的共同体和自己的"民族性",但巴巴同时也在质疑这种想象行为中内含的确定性,他提供给读者的是位移的不确定状态,而非试图统一构成

---

① Homi Bhabha, Preface, in *Nation and Narration*, ed. Homi Bhabha, London: Routledge, 2000, 1.

各种民族文化传统的"严肃的威权性散文"或"宏大叙事"。① 尽管文集中各论文涉猎的范围广、时间跨度大,但论者都非常关注民族的建构性力量,民族的归属性、连贯性和散发性原则,以及这些因素作为权力和书写、霸权及其反抗之策略的特征。

巴巴在论文集的压轴篇《播撒民族》("DissemiNation")中借用克里斯蒂娃(Julia Kristeva,1941—)的观点,区分了表述民族的两种时间性范畴:训导式的(the pedagogical)和演现式的(the performative);他将文化问题重构为具有"训导性和演现性"两种特征的现象。训导式时间关联于一种整体性观点,即安德森所谓"想象共同体"的"同质而又空洞的时间"(homogeneous empty time);而演现式时间则与民族表述的"双重性和分裂性"(double and split)相连。② 巴巴拿来代替民族想象中的同质而又空洞的时间的,是演现式时间,即民族表述的双重性和分裂性,作为民族、文化和共同体的社会想象物既是话语建构的主体,也是心理认同的客体,他们的这种二重性导致一种对抗性叙述,即反对历史主义对共同体做自然主义式连续性叙述。一种民族文化是各种时间性的聚合——现代的、殖民的、后殖民的、本土的——它们解构了"基于理性主义和进步论逻辑之上有关民族的'经典'叙事"。③

巴巴一方面肯定后殖民地人民试图创造民族文化的民族叙述运动,另一方面则提出:疆域、传统和民族认同确实给人以重要的归属感,但如果我们太过强调,甚至崇拜文化、民族认同或传统,如果这种努力变成强烈的民族主义,就会导向一种限制性共谋,会将我们带回到19世纪陈旧的社会文化范式中。巴巴十分赞同法农(Frantz Fanon,1925—1961)的观点,即"我们不可能完全除去作为一种观念或政治结构的民族,但我们能够承认其对我们时代的历史的局限性。我们能够,我们也应该同时谴责以一种完全不恰当的方式强加于人民头上的国家的地位和民族主义"。④

---

① Homi K. Bhabha, Preface, in *Nation and Narration*, 4.
② Homi K. Bhabha, "DissemiNation," in *Nation and Narration*, ed. Homi K. Bhabha, London: Routledge, 2000, 305.
③ Ibid., 303.
④ Frantz Fanon, "On National Culture," in *The Wretched of the Earth*, trans. Constance Farrignton, New York: Grove Press, 1967, 247.

作为典型的流散学者，①巴巴提出了一种"混杂"（hybridity）的文化批评策略，它"使得巴巴在自己的批评生涯中一直处于一种能动的和具有创造性活力的境地"。② 他提出的世界主义、文化差异和文化翻译等思想都有助于英国特性的重构。

巴巴在《文化的定位》（*The Location of Culture*，1994）中反复地讨论了民族、边缘、地域、位移和居间（in-between）的疆界等问题，对后殖民主义语境下的西方现代性文化加以重新定位。他指出，在一个满是跨民族的、移民的社会力量的世界里，基于"文化多样性"（cultural diversity）的"多元文化主义"目前已失去合法性，而应被一种作为"文化差异"（cultural difference）的"文化互动"模式所取代。③ 在巴巴看来，文化从来不是单一的，也从来不是简单的自我与他者的二元对立关系。④ 鉴于多元文化主义话语中仍隐含着文化霸权的余威，巴巴提出了"世界主义"一说。后者其实是殖民主义对世界文化所产生的巨大影响，或者说殖民主义的余波——后殖民的混杂状况就是一种世界主义，唯有通过"文化翻译"，才能达致世界主义。

在一次访谈中，巴巴对"文化翻译"进行了阐释：

> 我坚决主张文化翻译，目的是理解这个世界，而不是将它还原为一种语言，而是像理解翻译一样去理解这个世界。通过文化翻译，我们给每一种特殊的语言传统或文化文本以自己的空间。但是在这项工作中我们也看到，有一种对更广大的世界发出声音的渴求，满足这种文化或文化目标的渴求，让它对世界发出自己的声音，是后殖民批评家的目的。⑤

我们在考察英国文人重构英国特性的努力和过程时，有必要参考巴巴的上引论述。

---

① 巴巴出生于印度，曾留学英国，现在美国哈佛大学从事教学和研究。
② 王宁：《叙述、文化定位和身份认同——霍米·巴巴的后殖民批评理论》，《外国文学》，2002年第6期，第50页。
③ Bhabha, *The Location of Culture*, London: Routledge, 1994, 34.
④ Ibid., 35-36.
⑤ 生安锋：《后殖民主义、身份认同和少数人化——霍米·巴巴访谈录》，《外国文学》，2002年第6期，第57页。

四、结语

英国著名的历史学家和人类学家艾伦·麦克法兰(Allan Macfarlane, 1941—)曾提出,"一切企图定义'民族性'(national character)的努力注定失败。无论何时,只要我们打算描述一个民族或国家,我们很快就会明白:民族或国家因时间、阶级、地域而异,无所谓一致性,民族的性格也随环境而变化,无所谓一贯性。"①

虽然界定民族性非常困难,很多历史学者还是认同帝国扩张和统治对建构不列颠民族认同和英国特性的核心作用。英国学者奈伦(Tom Nairn, 1932—)首次提出作为多民族国家、多语言民族认同的不列颠民族的概念,他指出英国特性是不列颠民族(苏格兰人、英格兰人、爱尔兰人等)从18世纪开始至二战后的帝国扩张时期逐渐形成的②。麦克法兰指出,在英帝国的模式中,"战争、贸易和帝国是一个互相交织的包裹,这三个成分相辅相成"。③ 琳达·考利(Linda Colley, 1949—)认为,不列颠民族意识的形成有赖于广泛的新教文化、频繁的对外战争以及庞大的海外帝国代表的成就、利润和"他者"。④ 当然,不列颠内部也有政治纷争和文化差异,包括地域、阶级、宗教和性别的不平等,但帝国的发展确实成为许多英国人共同的事业。我们不难理解英国特性在20世纪所处的困境:攻城略地的帝国时代已成为过往云烟,英国内部的文化差异重新显现,威尔士、苏格兰、英格兰民族主义再度兴起,统一的不列颠民族认同也就岌岌可危,如何重塑"想象的共同体",如何构建一种体现平衡性、包容性、多元化的"新英国特性"便成为战后英国文人孜孜不倦的使命。

---

① 艾伦·麦克法兰主讲:《现代世界的诞生》;刘北成评议;刘东主持,上海:上海人民出版社,2014年,第322页。该书是根据麦克法兰受邀在清华大学做系列讲座的讲稿整理而成,在讲座中,麦克法兰颠覆了马克思、韦伯等思想家关于旧制度与现代世界"大分流"的经典理论,将现代世界的源头上溯至12—18世纪工业化的英格兰与勤业化的欧亚大陆之间的分道扬镳,并把现代性的本质和特征归纳为经济、社会、政治和意识形态(或曰宗教)等领域的彻底分立与组合,而英格兰是发明现代性的第一个民族国家。我们认为这也是麦克法兰对英格兰历史的重构,讲座的英文名称为"The Invention of the Modern World",因而译为"现代世界的发明"更为准确。
② Tom Nairn, *The Break-Up of Britain: Crisis and Neo-Nationalism*, NLB: London, 1977.
③ 麦克法兰,《现代世界的诞生》,第32页。
④ Linda Colley, "Britishness and Otherness: An Argument," *Journal of British Studies*, 4 (1992), 327.

第二章

从焦虑到愤怒

走出二战硝烟的英国人发现,不仅国土一片废墟,文坛也是人才凋敝,青黄不接。一大批曾经纵横文坛的重量级作家已然去世,在这个历史罅隙之中,"愤怒青年"(Angry Young Man)文学思潮应运而生。本章试图展望并呈现20世纪50年代英国文学和文化领域从焦虑到愤怒的转变历程。英国左翼文化在50年代发生了一次批评范式的文化转向,其时恰逢"愤怒青年"文学思潮的勃兴。新左派批评家把握住了"愤怒青年"文学作品中所充盈的时代感,将公众的注意力转移到对工人阶层日常生活细节和社会文化机制的考察,同时又扬弃了"愤怒青年"缺乏政治担当与行动力的缺陷,提出自己的文化政治批评主张。无论如何,"愤怒青年"文学思潮在一定程度上推动了英国新左派运动的崛起与兴盛,为英国文化在二战以后的分裂与变化提供了丰润的滋养。

约翰·韦恩(John Wayne,1925—1994)的小说《每况愈下》(*Hurry on Down*,1953)是"愤怒青年"文学思潮中最早出版的作品,它关注的是大学毕业生面临的彷徨与失落,在社会体制的重重压制下,年轻人出人头地的机会实在渺茫,在绝望和郁闷中逐渐对社会产生愤怒与失望情绪。它不仅是一部抗议小说,同时还是反映英国战后时期人文学生检讨其社会文化悖论的杰作。这部作品既呈现了转型期的英国社会阶级结构的新状况,又说明了高等教育能够实现阶级向上流动的空洞承诺,还展现了人文学生对英国社会的观察视角和批判立场,成为深刻反思战后英国文化的经典之作。

金斯利·艾米斯(Kingsley Amis,1922—1995)对战后英国文坛有着巨大的影响力。他的代表作《幸运的吉姆》(*Lucky Jim*,1954)是英国"愤怒青年"文学思潮史上知名度极高的作品,也是英国文学史上较早的学院题材小说。作品以玩世不恭的笔调强烈讽刺大学校园里伪善的精英文化与守旧体制。艾米斯在《幸运的吉姆》里反复使用"音乐"和"饮食"等日常文化母题,对战后英国社会主流文化中的幸福观进行深度的拷问。《幸运的吉姆》用幽默的笔调鞭挞了英国社会生活中的重要文化问题,愤怒的语气中包含作者对建立一个健康活泼的文化共同体所抱有的恳切愿景。

战后英国小说领域的主要潮流是新现实主义,叙事风格和主题都没有太多革新意识。与之相比,戏剧领域则出现较强的实验精神,"荒诞派"运动造就了英国戏剧史上的又一个高峰,而拉开这个高峰序幕的是"愤怒青年"一代作家旗手约翰·奥斯本(John Osborne, 1929—1994)的《愤怒的回顾》(*Look Back in Anger*, 1956)。奥斯本的这部经典之作对庸俗的主流文化发起攻击,它不仅是愤怒的回顾,也分外强调爱和生命,期望创造一个富有生命活力的文化共同体。《愤怒的回顾》以一种曲折的方式表达了英国战后一代青年人的无限憧憬,他们想要在英国历史转型的过程中重建美好的英格兰。

第一节
"愤怒青年"预示的变化

"愤怒青年"文学思潮的蓬勃发展之际恰逢"新左派"运动在英国的发轫,两者同根而生,并非历史的巧合。新左派旗手斯图亚特·霍尔(Stuart Hall, 1932—2014)和爱德华·汤普森(E. P. Thompson, 1924—1993)等人都对"愤怒青年"文学思潮源流进行过诸多思考,而理查德·霍加特(Richard Hoggart, 1918—2014)有时甚至被批评家归入"愤怒青年"阵营之中,[①]以探讨新左派的崛起与当时英国文学思潮之间的关联和耦合。雷蒙·威廉斯对"愤怒青年"文学思潮的评判不仅出现在他的批评文章里,还体现在他的文学创作中。1964年他出版了小说《第二代》(*Second Generation*),这部政治色彩浓厚的作品在题材和风格上被视为"对'愤怒青年'文学有着迟来却独具特色的贡

---

① Dan Rebellato, *1956 and All That: The Making of Modern British Drama*, London: Routledge, 2002, 20.

献"。① 种种迹象表明,新左派和"愤怒青年"在诸多维度体现出丰富的关联,彼此之间的维系与背离状况值得进一步探讨。到目前为止,学界似乎并没有真正厘清"愤怒青年"同新左派之间的复杂关系,更没有将"愤怒青年"文学思潮放置在英国 20 世纪中期左翼文化研究批评范式转向的大历史语境中进行阐述,因而留下一些悬而未决的重要理论问题:"愤怒青年"在何种程度上契合新左派文化批评范式的新转向?"愤怒青年"文学和左翼文化运动之间有什么具体的历史关联?新左派对"愤怒青年"做出了怎样的批判与扬弃,并借此展开自己的文化批评实践?有鉴于此,本节将围绕以上问题展开论述。

一、"愤怒青年"的崛起与左翼文化的嬗变之路

左翼文学在英国有着悠久的历史,至少可追溯到 18 世纪末。英国文化与文学界对左翼政治的热情从未消歇,自 19 世纪到 20 世纪前期,从莫里斯(William Morris,1834—1896)到萧伯纳和奥威尔(George Orwell,1903—1950)等人,这些作家对改革、改良、社会主义和乌托邦等问题都做出过深刻思考。进入 20 世纪以后,随着英帝国的没落,英国民众的危机意识和民族复兴使命感愈发强烈,左翼文化运动发展更为迅猛。1917 年俄国"十月革命"的胜利和 1922 年苏联的成立将马克思主义从理论付诸社会实践,为左翼力量带来强劲动力。19 世纪 30 年代的左翼政治和文化氛围深刻影响到文学领域,"1929—1933 年的世界性经济危机和法西斯主义对英国社会的笼罩使英国左翼文学在 1930 年(代)出现高峰,数百部左翼小说发表"。② 苏联和德国的综合国力在 20 世纪 20 年代开始飞速发展,快步赶超英国,使英国人产生巨大的失落感和追赶意识。到了 30 年代,"英国政坛越来越被法西斯独裁分子所占据",英国左派"对此做出剧烈反应",却无法改变大局,坚持到 30 年代末终告失败,左翼的亲苏势力对苏联所取得的经济成就表示仰慕,而独立工党却又带头对斯大林主义进行批判。③ 苏联和德国在 1939 年 8 月签订互不侵犯条约,

---

① Charles I. Glicksberg, *Literature and Society*, The Hague: Martinus Nijhoff, 1972, 131.
② 陈茂林:《20 世纪英国左翼文学研究宝典:评〈现代英国左翼小说研究指南〉》,《外国文学研究》,2010 年第 3 期,166 页.
③ Paul Corthorn, *In the Shadow of the Dictators: The British Left in the 1930s*, London: Tauris Academic Studies, 2006, 137.

引起了英国内部集体层面的理想幻灭和路线纷争,再加上二战爆发等多重因素的叠加,左翼读书俱乐部在 30 年代下半期遽然兴起,而后在 40 年代初期迅速衰落,最终在 1948 年解散。左翼文学家和政治家积极参与到各种社会活动之中,但令人沮丧的是,实际效果并不容乐观。正如皮姆洛特(Ben Pimlott, 1945—2004)所言,在 20 世纪三四十年代的"10 年之间,在实际事务和时事等问题上,整个英国左派所起的作用实际上可以忽略不计……左翼政治家无论通过写作还是行动,都无法推动或阻止任何一项重要国家政令的制定与执行"。①

英国左派力量未能直接促成国家政治与社会面貌发生显著变化,但是左翼政治和文化运动在英国的发展延续了英国文化传统中隐形的激进基因,通过报刊、左翼读书俱乐部、文学作品、政论等形式,广泛传播了现代西方政治运动中的左派文化,启发了英国国民对左派文化的深入认知,为其在将来的复兴与崛起创造了土壤。随着二战的到来,英国左派文化在 40 年代进入相对沉闷的休眠期,待到二战结束,随着 1945 年 7 月工党在大选中获胜,开始执政,它又迅速复苏。

工党组阁后推出一系列福利国家改革政策,在美国马歇尔计划扶持下,英国经济得以迅速复原,在此种历史情境下,"一种乐观主义气氛培育了这样一种想法:英国正在一个新的社会响应的经济黎明中重建自己。"②然而,形势的发展出乎左翼人士的意料。1951 年大选中,丘吉尔率领保守党卷土重来,击败工党。人们发现经济发展了,进入物质条件上生活富足的"丰裕社会"(affluent society)以后,整个民族的精神面貌居然出现了背离。民众对国家与社会的不满情绪日益高涨。二战以后,英国文化在世界冷战格局中开始分裂与变化。左翼思潮在战后英国不断酝酿,正值此时,"愤怒青年"一代作家群体如雨后春笋般崛起,出版了一系列描写青年人对社会体制表达愤怒感的作品。"愤怒青年"文学思潮中名载史册的文学作品主要有韦恩的小说《每况愈下》

---

① Ben Pimlott, *Labor and the Left in the 1930s*, Cambridge: Cambridge University Press, 1977, 1.
② 安德鲁·桑德斯:《牛津简明英国文学史》,谷启楠、韩加明、高万隆译,北京:人民文学出版社,2000 年,第 870 页。

(1953)、艾米斯的小说《幸运的吉姆》(1954)、奥斯本的戏剧《愤怒的回顾》(1956)、柯林·威尔逊(Colin Wilson,1931—2013)的哲理批评文集《局外人》(*The Outsider*,1956)、约翰·布莱恩(John Braine,1922—1986)的小说《往上爬》(*Room at the Top*,1957)、艾伦·西利托(Alan Sillitoe,1928—2010)的小说《星期六晚上和星期天早晨》(*Saturday Night and Sunday Morning*,1958)等。

"愤怒青年"是一个松散的作家群体,虽然都表现出对社会体制的愤怒反抗,但并没有统一的纲领或组织。①"愤怒青年"文学流派的主将艾米斯和韦恩参与了菲利普·拉金等人引领的"运动派"诗歌团体。"运动派"在1956年发表了由苏联史专家康库斯特(Robert Conquest,1917—2015)主编的诗歌合集《新界限》(*New Lines*),艾米斯和韦恩的作品都收录其中。奥斯本出身于普通工人家庭,对左翼文化有着天然的亲和感。青年作家青睐左翼文化,这在当时的世界政治话语谱系中是有章可循的:"直到60年代,左派一直是社会正义和良知的形象,垄断了社会正义和道德的资源,对中产阶级大学生具有强大吸引力,他们需要从左派的道德库存中获得一些援助,使自己的革命在道德合法性上站得住脚。"②在"愤怒青年"作家群体中,艾米斯和英国左翼力量关系最为密切。艾米斯于1941年4月进入牛津大学的圣约翰学院,当年6月就加入了英国共产党,此后他成了牛津劳动俱乐部的骨干分子,在该俱乐部的期刊《公告栏》(*Bulletin*)从事编辑工作。不久后他应征入伍,战后在斯旺西大学担任教职。年轻时代的艾米斯具有较为鲜明的左翼倾向,但是在1956年以后他和很多英国青年人一样退出英国共产党,改变了对左派的看法,自此以后逐渐转向右派阵营。艾米斯曾在1967年撰文《幸运的吉姆为什么向右转》,讲述自己政治立场转变的前因后果,③他在政治立场上的变化在他那个时代很有典型性,展示出英国知识分子在20世纪50年代复杂政治格局下的个人抉择。

---

① Dale Salwak,"The 'Angry' Decade and After," in *A Companion to the British and Irish Novel 1945-2000*, ed. Brian W. Shaffer, Malden, MA: Blackwell, 2005, 28-29.
② 程巍:《中产阶级的孩子们:60年代与文化领导权》,北京:三联书店,2006年,第45页。
③ 参见 Kingsley Amis, "Why Lucky Jim Turned Right," *National Review*, October 17, 1967, 1121-1122。

二、"愤怒青年"的反抗文化与时代精神

"愤怒青年"文学思潮声势浩大的 1956 年前后，正是英国新左派和老左派新旧更替的历史分界线。关于新左派在 1956 年之后的遽然兴盛，批评界通常认为"直接诱因是发生在 1956 年两件震惊世界的大事：苏军入侵匈牙利和英法联军入侵苏伊士运河。它们给左派知识分子造成了巨大的思想冲击，使他们对西方资本主义民主制和苏联的社会主义产生了双重幻灭。"[①]1956 年的另一个国际政治事件也在很大程度上刺激英国左翼力量发生剧变，那就是 2 月 24—25 日赫鲁晓夫在苏共二十大所做的全面否定斯大林的秘密报告。该报告后来被美国情报机构获取，《纽约时报》在当年 6 月 4 日全文刊发，引发欧洲各国共产党和左翼分子对斯大林主义进行清算的风潮。国际局势风云巨变，此时在英国文坛风头正劲的"愤怒青年"作家群体当然会捕捉到英国文化在政局动荡冲击下出现分裂和变化的新情况。他们无法摆脱政治，但创作出来的文学作品却并不直接触及这些敏感的政治事件，愤怒和无助的情绪始终浸润着他们政治信仰和精神追求之间的撕裂形态。"愤怒青年"再现了左翼势力在英国沉闷社会现实压抑之下逐渐复苏的历史现状，着力描写新左派运动大风起于青蘋之末的酝酿阶段和蓄势待发的过程。

与战前英国小说界的现代主义风格潮流相比，"愤怒青年"作家在 20 世纪五六十年代引领英国小说产生了较为明显的转向，他们的小说"不再热衷于拓展艺术疆界与文字手段，而是探索当代社会经验的物质关系"，因而"更加关注文化与社会，着眼于阶级、教育、南北差异、政治和种族"。[②] 在"愤怒青年"作家群体中，韦恩和艾米斯最早出版各自的代表作，他们有着相似的教育和工作经历，都出生于中下层的中产阶级家庭，都曾就读于牛津大学的圣约翰学院，毕业后分别在雷丁大学和斯旺西大学任教。他们俩都凭借自己的第一部小说在英国文坛一鸣惊人：韦恩在 1953 年出版了《每况愈下》（又译《大学后的漂泊》），艾米斯在 1954 年出版了《幸运的吉姆》。艾米斯曾于 1973 年 7 月 27 日

[①] 赵国新：《新左派》，载赵一凡等主编《西方文论关键词》，北京：外语教学与研究出版社，2006 年，第 689 页。

[②] Peter Childs, "Novel", *Encyclopedia of Contemporary British Culture*, eds. Peter Childs and Mike Storry, London and New York: Routledge, 1999, 70.

的《泰晤士报文学增刊》(*The Times Literary Supplement*)上刊文谈及《幸运的吉姆》的创作缘起，他给出的小说笔记提纲包括"……大学里的龌龊、外省地方，或许主要关注文化、蹩脚的文化(crappy culture)、格格不入的人、似乎反抗文化(anti-culture)、非上层阶级、非牛津剑桥、啤酒、女人……"①从艾米斯的自述可以看出，文化与阶级问题无疑是他关注的重中之重，他采取戏谑挖苦的叙事风格对社会主流的"蹩脚文化"发起攻击。

相比之下，奥斯本和威尔逊的生活境遇则是另一番景象。两人都出生于工人阶层的贫寒之家，在公立学校接受初等教育，都是16岁高中毕业后就辍学进入社会工作，与高等教育体系没有多少交集。奥斯本并没有接受过大学教育，但他在《愤怒的回顾》中将男主角设定为一个具有大学文化的人，这部戏剧迥异于英国戏剧史上由来已久的描写王侯将相、贵族阶层或者中产阶级绅士淑女风雅生活的题材模式，转而关注社会中下阶层单调乏味的生活，用简单直白甚至粗鲁的语言批判社会生活中各种不合理行径和虚伪行为，用激昂愤慨的态度直刺社会中下层民众生活的平庸与无奈。《愤怒的回顾》不同于考沃德(Noël Peirce Coward，1899—1973)等人"描写起居室和中产阶级"的戏剧，也不同于"T. S. 艾略特等人的诗体剧"，而是描写"工人阶级和中下层阶级生活，尤其关注家庭现实主义"，因此还经常被归入激进现实主义戏剧(kitchen-sink drama)的范畴。② 奥斯本等人的作品选择以英国工人阶级和中下层出身的青年为主角，表达出战后英国新一代在前途渺茫之际愤懑满怀却无处发泄的状况。

"愤怒青年"在50年代声势变得壮大，高潮出现在1956年前后。当年5月8日，27岁的约翰·奥斯本的剧本《愤怒的回顾》在皇家宫廷剧院首演，获得巨大成功，在题材与语言上极大冲击了英国观众，被盛赞为英国新戏剧里程碑式的作品，"在现代英国戏剧史上标志着一次'革命'或一个'分水岭'"。③《愤怒的回顾》捕捉到50年代中期弥漫在英国年轻人中间的愤怒与怨气，将

---

① 转引自 Gavin Keulks, *Father and Son: Kingsley Amis, Martin Amis, and the British Novel since 1950*, Madison: The University of Wisconsin Press, 2003, 109-110。
② Margaret Drabble, *The Oxford Companion to English Literature*, Oxford: Oxford University Press, 2000, 561。
③ 桑德斯，《牛津简明英国文学史》，872页。

"愤怒"二字直接嵌入剧名之中,成为"愤怒青年"作家群体的标志。《愤怒的回顾》的台词对话火药味十足,威斯(Samuel A. Weis,1902—1977)总结这部作品的"主要意象是战争和狩猎,里面充斥着袭击、追赶、绑架、铁拳、战争、丛林和野蛮等词汇"。[①]《愤怒的回顾》以家庭情景剧的模式从男主角吉米这个社会普通成员的视角挑战社会文化和阶级领域内的权势集团。同年,年仅24岁的柯林·威尔逊也发表了哲理批评文集《局外人》(他的第一部作品),在英美和欧陆均引起强烈反响。"愤怒青年"作家通常以来自底层社会的青年人为主人公,描写这些小人物动荡不安的生活,关注他们前途无望的苦闷与愤怒,表达他们的叛逆心理。20世纪50年代出现的"愤怒青年"其实是一种旨在描写英国社会现状的文学思潮。早在1956年12月,牛津学生主办的杂志《查威尔》(Cherwell)就指出"愤怒青年"文学思潮是"我国独具时代精神(Zeitgeist)的文学"。[②] 和一百年前那些响应卡莱尔号召而描写英格兰状况的作家不同,这些年轻人更具左翼倾向,20世纪以来的共产主义运动和英国国内的现状使他们认清了阶级利益冲突的残酷性,不再简单诉诸"同情心"(后者被看作阶级斗争的麻醉剂),而是不断摸索解决之道,却处处碰壁,理想幻灭之下,发出愤怒的吼声。

"愤怒青年"文学与社会思潮是英国文化观念流变历史上的一个新征兆,预示着文化观念的裂变。正因为有了之前红色30年代左翼文化的渲染和滋养,经过40年代的沉寂之后,在世界政治格局和本国历史情境的共同刺激下,英国文化传统中潜藏的激进基因在50年代再度活跃起来。"愤怒青年"思潮主要由青年人推动,他们往往出身于社会底层家庭,没有机会接受较好的教育,随着工党上台执政,进行民主社会主义改革,这些青年对民族的复兴抱有很高期望,对自己的前途也充满雄心壮志。1951年丘吉尔带领保守党卷土重来之后,他们发觉一切似乎又回到了原点,现实无法让人满意。在右翼势力当道的时代,他们无法有更大的作为,在缺乏阶级流动性的社会中感受到无形的

---

① Samuel A. Weis, "Osborne's Angry Young Play," *Educational Theatre Journal* 12.4(1960), 285.

② Qtd. in Arthur Marwick, "Youth in Britain, 1920 - 1960: Detachment and Commitment," *Journal of Contemporary History*, 5.1(1970), 50.

压制,不满于社会与现实,看不到希望,更无法找到拯救之道,只得以愤怒的方式表达情绪。

三、"新左派"对"愤怒青年"文化政治的批判与扬弃

就在"愤怒青年"文学思潮高涨之时,英国"新左派"运动也开始勃兴。1957年英国出现了两份期刊:《新理性者》(*The New Reasoner*)和《大学与左派评论》(*Universities and Left Review*)。斯图亚特·霍尔于2010年2月在《新左派评论》(*New Left Review*)刊文述评第一代新左派成员生平与时代,指出新左派旨在摆脱当时的斯大林主义和社会民主主义这两种主流的左翼立场,试图"开辟第三条道路"和新的立场,这种新的左翼力量汇聚了两大传统:《新理性者》所代表的共产主义人道主义和《大学与左派评论》所代表的独立社会主义。① 就发行量而言,《大学与左派评论》影响力更大,在鼎盛时期超过八千份,而《新理性者》则始终徘徊在一千份上下。②《大学与左派评论》由斯图亚特·霍尔、加布里埃尔·皮尔森(Gabriel Pearson)、拉尔夫·萨缪尔(Ralph Samuel)和查尔斯·泰勒(Charles Taylor)担任联合主编,他们都毕业于牛津大学,是前共产党人或者社会主义者。该刊于1957年春创刊,发刊词首句是:"《大学与左派评论》是一个精心谋划的冒险行动。"③当期刊载有两篇文学与社会评论,其中一篇就是大卫·马库恩德(David Marquand,1934—)撰写的《幸运的吉姆与工党》("The Lucky Jim and the Labour Party"),可见其相当重视艾米斯所领衔的"愤怒青年"文学思潮。新左派对当时席卷英伦三岛的"愤怒青年"文学思潮很有兴趣,仅仅两期之后,核心成员雷蒙·威廉斯又在《大学与左派评论》的1958年夏季刊发表了《现代主义和当代小说》("Realism and Contemporary Novel")一文,其中一节以艾米斯和韦恩为名,讨论他们的写作特色与局限性。威廉斯赞扬他们的小说反映了当代青年的真实情感,又指出他们的作品最终呈现出"嘲弄和荒唐的现实",不可避免地"将行动世界压

---

① Stuart Hall, "Life and Times of the First Left," *New Left Review* 61(2010), 178-179.
② 参见张亮:《〈新理性者〉、〈大学与左派评论〉和英国新左派的早期发展》,《晋阳学刊》,2013年第1期,第80页。
③ Stuart Hall et al., "Editorial," *Universities and Left Review*, 1(1957), i.

缩成人物漫画"。① 就此文而言，威廉斯对艾米斯和韦恩的作品评价似乎并不是太高，因为他们所描述的人物与故事世界并不太符合威廉斯对伟大作品所做的评判标准。威廉斯认为，唯有现实主义可以为我们提供生活所必需的"合一性"（wholeness），这种"合一性"可以调整个体与社会之间的关系，让我们组建具有凝聚力和情感的共同体。② 威廉斯在文学价值判断上追求的是重塑共同体的情感与认同，而不是"愤怒青年"主人公那样脱离和抨击社会的个人主义叛逆行为；同时，在文学理念上，威廉斯赞赏的是既能再现真实生活情感又具有超越性的文学作品，而艾米斯和韦恩等人似乎将重心放在记录现实情景和真实情感之上，而忽略了文学本身应该具有的超越性。

《现代主义和当代小说》发表时，威廉斯正在从左派利维斯主义向新左派转变。他在这个时期的众多著作中表达了对文化精英主义的批判以及对大众文化的青睐，他的代表作《文化与社会》就出版于这一年。从威廉斯对艾米斯和韦恩作品的批评可以看出，他认可这个文学流派的选材和态度，但是并不赞同他们偏于简单化的文学叙事模式。威廉斯在文学与文化的旨趣问题上无疑同"愤怒青年"作家群体意气相投，尤其青睐后者给英国战后文坛带来的青春活力和革新能量。他对20世纪50年代后期英国掀起的"新浪潮"（New Wave）电影产生浓厚兴趣，"愤怒青年"作家流派的领军人物奥斯本和布莱恩等人的代表作《愤怒的回顾》和《往上爬》都被改编成这一风格潮流的电影。丹·内贝拉托（Dan Rebellato, 1968—   ）通过梳理史料对威廉斯和"愤怒青年"之间的共同旨趣问题进行了研究，发现奥斯本明确指出"活力"（vitality）是《愤怒的回顾》的"首要构成因素"，而"新浪潮"戏剧和影视所展现出的这种"活力"尤其受到威廉斯赏识，因为这和威廉斯以及其他新左派成员所倡导的普通文化与生活方式等理念是一脉相承的。③ 威廉斯从事成人教育多年，对他而言，艾米斯等人小说中那些出身于社会底层的主人公无疑是熟悉的对象。这些小说展现出对文化精英阶层的讽刺以及对工人阶层的亲和感，这些与威廉

---

① Raymond Williams, "Realism and Contemporary Novel," *Universities and Left Review*, 4 (1958), 24.
② Ibid., 24-25.
③ Rebellato, *1956 and All That*, 21.

斯的价值取向无疑是相通的。威廉斯对"愤怒青年"的文学修辞风格未必十分赞同,然而他和这些作家之间在很多问题上确实有着诸多共同的价值取向,①这些取向在一定程度上契合并推动了他所思考的左翼文化批评范式的转向。

在霍尔等左派知识分子的主持下,《大学与左派评论》和"愤怒青年"一代作家在很多话题与社会问题上进行了一系列互动,刊发了大量探讨当代青年文化与政治运动的文章。1959年春季《大学与左派评论》第6期的首篇就是霍尔本人发表的评论文章《青春期的政治》("Politics of Adolescence"),其中他对青年人的愤怒表示理解,还谈论到"愤怒一代"作家笔下的语言暴力问题。② 在接下来的一期中,该刊又发表了格拉厄姆·马丁(Graham Martin)评论奥斯本《愤怒的回顾》的文章。这是《大学与左派评论》被《新左派评论》合并之前的最后一次发刊。由此可见,《大学与左派评论》自始至终都在密切关注"愤怒青年"作家群体。尤其需要指出的是,《大学与左派评论》在1958年冬季出版了第3期特刊。该刊主题为"局内人"("The Insiders"),刊载了包括拉尔夫·米利班德(Ralph Miliband,1924—1994)等人的多篇文章,批判工党的国有化政策、权力精英与资本主义的控制机制。很明显,这辑特刊是对"愤怒青年"一代作家柯林·威尔逊的《局外人》的直接回应,因为主编霍尔在该期刊发表了评论文章《无人区内》("In the No Man's Land")评论约翰·韦恩的《每况愈下》、奥斯本的《愤怒的回顾》,更重点论述了威尔逊的《局外人》。霍尔在这篇文章中论述到"愤怒青年"流派作家和新左派政治知识分子之间的区别。在霍尔看来,政治知识分子和艺术家之间有着共同的关注,是相辅相成的关系,共同导向社会主义人道主义(socialist humanism):"政治知识分子关注的是社会的体制生活,具有创造力的艺术家关注的是个体成员在此社会框架内所达成的态度、习俗、道德和情感生活。"③从霍尔的这段话可以看出他高度重视"愤

---

① 批评界一致公认乔治·奥威尔对"愤怒青年"作家群体写作风格的形成产生至关重要的影响。威廉斯也是深受奥威尔影响,他在《文化与社会》以及《乔治·奥威尔》等著作中多次对奥威尔进行详细而深刻的论述。参见 John Rodden, *George Orwell: The Politics of Literary Reputation*, New Brunswick: Transaction Publishers, 2002, 188—189页。
② Stuart Hall, "Politics of Adolescence," *Universities and Left Review*, 6(1959), 2.
③ Stuart Hall, "In the No Man's Land," *Universities and Left Review*, 3(1958), 87.

怒青年"作家群体所引导的流行文化。

《新理性者》的核心议题是社会主义人道主义。作为《新理性者》的发起人兼主编,汤普森在该刊的创刊号上发表了著名的《社会主义人道主义:致非利士人书》("Socialist Humanism: An Epistle to the Philistines")。① 1959年春夏之交,汤普森分别在《大学与左派评论》和《新理性者》发文讨论《政治责任》("Commitment in Politics")和《新左派》("The New Left")。② 在讨论工人阶级、政治责任、道德和文化等话题时,汤普森都使用奥斯本、布莱恩和威尔逊的文学特质来阐述自己的观点。在《新左派》一文中,汤普森对英国老左派和新左派之间的区别进行了阐述:"老左派专注于面包和黄油之类的生计问题,而新左派关心文化问题",汤普森进一步对文化问题进行深入阐释,指出这些文化问题"是关于生活的问题","不仅是价值观的问题,而且严格说来也是政治权力问题"。③ 新左派善于从政治角度去辨析生活细节中的文化问题,这与"愤怒青年"作家群体对社会主流文化机制的叛逆行为是互相契合的。不同之处在于新左派认识到了"愤怒青年"作家及其笔下人物缺乏政治责任与担当的历史局限性,他们抛弃了老左派的阶级阵营和党派思想,转而分析普通民众日常生活中的文化政治因素,批判社会文化机制对人的操控和奴役,藉此间接介入政治。"愤怒青年"最为人所诟病的问题在于他们仅仅满足于通过发泄愤怒来表达自己反抗社会文化和阶级体制的叛逆精神,却对政治事务和改革缺乏真正的行动热情,保持一种置身事外的冷漠姿态。20世纪50年代开始,英国初步建成"丰裕社会"和"福利社会",工人阶级和民众对老左派所秉持的政治改革模式失去热情,对国家政治生活漠不关心,因此这一段历史时期又被称为"冷漠时代"(Age of Apathy)。"愤怒青年"作家群体所表现出来的精神面貌在英国青年一代当中很有代表性。新左派把这个问题看得很清楚,《大学与左派评论》在1959年秋季刊发了最后一期,在卷首的"编者序"部分就讨论了英国知识分子对"冷漠时代"的批判。④ 汤

---

① 参见 Edward P. Thompson, "Socialist Humanism: An Epistle to the Philistines," *The New Reasoner*, 1(1957), 105 - 143。

② Edward P. Thompson, "Commitment in Politics", *Universities and Left Review*, 6(1959), 51 - 54; Edward P. Thompson, "The New Left", *The New Reasoner*, 9(1959), 6.

③ Ibid., 11.

④ Stuart Hall et al., "Editorial: ULR to New Left Review," *Universities and Left Review*, 7(1959), 1.

普森、霍尔和麦金太尔等人在 1960 年与《新左派评论》合作出版文集《走出冷漠》(*Out of Apathy*)，由此开始了编写"新左派系列丛书"的序幕。

《新理性者》和《大学与左派评论》在 1960 年合并成为《新左派评论》，由此掀开英国新左派运动的新篇章。此时"愤怒青年"文学思潮已经接近尾声，但是它已经在英国文学与文化历史上留下了无法磨灭的印记。《新左派评论》在创刊初期发表了多篇文章提及"愤怒青年"奥斯本、布莱恩和威尔逊等一代作家群体，①其中尤以第三期刊发的雷·高斯林(Ray Gosling，1939—2013)的评论文章《梦中男孩》("Dream Boy")最具代表性。高斯林指出《往上爬》和《愤怒的回顾》等作品离真正的时代声音尚有一步之遥，不能给青年人带来实质性的启迪。在他看来，新时代和新世界对奥斯本等"愤怒青年"一代作家有更高的要求："(知识分子的声音)需要奥斯本为未来阐明要义"。② 高斯林的言下之意是，奥斯本等"愤怒青年"文学流派的作品还有所欠缺，未能超越时代，没有给青年带来他们所需要的"正能量"要义。高斯林的这个论断可以作为整个"愤怒青年"文学思潮内在缺陷的极佳注脚。

四、"愤怒青年"对左翼批评文化转向的助推力

"愤怒青年"一代作家群体活跃在 20 世纪 50 年代中后期，他们接续了 20 世纪 30 年代英国左翼文化的遗脉，在老左派运动消沉的年代里，用个性鲜明的文学话语宣泄出青年的愤怒，对现存社会体制的压抑力量表达出强烈不满。在"愤怒青年"文学思潮成为时代最强音的年代里，英国的新左派运动正在快速酝酿和崛起。新左派不再像 30 年代老左派激进分子那样主要关心"资本主义和工人权利"，并且"强调马克思《资本论》的经济学意义"，相反，他们将批判重心放在文化领域，"强调马克思《1844 年经济学哲学手稿》的社会学与人

---

① 参见 Michael Barratt Brown, "Jugoslavia Revisited (Part I)," *New Left Review*, 1(1960), 39 – 43; Colin Falck, "The Glittering Coffin," *New Left Review*, 3(1960), 68 – 69; Ray Gosling, "Dream Boy," *New Left Review*, 3(1960), 30 – 34; Perry Anderson, "Sweden: Study in Social Democracy (Part 2)," *New Left Review*, 9(1961), 34 – 45; Stuart Hall, "Commitment Dilemma," *New Left Review*, 10(1961), 67 – 69; David Craig, "The New Poetry of Socialism," *New Left Review* 17(1962), 73 – 84。

② Gosling, "Dream Boy," 34.

道主义精神"。① 权威文学典籍对"愤怒青年"作家群体进行定义时所用的关键词汇或许可以提供一些指引,比如德拉布尔(Margaret Drabble,1939—)主编的《牛津英国文学词典》在释义"愤怒青年"条目时,就将这些作家界定为"持有激进或者无政府主义的政治观,而且描写不同形式的社会异化"。② 这里使用了通常被视为(极)左派特征的无政府主义政治观,以及"社会异化"这个左派文化批评的经典词汇。德拉布尔等人定义"愤怒青年"文学思潮时所用描述话语表明了它和马克思主义以及左翼文化之间的关联,这批作家描写的重点是社会异化,而马克思恰恰正是在被新左派视为圭臬的理论经典《1844 年经济学哲学手稿》中对社会异化理论作出过系统阐述。

新左派精神领袖马尔库塞(Herbert Marcuse,1898—1979)在 1967 年 6 月的一次演讲中指出,新左派和老左派之间的主要差异在于新左派"基本秉持新马克思主义而不是经典马克思主义,还受到毛泽东思想和第三世界革命运动的影响。新左派还有新式无政府主义倾向,也不信任老左派的党派及其意识形态。"③

在界定新左派成员时,马尔库塞将青年学生运动中的反对派也包括进去,认为它"不以阶级为界限,而是囊括了知识分子、民权运动组织、青年群体,尤其是青年中的最激进分子,甚至那些乍看之下毫无政治色彩的'嬉皮士'"。④ 从马尔库塞的论述可以看出,新左派阵营构成的统一战线在于批判资本主义国家和体制中的当权派,他们以反对派和制衡力量的面目出现,关注文化领域的批判和革命。新老左派两个群体将批判的锋芒指向不同的领域:老左派以政党阵营和阶级战线的形式集结,而新左派并没有严整的组织机构,依托期刊、工人成人教育和其他文化阵地展开自下而上的自发战斗。总体而言,老左派斗争的锋镝指向"反对二战时期的法西斯主义和军国主义,而新左派的矛头直指权力独裁"。⑤ 从这个意义上来说,成长于二战之后的英国"愤怒青年"作

---

① James R. Bennett,"New Left," in *A Dictionary of Cultural and Critical Theory*, eds. Michael Payne and Jessica Rae Barbera, Malden,:Wiley-Blackwell,2010,487.
② Drabble, *The Oxford Companion to English Literature*,31.
③ Herbert Marcuse, *The New Left and the 1960s: Collected Papers of Herbert Marcuse*, London:Routledge,2005,57.
④ Ibid.,57-58.
⑤ 武桂杰:《"新左派"刊物与英国"文化研究"的原动力》,《文艺研究》,2010 年第 6 期,第 97 页。

家群体在精神上高度契合新左派的政治与文化旨归,两者存在着天然的认同感。

整体而言,"愤怒青年"作家群体在他们活跃的年代通常都倾向于左翼立场,对此学界已有共识。从成员结构来看,"愤怒青年"和新左派都以有较高学历的知识分子为主,大都出生于20世纪20年代,如"愤怒青年"的艾米斯(1922)、布莱恩(1922)、韦恩(1925)、西利托(1928)、霍普金斯(1928)和奥斯本(1929);新左派的威廉斯(1921)、米利班德(1924)、汤普森(1924)和麦金太尔(1929)。活跃在50年代的"愤怒青年"作家群体虽然都倾心于描写具有叛逆精神的青年人,但无论是作家本人还是小说人物,他们对介入政治和社会活动都缺乏兴趣,仅仅专注于单枪匹马地嘲讽或批评社会体制,显得缺乏责任心与担当。正因如此,这场文学思潮经常受到批评界的诟病。马特森(Kevin Mattson)在评述英美两国新左派思想家时指出他们同英国"愤怒青年"以及美国"垮掉的一代"之间的区别:美国的赖特·米尔斯(C. Wright Mills,1916—1962)、古德曼(Paul Goodman,1911—1972)和考夫曼(Walter Arnold Kaufman,1921—1980)等新左派并不将这些反主流文化的叛逆(countercultural rebellion)视为革命性或者颠覆性的力量,相反,马特森认为这些愤怒的青年人"不关心政治,不具威胁,而且容易被拉拢"。① 此语道出新左派对"愤怒青年"思潮政治缺陷的强烈不满。

"愤怒青年"始终只是一股自发组织的亲左翼力量,没有集体活动,更没有公开一致的政治主张;相比之下,新左派成员形成了一个更加密切的学术共同体,他们通过《新理性者》《大学与左派评论》以及《新左派评论》等文学阵地掌握话语权,播撒思想并表达诉求。左派势力于20世纪30年代和60年代在西方资本主义世界掀起两波高潮,在英国造就了两个"红色十年"。文学界与文化界都参与到这两个红色年代的社会塑形过程,"愤怒青年"文学思潮处于这两个红色年代的夹缝中,既秉承和受惠于30年代老左派文化遗产,又呼唤并一定程度推动了新左派文化运动的产生。"新左派的出现呼应了20世纪五六十年代英国知识界的一个重要诉求,即试图接入大众的日常生活实践,透过日

---

① Kevin Mattson, *Intellectuals in Action: The Origins of the New Left and Radical Liberalism, 1945-1970*, University Park: The Pennsylvania State University Press, 2002, 265.

常生活的微观政治,探析英国由战时物质匮乏转变到战后'富裕社会'的深层次原因"。① 50年代后期开始,直至六七十年代,英国涌现一大批具有鲜明左翼色彩的文学与文化批评家,其中威廉斯、霍加特、汤普森和霍尔等人是个中翘楚。英国左翼势力在多年的酝酿之后终于又掀起一个新的高潮,迎来新左派政治文化运动的全面兴盛。

五、结语

20世纪50年代的"愤怒青年"作家通过文学叙事捕捉到广泛流传于英国青年人中间的愤怒情绪,他们使用创造性的文学叙事策略展示出当代英国青年人如何从日常生活与文化的角度对社会既定政治秩序进行质疑与挑战。"愤怒青年"作家在很大程度上积极参与了当时英国社会文化话语的形塑,掌握了一定的话语权,他们所创作出来的文学人物形象和文学话语为霍尔和汤普森等早期新左派的文化思考和批评提供了可资借鉴的语言范例和可供批判的价值范式。新左派知识分子深刻地批判了"愤怒青年"文学思潮自身的局限,扬弃了他们在政治责任方面缺乏担当与行动的缺点,进而提出自己的文化政治批评主张。从这个意义上来说,"愤怒青年"作家也在一定程度上推动了英国新左派运动的崛起与兴盛。

"愤怒青年"文学思潮发生在英国新老左派之间批判范式从以阶级阵线为主导的经典马克思主义向以文化批判为核心的"新马克思主义"转变的关键时期,它的价值脉络走向同英国左翼阵营的文化转向是一脉相承的。这批青年作家敏锐地发现了当时英国青年中间日益显著的反正统文化心态,通过文学虚构话语突破了传统左派所主张的经济和政治体制变革诉求,以嬉笑怒骂的方式宣泄战后英国新一代青年对现存体制的强烈不满。"愤怒青年"文学运动为霍尔、霍加特、汤普森、威廉斯等新左派的崛起以及红色60年代的浩大声势创造了良好的文学与文化土壤。在这个意义上来说,"愤怒青年"为英国文化在二战以后的分裂与变化提供了丰润的滋养。

---

① 邹赞:《文化如何显影:"日常生活"与英国新左派的文化政治学》,《兰州大学学报》(社会科学版),2012年第6期,第22页。

第二节
"幸运儿吉姆"的"幸福诉求"

20世纪50年代,金斯利·艾米斯的小说《幸运的吉姆》力压当时已经崭露头角的莱辛、戈尔丁这两位后来的诺贝尔文学奖得主,也压倒默多克(Iris Murdoch,1919—1999)等重要作家的作品,成为"50年代小说"的代表,①关键原因就在于该小说的主题与50年代英国社会中"愤怒文化"相吻合。更具体地说,在时代性特征上该小说超过了戈尔丁同年发表的《蝇王》,在现实性特征上超过了默多克同年发表的《在网下》(*Under the Net*,1954)这部50年代"最重要、最受关注的小说"。②

《幸运的吉姆》表达了二战后英国年轻人的"幸福观",明显地区别于当时社会"精英们"所希望看到的文化模式。主人公吉姆·狄克逊供职于一所三流高校,拿着低廉的薪水,经历了将近一年的实习期,有机会转为正职,也有可能要再延长一年实习期,还有可能被要求卷铺盖走人;他的这三种命运决定权基本上在他的顶头上司、历史系主任威尔奇教授手中。他对威尔奇的不学无术与附庸风雅并不认同,但苦于威尔奇决定着自己的前途,只能将自己的不满转化为一种内心的愤懑。小说采取全知视角,大量地描写狄克逊充满焦虑和怨愤的内心世界。威尔奇自诩"文化精英",喜欢高雅音乐,热衷于法国格调的生活,口头上对于人类的共同福祉很感兴趣。他在"打算写一篇关于地方文化小组的文章,或者做一个这方面的广播讲话",③还让狄克逊以"可爱的英格兰"(Merrie England)为主题,准备一次面向公众的演讲。狄克逊对威尔奇布置的

---

① Malcolm Bradbury, *The Modern British Novel*, London: Penguin, 1994, 320.
② Ibid.
③ 金斯利·艾米斯:《幸运的吉姆》,谭理译,南京:译林出版社,1998年,第27页。本节以下引文只标出页码,不再加注。

任务自然不敢大意。小说情节围绕狄克逊如何完成这篇讲稿这一主线展开，呈现了威尔奇和狄克逊各自不同幸福观的矛盾冲突，一定程度上反映了战后英国的重大文化转型。

对于本小说中所体现的文化意义，学界存在较大的解读分歧。一部分学者认为吉姆是"反文化的英雄"，[①]认为小说的作者艾米斯的"真正敌人"是"文化或文化的精英性"。[②] 这种声音得到不少学者的呼应，因而《幸运的吉姆》往往被看作"反高雅文化"[③]乃至"反文化"的"杰出的代表作"。[④] 布雷德伯里（Malcolm Bradbury, 1932—2000）则认为，狄克逊作为一个"知识分子中的叛逆"，"并不是反叛当代英国社会与文化，而是反对虚伪的高雅文化、美学主义与波希米亚主义的玩世不恭，以及布鲁姆斯伯里（Bloomsbury）学派的残留"。[⑤] 厘清这种文化解读中的分歧，不但对合理阐释这本小说，而且也对正确理解20世纪50年代英国的"愤怒青年"乃至整个英国幸福观的文化转型都有着重大意义。

本节从小说中反复出现的"音乐""饮食"这类日常文化母题入手，分析威尔奇一家与狄克逊之间的冲突（实际上是他们所代表的各自阶层及其幸福观的冲突），彰显两者在音乐品味、饮食需求以及对"英格兰特性"的想象这三方面的差异，进而揭示战后英国文化观念的裂变趋势。

一、基于音乐品位的文化对立

音乐是声带或乐器所发出的和谐声音组合，以有节奏的形式美感来传达人类的美好情感。人们通过音乐来表达对幸福的追求。一个人的音乐修养与他的个人天赋、趣味、教育、训练等因素相关，是"文化身份"的一种符号。但音乐、绘画等这类文化符号既需要文化人的品味（taste），也需要高昂的经济付出。布迪厄（Pierre Bourdieu, 1930—2002）曾经从"文化资本"（cultural

---

[①] 阮炜:《吉姆的笑: 代前言》, 载金斯利·艾米斯,《幸运的吉姆》, 谭理译, 南京: 译林出版社, 1998年, 第11页。
[②] 同上, 第9页。
[③] 陈丽:《话语权的争夺: 吉姆幸运的背后》,《解放军外国语学院学报》, 2002, (5): 90-93。
[④] 张中载:《一部"反文化"小说, ——〈幸运的吉姆〉》,《外国文学》, 1998(1): 56-59。
[⑤] Bradbury, *The Modern British Novel*, 321.

capital)与"经济资本"(economic capital)之间的落差分析了不同文化阶层中文化与品味的微妙关系。在他看来,"文化资本"是"有证书的教育资本",①两种资本之间有一定的落差与张力,使得受过高等教育拥有文化资本但没有经济资本的青年人往往"有挑战社会秩序的冲动"。② 直观地说,有钱人可能没有艺术品味,只好用"众多的幕墙来遮盖现实",但生活的悖论往往是有钱人通常不具备认同先锋艺术的"胆识",③而有艺术品味的人可能又没钱来支付不菲的艺术消费。没有丰厚收入的文化青年就只能求得"文化资本与业余时间中的利益最大化","注定了他们苦行式审美(ascetic aestheticism)……命运"。④ 在小说中,威尔奇一家的小资(petit bourgeois)品味在音乐、饮食这类与文化相关的元素上就表现为"装"(pretentious),而狄克逊则表现为捉襟见肘式的"简"(simple)。"伪装"是一种虚伪的幸福观,而"简朴"中却存在真实的幸福诉求。

小说一开头,威尔奇就在兴致勃勃地向狄克逊介绍他的周末家庭音乐会的盛况,他似乎很有音乐修养,能够精确区分各种乐器的名称,能演奏经典曲目;可惜记者们不懂音乐,不能如实宣传他的音乐文化:

> 不过,他们出了点令人发笑的差错……休息以后,我们演奏了一段多兰德的作品……你知道,是段竖笛和钢琴合奏的曲子。当然喽,我吹竖笛……好,不管怎样,那位记者先生肯定是报道错了,要不就是他没有听,或者是由于别的什么原因……长笛、钢琴合奏;而不是竖笛、钢琴合奏……你知道,现在竖笛可不像长笛呀!(1—2)

他对"长笛"与"竖笛"名称的计较表明他有一定的音乐知识,更表明他非常希望别人知道他拥有这种知识。但从文化素养的角度来说,那些急于标榜自己的文化修养的人恰恰表现了他们文化不成熟的幼稚心理、文化急躁情绪与文

---

① Pierre Bourdieu, *Distinction: A Social Critique of the Judgement of Taste*, Cambridge: Harvard University Press, 1984, 287.
② Ibid., 293.
③ Ibid.
④ Ibid., 287.

化不自信。

威尔奇不仅仅是无法容忍记者不能正确地区分乐器的名称。演奏时有人翻错了乐谱而闹出笑话，这也是他津津乐道的话题(2)。这些本可以被忽视、被谅解的细小差池成了威尔奇开心的谈资；非但如此，他还喜欢把自己的音乐爱好强加在狄克逊身上，让后者倍感难堪与愤怒。威尔奇邀请狄克逊参加接下来的家庭周末音乐会，后者碍于上司情面，又顾及随时会到来的工作转正机会，不敢不去。威尔奇随意地分配狄克逊在音乐会上唱高音的角色，这让狄克逊如坐针毡。狄克逊知道自己"一不会唱歌，二不会演戏，又不会朗诵，更不识谱"，(20)为了不出丑，只能躲在男高音同事的旁边，好让自己"不得已而哼出口的任何声响"都可以被同事的高音"埋没得一干二净"(35)。即便如此，他仍然难免洋相百出。例如，他无法准确把握曲子中两处很难的停顿，结果是别人停下来了，他还"一个人在无声地掀动着嘴巴"(36)。

难堪之下的狄克逊内心愤怒到了极点："真见鬼，他们为什么不顾及体面，不先问问他愿不愿意参加，就把他推上舞台，将一张张纸硬塞进他的手中"(36)。然而，更大的危机还在等着他：在下一首曲子中，他竟然被单独分到了唱第一男高音的任务。慌乱之下，狄克逊心想："看来，不来他一阵突发的羊角风，就别想逃脱掉。"(37)

事实上，威尔奇并不具有什么音乐素养。小说让读者通过狄克逊的耳朵听到了威尔奇音乐方面的缺陷。狄克逊在威尔奇家留宿，劣习不改犯了酒瘾，偷偷跑到酒吧喝酒，深夜酒醉归来，听到有人在浴室唱歌：

狄克逊很快就从声音中听出来了，因为洗澡的人突然用一种低沉的、未受训练的声音哼起了歌，听得出来是莫扎特的某支乌七八糟、闹得没完没了的曲子。(66)

狄克逊已经勉强分辨出唱歌人是威尔奇，"未受训练的声音"暗示威尔奇对于音乐谈不上理解与修养。好的音乐作品，无论是声乐还是器乐，能给别人带来享受与熏陶；但糟糕的音乐却只能给人带来噪音般的折磨。狄克逊听到难听的歌声，并由歌唱者迁怒于作曲家莫扎特，或许是一种本能的反应，但这种生活的真实却引起评论界的广泛批评。有人认为小说中"莫扎特的某支乌七八糟的曲子"(filthy Mozart)这类表述说明狄克逊对莫扎特"大不敬",这不但表明他缺乏音乐修养,也表明作者艾米斯缺少这方面的修养。① 不过,也有学者对此提出异议,认为这一细节并不能说明狄克逊在音乐方面"缺乏修养";恰恰相反,他能够在酒醉后分辨出威尔奇所唱的是莫扎特作品,这已属不易,足以表明狄克逊具有文化层面向上流动的潜质。②

狄克逊也具有一定的音乐素养,只不过他的音乐品味迥异于威尔奇。他能够听出"回旋曲",并且不无创意地自己配词制成"威尔奇小调"(93—94)。音乐作为文化的重要组成部分,在不同的时代应该具有不同的特征。狄克逊虽然不一定喜欢传统而经典的莫扎特,却并不代表他不喜欢音乐。他编出"威尔奇小调",这正好说明他喜欢用音乐来表达自己心中的怨气:"你是草包光吃饭,你是傻瓜老混蛋,你是胡言乱语、胡喷胡吐的大笨蛋……"甚至后面还有"一连串不堪入耳的言语"(93)。音乐是生命吟唱的需要,狄克逊自编的小调正表现了这种"不平则鸣"的音乐本能。

在20世纪50年代,摇滚乐这类当时名声不好的音乐已经在青年中流行,年轻人并不像他们的前辈那样非得靠莫扎特之类的经典音乐活着,晚归的狄克逊嘴里哼着从美国传过来的《老97残骸》("The Wreck of the Old Ninety-Seven")爵士民谣:

在黑暗中,他又一次回忆起十点钟度过的美妙时刻,脸上由于暗笑而搐动了一下。那一时刻就好比是有生以来第一回亲身品尝艺术和人间幸福,使人意气风发而又聚精会神、严肃认真,几乎像在教堂向上帝祈祷一样。(56)

爵士乐、摇滚乐在当时还无法为英国上流社会完全接受,但在青年人当中已成为时尚。拉金曾出面澄清说,当时他们对这种不入流的流行音乐的修养"是我们自己找到的,不是学校教的"。③ 艾米斯视拉金为偶像,不奇怪他也会

---

① Gavin Keulks, *Father and Son: Kingsley Amis, Martin Amis, and the British Novel since 1950*, Madison: University of Wisconsin Press, 2003, 108.
② Alan Sinfield, *Literature, Politics, and Culture in Post-War Britain*, California: University of California Press, 1989, 159.
③ Qtd. in Sinfield, *Literature, Politics, and Culture in Post-War Britain*, 159.

像拉金一样喜欢从大洋彼岸传过来的爵士乐流行歌曲。① 对于今天已经习惯并接受了爵士乐或摇滚乐的人们来说,这类爱好也可以是文化与身份的标识,但在 50 年代,人们还习惯于将这类音乐等同为没有教养。狄克逊的这段经历因而具有了双重文化功能。首先,我们看到了狄克逊在经济上的拮据,只能勉强支付在酒吧听音乐的费用,即布迪厄的"苦行式审美"的最小付出与文化收益的最大化;其次,我们看到了流行音乐这类新的艺术形式所具有的强大亲和力,对狄克逊这样有着生活热情的青年往往具有天然的吸引力,会让年轻人拥有"像在教堂向上帝祈祷一样"的虔诚。而威尔奇这样的小资产阶级由于其文化的不自信,加之没有接触真实的生活,无法亲身体验艺术、特别是先锋艺术降临时的喜悦。他们只能等到批评界达成明确的结论之后,才开始按图索骥地"欣赏"起艺术来。

小说作者让威尔奇与狄克逊这两种不同文化力量在面对音乐母题时进行了一场"文化对话"。如果我们把"己所不欲,勿施于人"作为一种文化入门标准的话,那么"己所欲,勿强施于人"则是文化成熟的一块试金石。威尔奇急于标榜自己在文化、学识上的修养,急于让别人像自己一样喜欢某种文化经典,恰恰表明其在文化上的不自信、不成熟,是一种伪精英文化,他在音乐方面的修养至少体现了一种不健康的幸福观。相形之下,狄克逊热爱流行音乐而非古典音乐,以个体的真实感受代替了抽象的概念标签,表明一种新阶层的文化标识符号已经出现。狄克逊们不做作伪装,而是将文化的提升服务于生命的本真需要,怀有发自内心的、对生命节奏美感与和谐的真实诉求,这也正是艾米斯赋予文化观念的新内涵。

二、媚外文化与本土文化的碰撞

音乐之外,人们的快乐与幸福的一个重要指标自然是包括饮食在内的生活方式。饮食不仅是人们获取营养的来源,也体现了诸多文化内涵,尤其是生活方式、道德伦理和审美情趣这三大内涵。人们吃什么、怎么吃,往往很有讲

---

① Greg Londe, "Reconsidering *Lucky Jim*: Kingsley Amis and the Condition of England," in *British Fiction after Modernism: The Novel at Mid-Century*, eds. Marina MacKay, Lyndsey Stonebridge: Palgrave Macmillan, 2007, 134.

究。威尔奇一家人都是英国人身份,却努力追求法国生活方式,狄克逊对此十分厌恶。换言之,他身上的英格兰本土文化与威尔奇一家的虚伪做作格格不入,形成了鲜明的对照。

口头上热爱英国文化历史的威尔奇,对法国生活方式膜拜有加。狄克逊就想拷问威尔奇:"为什么自己不是法国人却要给儿子取上法国人的名字?"(91)威尔奇的小儿子米歇尔在迷恋法国文化的父母的影响下,变得脆弱而缺少生命力:

> 再过一两天,米歇尔显然会回家来尝尝他父母的英国菜,以便恢复元气。狄克逊想到"他父母的英国菜"这句话,不禁转过头去,朝车窗外笑了起来。这一笑,使他又想到那么一个小痞子竟然在伦敦还有小套间,不免冒火。那种钱多得神志不清而把儿子安置在伦敦的父母。(201)

通过狄克逊的视角,我们看到米歇尔的母亲威尔奇太太也不时地在"英国人的一面"与"西欧人的那一面"之间摇摆(205)。这位女主人平时刻意模仿法国女士的那种优雅,但是在关键时刻总是不依不饶,斤斤计较,会让狄克逊赔偿烧毁的床单,会得理不饶人地反复当众追问狄克逊为什么要在电话里装神弄鬼骗她,让狄克逊非常下不来台——此时的她已经毫无法式优雅可言,也明显地有违英式淑女风范。

米歇尔受其家庭影响,竭力从各个方面摆脱自己身上的英格兰气息,因而缺少了狄克逊拥有的那种英格兰本土的男性阳刚与旺盛生命力,"他和他母亲一样,孜孜不倦地模仿着法国人的性格"(201)。小说中,狄克逊不断地听到威尔奇长篇大论地提起他那"女人味十足的作家儿子米歇尔"(8,201,287),这让他感到米歇尔是"一个一直等候在狄克逊生活舞台两侧、但看来注定不会登场的人物"(201)。在很长的文本进程中,米歇尔一直是处在缺席状态,不断被提及,却始终未露面,这似乎在暗示读者:在当时的英国文化中,这种"弃英迷法"的虚伪做作现象无处不在,非常普遍。

米歇尔"模仿"异国性格更暗示了他自动割裂与本土养分供给,他的生命脆弱也就可想而知。米歇尔竟然在伦敦租了个小套间,自己办伙食;由于肚子里塞满了自己做的不干不净的外国货,特别是狄克逊猜想到的意大利条实心面和用橄榄没弄熟的菜肴,最近他病倒了。一个人那么喜欢用黏性强的"真正的"浓咖啡,往肚子里灌面粉伴水和成的粑,吃农民的代黄油,得场病似乎是应得的惩罚。(201)

俗话说"一方水土养一方人",生于斯必食于斯,然后才能健康成长。米歇尔却被父母用城市的封闭空间与他土生土长的空间隔离开来了,这种"租房"吃"洋食"的生活必然导致本土养分的缺失,也必然导致对本土文化的不自信。就连狄克逊这类有着旺盛生命力的本土青年也被虚假做作的"小资"文化包围,很容易造成"文化窒息"。由此可见,小说所批判的正是这种"伪精英文化",而非真正的"高雅文化"。狄克逊与米歇尔唯一的会面出现在小说结尾:

那位女人味十足的作家儿子米歇尔,他终于在幕布即将降下的时候登上了狄克逊的生活舞台。他年纪不大,个子很高,脸色苍白,戴一顶白色的灯芯绒便帽,下面伸出又长又白的头发。(287)

这种象征性的会面,是当代英格兰青年在两种文化模式下成长的真实写照:那个刻意模仿外国的虚伪生活、不敢面对自己本土文明的年轻人米歇尔最终落魄地回归本土;而一个始终在本土文化中挣扎的年轻人狄克逊却凭着一丝运气在生活中得到了提升,在伦敦找到了一份更加理想的工作,而且赢得了美丽姑娘的爱情。整个故事充满了巧合。小说嫁接这种巧合,虽然有浪漫的渲染,但还是在暗示人们:本土的东西,不管如何遭到人们的鄙弃,最终还是会拥有顽强的生命力并呈现出勃勃生机。小说描述这种旺盛的本土生命力,这分明是一种文化诉求。

布雷德伯里曾经指出,狄克逊代表了"精英政治文化"(meritocracy),即在教育水平得到普遍提升之后努力追求"能者为之"的自由竞争理念,这种理念拒绝传统与世袭的束缚。① 狄克逊出身于劳动者家庭,受益于战后的英国高等

---

① Bradbury, *The Modern British Novel*, 320.

教育扩招改革,还谋得了一个实习教师的岗位;他所代表的身份是英国中下劳动阶层,虽然受到了一定的教育,但读书不多,价值观是"完全感性经验型"的,"文化""艺术""形式"与"学术"这些字眼"与他的耳朵格格不入"①,他的人生准则还只停留在"好事要比坏事好"(157)的感性层面。他渴望向上进步,却面临来自威尔逊所代表的中上阶层的阻力。

威尔奇的儿子米歇尔天然地与威尔奇同属一个文化阵营,但作为狄克逊的同龄人,他也是与狄克逊争夺社会权力与资源的长期对手。按今天的话来说,米歇尔是"小资"阶层的"富二代",不需要过分的打拼就可以过上舒适的生活,享受充分的社会资源。

小说中有一个场景,描写大获全胜的狄克逊看到眼前的威尔奇和贝尔特朗"两人都鼓起眼睛,直挺挺地站立着,因而看上去活像两个出自学徒之手的蜡像:一个是纪德,一个是利顿·斯特雷奇",(287)其中不乏讽喻纪德(Andre Gide,1869—1951)与斯特雷奇(Lytton Strachey,1880—1932)为代表的布鲁姆斯伯里学派的意思,这也是人们容易认为小说反"精英文化"的一个重要依据。下面这一观点就是一例:"威尔奇与贝尔特朗在这里被比作纪德与斯特雷奇,表明了他们属于过去的文化,一个可以被嘲讽的文化,因为那是过时的东西在当前的延续"。② 这种解读的不足之处,在于没有看到小说真正想讽刺的是威尔奇之流的文化伪精英,他们想模仿纪德与斯特雷奇,却又模仿得很蹩脚(仅仅是"出自学徒之手"的"蜡像")。艾米斯是在很小心地描画一群三流大学里装腔作势、附庸风雅的"学者""教授"伪精英,而非真正的社会精英。这一点被不少热衷于文化批评的学者误读。

三、愤怒的文化对话

无论是音乐、饮食还是其他的生活方式,归根结底,都涉及一个如何看待本土文化与本土幸福的建构问题。关键词"英格兰"贯穿了《幸运的吉姆》的发展脉络,让小说的批判性张力得到了充分的展现。狄克逊受命于威尔奇,要准

---

① Bradbury, *The Modern British Novel*, 320.
② Nick Bentley, *Radical Fictions: The English Novel in the 1950s*, London: Peter Lang, 2005, 147.

备一次公开演讲,题目是"可爱的英格兰"。威尔奇的做法本身并没有错,因为现代民族国家(nation-state)的大学使命之一就是"在公民心中灌输民族文化来塑造国家主体公民"。① 问题是,他试图将一种古胜于今的虚假幸福观念强加给狄克逊。

"可爱的英格兰"(Merrie England)是对 Merry England 的仿古式戏谑拼写,表示一种"英国式自然原型"(English autostereotype),是英国社会与文化的"乌托邦"式概念,它假定在中世纪与工业革命期间的英国存在着一种理想的农耕田园牧歌式生活,人民富足殷实,安居乐业。英国工业革命之后,围绕"可爱的英格兰"这一主题产生了大量的怀旧文献。人们通过想象、考证或论述,从各个方面希望复原或"重建"一个这样的理想国度。人们甚至把"可爱的英格兰"形化为田园茅舍、乡间酒家、下午茶会、周日烧烤等具体意象。

这种理想化的概念式幸福与狄克逊的生活有着很大的距离。他感到很为难,这倒不是说他无法收集到这方面的史料,而是身处糟糕情境的他无法以一种"可爱"的轻松心情来迎合上司所希望的虚假自欺。在讲稿中他勉为其难地得出了威尔奇所期待的结论,即鼓舞激励听众热爱自己的历史、民族和国家:

最后要问,所有这一切又有什么实际用途?……在座的每一个人每天都能下决心,想办法,拒绝使用捏造的标准,抗议式样难看的家具和餐具……我们将说一句话,赞扬我们民族的传统,赞扬我们共同继承的遗产,简言之,赞扬我们曾经有过,将来也许还会得到的社会——可爱的英格兰。(202)

很明显,此结论受到了威尔奇声音的"影响",② 具有一种人云亦云的"政治正确"性。完成讲稿的狄克逊一人在卧室里自得地学起猿猴走路的动作来(232)。狄克逊的"模仿"是在小说里反复出现的母题,此处很明显并不完全是在表现狄克逊的促狭调皮或自我放松,而是在很大程度上想表示狄克逊的言

---

① J. 希利斯·米勒:《J. 希利斯·米勒文集》,王逢振、周敏主编,邓天中译,北京:中国社会科学出版社,第 152 页。

② Keulks, *Father and Son*, 114.

不由衷。他所编造出来的文字不过是按照社会与别人预定好的方式来发声，就像猿猴模仿人类。

小说的高潮出现在狄克逊的讲座中。面对真实的听众，狄克逊显然无法表现出像仅仅面对草稿时信口雌黄的那种轻松："狄克逊感到耳朵充血，好像要打喷嚏了似的。他怎么能够在那么多人的面前讲话？如果开口，他的嘴里还会发出什么样的牲畜声？"(253)狄克逊自我质疑的声音表明，像他这样一个处在边缘阶级代理人的角色，一旦拥有了话语的权力，真的有机会发声时反而感到不适应了。他竟然不能确定自己会发出"人"的声音，还是"牲畜"的声音。

然而，能够发出人声，并不意味着就能表达出自己的声音。首先，狄克逊发现自己是在模仿威尔奇的讲话方式；接着他又发现自己"在学着校长的声音说话"；后来，他又"选择了一种夸大的北方口音"；在这种寻找声音的挣扎过程中，他经历了异常痛苦的折磨，"他的嘴、舌头和嘴唇由于愤怒和恐惧的心理，像要歪扭起来"(253—256)。

在讲座开始前，狄克逊已经沮丧地知道，威尔奇下学期不会继续聘用他；前途没有着落的他心情很糟，走上讲台之前又喝了大量的烈性威士忌。在酒精与失望情绪的双重作用之下，他突然决定改变策略，要"给人们留下一个不那么容易忘却的印象。他要给在座的人做点好事，不管多么渺小，也不管在座的人数多少。他不打算再模仿别人"(256)。于是，他开始以充满了激情、叛逆与挑战精神的话语对听众即兴演讲，这种冒犯性的表达对听众产生的刺激作用可想而知，有的被逗乐，有的被惹恼，校长与威尔奇都在想方设法制止狄克逊继续说下去，却来不及了，狄克逊已经开始总结陈词：

所谓可爱时期的英格兰，关键的一点就是，那大概是我国历史上最不可爱的时期。只是由于那一帮热衷于国产陶器的人，那一帮施用有机肥料耕作的人，那一帮放唱片的人，那一帮讲世界语的人。(258)

这一番讲话彻底颠覆了他之前精心准备的结论，也就是直接与威尔奇的伪装相对抗。狄克逊用自己的声音来告诉人们，"英格兰"从来就不曾可爱过，在他看来,一切的"可爱"都是一种煽情式的、先入为主的主观想象,如霍米·巴巴所言,民族本身就是一种叙述。① 然而这种不可爱却是现实,却是人们应该珍惜的过去。刻意的粉饰才是扭曲历史,罔顾事实的自欺加上追求他国的生活模式才是可恶的虚伪与做作。狄克逊实际上道出了真相:威尔奇这样的教授们可以研究"英国的传统",他们会迎合大众说英格兰自古以来就是多么的可爱,可事实上他们本人却并不爱本土英格兰,他们爱的是远离本土的法国式生活与文化。

小说着重于狄克逊代表的本土文化与威尔奇代表的伪精英文化之间的对立;然而,真正的精英文化是什么,小说却任其处于一种"缺席"(absence)状态。很明显,狄克逊虽然是社会的新生力量,是具有了某种证书型"教育资本"(educational capital)的青年,但他绝对算不上精英文化的代表,而且他也不奢求拥有什么精英文化。小说以很巧妙的方式暗示在英国——至少是在狄克逊心目中——存在着一套学术精英标准,即牛津、剑桥标准,狄克逊曾经把眼前的威尔奇之流与牛津、剑桥的真正学者做过对比:

但狄克逊还是觉得,他们走起路来,那从容不迫的步子和深思熟虑的面孔,一定会使过路的学生认为他们是学者。他和威尔奇本来是可以在谈论历史,并以牛津或剑桥的四方院子里所用的方式来谈论历史的。此时此刻,狄克逊倒真有点希望他们是在谈历史。(3)

从这段对"牛津—剑桥"传统缺席的描述中可以看得出,狄克逊身上具有了对学术精英文化淡淡的原始向往。狄克逊虽然不十分热爱眼前的高校工作,但至少还保持了一种开放的上进愿望。很明显,英国高校扩招使得"牛剑四方院子"式的学术标准已经不适应当前的英国高等教育;这种奢望式的幻想也不会占据狄克逊太多的思考精力,他本人不但无法满足自己心目中的那套标准,同时也无法适应威尔奇的那套庸俗标准。因此,当富商向狄克逊抛出象征财富与安逸的幸运橄榄枝时,他毫不犹豫地笑纳,告别大学教书生活,也就是抛弃

---

① Bhabha, Preface, in *Nation and Narration*, 1.

自己稍有向往的那种真正的精英文化传统。如果我们从"新历史主义"的角度来看,在英国的文学传统中,这种抛弃过去、抛弃历史的"不肖子"(the wicked son)的做法从莎士比亚的哈姆莱特到狄更斯的匹普,就已经露出端倪:"不肖子的恶行表明过去就已经过去、终结与完事,与他再没有什么关系",①即后一代人并不总是如传统与精英们所希望的那样,会主动地承担起文明中那些光彩或不光彩的过去,为其粉饰遮掩,然后自欺欺人地将其作为一种历史负担或假想美德来放大继承,这种"历史虚无观"在整个50年代的英国小说中有着普遍体现。②

威廉斯在《漫长的革命》一书中指出,"在像英国这样的国家里,漫长的革命处在一个相对高级的阶段,每一代人都会宣称革命已经完成,而当年轻的一代声称革命根本就没有发生时,他们就会不知所措,恼羞成怒,这似乎已经成为惯例"。③ 从这一角度来看,我们也就可以理解并认同狄克逊的处境与他的愤怒抗争实际上也是一种文化焦虑,他受到虚伪文化的打压而无法抗争,非常偶然的机会给了他抗争的可能,但他不是在反精英进步文化,也不是进步文化的代表,其自身的文化进步还有很长的路要走。

四、结语

威尔奇的幸福观和吉姆的幸福诉求之间的对立体现了20世纪50年代的英国中产阶级与新兴阶层对于幸福话语权的争夺,也体现战后英国文化观念的裂变。彼时虽然距二战结束已经十多年了,爵士乐或摇滚乐已经拥有了相当的受众,但仍在很大程度上被视为粗俗音乐。本土的东西有时难免流俗,适当地借鉴、学习外来文化是确保本土文化生命力的重要环节。但对异域文化过分崇拜而对本土文化过分贬斥,也不是一种健康的文化心态。借鉴与学习异域文化并不意味着要扬弃本土文化。代表新兴阶层的狄克逊在小说里确实"乏善可陈":他小气狭隘,斤斤计较,缺少教养,利用各种机会去占别人的便

---

① Catherine Gallagher, Stephen Greenblatt, *Practicing New Historicism*, Chicago: University of Chicago Press, 2000, 171.
② Bradbury, *The Modern British Novel*, 287.
③ 雷蒙德·威廉斯著:《漫长的革命》,倪伟译,上海:上海人民出版社,2012年,第4页。

宜,不惜以欺骗撒谎的方式来拒绝承担责任。但他拒绝伪装,以一种本土的真实来面对生活,他强大的生命体征也代表了本土文化的勃勃生机,而处在其对立面的威尔奇一家则心口不一,口头上标榜英格兰的可爱,实际上却在机械地模仿法国的贵族式生活,不懂音乐却处处表现出对音乐的狂热。在两种文化的对话中,狄克逊的本土文化意外地取得了胜利。在很大程度上是机遇让狄克逊的怒气得到充分宣泄,让他获得了幸福。

小说在批判威尔奇的伪精英文化的同时,并未讴歌狄克逊身上所表现出来的本土粗鄙。文化的向善向上性给本土文化留下了长足的发展空间——这或许也是"文化"(culture)一词以"自然"和"农耕文明"取喻所留给人们的启示,即文化是一个缓慢的、一半自然兼一半人工培育的、去粗取精的成长与完美过程,但前提必须是以本土生命为主体的成长空间,而放弃本土,刻意地追求形式上的"精英",只能适得其反。阿诺德坚持认为"在我们全体都成为完美的人之前,文化是不会满足的。文化懂得,在粗鄙的盲目的大众普遍得到美好与光明的点化之前,少数人的美好与光明必然是不完美的"。① 阿诺德将"文化"理解为一种有意识、有动机的力量,即人类的"向善"与"向完美"之心,在狄克逊身上我们看不到这些文化品质。

幸福需要健康的共同文化。殷企平强调,在18世纪以来的英国文学中的"共同体冲动",有着一种"憧憬未来的美好社会,一种超越亲缘和地域的、有机生成的、具有活力和凝聚力的共同体形式"。② 我们需要思考的是,像狄克逊、威尔奇这样的人越来越多地充斥人类社会,如果说威尔奇只是装作能够理解莫扎特的话,那么狄克逊连"装"的兴趣都没有,他直接奔向了流行的爵士乐。文化共同体需要考虑从"少数人文化"走向"心智成熟的民众"的共同体思维,③让全体民众"不断地朝着美和智行进",④也就是要让威尔奇之流去掉身上的文化虚伪,让狄克逊去掉其本土文化中的鄙俗。这需要时间与空间上的双重包容性,即在时间意义上,狄克逊在文化上的不足,还需要一个过程来弥

---

① 阿诺德:《文化与无政府状态》,第30页。
② 殷企平:《华兹华斯笔下的深度共同体》,《杭州师范大学学报》,2015年第4期,第78页。
③ 参见本书第一章第一节。
④ 阿诺德:《文化与无政府状态》,第58页。

补;而在空间意义上,狄克逊还将与威尔奇之类庸俗媚外的伪精英文化并存,双方都会以各自的目的来定义幸福,这个过程可能很漫长,但仍然是文化共同体无法摆脱的重任。

第三节
"每况愈下"的社会文化转型

英国二战后的著名小说家、文学评论家和诗人约翰·韦恩的代表作《每况愈下》是一部带有喜剧风格的流浪汉小说,叙述了一位刚毕业的大学生查尔斯·兰姆利在毕业时找工作碰壁,在拒绝按照社会惯例从事与其教育相称的工作后,辗转成为擦玻璃工、毒贩、医院杂务、家庭司机、流浪汉、夜总会看门和剧作编辑的经历。① 这本小说甫一发表就反响强烈,迅速成为英国战后"愤怒青年"文学运动中的标志性作品。

尽管学界高度赞誉《每况愈下》的文学价值,但在对主人公查尔斯的评价上有着各种分歧。早期,有学者将主人公视为英国小说的新人类型,即底层出身,接受过良好教育,虽历经苦难,但最终正是因为教育本身使得他们能够更好地适应现实生活,从而说明文化教育的意义。② 80年代后,有学者反对将作品归为"愤怒青年"小说,认为愤怒本身并不构成查尔斯的主要情绪,查尔斯的意识具有反思性和哲理性的特征,故将该作视为流浪汉小说在新时代的再造。③ 在新世纪,又有学者从心理分析的角度出发,认为小说主人公表现出典型的"延迟的青春期"病症特征。由于查尔斯尚未实现自我身份的认同,他在

---

① 约翰·韦恩:《每况愈下》,吴宜豪译,南京:译林出版社,2009年版。本节以下引文在文中只标出页码,不再加注。
② William van O'Connor, "Two Types of 'Heroes' in Post-War British Fiction," *PMLA*, 77.1(1962), 170.
③ Angela Hague, "Picaresque Structure and the Angry Young Novel," *Twentieth Century Literature*, 32.2(1986), 209–220.

面对挫折时,总是展现出内在自我的幼稚和不安全感。① 总之,学界对查尔斯反建制、反文化的行动和立场一直持不同观点,大致可以分为两类:一种观点认为,查尔斯心智不成熟,他的反抗行动说明了"愤怒青年"一代人的心理问题;另一种观点则认为查尔斯的反抗具有正当性和自发性,体现了小说的社会批判性。我们认为,这两种观点都有一定的合理性,但将查尔斯的反抗仅视为简单的情绪冲动,这种解读未免有些肤浅。事实上,查尔斯的愤怒和迷惘的情绪有着深刻的社会原因和个人因素,不仅反映了战后英国社会所面对的固有问题,也为读者诊断彼时英国社会以及查尔斯所代表的这类人文知识分子的心理提供了症候式的文本解读体验。小说中,阶级意识和阶级问题是英国文化的重要维度,如何挑战和改造这个社会阶级结构是英国文化始终面临的核心问题;教育是文化传承的重要因素,也承担着驯服人们反抗精神的意识形态功能,并具有调节社会结构的能力,是解答前述问题的途径之一;人文学生的文化修养实践,使得人文学生在社会变迁中既具有文化的批判意识,也具有文化的建构能力,但也在社会变迁中呈现出被边缘化的趋势。

一言以蔽之,小说从阶级、教育与人文三个维度充分揭示了二战后英国社会与文化层面的核心问题。有鉴于此,本节将从二战后英国社会阶级结构的转型、英国高等教育的社会导向功能以及人文学生的文化价值观与身份认同这三个层面入手,分析查尔斯反思性叙事和反抗性行动的深刻性。

一、社会结构与阶级意识

《每况愈下》的主题是英国的社会等级和阶级结构,这也是塑造英国民族性的重要标志,是考察英国文化身份的核心指数。E. P. 汤普森指出,阶级"作为一种历史现象",不仅仅是"结构"或者"范畴",而是一种活生生的"关系",是"在人与人的相互关系中确实发生的(而且可以证明已经发生的)某种东西";阶级的体验"主要是由生产关系所决定,是人出生时就进入某种生产关系,或者以后被迫进入的",阶级意识"是把阶级经历用文化的方式加以处理",

---

① Angelika Schluessel, "Making a Political Statement or Refusing to Grow Up: Reflections on the Situation of the Academic Youth in Postwar British Literature," *The American Journal of Psychoanalysis* 65, 4(2005), 381–403.

它体现在"传统习惯、价值体系、思想观念和组织形式中"。① 从现代史来看,英国社会阶级结构的分立与固化由来已久。在现代早期,即在资本主义商品经济开始萌芽时,英国就有着王室、贵族和平民这三个等级,每个人在这固定的等级制度下会寻找自己的位置,以评判、定义、区分自己在社会中的身份。这种三分法的等级秩序一直延续下来,甚至英国的火车车厢也都被分成三个等级,正好对应英国社会的三个阶级。二战后,英国三大阶级的标志分别是:上等阶级操高雅口音,上私立学校,住豪华房子,通常有贵族血统;中产阶级的口音可以被普遍接受、听懂,住郊区房子,重视教育;下等阶级则持地方口音,住社区的小房子,常常是工会成员。② 尽管二战后这个阶级结构发生了形态上的转变,如中产阶级的迅速壮大,但人们根深蒂固的阶级等级观依然维系着这种不平等的社会制度。

汤普森所说的阶级结构、阶级意识、阶级关系和阶级体验深深构成了小说《每况愈下》的主题。它所采用的流浪汉小说的叙述形式不仅是在乡村和城市、城市与城市之间展开,更多的是在英国的阶级结构中展开。这部流浪汉小说的一大特点就是主人公查尔斯通过漫游式的经历,接触到众多在叙事中虽不占据全局性作用的人物和事件,但是这些人与事对查尔斯具有先后相续的教育功能,使之在社会结构中认识阶级现状,深化阶级意识,强化阶级情感。读者在把握流浪汉小说的叙事套路时,会发现查尔斯观察并接触到了英国各个阶层的人物:上等阶层的典型代表有罗德里克先生、布利尔尼先生、企业主布莱斯维特等;中等阶层有查尔斯的女房东、自己的同学记者道格森、即将成为医生的大学同学伯奇等;下等阶层有乔治·哈金斯、自己女友伊迪丝的姐姐和姐夫、擦玻璃工厄恩·奥勒肖等。小说所塑造的人物涵盖了社会阶级结构百态,也为作者的讽刺笔触提供了广阔的素材。

小说的叙述者多次采用主人公查尔斯的视角,对英国社会中各个阶层进行细致的描摹和精彩的评论。查尔斯作为精神上的局外人,在身份和自我认

---

① E. P. 汤姆森:《英国工人阶级的形成》,钱乘旦等译,南京:译林出版社,2001年版,第1—2页。
② 参见 Frank McDonough, "Class and Politics," in *British Cultural Identities*, eds. Mike Storry and Peter Childs, London and New York: Routledge, 2013, 181.

同上时常发生错位,常用冷峻、讥讽的语气来揣摩、描述各个阶级的人。他在找舅父借钱购置擦玻璃的工具时,必须要打着"打牌""消遣""信用借款"的招牌,事实上是从工人阶级的视角对中产阶级的"卑劣势利、专装门面的社会圈子"加以嘲讽(22—23)。在查尔斯看来,自诩为中产阶级的大学老师,"迈着产业主人般的轻快步伐匆匆忙忙地穿过(学校里的)花园(时),那神气就像是大商店的巡视员。虽然商店里陈列的丰富商品都不是他们的,毕竟也提高了他们的身价"(110),这意指二战后的大学教师事实上已沦落到被剥削阶级的层次,其对自身中产阶级身份的认同其实是基于镜像式的误认。查尔斯对于工人阶级虽然经常发出欣赏的声音,但也并非全然认同,而是始终保持着自我的完整性和独立性。在医院中,当查尔斯被当作赤色分子后坦言,自己看不起工人阶级的一个原因是,工人阶级只知道"过着空虚生活","比如愉快的男女聚会呀,喝啤酒呀,值夜班时打护士的屁股"(154),讽刺工人阶级的文化贫瘠和生活粗俗。对于资产阶级,查尔斯时而羡慕,时而鄙视。为了求得富家女,他在有幸与布利尔尼等人建立联系时,丝毫不掩饰对他们的钦羡,认为"他们的外表给人总的印象是他们有着一般人称为文人学士的风度,但却没有文人学士们那种救世主的特点;他们似乎没有那种无害的怪癖,而是故意装腔作势"(95)。后来,在他遇见世袭的大企业主布莱斯维特后,又对二战后的英国资本家做了二分法的观察:他们要么是白手起家,艰苦创业的,"往往会变成发育不良的巨人——一种半残废、半大力神式的人物",另一类则是继承家业,安守本分,毫无个性,"一辈子高高兴兴地埋头做买卖;他的保护性颜色也使他能安然无恙地通过弱肉强食的林莽","靠着默默无闻的恒心,把家业发展了"(148)。查尔斯对各个阶级的观察可谓细致入微。

  小说中的各种人物无一例外地都有着很强的阶级意识。阶级的印记——外表、言行举止,特别是口音成为人们彼此衡量对方身份的重要标志,这可以从陌生人、亲人和熟人这三种人际关系模式来看。

  首先是陌生人之间的阶级意识。在小说的第一章,阶级意识的问题就被叙述者以异常醒目的姿态点明,特别表现在查尔斯与房东的互动,对同学哈金斯与其父母的白描,以及查尔斯与女朋友的姐姐和姐夫的冲突中。查尔斯与房东的互动,说明阶级在日常的陌生人群中的调控关系。查尔斯之所以能够租房,就是因为房东的"房间过去都是租给衣冠楚楚的青年职员或小学教师,而查尔斯的谈吐和衣着与那些人都不一样"(1)。可见在租房的经济行为中,更好的口音和衣着反映的是租客更高的社会阶级地位,后者成为房东筛选租客的无形标准。作为英国阶级的重大标志,口音更是英国的文化特色之一。后来小说主人公作为底层的医院护工,巧遇大企业主时,就是因为"恢复了多年以前大学里视为正常的那种谈吐,柔和轻声的话语中略带着一点踌躇"(149),而被大企业主另眼相看,获得了家庭司机的工作。

阶级意识也主宰着亲人之间的关系。第一章中,查尔斯对同学哈金斯与父母之间关系的细描,说明阶级意识在人伦关系最亲密的家人之间都会产生巨大影响,成为破坏家庭成员关系和家庭凝聚力的分化剂。在上大学时,哈金斯的父母来看望儿子,哈金斯"显然由于他父母亲那种工人阶级的外表和举止而感到无地自容,不愿意让查尔斯知道自己和他们的关系,因而竭力避免把他们介绍给查尔斯"(6)。可见,阶级的等级观离间了家庭的内部关系。查尔斯洞察这一切,带着点玩世不恭的心理,他反以和同学的父母拉家常为乐,哪壶不开提哪壶,这激起了哈金斯的反感,以至于当"查尔斯完全出于好意,问他父母近来身体好吗,哈金斯却报以怒目瞪视,明白地表示他把这种问好看成是不折不扣的侮辱"(6)。在查尔斯看来,"不顾一切地追名逐利"是哈金斯的生活原则,他是完全"容不下他的生身父母的",因为"他们既发财无道,又默默无闻,说起话来还有满口的伯明翰口音;他自己虽然令人难以置信地把罗克伍德那种带着哭腔的大学腔模仿得惟妙惟肖,一说起话来咬文嚼字,但只要他的父母亲开口说话,便会揭穿他的老底"(6)。此处,以口音为标记的阶级印痕成了哈金斯无法摆脱的"耻辱"。当哈金斯对父母的反感到了无以复加的地步时,他的家人便成为阶级意识的牺牲品,父母渴望并骄傲于子女能够通过教育而实现向上的阶级流动,却反被子女嘲笑和鄙视。

阶级意识还调控着日常熟人之间的关系。小说第一章中,查尔斯不见好于女朋友的姐姐和姐夫,就是因为他们反感"他连表面上的努力都没有";这种人伦关系与前两种形态不同,是从陌生向亲近变化过程中的社会关系。女朋友的姐姐和姐夫讨厌查尔斯的真正理由是"他不穿制服,只不过这种话说不出口"(9)。在他们看来,查尔斯如果能"穿上买卖兴隆的中产阶级生意人的制服","他们就会表示赞赏";再不然,"如果他真正具有切尔西文人学士那种不修边幅的时髦风度,他们至少也还能领会他的用意","在他们的心目中,每个人的首要义务就是穿上一套标明自己地位、职业和雄心的制服:从穿厚底皮鞋但不穿外套的挖土工到穿花呢衣服的教授,社会的衣着习俗保证使每个人在别人看得到自己的地方都佩戴自己的身份证"(9)。与哈金斯重视口音相比,女朋友的姐姐和姐夫更看重的是制服这种社会职业和社会阶级的象征物,因而对查尔斯的着装百般挑剔,批评他"不懂得按自己扮演的角色穿戴合适的服装"(9)。也就是说,制服作为阶级符号的能指与所指关系已经被固化,深入到了人的意识深层,成为评判他人的最重要的标识。

从上述这三种关系的互动中,我们可以看到阶级意识在当代英国社会的重要作用。其实所谓的服饰、口音等,只是阶级的符号而已,而阶级也只是符号自我体系中一个单一的维度,当社会机制将人的多样性自我压缩为阶级维度,就成为一种社会弊病,使人们无法丰富地展现自我,实现交流。① 这正是《每况愈下》呈现的英国社会的重大核心问题。

二、阶级流动与教育窘境

既然英国社会的阶级分化和社会分隔是固有的,那么随之而来的问题是,整个社会如何实现阶级的流动性,或者说在现代社会的转型期里,个体如何在社会中实现自我在阶级结构中的流动性上升?《每况愈下》对于阶级流动性的观察和再现,事实上给出了两种不同的典型路径:一种是通过不法手段和欺诈手法实现个人社会地位的上升,如像查尔斯贩卖毒品那样;另一种则是通过高等教育的途径,实现个人对文化资本的掌控,进而将文化资本转换为经济资本。这两种手段的实施很大程度上造成了新的社会和文化问题,特别是力图通过高等教育的普及来达到社会的均质化,反而在某种程度上巩固了原有的阶级结构。相对而言,它们还不如英国老左派人士提供的解决方案,即通过社会主义革命或者民主社会主义的实践,达到社会阶级结构的扁平化和平等化。

---

① 参见诺伯特·威利:《符号自我》,文一茗译,成都:四川教育出版社,2011年。

上述两种上升途径,对查尔斯而言,其原初的动力是对金钱的渴望和性的原始驱动,而且小说中的其他人物也不同程度地屈从于这两者的驱动,从不自觉到自觉,进而转化为有意识、有目的、有计划的行动。查尔斯在小说第二章中尚且为自己的无产阶级身份而骄傲,鄙视中产阶级和资产阶级,但后来因为在酒吧中迷醉于罗德里克侄女的芳容而生出占有欲,从而励志挣脱原先贫穷的境地。同时,查尔斯目睹底层女工蓓蒂为了有地方栖身,得到温饱,在遇见罗伯特·萨科斯后便委身于他,这使他万分震惊,认识到自己为冲决罗网的一番苦心全落空了:"他曾经坚决地摒弃萨科斯所代表的那个社会,他曾经公开宣布要和它决裂,而且不要它的帮助和赞同也能生活下去",尽管渴望断绝与资产阶级的直接关联,但是"在断绝关系以后,他做的第一件事就是把自己的名字填进领取萨科斯的津贴的名单里","他成了自己所憎恶的社会的一条寄生虫"(68)。就这样,查尔斯先前的反抗完全被颠覆,社会秩序、社会俗见和经济成规成为残酷地压倒他浪漫主义反抗行动的最后一根稻草。查尔斯必须遵守社会现实的丛林准则,他对阶级背后的金钱法做过一段晦涩却异常精妙的譬喻,即用蜘蛛、苍蝇和马蜂三种动物来比喻围绕金钱而构建的社会等级:"钞票,到处散布下罗网,不,是黏糊糊的、精心编织出来的蜘蛛网。你要么做一只蜘蛛,舒舒服服地坐在正中,并藏起身来,喜滋滋地等着坑害别人;要么就做一只苍蝇,浑身缠着蜘蛛丝拼命挣扎。"(70)查尔斯先承认自己是苍蝇,也就是处在经济关系中的劣势,任人宰割,但是作为苍蝇,他依然蔑视蜘蛛,耻于成为蜘蛛,"他一直打心底里看不起这些蜘蛛,哪怕是翅膀给拔掉,自己被蜘蛛吃掉,那种蔑视也不会改变",甚至挑衅地指出,"蜘蛛能叫苍蝇感到,除了蜘蛛以外,一切都毫无意义吗?"但他最终决定做一只马蜂,因为"有时候蜘蛛错抓到马蜂,只好把网收回。必须把马蜂放开,要不然是危险的"(70—71)。所谓的马蜂,就是指游离于蜘蛛和苍蝇这两种处于剥削和被剥削关系之外的第三种生物体,他是社会的游离物,破坏社会规则,享受自由。这也正是他从事贩毒这种非法活动的依据。

实现阶级向上流动的另一个重要途径是接受高等教育,这是小说反思的重点。传统的意识形态将劳动分工与阶级分层联系起来,赋予低层次的体力劳动以较低的收入和阶级地位,赋予接受高等教育者以较高的收入和阶层地位,因此,提升教育层次是提高社会等级的必由之路。保罗·威利斯(Paul Willis)考察了英国工人阶级子女中普遍流行的反学校、反智识的倾向,研究他们为何更喜欢子承父业,以学手艺而自豪。威利斯指出,人们通常认为低级劳动更缺乏创造力,这一观点是错误的,事实上体力劳动者被贬低是国家制度、文化规约、意识形态和再生产结构合谋的结果。① 布尔迪厄也指出,所谓权力,或者说任何社会等级享有的特权,并不会仅仅满足于它既有的权力或者特权的存在。它们总是寻找一系列的合法性诉求,通过资本来维系其再生产结构,保证特权的持久存在和繁衍扩大。② 正因为如此,即便二战后高等教育向社会各阶层敞开,资本依然通过其他强有力的影响,维系其优先的社会地位。

故而在社会流动的大戏中,下层人普遍将幻想寄托于接受教育(特别是高等教育),以实现阶级的上升,从而也使社会呈现出一种悖论式的景象:一方面教育的确能够给予某些下层人士向上晋升的通道,这在战后英国的发展史上不乏例证,最典型的莫过于威廉斯等英国文化研究的大师级人物,他们自始至终都强调自己最初的平民身份和工人家庭背景,是大学使得他们能够厕身于高等学府,并得到社会认可;③另一方面,这也给人们带来不切实际的幻想,认为只要接受高等教育,就能改变人生命运。事实上,这是意识形态在承载着其作为虚幻意识的功能。这种对于教育的普适性、工具性价值观,首先表现在小说主人公到母校找校长请求做擦玻璃临时工的故事中。当查尔斯要求和母校签订用工合同时,校长兰姆利愤怒地指责道:"你的意思是说,你所受的教育使你无法做任何值得做的事情,你到这里说自己已经变成干粗活的人,就是以为用这些蠢话会击中人家的要害?"(26)这说明英国学校认可的教育使命正是使人脱离原先的低层次阶级;社会普遍认为受教育程度是阶级分层的最重要标志之一。

这种传统的意识形态造成了一系列的恶果。首先是劳动的异化,即教育

---

① 保罗·威利斯:《学做工:工人阶级子弟为什么子承父业》,秘舒等译,南京:译林出版社,2013年,第154—56页。
② 布尔迪厄:《国家精英:名牌大学与群体精神》,杨亚平译,北京:商务印书馆,2004年,第459页。
③ 雷蒙德·威廉斯:《政治与文学》,樊柯、王卫芬译,开封:河南大学出版社,2010年,第1页,第20—36页。

扭曲了人对自身的认知。查尔斯在大学里的老相识埃德温·福劳力希属于典型的被教育异化了的知识分子。他自认为才高八斗，为了博得文学怪才的名声，神经质地提着鸟笼到处乱走，放言小说家除了"一张桌子、一点纸笔、一个女人、两餐饭"和"酒"之外无须他物，并以写作之名，让工人阶级的女性白白养活自己而毫无愧疚（32—33）。

其次，造成社会对高等教育和传统等级观的普遍盲信。小说中的人物，除了查尔斯外，无一不将高等教育视为实现阶级上升的唯一可靠通道。查尔斯在医院做低级杂工时，遇见做实习医生的大学同学并与之发生争执；对方称他所做的工作"是生来就下贱的人干的"，"不用我们这个阶级去干"，是"丢人现眼"的（153）。

再者，造成一部分人对高等教育理想的幻灭。在二战之后，英美高等教育的急剧扩张，使得大量平民子女得以进入高等院校。虽然社会给予理工科毕业生大量的好工作，但是给予人文类学生的体面工作并未增加，这造成了主人公理想的幻灭。高等教育扩招导致的校园人数急剧膨胀，这也使得学生无所事事，错以为自己真的就如同过去的贵族（110）。

最后，导致劳动价值的错位。劳动本身的价值囿于社会刻板印象的规定，使得劳动本身的乐趣，特别是手工劳动，甚至是工程劳动本身具有的魅力，被社会的这种成规所异化，从而造成教育观和价值观的冲突。小说中工业大亨布莱思韦特满心要将儿子培养成具有高雅修养的大学生，但后者却对机械（特别是对车辆）的改装、调试痴迷不已。他所学的一切东西"表面像书里说的那样，又甜蜜又光明，是开明教育，但骨子里却是冷酷无情、毫无人性"（185）。教育原本的出发点是尊重人的天性，引导人的好奇心，自由地探索世界，但基于阶级立场的教育观和劳动观反而背离教育的本质，戕害人的天性。

三、文化主张与反抗行动

在二战后英国社会的阶级结构转折和教育悖论的宏观背景中，小说将焦点放到了人文知识分子的文化主张和反抗行动上来。在理论渊源上，这上承维多利亚时期阿诺德等关于文化人的使命和文化功能的论述，呼应了20世纪中期利维斯和艾略特对人文主义传统的传承，但更多以反讽的方式说明这种理想在二战后的社会和教育现实中呈现出脱离实际、贵族倾向和游戏化的问题，预示着转型期人文意识的新危机，也为反思传统人文主义提供了新视角。

20世纪的英国人文教育深受阿诺德的影响。他在《文化与无序》一书中强烈批判了英国社会的菲利士主义，即以不受文化和教育为荣，反而汲汲于金钱的社会倾向。在阿诺德看来，所谓文化，就是人类历史上"最优秀的思想和言论"，就是对完善或曰完美的追求。一位深受希腊文明和希伯来文明熏陶的文化人，必定是能够活得最有价值的人，或者是堪负大任的人。① 阿诺德的这一思想在20世纪被利维斯和艾略特等人所接续，成为英国人文学科人才培养的出发点之一。② 人文学生在大学中被要求沉浸于对既往经典的研读，在人文知识、批判眼光、艺术修养中得到充分训练。阿诺德等人的文化理念毕竟还是脱胎于过去的古典贵族文化，有时不能有效地与社会各阶层兼容，难免会与大众文化和流行文化的旨趣理念发生矛盾，在高校教育中难免会被抽空其实际内涵，培养出与社会脱节、缺乏生存能力、眼高手低的无用书生。20世纪新的意识形态也从各个方面解构了传统人文主义的文化教育理念和阶级意识，特别是工人阶级、大众文化、消费文化、民间文化和左翼政治的兴起，使原先被压抑、被贬斥的底层文化得到颂扬和光大。③ 从这个角度来看《每况愈下》，就会发现主人公的反抗行动和负面情绪体现了社会转型期阶级重组、教育巨变中的人文危机。

查尔斯本质上是个人文学者，他具有传统人文学者的敏感气质、锐利眼光和批判精神，这是他反抗行动的逻辑出发点。他对阶级、教育和社会持一种极为超脱、不苟流俗的批判立场和视角，认为30年代的"奢侈的年轻人"只是"做出姿态"，或者"希望做出姿态"，或者是仅仅"谈论要做出姿态"，要"摆脱那一个娇纵了他们的社会环境"(28)。在查尔斯看来，这些年轻人一开始就失败了，原因是"他们一心想投到所谓的人民当中，成为人民的一员，他们对社会环境的抵制也就动摇了。其实，他们对于人民的概念是模糊的，他们甚至连想都

---

① Arnold, *Culture and Anarchy*, viii.
② 敬咪治也：《文化关键词》，张泓明译，北京：商务印书馆，2015年版，第88—95页。
③ 作为当代文化转折的现象，也可参见汉娜·阿伦特：《过去与未来之间》，王寅丽、张立立译，南京：译林出版社，2011年，第183—209页。

没有想到人民的思想、人民的生活到底是什么样子的。他们要是真正来到人民中间,他们的生活无论如何都会变成活地狱"(28)。这其实暴露了西方30年代上层左派知识分子的局限性:他们的革命或反抗多局限于空想,缺乏对社会生活的真正体认,缺乏对人民的深入理解,更缺乏投入革命和反抗的行动。查尔斯进一步认为,他们错误的根源在于,"他们傻乎乎地想同时看两个望远镜",一个望远镜"是仿照德国哲学造的,镜头就对着他们自己";另一个是"仿照俄国的经济学造出来的,镜头对着英国的工人阶级"(28)。这是从学理上来认识30年代英国左派知识分子的思想渊源,望远镜的比喻具有反讽意义,意味着不加分析地移植国外经验。用外国的望远镜来观看近在身边的事物,难免会出现聚焦不清的问题。两个望远镜的对象的不同,则说明知识分子本身在英国社会中与工人阶级的脱节。查尔斯对于30年代英国左派运动的总体诊断是知识分子的脱离实际和脱离群众,他强调英国本身的民族特殊性,可谓切中要害。学者威乐斯(Gerald Weales)就极为激赏"两个望远镜"的譬喻,并以30年代著名诗人奥登(W. H. Auden,1907—1973)为例,以证实查尔斯论述的准确性。[①]

人文学者必须在新的社会现实下摒弃学究气,方能获得新生。在查尔斯最初寻找工作的过程中,他"不是冷静地、用分析的方法开始的",因为冷静的分析恰是学者所熟悉的希望"用沉思来解决全部问题的老旧套路",既"可能使他得出消极的、玩世不恭的结论",又可能作出"向环境屈服的决定",从而丧失再造自我的勇气(20)。那么传统人文学者的自我形象是怎样的呢?在查尔斯看来,无外乎"埋头在书本中,听着别人的训导,屈从别人的纠正,像泥团一样由人无休无止地塑造着,并一年又一年地在别人敏感的区域穿插前进;只要朝任何方向走过头一步,都会伤害、冒犯某个人,或使某个人失望"(20)。查尔斯所不屑的,正是传统人文学者在旧教育体制和社会制度下的通病。包括教育领域在内的文化场是一个充满等级意识、由上级分配资源并决定下级身份和地位的社会场域。在这样一个场域里,学生太在乎"老师们的摇头,父亲的疑惑和气愤,母亲的哄骗和愠怒,直到史密斯太太那些关键性问题和伊迪丝叽哩

[①] Gerald Weales, "Here Come I, the Poet Good," *The Sewanee Review* 98, 2(1990), 308.

哇啦的瞎说"(20)。如果说 19 世纪的英国高等教育只专注于贵族培养,贵族尚有资本去固化原先经典学习中内蕴的社会等级秩序,那么在二战后向平民敞开的高等人文教育背景下,学生如果还因循守旧,那么就犯了时序错乱的认识问题。

小说开篇处,查尔斯找工作屡屡碰壁,他在路上拖着手提箱,自问为何会失败时,得到的答案却是支离破碎的,但他认识到一方面"是因为大学里多年盲目又不像样的填鸭式教学并没有给他训练出一个适于认真思维的头脑",另一个"简单明了的原因,那就是,他的一些问题压根儿就找不到解决的办法";面对周遭的困境,"他还没意识到,靠头脑的思索是改变不了自己的困境的"(17)。人文学者长期脱离体力劳动,耕耘于书本,虽然思接千载,纵横万里,但却缺乏最基本的生存能力。毕竟文化教育理念脱胎于过去的贵族教育,而贵族的悠闲是建立在传统的经济剥削结构之上的,这种社会结构上的优势恰恰不是二战后出身平民的人文学生所拥有的。他们一旦被动式地接受现成的贵族教育,就不能正视现实和自身的处境,就不能诉诸行动来解决问题。这时,查尔斯从酒吧里工人的身上汲取了生活的智慧,转而抛弃人文学者的自恋意识,对工人阶级发出了颂扬之声,认为来这里的人虽然"是些性格粗犷、执拗的人,他们从生活中获得激励,进一步磨砺了自己的锋芒";他还认识到自己的"锋芒却已被自己所受的教养和教育有步骤地磨掉了",于是感慨道:"蜂房里满是马蜂,并且清一色都是工蜂;而他自己呢,虽然其他方面都和别人一样,却已经被摘去螫刺。"(17)

查尔斯的成长历程充满悖论。刚开始,他是一个被高等人文教育剥夺了生存能力的人,后来逐渐成为一个从事实际工作、从生活中学习历练的普通劳动者,最终他暂时性地找到自我位置,实现自己所接受的人文高等教育的价值,部分地实现自我与社会的和解。查尔斯的成长转变表现在作为学生时的自我膨胀,到找工作时的自我贬抑,到从擦窗户等低等工作中获得自我认同,再到与社会的各个阶层交往中实现自我剖析,最后到成为成功的编剧时自我认识充满张力的平衡。小说中,查尔斯第一次获得生命的意义是他成为擦玻璃的工人阶级的一员。在痛斥传统的人文教育所巩固的阶级分隔的价值观时,他意识到"那些占据着这个虚伪领域的牛鬼蛇神",还"继续在新一代的头脑中不停地修造行将坍塌的建筑物"(25)。他这是在反传统的左派思维基础上剖析旧人文教育的实质,从而彻底挣脱人文学者的清高。在骄傲地成为一个能够靠双手养活自己的工人后,"他心里就明白了,自己旧的生命已经完结;从那时起,样样事情都豁然开朗,都合乎事物的真实面貌,各方面都有新的正确比例:他一次飞跃就跳出自己那类人、那个阶级的旧传统。"(23—24)

查尔斯在成长历程中虽然有过迷失、退缩、焦虑和愤怒,但是他的"灵魂还是活着,还产生出某种人性的力量"(198)。这也是人文教育的真谛,即追求心灵和灵魂的自由和解脱,拒斥自我在体制化和机械化的制度中封闭思想,漠视感知,拒绝探索或墨守成规。在经历反反复复的社会体验后,他最终在编剧的职位上找到满足,这个职位既能发挥他的才华,也不辜负他所受的教育,学有所用,又能将自我的阅历得以发挥,而且"这个地位增加了他的收入,给了他超脱斗争的力量和充分反省的闲暇,能时时保持清醒的头脑,不至于干出蠢事来"(222)。但这也只是一种暂时性的状态,因为他觉得"和社会的长期斗争,到头来只打成个平局",他现在和社会"彼此间也没有达成更深的谅解"(223)。毕竟,人文学者的心智应该永远处于活跃的状态,永远在批判求索。正是通过讲述这一不断求索的心智的故事,韦恩为文化观念输送了新的内涵。

第四节
《愤怒的回顾》中隐含的憧憬

文化批评中极少以一个具体日期来精确地界定"文化转型"的情形,但1956年5月8日是特例。这一天,约翰·奥斯本的《愤怒的回顾》在"一夜之间"震动了英国剧坛,不但带来了英国戏剧的"新生",而且直接命名了20世纪50年代英国"愤怒的文化"(Angry Culture)与"愤怒的青年"(Angry Young Men)。一时间,讨论战后戏剧与文化批评的著作均以《愤怒的回顾》为起点,"仿佛战争结束于1956年"而不是1945年,这一天也因此而成为一个"不可超越的边界"。①

然而,大量探讨该剧的文献中却存在一个学术盲点或误读,即对剧作以"阁楼"背景为空间隐喻特征的忽视。有的学者将戏剧的布景理解为"公寓"(flat),得出结论认为这是在公寓空间与"家庭生活的对抗"(against domesticity)。② 有的学者虽然意识到舞台设计不一般的空间意义,看到阁楼下面"厚实的维多利亚基石"与阁楼的分割实际上隐喻了"吉米生活中无法越过、无法接受的各种历史性分割中的一个侧面",③强调了阁楼与主体建筑的空间"分割",却忽视了阁楼是在主建筑上的"延伸"意义。这直接导致了人们对戏剧主题"爱"与"生命"关系的误解。阁楼中先后住过四位年轻人,凭着对"爱"的不同理解而生活在一起,在特定空间里结成"心缘"乌托邦。

本节重新反思由《愤怒的回顾》所引发的英国文化批评的转型,彼时英国的"愤青文化"表达了年轻一代对正统话语为了某种僵死的价值观念而忽视生命质量的愤怒;《愤怒的回顾》从全新的视角思考生命与爱情,憧憬一种如小动物般纯洁的情感生活模式,从个体生命质量出发,重新定义爱情。基于此,我们将从分析剧作的阁楼空间里发生的诸多爱情入手,在认同阁楼空间所代表的边缘化、分割性特征的同时,注重其延伸性与建构性特征,即以爱情为核心的生命重构,以"生命—青春—爱情"为主旋律组成的空间共同体愿景;剧中人物通过表面的"愤怒"来追求对传统文化的批判与重构,以"回顾"的姿态"憧憬"一个以"爱"为核心的乌托邦式"共同体"。

一、转型愤怒与阁楼空间

20世纪50年代的英国,"全员就业,社会繁荣稳定,电视时代诞生,有了'新伊丽莎白时期'与女王加冕;这十年也是古惑仔(teddy-boys)时代,是猫王埃尔维斯·普雷斯利(Elvis Presley,1935—1977)与摇滚乐的十年,还有核裁

---

① Rebellato, *1956 and All That*, 1-3.
② Susan Brook, "Engendering Rebellion: The Angry Young Man, Class and Masculinity," in *Posting the Male: Masculinities in Post-War and Contemporary British literature*, eds. Daniel Lea, Berthold Schoene-Harwood, Amsterdam: Rodopi, 2003, 28.
③ William W. Quigley, "The Political, and the Postmodern in Osborne's *Look Back in Anger and Déjàvu*," in *John Osborne: A Casebook*, ed. Patricia D. Denison, New York: Garland, 2011, 45.

军(CND)"。① 然而,在这一片繁荣与喧嚣的背后,是二战结束后英帝国在全球地位的急剧下降,同一年发生的两件大事——苏伊士运河事件与匈牙利革命——让英国颜面扫地,标志着不可一世的往日帝国雄风彻底逝去。这一系列事件都让英国民众的情绪难以平复。于是,这一年在伦敦皇家剧院上演的《愤怒的回顾》就为这种情绪的宣泄提供了一个出口。该剧一夜成名,各种评论纷至沓来,"愤青运动"主将之一的艾伦·西利托(Alan Sillitoe,1928—2010)说"约翰·奥斯本……引爆了一颗叫作《愤怒的回顾》的地雷,把英国戏剧炸得差不多了"。② 奥斯本因而被称为唯一"捕捉了时代情绪"的剧作家,剧中男主角吉米·波特也让"整个世界多了一个新的参照"。③

然而各种解读分歧也大量存在。有人认为主人公吉米·波特是俄狄浦斯情结的牺牲品,④有人认为他是同性恋、双性恋或虐待狂性格,又由于吉米与好友克里弗经营一个简易的糖果摊,于是就有学者认为吉米还处在离不开甜食的婴儿"口腔期",⑤甚至有人将吉米视作"毫无良知的虐待狂",⑥真是无奇不有。这类批评家多少都看到了奥斯本在剧中对"爱情"的关注,但是大多把这"爱情"简单地理解为青年人之间的性爱游戏,而忽视了奥斯本用来轰炸英国传统价值与传统舞台的武器——带有强烈生命力的语言。将爱情作为生命力的源泉,作为人们走向共同美好生活的出发点,是解读该剧的关键。

奥斯本之前十年的英国舞台被描述为缺少鲜活个性生命的"原始世界"(the primeval world)⑦:"在这个冷漠的十年里……人们已经不断地寻求私人的方式来对付公众的邪恶。私人的雄心代替了社会的志向……在普遍的冷漠

---

① Stephen Lacey, *British Realist Theatre: The New Wave in Its Context 1956—1965*, London and New York: Routledge, 2002, 1.
② John Heilpern, "Look Back at Osborne: The Original Angry Young Man Mixes It up with Beckett, Coward, Ravenhill and the Empire" (Excerpt), *American Theatre*, 1(2007), 84.
③ Ibid., 80.
④ David Bolt, "Osborne's *Look Back in Anger*: Looking Back at Oedipus Rex," *Explicator*, 65.4,(2007), 238.
⑤ M. D. Faber, "The Character of Jimmy Porter: An Approach to *Look Back In Anger*," *Modern Drama*, 65.4(1970), 71.
⑥ Graham A. Dixon, "Still Looking Back: The Deconstruction of the Angry Young Man in *Look Back in Anger* and *Déjàvu*," *Modern Drama*, 37.3(1994), 522.
⑦ J. C. Trewin, *Drama in Britain 1951–1964*, London: Longmans for the British Council, 1965, 11.

中,人们趋向于感到——他们已经无力带来什么改变"。①

这是一种"大时代小个体"的典型特征。随着二战后英国教育水平的整体提升,人们阅读经典和了解传统的机会大大增加,对自己所处社会的批判能力随之增强。年轻人发现社会主流话语所描绘的美好景愿与现实的距离在不断扩大,奥斯本面对的英国几乎是法语的天下,精英们将法语推崇为"逻辑理性的旗手",导致英国本土文化自惭形秽,②历史宏大叙事在不断地被解构,他们开始不再相信所谓的共同理想,正如吉米所说:"我总想咱们这一代是不可能再去为了什么崇高的事业牺牲自己的性命了……到这会儿已再没有什么崇高的勇敢事业剩下来。"③看到社会与集体的"邪恶",有良知的人不忍为恶,或无胆无力为恶,只能"躲进小屋成一统";更多的人则会努力地适应身边的环境,尽己所能做出应激反应,顺应时代潮流成为"精致的利己主义者",合情合理地利用体制与传统的力量来最大限度地谋取一己私利。在一定意义上讲,这是现代理性与两次世界大战交互作用的后遗症——个体彻底清醒,个人追求完全意义上的趋利避害,人类"共同命运"之类的宏大话题也被顺理成章地束之高阁。

宗教意义上的神已经离人们远去,主教甚至会"呼吁所有基督教徒鼎力支持生产氢弹"这种杀人武器(10)。民族国家、集体也都成了不可望且更不可及的虚无概念。没有了共同的家园,人类成为从现代理性走向后现代感性直觉的孤独存在体,在这种僵死的文化中,"理性"与"正确"的口号随处都可以听到,但就是缺少了鲜活的生命。如果说现代性必然产生"精致的利己主义者",与之抗衡的使命就落到艺术家的身上,他们通过自己的作品来剖析、批判人的这种本能堕落与麻木,通过重新想象共同体,构建共同体家园。奥斯本说:

我想要人们去感受,想给他们上情感课。他们事后会思考的。在有些地方这会是一种危险的方法,但在我写作的时候——至少在英格兰,人们不会有

---

① Edward P. Thompson, *Out of Apathy*, London: New Left Books, 1960, 5.
② John Osborne, *Almost a Gentleman: An Autobiography 2: 1955 - 1966*, London: Faber & Faber, 1991, 11.
③ 约翰·奥斯本:《愤怒的回顾》,黄雨石译,北京:中国戏剧出版社,1962年,第121页。本节以下引文只标页码,不再加注。

情感泛滥的危险。①

奥斯本用简洁的语言把吉米塑造成一个类似堂吉诃德式的英雄,来挑战统治英国当代戏剧舞台的小资情调。吉米自嘲"连人带马的全副披挂都只不过是一些被人看得一钱不值的热情和狂想！那匹灰色的老母马过去的确也曾冲锋陷阵,向那古老的制度进行过冲击"(72)。当时活跃于英国舞台上的是艾略特的《鸡尾酒会》(*The Cocktail Parties*, 1948)、《机要秘书》(*Confidential Clerks*, 1953)、道格拉斯-荷姆(William Douglas-Home, 1912—1992)的《春闺初恋》(*The Reluctant Debutante*, 1955)等。《愤怒的回顾》中的吉米来自劳工阶层,他的生活与上述剧作中的浪漫情怀和白领生活形成鲜明对比。他身上有着针对一切传统的"怒气"。在吉米的妻子艾丽逊看来,吉米就是青春与能量的化身:"他身上的一切好像都冒着火焰,他的脸、他的头发全都放着金光,而且仿佛在他头上跳动,他那黑色的眼睛也是亮晶晶的,充满了阳光。"(60)当年正是他身上这种一扫沉疴的斗士气质与生命活力吸引了艾丽逊,使她不顾父母反对,坚决地与吉米走进婚姻的殿堂,从此二人生活在阁楼这种都市的边缘空间。这就是奥斯本希望传导的"英国式感受"(British Way of Feeling),奥斯本将《愤怒的回顾》中的原创性理解为"真实":"我试图用一种只能讲真话的语言。"②

将阁楼作为舞台背景是奥斯本想体现大众草根文化的匠心独运:"这里是一所维多利亚时代巨大建筑的最上层,一间相当大的阁楼。天花板从左到右急剧倾斜。右下方是两面低而小的窗子。"(3)他的革命性舞台布景形象地体现了英国社会劳工阶层的"草根"特色。他利用详细的布景指示来暗示居住者经济拮据,后者只住得起顶层阁楼这种非日常居住的狭小环境;同时,他又利用空间修辞来表明舞台布景包含了对整个"维多利亚"价值体系或社会结构的隐喻。阁楼既表示一种与生活常态的空间"隔离",也隐含由日常生活向外的

---

① John Osborne, "They Call It Cricket," in *Declaration*, ed. Tom Maschler, London: MacGibbon & Kee, 1957, 65.
② John Osborne, "Introduction," in *International Theatre Annual: No. 2*, ed. Harold Hobson, London: John Calder, 1957, 9-10.

"延伸"。这种空间拓展与滕尼斯以"共同体"(Gemeinschaft)对"社会"(Gesellschaft)的延伸相类似。从理论上说,完美共同体无法在社会层面真正实施,它强调的是一种动态的、指向未来的理想化诉求,其诗学延伸性远大于其社会实用性。滕尼斯认为,人的"心缘空间"(mental sphere)实际上是对人的动物生命(animal life)的延伸。在这种模式中,乡村生活就好比个体的植物性兼动物性生活,而都市生活就是动物性兼心缘空间里的生活。奥斯本在舞台上选择维多利亚风格建筑之上的阁楼空间,体现了对维多利亚都市化生活的向外拓展,是社会层面向共同体层面的延伸建构。

在巴什拉(Gaston Bachelard, 1884—1962)的空间诗学中,阁楼又是对"家"的延伸,而家宅即是"整个世界的诗歌"。他讲阁楼"既小又大,既热又冷,永远给人安慰";阁楼是"理智化投射的理性区域",甚至连恐惧感也很容易变得"理性化"。①

从这两个层面来看,奥斯本的阁楼背景体现了戏剧对美好共同体的憧憬。生活在这个空间里的是吉米和艾丽逊这对夫妻,合租的克里弗是他们的密友,后来短暂加入小住的是艾丽逊的闺蜜海伦娜——很快,海伦娜又成了吉米的同居情人;艾丽逊的上校父亲来此做过短暂拜访。这些长住短访的成员彼此之间都是以"爱"相连,正是他们之间的"爱"才让现代都市楼房延伸出来的阁楼成了共同体实验场所。

这些人本来并非都有血缘、地缘这两方面的天然亲近优势,他们的聚合体现了滕尼斯的共同体三大支柱概念——血缘、地缘与心缘(blood, soil and spirit),②他们凭着心缘相聚,结成了临时共同体。上校因自己与女儿的血缘关系,对这样的空间也产生了浓厚的兴趣。客观地说,他对自己所处的阶级文化并不认同,但他不像吉米那样具有愤怒的激进情绪,他对社会充满了困惑与不解,对吉米的积极求变有一定的情感认同。

上校1914年离开英国到殖民地任职,1947年回国,他对帝国的记忆还停留于三十多年前的传统与辉煌。如今他被帝国与传统抛弃,眼前的帝国"越变

---

① 巴什拉:《空间的诗学》,张逸婧译,上海:上海译文出版社,2009,第38、9、18页。
② Ferdinand Tönnies, *Community and Civil Society*, trans. José Harris, Cambridge: Cambridge University Press, 2001, 204.

越乌七八糟"(96)。对自己文化的陌生、隔阂让他成为"爱德华时代的荒野中存留下来的已经很老的树";他内心充满困惑:"我就不明白如今的太阳为什么不放光了。"(96)作为帝国殖民体制下曾经的既得利益者,上校留恋英帝国过去的荣耀与传统,不希望社会与生活发生太大变化。吉米作为新兴的工人阶级代表,面向的则是未来,在他眼里当今英国有太多的弊端,必须建立一个面向未来的美好社会,因此,艾丽逊认为自己父亲的痛苦"是因为一切都变了。吉米的痛苦是因为一切永远是那么个老样子"(96)。

克里弗与吉米一样,也来自新兴的劳动阶级,自然最理解也最支持吉米,他愿意接受变化,却不知道未来在哪里,他曾把当前生活的这种空间比作"老疯人院"式的试验场所,(100)是爱让他能够如此长时间地与这对夫妇共同生活在一起。他毫不掩饰自己对吉米夫妇的好感——"我深爱着这两个人"(85)。

海伦娜本来不属于这样的空间。她与艾丽逊年龄相仿,但带有"代表中等阶级女性的王权"与"母性权威"的"过分严谨的、简直有点凛不可犯的神情",这种形象很容易吸引男性仰慕与追求,使男性"不但急于想对她讨好,而且力求得到她的赏识"(50)。但吉米却一直在冒犯、挑战海伦娜的这种女性权威,对她丝毫没有讨好与献媚的表示。

海伦娜是应艾丽逊的邀请而临时进入这个阁楼空间的,起初她对吉米充满了反感,对这个空间充满敌意与挑战。然而,就在来到这里后不久,她意外地与吉米产生恋情,与吉米一起以恋人的身份生活。几个月后,她理性地选择离开,短暂的爱情生活让她依然保持了原来的"风雅",却少了原来"那种有意做作的姿态"(100)。她本来希望用爱情改变吉米,却被爱情改变了自己。正是海伦娜的到来,让爱情这个非常关键的共同体观念受到了考验。

二、"爱"与共同体

爱情(love)的语法比较特别,是将自己的幸福建立在对方幸福基础之上的"二手幸福",即只有对方幸福了,自己才会幸福。这一语法从根本上重新定义了人的自私天性,让各具差异的人有望走到一起,结成"共同体"。也就是说,如果两个人产生了爱情,能够付出关爱,就有望构成最小单位的理想共同体。

因此，致力于共同体理论思考的学者总不忘另辟篇幅来专门讨论爱情。滕尼斯把爱作为"一切共同体的根本法则"，①而让-吕克·南希（Jean-Luc Nancy，1940—　）认为爱是"延伸"，是"由在我之中的他者的颠覆造成的"。② 南希知道爱之不易，才将"个体"（individual）与"独体"（singular）进行区分。从词源的角度来说，南希强调人的独体性就是道出了人与人之间难以调和的"陌生性"（strangeness）。只有首先承认、然后消弭人性中的这种陌生性差异，也就是"他者性"，人类的爱才有可能。南希用黑格尔的话来证明爱"在他者中拥有自己持存的要素"，以此来弥补生命与存在的"不完满"。③

南希说"爱是超越自身、成为完满的极端运动"，是"接近而不是目的"，是过程与手段，人们通过爱来达到一个新的境界。南希认为，爱因为消除了自身情感的"盲区"、弥补自身不足，引导存在"走向完满"，是人与人之间无差别的同等感受，因而人们"不要在爱之间挑三拣四，不要特权化，不要划分等级，也不要排斥"。④ 换言之，在爱的面前，语言与理性思考都显得苍白无力，"爱情从来就不知道法则，代表着一种向荒野的回归，却不僭越禁令，尽管忽视禁令"。⑤ 爱显然挑战西方的"逻各斯"话语中心，虽然离不开语言，却不会遵从语言的法则，任何语言层面的定义、禁令，在真爱面前都将失效，这却不意味着爱没有自己的禁令。简言之，爱就是滕尼斯共同体理论中的"心缘"空间，是共同体想象中最富魅力、也最具挑战的概念。

真爱区别于传统的爱。在共同体理念下，爱不是基督式"另一脸颊"，爱不再是无条件的；爱是主体的自觉与自律行为。当主体的人拥有了爱的意识、能力与心态，能够开放地走出自我、走向他人的时候，就有了结成共同体的基础。真爱也区别于人类以"艾洛斯"（即 Eros，爱神）的名义走向他者的爱，因为那是身体有限的生理机能（性欲）体现，后来甚至变成某种拥有（财产）的象征，因而具有严格的排他性。在理论家用抽象概念严谨论述的地方，艺术家则用生活

---

① Tönnies, *Community and Civil Society*, 34.
② 让-吕克·南希：《解构的共通体》，郭建玲等译，上海：上海译文出版社，2007，第 313 页。
③ 同上，第 299 页。
④ 同上，第 294 页。
⑤ Maurice Blanchot, *The Unavowable Community*, trans., Pierre Joris, Barrytown: Station Hill Press, 1988, 40.

的舞台情节来定义爱情。《愤怒的回顾》中吉米与艾丽逊的爱情关系一开始是情爱与伦理之爱,即他们从情欲的结合走向了稳定的夫妻伦理关系,仍然具有情爱的"排他性",只有在艾丽逊主动选择离开之后,海伦娜才可以凭情爱的方式再一次进入这个空间。

就海伦娜对吉米的爱而言,虽然她表现得非常主动、热烈,却不像是真正的"爱情",她的爱从一出场,就表现出一种带着先决条件的基督式的、拯救式的爱。她住进阁楼,本来是为了"拯救"艾丽逊(也是典型的模仿基督"救赎")。艾丽逊向她写信抱怨自己与吉米爱情生活中的困境。海伦娜于是就义无反顾地来到了朋友的面前,想把后者救出爱情的"水火"。吉米很快就感受到了海伦娜身上特殊的宗教气息,以及她那凭着理性与算计让人在平稳中度过一生的非生命本真模式。在海伦娜的算计中,艾丽逊要是跟着吉米生活下去,未来充满了风险与不稳定。海伦娜在吉米眼里是"超自然经济学的专家",凭着世俗的算计可以帮艾丽逊"捞一笔退职金",是一个"穿着迪尔牌时装的圣人",是"受上天启示的股票推销员,到处散布着权力转移的谣言"(76—77)。海伦娜认为自己有理由向密友艾丽逊伸出援手,让她过上正常人的安稳生活,"跟一般人一样规规矩矩地过日子"(62)。但吉米则认为那根本就不是人的生活,是在理性与进步口号下的自欺自愚的生活:"理性和进步,那个老牌公司,已经快关门板儿了!在生意正好的时候,所有的人都纷纷要拆伙了。靠旧传统、旧信仰作资金的那些早已被人遗忘的股票,现在还正在上涨——越涨越高,越涨越高。"(77)可见,对于传统理性中将生命算计成各种非生命的公式这种价值观,吉米充满了"愤怒"。

艾丽逊要跟刚到不久的海伦娜去"教堂",这让吉米非常吃惊,因为自他与艾丽逊结婚之后,就再也没有去过教堂(64)。剧中"教堂"的意象不断出现,舞台上时不时地会传来远处教堂的钟声(28,78)。每当钟声响起时,吉米都表现出过激的反应,他更清晰地感觉到了海伦娜所代表的传统的压力,这也是吉米"愤怒"的原因之一。

在海伦娜的神性之爱与吉米之爱的博弈中,海伦娜认为吉米不懂得"爱情",眼前这个阁楼空间在她看来不过是"疯人院"或"动物园"(62)。或许是出于这种认知以及她自诩的崇高的基督情怀与博爱精神,海伦娜在艾丽逊回娘家并不打算再回来之后，开启了她对吉米的救赎式爱情。吉米料理完朋友休的妈妈泰勒大娘的丧事，回到家里发现艾丽逊已经离他而去，感情上遭受双重打击，沮丧而暴怒，把情绪都发泄在海伦娜身上，海伦娜的表现非常极端，她先是"猛烈地打了他一耳光"，接着再"拉开他的手，狂热地吻着他，拉他在自己的身边坐下"(105)。就这样他们开始了新的恋情，在一起生活了几个月。

吉米理解却不认同海伦娜希望通过爱来"救赎"的努力，他对海伦娜说，"你真算是善于和敌人相交了，是不是？像他们说的一个值得作对的对手。可你也得知道，在双方放下武器的时候，并不一定表示他们就一定不会再打了"；海伦娜则"坚定地"回应说"我爱你"(124)。海伦娜对吉米的爱出乎所有人的意料，她有着虔诚的宗教信仰，博大到可以爱上"敌人"，希望"爱"可以改变、消弭一切误解与仇恨。但吉米也同样有着共同体的至爱与自由诉求。他对海伦娜的警示，并不是双方放下武器"就一定不会再打了"，实际也是在提醒自己，越是自己珍惜的爱情，可能越是容易消失，即爱具有不受禁令约束的偶发性。

吉米不相信所谓的宗教意义上神之大爱，认为爱是人的使命。他看到报道讲有宗教信仰的女人会在美国福音会的群众集会上"想要宣扬自己对上帝的爱"，听众却在唱着基督圣歌开上前线，以爱的名义去杀戮，行进中还踩断了她的肋骨(11)，这无疑是对理性的概念之爱极大的反讽。

吉米也在努力区分"爱"与"性"的不同含义。共同体中的生命之爱是纯洁的爱，吉米虽然不拒绝、不回避"性"，但并不主张性的泛滥，沉湎于情欲之爱恰恰是在浪费生命，是"消损精力的"欢闹(45)。他认为，不以情欲为出发点的同性之恋至少在这方面具有一定优势："说实在话，这简直让你愿意变成个什么童子军教官一类的玩意儿，不是吗？有时候，我真是非常羡慕老纪德和古希腊合唱队的孩子们。"(45)这是吉米的让步修辞，并不是他主张同性恋或双性恋的证据。有学者因此而指责吉米的同性恋态度、口腔期焦虑与双性恋身份认同，这有明显的过度阐释之嫌。也就是说，吉米的"叛逆"式爱情台词表明了爱情与性不是一回事，强调了真正的爱情不应该以情欲为借口。

吉米对泰勒大娘的感情也代表了他对理想中"爱"的一种定义。休是吉米曾经的朋友，他对眼前的英国感到失望与心灰意冷，因而选择出国，在一定程度上还隐隐带着一点早期"乌托邦"或"帝国殖民"的残余思想，希望找到一个全新的"处女地"作为自己实现理想的场所。这种选择"逃离"的做法显然与吉米的思想不符。吉米已经清醒地看到任何离开当时当地语境的行为都不可能从根本上解决问题；他认为一切改变必须从自己做起，从身边做起，并希望借此而影响自己身边每一个愿意改变之人。因此，当休抛弃自己的祖国、自己的母亲远走他乡，吉米不但留下来坚守，寻求可能的改变，而且接过了为朋友的母亲泰勒大娘送终的任务。泰勒大娘是一个没有受过任何教育的劳动人民，为人纯朴而招人喜欢，是吉米眼中的"工人阶级。一个做零活的女人，后来嫁给了一个演戏的，一生过着穷苦劳累的生活，大半辈子就是拼命干活，赚点儿钱来养活她丈夫跟她的儿子"(90)。很显然，吉米对于凭劳动养活自己的人有着一种天然的尊敬与亲近，这些人生活简单，却能自食其力，他们拥有生命的活力。

吉米追求有活力的高质量生命，对死亡也异常敏感。出身于社会底层的劳工家庭，他从小就将爱情、生命与死亡联系在一起思考了，正是这些思考让他有了愤怒的情绪："我可真是在极小的时候就已经知道了什么叫作愤怒——愤怒而又束手无策。这一点我是永远也不会忘记的。（坐下来）说到关于什么爱情……不义……和死亡，我在十岁时候就已经知道的——也许比你们一生所能学到的还要多得多。"(81)面对他非常喜爱的泰勒大娘在自己面前"整整十一个小时""慢慢一步一步地走向死亡"，看着她"身边没有任何人，只有我在那儿守着"(104)，他愤怒而无助的情绪达到了极点，但他没有止于愤怒与"束手无策"，而是从死亡、愤怒中看到了爱，也看到了背叛与不义。

在类似共同体空间的阁楼里，几个青年人凭着对身边现状的不满、对未来的憧憬，结伴而居，情欲早已成为生活的一种常态，与饮食起居一样，不值得渲染。人类走出了中世纪的性压抑、现代到后现代的性放纵，性早就该归于生命的本真，在剧中不再是受到过分关注的文化话题。不以情欲为前提的爱在向他者延伸，成为人类共同体构建的前提，正是《愤怒的回顾》努力想解决的主题。吉米的爱很简单，他爱那些凭借劳动认真而简朴地生活的劳苦大众，如泰勒大娘；他爱愿意与他一样不满现状对人性的压抑、追求真实人生的克里弗与艾丽逊，他甚至还爱愿意献出爱来实验爱之威力的海伦娜。吉米还远没有找到他心目中的爱；他身上体现的是以爱为前提的共同体冲动，他可以与所有心态开放的人一起建构未来,但他本人不是答案与归宿。艾丽逊和克里弗都一度视他为归宿,结果只能是困惑。艾丽逊的归来意味着她愿意与吉米一起重新开始他们的爱情生活,哪怕像动物般的简单生存模式;克里弗最终选择离开吉米,表明他有了自己的目标,不再将吉米作为依靠,这恰恰是一种更广义的共同体模式的开始,即走出了血缘、地缘的束缚,成为一种"天涯若比邻"的心缘共同体。

三、塑造富有生命活力的共同体

爱不是神的恩赐,不是贵族的做作,也不是理性的概念游戏;爱是人的真切感受,是人性生命本身的需要,却又要有着动物般的单纯。动物间虽无人类意义上的情爱,但它们凭本能生活,单从这一点说,动物就可以成为当代人在生活上的"楷模"。奥斯本在舞台上布置玩具熊与松鼠,借动物隐喻来表述爱的单纯。

在阁楼中吉米与艾丽逊在"爱情"基础上建立起来的传统婚姻遭遇了现实的挑战,海伦娜及时出现,献上了"新"的爱情,以一种宗教理性与青春激情相混合的爱情"替代"了旧的婚姻。这种短命的情感替代品又在艾丽逊"幡然醒悟"而回归时终结。此时的吉米还沉浸在与海伦娜的恋情中,因此,对于前妻艾丽逊的突然到访,吉米没有任何的寒暄,竟然只是淡淡地对海伦娜说"你的朋友来看你来啦"(125)。吉米对爱情的超脱,是把爱情理解为人们发自内心的需要,而主动放弃爱情的人,不管是艾丽逊,还是海伦娜,他都没有去刻意勉强。

在50年代的英国文化批评过程中,关注生命质量的词汇反复出现,如"共同文化""生活方式""情感结构"。① 吉米希望以人的生命活力为前提,以爱为核心构建生活,这既是对上述文化思潮的呼应,同时也在批判海伦娜所代表的"理性"爱情与传统。海伦娜知道艾丽逊的回归即表示她仍然爱着吉米,于是主动"让出"爱情,她也明白了自己与吉米的巨大差异:"他需要的是一种世界,我需要的是另一种世界,两个人同躺那张床上也绝改变不了这种情况!我相

---

① Rebellato, *1956 and All That*, 21.

信善恶之说,我也没有必要为自己的这种信念抱歉。"(130)她在分手前对吉米坦承自己的感情:"我的确很爱你,吉米,我永远也不会再像现在爱你一样去爱任何别的人。"(136)她毫不犹豫地离开,这让吉米十分愤怒。在吉米看来,海伦娜只拥有"脆弱的、温室里的感情",而爱"是需要勇气和魄力的。你要是因为想到……它会毁坏了你的清白的、干净的灵魂,就感到不能忍受……那你就最好完全放弃人的生活,去变成一个圣者。……因为你要想像人一样爱着,那是永远也办不到的。你要么活在这个世界上,要么就走进另一个世界里去"(136)。言下之意,爱是人的诉求,不是神的恩赐,爱要求人对生命负责,对风险的承担。

与海伦娜形成对比的是艾丽逊对爱情的努力。在吉米的影响下,特别是在经历逃离爱情折磨之后,艾丽逊有所醒悟。一开始,艾丽逊是希望有人来为自己打拼出新的英格兰,希望有一个"挥舞着一柄大斧"的英雄横空出世,来改变英国的生活现状(60)。然而,生命是自己的,路只能靠自己去走,将改变的希望寄托在他人身上,结果必然是失望——几经波折之后,艾丽逊终于明白了这个道理。

在当时的英国,至少在吉米看来,已经没有"人"的生活了。吉米甚至担心自己会被现实的平庸与安乐逼疯:"哦,天哪,我多么渴望能够有那么一点点儿普通人的热情。就一点儿热情——那就很够了。"(13)吉米所攻击的是现代理性发展过程中,人们按照"概念"的正确来生活,反而失去了一种生活的本能。滕尼斯认为,所谓人的生命,实际上指从植物性生命(organic or vegetative life)到动物性感知生命(animal or sentient life)再到有明确生命目标的灵性生命(conscious purpose of the mind),这其中会出现反生命的理性悖论,即人"能够用理性来毁灭自己"。[①] 人们会以理性为借口追求一种更低质量的、甚至是"非人"的生存模式。吉米说他希望做一个"活人",哪怕是"假装咱们是人,是真正活着"(13),这正呼应了滕尼斯的观点。他"假装"是人的做法是针对小资文化的现成生活概念与说教,回到动物生活层面,因为在传统与宗教压抑下"做人"是不可能的了:"你认为像他那样专吃教饭的小白脸儿准有办法让我变

---

① Tönnies,*Community and Civil Society*,259.

成一个人吗？我是不是应该多弄弄这种道德上的举重运动,好让我身上长出几块鼓蓬蓬的肌肉来?"(112)

舞台布景中有一只很大的破旧玩具熊和一只软绵绵的用毛皮做的松鼠。艾丽逊就是这样配合吉米演绎着"动物间"的游戏,她一度觉得他们所组成的就是一个"动物园",她和吉米之间是一群并不真正具有共同体公约数的异类动物,是狗熊与松鼠凑合成的游戏,因而"疯狂到了极点"(62)。艾丽逊的动物游戏一开始还是"逃避人世一切的唯一办法——并不圣洁的出世之方:彼此以动物的关系相处"(63)。正是她的这种消极态度,上述动物间的游戏成了她生活的归宿,而不是探寻生活真谛的手段或过程,因此她觉得很绝望:

> 我们可以让自己变成长着一点昏糊糊的头脑的毛糊糊的小动物。你对我,我对你都充满了无言的、不掺任何杂念的热爱。一对打打闹闹、无忧无虑的生物生活在自己的舒适的动物园里。对于不能再忍受做人的痛苦的人们,这确也是一种尽管愚蠢,倒也有效的共同生活的方法。可现在,连它们也都死了,可怜的愚蠢的小生物。它们全身都是爱,就是没有头脑。(63)

面对仅有爱而没有头脑的生活,艾丽逊产生了犹豫,希望回归到传统的生活模式中去。然而,回去不久,她却意外地发现了这种空间的魅力,又重新选择回归,尽管此时她仍然没有完全理解吉米所追求的"爱"的真正含义。

吉米对生活有着顽强的信念与追求,愿意像一只孤独的熊那样充满生命的活力。他依然怀有纯真的幻想:"我一直相信天下有——有一种——像烈火一样的精神和坚强的心灵始终寻求着和它们本身一样强有力的活动……好比那只老熊……它发出的吼叫绝不可能像弱者的哀鸣吧?"(137)他主张生命必须有自己的声音,充满了生命的强音,而不是悲切的哀鸣。生态式的隐喻让他们愿意以爱情的名义回归到生命的简朴。吉米回忆起初识艾丽逊时在她身上发现的"闲适"状态,激起了艾丽逊重拾爱情的信心,愿意与其一起回归到爱情的原初状态:

> 咱们俩一定要在咱们的狗熊洞,和咱们的松鼠窝永远相守在一起……咱

们要为咱们自己歌唱——为温暖的树丛和舒适的窝巢歌唱,整天躲在太阳地里睡觉。你随时睁着你的一双大眼睛注意着我的皮毛,帮着把我的爪子收拾得很干净,因为我是一头非常邋遢、非常懒散的狗熊。我也一定随时注意让你的光滑的毛糊糊的尾巴永远不会失去它的风采,因为你是一只非常漂亮的松鼠;可你又并不是那么机灵。(139)

艾丽逊终于将爱情理解为动物式的"相濡以沫"的亲近关系,一种非功利的、走向他者的关系。这正是吉米希望追求达到的英国式"简朴性"(simplicity),他曾抱怨说,"我刚刚读了整整三栏谈论英语小说的文章,里边有一半儿法文。星期天的报纸是不是让你感到很无知。"(6)奥斯本希望借戏剧来"暗示对法国知性的否定。理性发展的必然结果就是思维与情感的分离,新浪潮派(the New Wave)坚信:在将情感与理性分割的过去,英国深受其害,来自法国的一切都代表着寄生性,在吮吸着英国生命活力中的血液,必须作为新的靶的"。① 在奥斯本的影响下,英国的文化批评中盛行反欧陆、反传统的思潮,莱辛批判了加缪(Albert Camus,1913—1960)、萨特(Jean-Paul Sartre,1905—1980)、热奈特(Gérard Genette,1930—)与贝克特(Samuel Beckett,1906—1989),②艾米斯更是骄傲地宣称对加缪、萨特、克尔凯廓尔(Soren Aabye Kierkegaard,1813—1855)、尼采(Friedrich Wilhelm Nietzsche,1844—1900)、陀斯妥耶夫斯基(Fyodor Dostoevsky,1821—1881)、布莱克、休姆(T. E. Hulme,1883—1917)一无所知。③

从表面上看,吉米似乎对一切都充满了愤怒:宗教、传统、首相、主教、文化;而在另一方面,他的怒气又似乎并无具体目标,具有"不及物性"(intransitive)。④ 愤怒是内心强烈不满情绪的外露。从表面上看,它是指主体无法控制自身情绪时不够稳重、不够成熟的表现,因而通常与情绪容易波动的

---

① Rebellato, *1956 and All That*, 143.
② Doris Lessing, "The Small Personal Voice," in *Declaration*, ed. Tom Maschler, London: MacGibbon & Kee, 1957, 19.
③ Kenneth Allsop, *The Angry Decade: A Survey of the Cultural Revolt of the Nineteen-Fifties*, London: Peter Owen, 1958, 55.
④ Rebellato, *1956 and All That*, 12.

青春期联系在一起,被称为"愤青"。然而在表面上的不成熟背后隐藏着的却是旺盛的生命活力,是对生命诚挚的热爱。也就是说,每一种愤怒都源自对生命的某种热爱或执着。比起老气横秋的稳重、超脱甚至犬儒来,敢为天下先的愤青文化却在一定程度上代表了一种文化中最强劲的活力与最执着的爱。

奥斯本称剧作最主要的元素就是"生命力"(vitality)。① 该剧为冷漠的战后英国社会注入了生命的主旨,成为随后兴起的文化批评主要引用素材,引发了一场集体的社会文化憧憬。文化批评界与文学界迅速群起响应,开始重新定义富有生命活力的英国特性,希望帮助英国社会走出50年代的冷漠情绪,构建一个充满爱意、充满生命活力的现代文明社会。例如,威廉斯与常被归入"愤怒青年"之列的霍加特都继承了英国文化批评传统中对生命与情感的尊重,②威廉斯还特别强调新左派运动中的"生命活力"对愤青文化的意义。③

因为这部剧作,英国自50年代之后开启了一个以"《愤怒的回顾》现象"为特征的时代:"《愤怒的回顾》现象把该标题变成了一个没有时间限制的、全能功效流行语。'年度回顾''十年回顾''世纪回顾''遗憾的回顾''奥斯本回顾'……四十年之后,绿洲乐队(Oasis)的经典流行歌曲还以'不要愤怒地回顾'为题"。④ 英国的50年代也因为这部剧作而成为"愤怒的十年"(the Angry Decade),处在左翼的多丽丝·莱辛甚至成为一名"荣誉愤青"(an honorary AYM),⑤并如此评价奥斯本:"他不是左翼,也不是右翼,他是一个天生的叛逆者。"⑥

四、结语

奥斯本的《愤怒的回顾》以"愤怒"的方式对庸俗的社会主流话语发起攻击,强调以朴素的生命与自我为诉求,让爱与生命感受相关联并互为因果,让

---

① John Osborne, *Plays: One*, London: Faber & Faber, 1993, viii.
② Raymond Williams, "Culture is Ordinary," in *Conviction*, ed. Norman Mackenzie, London: MacGibbon & Kee, 1958, 85.
③ Raymond Williams, "New English Drama," in *Modern British Dramatists: A Collection of Critical Essays*, ed. John Russell Brown, Englewood Cliffs: Prentice Hall, 1961, 26, 33.
④ John Heilpern, *John Osborne. A Patriot for Us*, London: Vintage, 2007, 164.
⑤ Ibid., 164.
⑥ Ibid., 247.

生命回归感受的简洁,希望建立一个充满纯真之爱的美好共同体。英国"愤怒青年"文化因此剧而得名,人们以各种方式表达自己对现存秩序的不满,寻求本土生命的活力源泉,他们拒绝精英做作或媚外的虚伪高雅,以内心真挚感受来定义爱情,勇敢走向社会的边缘地带,寻求适合个体生命的共同体模式。以奥斯本为代表的"愤青作家"面对英国的冷漠现实,引领了这种类似"社会主义"的文化憧憬。奥斯本曾说,"社会主义就是让人民生活在一起"。① 作为一位剧作家,他无法以"革命"的方式来变革社会,他能做的就是以舞台来进行他的文化实验,尽可能地让人们"生活在一起":"社会主义是一种实验性的想法,而不是教条;是一种对真理和自由的态度,是人们生活下去、彼此相处的方式。"② 当分歧巨大的个体走到同一个有限的空间时,他们的差异在以"爱"的名义结成的"心缘"共同体中有望得到消弭,这就是奥斯本赋予文化观念的新内涵。

---

① John Osborne, *Damn You, England: Collected Prose*, London: Faber & Faber, 1994, 190.
② John Osborne, "They Call It Cricket," in *Declaration*, ed. Tom Maschler, London: MacGibbon & Kee, 1957, 83.

第三章

转型焦虑的新维度："两种文化"之辩

如果说19世纪英国文人的文化观蕴含着"转型焦虑",贯穿着对机械文明所代表的"进步"话语的质疑和批判,①那么进入20世纪以后,"转型焦虑"呈现出新的特征。两次世界大战在结束战争的同时,也终结了人类社会"线性进步"的神话,但"科技进步""福利至上"的话语仍然"余音绕梁""不绝于耳"。这给当年由卡莱尔等人开创的、针对"进步"话语的批评语境增添了新的语料和新的视角,进而促使文化批评向新的深度拓展。

斯诺和利维斯之间的"两种文化"之辩并非单纯的"科学与人文"之争,而是体现两者对"何为文化?文化何为?"的不同看法。该事件蕴含着英国社会在科技时代的"转型焦虑",折射出英国文化观念的嬗变,尤其是"技术功利主义"话语对文化观念的侵袭。该事件及其余波极大地影响了二战后英国文坛的文学创作和文化观念之间的互动:从斯诺的《院长》(*The Masters*,1951)、《新人》(*The New Men*,1954),到洛奇(David Lodge,1935—)的《好工作》(*Nice Work*,1988)、《想……》(*Thinks ...*,2001),及至麦克尤恩(Ian McEwan,1948—)的《星期六》(*Saturday*,2005),我们都可以听到"两种文化"之辩的回响,贯穿着英国文人对"技术功利主义"所代表的"进步"话语的争论和反思。不仅如此,英国文坛引发的"两种文化"之辩已跨越国界,在世界范围内引发人们对高等教育和文化命题的新思考。

---

① 参见殷企平:《推敲"进步"话语——新型小说在十九世纪的中国》(北京:商务印书馆,2009年)和《"文化辩护书"——19世纪英国文化批评》中的主要论点。

第一节

斯诺与利维斯之辩

提到斯诺和利维斯之间的"两种文化"之辩,学界一般将之归于"科学与人文的关系问题",①是"科学主义"与"文学主义"之争,②这些理解都有其独到之处,但如果我们把"两种文化"之辩置于二战后英国社会的"转型"以及英国文化批评史的大语境中加以考察,就会发现这个事件隐含更复杂的成因和内涵。美国学者奥托拉诺(Guy Samuel Ortolano)指出:把"斯诺—利维斯之争"单纯看作科学—文学之争的延续,就忽视了这个事件的时代历史语境。他认为"事件本身给我们提供了一个考察战后英国社会多项议题的契机,超越了科学与文学之争。两者之间的论战不仅是个人之争或学科之争,而且是政治观念之争",是斯诺代表的"技术自由主义"和利维斯代表的"极端自由主义"之间的斗争;代表了英国文人对现代文明的两种对立的态度。③

奥托拉诺对"两种文化"之辩的研究超越了学科之争,不无独到之处。然而,我们认为,对此议题的思考不仅要关注二战后英国社会"转型"的时代历史语境,更要把事件放到19世纪到20世纪英国文化批评史的大语境中加以考察,唯有如此,我们才会发现斯诺—利维斯之争不仅体现了两者政治观念的不同,更是体现了两者"文化"观念的不同。

一、"两种文化"之辩之缘起

斯诺在 1956 年 10 月 6 日发表于《新政治家与民族》(*New Statesman and*

---

① 童燕萍:《与"两种文化"的对话——谈戴维·洛奇的小说〈想〉》,《外国文学评论》,2004 年第 1 期,第 38 页。
② Aldous Huxley, *Literature and Science*, London: Chatto & Windus, 1963, 5.
③ Guy Samuel Ortolano, *The "Two Cultures" Controversy: C. P. Snow, F. R. Leavis, and Cultural Politics in Post-War Britain* (Diss.), Kirkland: Northwest University, 2005, 15, 177.

Nation)周刊的文章中首次提出"两种文化"之说,当时并没有引起太大的反响。1959 年 5 月 7 日斯诺受邀于剑桥大学发表里德演讲(Rede Lecture),[①]再次论述自己的"两种文化"说。他在演讲中把文化分为"科学文化"和"文学文化",指出这两种文化之间存在着认识和理解上的"鸿沟",他的观点可归结为四个方面:一、斯诺声称自己身兼科学家和作家的双重身份,经常往返于这两个团体之间,在他看来科学家和文学知识分子代表两种文化,这两种文化之间互不理解,有时是仇视和憎恨;二、科学文化是新兴文化,文学知识分子代表的传统文化在衰退;三、在工业革命之后,英国社会进入科技变革时代:科学革命影响一切,是解决贫困的唯一手段,英国应加强科学文化在教育中的核心地位,以应对正在发生的科学革命;四、世界范围内的贫富差距问题,只有通过工业化和科学文化才能解决。[②] 后来,该演讲以《两种文化与科学革命》("The Two Cultures and the Scientific Revolution")为题两期连载发表于《交锋》(*Encounter*)文学期刊,此期刊的读者群为英美两国的知识分子,斯诺的观点故而在大西洋两岸引起极大的反响。

利维斯与斯诺同出剑桥,但他一向视斯诺为沽名钓誉之徒。斯诺的演讲出版之始,他认为不值一驳。但他没想到此书一经出版,便洛阳纸贵,两年之内再版了七次,并进入英国中学课堂,作为剑桥大学入学考试的必读书目,这时,他才拍案而起。

1962 年 2 月 28 日,利维斯在剑桥大学唐宁学院发表了言辞犀利的里士满演讲(Richmond Lecture),题为《两种文化?论 C. P. 斯诺之意义》("Two Cultures? The Significance of C. P. Snow"),一一驳斥斯诺的观点。虽然利维斯稍显刻薄的措辞和咄咄逼人的文风遭到包括美国批评家特里林(Lionel Trilling, 1905—1975)在内的许多学者的批评,但他却坚持自己的演讲并非针对斯诺的个人攻击或否定科学在现代社会中的重要性,更不是争论人文与科学孰轻孰重,他真正的靶标是大众社会确立文化权威的浅薄方式以及斯诺所

---

① "罗伯特·里德演讲"是剑桥大学所设立的年度公共演讲,以英国 16 世纪曾任民事高等法庭大法官(Chief Justice of the Common Pleas)的罗伯特·里德爵士名字命名,常简称里德演讲。

② C. P. Snow, *The Two Cultures*, with Introduction by Stefan Collini, Cambridge: Cambridge University Press, 1998,译文参考 C. P. 斯诺:《两种文化》,纪树立译,北京:三联书店,1994 年,部分译文有改动。

代表的技术功利主义话语。

首先,对于斯诺自诩为沟通科学与文学两大阵营文化权威的身份,利维斯并不予认同。利维斯视斯诺为科学界的公关先生("public relations man" for science),没有资格代表真正的作家;在他看来,斯诺的写作正是他在《大众文明与少数人文化》以及《文化与环境》中批判的"报刊式写作"(journalistic writing),是一种娱乐化、商业化、大批量生产的"都市文学文化";在他眼中,作为严肃小说家的斯诺"根本不存在",斯诺代表的庸俗都市文学文化,是"技术革命造成的文化恶果",斯诺被奉为文化名人和知识权威的现象,体现了当下英国社会良莠不分的文化状况,这就是"斯诺的意义"。① 其次,利维斯指出,斯诺提出的"两种文化"命题是个"伪命题",没有所谓的"科学文化",因此也就没有所谓的"新兴文化"和"传统文化"之分,只有"一种文化",即以文学批评为核心的文化传统。② 再者,利维斯不否认科技和物质文明在现代社会中的重要性,但技术进步、物质水平的提高以及公平分配并非人类追求的唯一目标,人类的生存还有其他事关人性和人生意义的考量;而现代人对人生意义的思考和洞察则受益于文化传统,作为严肃学科的英文研究是保存和发展文化传统的重要手段。③

斯诺和利维斯的"两种文化"之辩④常被视为半个多世纪前托马斯·赫胥黎(Thomas Huxley,1825—1895)与马修·阿诺德之间关于大学课程中文学与科学孰轻孰重之争的延续。⑤ 但这种联系虽有启迪意义,却容易模糊两场争论焦点的差异和所处社会历史语境的不同,可能造成简单化的理解。1880 年在伯明翰大学梅森科学学院的成立典礼上,赫胥黎发表了题为《科学与文化》("Science and Culture")的演讲。在演讲中,赫胥黎批驳阿诺德的"文化观"。赫胥黎认为阿诺德对文化的定义包括两点:"一、对生活的批评是文化的核

---

① F. R. Leavis, *Two Cultures?*, 54 – 57.
② Ibid., 101.
③ Ibid., 90, 105 – 106.
④ 又称"利维斯—斯诺之争",参见 Lionel Trilling, "The Leavis-Snow Controversy," in *Beyond Culture: Essays on Literature and Learning*, New York: Viking Press, 1965, 126 – 154.
⑤ Trilling, 127;陆建德:《思想背后的利益——文化政治评论集》,桂林:广西师范大学出版社,2005 年,第 104 页。

心;二、文学包括构建这种批评的所有材料。"①他同意第一点,反对第二点。在赫胥黎看来,现代社会中科学的影响无处不在,科学知识同样提供对"生活的批评",因此"为了获得真正的文化,单纯的科学教育至少与单纯的文学教育同样有效"。②

但如果我们深入考察阿诺德的文化批评,便会发现赫胥黎对其在文化中"独重文学"的指责似乎师出无名。阿诺德在《文化与无序》中把文化定义为"最优秀的思想和言论",并指出"文化即对完美的追寻。它的动力并非只是或主要是追求纯知识的科学热情,其动力也来自行善的道德热情和社会热情";"文化在确定完美的内涵时,要参考人类经验就这个问题所发表的全部见解,倾听来自艺术、科学、诗歌、哲学、历史和宗教的各种声音,如此才能使结论更充实、更明确"。③ 故此,1882年阿诺德在剑桥大学发表里德演讲,题为《文学与科学》("Literature and Science"),驳斥了赫胥黎对他的无端指责,再次强调他对文化的界定,即文化是"人类思想的精华——不仅包括文学艺术,也包括现代科学成果",在这一点上,他和赫胥黎没有分歧。他承认科学训练的重要性,但反对将其置于教育的主导地位;他尤其反对赫胥黎、赫南(Ernest Renan,1823—1892)等人把人文学科看作浅薄的、装饰性的,反对他们把人文学科看成科学和真知识的对立面,因为"真正的人文主义就是科学性的"(a genuine humanism is scientific)。④

然而,如果我们全面考察赫胥黎的相关论述,就会发现阿诺德对赫胥黎"独尊科学"的指责似乎也是无端之言。赫胥黎在伯明翰演讲中抱怨科学课程进入高等教育遭到"注重应用性的商人"和"迂腐的人文学者"的双重阻挠,他要求科学教育在高等教育中占一席之地,在科学学院中占据主体,但并非要求把科学教育置于大学教育的中心地位。赫胥黎也并非否认文学教育的重要性,他明确指出,"科学和文学不是两个事物,而是一个事物的两个方面";没有

---

① T. H. Huxley, "Science and Culture," in *The Norton Anthology of English Literature 2*, eds. M. H. Abrams et al., New York: Norton, 2006, 1431.
② Ibid.
③ Arnold, *Culture and Anarchy*, 34 - 36. 译文参考阿诺德:《文化与无政府状态:政治与社会批评》,韩敏中译,北京:三联书店,2002年,第8—10页。译文有少量改动。
④ Matthew Arnold,"Literature and Science,"in *The Norton Anthology of English Literature 2*, eds., M. H. Abrams et al., New York: Norton, 2006, 1417 - 18.

文学教育的知识文化是不完整的，仅有科学训练或仅有文学训练都将使人的思维扭曲，他不希望看到科学学院培养出的是"畸形人"（lopsided men）。① 赫胥黎虽然没有对文化加以界定，但他提出，文学、科学加上艺术教育才是"相对完整的文化"。②

如此看来，正如乔治·列文（George Levine）曾指出的那样，世人往往夸大了赫胥黎和阿诺德之间的冲突，两者之间的分歧并不是根本性的。③ 赫胥黎所坚持的科学教育并未否认人文教育的价值，他一再声称："除自然科学外，还有其他的文化形式；看到这个事实已经被人们遗忘了，或者，甚至看到一种为了科学而扼杀或削弱文学与美学的倾向，我感到极大的遗憾。对教育性质所持的如此狭隘的观点，与我所坚持应当把一种完整的和全面的科学文化引入一切学校的信念毫无共同之处。"④他甚至把独尊自然科学的人称为"科学的哥特人和汪达尔人"。⑤ 赫胥黎一方面强调科学在教育中的重要地位，同时也反复提醒人们，科学教育必须避免科学工作者的片面发展。在伯明翰演讲的最后，赫胥黎还批判了功利主义的教育观，他反对"应用科学"的提法，因为"所谓的应用科学，不过是纯科学在一些特殊问题上的应用而已"。⑥ 他认为工业发展是手段而非目的，"假如由工业繁荣带来的财富被花费在满足没有价值的欲望上的话，假如制造工艺过程的日益完善使得参与这种过程的那些人品质日益低劣的话，我实在看不出工业繁荣的好处"。⑦

由此可见，赫胥黎和阿诺德的文化观和教育观并没有本质的区别。在赫胥黎的演讲中，他反功利主义的态度是比较明确的，人文主义的信仰仍然存在，但斯诺在其演讲中，已经全面拥抱技术功利主义。在斯诺的时代，技术功利主义思想已占据主流，在技术功利主义话语的侵袭下，文化观念已经发生嬗变，斯诺与利维斯之间的争论体现了两者文化观念的本质不同。

---

① Huxley, "Science and Culture," 1435.
② Ibid.
③ George Levine, *Realism, Ethics and Secularism: Essays on Victorian Literature and Science*, Cambridge: Cambridge University Press, 2008.
④ 托·亨·赫胥黎：《科学与教育》，单中惠、平波译，北京：人民教育出版社，2005，第88页。
⑤ 同上，第115页。
⑥ 同上，第110页。
⑦ 同上。

二、何为文化？文化何为？

其实，如果我们深入剖析的话，斯诺和利维斯所使用的"文化"概念并非同一所指。伊格尔顿在《文化的观念》(*The Idea of Culture*，2000)中梳理了西方文化批评语境中的三种文化观念：一是与文明相对立，作为反资本主义的批判话语；二是人类学意义上的有特色的生活方式；三是逐渐专门用于指代文学艺术的文化观念。①

在英国文化批评语境中，文化最初的概念是指农耕或畜牧(husbandry)，是一个派生于自然的概念，最先表示一种完全物质的过程，到了18世纪，文化的概念和意义开始发生转变。柯勒律治在《论教会与国家的体制》("On the Constitution of the Church and State"，1976)中用"教养"(cultivation)一词指代文化，首次将"文化"看作人的价值和自我表现的发展，赋予了文化以精神意义。19世纪，卡莱尔、阿诺德继承柯勒律治的浪漫主义有机文化观，将文化看作现代工业文明的反制力量，"文明"(civilization)与"文化"(culture)逐渐成为相对立的两个概念。按照浪漫主义的文化观来看，"文明是抽象的、孤立的、碎片的、机械的和功利的，拘泥于对物质进步的一种愚钝的信念，而文化则是整体的、有机的、美感的、自觉的和回顾性的"；②现代文明是指以"机械的崛起"为标志的工业文明，而"文化"概念也演变为"对工业文明的焦虑""对于社会转型的焦虑"，因此文化的功能也就是"化解这种焦虑"。③阿诺德在《文化与无序》中明确指出："文化，把人类的完美内化于人性的成长和张扬"，"文化为人类担负着重要的职责；在现代社会中，这种职责尤其重要。与希腊罗马文明相比，整个现代文明在很大程度上是机器文明，是外在文明(external civilization)，且有愈演愈烈之势。"④利维斯继承了阿诺德的文化观，在《大众文明与少数人文化》开篇的题词中就引用了这段话，强调"文化"对"机械文明"相抗衡的作用，并在后文指出："'文明'和'文化'正成为对立的两个概念。不仅文化失去了力

---

① Terry Eagleton, *The Idea of Culture*, Oxford: Blackwell, 2000, 15.
② Ibid., 11.
③ 殷企平：《"文化辩护书"》，第5—9页。
④ Arnold, *Culture and Anarchy*, 36-37.

量和权威感,而且一些对文明最为无私的关注反而有意无意地加害文化。"①由此可见,利维斯的文化观仍然呼应着阿诺德对文化的界定,即人类思想和言论的精华。显然,这一定义意味着只有"一种文化",即文化传统。

与利维斯的文化观不同,斯诺演讲中的文化概念更多是人类学意义上的。如伊格尔顿所言,现代的文化观念很大程度上归功于人类学的发展。② 在19世纪,随着达尔文进化论的盛行,人类学意义上的文化观念逐渐形成,并常与文明一词混淆使用。英国人类学奠基人爱德华·泰勒(Edward Burnett Tylor,1832—1917)在其著作《原始文化》(*Primitive Culture*)的第一卷《文化的起源》(*The Origins of Culture*,1871)的开篇提出:"从广义的人种论的意义上说,文化或文明是一个复杂的整体,它包括知识、信仰、艺术、道德、法律、风俗以及作为社会成员的人所具有的其他一切能力和习惯。"③

按照人类学的观点,人类文化的主流自原始到现代,都是由野蛮向文明发展的,而从野蛮阶段向现代文明阶段的转化,就是艺术和知识的进步,这是文化发展中的一个主要成就,④这是把物质文明进步等同于文学艺术进步的机械进化论。19世纪随着英帝国在世界各地建立殖民地,人类学意义的文化观念也得到普及,一定程度上成为民族主义、殖民主义和帝国主义的思想武器。⑤ T. S. 艾略特在《文化定义札记》中修正了人类学意义上的文化观念,他指出:"文化不是几种活动的总和,而是一种生活方式",一个民族的文化,如要繁荣,就应该是多种文化的集合,其合成物既互相受益,又有益于整体;文化没有进步和落后之分,要尊重每一种不同的文化。⑥

阿诺德坚持文化的有机性(organic);赫胥黎认可文化是"科学+文学+艺术"的整合(wider culture);艾略特强调总体文化与地域文化的有机统一,而斯

---

① F. R. Leavis, *Mass Civilization and Minority Culture*, Cambridge: Minority Press, 1930, 25.
② Eagleton, *The Idea of Culture*, 26.
③ Edward Tylor, *Primitive Culture: Research into the Development of Mythology, Philosophy, Religion, Art, and Custom*, 1, London: John Murray, 1929, 1, 译文参考泰勒:《原始文化》,蔡江浓编译,杭州:浙江人民出版社,1988年,第7页。少量译文作了改动。
④ Eagleton, *The Idea of Culture*, 12-16.
⑤ Ibid., 131-136.
⑥ T. S. Eliot, *Towards the Definition of Culture*, London: Faber & Faber, 1948, 41-65.

诺在里德演讲中已经不由分说地把文化分解了。斯诺提出"两种文化"的概念（two cultures），即把文化看成是知识的累加，而且可以截然分开。如此一来，斯诺把文化概念做了简单化处理。在他眼中，社会群体便可以代表文化，同一文化的成员"具有共同的态度、共同的行为标准和模式、共同的方法和设想"，科学文化和文学文化"两种文化"的区别在于对待未来的不同态度：对于科技革命的到来，科学家们"无须思考便做出同样的反应"，他们"骨子里就有未来"（they have future in their bones），而文学文化的共同之处是"非科学的气氛"，及至反科学的思想，他们希望未来根本不存在，他们都是勒代特派（Luddites）；两相比较，科学文化代表未来，是新兴文化，而文学知识分子代表的传统文化则在衰退。① 如果说斯诺在讲到"科学家和文学知识分子"之间存在互不理解的鸿沟时，还是一种客观性的描述，那么当他讲到科学文化之"新兴"，文学文化之"衰退"以及科学革命、科学教育解决一切问题的时候，无疑已带有强烈的主观价值判断。

对于利维斯言辞犀利的批驳，斯诺意识到自己对"文化"定义的不足。一年之后，斯诺在《再谈两种文化》（"The Two Cultures: And a Second Look"，1963）中对文化加以界定：

> 首先，"文化"具有词典上规定的意义："智力的发展、心灵的发展"……
>
> 我们所说的"文化"，柯勒律治称之为"教养"（cultivation），并阐释为"那些彰显人性本质和才能的和谐发展"。当然，我们没人能如此完美。坦率地说，无论是文学文化还是科学文化，都只能称之为"子文化"（sub-culture）。"彰显人性的本质和才能"，对自然界的好奇心以及对思维符号系统的运用，正是最珍贵、最人性的两种人类本性……
>
> "文化"还有另一层专门性含义，这是我在当初演讲中特意强调的，即从人类学角度来看，指谓生活于同一环境，由共同的习惯、共同的设想和共同的生活方式联结起来的人群。②

---

① Snow, *The Two Cultures*, 9-11. 工业革命之初，英国勒代特工会工人用捣毁机器等手段反对企业主，被称为勒代特分子；此处斯诺意指知识分子具有反科学倾向。

② Ibid., 62-64.

斯诺再次强调自己借用了人类学范畴内的文化概念，在他看来，科学家和文学知识分子群体的内部成员有着"共同的态度、共同的行为标准和模式、共同的方法和设想"，因而可以代表两种不同的文化，他仍然认为"两种文化"的提法对他当时的思想表达是有效的。①

斯诺在之后的一次演讲中再次提到"两种文化"是"两种理解，两种对待经验的方式"；在他的论述中，我们又一次听到"进步话语"的喧嚣：科学文化是历时的，人文文化是共时的；"人文文化没有内在的进步。有变化，但是没有进步，没有一致意见的增加"，科学文化"是积累的、组合的、集合的、共意的，注定了必然穿越时间而进步"，这是科学给人类思想最珍贵的礼物。②

因此，斯诺和利维斯并非就同一个文化观念而辩，斯诺借用的是人类学意义上的文化概念，他的文化观是工具理性和技术功利主义主导下的文化观，他以量化的标准衡量"两种文化"的优劣、进步与落后。而利维斯传承的是浪漫主义文化观，在他看来，文化是反制"外在文明"的力量，因此只有"一种文化"，即文化传统；文化传统是人类文明的精华，是不可分解的，鲜活的语言是文化的重要表征。如果我们再进一步分析，便可发现，利维斯和斯诺迥然有别的"文化观"源于不同的"转型焦虑"。

三、转型焦虑的新维度

两次世界大战使英国从 19 世纪的世界强国走向 20 世纪的帝国衰落。第一次世界大战削弱了英国的霸权地位。虽然英国在一战中打败了主要对手德国，但是战争的破坏使英国元气大伤。第二次世界大战加速了英帝国的衰落，英国的经济陷入依附于美国的地位，文化上也面临美国商业文化、消费文化的侵袭，苏联的崛起更让战后的英国陷入冷战思维的焦虑中。利维斯和斯诺之间的"两种文化"之辩也蕴含着战后英国社会在科技时代、冷战时代、商业化时代的"转型焦虑"。

斯诺的焦虑更多是政治性的。在二战期间，斯诺身为科技工作者的背景帮助他在政府谋得一席公职，负责招募为英国政府服务的科学家，因此对现代

---

① Snow, *The Two Cultures*, 64, 68.
② 斯诺：《两种文化》，第 120—123 页。

科技的发展和英国政治管理制度了然于胸。他认为在工业革命之后，西方社会进入科技变革时代，这种变革将科学研究结果应用于工业；二战期间，科技成果用于军事，为盟军获胜起到决定性的作用。斯诺在演讲中谴责英国教育制度自维多利亚时期起，便过于偏重人文学科（尤其是希腊和拉丁语言文学），忽视科学和工程技术教育；他批评英国太注重专业化的精英教育，国民受教育比例低，科学课程占比少，应用科学人才更少，英国教育培养出来的专业化人才无法有效管理现代科技社会。

他不无忧虑地指出，相比之下，德国、美国、苏联对科技教育的重视使得这些国家在科技时代更有竞争力。斯诺也意识到科学技术的双面性，福祸相依，但他坚信"我们用以反对技术恶果的唯一武器，还是技术本身"，人们必须了解技术和应用科学，科学是教育的必要组成部分："我们需要一种共有文化，科学属于其中一个不可缺少的部分"，科学教育应该影响到政府决策。[①]

因此，可以看出，斯诺提倡科学教育在学校教育中占据主导地位，是为了维护英国利益，应对美国、德国的科技竞争，以及苏联在意识形态领域的威胁。[②] 他认为，如果英国和欧洲国家不用科技去帮助第三世界国家，苏联就会扩大势力范围，成为第三世界的主宰，因此西方发达国家应该培养更多的科学家和工程师，帮助第三世界国家改变贫困的命运。学界对"两种文化"的探讨往往忽略了斯诺的民族主义和意识形态立场引发的"焦虑"。

斯诺把科技发展与政治利益捆绑在一起。他在《科学与政府》（"Science and Government"，1961）的演讲中提出应该有更多的科学家参与政府决策。在他看来，在自然科学方面训练有素的人，具有善于思考和对社会发展富有想象力的头脑，"优秀的科学家对未来有预见性"，而专职的行政管理人员缺少"预见的天赋"。[③] 斯诺也意识到科学的两面性及科学家的道德责任，发达国家之间核竞赛的危险性，以及世界范围内贫富之间的差距，但他相信这些问题只能依靠科技解决，科学家有责任向世界说明核危险，并帮助第三世界走上富裕

---

① 斯诺，《两种文化》，第 4—5 页。
② 1957年苏联第一颗人造卫星上天，激起了西方世界的军事和经济恐慌，进而引发冷战各国间的科技和军备竞赛。
③ 斯诺，《两种文化》，第 197，210 页。

的道路。①

在《利维斯事件和严重局势》("Leavis Case and a Serious Event", 1970)中，斯诺回顾自己的里德演讲，明确自己当时最主要关心的是"世界上富国和穷国之间的鸿沟"，以及"这一鸿沟如继续扩大时的危险"；他再一次提到应用科学的两面性："它在这一刻把印度从地方饥荒中拯救出来，另一方面却又给我们送来了氢弹"，但他对科技的信仰毫不动摇，坚称"这也是我们仅有的武器"。② 这时，他对科学和人文之间的鸿沟已经避而不谈了。

如果说斯诺对"两种文化"的思考更多出于功利主义的政治考量，那么利维斯的焦虑才是真正"文化性"的。他焦虑的是美国消费文化和商业文明对英国文化传统的侵蚀，他担心技术功利主义和大众文明吞噬一切，真正优秀的文化沦为"少数人文化"/"弱势文化"(minority culture)，而出于商业目的大规模生产的消费文化(mass culture)成为主流文化。他更焦虑的是，在打着"文化旗号"的科学进步话语体系中，物质水平的提高成为衡量"幸福生活"的唯一标准，增加和有效分配财富是唯一重要的问题，文化只是给物质财富打蜡上光，使之熠熠生辉。

在他看来，斯诺代表的正是毫无创见、满口陈词滥调却被大众媒体奉为权威的都市庸俗文化，这种"文学文化"与伟大的文学传统势不两立。在他眼中，斯诺之类的"文学知识分子"正是"艺术和生活的敌人"。③ 利维斯在里士满演讲中一再声称，他并非挑战或试图阻挡现代科技推动的"外在文明"的加速进程，也并非反对斯诺完善科学教育的主张，但这些考虑远远不够，在高歌猛进的进步话语中，真正的文化提醒我们反思：人生的价值何在？人类生活的最终目的何在？(What for? What ultimately for?)④

1963年，利维斯的《两种文化？》在美国出版，他在序言中强调自己对斯诺并没有个人恩怨，他演讲的目的是揭露大众媒体炒作"文化名人"的运作机制，他挑战的是以日报、周刊、BBC、英国文化协会(British Council)等都市文化机

---

① 斯诺：《两种文化》，第220—221页。
② 同上，第118—119页。
③ Leavis, *Two Cultures?*, 61.
④ Ibid., 68-71.

构组成的利益集团。他认为,斯诺代表的"文学文化",就是"制造名人效应的文化"(publicity-created culture),这便是技术革命带来的文化后果,但他呼吁英国民众"不应视这些文化后果为不可避免或机械、盲目地任其泛滥,我们有必要采取有别于斯诺的思考和努力"。[1]

1966年,利维斯发表《勒代特分子?或者说,只有一种文化》("Luddites? Or, There Is Only One Culture"),再次表明对现代文明的态度:"把提高生活水平作为自足的人类生活目标,只关心技术和物质进步以及公平分配是不够的,还有其他事关人类本质和人类需求的考量指导我们的努力。"[2]他驳斥了斯诺给19世纪伟大的英国小说家扣上"勒代特分子"帽子的荒谬逻辑,并再次驳斥斯诺的"两种文化论",坚称"只有一种文化,所谓的两种文化是一种不负责任的说法"。[3] 利维斯之所以要一再坚持"一种文化",因为按照斯诺量化的标准,人文学科就有可能被简化,被化约为与自然科学一样的性质,并被技术功利主义的标准所衡量。

虽然斯诺和利维斯焦虑的源头不同,但两者都将化解焦虑、解决文化难题的重任托付给教育,尤其是大学教育。由于"文化观"不同,两者对大学的使命看法也就有着天壤之别。在斯诺看来,大学教育的功能是回应社会的需求,回应科技发展的需求,培养更多的科学家和专业技术人员,而政治家、行政管理人员,及至整个社会都应该接受适度的科学教育。在这种教育观念的指导下,促进经济繁荣,满足国家和地方经济发展的需要,成为教育政策的首要目标。

而在利维斯眼中,大学等机构的成立就是为了维护、推进文化和人性多方面的发展;大学应当是人类意识和责任感的中心,是具有批判精神和创造力的共同体。他强调大学要培育修养良好、心智健全的民众,这个群体深深理解文化传承的必要性和自身的使命感,以应对现代文明的困境。[4]

阿道司·赫胥黎(Aldous Hexley,1894—1963)在利维斯的里士满演讲后,曾发表评论,批评利维斯的"文学主义"(literarism),对此利维斯予以反驳。

---

[1] Leavis, *Two Cultures?*, 85-86.
[2] Ibid., 90.
[3] Ibid., 101.
[4] Ibid., 131.

事实上,利维斯早在 20 世纪 40 年代就关注到剑桥大学学科内部之间的疏离,他提议在人文学科内创造一个文学研究的联络中心,强调文学研究不应局限于本身,深入的文学研究必然与其他学科领域相通。① 在《勒代特分子?》一文中,利维斯声明自己并不相信任何特殊的"文学价值"(literary value),真正的文学批评家所关注的是文学对生活的批评,文学批评要超越学科界限,成为思想探索的中心和起点,理想的英文学院应该包括其他学科的师资;真正的文学老师不仅仅教授知识,而且会和学生一起从事批评的事业,创建合作性的共同体,在批评中有所创造,在争论中有所创新;英文研究通过合作性的批评活动把文化传统中的优秀思想用于回应当下的问题,这才是文化的意义所在。②

至此,我们可以看出"斯诺—利维斯之争"并非仅关乎科学和人文孰轻孰重。在不同学科之间应加强沟通和交流的问题上,两者看法无殊。斯诺和利维斯之间的"两种文化"之辩凸显了战后英国社会在科技时代、冷战时代、商业化时代的"转型焦虑"。

四、结语

斯诺和利维斯的"两种文化"之辩,极大地影响了战后英国文坛的文学创作和文化观念之间的互动。从斯诺创作的《院长》(1951)、《新人》(1954),到洛奇的《好工作》(1988)、《想……》(2001),及至麦克尤恩创作的《星期六》(2005),我们都可以听到"两种文化"之辩的回响。

首先,斯诺的科学和文化观念与其小说创作之间形成了持续的互动。在斯诺的《院长》中,科学家克劳佛德和人文学者杰戈之间对于院长一职的竞争,代表着斯诺眼中"两种文化"的对决,小说结尾克劳佛德的胜出象征着"科学文化"的胜利。《新人》中科学家马丁代表的"新人之新"反衬出文人韩金斯的"旧人之旧",呼应着斯诺的两种文化观:"科学文化是新兴文化,传统文化在衰退。科学家骨子里就有未来。"③如陆建德先生所言,读了斯诺《两种文化》的有关表

---

① F. R. Leavis, *Education and the University: A Sketch for an "English School"*, Cambridge: Cambridge University Press, 1979, 33 - 35.
② Leavis, *Two Cultures?*, 110 - 111.
③ 参见本章第一节第一部分。

述后，我们不难看出作者"有意把早就酝酿于胸中的'两种文化'的想法塞到这位反面角色的嘴里，使他成了斯诺后来公开抨击的'传统文化'或'人文学者'的拙劣的代言人"。①

在戴维·洛奇的《好工作》中，罗宾和维克之间有关大学教育的分歧继续着两种文化的论战。在两者的最初交锋中，企业家维克以机械工程为例，主张教育"实用论"；而大学文学教师罗宾坚持教育的价值在于培养人的"思想、情感"。维克声称衡量教育的"唯一标准"是花费时间和精力后产生的经济价值；与此相反，罗宾认为"有意义""有回报"的工作就是"好工作"，并非一定用金钱来衡量。② 在洛奇的后期小说《想……》中，我们再次看到"两种文化"的冲突与联系，小说中文学院和理工学院对峙的两座大楼宛如"两种文化的建筑寓言"，语言学家拉尔夫和小说家海伦在探索人类意识本质的过程中从科学和人文的两极逐渐走到一起，海伦在拉尔夫牵头主持的"跨学科意识研究"国际研讨会的发言为科学界提供了"意识研究的文学视角"。③

伊恩·麦克尤恩的《星期六》在"9·11 小说"的表象之下暗藏着"两种文化"之间的碰撞与鸣奏。一方面，女儿黛西试图为父亲贝罗安布置阅读书单，以丰富并侵占父亲的精神世界；另一方面，后者则对文学的功用嗤之以鼻，坚持以科学来解决、解释并控制自然世界。通过诵读阿诺德的名篇诗作《多佛海滩》，黛西成功地掌控了暴力侵犯者巴克斯特斯的精神和心智，消除了家庭危机；凭借精湛的医术，贝罗安摘除了巴克斯特斯的颅内肿瘤，解决了他的肉体之痛，而且还决定说服家人和警察放弃对巴克斯特斯的诉讼。借助小说，麦克尤恩喻指了"两种文化"在排他性背后的互补可能，即科学之于人的肉体犹如文学之于人的精神，从而为横亘在两大学科之间的"斯诺命题"作出了完美的注解。④

---

① 陆建德：《破碎思想体系的残编——英美文学与思想史论稿》，北京：北京大学出版社，2001 年，第 159 页。
② 参见本章第三节。
③ 参见本章第三节。
④ 参见本章第四节。

第二节
《院长》背后的探索

20世纪的前50年,英国经历了两次世界大战和两次技术革命。一方面,世界大战打破了既有的秩序,改变了世界政治经济的基本格局,颠覆了传统的价值体系,深刻影响了20世纪英国思想文化的发展。另一方面,技术革命引发的科技浪潮接踵而至。20世纪初,相对论、量子力学问世,电器、钢铁、化学、汽车和石油等工业迅速发展;40年代,相对论、量子力学、原子物理学等新学科得到发展,人类在原子能、计算机、航天、生物技术等方面取得了一系列突破。上述这些重大社会历史事件的发生,使英国文化也随之发生了前所未有的巨大变化。就如何理解和应对这些变化,不少有识之士提出了不同的见解。其中,英国作家、科学家斯诺断言,英国社会自第一次工业革命后,文化逐渐发生了裂变,从而发展出人文与科学"两种文化"的对立。从这一论点出发,斯诺进一步尝试探索了解决分歧的方法。斯诺对文化问题的认识,以及对心智培育提出的愿景在他的小说代表作《院长》及其关于"两种文化"的演讲中反映最为突出。

一、"两种文化"的对立

斯诺关于"两种文化"对立的观点贯穿其作品,在小说《院长》中表现最为明确。《院长》写于1945年,1951年出版,而小说的时间背景是1937年,当时的英国社会正处于二战之前的动荡不安之中。但是,小说中剑桥大学某学院的评议员们特别关注的不是国际局势,而是即将进行的院长选举。时任该学院院长的罗伊斯重病在身,生命垂危,因此院长的位置即将空缺。在谁将成为下一任院长的问题上,学院的十三名评议员迅速形成两大阵营:一派支持人文学者候选人杰戈,杰戈野心勃勃,虽在学界名望不高,但因善解人意而得到拥护,同时也被反对派认为缺乏远见;另一派支持克劳佛德,此人是优秀的生物学家,但待人接物"缺乏感情,没有热情,一点想象力也没有"。① 两个阵营为各自的候选人秘密碰头,极尽游说之能事,甚至互相威胁和诽谤,由此展开了激烈的明争暗斗。

在斯诺看来,小说中两位候选人针锋相对的斗争,实质上是人文和科学"两种文化"的对立。在1959年引发众多争论的里德演讲中,斯诺这样描述英国社会的文化状况:

整个西方社会的智力生活日益分裂为两个极端的集团,一极是文学知识分子,另一极是科学家,特别是最有代表性的物理学家。两者之间存在互不理解的鸿沟——有时(特别是在年轻人中间)还互相憎恨和厌恶。当然大多数是由于缺乏了解。他们都荒谬地歪曲了对方的形象。他们对待问题的态度全然不同,甚至在感情方面也难以找到很多共同的基础。②

以上观点被学界称为"斯诺命题"。与此相印证的是,《院长》中对立双方彼此之间存有大量的偏见。例如,身患绝症的老院长得知克劳佛德有可能成为下一任院长时,就曾愤怒地说道:"克劳佛德,科学家太狂妄自大了";甚至连小说的叙述者,青年法学讲师、学院评议员刘易士·埃利奥特都认为老院长这是"抱着一辈子的偏见不放"(198)。事实上,持有偏见并非个别现象,分属两个竞选阵营的评议员时常想当然地支持己方,而无端地贬低对方。其中,弗朗西斯·格特里夫从事电离层本质的研究,也受命于空军部研究如何制造雷达,他不假思索地认为克劳佛德是院长的天然人选,而将文学派的代表杰戈斥为"不可救药的保守党"(75),但他恰恰忽略了前者过于冷漠、缺乏沟通技巧等行政管理素质这一事实。就连观察和评论一向较为公允的埃利奥特也在一次争论中把"当时最优秀的生物学家"克劳佛德评为"自高自大、浅薄可笑,只能算是一个三流学者"(77)。正是这样的成见,加

---

① C. P. 斯诺:《院长》,张建、戴歇珠、张立民译,北京:人民文学出版社,2007年,第77页。本节以下引文只标页码,不再加注。
② 斯诺:《两种文化》,第4页。

深了两种文化的隔阂。

小说中的文化对立还表现为两大阵营成员的立场改变。随着小说情节的发展,两大阵营中出现了四次倒戈的现象。原来支持杰戈的那廷盖尔认为杰戈当选并不能使他获得学院中他所期待的地位,于是转而支持克劳佛德,妄想身为皇家学会会员的克劳佛德能够投桃报李,帮他进入梦寐以求的皇家学会。另一位评议员皮尔波罗本来也支持杰戈,但是后来出于对欧洲政局的担忧,希望能选出一位同情左翼自由党的院长,故而倒戈。首席评议员、北欧史诗研究权威盖伊则在埃利奥特等人的劝诱下,从原本支持克劳佛德变为反对他,其最主要动因是埃利奥特提出的一个重要问题:"难道您愿意要一个科学家当院长?克劳佛德的研究领域跟您的专业可相差十万八千里呀。"(287)小说戏剧性的转变来自评议员克里斯塔尔的倒戈。他本来是杰戈竞选团队的经理人之一,但他后来担心杰戈上台会影响到自己的地位,最后决定投票给克劳佛德,期待以自己决定性的一票赢得后者的重用。尽管这四次立场的转变存在个体差异,但是总的来说仍是基于两种文化的门户偏见,特别是大家都倾向于认为科学家"天然在骨子里就有前途"。①

从小说情节来看,两种文化之间的误解和对立后果是严重的。由于院长选举期间发生的种种事件,学院的教师之间产生了巨大的隔膜,甚至产生出敌意。本来其乐融融的气氛变得紧张起来,后来发展到朋友不合、人身攻击了,以至于最后两个阵营中的人物竟不能在餐厅里一道用餐,或者说"养成了一个习惯,一到餐厅就看就餐者的名单。假如敌对一方的人太多,就把自己的姓名划掉,赶紧避开"(170)。《院长》中反映的文化对立造成的距离"比渡过一个海洋还要远",②其后果是"我们每一个人都是孤独的"(147)。更值得留心的是,斯诺的视野没有局限于大学学院,而是通过描述其中发生的对立斗争来折射更普遍的社会问题,尤其是在政府和政治决策领域内的交流问题。这在《两种文化和科学革命》演讲中阐述得十分清晰——

两种文化不能或不去进行交流,那是十分危险的。当科学正主要决定着

---

① 斯诺:《两种文化》,第10页。
② 同上,第2页。

我们的命运，也即决定着我们的生死存亡，从最实际的方面看确实是危险的。科学家能出坏主意，决策者却不能分辨好坏。另一方面，科学家在一种割裂的文化中所提供的知识可能只属于他们自己。所有这些都使政治程序比我们准备长期忍受的更加复杂，某些方面也更加危险……"①

无独有偶，《院长》这部虚构作品反映的文化对立，数年之后在该小说作者斯诺身上真实地发生了——这就是继1959年"两种文化"演讲后引发的斯诺—利维斯之争（the Snow-Leavis Controversy）。前面已经提到，斯诺认为英国乃至西方世界都存在科学文化与人文文化的对立，并日益分裂为两极。演讲中，斯诺作为一位既受过科学训练又从事文学写作的学者，首先将自己在两极之间行走时经历和感受到的这种对立形象鲜明地在讲演中传递出来。随后，斯诺分析了形成这种状况的原因和危害，指出"我们对专门化教育的盲目信任"②是造成文化分裂的根源之一。这些观点无疑是比较中肯的，对认识当代社会文化状况以及促进不同学科间的沟通具有积极作用。然而，斯诺有失公允地认为，两种文化间的误解主要责任在于人文学科的知识分子。他还进一步提到，"知识分子中特别是文学知识分子，他们是天生的勒代特派"。③他们不能正视科技进步的现实，而且"更糟糕的是，他们神经衰弱地自我关注的能力过度发达，实际上已经陷入了唯我论与自我痛苦结合的深渊，导致了文学作品中'社会关怀'的缺乏"。④

这些观点引起了人文学科知识分子的普遍不满，他们纷纷撰文，从斯诺的文化二分法、从他对文学与历史的片面理解，以及从他写作的原则三个方面对斯诺提出了质疑。⑤ 其中，如本章第一节所述，利维斯于1962年发表了题为《两种文化？论C. P. 斯诺之意义》的演讲，对斯诺发起最为激烈的反攻，将公共演讲升级为一场论战，也因而上演了《院长》中所反映的文化对立的现实版。

---

① 斯诺：《两种文化》，第95页。
② 同上，第16页。
③ 同上，第20页。
④ D. Graham Burnett, "A View from the Bridge: The Two Cultures Debate, Its Legacy, and the History of Science," *Daedalus*, 128.2(Spring, 1999), 197.
⑤ Ibid., 201-202.

除去其他方面，单从论战的社会效果而言，①"两种文化"的命题比以往更加深刻地进入人们的视野，各种辩论持续至今。从这一意义上来说，斯诺功不可没：他不但敏锐地观察到了当时英国社会中两种文化的对立，而且有效运用小说和公共演讲的方式，把这种文化分裂的危险性传递给政界和知识界人士乃至广大公众，这本身是值得肯定的。

二、心智培育的愿景

斯诺在其小说和非小说作品中频频涉及"两种文化"这一命题，其目的不仅仅是指出一种现象，说明其危险性，更为重要的是提出某种文化愿景，来探索解决问题的途径。这种愿景表面上看是沟通两种文化的愿望，其实质则是心智培育的愿望。

在小说《院长》中，斯诺明确指出了文化分裂的危险后果，但其理想的文化愿景是隐含的，其中有两个细节值得注意。一是作者借小说人物之口提出了弥合文化对立的愿望。斯诺首先借盖伊之口谈道："我从来就认为各学科之间的界限无关紧要。不管是哪一门学问都可以做出杰出的贡献。我们早在退出中专学校的辩论会以前就应当停止关于文理科之间不必要的争辩。我们应该超脱一些，的确早就该丢掉那些陈词滥调了。"（287）接着，又借助另一位人物布朗，进一步提出了沟通两种文化的愿望。布朗是杰戈竞选团队的主要经理人，但他在看到本方失败的事实后，并不打算就此沉沦下去，他说道："我要尽可能地使学院变得友好起来，我们应当消除一些裂痕。我承认这需要时间，要有几年，我们才能不再令人感到遗憾地继续分裂下去。"（339）

另外值得一提的是小说的最后一部分——"附录 学院往事沉思录"。沉思录中，埃利奥特追溯了剑桥学院制几百年来的发展变化，指出学院应了解并顺应社会发展，进行教育改革及办学模式变革的重要性。首先，埃利奥特指出了学院闭关自守、沉溺于历史的危害性。埃利奥特在院长选举那一年曾参加

---

① 关于论战的具体背景及影响可参阅：Lionel Trilling, "Science, Literature & Culture: A Comment on the Leavis-Snow Controversy," 1962; D. Graham Burnett, "A View from the Bridge: The Two Cultures Debate, Its Legacy, and the History of Science," 1999; C. Freedman, "Science Fiction and the Two Cultures: Reflections After the Snow-Leavis Controversy," 2001; Guy Ortolano, "The Literature and the Science of 'Two Cultures' Historiography," 2008 等。

会议,并与朋友罗伊在剑桥散步;他在回想这些情景时发现,剑桥这座大学乃至这所城市几百年来"各项礼节仪式保持不变",甚至"物质环境变化不大";这尽管给人以熟悉、舒适的感觉,但是久居其中,有时不免会像"服了麻药一样沉醉在过去之中","很难使人能够保持清醒的头脑"(361—362)。随后,埃利奥特提出了一个发人深省的问题:为什么学院会变得强大、富足,具有迷人的魅力呢?回顾这段学院发展史,斯诺似乎想证明,每一次学院大发展的时期,都是由于学院在自觉或者非自觉的情况下,跟上了社会变迁,满足了时代需要。同理,面临新时代技术革命的挑战,学院应该努力认识问题的实质,从而加以适当的变革。

这段关于学院的"沉思录"虽然没有明确指出变革所需要的具体途径,但已触及斯诺文化愿景的实质,即注重心智的培育。所谓"心智的培育",指的是冶炼情操,调节激情,使人的举止优雅、心态开放,敏感于他人的利益;尤其指自我怀疑、自我约束和自我牺牲精神的培育。根据英国文学家柯勒律治的观点,文明的根基在于培育,"在于作为我们人类特征的各种品质和才能的和谐生长。为了成为好公民,我们必须成为好人。"①在斯诺呈现的大学图景中,虽然大家都一直努力定义院长所应具有的优雅心态和自我批评的气质,但是在实际操作层面,拉拢、威胁、诽谤等粗鄙的行为方式都表明当事人缺乏心智的培育。此外,表面优雅的举止和真正的心智培育仍相去甚远。这里,斯诺的观点与柯勒律治的论述不谋而合。前面所说的"文化之争",就跟文明根基脱离了心智的培育有关:"任何一种文化,无论它是文学文化或是科学文化,都只能称之为子文化,'表征人性的本质和才能',对自然界的好奇心以及对思维的符号系统的运用,这正是最珍贵、最人性的两种人类本性。智力发展的传统方法使之陷入饥饿。"②斯诺的这段话从正反两个方面暗示了心智培育的真正路径,即在我们的教育中,应该特别注重个体的全面发展,人文和科学都是教育的必要组成部分,理应予以同等的关注。正如斯诺所指出的,教育改革应该"能够培养出一大批聪明的头脑,他们不会对艺术和科学中的形象经验一无所知,也不会无视应用科学的贡献,无视大多数人类同胞可以拯救的苦难,以及无视那

---

① Samuel Taylor Coleridge, *On the Constitution of Church and State*, Princeton: Princeton University Press, 1976, 42-43.
② 斯诺:《两种文化》,第 75 页。

种他们一旦意识到就不能再置之不顾的责任"。①

四、结语：文化应沟通

虽然 20 世纪五六十年代，斯诺的小说在艺术层面上受到了一定的负面评价，他本人也由于在讲演中对人文学者的批评遭到了抨击，但是应该注意的是，斯诺小说具有极强的自传性特点。他本人既当过剑桥大学评议员、卡文迪什实验室研究员，也做过大学行政管理者、政府公职人员，同时还是一位小说家，他将其与人文学者和科学家一道工作、共同相处的一生经历转化为文学作品，其态度是真诚而客观的，其观点是言之有据的。更应注意的是，虽然"两种文化"论战中，斯诺似乎是站在科学家的一面批评人文学者，但这也是由于斯诺认为当时英国大学对科学技术的相关教育不足而发出的警示。斯诺本人并不是绝对片面地支持科学文化，而是提倡教育改革，促进两种文化的沟通，强调全面的心智培育。21 世纪的今天，距离《院长》和《两种文化》的出版已过去半个世纪，"两种文化"之争却仍在进行。尽管现在的情形与当年大相径庭，整体社会潮流变为"重理轻文"，再次回顾斯诺在小说和演讲中提出的"两种文化"的命题仍是具有重大意义的，因为斯诺所提出的弥合两种文化的教育改革设想，同样是当今人类社会所面临的任务；让科学与人文两大子文化在人性的层面上实现和谐发展，这一心智培育的愿景也应该是全人类共同的目标。

第三节
《好工作》和《想……》的文化思辨

上一节论述了斯诺提出的"两种文化"现象，指出斯诺对解决该问题进行了初步的愿景描绘。继他之后，另一位关注英国社会文化、试图为高等教育领

---

① 斯诺：《两种文化》，第 96—97 页。

域文化分裂现象提出救治良方的人物当首推戴维·洛奇。洛奇出生于 1935 年，1960 年至 1987 年任教于伯明翰大学英文系，是当代著名小说家、文论家。他著述颇丰，由于自身的任教经历和对文学、文化议题的关注，其小说作品尤以描写英国高校中的人物和事件见长。他不但善于发现高校与其他社会阶层之间的壁垒，长于捕捉高校人文学科与科学学科之间的对立，而且也在努力探寻着不同文化群落之间沟通融合的道路。戴维·洛奇的种种努力和设想，在《好工作》和《想……》这两部作品中体现得最为明显。

两部小说的情节引人入胜，思想内涵丰富，引起了国内一些学者的兴趣，得到了不同的解读。就《好工作》而论，车晓勤率先对小说进行了分析，讨论了"全球化经济浪潮冲击下嬗变后的意识形态"以及"雅俗交融的后现代主义小说生产方式"。[①] 罗贻荣则从双重结构以及小说中的"英国状况"为切入点进行了分析，认为洛奇探讨了"学院与工厂的差异、冲突以及两者之间的融合互补"。[②] 何畅和王莉、曾华、蒋翃遐、李敏和王菊丽等学者则分别从工业小说传统的"恢复"、性别诗学、他者以及沟通母题等方面对小说进行了解读。此外，邓伟还指出，洛奇针对英国社会的"治疗方案"是"相互了解，消除隔膜；祛除偏见，彼此结合"，具有"乌托邦色彩"。[③] 对于小说《想……》，由于国内没有译本，研究相对少一些。可喜的是，有学者注意到小说中对"两种文化"现象探讨的继承，并指出洛奇通过实践巴赫金的对话理论，实现了与"两种文化"的对话。[④] 在国内，最值得注意的是欧荣，她先后两次将这两部小说进行了细致的并置研究：其 2009 年的英语论文《戴维·洛奇小说中对"两种文化"的重访》("Two Cultures Revisited in David Lodge's Works")，分析了洛奇对"经济与教育、人文学科与科学学科之间相互交流的关注"；[⑤] 之后在 2011 年出版的专著

[①] 车晓勤：《寓言、意识：生产——解读戴维·洛奇的小说〈美好的工作〉》，《外国文学》，2001 年第 5 期，第 76—80 页。

[②] 罗贻荣：《"英国状况"小说新篇——评戴维·洛奇的〈美好的工作〉》，《国外文学》，2002 年第 3 期，第 117—23 页。

[③] 邓伟：《当代"英国状况"的生动摹写和"治疗"的尝试——论戴维·洛奇小说〈美好的工作〉中的乌托邦倾向》，《湖北社会科学》，2011 年第 5 期，第 141—143 页。

[④] 童燕萍：《与"两种文化"的对话——谈戴维·洛奇的小说〈想〉》，《外国文学评论》，2004 年第 1 期，第 38—47 页。

[⑤] Rong Ou, "Two Cultures Revisited in David Lodge's Works", *Journal of Cambridge Studies*, 4.4(2009), 147.

《双重意识》中,又对两部小说就共同的"高等教育危机"主题专辟一节研究。①

我们认为,两部小说还有大量的研究空间。本节将延续文化批评之路,对"两种文化"的研究进行补充和发展。首先,先前学者虽就《好工作》中的文化隔膜与沟通作出了一定的研究,也指出了"好工作"与托马斯·卡莱尔的经典术语"现金联结"的联系,但是对这一关键词丰富的蕴涵解释不足,而要深入研究该小说,这个关键词是无法绕过的。因此,本节将在阐释"现金联结"的基础上,结合卡莱尔与约翰·罗斯金的工作观为理论基础,全面解读"好工作"的文化意蕴。其次,本节将论证《好工作》和《想……》在文化层面上有共同点,梳理并分析洛奇对人文学科与工业技术、自然科学之间文化分裂现象的持续观察和应对,通过对小说中文化思想的历时变化进行解读,从而勾勒洛奇设想的人文与科学的和谐之路。

一、从疏离到互通:《好工作》中的人文与工业

《好工作》是戴维·洛奇学院小说三部曲中的收官之作。故事发生在20世纪80年代撒切尔时期的英国工业城镇卢密奇(小说中虚构的城市),当时英国经济下滑,政府"大笔削减高等教育投入,鼓励高校与当地工业企业联合自筹资金"。② 在这样的社会背景下,《好工作》中的男女主人公从两个不同的世界粉墨登场。罗宾·彭罗斯小姐是女权主义者、解构主义者,从事英国19世纪小说研究,暂时任教于卢密奇大学英文系,正在为能否继续留任担忧;维克·尤金是当地一家铸造厂的经理,整天为工厂和家庭生活中的种种事务奔忙。为回应"工业年"③中提出的学校对工业作用加强认识的方针,卢密奇大学和铸造厂实行了"影子计划",让罗宾和维克每周一天观摩对方的正常工作,以便增进了解,由此展开了高校文化与工业文化之间从相互疏离到达成理解和共识的故事。

---

① 欧荣:《"双重意识"——英国作家戴维·洛奇研究》,上海:复旦大学出版社,2011年,第98页。
② 同上,第101页。
③ 1986年,英国开展了在学校和工业之间建立密切联系的运动,被称之为"工业年"运动,受到以王家科学学会为首的教育团体以及工业界本身的支持,其目标之一就是改善和发展高等教育和工业的联系。

"好工作"是贯穿小说始终的关键词,小说人物对其含义的不同理解和不断调整最能反映人文学者和其他行业之间的隔膜与互通。在《好工作》中,不同的人物对什么是好工作的理解存在着巨大分歧。罗宾喜欢教学,并认为自己在大学里教授文学是非常好的工作,因为"那是一份称心的工作。有意义。有回报。……即使拿不到一分钱,还是值得一做。环境也高雅"。① 这是一种朴素健康的衡量标准,但我们同时也要注意到,这种标准是建立在与高校之外环境全无接触的基础上的。因为罗宾出身教师世家,父亲经常告诉她"高等教育人人受益"(339),而她本人也是从小学念到博士之后直接进入高校工作,一切都视为理所应当。但是,在罗宾第一次执行"影子计划"与维克见面时,这种标准就遭到了质疑。在维克看来,罗宾简直是异类,"一个高个儿的时髦的左派女权主义的英国文学讲师",她所教授的"妇女研究"只是一门适合女学生的"软课",男生则应该学点像机械工程这样"有用的东西";至于妇女文学研究、学术自由等等,维克只关心是否要"掏钱""谁掏钱";罗宾对此质问道:"金钱难道是唯一的标准?那快乐呢?"维克被反驳得"头一次慌了神儿"(114—117)。校园文化与工业文化的初次接触,暴露出两者工作观念的巨大反差。罗宾心目中的好工作与工资报酬关系不大,主要与工作环境、精神回报以及幸福感有关,但不免把自己和"象牙塔"之外的社会经济生活分隔开来,而维克作为工业文化的代表,功利主义思维严重,凡事以金钱或盈利进行衡量。后者的思想模式并不鲜见。自从18世纪工业革命以来,随着社会经济的发展,这种模式已占社会思潮上风,导致物质与精神的失衡。针对这种拜金现象,卡莱尔创造了"现金联结"(cash nexus)这一术语加以抨击,指出"务实的人们只看见盈利和亏损,甚至美德要用盈利和亏损衡量"。② 他警告人们,"我们在各种场合都忘记了'现金交易'并不意味着人们之间的唯一联系。"③罗宾继承了英国文学的人文主义思想传统,她对维克的质问与卡莱尔的警告一脉相承。

然而,"现金联结"在20世纪80年代似乎更加盛行。金钱标准对罗宾的

---

① 戴维·洛奇:《好工作》,蒲隆译,上海:译文出版社,2007年,第128页。本节以下引文只标页码,不再加注。
② "现金联结"指涉这种"用自由放任、竞争供求关系的哲学来说明"人与人之间的关系。对术语的解释及卡莱尔的批评话语均转引自殷企平:《文化辩护书》,第32—33页。
③ 托马斯·卡莱尔:《文明的忧思》,宁小银译,北京:中国档案出版社,1999年,第15页。

好工作标准进行了第二次冲击。冲击首先来自罗宾"富得邪乎"的弟弟巴兹尔及其女友的造访。巴兹尔从牛津大学毕业后进入商业银行工作,收入很快超过了父亲;他的女友没上过大学,但比他挣得还多。在罗宾眼里,巴兹尔"脸变胖了……一口牙似乎都包过了……他和他的女友里里外外都表明有钱"(188)。他们刻意炫耀的羊毛大衣、红色宝马、劳力士表也都证明了他们拥有的财富,他们的言谈更是三句话离不开谁挣了多少钱、什么值多少镑。这一切都让罗宾厌烦,她更将巴兹尔的女友视为俗人。不过,真正的冲击来自罗宾的男友查尔斯。他被上述"钱景"所吸引,不但与巴兹尔的女友同居,还辞去了大学的教职,进入一家银行工作。查尔斯在给罗宾的信中解释了这种选择:一方面,他"过够了那种天天疲于奔命才能勉强维持的日子";另一方面,他感觉自己"作为一名大学教师……已经被历史的大潮抛在后面"(343—344)。尽管查尔斯的决定部分是出于大学经费紧缩,他还是在信中不能自已地不断谈到乐观的"钱景"。因此,罗宾感觉"这封信里有些东西碰到了她不愿认同的痛处,又夹杂着一些她认为虚假可憎的东西"(348)。

罗宾在与工商业界的接触中,发现"现金联结"无处不在。她的一次亲身经历再一次考验了她对好工作的定义。在一次"影子计划"实施活动中,她与维克乘机去法兰克福购置机器。旅途中,欧共体投资的新机场大楼、俱乐部舱的精致服务和食物与罗宾仅有的几次经济舱出游经历形成了巨大的反差,一切"只要有钱"。罗宾有些不安,但是维克却自信地享受着,在他看来,"国家靠的就是我们(工业)";这使罗宾感到困惑,同样让她困惑的是弟弟巴兹尔的断言,即"国家靠的是商业银行家"(294—295)。于是,她开始思考劳动分工和整个社会的运作,意识到知识分子的个人幸福有时是依靠工业生产提供物质基础的。正如莱昂内尔·特里林曾经指出的那样,"无论具有什么社会背景,知识分子总会成为中产阶级的一员。因此,他们会模糊地意识到自己的生存在很大程度上恰恰依赖于他们很可能惧怕和鄙视的商业文明。如果深究知识分子的真实情感,我们必然会察觉到他们自己对生意人的权力怀有一种朦胧的羡慕。"[①] 到达法兰克福后,从高档宾馆到昂贵服装,金钱还是围绕着罗宾。后

[①] 转引自邓伟,第 141—143 页。

来,她通过隐瞒自己懂德语这一事实帮助维克低价买到机器,相当于用知识一下子赚了一万五千英镑,这让罗宾的标准松弛下来,最终迷失在灯红酒绿中,还与维克发生了性关系。当然这一举动也有心理原因。在先前的接触中,罗宾与维克从互相质疑到相互理解,以致"在思想深处她却从与工厂的联系中得到了一种莫名的满足!有了一种高朋友一等的优越感"(231)。由此可见,高校学者与外部社会的交流,也会给他们带来一些价值观上的负面影响。现在的罗宾自身就处于"现金联结"中了。

到底什么是"好工作"?从卡莱尔和罗斯金那里我们或许可以为罗宾和读者找到答案。为了批判"现金联结",卡莱尔指出:"在这个世界上,最新的'福音'是:了解你所要做的工作,并认真去做你所要做的工作。……一个人正是通过劳动来实现自我的完善的。"① 他还指出,"工作会给我们带来幸福安宁"。② 约翰·罗斯金对这一工作观做了进一步的阐释,他不仅仅推崇劳动,而且"把创造性愉悦作为必要前提"。③ 这种观点在罗斯金的作品《建筑的七盏灯》中有直接体现。当谈到石砌建筑外部的花饰时,他说:"我认为对于一切花饰该问的正确问题很简单,那就是:雕匠在刻它的时候感到愉快么?那时候他快乐吗?"④ 我们可以在此基础上确定衡量好工作的标准:给劳动者带来幸福感的、让人感到创造性愉悦的就是好工作。从这个标准反观罗宾"有意义、有回报、快乐"的工作感受,我们可以肯定她在高校从事的就是一份好工作。事实上,罗宾也及时地从"现金联结"中自拔了,她独自从法兰克福回到了卢密奇,并远远地避开了维克。罗宾用写作让自己平静下来,找回了以往自己对好工作的信念。再次回到校园,她感到了校园的美好:

罗宾比以往任何时候都深切地体会到大学是理想的人类社区的典型,在那里,工作和娱乐,文化和自然,浑然一体,在那里,空间开阔,光线充足,赏心悦目的园地上,美丽的建筑物错落有致,人们自由自在地追求完美与自我实

---

① 卡莱尔:《文明的忧思》,第 61—62 页。
② 同上,第 67 页。
③ 转引自殷企平:《文化辩护书》,第 244 页。
④ 约翰·罗斯金:《建筑的七盏灯》,转引自《英国散文的流变》,王佐良著,北京:商务印书馆,2011 年,第 165 页。

现,各自按各自的节奏和爱好进行。(386)

在罗宾的眼里,大学的工作与闲暇互通,人类与自然和谐共处。这也正是戴维·洛奇对大学教师的肯定——的确是一份"好工作"。以上便构成了对小说题目"好工作"包含的多重文化意蕴的重要题解。

"好工作"还有另外一层含义。小说的英文题目是"Nice Work",还可以解释为对某件事的赞赏用语,意为"干得漂亮"。例如,罗宾帮助维克低价购买了机器,维克就赞道"Nice work"。但这只是一个小插曲,从小说整体来看,哪件事情"干得漂亮"呢?伯顿(Robert Burton)认为,"小说的题目是作者的自夸自赞,因为他认识到,通过自己的巧妙操纵,把小说人物和他们所代表的一切以肉体结合的方式结合起来"。[1] 这一论断从叙述学的角度诚然可取,但从文化思辨的角度来看,并不确切。更准确的理解应该是,面对人文学科日渐式微、与世隔绝的状况,洛奇认为"唯有联通"才能让人文学者摆脱纸上谈兵的天真,才能让其他文化群落的人了解人文学科的重要性。于是,他创造性地虚构了一个"影子计划",安排人文学科与工业人士相互交流,排除误解,达成共识,这件事才的确是"干得漂亮"。一方面,罗宾与维克进入彼此的工作领域,增进了了解。另一方面,罗宾不再盲目排斥来自其他文化的人们,甚至设想把工人们送进校园:

全部员工……都用公共汽车拉过市区,在校园门口卸下来,让他们排着长蛇阵在校园里溜达……左顾右盼着周围那些漂亮的年轻人,有的在学习,有的在游戏。这时那些漂亮的年轻人和他们的老师停止了嬉戏和争论,站起身来,走上前去,向工厂里来的人们致意,和他们握手,表示欢迎,于是草地上形成了成百个讨论小组,一半是学生和讲师,一半是工人和管理人员,大家就价值观和商业的规律性如何协调一致,更加平等互利,从而造福整个社会交换意见。(386—387)

---

[1] Robert S. Burton, "Standoff at the Crossroads: When Town Meets Gown in David Lodge's *Nice Work*", *Critique*, 35.4(1994), 237-243.

虽然这只是一个乌托邦式的白日梦,但交流的意愿总是强于先前的隔膜和冷漠,而且也获得了一些成效。例如,罗宾的工作观得到了完善。她敬佩维克的敬业与实干,从他那里学习了一些企业家精神,最终投资帮助维克办企业。由于她对自己工作价值的肯定与坚守,以及她在工作中的高度自觉,因此她在一定程度上改变了自己周围的人。其中,维克的改变最为显著。他开始读书,读诗歌,像学生一样走进课堂听讲,也用自己的专业知识参与讨论,也许他最终也会理解在人文领域"阅读就是工作。阅读就是生产,我们生产的产品是意义"(371—372)。另外,在罗宾的女权主义思想引导下,维克也终于下令撕下车间里张贴的不雅美人照。不仅如此,罗宾还通过改变维克影响了他的女儿。原来没有心思学习的桑德拉,开始考虑申请大学,学习心理学了。戴维·洛奇试图通过这些改变说明,人文学科与工厂企业的交流有助于双方的发展,前提是"高等教育不能失去其特有的知识定位和文化责任。"①从这个意义上讲,洛奇"干得漂亮"。

最后,Nice Work 还有一层含义需要讨论。这要从"好工作"背后的隐忧说起。虽然小说一再肯定文学讲师是一份好工作,但同时也反复强调"如果肯定能保得住"(115),这是因为故事发生的时代正值英国高校资金紧缺。如查尔斯给罗宾的信中所说,"公立学校、公立大学、国家资助的文科"这些主张已经时过境迁,"大学只有劝人们提前退休才能做到收支平衡……就是留下来,也是前景渺茫:课堂大,工作担子重,提职机会少"(345—346)。罗宾面临的恰好就是这种局面,在卢密奇三年合同期满之时,她留下来的机会不大。然而,正在罗宾担忧之际,事情奇迹般地开始出现转机。故事将近结尾,罗宾不但得到了查尔斯的求婚,接到了一所美国大学的邀请,还获得了姑父沃尔特的大笔遗产,以至于罗宾都迷信起来,上班路上开车小心翼翼,"生怕岔路上冲出个疯司机,把好运撞个稀巴烂"(422)。最后她不仅安全到校,而且居然还因为一笔莫名的"费挪门"资金,得到卢密奇大学的留任邀请。这样的结局让读者想起罗宾(也是洛奇)的观点:"所有的维多利亚小说家对工业资本主义能提出的解决办法就是:一笔遗产,一桩婚姻,移民或者死亡。"(79)《好工作》居然也

---

① 欧荣:《"双重意识"》,第 117 页。

是这样的结局,此时回味 Nice Work 的含义,便有了几分对文化的反讽,几分对未知的无奈。面对人文学科的严峻局势,罗宾的出路只有依靠维多利亚小说式的虚构了吧?——传统小说家,你们"干得漂亮"!或者说罗宾的圆满结局全靠天降好运?——命运,你"干得漂亮"!我们似乎可以这样理解:洛奇安排上述反讽意味的结局旨在希冀,或许通过人文学者与外界的交流和自身的努力,国家和社会最终会认识到人文学科不可或缺的价值。总而言之,Nice Work 的文化意味深远,值得我们进行深入的探讨。

二、《想……》:人文与科学的更广泛交流

2001 年出版的《想……》是一本关于意识的小说,尤其是关于自然科学和人文科学这"两种文化"对意识的不同认识。小说由三种叙事声音展开:拉尔夫·麦信哲做实验时对录音机的口述、海伦·里德在电脑中的日记,以及一个"客观的"第三人称叙述。这其中还不时穿插海伦的学生发给她的电子邮件和作文。运用这种新颖的手法,小说把两位主人公的行为和意识呈现在读者面前:故事发生在 1997 年,海伦是一位小说家,一年前丧夫,来到格洛斯特大学英文系(洛奇虚构的一所英国大学)做驻校作家,在那里她遇到该校教授麦信哲,后者主要研究人工智能及人类意识。他们之间的交流和交往由一次邂逅展开,麦信哲从自然科学的角度向海伦解释他的研究领域,而海伦则对麦信哲的意识理论展开挑战和质疑。小说表面看来是关于男女主人公情感纠葛的故事,但实质上象征着两种文化试图聆听不同见解的努力过程,表达了作者在更广泛的文化层面沟通交流的愿望。

读过斯诺的《两种文化》的读者在阅读《想……》这部小说时,一定会同意欧荣[①]的看法,即《想……》是对"两种文化"的重访。小说中与之相关的最明显的细节就是格洛斯特大学校园的规划:校园由两组建筑群组成,"人文学院在一头,科学学院在另一头",中间隔着"园林景观和一个人工湖";就连人文学院英文系主任贾斯帕·里奇蒙德都承认:"恐怕我们是两种文化的一个建筑讽喻

---

① 欧荣:《"双重意识"》,第 113 页。

吧。"①此外，读者还会看到曾被斯诺和洛奇描述过的科学学者的典型特征。他们为社会提供先进、实用的技术，享受着政府的拨款；他们还是那么信心满满，"言谈时带着骨子里就有前途的气度"（208）。② 但与此同时，《想……》在描述两种文化的关系方面也有了一些新的特点。首先，小说中人文文化的代表变得更加平和、自信，能够正确看待对话各方所处的位置和高度，而科学学者则表现出更强的对话意愿。其次，两种文化对话的内容转向了充满争议而尚无定论的意识领域，以及与意识相关的道德层面。下面就将对这两个特点进行详细探讨。

在上文以1937年为事件背景的小说《院长》中，两种文化之间的冲突可谓刀光剑影，1959年的斯诺与利维斯的论战也是硝烟弥漫，但在《想……》这部小说中，两种文化之争变得平和了，人文学者与科学家表现得更愿意接触和对话了。

这种转变一是因为双方都逐渐认识到面红耳赤的争执并无益处，不如和平对话。例如，学界对斯诺与利维斯的论战方式和风度都持批评或保留意见。洛奇在小说的人物安排方面就做出了这样的暗示。他用人物的姓氏暗指斯诺—利维斯之争中的两次演讲：女主人公姓里德，英文为Reed，读音同斯诺的里德演讲（Rede Lecture）中的"Rede"，而英语系主任姓里奇蒙德，英文为Richmond，暗示利维斯所做的里士满讲演（Richmond Lecture）。言下之意，作为作家的斯诺与作为人文学者的利维斯本是同根，意见相左可以对话，何必相煎太急。

更为重要的是第二个原因：对话双方对自己的专业领域都有足够的信心，逐渐克服了对自身文化群落地位的焦虑，开始关注其他人对本学科的看法和意见，进而变得乐于在学术上交换意见。以麦信哲为代表的科学界人士对自己在社会中的作用非常自信，积极利用媒体影响，参与对本领域研究成果的展示和介绍，也愿意搭建平台让各科学者进行学术交流，小说最后的"跨学科

---

① David Lodge, *Thinks . . .* , London: Secker & Warburg, 2001, 11. 本节以下引文只标页码，不再加注。

② "骨子里就有前途"（have future in the bones）是斯诺描述科学学者的话语，见斯诺：《两种文化》，第10页。

意识研究"国际研讨会就是一例。另一方面,人文学者在社会变革、经济大潮的冲击中逐渐成熟,对自己所从事的职业更加自信,不再急于证明自己,而是以更加冷静的态度和敏锐的思维参与对话。海伦就是一个典型的例证。她是一位知名的小说家,虽然因丈夫英年早逝而悲伤,但是她知道自己应该如何安排生活和事业。她应聘教师工作,得以安身立命,坚持写日记以应对暂时的创作枯竭,不拒绝社交活动以融入新的环境,对学生也给予个体关注。海伦敏锐、感性,但并不因此流于浅薄,而是不断告诫自己"冷静!克制住你自己"(299)。即使在与麦信哲最初的交流过程中,对方忽略了她的丧夫之痛而出言冒犯时,她也能保持克制的态度。最重要的是,海伦无论作为作家还是教师都十分热爱并肯定自己的职业,保持着这个职业特有的机敏、开放和善于表达,这种专业的自信又使海伦勇于承认其他学科所取得的成就。海伦在思想交流中的态度既友好幽默,又不卑不亢,不再像以往的学者纠结于学科地位与作用的高下。在她不擅长的领域,她虚心好学,语言和才智上还更胜一筹。还有一个值得注意的细节:两人的交流一般都是通过进餐、参观工作场所、互通文章或邮件进行的。例如,麦信哲为了向海伦提供一些意识研究的背景和知识,几次将相关文章打印出来以供海伦阅读。而当海伦对一些实验或理论持反对意见时,她巧妙地将之用于文学写作课的素材,并把几篇优秀学生作品提供给麦信哲阅读——这种文学学者对科学的反应和反馈充满了创造性的智慧,也反映了文学对科学知识的吸收和利用。可以说,这是小说作者洛奇给知识分子所指出的理想的学术、思想交流态度和方式,也可以看作对斯诺—利维斯之争的一种回应。

在小说中,两种文化的交流内容不再局限于学科地位、社会劳动分工这样的主题,而转向了意识领域,"人类知识版图上最大的一块空白"(35)。当然,对于这样一个充满争议的领域,人文与科学这两种文化的对话也经历了从互相怀疑到彼此倾听的过程。海伦代表人文一方,当她得知科学家近年开始研究意识,并将其定义为"研究如何用客观的、第三人称描述主观的、第一人称现象的时候",她对麦信哲说:"在过去的两百年里,小说家一直就是这样做的呀。"(42)说这句话的时候,身为小说家的海伦实在心怀不满,她在日记中回忆这件事时写道:"我有点恼恨,科学家们管起这行当来了,这是我的行当!"

(62)这是因为海伦认为意识是个体的,而表现意识则属于文学范畴,尤其是表达"感受质"(qualia)这一科学术语时更是一语中的。因此,海伦引用亨利·詹姆斯的小说《鸽之翼》(*The Wings of the Dove*, 1902)中的一段文字向麦信哲阐释自己的观点:

海伦又重复了一遍,说道:"你看——这里面有凯特的意识,她的思想、她的感觉,她的不耐烦,她犹豫着该离开还是留下来等候,她对镜子里自己形象的感知,还有那张沙发垫肮脏的质感,'又滑又黏的'——这些都不算感受质吗?而且这一切都是用第三人称叙述的,语言精准优雅,又符合语法规则。真是做到了既主观又客观啊。(43)

没想到麦信哲却认为"那是文学小说,不是科学","小说家假装知道别人的意识"(43)。不过,海伦对科学家当前的研究也持高度否定态度。她不相信电脑程序能模拟"母爱"或者模拟"生物的生命形式",具有与人类相似的情感和行为(48)。当她看到面对墙角"正在测算空间、并进行记忆"的机器人,觉得它好像"一个在课堂上调皮捣蛋而被叫到墙角面壁思过的小男孩",而且这个机器人还出了问题,突然"移动轮子,朝走廊对面开去,狠狠地撞到了墙上"(49)。这次见面体现了人文与科学交流不畅的症结:两者的出发点截然不同,观察问题的角度也不一样。人文一方比较感性,认为小说家最能体现意识。但是,科学一方认为小说并非真正的知识,而"科学才是知识的唯一真实形式"(229)。然而科学在相当长一段时间内还不能提供有关人类意识令人信服的成果。

与此相对应的是,海伦和麦信哲也都分别在探索自己的意识,建筑起各自的"意识研究"领域。海伦使用传统写日记的方式,通过对自己的情感、思想和意识的自我检视,一方面帮助自己克服丧亲之痛,适应新环境,另一方面又可以在创作危机之下保持写作状态。相比海伦的写作疗法,麦信哲"帮助"海伦克服悲伤时用的"休克疗法"有点缺乏人性,而麦信哲妻子对付丈夫不忠的"购物疗法"则缺少了建设性。通过这种意识记录和分析,海伦逐渐走出了困境,而麦信哲则使用了科技含量较高的方式——通过录音机和语音处理软件把自己的意识直接"听写"出来。实验中,麦信哲虽然如实地将自己内心中对女人的感觉和欲望记录了下来,但是他仍然发现这个实验无法反映意识的高度流动性。而且,与他的理性和客观相反,当他进入意识收集状态时,他首先想到意识是不是"如威廉·詹姆斯所说的那样","像一只在空中飞翔的小鸟,栖息片刻又再次起飞……"(1)①这暗示即使作为科学家,麦信哲自己的意识记录实际上恰恰说明意识是感性的和主观的,只不过当时麦信哲还没有意识到这一点,或者不想承认罢了。后来,麦信哲对海伦提出"一笔交易",即互相交换阅读记录和日记。海伦断然拒绝这种"浮士德式"的交易,因为她深知意识的私密性应该受到尊重和保护,否则就会对"人的自我"造成严重的伤害,尤其对于人性某些黑暗面而言,"我们可以压制、隐藏它们,只让自己知道,这样的事实对于维护自尊是至关重要的。这对文明也是至关重要的。"(189)海伦的看法是正确的,这一点可以从麦信哲的同事达格斯的悲剧性经历得到证明。达格斯经常在办公室上网,下载儿童淫秽图片,被警方发现,因羞愧难当而上吊自尽。这时,麦信哲意识到了两个人的相似之处,才有所警醒。

尽管海伦和麦信哲最初的对话针锋相对,但他们的交流始终是友好的。随着接触的增多,两人也都开始从对方的专业和思想中汲取可以为己所用的东西。海伦从麦信哲②那里获得了很多关于认知学等科学方面的知识,对她的教学和小说创作都有一定的帮助。一个具有象征意义的事件是,海伦在麦信哲的帮助下学会用电脑上网,不但方便了与远在澳大利亚的女儿的联系,就连从不写信的儿子也因为电邮的便利而与海伦互发了邮件。任何人都不能否认,科学技术给现代生活带来前所未有的便利,也极大地提高了生活质量。海伦积极了解新知识、学习新事物,以实际行动证明了"文学知识分子是天生的勒代特派"一说的谬误。③ 同时,文学知识分子并不只是单纯地接受科学知识,他们还会不断从人文主义的视角对信息进行加工,对科学学者提出颇有裨益的意见和建议。例如,海伦了解到托马斯·内格尔(Thomas Nagel)的论文《做

---

① 威廉·詹姆斯(William James)是美国哲学家、心理学家、物理学家。有趣的是,威廉·詹姆斯既像 C. P. 斯诺那样集文理两种文化于一身,又与小说主人公海伦经常提起和引用的作家亨利·詹姆斯是亲兄弟!

② 麦信哲本是主人公的姓氏,但他的妻子和熟人都以姓氏来称呼他。洛奇选择这样的安排也有一定含义——"麦信哲"是英语 Messenger 的音译,原意是"信使、报信者"。麦信哲为海伦和读者提供了不少信息,因此可以说他是名实相符的。

③ 本章对"天生的勒代特派"曾有论述,详见本章第一节。

只蝙蝠的感受是怎样的?》("What Is It Like to Be a Bat?")后,创造性地让自己的学生对蝙蝠的资料进行考察,然后以此为题模仿任意现代作家的风格写一篇故事。又例如,麦信哲曾经几次与海伦讨论达尔文笔记中的一句话"哭是一个难解之谜"(Crying is a puzzler.),(49)而海伦最后走出创作危机后所出版的小说,就以此为名。这两个事例说明,文学知识分子可以有机地将科学信息和人文学科的优势结合起来,创造出对双方均有启迪的作品。也正是因为这样的影响,最初坚信科学知识能解决一切问题的麦信哲逐渐对那些不可解释的、充满争议的事物持更加开放的态度,真诚地邀请海伦在"跨学科意识研究"国际研讨会上做总结发言。

"跨学科意识研究"国际研讨会象征着文化交流的重要平台,使两种文化,也包括"一些边缘人士"就与人类自身相关的重要领域展开讨论,各抒己见。而其中的总结发言(Last Word)尤为重要,因为这个发言"旨在让人们了解一个在会议期间未曾听到的见解"(228)。这足以证明当代学者对学术研究的开放态度和交流意愿。海伦在大会上的发言主题是"意识研究的文学视角",语言优美、含义隽永,虽然不能完全说服麦信哲,但引起了与会人员的极大兴趣。海伦引用了英国诗人安德鲁·马维尔(Andrew Marvell,1621—1678)的诗歌《花园》("The Garden")中的三节,在听众"体验出于耕作状态的自然的喜悦"的同时,海伦强调:"文学是人类意识的书面记录,可以称得上我们最丰富的记录";它不但能帮助我们体验喜悦和甜美,还可以"帮助理解人类意识的黑暗面"(316—320)。海伦的立场实际上代表了洛奇的立场:通过读小说,我们可以了解他人的思想;"如果自我是个虚构,那也许是最高级的虚构,是人类意识最伟大的成就,是造就人类的最伟大的成就。"①从文化交流的角度讲,海伦发言中引用的"花园"则更有象征意义。那是一个和谐的理想花园,各行各业、持各种不同见解的人们可以畅所欲言地交流。

不同学科领域的对话,不仅为各个学科带来有益的影响,也会推动社会文化的整体发展。《想……》就说明对意识研究的交流能引发对伦理、道德的检视。小说中有一段情节,说的是麦信哲带海伦参观了霍尔特贝岭认知科学研

---

① 转引自欧荣:《双重意识》,第 116 页。

究中心的壁画,其中一幅涉及著名的思想实验——弗兰克·杰克逊的"黑白玛丽"(Mary the Scientist)。玛丽从"出生、成长到接受教育都是在一个只有黑白两色的环境里……她知晓一切有关颜色的知识……但她从未真正见过任何颜色。注意,房间里没有一面镜子,她看不到自己的脸、眼睛、头发以及身体其他部位的颜色。后来有一天,她被允许走出房间,她第一次看见,比方说一朵红玫瑰吧,会不会有一种全新的体验?"(53)海伦的学生以此为素材练习写作,他们的作品发人深省,以小说家特有的敏感和人文关怀拷问那些一味追求知识而忽略科学伦理道德的人。几个学生小说的共同点是他们抛开了哲学家和科学家关于"感受性"的知识争论,而把重点放在试验品玛丽作为人的感受上面。他们对玛丽如何在这样一个单调、缺乏人性温暖的环境中成长十分同情和关注,对实验者的冷血表示愤慨和反对。因此,他们在自己的作品中或安排玛丽因"玫瑰花蕾的红色像利箭一样刺穿了她柔弱的大脑和心脏"而死亡(157),或让玛丽对科学家的冷漠作出回答("我不知道!""我不在乎!玫瑰就是玫瑰就是玫瑰就是玫瑰")(161),于是也就挫败了科学家的野心。还有一个故事安排了这样的结尾:两位科学家对实验结果不满意(显然他们还在实验结果上押了赌注),要将刚获得自由的玛丽再次关进那个黑白的世界。这时,愤怒的玛丽打破盛着玫瑰的花瓶,用锋利的瓶颈抵住自己的喉管,叫道:"你们这些王八蛋现在还不让我走的话,我就让你们见见我的血!"(165)玛丽以死相逼,奋起反抗的故事虽然没有对麦信哲起到多少作用,但会提醒很多从事自然科学的读者重新审视自己的知识观和道德观。这一点正好印证了斯诺的观点——科学家在割裂的文化中所提供的知识如果仅有利于他们自己,而决策者或者公众不能分辨其好坏的话,情形就会十分危险。①

当然,"黑白玛丽"只是个假想的实验,但谁也不能确定如果不受伦理道德的约束,打着科学旗号的一些行为是否会变成对他人的暴行,或者给社会带来危害。小说中对男主人公性格的描写暗示了道德约束的必要性。麦信哲曾就读于剑桥大学,专业是道德科学,现在是成功的科学学者、霍尔特贝岭认知科学研究中心主任,经常在媒体上出现,"就像个明星"(24)。但是,他对自己的

---

① 详见斯诺:《两种文化》,第 95 页。

妻子不忠，经常利用外出开会之机拈花惹草，即使在本地的社交场合，也经常与其他女人调情。这似乎只是关乎个人家庭的私事，旁人无法干涉。但是后来，麦信哲到捷克开会时与一位女学生发生性关系，被后者要挟，不得不向她发出参加国际会议的邀请，并帮她找了一个博士后的位置。这样的事件无论在什么样的社会都有违公序良俗，令人难以接受。直到麦信哲得知自己肝部有一个囊肿，他的不忠行为才有所收敛。此外，另外一个情节也体现了他的道德污点。故事结尾，麦信哲独自在海伦的公寓等她时，发现海伦的日记就在电脑中。他十分想知道海伦对他有怎样的印象和感觉，想知道为什么先前一直保持贞洁的海伦突然改变主意和他走到一起（先前海伦曾拒绝他要求分享日记的请求），于是他"像做贼一样"地打开了海伦的电脑，准备窥探其隐私，因为"这不仅仅是个人的好奇心，这也是科学的好奇心。这是打开另外一个人意识封印的千载良机啊。可以说，这其实就是科学实验。"(334—335)这种行为与他曾学过的道德科学专业形成了一个绝妙的讽刺。然而，用科学当幌子满足自己的需要，随意揭开封印的行为马上就得到了报应——麦信哲从海伦日记中得知自己的妻子和他人有染，自尊心受到了严重打击。虽然洛奇在创作时"坚持审美先于伦理"，但是这种"恶有恶报"的安排未尝不是一种道德判断，[①]对改善文化、科学的道德环境有一定的积极作用。

洛奇通过虚构作品将意识研究作为不同学科、不同文化群落共同探讨的领域，这具有十分重要的意义。尽管迄今没有令各方都信服的结果，但是这种对未来和未确知领域的探讨有助于摆脱局限于两种文化谁的"骨子里有前途"的争论。此外，这样的广泛交流本身也可看作文化的重大进步。这说明人们正在向着建立某种和谐的共同文化的愿景迈进，犹如雷蒙·威廉斯所指出的那样：

一种正在被经历着的文化，总有一部分是人们未知的，总有一部分是人们没意识到的。创造一个共同体往往就是一种探索，因为意识无法先于创造，未知的经验亦无公式可循。因此，一个好的共同体，一个有生命力的文化，不仅会容纳而且会积极鼓励所有的、任何能对人们共同需要的意识的进步作出贡

---

① 欧荣：《双重意识》，第272—273页。

献的人。无论我们的出发点是什么,我们都需要聆听从不同立场出发的其他人的意见。……因为我们无法了解未来,永远不能确切知道什么会使未来更加丰富;我们现在只能聆听和思考任何可能提供给我们的东西,并尽可能接受这些东西。①

如今看来,威廉斯的这番话可谓意味深长。

四、结语:走向包容与和谐

作为一名在英国高校工作 27 年的文学教师,戴维·洛奇经历过高校扩招、经费充足的时期,也经历过撒切尔执政时期"英国高等教育的黑暗期"。② 出于自身的经历和作家的敏锐,洛奇一直在观察和思考高校中人文学科的地位和作用变化,《好工作》和《想……》便是这种观察和思考的反映。从两部小说来看,洛奇对待人文学科的态度是客观的,也是积极肯定的。在《好工作》中,洛奇不但通过文学教师罗宾让读者看到了一位优秀文科教师对待工作、学生的思想和态度,也展现了人文学科面对教育内部危机以及与外部其他文化阶层碰撞时的困惑,反映了人文学科地位的衰落和人文学者的挣扎与坚守。在《想……》中,洛奇以充满争议和未知的意识领域为中介,展示人文学者、作家与科学工作者的思想交锋与交流,从而积极肯定了人文学科在教育中的引领地位和作用。这虽然看起来有点倾向于人文学科,但实际上在重理轻文的当代社会,这应该是一种走向平衡的努力,与在人文学科强势下倾向科学学科的 C. P. 斯诺可谓殊途同归。

从《院长》中的人文学者与科学学者的对战,到《好工作》"普林格尔员工入侵校园的乌托邦式的幻境",③再到《想……》中的"跨学科意识研究"国际研讨会,C. P. 斯诺和戴维·洛奇表达了同样的愿望,即不同文化群落之间应该努力消除固有的偏见与隔膜,在交流中求同存异,逐渐相互理解和相互尊重。与此相呼应的是,现实社会中,对于"两种文化"旷日持久的争论和对峙,各界学

---

① Williams, *Culture and Society*, 354.
② 欧荣:《"双重意识"》,第 101 页。
③ 洛奇:《好工作》,第 429 页。

者也已经开始表达出一种共识——"两种文化的论战该结束了"。① 于是,我们再一次看到形成一种包容和谐的文化共同体的愿景。当然,不论在小说中,还是在我们的现实生活中,这种共同文化"将不是旧日梦想中那种整齐划一的单纯社会,而是一种非常复杂的,需要不断调整和重新规划的组织";反过来讲,这种共同文化不可能单凭某种技术或者知识进行有效的参与,"参与取决于共同的资源,并且指引人们互相接触"。② 交流与包容促进文化共同体的建设,和谐的文化氛围增进人们之间的互通。虽然"路漫漫其修远兮",但有责任感的作家们仍将"上下而求索"。

第四节
重访"斯诺命题":《星期六》

2011年9月5日出版的《新政治家》杂志向读者集中推荐了11部"9·11"小说(novels for 9/11),入选的除洛兰·亚当斯(Lorraine Adams)的《港口》(*Harbor*, 2004)、唐·德里罗(Don DeLillo, 1936—)的《坠落的人》(*Falling Man*, 2007)、乔纳森·萨弗兰·弗尔(*Jonathan Safran Foer*, 1977—)的《特别响,非常近》(*Extremely Loud and Incredibly Close*, 2005)、约瑟夫·奥尼尔(Joseph O'Neal, 1964—)的《地之国》(*Netherland*, 2008)、詹姆斯·海因斯(James Hynes, 1955—)的《下一个》(*Next*, 2010)、泰如·科尔(Teju Cole, 1975—)的《开放的城市》(*Open City*, 2011)、艾米·瓦尔德曼(Amy Waldman, 1969—)的《服从》(*The Submission*, 2011)等之外,还包括英国知名作家伊恩·麦克尤恩的《星期六》。同《新政治

---

① 欧荣:《"双重意识"》,第118—119页。在这里,欧荣提供了一个现实版的两种文化进行探讨交流的例子,即2009年剑桥大学"改变人文学科/人文学科在改变"国际研讨会。这样的事例一方面说明对两种文化的谈论仍有现实意义,另一方面也凸显了各界学者为增进沟通和理解所做出的努力。

② Williams, *Culture and Society*, 352-353.

家》杂志的做法一样,批评界也普遍把《星期六》视作一部"9·11"小说。譬如,罗贝卡·卡彭特(Rebecca Carpenter)认为:"《星期六》充满了对 2001 年 9 月 11 日这一天的指涉和回响。"①安德鲁·弗雷(Andrew Foley)称它是"对后'9·11'文学最严肃的贡献之一"。②

需要指出的是,"9·11"小说的标签遮蔽了《星期六》所潜藏的多种意蕴。令人欣喜的是,这一状况在近年有所扭转。例如,苏珊·格林(Susan Green)从认知科学的角度将这部小说视为"元文本"(meta-text),邀请读者反思科学与艺术之于理解心理的互补作用。又如,简·思雷基尔(Jane F. Thrailkill)借助神经科学和心理学的研究成果,重点审视了麦克尤恩如何在这部作品中通过聚焦"意识的精神生物学"(neurobiology of consciousness)为人类介入叙事增加了特殊的情感因素。这些对《星期六》的多维阐释,富有创见,令人深受启发。然而,我们认为在更深层次上,《星期六》暗藏的是"两种文化"即神经外科医生贝罗安所代表的科学与诗人黛西所代表的文学之间的冲突与融合。本节拟在批判后"9·11"语境下"政治书写"的基础上,重点审视科学与文学之间的碰撞与鸣奏。在小说中,一方面,黛西为父亲贝罗安布置阅读书单,试图借此来丰富并侵占父亲的精神世界,另一方面,后者则对文学的功用嗤之以鼻,坚持以科学来解决、解释并控制自然世界。通过诵读阿诺德的名篇诗作《多佛海滩》(*Dover Beach*,1867),黛西成功地掌控了暴力侵犯者巴克斯特斯的精神和心智,消除了家庭危机;凭借精湛的医术,贝罗安摘除了巴克斯特斯的颅内肿瘤,解决了他的肉体之痛,而且还决定说服家人和警察放弃对巴克特斯的诉讼。借助小说,麦克尤恩喻指了"两种文化"在排他性背后的互补可能,即科学之于人的肉体犹如文学之于人的精神,从而为横亘在两大学科之间的"斯诺命题"作出了完美的注解。

---

① Rebecca Carpenter, "We're Not a Friggin's Girl Band: September 11, Masculinity, and the British-American Relationship in David Hare's *Stuff Happens* and Ian McEwan's *Saturday*," in *Literature After 9/11*, eds. Ann Keniston, Jeanne Follansbee Quinn, London and New York: Routledge, 2008. 143-60.

② Andrew Foley, " Liberalism in the New Millennium: Ian McEwan's *Saturday*," JLS/TLW, 26(1), 135.

一、"9·11"文类的重审与超越

克里斯蒂娜·鲁特(Christina Root)曾说:"从很多方面来说,《星期六》就是一部现实主义叙事作品,把一天再现为当代西方的某个动乱时刻,把亨利·贝罗安再现为后'9·11'世界的每个人。"①鲁特的言论绝非个案,因为《星期六》长期以来一直被学界定性为"9·11"小说,就连麦克尤恩本人都这么认为。在接受《出版周刊》的采访时,麦克尤恩坦言:《星期六》"肯定是源自'9·11'事件,是在长时间、大范围倾听并观看人们对这一事件作出评论的结果。"②

在某种程度上,《星期六》再现了"9·11"事件对当代普通人生活的影响与介入。"9·11"事件之后,小说主要人物贝罗安、西奥、黛西都对政治、反恐、战争等有了更多的关注。"9·11"是西奥关注的第一件国际大事,也是他头一次承认这世上除了朋友、家庭和音乐之外还有其他事情也可以影响到他的存在。黛西原本很少讨论政治,不关心政治,但她从巴黎回来之后,同父亲贝罗安一见面就谈论伊拉克战争、反恐等,争论得不可开交。贝罗安原本把香槟酒放进冰箱,准备去打开 CD 机听音乐,但他却突然改变主意,因为另一个想法占据了他的心灵:他更急于关注电视新闻是否会报道他在凌晨看到的飞机失事事件。贝罗安这样解释自己的心态:

这是当今世界的状况让他养成的习惯,总是不可抑制地想要知道外面的世界正在发生的事情,想要和其他人一道关注变化,与天下同忧。这个习惯在近两年变得更加强烈;有资格被载入新闻的惊天大事。每一天都分享一个共通之处,那就是每天都有可能重现"9·11"这样的惨剧。政府的预警——针对欧美某个城市的恐怖主义袭击是不可避免的——这绝不是为了推卸责任,而是严肃的预言。人人都在恐慌不安,但其实内心深处还有一个共同的更加黑暗的欲望,那就是对自我惩罚的厌倦和亵渎神明的好奇。例如,医院已经制定了急救计划,媒体也做好紧急报道的准备,观众更是翘首以待。下次恐怖袭击

---

① Christina Root, "A Melodiousness at Odds with Pessimism: Ian McEwan's *Saturday*," *Journal of Modern Literature*, 35.1(2011), 60-78.
② Andrew Rosenheim, "The Voice of Modern British Fiction," *Publishers Weekly*, 28 February 2005: S16.

的规模肯定更大，破坏力也会更强，上帝保佑不要让它发生。但如果一定要发生的话，可千万别让我错过观看。最好还是现场直播，全景拍摄，让我在第一时间就能了解情况。"①

在"9·11"事件发生之后，普通民众的日常生活在不经意之间与反恐联系到了一起，时刻担心却又期待，生怕自己错过下一场恐怖袭击。由此，人们对时事的关心似乎成了他们日常生活的一个常态。就此而言，贝罗安的反常表现映射了后"9·11"时代人们对于恐怖主义袭击的妄想（paranoia）。贝罗安绷紧神经，密切关注时事。颇具反讽意味的是，贝罗安对于飞机失事并不是恐怖活动这一结果并没有感到释然和放松，似乎还对自己的期待没有被满足而略感失望。小说写道："贝罗安并没有感到特别的高兴，甚至没有如释重负的感觉。是他被自己的忧虑愚弄了吗？这就是所谓的新生活秩序所造成的后果，限制了他精神的自由，剥夺他猜测的权利。"（149）对于机场飞机失事这一事件，西奥和父亲的下述对话充分反映了"9·11"事件对普通人生活的影响。

西奥问道："你猜是不是恐怖分子？"

"这是一种可能"。

"9·11"事件是西奥关注的第一件国际大事，也是他头一次承认这世上除了朋友、家庭和音乐之外还有其他事情也可以影响到他的存在。（25）

无论是贝罗安和西奥，还是黛西，都对政治、反恐关注有加，而作为一种"记忆的操演"（performance of memory），"9·11"事件在媒体宣传中被不断地强化和刷新。

如果说贝罗安最开始的失眠，或许是因为女儿即将回来，心中带着一丝兴奋与激动，那么他的这份兴奋与激动渐渐让位于他对飞机失事事件的关注与媒体后续关于恐怖袭击报道的期待。据此，学界给《星期六》贴上"9·11"小说标签，似乎并不为过，但"9·11"事件及其喻指的"政治"命题绝非小说的终极

---

① 伊恩·麦克尤恩：《星期六》，夏欣茁译，北京：作家出版社，2008年，第146页。本节以下引文只标页码，不再加注。

旨趣。作品的主体内容并不是描述这架失事的飞机,而是聚焦于贝罗安及其女儿在文学阅读上的不同态度。学界也似乎忽略了笃信科学的贝罗安为世间所有一切寻找科学解释的努力。贝罗安坚信物质,信仰科学,以为医学所代表的科学可以解释一切,拯救一切。在应对巴克斯特暴力入侵危机时,贝罗安的科学思考与黛西的文学感化,更是深深地触动了贝罗安的心灵,让他惊叹于文学的力量,引发了他对于文学何为的认识与思考。从这种意义上说,麦克尤恩在《星期六》中所要探讨的则是深层次的科学与文化之间的冲突与融合,间接回应了半个世纪以来学界争论不休的"斯诺命题"。

二、两种文化的碰撞

如本章第一节所述,1959年斯诺在剑桥大学发表了题为《两种文化和科学革命》的演讲。在演讲中,斯诺把知识分子划分为互有敌意的两极:文学家和科学家。他说:"一极是文学知识分子,另一极是科学家。特别是最有代表性的物理学家。两者之间存在着互补理解的鸿沟——有时(特别是在年轻人中间)还互相憎恨和厌恶,当然大多数是由于缺乏了解。他们都荒谬地歪曲了对方的形象。他们对待问题的态度全然不同,甚至在感情方面也难以找到很多共同的基础。"①让人费解的是,"科学家和文学家这两个集团之间很少交往。非但没有相互同情,还颇有一些敌意。"②对于两种文化的态度,斯诺的观点是要弥合两者之间的鸿沟。在他看来,"弥合文化中的鸿沟不仅从最现实的方面看是必要的,从抽象的精神方面看也是一样。把这两个方面割裂开来,任何社会都不能明智地考虑问题。"③

斯诺认为:"科学进程有两种动机:一是为了理解自然界,二是为了控制自然界。对任何一位科学家来说,无论哪一种动机都会成为主导的;科学战斗往往从这一种或那一种动机中获得最初的冲力。例如,宇宙学研究宇宙的起源和本质——这是第一种动机驱使的恰如其分的典型事例。医学则是第二类

---

① 斯诺:《两种文化》,第4页。
② 同上,第58页。
③ 同上,第46页。

的典型表现。"①在《星期六》中,神经外科医生贝罗安正是斯诺口中的那类试图理解世界、控制世界的科学家的典型代表。他笃信科学的力量,为世间所有的一切寻找科学解释,同时厌恶文学。譬如,在星期六凌晨,贝罗安开始了人生中的第一次失眠。凌晨3点多钟,他下床后走向窗边,打量窗外的世界。对于自己的失眠,贝罗安并没有感到意外和惊讶,而是为此寻找科学的解释。他认为:"或许在他熟睡的时候,体内的分子发生了化学事故,如同被打翻了的饮料托盘,促使多巴胺似的受体在细胞内激起一股强烈的反应;不然就是星期六的来临,或者是过度的劳累产生了物极必反的效应,才导致了这种兴奋。"(3)

兰迪·费泰尔(Randy Fertel)曾精辟地指出:《星期六》再现了贝罗安"几乎全部致力于理性和分析型的左脑思维"与其右脑"衰退"之间的冲突。② 在小说中,费泰尔所说的贝罗安的左脑思维和右脑思维之间的冲突主要表现在他对科学与文学的两种不同态度上。与笃信科学的态度相左,贝罗安对文学多有鄙夷。小说写道:"下班回来时家里空无一人,他索性躺在浴缸中读书,满足于这种沉默。他正在读一本达尔文传记,是他过度爱好文学的女儿黛西送给他的。说是和她希望他接下来该读的康拉德的小说有关,他还不知道何年何月会去碰那本书——因为航海的题材,无论多么富含哲理,实在难以勾起他的兴趣。几年来她常常批评他的无知已经到了惊世骇俗的地步,于是引导他接受文学教育。"(4)这一情形有两方面的原因:一方面,贝罗安忙于医学培训和钻研医术,另一方面还在于"他自认为所目睹过的死亡、恐惧、勇气和苦难已足以充实多部文学作品"。(4)换言之,贝罗安没有阅读文学作品的真实原因在于他认为自己的实际工作要远比文学阅读更丰富,但他毕竟开始接受女儿的建议,试图完成她布置的阅读书单,因为他明白这是他和远在巴黎读书的女儿之间保持联系的一种方式。尽管贝罗安不喜欢阅读文学,但是他又脱离不了文学这根连接自己和女儿的纽带。对于女儿布置的书单,贝罗安不仅是进度远远滞后,而且在阅读时,无论他多么努力进入阅读状态,却都根本提不起精神。小说写道:"当他意识到自己根本没有读进去的时候,就关掉了收音机,又

---

① 斯诺:《两种文化》,第64页。
② Randy Fertel, "Saturn vs. Hermes: The Battle of the Hemispheres in Ian McEwan's *Saturday*," *Journal of Modern Literature*, 39.2(2016), 55.

回到书本上重新再来。"(4)与读书时的走神和无精打采的状态相反,贝罗安陶醉于自己做神经外科手术时的精准迅捷、游刃有余:"凭借周密的安排再加上分身有术,他得以在一间手术室里实施大型手术,同时督导另外一间手术室里的一名高级实习医师,还兼在第三间手术室进行一些小型手术。"(4)对于自己精湛的医术,贝罗安感到无比的自豪。在一次手术后,他感慨道:"三年的痛苦,所有尖锐的、刺骨的疼痛,都彻底结束了。"(5)小说这样描述贝罗安对工作的热情:"手术不会令他感觉到疲倦——一旦他沉浸在医院、手术室和井然有序的手术程序所组成的封闭世界里,全神贯注地沿着从手术显微镜里所窥探到的生动的路径直到抵达患病的部位,他便会迸发出超人的能力,更像是一种渴望,对工作的极度渴望。"(8)

就其事业而言,贝罗安相当成功:"贝罗安向来以高效率和高成功率而著称,等候接受他治疗的名单长得出名——每年他要实施的手术超过三百例。有的没能转危为安,有的还处于危险期,但大多数恢复了健康,很多人重回了工作岗位,还是工作——是否能够工作已经成了健康的象征。"(19)贝罗安可以同时控制几个手术室,成功摘除脑瘤,这让他有主宰世界、控制世界的成就感。颇有讽刺意味的是,贝罗安作为神经外科医生被介绍给英国首相布莱尔,但是布莱尔却将他误认为艺术家。首相在无形中弄混了他的职业身份:明明是笃信科学的医生,却被误认为艺术家。

在女儿黛西的鼓励下,贝罗安试着读了"一个有关一个小女孩经历父母不负责任的离婚的悲惨故事。听起来应该会有点意思,但可怜的小主人公梅齐的形象很快就被淹没在了一堆文字当中,才看了四十八页,贝罗安却已经筋疲力尽了。他可以承受一连七个小时站着做手术,也具备足够的体力去参加伦敦马拉松赛跑,但是却忍耐不了读书的辛苦。"(46)对于文学,贝罗安有很多困惑与不解。譬如:"有本书的女主角甚至和他的女儿同名,这本书也同样令他困惑不解。作为一个成年人对黛西·米勒那注定的堕落还能得出什么其他的结论?难道说他由此意识到了世界的残酷?这还远远不够。贝罗安弯下腰来,凑近水龙头,开始洗脸。也许他,至少在这一点上,开始像达尔文晚年时一样,对莎士比亚这类作家的厌烦已经到了忍无可忍的地步。"(46)

遗憾的是,无论贝罗安多么努力,"他似乎对从头到尾读完一本书缺乏耐心。只有工作让他专心致志；对工作之外的事情，他都很不耐烦。"(53)事实上，贝罗安一直不喜欢阅读文学。他除了医学图书之外，似乎没有看过任何其他读物，对阅读诗歌尤其缺乏耐心。贝罗安这样评价诗歌这一重要的文学样式："但是诗歌就不一样了，未来体现对现实的触觉和评论，诗人总是驻足在此时此刻的一点上，让读者和时间一起停滞不前，阅读和欣赏诗歌就如同学习一门古老的手艺一样复杂。"(105—106)让贝罗安大跌眼镜的是，不仅他的岳父约翰是一名诗人，而且女儿黛西长大后也成了一名诗人。无论贝罗安多么尊敬岳父、疼爱女儿，但他丝毫没有喜欢上他们情有独钟的诗歌。小说这样描述贝罗安阅读诗歌时的状态："自成年以来就对诗歌毫无兴趣的贝罗安从来没听说过这些诗，就算是娶了诗人的女儿之后也是一样。但是自打他发现自己将成为一位未来诗人的父亲的时候，他便开始有所涉猎。为此他付出了超乎寻常的努力。通常刚看到诗的第一行他的双眼就有种疲倦的冲动。"(105)关于他在科学与文学之间的取舍，汉娜·考特尼(Hannah Courtney)有过这样的评价："贝罗安是(或许过于表现为)一个'科学男'(science man)，而不是'文艺男'(arts man)——他相信固定的事实，而不是阐释。"[1]这一评价可谓切中肯綮。

与父亲贝罗安截然不同，黛西自幼就有很高的文学天赋。她十岁出头的时候就已经能背出数十首诗歌。13岁的时候，黛西在外公约翰的启蒙下，开始阅读《简·爱》。小说这样描述黛西对文学的挚爱和沉迷："读到一百页的时候，黛西开始被简深深地吸引住了，简直到了废寝忘食的地步。有一天下午全家人要到田野中去散步，唯独她不肯同去，因为她还有四十一页没有看完。等到他们回来的时候，发现黛西正在树下的鸽舍旁哭泣，不是为了情节本身，而是因为当故事落幕的时候，她也从一场梦中醒来，才发现所有的一切都是一个素未谋面的女作家虚构出来的。她流泪是出于崇拜，感叹竟然有人能够创造出如此动人的故事。"(110)大学时代，黛西曾经就亨利·詹姆斯的几部后期作品撰写过一篇很长的论文，甚至能背诵出《金碗》的个别篇章。

---

[1] Hannah Courtney, "Distended Moments in the Neuronarrative: Character Consciousness and the Cognitive Sciences in Ian McEwan's *Saturday*," in *Mindful Aesthetics: Literature and Sciences of Mind*, eds. Chris Danta, Helen Groth, London: Bloomsbury, 175.

成年后的黛西正在筹划出版一部诗集。她特别强调的是,发行诗集的不是那些发行量极少的出版商,而是"位于女王广场的一家享有盛名的出版公司来负责"(41)。比这个更让她高兴的是,她的诗歌还引起了其文学启蒙老师外公约翰的注意。小说写道:"甚至她那目空一切的外公,原本对现代诗歌深恶痛绝的,也从他住的城堡发来了一封几乎无法辨认的书信,经过仔细研究才发现内容居然是令人欣喜若狂的。"(41)

贝罗安以阅读物理学教材的方式来阅读文学作品。这无疑遭到黛西批驳:"你真是麻木","你就像格莱恩一样顽固不灵,这是文学著作,不是物理学教材"(53)。在黛西看来,父亲在文学方面极度无知,正是因为没有阅读的习惯。她不断批评父亲糟糕的品味和敏感性的匮乏。与弟弟西奥不同的是,黛西喜欢和父亲起冲突。"父女两个都喜欢激烈的对抗。"(24)这种对抗突出表现在他们对文学阅读的不同态度和判断。比如,对于《安娜·卡列尼娜》和《包法利夫人》这两部作品,贝罗安的阅读感受是:"为消化那错综复杂的故事所付出的代价就是他的思维变得迟钝,还浪费了他无数个小时的宝贵时间。那么他学到什么道理呢?无非通奸是可以理解的,但却是错误的。"(53)在隐喻意义上,他们之间的冲突可以被视为科学与文化之间的冲突。对此,考特尼持有相似的观点:"贝罗安大脑里属于决定论和自由个体选择的争论贯穿整个文本,它再现了科学理念与文学理念这一更大的争论"。①

两种文化之间的冲突不仅表现在贝罗安和其女儿黛西之间,而且还表现在贝罗安和岳父约翰之间。小说写道:"两个男人保持着表面上的友好,但其实暗中都厌恶对方。贝罗安无法理解——诗歌这种东西看上去都是一时兴起而做的事情,就像偶尔去摘葡萄玩——居然也可以成为一种职业,还能为某些人赢得名利和自我的膨胀,不过是几首小诗而已。贝罗安也看不出写诗的酒鬼和普通的酒鬼有什么差别;而在约翰看来——这只是贝罗安的猜想——这个女婿充其量只是一个高级技工,一个没有文化而且乏味的大夫。"(163)如果说斯诺重点讨论了"两种文化"之间的冲突,那么麦克尤恩则重点探讨了"两种文化"之间的融合。或许在这种意义上,莫莉·克拉克·西拉德(Molly Clark

---

① Courtney,"Distended Moments in the Neuronarrative," 176.

Hillard)说:《星期六》是"一部需要一读再读的小说"。①

三、"两种文化"的融合

小说中科学和文学之间的碰撞,最为明显地表现为对流氓巴克斯特的态度和处理方式。正是在巴克斯特事件上,贝罗安一家人所代表的"两种文化"达成了和解。在贝罗安开车去打球的路上,遇到了三个流氓,其中领头的那个名叫巴克斯特。如何才能解除即将被流氓敲诈的危机?贝罗安试图用自己的医学知识使自己摆脱困境。"贝罗安的注意力,出于职业的关注,再一次落在巴克斯特的右手上。那不是一种简单的颤抖;这种无休止显示每一寸肌肉都有同样的症状。诊断这只手的过程让贝罗安感到轻松。"(75)即便是在挨了一拳的时候,贝罗安依然为巴克斯特的抖动症寻找解释,将其诊断为亨廷顿式舞蹈症。贝罗安开始用自己的诊断结果来威胁巴克斯特,直接对他说:"你父亲有过这个病,现在你也染上了。"(78)通过告诉巴克斯特他的病还有的治,让他在同伴面前出了丑,贝罗安成功解除了危机,但他的欢欣未免为时过早。

为了迎接女儿黛西的归来,贝罗安特意安排了家庭聚会,而其另外一重意图是为了修补约翰与黛西两人之间的关系,使他们和解(两人为纽迪盖奖发生了矛盾)。必须指出的是,如果说同为诗人的约翰与黛西之间是同一种文化的内部矛盾,那么代表另一种文化的贝罗安与他们的矛盾才是主导性的。凑巧的是,聚会和暴力入侵事件不仅成为家庭重修旧好的契机,也是"两种文化"最终得以和解的动因。更具反讽意味的是,期待暴力恐怖事件的贝罗安没有料想到,他的期待最终实现了,而实现的地点竟然是在自己的家里:妻子罗莎琳被歹徒巴克斯特挟持,岳父被歹徒打断了鼻子。

对于这场危机,贝罗安首先采取的步骤是用自己的医学知识来解释并控制局面——他一方面依然试图用医学知识来解释巴克斯特的行为,另一方面试图用医学知识来控制当前的被动局面。他告诉巴克斯特,他的疾病是有药可治的:"我在今天早晨遇见你之后,联系了一个同事。美国有套新的治疗方

---

① Molly Clark Hillard, " 'When Desert Armies Stand Ready to Fight': Re-Reading McEwan's *Saturday* and Arnold's 'Dover Beach'," *Partial Answers: Journal of Literature and the History of Ideas*, 6.1(2008), 183.

案,并且研制出一种新药搭配治疗,这种药现在还没有上市,但已经在英国开始试用了。在芝加哥取得的初步效果很喜人。百分之八十多的病人症状都有所缓解。他们下个月将在这里挑选二十五个病人进行实验性治疗。我可以把你列到实验名单上。"(181)贝罗安的本意在于通过自己的医学知识,编造出治愈其疾病的方法来控制巴克斯特,让他在同伴面前出丑。殊不知,这些街道上的小混混非常在意自己的面子,巴克斯特持刀更加逼近罗莎琳,以至于后来直接威胁黛西脱去衣服。可以说,贝罗安试图通过医学知识来控制巴克斯特的努力非但没有成功,反而使得局势愈加恶化。

贝罗安对于巴克斯特的病症的判断是:"一个小小的遗传变异,一个生命密码的意外重复,决定了他命运多舛,但他绝不能就此放弃——这一点贝罗安同样坚信。"(234)在这句话中,我们依然可以发现贝罗安利用遗传、基因这些科学原理来解释巴克斯特的病症及其后果,但同时变得更有"人情味了"(emotional),他在意念中相信巴克斯特不会轻易放弃自己的生命。他的这种信仰显然不是可以通过科学来解释的。

事情的转机出现在巴克斯特对摆在桌子上的黛西新出版的诗集表现出浓厚的兴趣,让她朗诵其中的一首。黛西朗诵了阿诺德的《多佛海滩》,结果被巴克斯特误认为是自己写的,他像孩子般兴奋和激动,放过了黛西,让她重新穿上衣服,宣称自己唯一的要求就是那本诗集。精力分散后的巴克斯特在贝罗安和西奥的联手下,摔下楼梯,最终被赶来的警察逮捕。作为知名的文化批评家,阿诺德在《多佛海滩》中借助"潮战"意象来探讨文化命题,传递出对文化信仰的积极态度。在该诗所描述的"潮涨潮落的节奏中,我们可以听到对如下文化命题的追问:什么是进步?什么是幸福?什么叫有质量的生活?"①麦克尤恩在作品中别出心裁地借用阿诺德的《多佛海滩》,"戏剧化地处理了他在小说中给诗歌和科学之间所设立的差异。"②

实际上,这场暴力入侵危机的解决,不仅仅结束了科学与文学之间冲突,

---

① 殷企平:《夜尽了,昼将至:〈多佛海滩〉的文化命题》,《外国文学评论》,2010年第4期,第80页。
② Deryn Rees-Jones, "Fact and Artefact: Poetry, Science, and a Few Thoughts on Ian McEwan's *Saturday*," *Interdisciplinary Science Reviews*, 30.4(2005), 336.

而且也消弭了黛西与约翰这两位文学知识分子的内部矛盾。当贝罗安说阿诺德的《多佛海滩》就如岳父约翰的那首《富士山脉》一样家喻户晓的时候,约翰非常兴奋,提议大家喝酒庆祝。确实,经过这场危机之后,黛西与外公之间得到和解。约翰提议为黛西干杯,"黛西吻了外公,外公拥抱了她——两个人终于冰释前嫌,纽迪盖奖的风波就此告终。"(196)不仅文学知识分子内部的矛盾消失了,而且横亘在科学与文学之间的冲突也似乎得到了妥善的解决。

尽管自己遭受过巴克斯特的肢体侵犯,家人也遭受到巴克斯特的伤害,但是贝罗安还是去往医院,为巴克斯特做外科神经手术,并且做出了一个非常重要的决定:"他一定要先说服罗莎琳,接着是其他家人,还有警察,一起放弃对巴克斯特的起诉。"(233)在法律意义上,贝罗安的这一做法似乎有包庇犯罪之嫌,但是这种"包庇"的背后,凸显了难能可贵的人文关怀。如果说之前黛西想要用文学来浸润和改变贝罗安的努力都没有成功的话,那么她的诗歌朗诵,不仅让巴克斯特中了"魔咒",也让贝罗安见证了文学艺术的魅力,对文学、对诗歌产生了"顿悟"。贝罗安终于有了他人生中的"第一次",即用文学而不是用科学的方式来解释巴克斯特的改变:"一个19世纪的诗人——贝罗安至今还未搞清楚他究竟是大名鼎鼎还是默默无闻——竟然勾起了巴克斯特自己都无法描绘的渴望。他渴望能够活下去,像正常人一样,生命之珍贵在于它的短暂。"(234)

实际上,贝罗安一家本身就是科学与人文的结合。这在他们的所从事的职业身份上也可以窥见一斑:贝罗安是神经外科医生,妻子罗莎琳是报业律师,儿子西奥是蓝调音乐人,女儿黛西是诗人,其男友是考古学家,岳父约翰是一位著名诗人。尽管家庭成员之间存有一定的芥蒂,但一家人始终不离不弃。面对逆境时,全家人齐心合力,最后成功解除了家庭危机。消除误解之后的他们变得更为和谐、融洽和幸福。这似乎也有"两种文化"不可分割的寓意。笃信科学的贝罗安最终领悟到文学的惊人力量,心智变得更加成熟。他凭借精湛的医术,清除了巴克斯特的颅内淤血,解决了他的肉体之痛。更为可贵的是,他还为巴克斯特的求生欲望所动容,决定说服家人和警察放弃对他的诉讼。

四、结语

半个世纪以前,斯诺发出这样的警告:"两种文化不能或不去进行交流,那是十分危险的。"①二十多年前,在论及"两种文化"时,曾乐先生指出:"'两种文化'的弥合,人类精神的重整,政治决策过程的民主化,根本上维系于多一点宽容精神,多一点理解态度,多一点平等基础上的对话与批判。"②我们认为,借助小说《星期六》,麦克尤恩喻指了"两种文化"在排他性背后的互补可能。科学与文学犹如贝罗安的家庭,难免会有摩擦,但它们毕竟谁也离不开对方。正如陆建德先生所言:"科学与文化物质的母体须臾不能分离,意识形态不仅影响科学,甚至还在相当程度上规定了科学思想的发展方向。"③科学之于人的肉体犹如文学之于人的精神。通过《星期六》中的"文化"书写,麦克尤恩为横亘在两大学科之间的"斯诺命题"做出了自己的注解。

---

① 斯诺:《两种文化》,第 95 页。
② 曾乐:《"两种文化"的困境》,《读书》,1988 年第 4 期,第 19 页。
③ 陆建德:《从 C. P. 斯诺的〈新人〉看"两种文化"》,《外国文学》,1996 年第 2 期,第 66 页。

第四章

"反乌托邦"创作的乌托邦冲动

伊格尔顿认为,乌托邦有"好""坏"之分。"坏"乌托邦("bad" utopia)仅仅描述良好的愿景,往往流于幼稚和不切实际,而"好"乌托邦("good" utopia)旨在从当下环境中找到能够改造现实的力量,从而搭建起连接现在和未来的桥梁。① 20世纪英国文坛出现一批呈现解构面貌的反乌托邦小说(anti-utopian fiction),它们以批驳传统的、正面的乌托邦想象为己任,以"乌托邦"为前文本,将对其之"反"作为立足点的一种叙事文学,即"反乌托邦"以"乌托邦"作为其隐而含之的前提,通过推演、戏拟,描绘乌托邦构想进入实践之后可能造就的黑暗世界,并通过对此种世界的渲染,表现出对"乌托邦"的抗拒。② 这一类反乌托邦小说的出现是与20世纪欧洲的社会历史语境密切相关的,是人们在经历了科技进步、经济危机、世界大战、社会主义建设等方面的挫折后深刻反思的产物,表现了人类对自身理性、科学、进步等观念的深刻怀疑,以及对乌托邦式的乐观进步主义的拒绝。③

戈尔丁(William Golding,1911—1993)的《蝇王》(*Lord of the Flies*,1954)揭示了对于人性固有缺陷的恐惧,以及对于现代文明的焦虑。在《一九八四》(*1984*,1949)中,乔治·奥威尔(George Orwell,1903—1950)在反乌托邦的同时,又借助小说主人公表达了自己的乌托邦冲动。安东尼·伯吉斯(Anthony Burgess,1946—)在《发条橙》(*Clockwork Orange*,1962)中向读者显示现存遏制暴力方式的缺陷,对于社会制度和文化层面的救赎机制发起了全面的质疑,在文化批判中包含着一种超越和重塑的信念。石黑一雄(Kazuo Ishiguro,1954—)在涉及克隆人话题的科幻题材小说《永远不要弃我而去》(*Never Let Me Go*,2005)中再次提出了"What is human?"的疑问,表

---

① Eagleton,*The Idea of Culture*,22.
② 王一平:《思考与界定:"反乌托邦""异托邦"小说名实之辩》,《四川大学学报》(哲学社会科学版),2017年第1期,第55页。
③ 王一平:《反乌托邦文学的几个重大主题》,《求索》,2012年第1期,第203页。

达了作家强烈的生态焦虑。在"反乌托邦"的背后,仍然是作家们的"乌托邦冲动",即他们对真善美的向往、对道德规范的关照、对人类生活总体方式的关照。

第一节
《蝇王》中的饮食文化冲突

按照伊格尔顿的理论,常被归为恶托邦(Dystopia,又译"反乌托邦")小说的《蝇王》可被视为一部"好"乌托邦作品,而它所戏仿反讽的《珊瑚岛》(*The Coral Island: A Tale of the Pacific Ocean*,1858)则可视为一部"坏"乌托邦作品。我们的这个论断建立在这组作品对猎猪场景截然不同的叙述之中:《珊瑚岛》描写孩子们为获取肉食而猎杀野猪,意在凸显人类的机智勇敢和人类战胜自然的能力,充斥着维多利亚时期的乐观主义和帝国主义色彩;《蝇王》中的猎猪场景揭露了人类的杀戮恶行,颠覆了"文明"与"自然"、"进化"与"倒退"之间的二元对立,彰显了戈尔丁对道德失序的忧虑,对人类生活总体方式的关切。

有论者曾运用文体学方法详细分析了两部小说中的猎猪场景,认为两座岛屿上发生的事件同是猎猪,猪的本领也旗鼓相当,但猎手的素质却相差万里之遥:巴伦坦(R. M. Ballantyne,1825—1894)的《珊瑚岛》中的快乐三人组知道自己的行为目的,杀猪是为了填饱肚子,没有半点娱乐的意思,而戈尔丁刻画的那一群孩子正好相反,他们因邪恶作祟,嗜血而杀,把猪肉当作副产品。《蝇王》中的猎猪场景中大量出现的不及物动词向读者暗示:在孩子们残暴的杀戮中,人类本性中的邪恶任意挥洒它的毒液,根本没有什么确定的动机,只不过是为恶而恶。[①] 人性之恶一直都是评论界探讨《蝇王》的焦点所在:"在这

[①] 肖霞:《两部孤岛小说两种人性内涵——〈蝇王〉和〈珊瑚岛〉中猎猪场景的文体学比较分析》,《天津外国语大学学报》,2003年第1期,第43页。

个故事中,一群英国学龄男孩逐步变成'野蛮'部落。我们看到文明的饰面被逐步剥去,只剩下人性中最原始的部分,即恐惧和暴力,或者戈尔丁所称的作恶之能力。"[1]在巴伦坦的笔下,三个英国青少年严守纪律,患难与共,一同搭建窝棚和小船,齐心寻找健康多样的植物和动物作为食物来源,而戈尔丁创作的《蝇王》则是对充满光明描写的《珊瑚岛》的反拨。二战的爆发终结了人类"线性进步"的神话,戈尔丁的文学作品深刻地反思了人类经历的战争浩劫,这给当年由狄更斯等人开创的、针对"进步"话语的批评语境增添了新的语料和新的视角。

一、乌托邦与恶托邦的交织

《蝇王》开篇时的细节描绘会让读者不禁联想起丰衣足食的乌托邦图景。在乌托邦之中,没有人会受冻挨饿,没有人会无家可归。饥荒足以摧毁整个社会的根基,对于食不果腹的人来说,乌托邦意味着饥饿在生活中不存在,食物充足成为常态。在希伯来《圣经》中,对物产充盈的土地加以乌托邦式描述的例子比比皆是。希伯来《圣经》非常重视土地,将它视为上帝的许诺和誓约,肥沃的土地会带来丰富的物产。食物充裕最早存在于伊甸园之中,此后主要是对末世的期待,它也常见于世俗社会的乌托邦叙事之中。乌托邦文学通常包含大量关于食物的细节描述,乌托邦首先意味着食物丰盛、没有饥饿。

自二战爆发以来,食物配给制成为英国人生活中极其重要的一部分。20世纪50年代早期,英国学校的孩子都在这个制度下长大,他们非常清楚它意味着什么。二战期间以及战后初期,食物短缺是人们生活中的一个阴影,肉类和诸如橙子、香蕉等进口水果在当时都是奢侈品。食物在《蝇王》中扮演了重要的角色,这点从孩子们的食物来源便可以看出。小说的背景是一个无人居住的荒岛,气候环境宜人,淡水和食物等人类生存必需的物质条件齐备。男孩们似乎来到了一个热带天堂,岛上的食物十分丰富,可以随意获取,种类包括野果、蟹和鱼,当然还包括数量不少的野猪。

很显然,孩子们有机会开创一个远离纷争的理想国。作为民选的首领,拉

---

[1] Gillian E. Hanscombe, *Penguin Passnotes: William Golding's* Lord of the Flies, London: Penguin, 1986, 61.

尔夫起初希望带领孩子们建立一个以自由、民主和公正为基础的微型社会。他召集全体大会，坚持集体决策机制，确立各种规章。每个成员都可以充分发表意见，手拿海螺就代表拥有发言机会，海螺"由一个单纯的自然物质转变成文明的工具"。① 拉尔夫关注每个成员的福利，制定详细的分工计划，有人负责用椰子壳运输和储存饮用水，有人负责搭建窝棚，有人负责照看篝火。相比孩子们游泳嬉戏的海水，饮用水的发现更为关键。为了保护赖以生存的水源，拉尔夫召开全体会议，专门讨论了与饮用水相关的问题，包括取水点、取水工具、储水地点和方式等。与饮用水相关的一个重要事项是厕所选址，拉尔夫提议选择一个可以利用潮水将排泄物冲洗干净的地方作为厕所，禁止孩子们一直以来随地大小便的行为，以防止饮用水源被污染而引发疾病。随着几间窝棚搭建完成，孩子们不再露宿沙滩。在熊熊篝火首次燃起的时刻，孩子们欣喜若狂，手舞足蹈，岛上洋溢着济济一堂的欢乐气氛。至此，一个令人神往的乌托邦似乎已显出雏形。

然而，随着故事情节的展开，荒岛浪漫叙事所应有的特征被依次颠覆，读者期待的乌托邦变成了一个恶托邦。戈尔丁揭示，孩子们从生理和心理上都是现存人类社会的产物。荒岛提供了食物等生存必需品，但很快孩子们之间便产生了冲突：一方的首领是拉尔夫，他抱有获救的希望，号召大家看管篝火，搭建足够的窝棚；另一方的首领是杰克，他不去幻想何时能返回故乡，主张猎食野猪，自由嬉戏。

从表面上看，两派的分歧源于他们对火的使用持不同意见。在小说中，火的用途除了烘干衣物、夜里取暖、驱赶野兽等，还有两个主要功能：制造烟雾信号和烤野猪肉。作为求救信号的篝火是联系外部世界的纽带，象征人类渴望摆脱孤独和获得拯救，象征重获新生的希望，而用火烤肉则能满足人类最基本的食欲。当看管篝火与猎食野猪发生冲突时，杰克与拉尔夫之间的矛盾被激化。拉尔夫根本无法展示他的能力，随着时间的推移，他的获救憧憬变得越来越渺茫。相比之下，可以吃上烤猪肉、过上群体狩猎的生活，显得更有吸引力。此后，篝火因为无人看管而熄灭，但烤猪肉的火焰却长盛不衰。杰克带领

---

① Kirstin Olsen, *Understanding* Lord of the Flies: *A Student Casebook to Issues，Sources，and Historical Documents*, Westport: Greenwood Press, 2000, 6.

几个孩子夜袭拉尔夫的营地,暴力夺取猪崽子的眼镜,扔进火堆烤肉,并邀请拉尔夫阵营的孩子前来参加筵席,从而进一步削弱拉尔夫的领导力。最后,火甚至被杰克团伙用来驱逐藏匿在丛林中的拉尔夫,充分揭示人类的原始本能和破坏力量。杰克为自己的行为付出了昂贵的代价,烧毁岛上的丛林意味着烧掉野果灌木和野生动物,断绝孩子们的食物来源。颇具讽刺意味的是,此前拉尔夫搭建的信号火堆非但没能引来救援船只,反而激起了孩子们的反感;而杰克点燃岛上的树木原本是为了驱逐藏身其中的拉尔夫,却意外地引来了一艘军舰,孩子们才最终获救。火在小说中显示出双重功能:既象征着文明与野蛮,也象征着死亡与重生。①

孩子们刚到岛上时,他们采集野果充饥;后来,猎取肉类的欲望导致他们之间出现分裂和冲突。得益于岛上充盈的物产,即使孩子们后来处于暴力纷争之中,但也不至于陷入食人的梦魇。实际上,拉尔夫并不反对打猎,但他主张的原则是,不能因为打猎而破坏全体会议制定的规章和耽误其他更重要的事情:"你们这些猎手!你们就会傻笑!可我要告诉你们,烟比猪更重要,尽管你们三天两头就能宰一头猪。你们全弄明白了没有?"②拉尔夫的领导以理性分析和解决问题为基础,无法迎合孩子们放任自由、不愿受约束的特性,杰克的领导则正好能满足他们对肉食的生理需求以及贪玩放纵的天性。

打猎成为杰克各种行为的主要驱动力,它不仅源自对肉食的生理渴望,更源自深层次的心理欲望。在最初的狩猎行动中,杰克带领一部分孩子齐心合力猎杀野猪,然后分工协作,捡柴、烧烤、分肉,共享美味的烤野猪肉。即使是一向理性克制的拉尔夫也无法抗拒烤野猪肉的美味诱惑,他放低姿态,带领他的追随者前去分享猎手们的战果。面对拉尔夫的屈服,杰克品尝到胜利的滋味,因而没有拒绝对手的食肉请求。听到杰克的指令后,"带木叉的孩子们给了拉尔夫和猪崽子各一大块肥肉。他俩馋涎欲滴地把肉接住,就站着吃起来。"(176)

所有人吃相同的食物,分享劳动的果实,宛如生活在一个平等的社会结构

---

① 张旸:《黑色的宴飨:论〈蝇王〉的狂欢精神》,《名作欣赏》,2015年第10期,第22页。
② 威廉·戈尔丁:《蝇王》,龚志成译,上海:上海译文出版社,1985年,第92页。本节以下引文只标页码,不再加注。个别文字做了更动。

之中。在荒岛上吃到肉，孩子们第一次有了家的感觉。戈尔丁详细描绘了一幅饮食乌托邦的图景：

岩石上燃烧着火堆，烤猪肉的脂油滴滴塔塔地掉进从这里望过去看不见的火焰之中。除了猪崽子、拉尔夫、西蒙，还有两个管烤猪的，岛上所有的孩子都聚在草根土上。他们笑呀、唱呀，有的在草地上躺着、有的蹲着、有的站着，手里都拿着吃的。可是从他们油污的面孔来判断，猪肉已经吃得差不多了；有些孩子手持椰子壳喝着。在聚会以前，他们把一根大圆木拖到草地中央。杰克涂着涂料，戴着花冠，像个偶像似的坐在那儿。在他身旁，绿色树叶上堆放着猪肉，还有野果和盛满了水的椰子壳。(175)

然而，这个段落也传递了另一个侧面的关键信息：杰克的偶像地位。因此，这幅图景不仅是共享食物的乌托邦，更是集权统治的恶托邦。

纳投名状、表达对首领的忠心是孩子们吃到猪肉的前提条件。昔日教堂里的合唱团化身为野蛮残暴的山寨土匪帮。杰克和猎手们提供肉食，获得肉食的代价是接受他们的专制统治。杰克弹劾拉尔夫的最强有力的理由是拉尔夫从来没有给大家提供野猪肉，至此狩猎技巧成为优秀首领的必备素质。打猎不仅是一项业余爱好和生存手段，更是男性气质和价值的决定因素。喂饱这些孩子不是问题，因为岛上有大量水果，但获取烤猪肉却成为孩子们的最高目标。肉是岛上的珍稀资源，难以获取，只有通过艰苦劳作和娴熟技巧才能获得。打猎需要多人协作，从而导致了看管篝火等拉尔夫认为最重要的事情被中断。杰克的专制意识有一个逐步形成的过程：打猎可以吃上肉，在所有的人只能吃素的时候，吃肉就代表某种特权，这种特权在荒岛上变成一股强大的力量。由此可见，食物对于共同体建构而言是一把双刃剑：通过集体觅食和共享食物而建立起来的共同体是乌托邦式的，与此相反，争夺食物和猎杀同类的行为则导致恶托邦的出现。

二、生食与熟食的饮食文化对立

莱西(Nick Lacey)在《叙事与文类》(*Narrative and Genre*, 2000)一书的

"列维-斯特劳斯与二元对立"章节中简要提及《蝇王》。他认为,"这本小说清楚地表达了自然与文化,或野蛮与文明之间的对立,各自的代表人物分别是恶棍杰克和英雄拉尔夫。《蝇王》以传统方式结尾,英雄获胜;文本倾向于被解读为野蛮是错误的。然而,很明显杰克身上的某些'恶行'也存在于拉尔夫身上,此书的魅力在很大程度上源于这种'尚未解决的结局'"。[1] 令人不解的是,莱西随后却断言,在小说文本中,英雄和恶棍的定义通常很直接,然而在新闻等类型的文本中,这种角色分辨不那么直接。我们无法苟同莱西的观点,事实正好相反,在通常情况下,新闻文本对善恶是非的界定更为直接,而作为虚构文体的小说则比较含混隐蔽;正如他自己所说,《蝇王》的魅力在很大程度上源于这种"尚未解决的结局"。另外,莱西在论述"列维-斯特劳斯与二元对立"时,以《蝇王》中的情节结构作为一个重要例证,却没有进一步讨论小说中关于采摘野果与烤野猪肉的叙述与列维-斯特劳斯关于生食与熟食的论述之间的对应关系。

列维-斯特劳斯(Claude Lévi-Strauss,1908—2009)最为人熟知的关于膳食的论作,是他专门探讨食物加工的文章《烹饪三角》("The Culinary Triangle")。该文开篇便将语言和其他文化系统加以对照,旨在找出它们之间的共性。在深入考察罗曼·雅各布逊(Roman Jakobson,1896—1982)关于语言支配系统的结构分析后,列维-斯特劳斯指出,在其他文化现象中,例如在烹饪中,也可以找到与语言类似的结构。通过借鉴雅各布逊构建的"元音三角"(顶点分别是 a、u、i)以及"辅音三角"(顶点分别是 k、p、t),列维-斯特劳斯创造出"烹饪三角",三个顶点分别为生的、熟的和腐烂的。该三角关系旨在说明,所有食物都能在其中找到相应的位置。不仅如此,"烹饪三角"还进一步揭示了生食煮熟或腐烂的过程:"熟食是生食的人工(文化)转化,而腐烂则是自然转化"。[2] 由此可见,自然与文化的对立关系才是列维-斯特劳斯论证的中心所在。

---

[1] Nick Lacey, *Narrative and Genre: Key Concepts in Media Studies*, New York: St. Martin's, 2000, 67.

[2] Claude Lévi-Strauss, "The Culinary Triangle," trans. Peter Brooks, in *Food and Culture: A Reader*, eds. C. Counihan and P. van Esterik, London: Routledge, 1997, 29.

戈尔丁在《蝇王》中刻画了荒岛上的两种饮食模式：采摘野果与烤野猪肉。在保罗·阿特金森(Paul Atkinson)看来，"在陌生的、非人类的环境(丛林、荒漠、'野外')中，食物可以代表文化的世界——即意义、价值和人类劳作的世界——被开创和维持的多种不同方式。"①小说中两种获取食物的方式都包含着人类的劳动，因此它们都可以归于文化的领域。然而，根据列维-斯特劳斯的判断标准，采摘野果与烤野猪肉则分别对应着自然与文化。换句话说，以杰克为首的打猎团体在文明程度上更胜于以拉尔夫为首的采摘团体。小说的叙述者告诉读者，"他们白天大部分时间都在搞吃的，可以够得着的野果都搞来吃，也不管生熟好坏，现在对肚子痛和慢性腹泻都已经习惯了"(65)。野果所含的热量不高，孩子们需要长时间、不断进食才能获得身体所需的能量，而且不加分辨和不加清洗地食用野果，必然会对孩子们的肠胃造成伤害。很显然，靠采摘野果充饥的孩子们处于非常原始的生活状态。吃烤野猪肉使得孩子们免于吃不洁净的野果导致的腹泻和胃痛，在营养和口味上也更胜一筹。从长远来看，吃野果无法维持身体需求，肉食才能提供足够的营养。猎捕野猪对孩子们来说不仅是一件好玩的事情，更能给他们带来征服自然的力量感和安全感，减轻对想象中的野兽形象的恐慌情绪。野果通常都是生吃，但野猪肉则只有经过烹饪之后方可食用，如果直接生吃野猪肉，进食者则是像吸血鬼一般的野蛮人。

然而，在哈德逊(Julie Hudson)和多诺万(Paul Donovan)看来，小说中的两种进食模式都是野蛮落后的。他们在合著的《食物政策与环境信用紧缩》(*Food Policy and the Environmental Credit Crunch*，2014)一书中指出，复杂社会一般都有相对复杂的食物加工体系，食物加工——清洗、萃取、削皮、取出内脏、剁碎、保存(加热、烟熏、脱水)、为运输或储存而进行包装——是文明和城镇化的诸多标志之一。在戈尔丁的《蝇王》中，孩子们在一种"野蛮"的状态下生存，直接从树上采摘水果，未经加工便狼吞虎咽(导致他们生病)。不幸的野猪被宰杀、肢解、在火上烤，经过最简单的准备，在没有任何仪式下被分食。食物加工的缺失成为戈尔丁笔下的世界不断堕入野蛮状态

---

① Paul Atkinson, "Eating Virtue," in *The Sociology of Food and Eating: Essays on the Sociological Significance of Food*, ed. Anne Murcott, Aldershot: Gower, 1983, 11.

的最初信号。① 事实上,并非岛上所有的孩子最后都堕入野蛮状态,拉尔夫等进食野果的孩子们始终守护着人类的文明疆界和伦理准则。拉尔夫反对疯狂猎杀野猪,主张维护信号火堆和搭建窝棚,尽管有时也难以抗拒烤野猪肉的诱惑,却总是能够及时克制自己,免于沦为丧失良知的野蛮人。即使在最黑暗的时刻,"拉尔夫等人也没有放弃理性与文明的意识:拉尔夫宁可被追杀,也不愿意加入打猎的队伍;西蒙为了将岛上的真相告诉大伙而付出了生命的代价;猪崽子为了坚守心中的道德准则不惜冒死相谏,这一切都是文明的彰显。"② 相形之下,以杰克为首的猎手们宰杀和加工野猪的方式极其残忍,远比拉尔夫为首的采集者们获取食物的方式更粗暴,这从根本上颠覆了列维-斯特劳斯提出的生食(自然)与熟食(文化)的二元对立。

  无论是从行为模式还是从文化寓意的层面而言,小说中的进食熟食者都比进食生食者更野蛮。猪在《蝇王》中具有多重意义:它是孩子们的食物,野兽的祭品;最重要的是,猪肉在《圣经·旧约》中被列为禁忌食物,食用猪肉被许多以色列人看作对其民族文化的侮辱,在犹太教中,猪肉是不符合教规的食物(*trefe*/nonkosher food),象征着肮脏和禁忌。与此形成明显对应的是,在《蝇王》中,猪与人类行为中最黑暗的部分有着某种联系;另一个明显的对应体现在孩子们疯狂的、伴随着谋杀的宴会乱舞与在沙漠中的以色列人崇拜金色牛犊的行为之间。两者都源于对虚假偶像的崇拜,沉溺于彻底放纵和狂欢的气氛中,伴随着宴会,都引发出暴力。③ 由于戈尔丁选择源自希伯来语的词语"蝇王"作为小说的标题,猪肉与犹太人的关联得到进一步强化。小说的标题《蝇王》(*Lord of the Flies*)源于犹太人的《圣经》中的希伯来词汇"巴力西卜"(Baal-zebub),即"苍蝇王"或"魔王"之意,在小说中的指代物是野母猪被宰杀后插在木棍上的猪头。在狂欢中吃猪肉是一种反犹太人的行为,在大斋节期间吃猪肉是对犹太人极大的冒犯。④ 小说中最强有力的狂欢元素是猪的意象,

---

① Julie Hudson and Paul Donovan, *Food Policy and the Environmental Credit Crunch: From Soup to Nuts*, New York: Routledge, 2014, 83.
② 张旸,《黑色的宴飨》,第 24 页。
③ Olsen, *Understanding* Lord of the Flies, 130.
④ Paul Crawford, *Politics and History in William Golding: The World Turned Upside Down*, Columbia: University of Missouri Press, 2002, 63.

戈尔丁通过描写在狂欢气氛中食用猪肉的场景，从象征层面颠覆了占主导地位的种族假设，揭露二战中针对犹太人实施的暴行，对种族主义思想具有深刻的警醒意义。

三、"文明"与"野蛮"的较量

如上所述，戈尔丁在《蝇王》中颠覆了列维-斯特劳斯关于生食与熟食分别象征自然（落后）与文化（先进）的二元对立；小说中的情形与列维-斯特劳斯的阐述正好相反，食用烤野猪肉的孩子比进食野果的孩子更为野蛮残暴。虽然杰克等人猎杀野猪的理由是为每个人提供猪肉，但他们充分享受杀戮其他活体生命的乐趣，打猎行为演变成残暴的屠杀行径。他们高喊充满血腥意味的狩猎口号，放纵于折磨其他生命个体的快感。

具有讽刺意味的是，野猪身上散发出浓厚的母爱，而猎手们却丧失了孩子的天性和人性。岛上唯一具有女性特征的生命体是惨遭杰克等人杀害的母野猪，她是大自然的产物，却被男孩们当成满足他们食肉欲望的对象。在猎手们袭击之前，猪群在树下恬适安静地休息，沉浸在母爱的甜蜜之中，一片其乐融融的场面："树丛下，一只耳朵在懒洋洋地扇动着。在跟猪群稍隔开一点的地方，躺着猪群中最大的一头老母猪，眼下它沉浸在深厚的天伦之乐中。这是一头黑里带粉红的野猪，大气泡似的肚子上挤着一排猪仔，有的在睡觉，有的在往里挤，有的在吱吱地叫。"（157）杰克等人手举削尖的木棍冲向毫无防备的母猪，驱散了她的幸福安宁，把她逼到林中一块鲜花盛开、蝴蝶飞舞的空地上，残忍地将其杀害。杰克扑到母猪身上，用刀子往下猛戳，罗杰则把木棍插进母猪的屁股。孩子们在杀戮和追捕母猪的行动中获得无穷的快感："老母猪流着血，发疯似的在他们前头摇摇摆摆地夺路而逃，猎手们紧追不放，贪馋地钉住它，由于长久的追逐和淋漓的鲜血而兴奋至极。"（159）在小说中，男性对自然的征服以打猎和杀戮为特征，女性因认同于自然而成为无所不在、生生不息的象征，人类的优越感或权威不是与创造生命的女性为一体，而是与杀害生命的男性一致。在宣泄焦虑和欲望的杀戮过程中，疯狂的男孩们使用了两种武器：

阳具和面具。①

杰克的刀子和罗杰的棍棒是他们作为主宰者的象征,在一次次插入母猪体内的动作中,它们帮助男孩们建立了雄威。这个残忍的杀猪场景充满了性暗示,在猎杀母野猪时,孩子们的行为类似于强奸。猪(pig)的拉丁语词源(porcus/porcellus)指称女性的生殖器,在古希腊雅典城邦阿提卡的喜剧中,妓女被称作猪商。② 怀特(Allon White)进一步指出:"肉类,尤其是猪肉,显然是狂欢的中心象征,狂欢这个词的意义极有可能派生于将肉作为食物和性来对待。"③在杀戮和食用野猪肉的过程中,猎手们同时满足了他们的食欲和性欲。

除了象征阳具的棍棒之外,猎手们使用的另一种武器是面具。杰克等人曾经是唱圣歌的教堂合唱团成员,这群外表温文尔雅的孩子涂成花脸后变得野性大发,花脸面具成为掩蔽良知的屏障。杰克第一次遇到野猪时,并没有动手刺杀它,原因是他当时还保留着文明社会中习得的仁慈品质。涂花脸是小说中的一个重要事件,孩子们涂花脸"象征着野蛮倾向的开端"。④ 戈尔丁在小说中多次使用了关于"花脸"的转喻,用它指代涂花脸的猎手们,将他们泛称为"野蛮人""涂花脸的野蛮人""涂花脸的无名氏"或者"涂花脸的一群人"。自从涂花脸后,杰克的行为变得失去理性和充满暴力,他拒绝服从全体大会制定的规则,带领其他猎手残忍地宰杀野猪和追杀同胞。当拉尔夫成为这群涂花脸的人追捕的猎物时,他深刻意识到他们脸上的面具所代表的残暴野蛮,花脸面具正是内心邪恶的外在对应物。随着小说情节的发展,"涂花脸不再仅仅是杰克邪恶行为的遮羞布,它逐渐成为人类本性中普遍存在的恶的象征"。⑤ 花脸

---

① 于海青运用女性主义批评方法对《蝇王》中的杀猪场景的隐含机制进行了历史性的剖析和解构,从中发现:杀猪一幕中杰克等人对付母猪的"假脸+刀和木棍"的做法与二战后文坛的儿子们对付"新女性"的"面具+阳具"的方式同出一辙;究其渊源,则会发现"焦虑"构成了谋杀行为的动机。详见于海青:《"情所独钟"处——从〈蝇王〉中的杀猪"幕间剧"说开去》,《国外文学》,1996年第4期,第32—34页。
② Peter Stallybrass and Allon White, *The Politics and Poetics of Transgression*, London: Methuen, 1986, 44-45.
③ Allon White, *Carnival, Hysteria, and Writing: Collected Essays and Autobiography*, Oxford: Clarendon Press, 1993, 170.
④ 徐明:《论〈蝇王〉的象征手法》,《西北大学学报》(哲学社会科学版),2000年第2期,第113页。
⑤ 史玮璇、苏擘:《论〈蝇王〉中涂花脸/面具的象征含义》,《河北大学学报》(哲学社会科学版),2007年第5期,第98页。

象征着深藏于人类无意识中难以控制的毁灭性力量,它吞噬了孩子们的纯真天性,不断怂恿他们行凶作恶。

与母猪被拟人化形成鲜明对照的是人被猪化。克劳福德(Paul Crawford)指出,"《蝇王》中充斥着与猪相关的暴力狂欢意象以及将人'猪化'(piggification)的行为,这是将人与兽两者关系的狂欢化倒置"。① 巴赫金认为,狂欢节的来源之一是古希腊的酒神祭,酒神的迷醉与狂欢节的氛围极为契合。杰克俨然是沉醉于欢乐饮宴的酒神狄奥尼索斯,他寻找肉食和捕猎野猪的行为呼应了狂欢节上的筵席形象,即通过饮食活动将自己的肉体与世界结合在一起。② 在杰克的教唆下,孩子们跳起仪式性的舞蹈,唱着包含"杀野兽哟!割喉咙哟!放它血哟!"等血腥歌词的打猎曲(179)。他们先后残忍地谋害了西蒙与猪崽子,并疯狂追杀拉尔夫,"此时的狂欢已经走向了极端,不再如巴赫金所希望的那样是自由平等的体验与诉求,而是一种变异的狂欢、黑色的宴飨,这也从侧面反映出了戈尔丁对人类本性阴暗面的洞察与思考"。③

第一个被猎手们杀害的人是先知式的人物西蒙。到达岛上不久,关于"野兽"的谣言便引发了孩子们的恐慌,但西蒙不相信真有"野兽",坚称"野兽"只不过是孩子们不安的内心在作祟。然而,他的想法受到其他人嘲笑。在众人皆醉一人独醒时,这个人往往会成为众矢之的。为了探究"野兽"的真相,西蒙独自上山勘察。他清楚地看到,所谓的"野兽"其实是一具已经腐烂的飞行员尸体。获知真相后,他不顾身体疲惫,跑向正在狂欢的人群去告知实情,不料此时天昏地暗,电闪雷鸣,西蒙反倒被杰克等人误当成"野兽"而活活打死。西蒙(Simon)是圣彼得的原名,他在认识耶稣之后改名为西蒙,这个名字在基督教中暗含替罪羊、受害者之意。

在恐惧和狂乱的状态下,孩子们谋杀了前来告知关于"野兽"真相的西蒙,接着他们又杀害了猪崽子。如果说西蒙之死在某种程度上可以算作误杀,那么猪崽子之死则是彻头彻尾的谋杀。猪崽子身体肥胖,正如他的名字

---

① Crawford, *Politics and History in William Golding*, 47.
② Robert Stam, *Subversive Pleasures: Bakhtin, Cultural Criticism and Film*, Baltimore and London: The Johns Hopkins University Press, 1989, 86.
③ 张旸,《黑色的宴飨》,第20页。

(Piggy)所暗示的那样,他就像小说中被猎手们追捕的猪,最终难逃厄运。罗杰从山上推落一块红色的巨石,砸中正拿着海螺说话的猪崽子,"猪崽子的手臂和腿部微微抽搐,就像刚被宰杀的猪的腿一样"(217)。猪崽子被猎手们残忍杀害,因为在他们眼中,"他是一个外来者,是一个冒充的物种(a pseudo-species)"。① 在西蒙和猪崽子被害之后,拉尔夫成为光杆司令,这个仅存的局外者也遭到猎手们的疯狂追杀,险些葬身火海之中或乱棍之下。

小说中的杀戮经历了从猎杀猪到猎杀人的演变:在真实的狩猎活动中,猎手宰杀的对象是野猪;在孩子们的狩猎游戏中,扮演野猪的是人;在杀害西蒙和猪崽子以及追捕拉尔夫的过程中,人被当作可以任意屠杀的野猪。随着情节的推进,猎杀行为逐步失去控制,最终导致西蒙和猪崽子的死亡,拉尔夫也命悬一线。戈尔丁将猎捕猪与猎捕人加以融合,预示了猎杀猪与消灭那些被视作外来者或局外者之间的关联。

长矛刺猪是维多利亚时期和爱德华时期一项非常流行的运动,在军队中尤其受欢迎,因为它有助于培育骑士精神。有学者指出,从隐喻层面切入,"戈尔丁借用长矛刺猪的帝国主义传统来暗示英国帝国主义与法西斯主义之间的连续性"。② 经过文艺复兴时期的人文主义及其后来的启蒙运动这两次思想洗礼,人类社会进入空前的文明状态;然而,20世纪却爆发了两次世界大战,它们引发的巨大灾难超过任何前现代时期。经历毁灭性的二战之后,戈尔丁清醒地认识到,如果人性之善没有得到彰显,人性之恶被随意放任,那么帝国主义和法西斯主义便会滋生蔓延,人类的美好愿景和乌托邦理想就永远无法实现。

四、结语

虽然现实世界存在诸多缺陷,但人类可以通过想象来建构一个理想社会。一方面,想象中的完美社会必须与现实世界彻底断裂;另一方面,它又必须具有基于现世逻辑的可信度。詹姆逊(Fredric Jameson)曾对乌托邦叙事做过如下描述:"它诞生于彻底断裂的行为,因此它必须将所有能量整合成一股'动

---

① Virginia Tiger, *William Golding: The Dark Fields of Discovery*, London: Calder & Boyars, 1974, 63.
② Crawford, *Politics and History in William Golding*, 64.

力',推动那个最初的断裂变成一套周密的、无尽的和不可能的展示,从而能够阐明,尽管历史以及读者自己存在的'真实'世界具有无法分割的存在总体性,但事实上此种无法想象的分离首先是'可以想象的'。"① 虽然恶托邦与乌托邦在形式上是对立的,但两者之间存在诸多关联,恶托邦往往是群体的领袖向往实现乌托邦而采取的错误努力。恶托邦包含乌托邦的要素,它之所以是恶托邦,或许是由于只有一小部分特权人员享有乌托邦式的尊荣,或者是由于为迈向乌托邦所付出的代价过于惨重。与另一组重要概念对照而言,在小说中,杰克通过肉食诱惑和集权统治建立起来的是一个"负面共同体"(the negative community),而拉尔夫始终秉持对"深度共同体"(the deep community)②的信念,即使身处险境,他的思想也总是"滑到一个不容野蛮人插足的平凡的文明小镇"(196)。乌托邦叙事就像瞬间绽放便消失在夜空的焰火,但这种注定失败的努力依然令人欢欣鼓舞。恶托邦叙事通过嘲讽权力、反思欲望、辨明善恶的策略,为人类实现美好愿景的漫漫征途献上逆耳良言。《蝇王》兼具这两种叙事类型的特点,它外显的恶托邦洪流深处隐藏着一股强大的乌托邦潜流。也就是说,戈尔丁从乌托邦愿景这一维度拓展了文化观念的内涵。

第二节
《一九八四》中的乌托邦冲动

乔治·奥威尔的《一九八四》是反映二战后英国文化观念流变的一部重要作品,被公认为一部反乌托邦的杰作,与俄国扎米亚京((Yevgeny Zamyatin, 1884—1937)的《我们》(We,1921)、阿道司·赫胥黎的《美丽新世界》(Brave

---

① Fredric Jameson, "Of Islands and Trenches: Naturalization and the Production of Utopian Discourse," *Diacritics*, 7.2(1977), 21.
② 关于"负面共同体"和"深度共同体"这组概念的内涵,详见殷企平:《共同体》,《外国文学》,2016 年第 2 期,第 74 页。

New World，1932)并称为20世纪欧洲文坛"反乌托邦三部曲"。所谓反乌托邦小说,顾名思义就是以乌托邦小说为前文本的小说。而乌托邦小说最早是由16世纪英国政治家托马斯·莫尔(Thomas More,1478—1535)开创的,他在其代表作《乌托邦》(Utopia,1516)中创造了一个与现实对立的、但并非绝对不可通达的完美世界。utopia(乌托邦)一词从词源学上讲是由希腊文中的ou(没有)与eu(美好)相合,加上topos(地方),意为"不存在的乐土"。20世纪呈现出解构面貌的反乌托邦小说就是以批驳传统的、正面的乌托邦想象为己任,认为这种一元的、凝定的乌托邦设想会如哈耶克所言引导人"通往奴役之路"。① 也就是说,反乌托邦小说是以乌托邦为前文本,将对其之"反"作为立足点的一种叙事文学,即以乌托邦作为其隐而含之的前提,通过推演、戏拟,描绘乌托邦构想进入实践之后可能造就的黑暗世界,并通过对这种世界的渲染,表现出对乌托邦的拒绝。② 20世纪上半叶之所以会出现这一类反乌托邦小说,是与当时欧洲的社会历史语境密切相关的,它是人们在经历了科技进步、经济危机、世界大战、社会主义建设等方面的挫折之后深刻反思的产物,表现了人类对自身理性、科学、进步等观念的深刻怀疑,以及对乌托邦式的乐观进步主义的拒绝。③

但比较有趣的是,通过文本细读,我们发现即便是在反乌托邦文学的代表作品中,依然顽强地存在着作家们的"乌托邦冲动"。美国学者詹姆逊(Fredric Jameson,1934—　)曾经在其《未来考古学》(Archaeology of the Future,2005)及相关演讲中对"乌托邦规划"与"乌托邦冲动"进行了区分,他认为乌托邦规划的目的是争取实现某种乌托邦,而乌托邦冲动则是人类内心普遍的恒久冲动,它"不是象征的而是寓言的,它既不符合乌托邦计划,也不符合乌托邦实践,它表达乌托邦的欲望,并采取各种预想不到、掩饰的、遮盖的、扭曲的方式"。④ 简单地说,这种潜在的乌托邦冲动代表了人类对真善美的永恒渴望,是

---

① 弗里德里希·哈耶克:《通往奴役之路》,王明毅、冯兴元等译,北京:中国社会科学出版社,1997年,第31页。
② 王一平:《思考与界定:"反乌托邦""异托邦"小说名实之辩》,《四川大学学报》(哲学社会科学版),2017年第1期,第55页。
③ 王一平:《反乌托邦文学的几个重大主题》,《求索》,2012年第1期,第203页。
④ 弗雷德里克·詹姆逊:《乌托邦作为方法或未来的用途》,王逢振译,《马克思主义与现实》,2007年第5期,第7页。

所有文学中都自然蕴含的。透过不同时代文学作品中的乌托邦冲动,我们可以了解文化观念的发展流变过程,毕竟乌托邦冲动是作为社会发展的愿景而存在的,不同的时代侧重点会有所不同。具体到《一九八四》这部反乌托邦小说,我们可以发现乔治·奥威尔在反乌托邦的同时,又借助他小说中的主人公温斯顿·史密斯表达了自己的乌托邦冲动。这从奥威尔最初构思这部作品的提纲时曾经使用的题名《欧洲最后的人》①中也可以看出,作者是将温斯顿作为生活在异化世界中最后一个保持独立思考能力的人而进行塑造的,他在这个人物身上投射了自己关于何者为人的理想化期待。在下文中,我们拟从"黄金乡""玻璃镇纸"与"无产者"三个意象入手,挖掘《一九八四》中隐含的乌托邦冲动,体悟奥威尔对共同体的想象,揭示《一九八四》与二战后英国文化观念流变的关系。

一、黄金乡:牧歌田园的生活空间

"黄金乡"是时常出现在小说主人公温斯顿梦境中的一个地方,是表征其乌托邦冲动的一个重要空间。

这是一片古老的、被兔子啃掉的草地,中间有一条足迹踩踏出来的小径,到处有田鼠打的洞。在草地那边的灌木丛中,榆树枝在微风中轻轻摇晃,簇簇树叶微微颤动,好像女人的头发一样。手边近处,虽然没有看见,却有一条清澈的缓慢的溪流,有小鲤鱼在柳树下的水潭中游弋。②

这的确是一幅欧洲传统的田园生活画面,它是田园文学中反复出现的时间"黄金时代"和空间"阿卡狄亚"的交集,是"阿卡狄亚""伊甸园"和"古老快乐的英格兰"等与城市空间对抗的田园空间的延续,③它美丽、安宁、生动。夏天的黄昏,草地松软,西斜的阳光把地上染成一片金黄色。一切都是那么温柔和谐,

---

① 奥威尔:《奥威尔信件集》,李莉等译,武汉:华中科技大学出版社,2015年,第129页。
② 奥威尔:《一九八四》,董乐山译,上海:上海译文出版社,2011年,第26页。本节以下引文只标页码,不再加注。
③ 廖衡:《亦真亦幻"黄金乡"——论〈一九八四〉中的田园主题》,《湖北社会科学》,2017年第1期,第131页。

完全有别于温斯顿所生活的现实空间,那个寒冷、破败、肮脏、到处贴着招贴画、门厅里飘着一股熬白菜和旧地席气味儿、充满思想警察的伦敦。这是一个充分彰显生命自由的空间,与极权化的工业社会控制下的生命萎靡和困顿形成强烈的对比。它几乎使我们相信,假使温斯顿生活在黄金乡而不是一号空降场(大洋国人口位居第三的省份)的主要城市伦敦,他不会患静脉曲张,也不会总是咳嗽,更无须靠杜松子酒来刺激自己。

最重要的是在"黄金乡"中,那个黑发姑娘从田野的另一头向他走来,主动宽衣解带。这与他在真理部大楼走廊中时常遇到这姑娘的情景和感觉完全不同,那时候她在"工作服的腰上重重地围了一条猩红色的狭缎带,这是青年反性同盟的标志……她竭力在自己身上带上一种曲棍球场、冷水浴、集体远足的味道,总的来说是思想纯洁的味道"(9—10)。然而在温斯顿梦中的"黄金乡",这个姑娘却"好像一下子就脱掉了衣服,不屑地把它们扔到一边",这在温斯顿看来,借助这一"优雅的、毫不在乎的"扔掉衣服的姿态,她"似乎把整个文化、整个思想制度都消灭掉了,好像老大哥、党、思想警察可以胳膊一挥就一扫而空似的"(26)。可见,"黄金乡"在温斯顿的理想中是一个人恢复自然情欲的所在。

不仅如此,"黄金乡"还是一个恢复温斯顿所怀念的"莎士比亚"剧中高贵情感的所在,那种高贵的情感是在成年温斯顿所生活的那个异托邦中所不存在的。那种情感是指一家人互相支援、为爱而自我牺牲,正如他的母亲和妹妹正是为了他活着而死去。温斯顿痛切地意识到"这样的事情今天不会发生了。今天有的是恐惧、仇恨、痛苦,却没有感情的尊严,没有深切的或复杂的悲痛"(26)。在温斯顿所生活的现实空间中,他想要"同他的母亲、裘莉亚、奥勃良在一起,什么事情也不干,只是坐在阳光中,谈着家常"(229),这只能是一种奢望。

有趣的是,在作品中,这个反复出现在温斯顿梦中的乌托邦竟然是真实存在的。裘莉亚,也就是温斯顿梦中的黑发姑娘,她指引着温斯顿到达了这个地方。这是他们俩第一次幽会的地点。温斯顿惊讶地发现他们所抵达的竟然就是他梦中的"黄金乡",而裘莉亚竟然也表现得如他梦中所见的那样。这一方面重复了那个亘古的主题,即"永恒的女性,引我们飞升",①另一方面或许也在向我们暗示,这个"黄金乡"并非不可抵达,并不是全然的乌有之乡。

然而,温斯顿这个牧歌田园式的"黄金乡"如果从生态主义的角度来看,并非完美的生活空间,它就像奥威尔创作《一九八四》时所隐居的朱拉岛一样,兔子和田鼠太多②,草地给人退化的印象。那么,温斯顿为何会如此钟情于这样一片到处被兔子啃秃、被田鼠打出洞来的古老草地呢?除却上面已经分析到的原因,或许最根本的是一方面它彰显了一个安全的、开放的公共空间,另一方面这个公共空间并没有压抑私人空间,尽管私人空间如果过度膨胀,(那些兔子和田鼠洞)也会危及公共空间(草地),但是从温斯顿的心理需求上来讲,他更需要一个能够让他藏身的私人空间。由此可见,"黄金乡"这一与工业之都"伦敦"相对抗的田园乌托邦不仅仅表征着对现代化进程的批判,同时还表征着对个人隐私权应得到尊重等现代性观念的承继。

二、玻璃镇纸:亦真亦幻的情爱空间

"玻璃镇纸"是《一九八四》中频繁出现、集中表达温斯顿对乌托邦世界向往的又一重要意象。它与却林顿先生的旧杂货铺密切相关。温斯顿在这个旧杂货铺里先是购买了一个特别精美的笔记本,开始写日记,后又为这一"圆形光滑的东西"(77)所吸引。如果说前者是寄寓他内在精神的一个空间,那么后者则是他渴望安顿自己肉体的一个理想化空间。"那是一块很厚的玻璃,一面成弧形,一面平滑,几乎像个半球形。不论在颜色或者质地上来说,这块玻璃都显得特别柔和,好像雨水一般。在中央,由于弧形的缘故,看上去像放大了一样,有一个奇怪的粉红色的蟠曲的东西,使人觉得像朵玫瑰花,又像海葵。"(77)在温斯顿看来,"玻璃的弧形表面仿佛就是苍穹,下面包藏着一个小小的世界,连大气层都一并齐全。他感到他可以进入这个世界中去,事实上他已经在里面了,还有那红木大床、折叠桌、座钟、铜板蚀刻画,还有那镇纸本身。那镇纸就是他所在的那间屋子,珊瑚是裘莉亚和他自己的生命,永恒地嵌在这个

---

① 歌德:《浮士德》,绿原译,北京:人民文学出版社,1994年,第496页。
② 奥威尔的朱拉岛日记中有大量捕杀兔子和老鼠的记录。参见奥威尔:《奥威尔日记》,彼得·戴维森编,宋金译,上海:上海译文出版社,2014年,第485—680页。

水晶球的中心。"(121)作者至少三次直接写到这个玻璃镇纸里蕴藏着一个内在世界,玻璃的弧形表面是苍穹,在那里万物都散发着柔和的清澈的光芒,那是一个安全的世界,一旦到了那里时间就静止了(125、132)。

"玻璃镇纸"所表征的空间世界与"黄金乡"一脉相承,我们可以毫不怀疑"黄金乡"一定就在那玻璃弧形表面所表征的苍穹之下。"黄金乡"即便在空间想象上并不辽阔,它所表征的却是一个开放的空间;与之相反,"玻璃镇纸"即便在空间想象上自成天地,它所表征的却是一个封闭的空间。如果说"黄金乡"是在安全、开放的公共空间中内蕴着丰富活跃的私人空间,那么"玻璃镇纸"所表征的空间则更为强调神圣不可侵犯的私人空间,它所表达的是温斯顿对私密空间的强烈渴望。它里面所包裹的那个粉红色的、蟠曲的、像朵玫瑰花、又像海葵的珊瑚碎片是情爱的象征,"是裘莉亚和他自己的生命,永恒地嵌在这个水晶球的中心"(121)。

温斯顿认为"吸引他的倒不是那东西的美丽,而是因为它似乎有着一种不属于这一个时代,而属于另一个时代的气息。这种柔和的、雨水般的玻璃,不像他见过的任何玻璃。这件东西尤其可贵的是在于它看上去似乎没有什么用处"(78)。"另一个时代"是哪个时代呢?作者借助温斯顿所阅读的那本据说是果尔德施坦因著的《寡头政治集体主义的理论与实践》给了我们指引:"在20世纪初期,凡是有文化的人的心目中,几乎莫不认为未来社会令人难以相信的富裕、悠闲、秩序井然、效率很高——这是一个由玻璃、钢筋、洁白的混凝土构成的晶莹夺目的世界。"(155)而20世纪初期文化人的这一梦想则直接脱胎于1851年伦敦世博会的展览馆——"水晶宫",它所表征的是一个依赖于科学技术高度发达、物质财富极大丰富、人人充分就业、男女平等、文化繁荣的光辉时代。然而在温斯顿所生活的世界里,科学技术的进步、机器工业的大生产却并没有带来财富的真正增加,没有改善人民的生活水平或改变社会等级结构,无休止的战争把一切人类成果都消耗掉了。

尽管20世纪初期文化人的这一梦想被两次世界大战打破了,但是在作品中奥威尔却依旧浓墨重彩地描绘了这一古旧而美丽、看似无用却容易招疑之物——"任何东西,只要是古旧的东西,尤其是美丽的东西,总容易招疑"(78)。这还启发温斯顿租下了却林顿先生店铺上的小屋作为自己的爱巢:"这件东西尤其可贵的是它看上去似乎没有什么用处。"(123)温斯顿和裘莉亚在那里过上了凡俗的生活。他们只要有机会就去那里，"就在窗户底下的空床上并排躺着，为了图凉快，身上脱得光光的。老鼠没有再来，但在炎热中臭虫却猛增。这似乎并没有什么关系。不论是脏还是干净，这间屋子无疑是天堂"(123)。玻璃镇纸里面那个乌托邦空间是形而上的，它召唤人的行动，让温斯顿在一个装满摄像头和窃听器、处处遭到监视的异托邦空间中冒险租下了那间小屋。那间屋子"自成一个天地，过去世界的一块飞地，现已绝迹的动物可以在其中迈步"(125)。那里是温斯顿和裘莉亚的天堂、庇护所。在那里，他们不仅可以享受性爱，享受自己所以为的不被监视的自由时光，慢慢疗愈外面异化世界——那个异托邦——所施于他们的伤害："温斯顿已没有一天到晚喝杜松子酒的习惯。他似乎已经不再有此需要。他长胖了，静脉曲张溃疡消退，只是在脚踝上方的皮肤上留下一块棕斑，他早起的咳嗽也好了。生活上的一些琐事也不再使他觉得难以忍受了，他已不再有什么冲动要向电幕做鬼脸表示厌恶，或者拉开嗓门大骂。"(124)

与"黄金乡"类似，作者并没有将"玻璃镇纸"所表征的那个世界完美化。不仅其所指向的现实空间——却林顿先生旧货铺上面的小屋——有臭虫和老鼠，而且在"玻璃镇纸"被扔到壁炉石上摔得粉碎之后，"珊瑚碎片，像蛋糕上的一块糖做的玫瑰蓓蕾一样的小红粒，滚过了地席。温斯顿想，那么小，总是那么小"(183)。那个靠情爱支撑的空间是那么微小和脆弱，完全不足以对抗异托邦的强权。温斯顿所希求的其实不过是过去所拥有的并非十分理想的普通生活而已，然而，这一切在极权社会中是不可能实现的。因此，《一九八四》中温斯顿的乌托邦冲动与传统的乌托邦理想不同，它将读者所引向的并不是彼时彼地，而是让读者环顾四周后更加热爱和珍惜此时此地。正是在此意义上，《一九八四》从正反两方面完成了其反乌托邦使命，成为一部名副其实的反乌托邦小说。也就是说，经历了二战洗礼、目睹乌托邦理想进入实践所造成的恶果之后，奥威尔对乌托邦理想有了辩证的理解，并对一元的、凝定的乌托邦理想有所警惕。

三、无产者：乌托邦理想之所托

"黄金乡"和"玻璃镇纸"所表征的乌托邦世界在作品中都曾短暂地实现

过,它们都带给温斯顿作为人的生命体验。在温斯顿看来,要实现其乌托邦理想,"希望在无产者身上"(57)。在作品中,奥威尔借温斯顿之口所表达的对无产者的感情和信念是与奥威尔一生的政治实践和写作宗旨一以贯之的,"其人格面貌是真心努力向工人伸出手并与其团结"。① 正如他在《通往威冈码头之路》中所写:

我想让自己沉下去,一直沉到被压迫者中间,成为他们中的一员,跟他们一起对抗施暴政者……我可以到这些人中间,看看他们的生活怎么样,暂时觉得自己属于他们的世界。我一旦到了他们中间并被他们所接受,我就应该能接触底层,而且——这就是我所感到的:甚至在当时,我就意识到那是非理性的——我的部分内疚感便会离我而去。②

他也总是为政治目的而写作。在《我为何写作》("Why I Write",1946)中,他写道:"1936 年以来,我所写的每一部严肃作品都是直接或间接反对极权主义,支持我所理解的民主社会主义……整个过去十年中,我最想做的,就是将政治性写作变成一种艺术。我的出发点总是感到党派偏见和不公。"③奥威尔将无产者理想化,相信他们相互忠于对方,这是《一九八四》中所有乌托邦冲动中最强劲的一个,也是奥威尔的理想主义和他特别值得尊敬之处。不过,奥威尔最终却并没有成为一位寄希望于无产阶级革命的革命作家,④而是成了一位狄更斯式的作家。在《一九八四》中,他借助温斯顿展现了乌托邦规划及其实践之后的异化。为了实现自己的乌托邦理想,温斯顿竟然会盲目地听从反党组织的一切安排,采用一切反人道主义的手段,由此可以想见那个最终实现的乌托邦会是怎样的一个乌托邦! 因此,我们在现实中看到的是一个不同于温斯顿的奥威尔,他拖着病体,用生命写作,努力用他的笔将

---

① 杰弗里·迈耶斯:《奥威尔传:冷峻的良心》,孙仲旭译,北京:新星出版社,2016 年,第 208 页。
② 同上,第 180 页。
③ 同上,第 212 页。
④ 董英:《〈1984〉中的反抗与革命》,《湖南工业大学学报》(社会科学版),2011 年第 4 期,第 68—69 页。

未来社会可能会发生的可怕灾难展示给人看，从而引起人们的警醒和社会的改变。

四、结语

总而言之，尽管《一九八四》从乌托邦的正反两方面让我们看到了一元的、凝定的乌托邦设想在进入实践之后所造就的极权化工业社会的可怕，但是我们依旧可以从中看到作家执着的乌托邦冲动。这种冲动不仅表现在"黄金乡"和"玻璃镇纸"所表征的牧歌田园式的情爱世界中，也表现在作者的人物塑造和创作意图之中。虽然在作品中那个表征着情爱空间的"玻璃镇纸"被打碎了，温斯顿无论是在现实中还是在心理上构筑的"黄金乡"终成幻影，他寄托在无产者身上的希望也极为缥缈，但是作者却让我们进一步认识到牧歌田园的疗救性、私人空间存在的重要性以及启发民智的必要性。虽然任何一元的、凝定的乌托邦设想都会引人通向奴役之路，但也恰是这亘古的乌托邦冲动和乌托邦想象引领着人性飞升，寻找通往自由之路。奥威尔这位"叛逆者"（the rebel）、"普通人"（the common man）、"先知"（the prophet）和"圣徒"（the Saint）[①]就这样一方面以其"冷峻的良心"与英国文化观念形成互动，另一方面又以其赤子之心不断对民众进行着心智的培育。可以说，他在愿景书写、共同体想象、民族良心和心智培育等多个层面赋予了文化观念以新的内涵。

第三节

《发条橙》中的情感文化

1959年，安东尼·伯吉斯在文莱担任殖民地教官期间突然晕倒，被诊断为

[①] 参见 John Rodden, *The Politics of Literary Reputation: The Making and Claiming of St. George Orwell*, Oxford: Oxford Universtiy Press, 1989.

脑瘤,因病被送回英国。回国后方知肿瘤子虚乌有,随后便在英国居住了十年。回国伊始,他与妻子琳居住在名为布赖顿-霍夫的海滨小镇。某个夜间,琳独自在家的时候,几名美国逃兵入室抢劫,并对她施行强暴,随后琳不幸流产。这次惨痛的经历后来被伯吉斯改头换面写入了1962年出版的中篇小说《发条橙》中。伯吉斯不愧是语言和音乐天才,20世纪50年代开始创作小说,《发条橙》是他的第九部小说,在他所有的作品中排序较前。

《发条橙》并非伯吉斯的得意之作,也不是评论人眼中的最佳作品,却因其鲜明的时代印记和库布里克(Stanley Kubrick,1928—1999)1971年改编的同名电影而跻身经典著作的行列。作品线索比较单一,没有太多艺术化的细节描写,但这并不妨碍《发条橙》成为文学史上独树一帜的作品。毕竟很少有描写暴力和罪行的小说能脱离类型小说的窠臼,跻身经典文学。暴力及其背后的情感动因充斥古希腊史诗、戏剧和《旧约》《新约》的各部分,中世纪的殉教者叙事和文艺复兴时期的复仇剧也同样沾染着血腥,但随着现代社会的到来,不加修饰的暴力描写渐趋减少,只在18世纪法国作家萨德(Marquis de Sade,1740—1814)的《瑞斯丁娜》(*Justine*,1791)、《索多玛的120天》(*Salò, or the 120 Days in Sodom*,1785)和之后的哥特式小说里有过诡异的亮相。直到20世纪后半期才又产生了一些凸显暴力的小说,包括麦肯锡(Cormac McCarthy,1933—   )的《血色子午线》(*Blood Meridian or the Evening Redness in the West*,1985)、柯辛斯基(Jerzy Kosinski,1933—1991)的《涂漆的鸟》(*Painted Bird*,1965)、戈尔丁的《蝇王》,还有伊恩·班克斯(Iain Banks,1954—2013)的《黄蜂工厂》(*The Wasp Factory*,1984)。丰塞卡(Rubem Fonseca,1925—2020)、略萨(Mario Vargas Llosa,1936—   )、波拉尼奥(Roberto Bolaño,1953—2003)等一些拉美作家也在作品中插入许多直接的暴力描写。这些文学史上著名的个例都以战争、大屠杀、政治动乱等事件为背景,书写剧烈情感的生成及其催生的暴力,并对暴力行为在不同历史时期所承载的文化意义进行探究。

但总体来说,由于现当代文学注重展现中产阶级日常生活,也倾向迎合这一阶层的情感需要,所以比较多地规避激烈的负面情感及其后果,极端情景的书写变少。正如美国学者菲利普·费希(Philip Fisher)在著作《激烈情感》(*Vehement*

Passions，2002）中所言，现当代文学更为擅长描写"心情"（mood），①相比之下，在古典和文艺复兴时期文学中激烈情感（passions）却随处可见，《伊利亚特》中阿喀琉斯的怒火和战士们对死亡的恐惧，麦克白的负罪，奥赛罗的嫉妒等都是例证。文学中激烈负面情感的减少也与人们对文字和情感联系的认识有关。从17世纪开始，阅读群体随着印刷业的发展而壮大，许多人因而对小说所能产生的广泛影响表示出极大的担忧，因为惧怕模仿和代入效应，负面激情及其表现方式（如性行为和暴力）的描写很快被归为小说书写的禁区。

那么《发条橙》为何要走上这条"复古"的书写道路，暴露潜藏于人的意识中但又经常突然爆发的攻击性呢？小说所描写的心理和精神状态折射了战后英国社会的人文环境，构成一种独特而强有力的文化批评。作者伯吉斯是意在刻画20世纪60年代早期英国青少年的心理状态，还是对他从海外殖民地回国后所接触到的文化现状有感而发？小说对它所描写的文化和社会困境开出了什么药方？这是我们在阅读这部小说时尤其需要关注的问题，也是本节思考的重点。

当然，书写暴力的小说都背负着刺激和鼓励暴力行径的潜在罪名，《发条橙》也不例外。不过，事实证明，在当代媒体文化占统治地位的情况下，文字的渲染力和煽动力都被削弱了。《发条橙》出版后并未激起任何模仿效应，直到1971年由库布里克搬上大荧幕后，才引发了文本所没有制造的涟漪，致使部分观众仿效或扬言要仿效电影中描绘的暴力行为。这充分说明在媒体社会的环境中，用文字来描写负面激情或许是相对安全的一条路径，《发条橙》并非洪洪祸水。

也正是在这样的背景下，《发条橙》顺理成章地成为探索剧烈情感（尤其是愤怒和憎恶）在战后英国建立起来的社会福利体系中发生和蔓延机制的经典文本。借着反乌托邦小说的形式，这部小说向读者显示现存遏制暴力方式的缺陷。首先，福利国家对遏制剧烈的负面情感作用有限，也并不能减少或润滑阶级冲突。其次，文化的力量也值得商榷。如果将文化理解为人文艺术，那么我们可以看到小说主人公对古典音乐的喜好并没有减弱他的暴力倾向，音乐

---

① Philip Fisher, *Vehement Passions*, Princeton: Princeton University Press, 2002, 6-7.

在他心里激发的是与美好相反的情感。而如果将文化理解为一个社会的文化体制和思想潮流的总和,那么可以看到小说中描写的各种社会管理体制和教化手段也面临深重的危机,显示出加强人类阴暗情感的作用。然而,尽管《发条橙》对于社会制度和文化层面的救赎机制发起了全面的质疑,但文化批判也是文化的重要形式,与伊格尔顿所说的作为"乌托邦思辨"的文化紧密相关。[①] 这部小说可以看成反乌托邦小说经典,即批判社会现实,也批判企图减少暴力的具有乌托邦色彩的社会改良手段,但它对文化的反叛却包含着一种超越和重塑的信念。这种信念在最后一章亚历克斯浪子回头的情节中表现得尤其明显,而贯穿始终的古典音乐也最终成为绝望和希望交融的象征物。

通过对身体暴力的描写,小说一方面质疑基督教传统中的"自由意志"观念,对暴力的产生和传播方式加以剖析;另一方面,抨击政府对个体行为加以控制的手段来替代自由意志的做法,对战后英国建立起来的福利社会提出严峻挑战。小说因此将19世纪以来的反乌托邦叙事传统推向极致,小说在批判基础上的再造——或者说以毁灭为形式的再造——可以被视为反乌托邦小说中的乌托邦冲动,其具体方式和作用就是本节所要考察的对象。

一、暴力情感的心理机制:主体的丧失及其反弹

小说第一部分里有这样一个关键场景,时年15岁的亚历克斯和他的三个帮凶(droogs)在夜间去郊外的一户住宅行凶。他们以求救为借口闯入私宅后,便开始戏弄和袭击屋里的男女主人。亚历克斯发现男主人正在撰写一部文稿,第一页上赫然显示标题"发条橙"(Clockwork Orange)和一番佶屈聱牙的解释。这时候跟班丁姆开始哼小曲,而"我"则以大笑表示出对男主人的鄙夷,随即便发生了如下一幕:

于是我撕碎稿纸,把碎片撒在地板上。戴眼镜的作家非常恼火,他紧咬牙关向我冲过来,颜色发黄,指甲像利爪般要来抓我。这就是丁姆的行动信号,他狞笑着呃呃啊啊地直扑这家伙颤抖的嘴巴:啪啪,先是左拳,再是右拳,然

---

① Eagleton, *The Idea of Culture*, 24.

后我们亲爱的老哥们红色——像红葡萄酒从龙头里向外流,到处都一模一样,好像都是同一个公司出产的——鲜血四溅,弄脏了干净的地毯,我还在拼命"咔咔"地撕他的书稿,血也洒在纸片上。……此后颇为安静。我们怒火中烧,便去砸剩下还没砸的东西——打字机、电灯、椅子。丁姆老毛病复发,撒尿扑灭了壁炉,正打算在地毯上拉屎,卫生纸多得很,但我喝住他:"快走快走快走!"我咆哮道。作家夫妇已经人事不省,皮破血流,呻吟不息,但死不了。①

眼看着亚历克斯撕碎自己的文稿,被按倒在地的男主人怒不可遏,挥动兽爪般的拳头,显露发黄的牙齿。这里的描写流露两种情感:憎恶与仇恨。从亚历克斯的视角看出去,他所袭击的对象充满了兽性,齿黄爪利,与动物相类似,亚历克斯对男主人的憎恶可见一斑。即便是亚历克斯在成年后追忆往事,强烈的厌恶感也并没有得到稀释。但亚历克斯又否决了同伙丁姆想在地毯上拉屎的想法,暗示他对丁姆的兽性欲望也同样心怀憎恶,这种情感与他平常对丁姆衣冠不整、粗野无礼所感到的厌恶一脉相承,也正是这种厌恶之情导致他后来在柯罗瓦牛奶吧里看到丁姆对歌剧演唱表示轻慢便举起手杖对他下手。而愤怒之情在这个段落中表达得更为直接,入室行凶快进行到尾声的时候,亚历克斯毫不隐晦地说"我们怒火中烧",在仇恨的驱使下,他与同伙们在临走前砸碎了屋里所有剩下的完整物件。憎恶和愤怒这两种负面激情缠绕在一起,贯穿这个段落的始终,都值得我们仔细分析。

首先来看愤怒。驱动亚历克斯施暴的愤怒在我们今天看来是天然地与野蛮暴力联系在一起的,但在西方世界漫长的情感发展史上,愤怒本来是正义所依靠的情感基石。亚里士多德(Aristotle,384—322 BC)在《尼各马可伦理学》就认为愤怒是一种必要的情感:"一个人如果从来不会发怒,他就不会自卫,而忍受侮辱和忍受对朋友的侮辱是奴性的表现。"②但在小说所描写的与英国60年代早期相近的虚拟时空中,怒火与正义无关,相反却与对他人的无端攻击

---

① 安东尼·伯吉斯:《发条橙》,王之光译,南京:译林出版社,2011年,第23页。此处引文参照英文原著在译文的基础上有所改动,以下《发条橙》引文也有类似变化。本节以下引文只标页码,不再加注。

② 亚里士多德,《尼各马可伦理学》,廖申白译注,北京:商务印书馆,2003年,第115页。

发生了联系。亚历克斯自认为做的事很正当,男主人被揍得躺在地上是因为惹怒了他而咎由自取。由此可见,他想象中的正当与社会公认的道德标准之间有着巨大的脱节。也就是说,正义和道德所依赖的恰当的愤怒在当代社会已被严重扭曲,使得正义无所依托。

同理,在以人类学和心理学为基础的情感理论中,一般认为憎恶之情根植于对机体渐趋死亡的生理过程的恐惧以及对人类自身动物性的恐惧。[1] 但在这部小说里,憎恶与对他人的进攻性捆绑在了一起。这其中也蕴含深意:亚历克斯对自身动物性的恐惧和憎恶被转嫁到他人身体之上,这种厌恶的心理源头已然被遮蔽,亚历克斯不能在自己和他人的肉体之间找到共鸣,生理厌恶不再唤起反思,而是不假思索地产生排他心理。不论是愤怒还是厌恶,都在亚历克斯的精神世界中丧失了构筑人类有序共同体的功能,异化为极端自我主义的情感帮凶。

叙述者亚历克斯对自己情感世界的异化也并非毫无意识,至少在成年后对自己过去经历的反思中有所领悟。小说一开头,他就描述了柯罗瓦牛奶吧的牛奶是如何扭曲自己精神世界的,牛奶中掺加的致幻药和毒品使他发生了从人向野兽的转变,在他身上萌发的兽性使他与后来所描写的男主人具有了明显的共性:

喝过牛奶之后就躺倒,心里出现幻象,似乎周围一切都成了往事。的确看得清清楚楚,一览无余——有桌子、音响、灯光、男男女女——不过就是似曾相见,如今都已消失殆尽了。似乎被自己的靴子或指甲所催眠,同时又好像被老渣滓提起来,像猫咪一样摇动。摇啊,摇啊,直到什么也不剩。丢失了姓名、躯体、自我,却也毫不在乎,直等到靴子或指甲变黄,一直黄下去,黄下去。接着灯光开始像原子弹一样爆裂,而靴子、指甲,或者好像是裤子屁股上的一点泥巴变成一个很大很大很大的地方,比世界还要大,当你正要被引荐给上帝时,这一切都结束了。恢复过来时有些幽咽,嘴巴半张着准备高呼神奇。那样很舒服,却很窝囊。人来到世上不是为了触摸上帝的。那种事情会把人的元气

---

[1] Colin McGinn, *The Meaning of Disgust*, Oxford: Oxford University Press, 2011, 65-96.

和善意都统统抽干的。(5—6)

亚历克斯"丢失了姓名、躯体、自我",发现自己的"靴子"和"指甲"都越变越黄,身份开始被重塑,慢慢滑向野兽的境地。亚历克斯变成野兽的过程也是自我无限扩张的过程,裤子上的一点泥巴都是大于"整个世界"。膨胀的自我当然无法通向信仰,当药劲过去之后,亚历克斯的体验并非"高呼神奇"(boohoohoo),相反他觉得皈依上帝是一件"窝囊"的事,而后又很快用针对他人的暴力来摆脱自己对于懦弱的惧怕。处于极端自我精神状态下的亚历克斯在施暴的过程中完全陷入一种迷狂的憎恶和愤怒,制造自己比受害者与同伙"高人一等"的假象。而实际上,正如他在事后的叙述中有意无意透露的那样,他也早已堕落为野兽,他的正义观已经与大众的共识完全脱节了。伯吉斯正是通过亚历克斯的经历来剖析暴力的情感机制:对无辜者行凶所依靠的是一种绝对的自我中心,行凶者对外界保持拒斥和痛恨的状态,把周遭的人当成低等生物来蔑视和处决。这个异化过程说明,主体的膨胀往往是对主体缺失的过度补偿,亚历克斯是因为嗑药而丧失主体意识,随后主体意识又极度反弹,这看似偶然,但也正是这种偶然性说明,暴力的情感机制很难放在一个强调目的和意义的人文主义框架中来阐释,强烈负面情感的发生超越人类主体的控制,也似乎没有什么对人类有益的功能。

  伯吉斯以反人文主义的立场描写嗑药的情感效应,与同时期的美国作家对于嗑药经历的理想化描述形成了鲜明对比。诺曼·梅勒(Norman Mailer,1923—2007)曾有过非常著名的吸毒经历。回顾20世纪50年代早期在墨西哥时的经历,他说:"当时我感到抑郁,且肝功能不好,对世事感觉一种熟悉的厌倦,但大麻给我一种对世界的全新的感受,所以后来在纽约也时不时尝试一下。"[1]威廉·巴勒斯(William Burroughs,1914—1997)由于《赤裸的午餐》(*Naked Lunch*,1959)受到出版淫秽读物的指控,之后在一次访谈中他坦承正

---

[1] Norman Mailer, *The Spooky Art: Thoughts on Writing*, New York: Random House, 2003, 33.

是毒品体验使他走上写作之路。① 梅勒和巴勒斯对毒品体验的正面描述预示了嬉皮士文化的崛起，他们回忆中因毒品而产生的自我拓展与亚历克斯所经历的自我膨胀是截然相反的两个过程。

可以看出，伯吉斯对产生暴力的情感根源有着充分的认识。亚历克斯在自身心理特征和致幻药的驱使下，显示出对他人的极度冷漠。在前面第一段引文里，丁姆挥拳殴打男主人后，鲜血四溅，而对亚历克斯来说，这血液似乎并不真实，就像是"工厂"里批量制造出来的葡萄酒一样。他对鲜血的视觉体验已经完全与鲜血背后的人相脱离了，这大概就是对人的异化——或者说"兽化"——的最佳诠释。

对暴力的情感机制的揭示是《发条橙》尚未被充分发掘的一个重要侧面。许多评论家受作者伯吉斯的"误导"，更为关注小说对"自由意志"的看法。伯吉斯在1986年曾声称这本小说的主旨就是肯定"自由意志"的重要性，其标题就提供了一个矛盾的意象，显示"对汁液流淌香气四溢的鲜活机体运用机械道德观"的谬误。② 但亚历克斯的精神状态真的是他的"自由意志"进行选择的结果吗？亚历克斯的叙述让读者意识到"意志"和理性在应对极端情感时往往是无能为力的。

二、愤怒与憎恶的社会性模仿

如果说小说中愤怒与暴力的情感机制凸显了"主体"的虚幻性和一种反人文主义主张，那么它对暴力的社会机制也隐含同样的立场。《发条橙》中有很多段落显示了暴力容易传染、容易被转嫁的特征。放眼书中描写的当代英国社会，愤怒和憎恶是贯穿不同阶层和社会场域的情感洪流，暴力也从一处传染到另一处，不断复制和繁衍，找不到本源，没有目的，只是循环往复。

首先，我们看到的是伯吉斯对于警察和教学督导丑陋行为的描述。督导德尔托去亚历克斯家中将他教训了一顿，假称自己为"唯一诚心拯救"他的人(40)。在亚历克斯被拘押后，德尔托又对着他被警察打得血肉模糊的脸吐了一口

---

① Allen Hibbard, ed., *Conversations with William S. Burroughs*, Jackson: University of Mississippi Press, 1999, 103.

② Anthony Burgess, *Little Wilson and Big God*, London: Heinemann, 1986, xi.

唾沫：

> P. R. 德尔托做了一个我万万想不到的动作，像他这样的人，本该把我们坏蛋改造成真正的好人才是，特别是四周有那些个警察呢。他凑近来啐了一口。他啐了一口。他对准我的面孔啐了一口，然后用手背擦擦湿嘴。我用带血的手帕将挨过啐的面孔擦啊擦啊擦啊，说着"谢谢你，先生，非常感谢，先生，你真好，先生，谢谢啦。"德尔托一声不响就走了。（71—72）

"啐"这个词（spit）在小说所创造的纳查奇语（Nadsat，即青少年黑话）中没有以其他形式出现，保持英语中熟悉的面目，但"啐"这个词的过去式——也就是 spat——在黑话中还有另外一个含义，那就是"发生性关系"。表示此义的时候，spat 这个词与青少年混混相关联。亚历克斯在谈及柯罗瓦牛奶吧里中的年轻女侍者的时候说，她们胸前都别着一个小牌子，上面的名字据说"是她们十四岁不到就睡过的男孩"（5），这里的"睡"就是 spat。相比之下，作为"啐"的 spat 都与小说中的长辈们联系在一起。在德尔托吐唾沫之前，拘押监管亚历克斯的警官也做出过同样的举动，并对亚历克斯拳脚相加，差点将他"打死"，投进了国监（state jail）（74）。"啐"与"睡"两个意义在小说中都用 spat 来表示，显示了成人与青少年各自的负面行为（暴力或者性）有着互为镜像的关系。

在库布里克的同名电影里，执法和教育监管机构的暴力被巧妙地改编为男人之间同性交际（homosociality）的关系，警官、德尔托、亚历克斯，乃至国监中的在押犯人之间都互相憎恶，但又表露出对彼此的龌龊情欲。这个改编用喜剧化的手法加深了原著的含义。国家暴力机关和教育监管机构与亚历克斯之间的关系不只是对抗和互相排斥，更重要的还有一种互相依赖的聚合力。警官和督导将教训亚历克斯作为构建自我身份的途径，而亚历克斯与跟班间的权力斗争也在成年人的权力游戏中找到了危险的认同和肯定。

暴力的繁衍和周转在小说中还有一处非常明显的暗示。亚历克斯在狱中二度杀人，随后便被送去接受所谓的路多维哥氏（Ludivico）疗法。他先是被注入致人恶心的药剂，然后被固定在座椅上，观看暴力和色情影片片段，两眼被小棍撑开，即使十分反胃也不能停止观看。他被迫观看的状态与之前受他暴力侵害的受害人状态极为接近。在作家亚历克斯的家里,暴徒亚历克斯指使同伙封住作家的嘴,而且要"让他看个明白,不许逃跑"(24)。这两个片段中,亚历克斯和他的受害人分别被迫睁大眼睛,观看急剧增加他们痛苦的画面,饱受心理摧残。这种相似性出现在小说中不只是偶然,两个人的名字一样,而且作家亚历克斯的手稿标题也成了小说的标题,可见两个亚历克斯的叙述之间有着很大的互文性。作为小说中的人物,他们都经受暴力,也都施暴于他人,他们成为彼此的双生子,互为因果,互相牵连。他们也都和小说的作者伯吉斯有着紧密的关联,如前所述,作者本人与妻子居住在布赖顿-霍夫的时候,就有遭受歹徒入室行凶的经历,与小说中的作家亚历克斯有相近之处。此外,伯吉斯与青年混混亚历克斯之间还有着明显的共性:两人都对古典音乐很痴迷。可见,伯吉斯有意在小说里构建了许多或明或暗的平行线,说明暴力有着不断蔓延滋生的强大传染力。

这里必须要提到法国文学批评家和文化理论家勒内·吉拉尔(René Girard,1923—2015)的模仿观点。模仿与暴力是紧密联系在一起的,人的欲望来自人对他人的模仿,而相同的欲望必然带来竞争,最终导致暴力。① 这个规律明显支配着亚历克斯与同伙之间的关系,这也就是为什么丁姆和乔治最终反抗亚历克斯以头领身份欺压他们的行为,将他出卖给警察。但从更广阔的层面上来说,相同欲望所引起的争夺也存在于跨阶层的社会群体之间。督导和警察对亚历克斯的暴力也源于他们对于权力和控制力的追逐,而亚历克斯充当老大的欲望也必然是从社会大环境中的人际关系模式中脱胎而来。也就是说,暴力的扩张源于一种人们互相模仿又互相残杀的、极为恶劣的社会秩序。

小说中更能说明模仿理论的点睛一笔是亚历克斯与上帝的关系。他将上帝等同于权力中心,认为皈依上帝正如臣服君主,有辱自尊。但他自己却经常产生迷狂的想象,在药物和音乐的影响下肆意想象握有生杀予夺的无限权柄,无意间模仿着自己对于上帝的想象。这也正应了吉拉尔所说的,"现代的不可

---

① René Girard, *The Girard Reader*, ed. James G. Williams, New York: Crossroad Herder, 1996, 177.

知论和无神论对所有宗教表示怀疑,作用只是通过遮蔽替罪羊机制而使其延续。"①亚历克斯的替罪羊就是他的那些受害者,所有以扩大自我权威为核心的幻象都借由无辜的他者得到实现。

所有人对所有人的暴力正是小说所想象的一个恐怖状况,这也就是伯吉斯所勾勒的战后英国社会的状况,接近17世纪霍布斯(Thomas Hobbes,1588—1679)所说的无序的原始社会。这种不断衍生的暴力看似被圈定在一个范围之内,无法波及"资产阶级",小说中亚历克斯出没的牛奶吧里"没有中产阶级"(28),夜间路上也很少有"老年中产阶级"类型的人走动(7)。他们猫在安全的私人空间里消费着文明的假象,小说中几次出现电视和媒体的意象都语带嘲讽,夜间的老年中产阶级一般"躲在家里痴迷于傻乎乎的全球转播"(44),亚历克斯的影像和他接受行为疗法后顺利出狱的故事也随着报纸和电视新闻广为传播,这都标志着中产阶级与真实生活之间只有极其微弱的联系。但正是这种特权激发了亚历克斯所代表的下层年轻人的仇恨,而他们对此并不自知,就像小说中的作家亚历克斯一样,并非有心作恶,但也像曾经害过自己的人一样流露出复仇的怒火和施暴的倾向。

由此可见,伯吉斯的小说里所描写的暴力怪圈包括英国社会的所有阶层,作者所描绘和批判的社会现状关乎战后福利体系建立后所引发的一系列焦虑和矛盾的现状。福利社会是在1945年由工党政府所建立的,史学界通常认为1945—1975年间是古典福利社会阶段。小说中亚历克斯一家居住在政府修建的住宅区里(市政公寓18 A 幢),父母都有工作,一个在印染厂,一个在"国家商场",这是因为"有这么一条法律,除了小孩、孕妇、病人,人人都得出去上班"(37)。这些指涉都明确显示亚历克斯一家是福利国家的"受惠"者;然而,虽然经济境遇尚可,但亚历克斯的道德水准却令人担忧,父母也软弱无能。小说里描写的困境凸显的是中产阶级对于福利国家制度的诟病,20世纪70年代英国中产阶级普遍认为福利国家制度是一个误区。② 而60年代早期的情况更为复

---

① René Girard, *The Girard Reader*, ed. James G. Williams, New York: Crossroad Herder, 1996, 177.
② Rodney Harrison, "Towards an Archaeology of the Welfare State in Britain, 1945 – 2009," *Archaeologies*, 5.2(2009), 238 – 262.

杂,一方面福利国家政策还有许多漏洞(无家可归的人还是很多,正如伯吉斯小说中的流浪汉),引发社会焦虑;① 另一方面人们对福利国家能否提高工人和穷苦阶层的"道德"水准,也普遍表示怀疑。② 伯吉斯通过《发条橙》这部小说对后面这个问题做出回应。在他看来,福利国家无法改变,也绝对不应该试图改变公民的行为习惯,以除暴为名义所采取的措施往往只会适得其反。

伯吉斯小说所流露的政治立场相当复杂,不太好把握。伯吉斯与新左派知识分子素无往来,与"愤怒青年"一派作家也缺乏共性。但他也并不认同中产阶级抨击福利国家政策的做法,他并没有将亚历克斯描写为所谓"野蛮下层人"(feral underclass)中的一员,而是充分展现了他的个人倾向与体制和社会暴力密切的互文关系。

小说所使用的独特叙事语言内部就隐藏着伯吉斯政治立场所显现的复杂性。伯吉斯在小说中创造的"纳查奇语"(Nadsat),意即青少年黑话,是以俄语为主要基础,并混合了西语等其他元素,凸显了伯吉斯作为语言学家得天独厚的天赋,也暗藏张力。青少年黑话源于俄语,暗示青少年暴力问题实际源于在整个社会流动的负面情感和暴力倾向,与政府和国家机构本身具有的暴力性难逃干系。但伯吉斯的纳查奇语又暗含讥讽,比如把 Bolshevik(布尔什维克,即多数派)这个词拆解成 bolshi veck,指身高马大的人。把意为"好"的俄语单词 khorosho 谐音为 horrorshow,使后者的字形(看上去像"恐怖活动")与意义形成反差,暗示语言符号构建虚幻真实的能力。正是这种能力使得小说中的青少年可以建立一个自己的暴力亚文化,虽然与崇尚爱与和平的美国嬉皮士亚文化相距甚远,却以其对暴力自我复制机制的敏感,出其不意地具备了对暴力进行深度批判、启动重构社会共同体过程的功能。

三、道德情感与自由意志

《发条橙》对暴力的情感机制显示了非凡的洞察力,也因此对西方关于道

---

① Virginia A. Noble, *Inside the Welfare State: Foundations of Policy and Practice in Post-War Britain*, New York and London: Routledge, 2009, 121-143.
② 青少年犯罪是20世纪60年代初期英国社会广泛关注的社会问题,青少年帮派盛行,以莫兹帮和摇滚帮最为猖獗,这两个帮派在伯吉斯回国后居住的小镇里也有所冲突。

德与情感关联的主要理论提出了质疑,对"道德情感"和"自由意志"都有所抨击,即不认为道德基于天然的良性情感,也不认为"自由意志"是克服恶行的力量。叙述者亚历克斯在书里替作者说出了怀疑论的心声:"……但是,弟兄们哪,他们不厌其烦咬着脚指甲去追究不良行为的'根源',这实在令我捧腹大笑。他们不去探究'善行'的根源何在,那为什么要追究其对立的门户呢"(42)。这也就是说,既然我们不知道善从何来,也就同样无法追寻恶的来源,更不可能通过意志加以调控。

"道德情感"的观念一般认为是亚当·斯密(Adam Smith,1723—1790)在1759年著作《论道德情感》(*Moral Sentiments*)中明确提出的,指作为道德基础的天然、普遍的情感,如同情。这个观念在苏格兰启蒙主义思想家中渊源深厚,最早可追溯至沙夫茨伯里伯爵(Anthony Ashley Cooper, Third Earl of Shaftesbury,1671—1713)和哈奇生(Francis Hutcheson,1694—1746)对"共通感"(sensus communis)的改写,随后休谟和斯密提出"道德情感"观念。① 而探究"自由意志"的源头,至少可以回溯到圣奥古斯丁(Saint Augustine,354—430)。后者在《论意志的自由选择》(*On the Free Choice of Will*)中就说过,欲望和激情支配灵魂的话,那么人们一定会倾向于贪恋身外之物,即"可变和不确定之物",但意志则内在于灵魂,如果遵从"神圣谕令和权威",即可以战胜欲望和激情,获取完美的智慧,将永恒的自由意志本身视为至善至福。②

亚历克斯的立场与上面两种观点都相悖。在他看来,意志取决于情感,而不是相反,他的暴力源于怒火与憎恶之情,而这些情感在小说一开始就与药品捆绑在了一起,继而又与社会中陈陈相因的暴力行为相联系,与"自由意志"和"道德情感"都没有关联。这也就是为什么在小说中,想要解决青少年犯罪问

---

① "道德情感"这个观念始于亚当·斯密的著作《道德情感》(参见亚当·斯密:《道德情感》,蒋自强等译,北京:商务印书馆,2014),而源头又必须追溯至休谟在《人性论》中的断言:"恶与德既然不是单纯被理性所发现的,或是由观念的比较所发现的,那么我们一定是借它们所引起的某种影响或情绪,才能注意到它们之间的差别"(参见休谟:《人性论》,关之运译,下册,北京:商务印书馆,2014年,第506页)。这个观念的根基又要回溯到哲学家沙夫茨伯里伯爵1709年的论述文《共通感:论文才与幽默的自由》("*Sensus Communis*: An Essay on the Freedom of Wit and Humour in a Letter to a Friend", Anthony Ashley Cooper, Third Earl of Shaftesbury, in *Characteristics of Men, Manners, Opinions, Times*, ed. Lawrence E. Klein, Cambridge, Cambridge University Press, 1999, 29-69)中对"共通感"(*sensus communis*)这个拉丁文概念的重新诠释,这种立场被其学生哈奇生所继承。

② Augustine, *On the Free Choice of Will, On Grace and Free Choice, and Other Writings*, ed. Peter King, Cambridge: Cambridge University Press, 2010, 29.

题的政治与医学权威只能依靠在暴力与生理反应之间制造关联,而无法找到有效改变心理机制的办法。小说勾勒了几种互为镜像的不受意志控制的暴力行为,它们同源而生,互相借力,找不到可以阻挡自己的反力。亚历克斯与企图控制他行为的政治权力中枢所依赖的都是自发、强烈的生理和心理反应,也正因为如此,无法实现真正的控制。亚历克斯无法左右自己和同伴自不待言,国家意识形态机器也同样脆弱。在小说的第 17 章,亚历克斯在医院中醒来,发现自己已经不再对暴力和美色感到不适,路多维哥氏疗法宣告失败。这其中的缘由并没有一致的解读。可能是摔一跤后产生的变化,也可能是有人做了手脚,叙述者不知就里,也没有事后求证。大多数阅读者和评论家都有自己的理解,也无法寻求统一。这就和小说中作家亚历克斯的妻子到底如何去世一样,属于小说的"虚笔"之一,作者没有做出清晰的交代,也不需要交代,重要的是表现缺席的意志及其引发的社会混乱。

伯吉斯不仅在《发条橙》中反复质疑"意志"(will)这个概念,也对摒除意志的"行为疗法"发起猛烈抨击。[①] "行为疗法"的出发点正是为了给缺乏自由意志的现代人提供一种重建自由的可能。行为主义理论泰斗斯金纳(B. F. Skinner,1904—1990)所冀望的就是用行为控制的方法来解决现代社会中意志缺席、道德根基消失的问题。他在 1945 年撰写的乌托邦小说《二号小区》(*Warden Two*,1948)中,专门构想了一个全新的以小城镇为主的当代世界,一个适合开展行为工程的理想环境,描绘了人与人之间以礼相待、互为臂膀的理想境界。在 1960 年再版序言中,他还特意指出,"青少年犯罪的比例可以通过改善他们早期的成长环境来加以降低"。[②] 他在后来的论著《超越自由与尊严》(*Beyond Freedom and Dignity*,1971)中,更是指出传统的"自由"观念过于注重反对惩罚机制(就是小说中亚历克斯所经受的行为疗法),但是忽略了其他更微妙、更有危害的行为控制手段,而我们要做的就是将控制体系"更为合理地进行重新设计"。[③] 但我们不得不指出,斯金纳的理论也无法应对和抵

---

① Bobby Newman,"*Clockwork Orange*:Burgess and Behavioral Interventions," *Behavior and Social Issues*,1.2(1991),61 – 70.
② B. F. Skinner,*Warden Two*,Cambridge:Cambridge University Press,1960,xi-xii.
③ B. F. Skinner,*Beyond Freedom and Dignity*,Middlesex:Penguin Books,1971,46.

御高度城市化环境中人际关系的日益腐化,从互相勉励和支持堕落到互相竞争和漠视的局面,而《发条橙》更是将行为控制的美梦彻底击碎。

这恐怕也就是为什么《发条橙》的第 21 章让亚历克斯自己在成熟后自然生出对于文化美好一面的向往,包括对艺术美的创造和对爱的渴望。这本小说虽然对行为控制的乌托邦理念加以抨击,却鲜明地展示了自身的乌托邦倾向。只是小说中的乌托邦寄寓于不可控制的个体,而不再是被迫接受规训调控的群体。具有一定悔悟能力的个体才是共同体的根基,是遏制暴力复制和繁衍的有效机制。人不一定生来有道德情感,也不一定有坚强的自由意志,然而都有悔过和醒悟的可能——即使这种醒悟并不纯洁——因此暴力或许并不那么令人恐惧。《发条橙》所流露的这种信念可以说是最为纯粹的"乌托邦思辨",并不像伊格尔顿所说的那么脆弱而不切实际,恰恰是参透社会现实后生成的从容宽宏。

四、反乌托邦小说中的乌托邦冲动

《发条橙》对狂暴情感的描写对西方道德观的两支主流同时发起冲击,一方面彻底否定基督教传统中的"自由意志"观念,对以"行为疗法"为代表的替代手段提出质疑。另一方面,质疑"自由意志"也必然伴随着对于愤怒与憎恶这些狂暴情感的强调,由此冲击从亚里士多德的伦理理论以降将人类情感视为道德根基的做法。当意志和情感都已经无法构建道德根基的时候,社会应如何避免动荡?文化应如何避免衰微?

伯吉斯或许并不在意文明的崩塌,他追求乌托邦用的是迂回绕道的方法,以冲击现行秩序为基础,对以稳定和谐为理想的中产阶级价值体系加以严酷的嘲讽。这种态度在小说对于所谓"高雅文化"的重构中一览无余。伯吉斯在创作小说之前是一名古典音乐作曲家,因此把自己关于古典音乐的知识转移到小混混亚历克斯的身上。但亚历克斯对于古典音乐的态度不具备优美或崇高的传统审美特质,而显现出一种与狂暴情感共振的恐怖之美。

古典音乐首次出现在牛奶吧里时,就与死亡联系在一起。亚历克斯听到歌手演唱歌剧片段,当他听出来这个片段与濒死的经历有关,就感到莫名兴奋,"打了个冷战"(29)。亚历克斯惯于把古典音乐当成自己狂暴想象的背景,也以自己的方式重新界定古典音乐,使之变成一种蔓延起来如病毒一般的反资产阶级利器。这当然不能代表伯吉斯的立场,但他向我们显示了一个重要的道理,古典音乐的文化含义和功能无法被规定或预测,即便有情感塑造作用,也让人难以捉摸塑造的会是什么样的情感,这个道理与 18 世纪兴起的以卢梭思想为代表的道德情感理论——即人类天然向善的情感是道德基石——相背离。1974 年,伯吉斯又创作了一部与《发条橙》标题相关的作品,即《发条证词:恩德比之死》(The Clockwork Testament, or Enderby's End),更明确地提出了一种让人联想起尼采"超人"观念的情感理念。这是"恩德比四部曲"中的第三部,主角是一名上了年纪、患有癫痫的诗人。在死亡前的一天里,他大声宣告:"要么在贝多芬《第九交响曲》震耳欲聋的巨响中死去,要么存活于一个安全世界,耳边只有愚蠢的发条音乐",也就是说"没有攻击性,就没有艺术"。① 攻击性不一定带来创造力,却是创造力的必要源泉。

《发条橙》并没有对贝多芬的《第九交响曲》特别加以强调,小说对古典音乐的指涉较为多元,但后来的《发条证词》将其单独拎出来,说明这首交响曲还是有特殊意义的。贝多芬的《第九交响曲》被选为欧盟会歌,2000 年在奥地利曼豪森集中营故址也被演奏,经常被认为是为乌托邦的代言音乐。② 但齐泽克(Slavoj Zizek, 1949—)指出,"欢乐颂"这一段崇高的主旋律在重复几次后突然被基于土耳其进行曲的嘈杂音符所扰乱,象征的是乌托邦陷于混乱和绝望的过程。③ 而《发条橙》让古典音乐,包括《第九交响曲》,成为激发狂暴情感的文化形式,就是把齐泽克指出的这种混乱推至极致,象征一种创造性的毁灭,让"欢乐颂"所寄托的传统乌托邦转化为更有批判性、更为坚韧的新型乌托邦,暗示西方人自浪漫主义以来就生生不息的颠覆和再造世界的情怀。

---

① Anthony Burgess, *The Complete Enderby*, New York: Carroll & Graf Publishers, 1996, 416, 418.
② Esteban Buch and Richard Miller, *Beethoven's Ninth: A Political History*, Chicago: University of Chicago Press, 2004.
③ Slavoj Zizek, "Ode to Joy: Followed by Chaos and Despair," *New York Times*, Dec. 24, 2007, http://www.nytimes.com/2007/12/24/opinion/24zizek.html(accessed 2016/2/3).

五、结语

《发条橙》用独树一帜的方法铺陈了一个无解的问题,构建了一个融写实与幻想于一体的世界,一个理性和情感都越轨而无法控制的混乱社会。唯一的希望在于小说第 21 章里亚历克斯自发的浪子回头,但毕竟这样的转变没有保障,长大的浪子们也可能像亚历克斯的同伙乔治那样暴亡,或像丁姆那样变成国家暴力机器或民间暴力团伙中的一员。这个幻想的世界是阴暗现实的写照,但同样也蕴含着脱离现实的可能。

与著名的反乌托邦小说《一九八四》相比,伯吉斯可能走得更远,他所描写的社会完全没有构建极权统治的能力,占统治地位的是普遍的野蛮和暴力。他的政治观点也比奥威尔更为微妙复杂,他不仅反对行为控制,反对极权专制,而且也同样反对讲究温和与适宜情感的资产阶级人道主义。《发条橙》这部寓言般的小说虽然令人发颤地表现了现代社会,却峰回路转,显示了对未来的一种期许。伯吉斯曾在 1975 年一篇文章中隐晦地批判过库布里克。① 库布里克执导的《发条橙》电影不仅漠视小说的第 21 章,还彻底将暴力美学化。两者的分歧不仅折射出电影和小说作为意义媒介的区别,更体现出两位艺术家精神气质的不同。批判之后的再造或许是伯吉斯对库布里克改编电影表示不满的深层原因。天主教的信仰对伯吉斯及《发条橙》发挥着隐蔽的作用,在他的反乌托邦小说中埋下了形塑共同体的乌托邦信念。

第四节

《永远不要弃我而去》中的人性焦虑

日裔英国作家石黑一雄 2005 年出版的小说《永远不要弃我而去》一经面

---

① Anthony Burgess, "On the Hopelessness: Turning Good Books into Films," *New York Times*, April 10, 1975, http://www.nytimes.com/1975/04/20/archives/on-the-hopelessness-of-turning-good-books-into-films-on-the.html?_r=0(accessed 2016/2/4).

世,即在欧美获得如潮好评。这部涉及克隆人话题的科幻题材作品引起评论界的强烈关注。

英国《卫报》评论这是"石黑一雄关于人类关系持久性的最深刻的阐述";美国《出版商周刊》则这样评价:"一个史诗性的道德恐怖故事,以一种辛辣而令人痛苦的缩影的形式讲述……石黑一雄编织出一个犀利而又谨慎的科学超越道德的故事。"[1]有学者解读小说"鲜活而沉痛地刻画了基因技术将要带给人类社会的新物种——克隆人可能面对的悲喜哀愁和伦理困境",[2]是"后现代主义的'复制'发生在人类身上的产物……是一个关于人类的新品种克隆人令人悲伤的童话,是一则引人深思的寓言"。[3] 也有学者认为它"通过重写历史,探讨了在一个科技发展业已超出人类想象的社会中的价值问题"。[4]《纽约时报》书评认为石黑一雄的意图并非指向基因复制技术带来的伦理问题,而是"更个人的,更文学的"。[5] 郭国良等认为作者的实际意图是通过克隆人的目光来探索现代人的生存境况,揭示个体悲剧生命的无可逃脱性。[6] 还有学者探讨小说中通过"黑尔舍姆"体现的社会霸权的建构和消解。[7] 所有这些评论都未能强调石黑一雄与文化观念发展史形成的互动。我们知道,文化观念的主要内涵之一是转型焦虑(参见本丛书总序和各卷相关章节),而《永远不要弃我而去》中所呈现的(因生物科技造就的乌托邦——或者说恶托邦——引起的)人性焦虑其实就是一种转型焦虑。从这一角度去解读这部小说,我们会发现作者关于人性多层次的思考,或者说深深的文化忧思。

人类自存在以来,对于人为何物、何为人性的思考从来就没有停止过,人类也为自身的存在找寻各种理由。法国哲学家卢梭(Jean-Jacques Rousseau,

---

[1] 见中文译本《永远别丢下我》封底(石黑一雄:《永远别丢下我》,朱去疾译,南京:译林出版社,2007年)。
[2] 桑翠林:《"人生而不平等"的极致演绎——〈千万别弃我而去〉的物种身份问题探究》,《湛江师范学院学报》,2008年第5期,第100页。
[3] 王理行:《当后现代主义的"复制"发生在人类身上的时候——论石黑一雄的〈千万别丢下我不管〉》,《英美文学论丛》,2007年第7辑,第118页。
[4] 郭国良、李春:《"宿命"下的自由生存——〈永远别让我离去〉中的生存取向》,《外国文学》,2007年第3期,第5页。
[5] 同上,第4页。
[6] 同上。
[7] 谷伟:《沤浮泡影——略论〈千万别弃我而去〉中"黑尔舍姆"的体制悖论》,《外国文学》,2010年第5期。

1712—1778)说过:"人类的各种知识中最有用而又最不完备的,就是关于'人'的知识。德尔菲神庙里唯一的碑铭上的那句箴言:'认识你自己',比伦理学家的一切巨著都更重要。"①文学又称人学,"人"的母题是西方文学演变的深层动因。② 对于"何为人"的问题,希腊神话中的斯芬克斯之谜指出人变化的生物性;希伯来文明确定了人的精神性;法国哲学家笛卡尔(Rene Descartes,1596—1650)的"我思故我在"(Cogito ergo sum),强调人的理性;卢梭提出"我感知故我存在",发掘肯定人的感性;弗洛伊德(Sigmund Freud,1856—1939)论证欲望是人类行为的驱动力;维特根斯坦(Ludwig Wittgenstein,1889—1951)则坚持人的语言特性。但所有这些西方文化中对于人性的定义在生物科技造就的乌托邦世界中被一一消解,主人公和她的朋友们虽然具备以上所有人类的特性,他们还是不被人类所认同,还是被看作异类,因为他们是克隆人。

石黑一雄的小说再次提出了"What is human?"这一疑问,小说通过克隆人的叙事解构了以人类为中心的人性观,通过对西方历史上"人性"的界定持续地拷问,表达了作家强烈的人性焦虑。

一、希腊文明的人性观:人的生物性

两希文明是西方文化的渊源。源头之一的希腊文明是放纵的文明,注重人的生理性、生物性。希腊神话中狮身人面的女妖斯芬克斯坐在忒拜城外通向城内的路口,用谜语向过路的人发问:"什么东西早晨四条腿走路,中午两条腿走路,傍晚三条腿走路?"没有猜中的人,就立即会被斯芬克斯吃掉。当俄狄浦斯给出"人"这个正确答案后,斯芬克斯便坠崖而亡。谜语本身就是给"人"下的一个几乎完美的定义:人是"一种早上四条腿走路,中午两条腿走路,傍晚三条腿走路的东西"。这一定义是从人的存在与发展角度,综合了人的生物特性给定的。因为它既将人以"东西"界定为自然的存在物,又将人一生动态发展的特征揭露无遗。"早晨四条腿走路"与"中午两条腿走路"分别对应于人的婴幼儿时期与成年时期;"傍晚三条腿走路"即意喻人生到了晚年需借助拐杖等外力行走。由此可见,生老病死是人的自然生理特性。

---

① 卢梭:《爱弥儿》,李平沤译,北京:商务印书馆,1978年,第62页。
② 蒋承勇:《西方文学"人"的母题研究》,北京:人民出版社,2005年第2页。

小说中的克隆人凯茜和她的朋友们也经历着人类自然的成长过程。他们在寄宿制学校黑尔舍姆度过懵懵懂懂的童年和渐谙世事的少年时光,在村舍度过情窦初开、心智渐熟的青年岁月,在康复中心度过生命中余下的时光。如果不是因为多次"捐献"而提前中断成长过程,他们也会自然地迈向中老年,走向衰老和死亡。但他们生命的结束并不自然,就如黑尔舍姆的监护人露西小姐残忍指出的那样:"你们的一生已经被规划好了。你们会长大成人,然后在你们衰老之前,在你们甚至人到中年以前,你们就要开始捐献自己的主要器官。这就是你们每个人被创造出来要做的事……把你们带到这个世界来有一个目的,而你们的未来,你们所有人的未来,都已定好了。"①

生老病死是人的自然生理特性,但这些克隆人与人类相同的生理特性并不能保证人类对他们的认同。更富有反讽意味的是,现代社会的人类想利用生物技术制造克隆人,为人类提供器官,从而改变人的生理变化进程。当那一天真的到来时,人们还能用斯芬克斯之谜来定义"人"吗?

二、希伯来文明的人性观:人的精神性

西方文明的另一源头希伯来文明是节制的文明,强调人的精神性。《圣经·创世纪》里讲到了人的由来、人的特性:

神说,我们要照着我们的形象,按着我们的样式造人,使他们管理海里的鱼、空中的鸟、地上的牲畜和全地,并地上所爬的一切昆虫。

神就照着自己的形象造人,乃是照着他的形象造男造女。

……

耶和华神用地上的尘土造人,将生气吹在他鼻孔里,他就成了有灵的活人,名叫亚当。②

可见,按照基督教和《圣经》的解释,人的身体本来是一具毫无生命的躯壳,直

---

① 引文参考石黑一雄:《永远别丢下我》,朱去疾译,南京:译林出版社,2007年,第180页。本节以下引文只标明页码,不再加注。

② 《圣经·创世纪》: http://www.chinesebibleonline.com/book/Genesis/2 (accessed 2018/5/5).

到神将生气吹进,这身体才成为活人。当神收回所赐的生命气息后,人的身体就要归回尘土,所以人的生命和价值都是来自神的灵,灵魂是人性的根本。

小说中黑尔舍姆的学生被要求创作出最好的艺术品,由夫人挑选拿走,但为什么要拿走他们的作品,学生们一无所知。多年以后,凯茜和汤米设法找到夫人和埃米莉小姐,后者对他们坦陈"我们拿走你们的美术作品,是因为我们认为它们能展示你们的灵魂。或者更确切地说,我们这么做是为了证明你们也是有灵魂的"(291)。但人类面对那些艺术品却无动于衷,"人们宁可相信这些器官是无中生有而来的,或者最多也就是相信它们是在什么真空里培育出来的"(294)。当人类否认克隆人的精神性的时候,是不是也在否认自身呢?

三、古典主义的人性观:我思故我在

对于人性的界定是西方哲学一直追索的命题。理性曾经被认为是人的本质。亚里士多德把人定义为"政治的动物",从实质上讲,"理性本身就是政治。"①被黑格尔(Georg Wilhelm Friedrich Hegel,1770—1831)称为"现代哲学之父"的 17 世纪法国哲学家笛卡尔主张对每一件事情都进行怀疑,而不应信任人的感官。从这里他悟出一个道理:他必须承认的一件事就是他自己在怀疑。而当人在怀疑时,他必定在思考,由此他推出了著名的基本公式——"我思故我在"。换句话说,在理性主义者看来,思考和质疑的能力是人的本质特性。

在《永远不要弃我而去》中,凯茜和汤米对露西小姐的欲言又止感到疑惑,开始思考"捐献"和"创作性"之间的关系;进而思考"夫人"为什么要拿走他们的画(34)。"代币之争"体现了学生们质疑和独立思考的能力,他们不是一味地盲从。一个叫罗伊·J 的学生甚至鼓足勇气为此事去找监护长埃米莉小姐,一个叫波莉·T 的女孩公然在课堂上问露西小姐:"夫人到底为什么要拿走我们的东西?"(45)她的问题代表了所有学生的疑问。再比如抽烟,学生们被禁止抽烟,他们被反复教育抽烟在体内造成危害,但玛奇·K 问露西小姐自己是否曾经抽过烟。露西小姐代表人类对学生们解释:"抽烟对于你们,对于你们

---

① 让-皮埃尔·韦尔南:《希腊思想的起源》,秦海鹰译,北京:北京大学出版社,2012 年,第 117 页。

所有的人，比起对于我，就更糟了。……你们是学生。你们是……特别的。所以，要保持自身良好的状态，让自己的身体内部非常健康，这对于你们每个人远远比对于我来得重要。"(76)此处学生们的质疑反衬出人类理性的荒谬，难道克隆人努力保持健康的目的是为人类献出健康乃至生命吗？人类放纵享乐，失去健康时就有理由要求克隆人作出牺牲吗？这是什么样的理性逻辑？

凯茜和汤米在池塘边的谈话是凯茜成长的转折点，从那以后，"我开始以不同的眼光看待一切事物。以前我会在尴尬的事情面前退却，而此后，我渐渐开始提出问题，就算没有说出口，至少我内心深处会问。"(85—86)学生们的思考和质疑证明了他们的理性。

四、浪漫主义的人性观：我感知故我存在

18世纪浪漫主义的代表人物卢梭重视人的感性，提出"感情是先于知识而存在的"。[1] 他认为人类都具有同情的自然德行，并且断言："同情又是那样自然的，而至于充满兽性的人，有时候亦不乏鲜明的表露。"[2]他又说："怜悯是一种自然感情。正是这种情感，使我们不假思索地去援救我们所见到的受苦人。正是这种情感，在自然状态中代替了法律、风俗和道德；而且这种情感还有一种优点，就是没有一个人企图抗拒它那温柔的声音。"[3]

黑尔舍姆的孩子们有着普通人的七情六欲，他们时不时会被嫉妒、猜疑、仇恨、焦虑所左右，但人们看到更多的是存在于他们天性中的同情、怜悯、宽容、忠诚、爱、牺牲、信任等品质。小说中的凯茜融合了这些善良的天性。当看到汤米被伙伴们愚弄时，凯茜对他充满同情。当看到汤米被伙伴们抛弃而痛苦时，她勇敢地上前安慰他，尽管汤米没怎么领她的情。凯茜和汤米之间的生死绝恋也令人动容。最令人感动的是凯茜对露西的忠诚：凯茜在铅笔盒事件后，明知道露西捏造杰拉尔丁小姐送她铅笔盒的事，但她没有揭穿露西，而是千方百计为她保守秘密(66—69)。虽然凯茜和露西之间时有冲突，并一再遭到露西的排挤，但当莫拉伊·B想和她组成同盟对付露西时，她坚持没有背叛

---

[1] 卢梭：《爱弥儿》，第253页。
[2] 罗曼·罗兰：《卢梭传》，陆琪译，西安：华岳文艺出版社，1982年，第33页。
[3] 卢梭：《爱弥儿》，第103页。

露西。多年以后，凯茜回想当初，反思自己为什么没有和莫拉伊结成盟友，她觉得"是因为莫拉伊建议我和她一起跨越某条界线，而我还没有准备好那么做。我想我感觉到，那道界线的另一边，是一些更艰难、更黑暗的东西，而我不想要那些。不适合我。也不适合我们之中的任何一个人"(62)。即使后来知道露西有意拆散了自己和汤米，凯茜还是原谅了她。

浪漫主义还强调人的创造力，而"在黑尔舍姆，许多时候你被人如何看待，你如何受人喜欢或者尊重，必须取决于你'创造'得多棒"(18)。有学生因为写诗而名噪一时，有学生因为画得好而受到拥戴，而汤米则因为"缺乏创造力"而备受奚落。

浪漫主义鼓励人的梦想，在黑尔舍姆，许多孩子都对未来充满憧憬：彼得和戈登谈论当演员，去美国，有人梦想在超级市场工作(89)。即使到了村舍，学生们也没有停止做梦，比如露西就梦想在"一间漂亮的现代敞开式的写字间"里工作(159)。

存在于凯茜记忆中的黑尔舍姆浓缩着所有这些浪漫主义的情感。黑尔舍姆的关闭就像凯茜、露西和汤米在金斯菲尔德的海边看到的那条搁浅的船。船搁浅了，"船的油漆已经剥落，还有那小船舱的木结构也都碎裂了"，但凯茜他们依然相信"它真漂亮"(249)。黑尔舍姆虽然被人类关闭了，但在学生们的心目中，"黑尔舍姆不会因为关闭了就变成一片沼泽地"(249)，它将永远存在于学生们的记忆中。

五、现代心理学的人性观：我有欲望故我存在

精神分析学派创始人弗洛伊德提出"欲望是人类行为的驱动力"。他的人格理论主要包括意识层次理论和人格结构理论。弗洛伊德意识层次结构理论阐述了人的精神活动，包括欲望、冲动、思维、幻想、判断、决定、情感等会在不同的意识层次里发生和进行，包括意识、前意识和无（潜）意识三个层次。无意识（潜意识）是原始的冲动和各种本能，通过遗传得到的人类早期经验以及个人遗忘了的童年时期的经验和创伤性经验、不合伦理的各种欲望和感情。[①] 小

---

① 弗洛伊德：《自我与本我》，杨韶刚译，长春：长春出版社，2004年，第117—121页。

说中凯茜多次向露西坦白自己的性冲动,但又为自己的欲望心存恐惧和悔恨,她把被压抑的欲望和恐惧,投射到磁带上。"那盘磁带是我的一个秘密,对我意义重大。也许我们所有黑尔舍姆的人都有一些这样的小秘密——我们在子虚乌有中制造属于自己的小天地,可以带着我们自己的恐惧和渴望独自前往的地方。事实却是,我们怀有这样的需求,在那个时候会觉得是不对的——不知何故,就好像是让朋友难堪。"(82)她不知道这是人的自然本性,她为此很苦恼,并偷偷翻看色情杂志,寻找自己的"原型",探寻自己欲望的来源(146—150)。

弗洛伊德人格结构理论认为人格由本我(id)、自我(ego)和超我(superego)构成:本我反映人的生物本能,按快乐原则行事,是"原始的人";自我寻求在环境允许的条件下让本能冲动能够得到满足,是人格的执行者,按现实原则行事,是"现实的人";超我追求完美,代表了人的社会性,是"道德的人",受完美原则支配;在通常情况下,本我、自我和超我是处于协调和平衡状态,从而保证了人格的正常发展。① 如果三者失调乃至被破坏,就会产生精神疾病,危及人格的发展。小说中的露西尤其表现出了人格的复杂性。到了村舍以后,凯茜发现了露西的双重人格:"我一直认为有两个不一样的露西。一个露西总是想法给老兵们留下深刻印象,一个自私、做作、我不喜欢的露西;可是另一个露西每天晚上在我小小的阁楼房间里,和我说体己话,这是来自黑尔舍姆的露西。"(142)多年后,三个失散的好朋友再次重逢,露西请求凯茜和汤米的原谅,为他们设法弄到了夫人的地址,督促他们以相爱的理由去找夫人,以推迟捐献;即使在临终前回光返照的短暂时间里,她还用自己的目光向凯茜表达了她的意愿,这表明她已达到了"超我"的道德境界。

可见,根据弗洛伊德的理论,黑舍尔姆的学生们在人格和性心理方面的发展是完全正常的,但人类对此又表现出了虚伪的一面。一方面埃米莉小姐对学生们说,不对自己的躯体感到羞愧和"尊重自己的生理需要"是何等重要;只要真的需要,那么性爱就是男女双方"一件非常美好的礼物",可是当学生们真的在教室里做爱的时候,却被批评是"不恰当的";埃米莉小姐直言相告:"你们知道不应当做你们刚才在做的事,我希望你们不要再做了。"(105)更为荒谬的

---

① 弗洛伊德:《自我与本我》,第137—142页。

是,她在性教育课程上警告学生们可以有性满足,但不要有爱情。

六、现代语言哲学的人性观:我言说故我存在

现代语言学派的主要代表人物海德格尔(Martin Heidegger,1889—1976)和维特根斯坦主张哲学的本质就是语言,语言是人类思想的表达,是整个文明的基础,因而哲学的本质只能在语言中寻找。海德格尔提出"语言是存在的家",①而维特根斯坦则提出"除了能说的东西以外,不说什么事情……一个人对于不能谈的事情就应当沉默"。② 以罗兰·巴特(Roland Barthes,1915—1980)、德里达(Jacques Derrida,1930—2004)为代表的解构主义者结合索绪尔的符号语言学和现代语言哲学的思想,以"语言先在性"为前提,否定"自我""主体性"的存在,提出"自我"是人为的语言虚构,人不再是独立的个体,而是语言网络的产物,人类通过言说来界定自己。

小说以凯茜为第一人称叙述自己的经历,其回忆、讲述的过程就是她寻找个人身份和主体性的过程。戴维·洛奇在《意识与小说》(*Consciousness and the Novel*,2002)一书中引用认知学的研究成果表明"叙事是意识的基本特征,讲故事是人类自我保护、自我控制、自我定义的最基本策略"。③ 小说以凯茜介绍自己的身份而开头:"我的名字叫凯茜·H。我现在三十一岁,当看护员已经十一年多了。"(3)小说通过凯茜的娓娓叙事,让人们深入克隆人的"意识",了解他们与人类有同样的喜怒哀乐和爱恨情仇。小说中的克隆人会写诗,也会做论文,具有和人类一样优秀的语言能力。但人类通过自己的话语霸权,对他们做出了不同的界定。在他们很小的时候,就一再被反复告知"我们和监护人他们是不一样的,并且和外面的人也是不一样的…… 未来漫长的生活中,等待我们的便是捐献。"(77)即便是开明的露西小姐,也一再告诫他们:"如果你们想要体面的生活,你们每一个人都必须明白自己是谁,摆在你们前面的是什么。"(9)后来黑尔舍姆被关闭了,是因为人类希望克隆人丧失话语权,"回归无

---

① 海德格尔:《诗·语言·思》,彭富春译,北京:文化艺术出版社,1991年,第106页。
② 维特根斯坦:《逻辑哲学论》,郭英译,北京:商务印书馆,1962年,第97页。
③ David Lodge, *Consciousness and the Novel: Connected Essays*. Cambridge: Harvard University Press, 2002, 15-16.

声无息之中"(296)。

七、结语

综上所述,西方文明史上有代表性的对于人性的定义在小说生物科技造就的乌托邦世界中被一一消解,因为主人公和她的朋友们虽然具备以上所有人类的特性,但还是不被人类所认同,还是"与我们不同",他们"不是真正的人"。全书弥漫着淡淡的怀旧、哀婉和感伤的情绪。小说发表后,有评论家质疑学生们为什么不逃跑,为什么不反抗?[①] 我们认为,小说克制隐忍的笔调比控诉更加有力,它就是那么娓娓道来,在读者面前竖起一面镜子,让人们再一次审视自己,审视"人性"的定义,因此"这是一部不折不扣的关于人类的小说"。[②] 书中有一段描述颇让人回味:"当你第一次从这样一个人的眼中看到自己的时候,这会是一个让你心底发寒的时刻。就好像你从每天都要经过的一面镜子前走过,突然镜子里映出的你是其他什么东西,是一件令人烦心和陌生的东西。"(41)

露西谈论诺福克"失落之角"的意义时指出:"当我们遗失了什么珍贵的东西,而我们找了又找还是无法找到时,我们不必悲伤至极。我们还有最后的一丝安慰,那就是想到某天,当我们长大成人可以自由自在周游世界之时,我们总是可以到诺福克去重新找到它。"(74)当人类急匆匆大踏步前进时,是不是该停下来反思有没有遗失了什么最珍贵的东西?这部小说也就是人性的"失落之角"吧。石黑一雄在一次访谈中表明他写的并非科幻小说;对于读者的诸多反应,他最认可的是"小说很忧伤,但又具有一种积极的力量,因为小说里的人物都值得敬重"。[③] 读完这部小说后,人们可能会像凯茜和汤米在诺福克发现凯茜丢失的那盘磁带时那样,"感到了内心深处某种久有的愿望,牵动着我们再次信仰曾经贴近我们心灵的事物。"(74)

小说的标题 *Never Let Me Go* 也是凯茜最喜欢的一首歌的名称。当夫人

[①] 郭国良、李春,《"宿命"下的自由生存》,第 5 页。
[②] 王理行,《当后现代主义的"复制"发生在人类身上的时候》,第 124 页。
[③] Brian W. Shaffer, Cynthia F. Wong, *Conversations with Kazuo Ishiguro*, Jackson: University Press of Mississippi, 2008, 200.

看到小凯茜听着悲伤的音乐而独自跳舞时,她落泪了,因为她"看到了一个新世界的迅速来临。更科学,更有效……却又是一个非常无情和残忍的世界。我看到了一个小女孩,她紧闭双眼,胸前怀抱着那个仁慈的旧世界,一个她的内心知道无法挽留的世界,而她正抱着这个世界恳求着:千万别弃她而去。"(305)小说中的"我"——凯茜的身上虽有软弱、嫉妒、恼怒等人性的弱点,但更包含着人性中温情、光辉的一面:忠诚、宽容、忍耐、博爱、富有牺牲精神。小说在对人类发出恳求——"千万别弃我而去"!因为当人类要丢弃人性中这一切美好情感的时候,人类长生不朽的"乌托邦"也就变成人性自我毁灭的"恶托邦"!

  小说正是通过对人性观念的不断拷问,消解了人类自我中心的逻各斯主义,表现出作家强烈的文化关怀,也震撼着每个读者的心灵,让人们再一次反思:未来的人类将走向何方?

第五章

"英国音乐"中的"主题"与"变奏"

二战后,随着大量移民的持续涌入,英国在政治、经济、宗教、文化等多个领域出现了结构性的变化,与之相关的后殖民理论和叙事研究也在学界成为一种新的强势话语。与此同时,针对"英格兰特性"(Englishness)、"英国特性"(Britishness)和"共同体"(community)等一系列文化观念在新时期的发展,英国文坛又一次掀起了激烈的讨论,一时间涌现了大量经典的文学历史著作和文学文化评论专著。①

本章主要从小说创作的维度来审视当代英国本土作家对民族特性的书写与重构。从16世纪英国民族国家意识的崛起,到20世纪帝国神话的破灭,英国作家通过文学创作,尤其是通过小说来探寻民族特性的热情丝毫未减。正如帕林德(Patrick Parrinder)所言,"小说一直是国家和民族的重要思想源泉,从笛福(Daniel Defoe,1660—1731)到彼得·阿克罗伊德(Peter Ackroyd,1949—)等众多英国小说家都是英国历史和民族身份的评论员"。② 就以当代为例,英国作家对民族传统文化的想象也不尽相同,呈现出开放性和多样性的特点。阿克罗伊德在《阿尔比恩:英国文化想象的起源》(*Albion: The Origins of the English Imagination*,2002)中指出:"英国特性本身就体现了多样性的原则。在英国文学、音乐和绘画中,多样性成为艺术的形式和类型。这种特点既反映了英语语言的混杂性,也反映了英国种族文化的多元性"。③

在后现代多元文化思潮(尤其是解构理论)的影响下,当代作家开始反思

---

① 参见罗伯特·科尔斯的《英格兰的身份》(*The Identity of England*)、罗杰·斯克拉顿的《英格兰挽歌》(*England: An Elegy*)、保罗·朗福德的《鉴别英国特性》(*Englishness Identified*)、彼得·阿克罗伊德的《阿尔比恩:英格兰想象的起源》(*Albion: The Origins of the English Imagination*)、杰里米·帕克斯曼的《英国人:一幅人民的画像》(*The Englishness: A Portrait of a People*)等。

② 参见 Patrick Parrinder, *Nation and Novel: The English Novel from Its Origins to the Present Day*, Oxford: Oxford University Press, 2006, 14 - 15.

③ Peter Ackroyd, *Albion: The Origins of the English Imagination*, London: Chatto & Windus, 2002, 448.

潜藏在文化表象之下的种种暗流，并且在"历史转向的集体写作"①中保持着自觉与自省意识。虽有迷惘与困惑，一些作家仍然坚信，通过文学的想象可以将孤立的个体和历史融入整个文化传统的命脉，以深度的情感共鸣将每一位成员相连。如果把这些作家在构建民族特性过程中始终守护和传承的民族精神比喻成"英国音乐"，那么其中遇到的困惑与反思则可以看作"英国音乐"的变奏。

朱利安·巴恩斯（Julian Barnes，1946— ）的小说《英格兰，英格兰》（*England, England*，1998）就是其中的变奏之一。小说既包含了个人追寻真实身份的忧思，也揭露了后现代消费文化中英格兰人面临的文化认同危机。巴恩斯一方面质疑了个人、民族依靠虚幻的历史表象来建构"英格兰特性"的荒谬做法，另一方面却在小说的留白处隐藏着对真实的民族身份的探求。小说中并没有真正揭示"英格兰特性"是什么，却蕴藏着深切的人文关怀和民族责任感。

另一位当代作家拜厄特（A. S. Byatt，1936— ）长期以来被学界认为延续了学院派的创作风格，作品中很少看到她对社会和民族问题的关注。其实不然，拜厄特的创作常常流露出她内心强烈的社会关怀意识。她的中篇小说《尤金尼娅蝴蝶》（"Morpho Eugenia"，1994）深入探究了"花园"意象背后隐藏的文化内涵。"花园"不仅承载了英国民族的历史想象和文化认同，还有机地融合了作者对社会、艺术、自然、科学的整体文化思辨。拜厄特通过对个体身份和英格兰花园表象的质疑，试图在亚马逊原始丛林的异域文化中寻找个体蜕变和民族重生的契机。这可以视为书写英国民族特性的又一变奏——英国民族身份的追寻不能仅限于"现在和本国"②。

无论"英国音乐"如何变奏，"乐器"如何变换，主题和精神似乎永远不变。即使进入多元文化的时代，这仍然是阿克罗伊德和许多英国作家一直守护的文化信仰。阿克罗伊德创作的小说《英国音乐》分别从历史共同体的纵向和社

---

① 自20世纪末以来，英国当代文坛出现了"集体回溯"的创作风潮。历史题材的创作成为近30年间英国小说的核心主题。加入这次"历史转向"创作的英国当代作家包括约翰·福尔斯、朱利安·巴恩斯、格雷厄姆·斯威夫特、A. S. 拜厄特、彼得·阿克罗伊德等。

② 拜厄特曾表示，一提起"英格兰"，她就想起艾略特的《四个四重奏》（*Four Quartets*，1943）中多次出现的诗句："历史就是现在和本国"。

会共同体的横向这双重视野铺展叙述,揭示了个体、家庭、民族组成的大小共同体得以延续,正是建立在对"兼容并蓄"的英国"风土精神"(genius loci)①的守护之中。

巴恩斯、拜厄特、阿克罗伊德与英国当代文坛的其他作家一起接过历史前辈的神圣使命,继续谱写"阿尔比恩之歌"(the Song of Albion)。② 只要"英国音乐"弦歌不绝,共同体就不灭,英国文化的想象就得以长青。

第一节
《英格兰,英格兰》中的景观社会

巴恩斯曾以小说《福楼拜的鹦鹉》(*Flaubert's Parrot*,1984)和《10 1/2 卷的人类史》(*A History of the World in 10 ½ Chapters*,1989)于 20 世纪 80 年代蜚声西方文坛。两部小说中显见的拼贴、戏仿、碎片化等革新实验的叙事手法,以及小说对真实历史的质疑、对宏大历史叙事的挑战都曾将作者推向后现代文学代表作家的宝座。然而,巴恩斯 1998 年出版的小说《英格兰,英格兰》却脱离了后现代的叙事实验而转向了政治小说创作。③ 此前,他在 1995 年出版的随笔集《伦敦书信》(*Letters from London*)中一篇题为《虚假》的文章里直言:"英国人好传统,也好发明传统。"④在《英格兰,英格兰》问世后,巴恩斯在一次访谈中也说道:"这部小说讨论的是英格兰的概念、真实性问题以及对真相的探求,还有我们如何忘记历史。"⑤英国特性和被发明的传统因此作为小说

---

① 参见本章第三节。
② 同上。
③ Rudolf Freiburg and Jan Schnitker, eds., 'Do You Consider Yourself a Postmodern Author?' in *Interviews with Contemporary Novelists*, Reihe: Erlanger Studien zur Anglistik und Amerikanistik, 1999, 61.
④ Julian Barnes, *Letters from London*, 1990-1995, London: Picador, 1995, 27.
⑤ Vanessa Guignery and Ryan Roberts, eds., *Conversations with Julian Barnes*, Jackson: University Press of Mississippi, 2009, 2.

主题而受到评论界的关注。

《英格兰,英格兰》由三个章节构成。题为"英格兰"的第一部分描绘了女主角玛莎·科克伦的记忆,她试图回忆童年的重大事件,同时又怀疑这些回忆的真实性。第二部分中,小说详细叙述了亿万富豪杰克·皮特曼爵士在怀特岛上开发的、由玛莎任执行总裁的"英格兰,英格兰"主题公园项目及其巨大的市场成功,可是玛莎从来没有相信过这个项目,最终被迫离开了怀特岛。小说的最后一部分描绘了玛莎在年迈孤独中的经历:她在一个脱离工业化的英国居住,仍在寻求真理和意义。小说由此塑造了一个在表象、拟像等充斥着超真实的世界中苦苦求真的主人公玛莎。围绕"英格兰,英格兰"岛的建造,她经历了真实世界的幻灭和超真实世界的成功,"英格兰特性"也在此过程中被解构、重构。

无论是在学术界还是在大众文化领域,英国民族身份的话题近年来都颇受关注。在过去十多年间,这方面的文学创作、文学批评、历史著作或文化评论都颇为丰富。例如,杰里米·帕克斯曼(Jeremy Paxman, 1950—)的《英格兰特性:人民的画像》(*The Englishness: A Portrait of a People*, 1998)、罗伯特·科尔斯(Robert Colls, 1949—)的《英格兰的身份》(*The Identity of England*, 2002)、罗杰·斯克拉顿(Roger Scruton, 1944—)的《英格兰挽歌》(*England: An Elegy*, 2000)、保罗·朗福德(Paul Langford)的《鉴别英格兰特性》(*Englishness Identified*, 2000)和彼得·阿克罗伊德的《阿尔比恩》等都致力于探讨英格兰的民族身份。①

"英格兰特性"无疑是个复杂的概念,很难一言蔽之。但是在大众文化中,"英格兰特性"却在文化的生产和消费中变成庸俗的陈词滥调。巴恩斯在小说中批判了消费文化中诞生的"英格兰特性",揭示其虚幻的本质。

---

① Robert Colls, *Identity of England*, Oxford: Oxford University Press, 2002; Roger Scruton, *England: An Elegy*, London: Chatto & Windus, 2000; Paul Langford, *Englishness Identified: Manners and Character 1650-1850*, Oxford: Oxford University Press, 2000; Peter Ackroyd, *Albion: The Origins of the English Imagination*, London: Chatto & Windus, 2002; Jeremy Paxman, *The English: A Portrait of a People*, London: Michael Joseph, 1998; John McLeod and David Rogers, eds., *The Revision of Englishness*, Manchester: Manchester University Press, 2004; Krishan Kumar, *The Making of English National Identity*, Cambridge: Cambridge University Press, 2003.

一、"超真实"的英格兰

小说围绕着"英格兰,英格兰"这一旅游项目的建构而展开。很多评论者都指出这是对鲍德里亚(Jean Baudrillard)"超真实""类像"等理论的戏仿。小说中的一位法国学者曾说道:

> 我们已经确立了喜欢复制品胜过喜欢原作的习惯。……我们知识分子的职责就是要服从这样的现代性,摒弃一切感伤的、自欺欺人的对所谓"原件"的渴求。我们就是要复制品,因为我们能够拥有、占据、重整复制品所具有的现实、真理和真实性,并且从中获得享受。①

这种对复制品的推崇和对原件的摒弃正是鲍德里亚所描述的现代消费社会的特征。在小说中,皮特曼爵士极力赞同这种观点。他认为一切都是人为建构的,根本不存在所谓本源的自然状态。即使是远离人类生活的大自然,在他看来也是人工的结果。他这样解释自己面前的自然风景:

> 前几天,我站在山坡上,看着山下绵延的田野经过一片灌木林,一直延伸到一条河,我正看着的时候,一只野鸡从我的脚下飞起。作为一个路过的人,你肯定会认为自然之母(Dame Nature)正在忙于从事其永恒的事业。我知道得更加清楚。那座山是黑铁时代的一座坟墓,那起伏的田野是撒克逊农业的遗迹,灌木林之所以是灌木林,是因为无数其他的树木都已经被砍倒了,那条河是一条运河,而那只野鸡则是一位猎场看守人养的。我们改变了一切——树木,庄稼,动物。现在,请随我再往前进。你看到的地平线尽头那个湖是一座水库。不过在它建成几年之后,当鱼儿在水中游,迁徙的飞鸟把它当作聚集的港湾的时候,当它的周围绿树环绕,小船在其中悠然荡漾的时候,当所有这些都发生了的时候,它就成功变成了湖,你明白了吗? 它变成了事物本身。(71—72)

---

① 朱利安·巴恩斯:《英格兰,英格兰》,马红旗译,南京:译林出版社,2015年,第62,64—65页。本节以下引文只标页码,不再加注。

可以看出,在皮特曼爵士眼中,所谓自然风景都是人类干预的结果。从古至今,人们一直在根据自己的理念、欲望改造着身边的自然之物,使之成为可供观赏与怡情的风景。所以,皮特曼爵士坚信"只有通过复制品才可以到达真正的实物"(70)。正是基于这样的原则,他在怀特岛上根据自己的构想,靠着现代技术,再次建立了一个"英格兰"。他称之为"英格兰,英格兰"——"在一百五十五平方英里的区域内呈现游客也许想看的、我们一向认为代表了英格兰的一切。"(215)

评论者米拉吉(J. J. Miracky)指出,巴恩斯在小说中既嘲讽又赞颂了鲍德里亚的"超真实"之论。① 所谓"超真实",指的是"用模型生成一种没有本源或现实的真实"。② 鲍德里亚曾断言,超真实已经融入现实之中,现实就是超真实:

事实上,我们应该把超真实颠倒过来:今天的现实本身就是超真实的。今天,日常的政治、社会、历史以及经济的整个现实都与超真实的拟真维度结为一体,我们的生活处处都已经沉浸于对现实的"审美"幻觉之中。③

在巴恩斯的小说中,鲍德里亚的论断被皮特曼爵士淋漓尽致地实践于"英格兰,英格兰"项目中。"在这个壮观的、设备齐全的宝石般的岛国上,你可以很方便地体验到英格兰过去和现在所拥有的最好的一切。"(221)项目开发之初,为驳斥"老英格兰才算正宗,旅游项目展示的都是赝品"(217)这种观念很费了一番功夫。作为项目执行总裁,玛莎为其辩护道:"上世纪末,佛罗伦萨的市政广场上移走了米开朗琪罗制作的大卫雕塑,用一件复制品取而代之。结果复制品和'原作'一样受到游客们的欢迎。而且,93%的受访者认为看过这件完美的复制品后,他们觉得没有必要再去博物馆看'原版'了。"(217)在小

---

① J. J. Miracky, "Replicating a Dinosaur: Authenticity Run Amok in the 'Theme Parking' of Michael Crichton's *Jurassic Park* and Julian Barnes' *England, England*," Critique, 45.2(2004), 165.
② Jean Baudrillard, *Simulations*, trans. Paul Foss, Paul Patton and Philip Beitchman, Los Angeles: Semiotext, Inc., 1983, 2.
③ Baudrillard, 147-148.

说结尾处,"英格兰,英格兰"景区蓬勃发展,游客从世界各地赶来,趋之若鹜;相形之下,那个作为原版存在的"旧英格兰"国家却持续衰退。"最终,旧英格兰宣布更名为安吉利亚,从此宣告自绝于这个时代。"(302)由此,皮特曼爵士所建构的由"类像"拼贴而成的"超真实"世界完全战胜了传统意义上的"真实"世界——"当'英格兰'被人们提起的时候,人们知道的仅仅是'英格兰,英格兰'而已。"(302)

皮特曼爵士在建构"英格兰,英格兰"这个旅游项目的同时也在建构英格兰的民族身份。为什么皮特曼的复制会更加"真实"?为什么人们更喜欢被复制、改写的"英格兰岛",而不是原初的那个呢?这是巴恩斯小说中隐含的问题。一方面,它指向了英格兰民族身份的建构性和想象性本质,揭示了所谓民族身份仅仅是大众心理在拉康(Jacques Lacan,1901—1981)镜像中的投射,是想象界中占据了真实主体的虚假形象,同时又是代替真实主体在场的言语建构的象征化产物;另一方面,小说中大众的选择也揭示了德波(Guy Debord,1931—1994)所讨论的后工业时代景观社会中隐性意识形态对大众的奴役。然而,巴恩斯对虚构性民族身份的批判并不是要否定民族身份本身,而是要在想象性民族身份与英国社会现实之间的断裂处揭示真实的英格兰特性的存在。

二、作为镜中之像的英格兰

《英格兰,英格兰》中译本的腰封上引用了作家巴恩斯自己的评述:"我感兴趣的是你们所谓'传统的发明'。曲解自己的历史,是一个国家的题中之义。"小说用很大的篇幅描述了皮特曼爵士在怀特岛重构英格兰国家的过程,凸显了民族身份的建构性与超真实性。小说中这一建构和认同过程正好体现了拉康在个人主体性讨论中提出的镜像理论,以及与之相关的想象界、象征界和真实界的论说。拉康的视角彰显了民族身份建构与认同中隐含的大众欲望,而这种欲望的生成与消费正是作家批判的对象。

身份是如何建构的?小说的回答是:"记忆就是身份。"(300)玛莎的第一段记忆是关于英格兰的地理拼图游戏。她幼年时沉迷的拼图游戏不仅仅成为记忆的隐喻,而且也是小说主题的提喻,因为玛莎在记忆的碎片中努力拼凑着自我的身份。小说从个体的身份建构引入国家身份的形塑问题。英格兰特性,即英格兰所具有的特质,依赖于那些历史的碎片。评论者裴特曼(Matthew Pateman)指出,拼图是一个"非常适宜的比喻,暗示着国家的概念是被建构的,可以随心所欲地分割为多个行政区划,并随着历史变化而变更"。①

玛莎想要在记忆的拼图中建构自己的主体性身份,即"成为她自己",无论那个自己是什么,又是怎么来的(247)。"成为她自己"也是拉康对主体性形成的描述。在拉康的镜像阶段理论中,"个人主体不能自我确立,它只是在另一个对象化了的他人镜像关系中认同自己的(……)这种认同却以他者对主体自己的取代而告终"。② 因此,自我其实只是超现实的幻象,是一系列认同行为建构出的假我。"我"只是镜中的那一个影像,却被误认为是自己。玛莎就是如此:为了获得"真实"的自我,她在皮特曼爵士等人摒弃真实、建构超真实的世界时,以愤世嫉俗的姿态和不妥协的方式追寻自己信奉的真实,她以为自己知道想要什么:"真实、简单、爱情、善良、友情、乐趣。"(161)在成为项目执行总裁之后,她以为自己和皮特曼爵士不同:"杰克·皮特曼爵士坚定地相信他的产品,而玛莎·柯克伦私下里却不相信。"(230)玛莎认为自己一直保持着"众人皆醉我独醒"的自觉意识,即使看到人们对新英格兰岛上的赝品趋之若鹜,她仍然竭力划分虚构与真实。但是,马克斯博士的一番话让她醍醐灌顶:

难道这个真实性的理念本身不是某种程度上的赝品吗?并没有一个真正的原初时刻,至纯时刻,不管其追随者如何伪装。我们也许可以选择冻结某个时刻,并指出那就是一切的'开始',可是作为一个历史学家,我要告诉你,这种贴标签的做法在理智上难以自圆其说。我们所寻找的几乎总是更早时期的物品的复制品。

要说构建么,你也一样是构建出来的,柯克伦小姐。(157—159)

马克斯的这段话不仅迎合了皮特曼爵士对"真实"的质疑,也粉碎了玛莎

---

① Matthew Pateman, *Julian Barnes*, Tavistock: Northcote House, 2002, 76.
② 张一兵:《拉康镜像理论的哲学本相》,《福建论坛·人文社会科学版》,2004 年第 10 期,第 36 页。

对真实自我的坚守。小说开始时,玛莎虽然质疑了记忆的可靠性,但是仍然认为存在着未经加工的真实记忆;她可以接受一个故事"在原故事基础上的改进",前提是"它是真的"(4)。但是,随着皮特曼爵士"英格兰,英格兰"项目的深入发展,以及她自己在项目中的深度参与,玛莎不得不面对自我建构的虚构性和主观性——你无法"做自己",而只能"成为自己,无论那个自己是什么,又是怎么来的"(247)。

对自我身份的怀疑自然会引向对民族身份的质疑。皮特曼爵士直接挑战了真实性这个概念本身:"什么是真的?……比如说,你是真的吗?……我的回答是'不'。"(64)在他看来,绝对的真实是不存在的,或者是难以追溯的。因此,他质疑了每个人身份的真实性,也摒弃了在英国民族身份问题中的真实性探寻,全凭个人设计,在怀特岛上重造了一个想象的英格兰。玛丽·弗尔布鲁克(Mary Fulbrook, 1951—　)曾写道:"民族身份作为可被追溯的本质是不存在的。它是人为建构的,当足够多的人共同信奉一个版本的集体身份且视之为社会现实的时候它才会显现。国民身份是被嵌入在社会制度、法律、风俗、信仰和习俗之中的,并由此得到传播"。① 皮特曼爵士的英格兰不仅是人为的建构,也是集体想象的产物。不过,这个"英格兰"不是英国大众在历史的记忆中建构出来的民族身份,而是先由皮特曼爵士和大众共同建构英国民族身份的形象,再由他践行于怀特岛上,随之受到大众的一致追捧。英格兰特性由此成为拉康理论中的"镜中意象"。

怀特岛上的"英格兰"从诞生之日起就是想象的产物。它的存在恰如拉康在镜像阶段中所论述的"镜中之我",是在想象性认同中形塑和产生的。拉康说:"形象(image)不是简单的外部对象,而是一直缘起于人的感性存在的构形物,具体说,即是从人的镜像和他人的表情、行为中接受的一种非我的强制(或者叫'侵凌性')投射。这种投射即形成作为小他者意象(imago)结果的伪自我。"② 在"英格拉,英格兰"项目中,被投射在所谓"伪自我英格兰特性"之上的,是皮特曼爵士通过大范围的问卷调查而得到的"英格兰的五十条精华"(100)。

---

① Mary Fulbrook, *German National Identity after the Holocaust*, Cambridge: Polity Press, 1.
② 张一兵:《拉康镜像理论的哲学本相》,第37页。

这五十条精华投射的是大众想象中的英格兰。爵士的历史顾问马克斯博士曾对此表示怀疑,认为大众想象中的民族身份是缺乏历史基础的。他在与普罗大众的交谈中发现"许多人记忆历史的方式就像他们回忆自己的童年一样,自以为是,瞬息万变"。(99)他最终意识到,英国大众只愿意通过自己想象的历史来建构自己的民族身份;没有人在意其真实性,因为人们在拥抱自己建构的身份之时,也自欺欺人地变成了自己想要成为的那个人。

大众想象的英格兰特性映射着当代英国民众对辉煌的大英帝国的怀念和对衰落中的英国的不满。当马克斯博士想要向英国民众展现真实的历史时,皮特曼爵士毫不客气地指出:"许多人并不想要你和你的同事们所理解的历史——就是你们在课本里看到的历史——因为他们不知道如何去应对那样的历史。"(84)"英格兰,英格兰"的建造恰恰满足了人们内心的欲望。皮特曼爵士就是要引领大众走入他们期望的梦境——"我们要的是此地,我们要的是当下,我们要的是这座岛,但是我们也要魔力。我们要让我们的游客们感觉到他们走过了一面镜子,离开了他们自己的世界,进入了一个新的世界,似曾相识又完全不同,这里的一切与这个星球上的其他有人的地方完全不同,恍若进入了难得的梦境。"(144)

三、作为景观的英格兰

巴恩斯笔下超真实的"英格兰,英格兰"不仅展现了民族身份的建构性和其中隐含的大众欲望,也说明当代英国已彻底沦为德波所说的那种景观社会。小说通过皮特曼爵士青睐的那位法国知识分子之口直接援引了德波在《景观社会》(*La société du spectacle*, 1967)一书中的原文:"所有那些曾经直接存在的都已经变成了纯粹的表现形式。"(64)①德波在其著作中曾指出,在当代资本主义社会中,"景观是人们自始至终相互联系的主导模式"。② 人们对于景观的这种建构性虽心知肚明,却沉迷其中,无法自拔,以致将自己本真的社会存在忘得一干二净。"英格兰,英格兰"的空前成功与"原版"的"旧英格兰"的衰落,证明德波所言不谬。

---

① 引自居伊·德波:《景观社会》,王昭凤译,南京:南京大学出版社,2006年,第3页。
② 同上,第174页。

巴恩斯笔下的"英格兰,英格兰"揭露了景观对主体的奴役。景观,是德波社会批判理论的关键词,原意为一种被展现出来的可视的客观景色、景象,也意指一种主体性的、有意识的表演和作秀。德波看到的当代资本主义社会新特质,是其存在的主导性本质主要体现为一种被展现的图景性。人们因为对景观的迷恋而丧失对本真生活的渴望和要求,而资本家则依靠控制景观的生成和变换来操纵整个社会生活。① 因此,景观首先是"少数人演出,多数人默默观赏的某种表演"。② 少数人指作为幕后操控者的资本家,他们制造了充斥当今全部生活的景观性演出;而多数人指的则是那些被支配的观众,即芸芸众生。在皮特曼爵士的怀特岛上,大本钟、安妮·哈瑟维的农舍、多佛白崖、温布利球场、巨石阵、王宫和舍伍德森林应有尽有,莎士比亚、德雷克、约翰逊博士、内尔·格温、波阿狄西亚、维多利亚女王、罗宾汉和他的逍遥帮等英国历史名人均由著名演员扮演,他们声情并茂地向游人演示众所周知的历史故事。正如小说尾声中讲述的那样,怀特岛上各种英格兰式的表演使这个游乐项目成为英格兰的代名词,人们在如痴如醉地观赏着由皮特曼等少数人制造和操控的这出空洞的景观戏,而真正的英格兰却逐渐淡出人们的视线,直至被遗忘。"英格兰,英格兰"岛也映射着当代英国社会景观对大众的控制。

景观乍看起来与政治无关,然而隐性控制才是最深刻的奴役。而景观到底凭借什么,能如此牢牢地掌控现代人呢? 德波给出的答案如下:

景观自身展现为某种不容争辩、不可接近的事物。它发出的唯一信息是:"呈现的东西都是好的,好的东西才呈现出来。"原则上它所要求的态度是被动的接受,实际上它已通过表象的垄断,通过无须应答的炫示(appearances)实现了。③

皮特曼爵士深谙其道,他知道人们想要什么,于是不遗余力地将之呈现给

---

① 张一兵:《德波和他的〈景观社会〉》《〈景观社会〉译序》,德波:《景观社会》,第 10 页。
② 同上,第 11 页。
③ 德波,《景观社会》,第 5 页。

大众。他对雇员们说:"悠久而丰富的社会和文化的历史,极具市场价值,在当代尤其如此。莎士比亚、维多利亚女王、工业革命、园艺,等等等等。……我们必须把我们的过去作为他国的未来卖给他们。"(45)在这里"我们的过去"是指英帝国辉煌的历史。随着战后英国国力衰弱和殖民地纷纷独立,20世界80年代以来,怀旧情绪一直在英国社会蔓延。大众文化在各个领域掀起怀旧风潮。虽然怀旧话语在英国文化中从未缺席,每一个时代都曾表达过对逝去时光的怀念与感叹,但是当代英国社会的怀旧却与景观社会紧密相连。詹姆逊、罗萨尔德和萨缪等社会学者都曾讨论过当代社会中人们对于已然消失或行将消亡的世界的怀旧问题:①在消费社会中,怀旧与资本的联合,共同造就了以表象或鲍德里亚所称的"拟像"为基础的"超真实"世界,人们以表征的方式再现了想象中的过去,在整个社会营造着迎合大众趣味的景观。小说中,玛莎曾这样评论岛上呈现给大众的英格兰景观:"难道你们不觉得不论是早餐还是历史景点,给人们更多的选择正是自主权和民主精神的体现吗?我们只不过是在遵循市场的逻辑而已。"(217)但是,这些表面上的市场逻辑,却形塑了一个民族的民族身份,制约了人们的身份认同机制。因此,德波认为在生活中景象成了决定性的力量。景象制造欲望,欲望决定生成。也就是说,物质生成虽然是客观的,却是在景象制造出来的假象和魔法操控之下运作的。景象相互映照,人就生活在这光怪陆离的虚假幻象之中,并赖以为生。

在景观所制造的"超真实"世界中,表象代替了真实之物,在不知不觉中让人忘记了曾经存在的历史。以德波之见,"景观统治的第一要务就是根除历史知识;首先根除的正是全部理性信息和关于最近之过去的评论。关于这一点的证据是如此明显,几乎用不着进一步的说明。伴随着完美的技巧,景观组织安排对什么将要发生的无知,及紧随其后的对如何理解的忘记。某事越是重要,它就越是被隐藏起来"。②透过皮特曼制造的"英格兰,英格兰",巴恩斯警告着景观社会对历史的毁灭。在皮特曼的岛上,英格兰的历史被随意地篡改

---

① Fredric Jameson, "Nostalgia for the Present", *Postmodernism, or, The Cultural Logic of Late Capitalism*, Durham: Duke University Press, 1991, 279-296; Raphael Samuel, *Theatres of Memory*, London: Verso, 2012, 221; Renato Rosaldo, "Imperialist Nostalgia", *Culture and Truth: The Remaking of Social Analysis*, Boston: Beacon Press, 1989, 68-87.

② 德波,《景观社会》,第113页。

着,但是人们对此安之若素,对各种面目全非的历史表演趋之若鹜,而那些受雇担任各种历史角色的演员们则"很高兴充当那个他们要扮演的角色,而不想做自己"(238)。在那个假戏真做的世界里,每个人都欣然接受着幻象建构的景观,沉迷在景观的世界里。但那个古老的原版的英格兰,"已经成了一个经济和道德的垃圾坑"(243),"旧英格兰失去了她的历史,它也就完全失去了自我意识——因为记忆就是身份。"(300)

小说中旧英格兰的衰落与消亡是巴恩斯为读者们敲响的一记警钟。他提醒人们,当代资本主义经济繁荣中诞生的景观社会正在奴役人们的思想,抹杀民族的历史,景观造就的民族身份终究只能是水中之月、镜中之花。不过,巴恩斯在创作一个反乌托邦的《英格兰,英格兰》的同时,也开启了对英格兰民族身份真实性的探寻。

四、断裂处的真实之像

德波认为,景观是一种由感性的可观看性建构起来的幻想,它的存在由表象所支撑,以各种不同的影像为其外部显现形式。尤为重要的是,景观的在场是对社会本真存在的遮蔽。巴恩斯小说中的"英格兰,英格兰"正是对德波论述的完美显现。那么作家是否完全放弃了真实的英格兰民族身份呢?在这部犀利的讽刺作品中,舞台上呈现的是插科打诨的小丑,然而小说并没有放弃对英国民族身份严肃性的探寻。恰如主人公玛莎在离开"英格兰,英格兰"之前曾反省的那样,当人们生活的世界已经被戏仿、超真实、表象等淹没之时,人们要如何对待生命的严肃性?

刚刚过去的那个时候被挪用,被再造,被复制,被粗俗化;她自己也在其中推波助澜。但是这种粗俗化总是发生。要严肃对待生活,就要赞美原始意象:回到它跟前,关注它,感受它。这是她和马克斯博士的分歧之处。你可能会怀疑神奇事件从未发生,或者至少不像人们现在设想的那样,但是你也必须赞美这个意象和这个瞬间,即便它从未发生。这就是生命小小的严肃性所在。(286)

因此,对真实的探寻已经变成了一种信仰。在小说结尾处,玛莎回到已然衰落的老岛,发现人们即使回到了农耕时代,也依然孜孜不倦地为自己的社会创造着传统。玛莎想要追求的"元初时刻"依旧停留在欲望的彼岸。综观整部小说,巴恩斯在讥讽着被建构、被发明的"英格兰特性"之时,却在小说的留白处隐藏着对真实的民族身份的探求。作家并没有告诉读者"英格兰特性"到底是什么,相反,小说反复想要证实的是"英格兰特性"不是什么。玛莎在否定"什么不是真实"的过程中寻找真实,就如同拉康对真实域的讨论,它是想象域和象征域的失效或断裂。

小说中皮特曼爵士的"英格兰特性"被概述为50条代表英格兰的精华,如"王室、大本钟、等级体制、板球、帝国主义和莎士比亚等"(100)。虽然小说虚构了确立50条英格兰精华的情节,但是无可否认的是,小说中呈现的英格兰特性列表确实符合英国本土大众和海外游客对英格兰的想象。从拉康的视角出发,这50条英格兰精华成为一系列的能指。在拉康的分析中,围绕一个"词"或一个能指,从它的发音到它所意指的概念,从这个概念所表征的形象再到该概念所意指的含义在不同文化语境中的差异,整个过程就像一个谵妄的联想;在极度凝缩的句式中,在文字游戏的功能机制中,在语境和语义的迅捷滑动中,在从神话到宗教到诗歌乃至历史文化的跨界旅行中,完成了对这个词作为一个能指的意义生产机制的说明。巴恩斯的50条英格兰精华中无论是王室、大本钟还是板球、等级制度,这些词语作为能指,本身与英格兰的民族身份并无直接关系。但是,这些能指组合在一起,相互关联同时又在一定的语境中形成能指链。虽然能指本身并不直接产生意义,能指链的运动只是为意义生产提供一个意指语境,所谓的意义实际是主体在能指链的回溯运动中和在某一能指的垂直轴上经由选择被缝合出来的。在大众文化的语境中,通过问卷调查而形成的这50条精华似乎构成了完整的英格兰特性。因此,由一系列能指构成的英格兰特性实则只存在于拉康意义上的象征界。

那么,巴恩斯在对于"英格兰特性"的一系列证伪过程中否认了英格兰民族身份的真实存在吗?

正如拉康对真实界的讨论那样,真实存在于想象界与象征界的断裂之处,是不可能存在之真。但是,不可能恰恰是可能的条件。在拉康的讨论中,"想象与象征都已经是超现实或构成现实的,真实并非想象和象征之外的东西,而就是由想象和象征构筑起来的个人主体生活本身的断裂和失败,是指人的存在在被象征性符号杀戮后的一种不可能在场的关系存在"。① 巴恩斯笔下的英格兰既是大众欲望的实体化,是大众想象中的认同;也是一系列语言能指所固化的景观存在,但是在小说所呈现的存在于想象界与象征界的英格兰民族身份中,细心的读者不难发现,这个英格兰中从未有少数族裔的人出现,甚至于这个英格兰美好得连老人、穷人、罪犯等位处社会边缘的人都不存在。小说中这样写道:"皮科特集团将老年人、长期生病的人和依赖社会的人都打发到英格兰主岛上去了,但是岛上的居民对此并没有什么抱怨,倒是会埋怨说犯罪太少,使得警察、监护官和监狱都变得可有可无了。"(219)虽然全书只有这样一句话暗示了"英格兰,英格兰"岛的人口属性,但是作者分明指出了这座岛上种族和阶级的单一性。这种单一性恰恰与当代英国社会多元文化融合的现状自相矛盾。正是在这种矛盾中,存在于想象界与象征界的英格兰身份出现了断裂,在这断裂之中,隐藏着真实的英格兰特性。

《英格兰,英格兰》为读者呈现了一场代表垄断资本的大财阀与普罗大众群策群力为英格兰发明传统、锻造民族身份的闹剧。轰轰烈烈的"英格兰,英格兰"岛解构了传统意义上的民族身份,一个超真实的景观社会迎合了大众的欲望,也形塑了消费社会话语下的"英格兰特性"。但是,作家在嬉戏怒骂之后仍然冷静地揭示了拉康想象界中的身份认同只是主体欲望的投射,景观社会在遮蔽了真实的同时也在奴役着人们的思想,毁灭着人类的历史,真实的"英格兰特性"并不存在于任何大众文化的构建与话语中,而是隐藏于想象界与象征界的断裂之处。巴恩斯的小说让读者在掩卷后陷入深思。

---

① 张一兵:《不可能的存在之真——晚期拉康哲学思想述评》,《学术月刊》,2005 年第 1 期,第 91 页。

第二节
"花园"赋格:《尤金尼娅蝴蝶》中的文化反思

长期以来,拜厄特被认为是一个象牙塔里的"学院派"作家。① 例如,罗兰(Andrea Louise Rohland-Le)批评她的创作以"自我"为中心,向读者呈现了一个英国的学院世界,从中很难看到"他者"的踪迹;② 菲安德(Lisa M. Fiander)也在论著中提到,拜厄特在小说创作中塑造了"大量保守、孤立的学者型人物"。③

面对这些评论,拜厄特在一次英国《卫报》的采访中明确地表示对自我不感兴趣,内心深处的道德信仰让她坚信应该时常关注他者。④ 此外,我们在她撰写的文论中可以看到,她对现代印象主义小说中呈现的"唯我主义"深感不安。作为对照,她欣赏的是默多克在评论杂文《反对枯燥》("Against Dryness",1961)中援引的奥斯汀、托尔斯泰、爱略特的作品,因为他们的社会小说由于自我与共同体相连而更显厚重。⑤

作为英国文化和文学的传承者,拜厄特与前辈一样心怀社会责任感,她对他者(他人、社会、民族、自然环境)的关怀,正是理解她文化观念的核心所在。然而,她的共同体⑥情怀并没有引起学界足够的重视,尤其是其作品中反复出

---

① 参见 Michael Irwin, "Growing up in 1953", *The Times Literary Supplement*, 3 Nov., 1978.
② Andrea Louise Rohland-Le, "The Space Between: A. S. Byatt and Postmodern Realism", Diss., University of Montreal, 2000, 135.
③ Lisa M. Fiander, *Fairy Tales and the Fiction of Iris Murdoch, Margaret Drabble, and A. S. Byatt*, New York: Peter Lang, 2004, 2.
④ Marianne Brace, "That Thinking Feeling," *The Guardian*, 9 June, 1996, http://books.guardian.co.uk/print/0,3923723-99930,00.html(accessed 2017/6/7).
⑤ 参见 A. S. Byatt, *Passions of the Mind: Selected Writings*, London: Vintage, 1993, pp. xv-xvi.
⑥ 关于"共同体"概念的梳理,请参见殷企平:《西方文论关键词:共同体》,《外国文学》,2016 年第 2 期,第 70—79 页。

现的"花园"意象,至今鲜有人问津。其实,"花园"不仅承载了英国民族的历史想象和文化认同,还有机地融合了作者对社会、艺术、自然、科学的整体文化思辨。

相对而言,萨格鲁(Shelley Saguaro)的《花园之局:花园的政治与诗学》(*Garden Plots: The Politics and Poetics of Gardens*,2006)在这方面作出了较为重要的贡献。他在书中梳理了英国现当代文学作品,尤其是短篇小说中的花园隐喻,其中一节简要分析了拜厄特的《尤金尼娅蝴蝶》,①以说明后现代作家不再单纯地描写花园,而是质疑现代文明发展进程中建构的"花园神话"。②

萨格鲁的研究虽发人深思,但并没有就花园背后的文化意蕴对作品进行更深的挖掘。本节将继续围绕《尤金尼娅蝴蝶》进一步探讨以下问题:英格兰花园和亚马逊丛林,何为理想中的家园?又是以何种艺术形式在小说中呈现的?"理想的英格兰花园"如何变奏成了"忧郁的英格兰"?"忧郁的热带"又如何变奏成了"重生的精神家园"?

一、从"忧郁的热带"③到"理想的英格兰花园"④

萨格鲁在《花园之局》中指出,后现代作家的文本都具有双重编码:一方面,花园在文化信念(cultural doxa)的构建中起了关键作用,因此要依赖它来进行历史定位;另一方面,花园又出现在"消除文化信念"(de-doxify)的文本中。⑤确实,拜厄特对维多利亚时代的重构并非简单地复原历史片段或者田园传统。正如拜厄特自己所言,"书写历史场景不是怀旧……我想探讨是什么样的力量相互交织、相互作用,才使得我们成为现在的我们。"⑥在她看来,维多利亚时代正是这样一个各种力量、各种文化思潮互相碰撞的时期。《尤金尼娅蝴

---

① 拜厄特创作的中篇小说《尤金尼娅蝴蝶》与《婚姻的天使》("The Conjugial Angel")共同构成了小说集《天使与昆虫》(*Angels and Insects*,1992)。
② Shelley Saguaro, *Garden Plots: The Politics and Poetics of Gardens*, Hampshire: Ashgate Publishing Limited, 2006, 62.
③ 参见列维-斯特劳斯:《忧郁的热带》,北京:中国人民大学出版社,2009。
④ 《尤金尼娅蝴蝶》中几次提到了亚当森的家园"理想"(ideal),参见 A. S. Byatt, *Angels and Insects*, New York: Vintage, 1991, 9, 35-36. 本节以下引文只标页码,不再加注。
⑤ Saguaro, *Garden Plots*, 65.
⑥ 参见 A. S. Byatt、陆建德、止庵:《写能够让思想解放的小说》,《文学报》,2012 年 9 月。

蝶》就是一部具有时代特征的作品，其中涉及当时的一些有社会争议的热门话题，比如达尔文主义与宗教、唯灵论思潮的撞击，英格兰花园代表的现代文明秩序与亚马逊原始部落所代表的野蛮无序之间的冲突，人与自然、男性与女性、感性与理性之间的种种矛盾。拜厄特在重构这些互相交锋的力量的同时，也试图揭开历史的层层表象，重现那些"被边缘化、被遗忘的"声音。① 拜厄特笔下的"英格兰花园"和"亚马逊丛林"不仅为这些冲突的文化力量建构了一个交锋的空间，双重花园自身也经历了从"无序""异化""消亡"到"重生"的过程。② 就艺术呈现形式而言，整篇小说就如同围绕英格兰特性展开的一曲"花园"赋格（fugue）③：作品中的"忧郁"与"理想"主旋律如同赋格中的对位声部，互相追逐和竞争，形成答题与对题。

小说主人公威廉·亚当森是维多利亚时代的一位博物学家，在亚马逊热带丛林过了十年的探险生活后，启程返回朝思暮想的英格兰。然而，途中遭遇船难，大量珍贵标本葬身大海。他在走投无路时接受了贵族牧师阿拉巴斯特先生的邀请，为其整理从世界各地收购来的标本。于是，亚当森来到了极具英国花园特色的布莱德利庄园，并为牧师大女儿尤金尼娅的美貌所吸引。两人婚后过上了看似伊甸园般的生活。拜厄特曾经提到，把男主人公命名为"亚当森"（Adamson），实则"讽刺性地指向了伊甸园中的第一个男人"，④这恰好暗示了一个花园神话的开始。

《尤金尼娅蝴蝶》从庄园里举办的一场"花园"舞会拉开序幕：包括尤金尼娅在内的三位贵族小姐身着"薄如蝶翼"的彩色纱衣，头戴"玫瑰花蕾编织的花环"，或是挽起"绯红色雏菊"点缀的发髻，胸襟、腰际间缀满了"丁香""紫罗兰""常春藤"(4)等鲜花；身型如蝶的姑娘们在曼妙的音乐中翩然起舞。拜厄特从传统美学的视角出发，开篇就向我们展示了花园幻境中光鲜亮丽、虚幻美好的

---

① A. S. Byatt, *On Histories and Stories: Selected Essays*, Cambridge: Harvard University Press, 2002, 14.

② Saguaro, *Garden Plots*, 83.

③ 赋格是一种多位声部对位的音乐结构，乐曲主题以几个相互模仿的形式（或声音）形成答题和对题，几个声音之间彼此呼应，相互衍生，参见童明：《现代性赋格：19世纪欧洲文学启示录》，第3页。此外，克里斯蒂娃在《我们是自己的陌生人》（*Strangers to Ourselves*，1991）第一章节《致陌生人的托卡塔与赋格》（"Toccata and Fugue for the Foreigner"）中，借用赋格音乐的艺术形式来阐释"自我"之中的异质性不断衍生和变化的过程，"赋格音乐的魅力就在于和谐的变奏与复现"。

④ A. S. Byatt, *On Histories and Storie*, 161.

一面。然而,作者马上又在这曲花园赋格中插入了另一个主旋律——"忧郁"。在回到英格兰之前,亚当森在无序的热带丛林生活中产生了巨大的痛苦,让他不断美化理想中的英格兰花园,最终选择布莱德利庄园作为自己的归属地。不曾料想,回到现实中的英格兰之后,亚当森还时常受到"热带忧郁"的困扰。

在小说的前半部分,拜厄特多次采用"忧郁""悲伤""痛苦""压抑"等词(13,24,40)来描述主人公在亚马逊经历的各种感官和情感上的冲击。这些和恐惧、忧郁、焦虑、异化相关的负面情绪形成的美学,可以看作"负面美学"。① 现代文学大师创作了不少代表负面美学的典范之作,如卡夫卡(Franz Kafka,1883—1924)的《变形记》(*The Metamorphosis*,1915)、波德莱尔(Charles Baudelaire,1821—1867)的《恶之花》(*Les Fleurs du Mal*,1857)、陀思妥耶夫斯基(Fyodor Mikhailovich Dostoyevsky,1821—1881)的《地下室手记》(*Notes from Underground*,1864)等。这些作品中呈现的负面美学,不能简单地理解为具有"堕落、消极、反动的资产阶级美学倾向";"恰恰相反,负面美学所强烈反对的是资本主义对人的异化,代表的是一种积极的反思能力。"②

因此,拜厄特在《尤金尼娅蝴蝶》中描述的"热带忧郁",也可以看成作者通过异域文化镜像作出的文化反思。"热带"究竟缘何"忧郁"?列维-斯特劳斯在著作《忧郁的热带》(*Tristes Tropiques*,1955)中已经深入地思考了这一问题:"忧郁"一方面缘于热带闷热的气候和杂乱无序的环境;另一方面,缘于欧洲殖民者对热带丛林肆意开发、对原始部落经济剥削和文化渗透。③ 同样,《尤金尼娅蝴蝶》和《忧郁的热带》以小说、田野日志两种不同的叙述体裁对西方的文明和"进步话语"进行相似的推敲和反思。④

与列维-斯特劳斯一样,亚当森内心的忧郁来自他在陌生环境中经历的不安,也来自他对英国探险队力图征服自然的不安。他在日记中罗列了令他不安的种种原因:

---

① 参见童明:《西方文论关键词:暗恐/非家幻觉》,《外国文学》,2011 年第 4 期,第 111 页。
② 同上。
③ 参见列维-斯特劳斯:《忧郁的热带》,北京:中国人民大学出版社,2009 年。
④ 参见殷企平,《推敲"进步"话语》,北京:商务印书馆,2009 年,第 13 页。

吞噬一切的蚂蚁大军、蛙鸣和鳄鱼的叫声,英国探险队的捕杀阴谋、猴子单调而邪恶的哀嚎、自己生活过的各部落的混杂语言、变幻多异的蝴蝶斑纹、吸血飞蝇传播的瘟疫、绿色荒野中的心灵失衡、植物的疯狂生长以及慵懒无聊的生活。(13)

亚马逊的"绿色荒野"让亚当森感到无尽的恐慌与失衡,这种负面情绪其实就是弗洛伊德所说的"暗恐/非家幻觉"(The Uncanny/Unheimlich),这些"突如其来的惊恐经验无以名状",然而"当下的惊恐可追溯到心理历程史上的某个源头。"[①]亚当森的暗恐也可以追根溯源:他出生在一个屠户家庭,"乡下的小院和血肉横飞的屠宰场"让他内心充满了自卑和"莫大的恐惧";他早年的日记中记录了屠宰场的生活岁月,里面"充满了令人窒息的呐喊"(11),充满了渴望远走高飞、出人头地的雄心壮志。他将这份日记存放在银行,以为从此可以封存记忆,可是当他目睹英国探险队在亚马逊的捕杀行径之后,压抑已久的惊恐卷土重来。不可否认,在热带产生的忧郁和"非家幻觉"总有"家"的影子在暗中徘徊。

此外,亚当森的忧郁还来自于目睹欧洲殖民者"对人类尺度的漠视":葡萄牙人用"赎回—解救"(ransom)的词语来掩盖他们贩卖印第安婴儿作为奴隶的罪恶行径(94)。针对这些同时来自自然和人类的"大规模混乱",他甚至用了"地狱"一词来形容亚马逊丛林(179)。在"热带忧郁"的帮助下,他在内心不断描绘的英格兰天堂理想就更为清晰可辨。

在亚当森的"亚马逊丛林"组曲中,"忧郁的丛林"和"美好的英格兰花园"两个旋律交替出现,形成了"赋格音乐"中的两个对位声部。在英国文化传统中,人们常常将心中的英格兰家园比作一个以海为墙的"大花园"。这一传统可以追溯到公元6世纪,修士吉尔达斯(Gildas, c. 500—c. 570)在《不列颠之毁灭》(On the Ruin of Britain / De Excidio Britanniae, c. 510—530)一书中首先将不列颠用"岛国花园"的隐喻与圣经中的伊甸园联系在一起。[②] 后来

[①] 童明,《西方文论关键词:暗恐/非家幻觉》,第116页。
[②] Lynn Stanley, *The Island Garden: England's Language of Nation from Gildas to Marvell*, Notre Dame: University of Notre Dame Press, 2012, 1.

的英国文学创作延续了这一传统：从莎士比亚的花园戏剧《仲夏夜之梦》、梅森(William Mason，1724—1797)的诗歌集《英国花园》(*The English Garden: A Poem*，1772)、罗斯金的演讲《王后的花园》("Of Queen's Gardens"，1865)，到20世纪吉卜林(Rudyard Kipling，1865—1936)创作的诗歌《花园的光辉岁月》("The Glory of the Garden"，1911)，都将"花园"与英国和家园意识紧密相连。威廉斯在《乡村与城市》(*The Country and the City*，1973)中指出，大约到了19世纪后期，将英格兰视为"家"的观点显著地发展起来。其中，"绿色宁静的田园风光与热带劳动场所的闷热贫瘠"与"共同体生活的归属感与异乡居住的孤独感"逐一形成对比，而这种对比让"乡村的共同体意识变得更加理想化。"①

如画的乡村美景不仅出现在康斯太勃尔(John Constable，1776—1837)的风景画中，也同样在海外游子想象的家园图景中占据核心位置。在世代相承的文化中，"英格兰花园"构建了共同体的归属感，为"民族文化认同注入了共同的信仰、价值体系以及行为习俗"。② 文学作品中反复出现的"花园"隐喻更是为塑造"想象的共同体，实现特殊意义上的民族团结"③提供了重要的精神纽带，在一定程度上能够帮助人们化解现代化转型时期产生的焦虑。

在亚当森眼里，这样的英格兰家园梦想就成为他化解"热带忧郁"的良药。他在亚马逊的每一天都会梦见"英格兰的灿烂阳光"，而且在与别人的谈话中多次提到绚烂多彩的英国春天。在没有季节变化的热带，亚当森常常会吟诵、怀念布朗宁在《海外乡愁》中描绘的英格兰春天的花园：

四月已然来临，
清晨醒来忽然发现：
榆树周围低矮的枝条和灌木丛中，

---

① Raymond Williams，*The Country and the City*，New York：Oxford University Press，1973，281.
② Anne Helmreich，*The English Garden and National Identity*，Cambridge：Cambridge University Press，2002，4.
③ Anderson，*Imagined Communities: Reflections on the Origin and Spread of Nationalism*，Verso，1991，133.

> 小小的新叶呈现出一片青葱,
> 听那苍头燕雀在果园里唱歌,
> 在英格兰啊,就在此刻!(91)

正是这派草长莺飞的田园风光不断召唤着丛林探险者的"英格兰心灵",想象中的英格兰成了无与伦比的"真正天堂","河道两岸姹紫嫣红,沿途的树篱绚丽多彩,上面遍布玫瑰和山楂,缀满金银花和野葡萄"(34)。亚当森从"蛮荒世界"回到英国后,布莱德利庄园具有浓郁英格兰风格的花园、舞会、马术、婚礼、新房和新娘都让他深陷"英国梦"而不能自拔。当他躺在"一张绣满都铎式玫瑰的雪白床单"上,不禁感叹"这就是人间最幸福的地方"(9)。看似优雅的贵族生活恰好满足了亚当森对文明世界的完美想象,满足他多年来摆脱卑微出身的渴望。

此外,小说中的一个细节描写不容忽视:尤金尼娅的名字正好与亚当森在热带丛林捕获的珍贵的大闪蝶(Morpho Eugenia)同名。亚当森在英式花房里为尤金尼娅精心培育了颇具梦幻色彩的"蝴蝶云"。当晨曦穿透玻璃暖房的时刻,五彩斑斓的蝴蝶全都围绕在尤金尼娅身边。亚当森感叹"他的两个世界相遇了"(59)。不难推断,亚当森对尤金尼娅浪漫诗意的想象无疑是他英格兰花园梦想的核心组成部分。然而,正如小说中内嵌的一则科学寓言的标题《一切并非表面所见》("Things Are Not What They Seem")所暗示的那样,这并非事实的真相。

接下来,拜厄特对"花园"神话的质疑在小说中是以何种艺术表现形式展开的?这样的解构究竟蕴藏了作者怎样的文化反思?以"忧郁"主导的负面美学经验对于个体生命价值的实现和民族理想的重塑又有何启示呢?对以上问题的进一步探索,将有利于我们更加全面地理解拜厄特的文化观念。

二、从忧郁的英格兰到重生的亚马逊

自小说《尤金尼娅蝴蝶》开篇以来,拜厄特在"花园赋格"中引入的"理想花园"主题就不是唯一的主旋律。在回国之前,亚当森朝思暮想的英格兰花园与现实的热带丛林图景彼此萦绕。在他回到英国后,英格兰庄园的"美好"生活

和忧郁的热带记忆,继续以对位声部的形式交替复现。只是这曲赋格中的两个旋律开始出现了变奏:"忧郁"与"理想"之间产生了对位交换。"热带的忧郁"逐渐变奏演化为"英格兰的忧郁",英格兰美好的天堂生活变奏成了腐朽堕落的地狱囚禁生活,而曾经在亚当森眼里的"地狱丛林"反而变奏为重生的精神家园。

拜厄特在这曲赋格中一直在向我们呈现"他者"因素,不断在我们熟悉的"旋律"中挖掘并衍生出许多"异域"和"异质"的元素。小说中个体的浴火重生,其实就是个体意识到"他者"在内心的存在;在异域文化的放逐中寻找民族重生的力量,也是对本土文化中蕴含的异质性进行反思。克里斯蒂娃(Julia Kristeva,1941—)的《我们是自己的陌生人》(*Strangers to Ourselves*,1991)也许能带给我们深刻的启示。该书依据弗洛伊德的"暗恐"理论,从对个体精神危机的分析拓展到对民族和文明的思辨。作者在书中指出,如果我们能认识到"自我"内心存在的"异域空间",就能接受来自异质他者的陌生性,并且重构自我与他者之间的和谐与关爱。此外,她还借用赋格音乐的艺术形式来阐释个体或民族特性中的异质性,并非一成不变,而是不断衍生和变化的,"赋格音乐的魅力就在于和谐的变奏和复现"。[①]

拜厄特就是一位不断发掘"异质性"、发展"多声部"的作家。前文提到,一些评论家指责拜厄特沉迷田园文化与怀旧情结,可在《尤金尼娅蝴蝶》中,我们能清晰地捕捉到作者对"英格兰花园"理想的质疑和焦虑。布莱德利庄园并非想象中的人间天堂,它就是英国社会的一个缩影,工业革命带来的异化和变形同样发生在这个看似封闭的花园中。亚当森虽然深陷花园美梦,但没有完全失去理性。庄园舞会现场的哥特式扇形穹顶让他联想起罗斯金的"森林幻境"一说,"古树参天,上部呈现拱形"(7—8);同时又让他联想到热带雨林耸立的棕榈和林间高飞的美丽蝴蝶,令人难以企及。这表明他已经预感自己的婚姻是一场幻梦。当他坐在庄园小教堂里聆听牧师晨祷时,眼前却浮现出亚马逊的"阿亚瓦斯卡的亡灵之酒"的聚会,使得英国布道活动"显得陌生和不真实"(27)。此外,他又频频做梦,梦见"自己满森林追逐一群金色的鸟儿",当他靠

[①] Julia Kristeva, "Toccata and Fugue for the Foreigner," in *Strangers to Ourselves*, New York: Columbia UP, 1991, 3.

近时,鸟儿立即"盘旋远去"(16)。这个梦境在提示他,英格兰花园不过是海市蜃楼,随之出现的对位变奏便是英格兰的忧郁。

英格兰的忧郁一部分来自亚当森个体经历的情感冲击,如封闭的生存环境、奋斗目标的缺失、难以实现的身份认同;还有一部分则来自他对自我的怀疑、对周边人际关系的异化和对社会中存在的剥削制度的觉悟。

亚当森逐渐意识到自己的变形:他受困于一个幽闭的房间,终日面对日渐腐烂的标本,于是怀疑自己得了"甲虫恐惧症"——简直与卡夫卡的《变形记》如出一辙。亚当森觉得自己就像被施了魔咒的王子,"完全被无形的大门和绸带围困起来"(25)。他看见"有一道壕沟和篱墙"(54)把家和外面的世界隔开,整个庄园就如同王尔德笔下的"巨人花园",封闭的篱墙内"不见花开,死气沉沉"。① 他感到自己与庄园的疏离,这种意识在婚礼到来之际更加清晰起来。他虽然在肉体上强烈地依恋妻子,但是小说中多次用到"忧郁""孤独""悲伤""闷闷不乐"(84,88,89,174)等字眼来描述他内心的负面情绪。他感到最痛苦的便是每天都担心会失去自己的目标甚至爱好。在这个由岳母统帅的女性圈子里他找不到自己的归属感,尤金尼娅只有在怀孕生子间隙才和他重温甜蜜。看似忙碌的仆人也仿佛是隐形人,和他没有任何交流。他在这个"家"中产生了强烈的"非家幻觉",成了格格不入的"陌生人"。

吉卜林在诗歌《花园的光辉岁月》中就警告过英国人:英格兰"花园的辉煌"背后藏着很多不便为人所见的东西。② 就在亚当森孤独无助时,家庭女教师马蒂创作了以花园为背景的科学寓言《一切并非表面所见》,以此来暗示亚当森要拨开花园的表象,看清自己的理想和追求。因此,亚当森重新鼓起对昆虫研究和写作的热情,自我怀疑和批判精神也得以复燃。他在观察蚁群的同时,也开始审视自己的"变形",发现他在庄园的境遇竟然与雄蚁十分类似:雄蚁存在的主要价值就在于使蚁后受孕,它们的生命在短暂的幸福后就要结束。

---

① Oscar Wilde, *The Happy Prince and Other Tales*, Auckland: Floating Press, 2008, 33-40, http://bookos-zl.org/book/859733/7a2f49(accessed 2018/5/8).

② Rudyard Kipling, "The Glory of the Garden," in *The Collected Poems of Rudyard Kipling*, London: Wordsworth Editions Ltd., 1999, 762.

亚当森在质疑自己的"变形"之余,也在审视这个家族其他人的丑态和变异。肥胖的阿拉巴斯特夫人整日倦怠地陷在沙发里;尤金尼娅在怀孕生子后也从一只"身形优美"的大闪蝶退化成了如同母亲般慵懒的蚁后(118)。其实,小说的标题中就蕴藏了变形的内涵。评论家海蒂·汉森(Heidi Hansson)发现,尤金尼娅蝴蝶的属名为墨菲(morpho),而在希腊语中morpho的意思就是形态(form),因此小说标题("Morpho Eugenia")的含义即为尤金尼娅的形态。①

亚当森在察觉到这些表层的变形之后,逐渐发现在这背后掩藏着更多人性的异化和丑恶。一次偶然的机会,他发现尤金尼娅居然和同父异母的哥哥埃德加乱伦。这和蚁类的同族繁殖有何区别?然而,这个惊天的秘密在这个庄园似乎早已是公开的秘密,而亚当森只是当了掩人耳目的替罪羊。

而且,这个曾是亚当森眼中象征着英格兰天堂的庄园,在他的审视之下,却现身为一个分工明确的蜂巢。黑衣女仆进出打扫房间时"默默无语、行色匆匆","犹如一群小黄蜂从屋檐下飞出,一个个面色苍白、眼神迷离"(57),其人性的异化一目了然。

鉴于国内外学者已对该小说中个体的"变形"进行了相关的分析,②此处就不再赘述。不过,值得追问的是,为什么这些普通的个体大都无法实现最终的生命蜕变呢?小说中除了个体的"变形和成长"值得我们关注外,是否还蕴涵着作者对社会、民族以及他者群体的思考?拜厄特在谈到该部小说的创作动机时提到,"我把昆虫看作非人类群体(Not-human),从某种意义上来说是'他者';我相信如果人类想要完善自身,就有必要仔细审视人类之外的群体。"③然而,生活在布莱德利庄园中的主人或者仆人,大都没有清醒地意识到自我的"变形"和"变异"。换言之,他们对自我之中存在的"异质"视而不见。唯独亚

---

① Heidi Hansson, "The Double Voice of Metaphor: A. S. Byatt's 'Morpho Eugenia'," *Twentieth Century Literature*, 45.4(1999), 456, 转引自金冰:《维多利亚时代与后现代历史想象——拜厄特"新维多利亚小说"研究》,北京:北京大学出版社,2010,第103页。

② Michael Levenson, "Angels and Insects: Theory, Analogy, Metamorphosis," in *Essays on the Fiction of A. S. Byatt: Imagining the Real*, eds. Alexa Alexa and Michael J. Noble, Westport: Greenwood Press, 2001, 161-174;金冰:《论"尤金尼亚蝴蝶"中的变形与成长》,《外国文学研究》,2011年第1期,第61—65页。

③ A. S. Byatt, *On Histories and Stories*, 115.

当森和马蒂,在对蚁群、蜂类等其他生物群体的科学观察中,反观自我和人类社会,逐步具备了敏锐的自省意识和对外部世界的洞察力。

他们在审视自我和其他个体异化的同时,也察觉到了整个英国社会的异化,甚至开始触及其他文明制度存在的问题。当亚当森和马蒂争论有关"蚁巢精神"①(43)时,他联想到了英国社会方面的问题:在英格兰北部,"工厂老板和煤矿主总想让工人积极地配合,如同一台大机器上的零件一样运行顺畅";安德鲁·乌雷博士(Dr Andrew Ure)②希望将自己的"机械制造商哲学"灌输给工人,使他们沦为"恒定不变"的"自动化装置"(47)。随着考察的深入,亚当森进一步挖掘了潜藏在"英格兰理想"背后的种种"恶之花":这个贵族之家的财富主要来源于印度输入兰开夏郡的棉花贸易(93);而且整座庄园的建设资本来源于家族老夫人的娘家财产(东印度公司贸易的资本积累)(25)。由此可以得知,整个贵族庄园的"幸福"生活正是建立在剥削和奴役基础上的。

亚当森告诉牧师,他亲眼所见的"奴役活动"让他"忧心忡忡",人类"毫无节制"的欲望让他痛心不已(40)。他在"英格兰花园"感到的忧郁让他想起"熟悉的旋律":英国探险者对亚马逊原始部落的侵占,其实与他们在本土实行的奴役与剥削互为复影。"熟悉的与不熟悉的并列""非家与家相关联"的二律背反,③又一次构成了亚当森心中的暗恐。就此,作者所作的文化反思已经穿越了"英格兰花园"的樊篱。她借助家庭教师马蒂,进一步推敲了人类文明的起源。虽然马蒂没有亚当森见多识广,但她对外部世界的发展一样具有犀利独到的见解。她建议使用"雅典"来为血红蓄奴蚁(Formica sanguinea)④的蚁巢命名,因为在她看来,"光辉璀璨的希腊文明就建立在奴隶制基础之上"(94)。可以说,亚当森和马蒂在共同研究"他者"——昆虫共同体——的过程中,清醒地意识到人类自身存在的种种异化。这些异化带来的"忧郁和暗恐"并没有使他

---

① 蚁巢精神:为了种族自身的利益和种群的利益,这种精神会调动起一切,包括蚁后、仆人、奴隶和舞伴。

② 参见 Andrew Ure, *The Philosophy of Manufactures: or, An Exposition of the Scientific, Moral, and Commercial Economy of the Factory System of Great Britain*, London: Charles Knight, 1967.

③ 参见童明:《西方文论关键词:暗恐/非家幻觉》,第 106 页。

④ 血红蓄奴蚁(blood-red ant),学名 Formica sanguinea,喜好将其他蚁类蓄为奴隶,如木蚁常常充当血红蓄奴蚁的奴隶。https://en.wikipedia.org/wiki/Formica_sanguinea(accessed 2018/5/8)。

们一蹶不振,反而在他们内心促发了一种更为积极的文化反思能力。

于是,"英格兰忧郁"又重新带出了另一种旋律:来自亚马逊丛林的召唤。虽然刚回国时,亚当森坠入英格兰花园的"盛宴"不能自拔,却会时时想起亚马逊的种种经历。随着对英格兰花园理想的质疑,非家幻觉促使亚当森生发出"寻家"的精神诉求。小说中多次提到了亚当森的梦境。在亚马逊期间,他每天梦见灿烂的英国;现在身在英格兰,却常常梦见热带森林、河流以及他正在进行的工作。尽管他曾经在亚马逊的荒凉、混乱和孤独中感到绝望,然而比起庄园里的"变形人"生活,他更怀念沐浴在"阳光和月光下"、拥有自由灵魂的丛林岁月(85)。他渴望自己是一个用精神与自然交流的个体,丛林中的生灵万物与他相生相息(51)。亚当森开始在"非家"的亚马逊丛林记忆中找到了"家"的感觉。

与一般的达尔文主义者不同,亚当森在科考工作中形成的理性思维并没有阻碍他对外部世界的感性体悟。他在和牧师争辩的时候曾坦言:"理智引导我信奉的东西常常又被我的直觉修正过来。"(39)他在布莱德利庄园一度丧失了对外界的感受力,而后却在对自然的观察和研究中再度"恢复了高度敏锐的嗅觉";他认为"自己可以用英国城里人欠缺的各种感官察觉到热带丛林动物的出没"(112)。后期,他成功撰写了一部不同于传统科学论著的蚁群观察报告,文中充满了诗意、灵韵和独特的审美判断。这部著作的顺利出版,为他最后走出封闭的英格兰庄园、奔向自由的丛林世界提供了物质保障。

此时召唤他的亚马逊已经不再是他第一次试图征服的原始森林,而是一个人与自然可以互相凝视的"复乐园"。于是,重生的亚马逊反倒成了他心中"放逐的英格兰":

> 洪水支流冲击回荡,草木毁坏
> 大树流进大河,漂进开着大口的港湾
> 在一个遍地盐碱的荒岛扎下根——
> 那里是海豹、鲸鱼、啼鸥的栖息地。(36)[①]

[①] 选自弥尔顿的《失乐园》片段。小说中,亚当森在亚马逊探险期间一直随身携带弥尔顿的《失乐园》和《复乐园》诗集。

自然界物我相通的境界一次次从灵魂深处召唤亚当森重回亚马逊的怀抱。不仅如此，让亚当森更为神往的还有那些"和蔼可亲的人们"。与布莱德利庄园里的世态炎凉不同，他在亚马逊生活的"黑人和混血种族人群"身上感受到了"令人难以想象的善良和友好"(94)。这些尚存于原始社会人群之中的善意和朴素的情感（亲情、爱情）正是许多来自现代文明社会的人试图找寻的最大财富。就某些方面而言，"那儿是一个纯洁和永不堕落的世界"(35)。这个"伊甸园"的雏形让我们不由地联想起拜厄特在《心灵的激情》(*Passions of the Mind*, 1991)中提到的"花园愿景"：在那个失落的天堂里，思想、情感、语言、万物不可分解地自然相连，或者借用艾略特的比喻，它们融为一体。①

在小说的最后部分，作者有意提醒我们关注以下几幅画面。亚当森和马蒂在玩组词游戏时，最后出现了一个词，即"凤凰"(phoenix)(175)，这分明是暗示了涅槃重生的意象：亚当森从一个试图征服自然的探险者变成了试图理解自然的探索者，从一个丧失了感受力、无所事事的庄园寄生者变成了融合感性与理性、拥有自省意识和他者意识的科学工作者。与此同时，他的灵魂伴侣马蒂也从最初受"等级观念"束缚的"工蚁"慢慢蜕变成了对未知世界充满好奇和探索精神的"破茧之蝶"。在另一幅画面中，他俩开启了重返亚马逊之旅。拜厄特这样描述他们当时的内心活动："带着对未来的憧憬和希望，在这样的一个浪尖上，在（英格兰）秩序井然的绿色田野和灌木篱墙，以及亚马逊沿岸生机盎然的茂密森林之间，同过去告别。"(182)最后的画面也蕴藏着作者内心的渴望：个体在完成蜕变的同时，也期待着对异域文化的追寻，并在象征"自我"的"英格兰花园"与象征"他者"的原始丛林之间找到民族重生的契机。由此，这曲"花园"赋格也将在不和谐的变奏中实现两者最终的融合。

从故事结尾来反观整部小说的艺术表现形式，拜厄特似乎在向我们暗示一种开启新生活的方式，一种与现代化带来的变形异化相抗衡的负面美学经验结构：只有认识到"我"内心"非我"因素的存在，兼有自我怀疑和对他者的关爱，带着敏锐的智性思辨和情感体验，才能最终破茧而出，完成生命的蜕变。

---

① A. S. Byatt, *Passions of the Mind*, London: Vintage, 1993, 3. 拜厄特非常赞同 T. S. 艾略特提出的"不分离的感受力"(undissociated sensibility)，尤其是艾略特对玄学派诗人的评价，因为他们能调动各种感受力（听觉、视觉、嗅觉、味觉、触觉），将心灵的感受与头脑中理性的判断相结合。

这样的美学经验不但适用于个体的成长，也同样适用于整个民族共同体理想的重塑。

第三节
"孤岛"不孤：《英国音乐》中的共同体情怀

当代英国文坛不乏多产的作家，然而，能在诗歌、小说、传记和历史著作方面都展现才华的作家并不多见。彼得·阿克罗伊德正是这样一位兼有多产和多面手的作家。尤其值得关注的是，其作品无论是虚构的，还是纪实的，都流露出阿克罗伊德对民族历史的倾心，以及通过对历史文化的想象来重塑民族身份的愿景。

自20世纪90年代以来，国内外学界主要围绕阿克罗伊德作品中的历史选材，从文化遗产观、历史改写与重构等视角入手来展开评论；也有学者注意到了阿克罗伊德创作中融合了元小说、模仿、杂糅等后现代叙事策略。其中，美国学者勒斯纳（Jeffrey Roessner）的观点颇具代表性，他认为阿克罗伊德的作品体现了"后现代策略与保守民族身份建构之间的矛盾"。[1] 然而，阿克罗伊德自己坚信文学作品中的杂糅风格并非后现代的特点，而是英国特性的本来面目，在英国的千年文化传统中自古有之，也是文化遗产的一部分。[2] 的确，如果细读阿克罗伊德的作品，不难发现他的杂糅拼贴不是为了颠覆习俗准则，而是为了借助文化传统中尚存的情感纽带来连接现在和过去，也是为了表达英国文化的开放、包容特征；而这一英国特征，是从不列颠这个古老岛屿的"风

---

[1] Jeffrey Roessner, "God Save the Canon: Tradition and the British Subject in Peter Ackroyd's English Music," *Post Identity*, 1.2(1998), 104-124. 另外，莱文森（Michael Levenson）也给阿克罗伊德贴上了"保守后现代"的标签，认为他的创作既体现了传承英国经典的一片忠心，又体现了后现代语境中英国特性的易变和多样性。

[2] 参见 Susana Onega and Peter Ackroyd, "Interview with Peter Ackroyd," *Twentieth Century Literature*, 42.2(1996), 208-220. 另参见 Peter Ackroyd, *The Collection*, ed. with an Introduction by Thomas Wright, London: Chatto & Windus, 2001, 333.

土"天地中生发出来的。阿克罗伊德采用的后现代策略,正是为了松动已经开始板结的传统土壤,让它恢复兼容并蓄的古老特征,让共同体在当代多元文化的语境中得以继续发生、发展。

在阿克罗伊德的小说中,《英国音乐》(*English Music*, 1992)也许最充分体现了上述特征。不过,很可能也正因为小说不断地召唤英国的传统文化经典,而被贴上了"保守"的标签,因此对它的研究较少。本节将从"尚古情怀""天地情怀"和"后现代策略"三个方面讨论《英国音乐》重构英国传统"这一尚未引起学界注意的问题。

一、文化想象中的尚古情怀

《英国音乐》讲述的是一个迟暮老人蒂莫西·哈康姆在 1992 年(即小说出版的这一年)回顾 70 年前父亲带着自己在伦敦东区一家小剧场里表演"巫媒治病"讨生活的事情以及他后来的成长经历。其最明显的叙事特点是全部情节分作两条线索平行展开,单数章和双数章各叙其事。单数章以蒂莫西的第一人称视角,讲述他们父子在二三十年代英国的现实世界里相依为命、子承父业的故事,双数章则以第三人称视角,叙述蒂莫西的梦境。在单数章目的结尾处,蒂莫西或听着父亲为他朗诵的英国文学经典入睡,或在音乐老师介绍英国音乐家的课堂上出神,或在画廊里看着英国风景名画进入恍惚状态,而在紧随其后的双数章目中,他就会在梦境或幻觉中与英国传统中那些伟大的文学家、艺术家以及他们创造的人物和风景相遇。以各种形式进入他的梦境的人物名单几乎可以看成英国文化传统本身,文学家包括乔叟(Geoffrey Chaucer, 1342—1400)、马洛礼(Thomas Malory, c. 1415—1471)、班扬、笛福、斯威夫特(Jonathan Swift, 1667—1745)、理查逊(Samuel Richardson, 1689—1761)、斯特恩(Lawrence Sterne, 1713—1768)、布莱克、狄更斯、乔治·爱略特、卡罗尔(Lewis Carroll, 1832—1898)、柯南·道尔(Conan Doyle, 1859—1930)等,画家有霍加斯(William Hogarth, 1697—1764)、庚斯博罗(Thomas Gainsborough, 1727—1788)、康斯太勃尔、特纳(Joseph Turner, 1775—1851)、布朗(Ford Madox Brown, 1821—1893)等,还有莎士比亚同时代的音乐家伯德(William Byrd, c. 1539—1623)。他们在蒂姆成长的各个阶段走入他的梦境,指点他理解英国文化的精华所在和父子传承的精髓。

在十年后创作的更为著名的文化论著《阿尔比恩:英国文化想象的起源》中,阿克罗伊德将"尚古情怀"(antiquarianism)单列了一章,分别从园林、建筑、历史遗迹、音乐、文学的不同视角来追溯英格兰民族对历史的痴迷和崇尚,并且指出尚古情怀业已成为民族趣味的标准,而且"与民族自尊相生相依,体现了回归历史源头的人文主义呼唤"。①

这种尚古情怀所追随的英国文化传统,就是小说标题里的"英国音乐"。蒂姆长大后回想,父亲所崇奉的"英国音乐"不仅"指音乐本身,而且指英国历史、英国文学和英国绘画"。② 蒂姆白天跟父亲一起当"通灵师",帮病人与他们逝去的亲人沟通,以安抚亡灵,祛除疾患,夜里则在幻梦中与传统文化的精魂交流,因此,《英国音乐》可以看作一部"招魂"之作,专注于今昔两个世界之间的联系。拜厄特就把蒂姆漫游梦境这样的小说情节看成是作者对"亡灵的召唤",③通过充分汲取历史文化遗产,让往昔的文字和思想苏醒过来。

"招魂"是为了治病,因为现代英国人的身体和精神都病了。小说的开篇就设定在一战结束后的那段时间,伦敦气氛阴郁,就像艾略特笔下的"荒原",④现实中的共同体生活面临崩溃。在蒂姆眼里,贫困、哀悼、死亡的阴魂"久久不愿散去","黑衣、黑帽映衬出一张张惨白的脸庞"(8)。大量孤独的畸人在这里徘徊,哈康姆父子的病人多是这样的畸人,包括驼背的侏儒玛格丽特、口吃的克莱、神经痛的卢卡斯等。玛格丽特将自己位于伦敦东区的陋室取名为"孤岛"(Island),这是很应景的。生理的缺陷和卑微的社会地位让她生活得异常艰辛——伦敦这座在"金钱和权力的阴影下建立起来的黑暗之城"⑤让很多个体陷入了"孤岛"的境地。事实上,"孤岛"意象频频出现在小说中。蒂姆本人也在被外祖父带回南部威尔特郡的乡村时,感觉自己与父亲和历史隔绝了,从此开始了"孤岛"生活(178)。

---

① Ackroyd, *Albion: The Origins of the English Imagination*, 247.
② 本文引用的作品原文出自 Peter Ackroyd, *English Music*, London: Hamish Hamilton, 1992, 21. 本节以下引文标出页码,不再加注。
③ A. S. Byatt, *On Histories and Stories*, London: Chatto & Windus, 2000, 43.
④ Susan Ang, "OOOO that Eliot-Joycean Rag: A Fantasia upon Reading *English Music*," *Connotations*,. 15.1-3(2005), 215. 该文详细讨论了《英国音乐》与艾略特的《荒原》之间的明确联系。
⑤ Peter Ackroyd, *London: The Biography*, London: Chatto & Windus, 2000, 773.

在《英国音乐》中，能够救治"孤岛状态"的，就是传统文化了。在蒂姆独自逃回伦敦后，善良的玛格丽特收留了他，并且在睡前给他朗读《鲁滨逊漂流记》，在他随后的梦境中，他遇到了荒岛上的鲁滨逊。鲁滨逊告诉他，荒岛上并不孤独，因为"周围都是早于他来到岛上居住的先人"(165)。鲁滨逊又一再提醒蒂姆不要遗忘那些他随身携带的书，可以用来抵御现实中的悲痛。他还告诫蒂姆："如果要从这个荒岛回到英格兰去……首先要在内心感受到先人的存在，而不是单凭手里的罗盘。要让英国音乐鼓满你的风帆。"(170—171)这让原本孤独的蒂姆找到了自己的归属。

与传统联结，让今日的自己成为"历史共同体"不可分割的一部分，这显然是《英国音乐》要传达的意旨，这就是英国的传统精神。被公认对阿克罗伊德的文化观念产生了最深刻影响的 T. S. 艾略特曾经说：

当我说到家庭时，心中想到的是一种历时较久的纽带；一种对死者的虔敬，一种对未出生者的关切。这种对过去与未来的崇敬必须在家庭里就得到培育，否则将永远不可能存在于共同体中，最多只不过是一句空话。①

阿克罗伊德显然秉承了将过去、现在和未来视为一体的整体思想。而在其背后发挥作用的，就是英国文化不灭不变的灵魂，也就是"英国音乐"。这在小说中经常具化为小鸟的歌唱。鸟的意象在小说中出现了数十次之多。在十年后出版的文化论著《阿尔比恩》中，阿克罗伊德更详细地阐释了"鸟鸣"的文化意义：

比德在《英格兰人教会史》中描绘的那只小鸟，穿越了盎格鲁—撒克逊宴会厅，吸到了户外的空气，变成了在沃恩·威廉斯的乐队背景中腾飞的百灵鸟。它就是雪莱诗中的云雀，"啼声婉转如清澈的溪流"。这同一只鸟还出现在乔治·梅瑞狄斯的诗行中，沃恩·威廉斯借用过这些诗行："飞腾而起，继而盘旋，/她的歌声宛如银链，/环环相扣，一环又一环。"这牢不可破的银链就是

---

① 译文参考殷企平：《西方文论关键词：共同体》，《外国文学》，2016年第2期，第78页。

英国音乐之链。①

在这里,小鸟歌声形成的"音乐之链"就是贯穿文学、音乐、美术的"英国音乐"精神,它既拥抱现在,又追忆往昔,这种尚古情怀催生了一种魔力,衍生出一种亘古不变的品质。阿米蒂奇老师在音乐课上的一番评论也蕴涵了相似的观点:"至今我们仍然可以听见,英国音乐还在继续……古老的音乐是我们的一部分。它永远都是我们的一部分。几百年来,同样的旋律总是在重复着,传给了一代又一代。"(196)

与"鸟鸣"构成的"音乐银链"相似的意象还有"光束"和"英国线条"(English lines)。阿米蒂奇老师为蒂姆演奏了英国文艺复兴时代的音乐家伯德创作的乐典,使蒂姆再一次与逝去的传统、与周边的万物融为一体,"这些旋律被那束光追逐着……艺术创作的画卷不断展开,基调不变,却不断扩大,融合了不同的人,融合了过去与现在……音乐回荡着宇宙间的和谐。"(198)在阿克罗伊德看来,"伯德音乐中高低起伏的旋律具有线条美(beauty of lines),而在节奏旋律中表达起伏变化的特点,正是英国人的天才所在。"(195)同样的线条最初来源于画家威廉·贺加斯的艺术创作理念。同伯德一样,贺加斯也将音乐和绘画相提并论。在蒂姆的梦境中,贺加斯自豪地告诉蒂姆,他能用线条"描绘英格兰民族的风俗习惯"和"这个时代的轮廓"(252),"所有的一切如同这些变化的线条,在复杂的和声原则下合成一体"(268)。

在伯德或是贺加斯的艺术创作中,不管何种艺术形式都糅合在一起,形成和声艺术,共同来唤醒世代人们心中的民族认同感。在小说第 6 章的侦探梦境中那位显然是由福尔摩斯化身而来的斯莫尔伍德探长其实已经向蒂姆揭示了相同的观点:"英国音乐很少变化。乐器可能会更换,形式也会改变,但精神似乎永远不变。"(128)蒂姆梦见的那些艺术大师、小说人物,一直在强调民族文化想象的延续性,"英国文化传统成为一股不可抗拒的精神力量"。② 而且,这种亘古不变的民族精神又有新鲜的力量不断加入,"古老的音乐不断催生新

---

① Ackroyd, *Albion*, 440. 译文参考殷企平:《英国文学中的音乐与共同体形塑》,《外国文学研究》,2016 年第 5 期,第 65 页。

② 参见 Roessner, "God Save the Canon," 104 – 124.

生的音乐,新生的音乐不断唤醒古老的音乐",①这样的音乐被阿克罗伊德称为"阿尔比恩之歌",出现在蒂姆高烧中的梦境里。那是一首气势恢宏的多声部合唱。从英国第一位著名诗人凯德蒙(Caedom,公元7世纪盎格鲁—撒克逊基督教诗人)到乔叟,从莎士比亚到华兹华斯,从丁尼生(Alfred Tennyson,1809—1892)到道森(Ernest Christopher Dowson,1867—1900),每一位诗人都肩负承前启后的神圣使命,使英格兰的民族想象得以绵延千年。由此推断,英国文化传统构成了一个穿越古今的想象共同体,深度的情感共鸣将每一位成员紧密维系在一起。世代相承的文化精神已经丢弃其外壳,内化为人们生命中的精神支柱。

对传统文化的信仰,不仅让个体得到慰藉,更让有共同信仰的英国人团结起来。那些被蒂姆父亲克莱蒙特治愈的病人,因为信赖这位熟悉传统文化的"通灵师"而追随他,形成了一个"哈康姆圈子"(Harcombe Circle)。基于对先人的虔敬,他们形成了一个能够暂时抵御现实困苦的共同体,就如同克莱蒙特所坚信的那样,"这个共同体会推动每个人向前,走向一个更大的世界,一个不一样的世界,一个充满爱的世界;在那里,没有苦难和悲痛,没什么能让我们分开"(63)。他们虽然都未接受过良好的传统教育,但是对借助克莱蒙特倾听"音乐"的渴望一样强烈。如同玛格丽特所说,"我们为什么要参加哈康姆先生的聚会,因为我们具有了逃脱囚笼的力量;我们发现这个世界不是唯一的世界,我们听见了来自另外世界的声音"(63)。同样,克莱蒙特后来加入的"马戏团"里那群漂泊艺人也是围绕在克莱蒙特周围,期待他每晚给他们朗读丁尼生、斯宾塞(Edmund Spenser,1552—1599)、多恩(John Donne,1572—1631)和蒲柏(Alexander Pope,1688—1744)。(342)这不正是雷蒙·威廉斯所向往的"深度共同体"吗?

"哈康姆圈子"和"马戏团"虽是两个边缘群落,但凭借共同的信仰以及内部成员之间的守望相助,不仅听到了历史上延续的"英国音乐",而且共同续写着"阿尔比恩之歌"。阿克罗伊德也相信,"要超越这个堕落世界的力量不在于

---

① Ackroyd, *Albion*, 440.

个体,而是存在于历史前后相连的传统命脉中"。① 的确,为了逃离现代社会的"荒原"和"孤岛",构建一个连接过去与现在的想象中的共同体不失为摆脱困境的有效策略。

二、文化想象中的天地情怀

阿克罗伊德在创作中特别青睐的"尚古情怀"可以说是其重塑英国民族共同体的重要一环,而同样不容忽视的还有他的"天地情怀",其中包含了已经广为人知的伦敦情怀("黑色"想象),也包含他的田园情怀("绿色"想象),甚至更广阔的世界情怀。

先看他的伦敦情怀。至今,阿克罗伊德已经出版了近60部著作。从最初的诗集《哎哟!》(*Ouch*,1971),到最近的六卷本《英格兰历史》(*The History of England*,2012—2016),伦敦无一例外地成为其创作的背景或者直接书写的对象。阿克罗伊德本人也曾在《阿尔比恩》后记中着重谈到,文化想象中的天地情怀,即"天地间的召唤"(Territorial Imperative),也可以理解为在他书中反复出现的"风土"(genius loci)意境。② 他认为,"英国文化想象中最强大的生命力来源于天地间的召唤,一方天地水土养一方人"。③

伦敦的"风土"是一种复杂的东西。作者在早期创作的小说《霍克斯莫尔》(*Hawksmoor*,1985)里面提到了伦敦的双重特性——既是"黑暗之都",也是"天使之城"。④ 同样,《英国音乐》中的蒂姆也对伦敦有着一种既爱又恨的情感体验。在蒂姆的童年记忆中,伦敦始终与"黑色"联系在一起:化学剧场外墙由"黑色砖石"(1,3)砌成;剧场里面"黑漆漆的一片"(8);在战争死亡阴影笼罩下的人们久久不愿脱去"黑衣"和"黑帽"(8);伦敦的上空"黑暗阴沉"(12),背街小巷阴森恐怖(16)。但另一方面,蒂姆与克莱蒙特的父子生活尽管清苦,

---

① Susana Onega, *Metafiction and Myth in the Novels of Peter Ackroyd*, Columbia: Camden House, 1999, 107.
② Ina Habermann, *Myth, Memory and the Middlebrow: Priestly, du Maurier and the Symbolic Form of Englishness*, London: Palgrave Macmillan, 2010, 20. "genius loci"一词最早起源于古罗马宗教,指一个地方的守护神。后来英国诗人蒲柏将这个词引入了艺术的创作,尤其指园林和景观设计中需要考虑的独特的山水灵韵。或译为"场所精神"。
③ Ackroyd, *Albion*, 448.
④ Peter Ackroyd, *Hawksmoor*, London: Penguin, 1993, 56.

但却自觉过得有滋有味,因为克莱蒙特具有对生活的热情,特别是有"英国音乐"的陪伴。在每次表演散场后,父子俩都会绕着附近的哈克尼广场(Hackney Square)兜圈子,选择不同的曲折小巷漫步闲谈,探访附近的班扬和布莱克的墓地,还有蒂姆母亲的墓地。梦境中的斯莫尔伍德探长也告诉蒂姆,这些与历史亡灵相连的地方(古老的房子、墓地、化学剧场)都具有特殊的"精神"(122),它们给哈康姆父子及其圈子里面的成员带去了莫大的精神依托和慰藉。

后来,蒂姆从乡村再次回到伦敦,虽然整座城市更显阴沉。但是当他漫步街头时,空气中弥漫的烟熏味却并没有让他觉得难闻。他回到了曾经居住过的房屋、哈克尼广场、玛格丽特的"孤岛"小屋,倍感"物非人逝"(236)。悲伤之余,蒂姆在这些地方感受到了特殊的力量,它们与蒂姆的过去又一次发生了联系。接下来父亲在马戏团和他的同伴们继续传授他的"英国音乐"理念,并且再次提到了老房子具有的特殊灵韵。在他看来,这种灵韵与风景里的精神,乃至与民族精神都是一体的(338)。

阿克罗伊德笔下的"黑色伦敦"已引起学界的关注。不过,迄今还很少有人注意到他的"绿色田园"想象。[①] 其中原因,可能跟蒂姆对乡间情感的起伏变化有关,尤其是当他第一次跟随外祖父前往乡下的威尔特郡,沿途的乡间景致让他不但没有任何好感,而且非常排斥。因为蒂姆认为离开伦敦就意味着"失去与父亲、与过去生活的联系","内心充满了恐惧",所以"乡间的每一条小溪都在迫使他远离过去,每一座山都在将他埋葬,每一片田野都让他置身于荒原"(102)。

然而,随着与逝去的母亲慢慢建立起情感联系,他开始接受这片曾经养育了祖辈和母亲的田园山水。尤其是乡村小屋后面的一片松树林成为他心灵的庇护所。每天清晨,他都会和小狗"星期五"一起前往松树林,"那里成了一个令人着迷的地方"(110)。他后来得知母亲生前也常来这片松树林,所以在倚靠其中的"一棵瘦高的松树"时,就再也不感到孤单。

[①] 特里姆在分析《英国音乐》中蕴含的文化遗产观时曾提到这个问题,但并未展开。参见 Ryan S. Trimm, "Rhythm Nation: Pastiche and Spectral Heritage in *English Music*," *Critique*, 52.3 (2011), 256–257.

不过,蒂姆对乡村的情感变化主要是靠几个梦境中的只言片语揭示的。在第 6 章的梦境中,斯莫尔伍德侦探弹奏的乐曲让蒂姆回想起第一次看到的乡间风光:"远处的小山和牧场,起伏连绵,线条柔和;他还想到了松树林和休息时常常倚靠的那棵细长的树。"(127—128)不难发现,这与前文提到的他初次接触乡村时的实际感受有很大不同。在第 10 章与音乐大师伯德会面的梦境中,蒂姆内心与日俱增的田园情感进一步显现:"伯德指着远处连绵起伏的田野、草坡形成的美景,不禁感叹:这起伏的景致……就是英国线条。"(207)可以看出,蒂姆已经进一步感悟到与更久远的历史和更广阔的天地间的联系。这种精神升华在第 14 章的绘画梦境中再次出现。蒂姆中学毕业后从乡村回到伦敦,在协助父亲重振旧业的同时却迷失了自我。恰在这时,他到"斯宾塞美术馆"做保安。每晚,他在庚斯博罗、康斯太勃尔、威尔逊的风景画前流连忘返,在恍惚间走入画面,发现"面前的风光融入了(先辈和后人)共同的情感,天地万物同根同源,就如同在画中来回穿梭的光束一样微妙……"(308)可以说,蒂姆在梦境中所见的田园既是风景(landscape)也可谓幻景(dreamscape),展现了人物内心所渴望的归属和憧憬。蒂姆的这三个梦境的精神,在《阿尔比恩》一书的结尾得到了明确的阐释:"无论是英国作家和艺术家,还是作曲家和民谣歌手,都被'英国的风土'所牵引。"[①]

比起对伦敦的显性书写,作者对田园山水的想象和情感的书写则显得隐秘。然而,小说通过多次出现的"向日葵"意象将伦敦与田园联系在了一起。在蒂姆家的园子里,种满了向日葵。向日葵将收获的阳光反射给了他们父子,将"侵袭伦敦的大片黑色恐惧挡在了外面。"[②]蒂姆每当感到孤独、悲伤的时候,都会走进向日葵中间,仿佛它们就是他的"守护神"(18,20,58,94,156,236)。后来,外祖父在花园里也种下向日葵,就为了"等待蒂姆重返乡间的那一天"(327)。外祖父母去世后,蒂姆继承了他们的田宅,与向日葵相伴终生(400)。在摇曳的向日葵边,蒂姆定然会想到伦敦岁月,想到父亲和他的通灵术与文学,也会想到专门为他种下这些向日葵的外祖父。伦敦和田园风景都已经内

[①] Ackroyd, *Albion*, 449.
[②] Susana Onega, "Self, World and the Art of Faith-Healing in the Age of Trauma: A Response to Susan Ang's *Reading of English Music*," *Connotations*, 19.1-3(2009), 292.

化为血脉中的一部分,将他个人与更广阔的天地融合在一起。

综合以上的分析,我们有理由相信阿克罗伊德对"英国特性"的书写并非狭隘、封闭的,而是开放、流动的。作者曾说过,"从伦敦的细微生活能看到天地万物",①穿越田园山水的"英国风景线"(308)同样能纵横千古,通往更广博的世界。这就是阿克罗伊德一直坚守的贯穿英国文化想象的天地情怀。

三、后现代语境中的文化传承

在当代英国毫无保留地弘扬传统文化的举动,肯定会受到质疑。例如,德文波特(Gary Davenport)就批评《英国音乐》旗帜鲜明地向古老传统效忠,让英国想象力的创造者和产物都活过来大唱传统的赞歌,是很有问题的。②

但持此论者把问题简单化了,因为他们没有注意到《英国音乐》中一个明显的事实,即十分关注历史的困扰。他们也没有发现小说中暗示了传统的虚构性,并试图拆解英国文化的"正典榜"。

正如蒂姆的父亲所说:"没有闹鬼的房子,只有被自己和别人的过去附体的人。"(60)小说中的人物多生活在挥之不去的历史阴影中。事实上,整部小说情节是从历史的压迫感展开的。在小说第一页,童年的蒂姆在他看到"化学剧场"门楣上刻着的"1892 年"这个建造时间,他的心就"充满了不祥的感觉"(1)。当蒂姆和父亲一起站在舞台上的时候,凭着天赋异禀,他能看到台下的观众被各自的过去所控制,使他们"好像是用细铁丝扎出来的一样",他们的一切都被限定得死死的(5)。有的时候,他甚至能看到那些附体的忧郁魅影:"这些从人体中散发出来的魅影几乎都是向地面弯着,像在垂头叹息一样。"(5)父亲克莱蒙特身兼二职,既是通灵师,也是传统文化的传播者。也就是说,先人和传统的亡灵都是由他充当媒介与现实世界沟通的,但是他却因此变得虚弱而经常失魂落魄。正如他说的那样,传统似乎带着另一个世界的阴气,当被传统占据的时候,他就失去了活力。

就血统传承而言,蒂姆对父亲的态度也是矛盾的。一方面,他依恋父亲,

---

① Peter Ackroyd, *London: The Biography*, London: Chatto & Windus, 2000, 772.
② Gary Davenport, "Tradition and the English Novel Today," *The Sewanee Review*, 102.2 (1994), 326–333.

但另一方面,当他后来回想跟父亲一起的时光,发现那是一个"焦虑"的童年,那个世界是"被亡灵主宰着"的(8)。以后,成长中的蒂姆担心自己的未来只能复制父亲,自己的世界"一直都会是一个鬼魂的世界,因为父亲无处不在"(327)。在长大后,当他对自己的人生感到失望的时候,他开始怀疑自己"继承的会不会正是一种代代相传的落魄生活?"(326)父亲继承祖父当了马戏团的魔术师,而蒂姆最终也做了同样的行当。少年朋友爱德华,即使读了大学,还是回到家乡继承了邮局工作,而他天生的跛脚也是某种继承。蒂姆因此为"无法逃避自己的传统"而感叹。

蒂姆在梦境中更清楚地看到了历史的负担。第一个梦境前的插图(第2章)是《天路历程》中的基督徒背着沉重的包裹,步履蹒跚,弯腰低头看手中书卷的模样。基督徒出场时,喊着:"哎呀,哎呀,这下儿我要迟到了。唉,这书和重负啊,这下我要迟到了。"(27)接着,他朝附近的树林发足狂奔,绊了一下,书掉到地上,可他顾不上捡书,头也不回地跑了。

由此可见在《英国音乐》中,传统并不只是歌颂的对象,同时也是一个需要检视的对象。步履艰难的基督徒弃书而去,正是以戏仿的形式表达对传统的逃离。

《英国音乐》不仅表现了传统的负担和限制,也揭示了其文本建构的特征。当蒂姆在梦境中进入传统文化之后,他就发现这是一个语言的世界。在这里,烟从单词的烟囱里滚滚而出(27);拂面而来的是"词语的微风"(160)。在这里,人无法控制语言,而是被语言控制着。当基督徒诉说自己的哀伤时,爱丽丝嘲笑道:"这都是他的想象。他喜欢这些词。如果没有词汇,他一点儿感觉都没有。"(39)后来当蒂姆质疑语言的意义在哪里时,爱丽丝竟像念咒一样告诉他,语言始终在自己的内部打转:"我指我所说,我说我所指,我指我所说,我说我所指。"(39)

身处这样一个由文字建构而成但却意义含糊的世界里,蒂姆感到十分迷茫,他忍不住想到自己:"我在这里干什么?我怎样才能知道我是谁?"(32)真实与虚构的界限似乎消失了,这使蒂姆进而想到自己和整个英国的传统都可能是如此虚构的。后来,他在进入鲁滨逊荒岛的那个梦中,对眼前的岛屿有了这样的发现:

> 他向外眺望，发现这个岛呈人手的形状，每根手指都伸出在海面上。海水是最深的蓝色，仿佛是一汪好墨水，只要往这只手中送上一支羽毛笔，它就可以书写自己的历史了。(160)

也就是说，蒂姆在恍惚中发现不列颠岛其实是一篇正在自我书写的文本。

阿克罗伊德之所以对英国传统有如此的观点，是因为他早年曾在耶鲁大学访学，深受后现代主义影响，在那里完成了《新文化札记》(*Notes for a New Culture*, 1976)完全用后现代主义的语言观来看待文化。18 年后，在《英国音乐》出版的前一年，阿克罗伊德依然在《狄更斯传》(*Dickens*, 1991)中说："一旦语言找回了自己的历史，它就成为自己唯一的主题，它就是文学，它讲的就是'一无所有'。"①

通过凸显其文本性，阿克罗伊德使传统文化变得松动了，他对文化进行选择的方式也相应地降低了其权威性。首先，小说中开列的英国传统文化榜单在收录了许多扛鼎之作的同时，把《爱丽丝漫游奇境》和《福尔摩斯探案集》也收入其中，这不免令人生疑。特里姆(Ryan S. Trimm)把柯南·道尔与刘易斯·卡罗尔划入"中眉"作家之列，②从英国文学教科书的一般情况来看，这个说法显然是成立的。但是，在蒂姆的第一个梦境中，《爱丽丝漫游奇境》却与《天路历程》错织在一起。最先出场的爱丽丝边跑边喊着本该是《天路历程》中基督徒的话："生命，生命，永恒的生命！"(27)而基督徒随后上场时，嘴里说的则是《爱丽丝漫游奇境》中大白兔的话："哎呀，哎呀，这下我可要迟到了。"(27)

当蒂姆自问"我在这儿干什么"的时候，红桃王后跟他说："你该去问基督徒，他这会儿应该已经到奇境了。要不去问爱丽丝也行，不过人家最后看到她是在毁灭之城。"(32)紧接着，爱丽丝和基督徒手拉手跑了过来，开始对唱(32)。书中大量诸如此类的互文与杂糅、拼贴，无疑使得作为英国文学主要经典的《天路历程》的崇高性被地位次要得多的《爱丽丝漫游奇境》的喜剧性所冲淡和化解。

---

① Peter Ackroyd, *Dickens*, New York: Sinclair Stevenson, 1991.
② Ryan S. Trimm, "Rhythm Nation: Pastiche and Spectral Heritage in *English Music*," *Critique*, 52.3(2011), 262.

特里姆还敏锐地发现,哈康姆父子的文化修养和生存环境都使他们的文化传承行为"无法不受质疑"。① 的确,蒂姆想要进大学专攻英国文学的梦想无果而终(299,325),克莱蒙特也是如此,而且当他背诵乔叟的《坎特伯雷故事集》中那段最著名的开场白时,在第一行"当四月的甘霖"后就背不下去了。更重要的是,克莱蒙特不是当通灵师就是当魔术师,蒂姆自己也基本如此,所以他们父子的文化传承虽然有某些文学、美术、音乐的积淀,但其基本面是马戏娱乐、歌舞剧场(music hall)乃至祛魅送鬼之类处于幽暗地带的大众文化。克莱蒙特还受到大众消费文化的侵蚀,在对儿子吹嘘自己法力的时候,模仿了当时的广告词:"保卫尔(Bovril)牛肉汁让你扬帆远航。我也一样。"(11)而蒂姆则把父亲的通灵力比作新近才进入千家万户的无线电收音机,能够"接受大气中的电波",并将其转化为声音(61)。所有这些,都随着蒂姆父子不知不觉地进入了"英国音乐",使得英国文化传统显出其良莠不齐的本来面目。

然而,虽然阿克罗伊德在小说中充分暴露了传统文化的复杂性、其令人困惑的语言建构,及其确定的表象下隐藏的孔隙和异质,但同样显而易见的是,其目的并非后现代式的解构,而是相反。对此,昂(Susan Ang)的评论很有见地:"正如燕卜荪所说,含混至少有七种类型。保持多样性并不需要在意义之间选一而排他,可以用柔性的手段包容多种意义,并让它们朝同一个方向使劲。但如果只相信意义的不确定性,反而会让读者不知所终。"②也就是说,正视多样性未必相信混沌与混乱,杂糅和包容同样可以成为一种绵延不绝的民族传统。前文所说的《英国音乐》将各种非"正典"的文本纳入经典名录,让喜剧性的爱丽丝和神圣的基督徒手拉手,在请神送鬼和表演魔术的间歇谈论文学等等,都是建构这样一种新传统的努力。

传统文化的文本性同样可以服务于英国传统,一方面它使传统因为可以自我建构而变得更加开放,从而不断吐故纳新,另一方面,阿克罗伊德在小说中强调英语语言在变化的同时异常稳定,从而成为传统的定海神针。比如,在蒂姆的荒岛之梦中,陌生人对他说:"你看到这股水流了吗?它在一个地方消失,又在另一个地方冒出来。难道你没有从中看出生死的规律吗?语言就是

---

① Ryan S. Trimm, "Rhythm Nation: Pastiche and Spectral Heritage in *English Music* ," 262.
② Ang, "OOOO that Eliot-Joycean Rag,"233.

如此。它不随作者消亡,而是以或纯净或污染的方式在别处出现。"(172)在霍加斯之梦中,那位伟大的画家告诉蒂姆:"当下的语言表达可以有各种变化,但总是来自远方某个不竭的源泉,就像我们周围的这些英国人,虽然每一张脸都有独特的印记或标志,但是放到一起,还是可以看出其间有着总体的传承,虽然我们说不清其源头在哪里。"(259)到了小说后部的一首歌颂英国文学传统的长诗里,语言已经被提升到神圣的高度,一位匿名诗人多次赞美英语在变化中永恒的力量,例如:

> 岛上发生的一切都出现在乔叟的诗里,
> 每个时代都从那些带翼的语词中获得新力,
> 一代没落一代又起,从尘世看来彼此不同,
> 实质却并无变化,这实质就是言语。(350)

诗人甚至高喊:"阿尔比恩唇齿间吐出的语言就是永恒!"(378)

的确,阿克罗伊德虽然曾经为后现代主义呐喊,但他的语言观中已经使世界的语言性和语言的民族性和历史性互相包容。他在一次访谈中说:"我们只能生活在当下,但这个当下吸收了过去,此前的所有时刻都同时存在于当下的每时每刻。我们的世界是语言造就的,而我们现在的语言包含了它的整个历史。先前的词汇、先前的风格都嵌入了我们现在的说话方式中。它们就像语言表面之下一层层的化石。"[①]于是,语言的建构性不但没有解构传统,反而因其本身的稳定成为维护与更新传统的力量。

而文化传承本身的问题,始终是小说最重要的主题。赞美传统文化,绝不等于这些文化可以轻松自然地继承下来。从小说第一章中蒂姆父子作为灵媒为人治病的描写可见,病者多受亲人的亡灵困扰,而这些亡灵之所以挥之不去,似乎是因为亲人们虽然时时怀念着他们,却无法与他们取得真正的联系。一旦通过蒂姆父子取得联系,亡灵便得以释然了,病痛也就随之而去(6)。

由以上解读可见,《英国音乐》是努力在"孤岛"时代通过梳理与重构文化

---

① Barry Lewis, *My Words Echo Thus — Possessing the Past in Peter Ackroyd*, Columbia: University of South Carolina Press, 2007, 43.

传统来复苏、拓展共同体的理想。"英国音乐"就如同线条优美的不列颠风景那样起伏错落、连绵不绝,它不仅是求索英国传统的文化经典,更象征着开放的英国文化想象力,是英国传统中无形而永恒的灵魂。因此,小说的结尾就显得格外意味深长。蒂姆在晚年孤身时,跟好朋友爱德华全家住在他从外祖父那里继承来的村宅里。有一天,他和爱德华的小孙女塞西莉亚一起,在花园里埋葬了一只死去的小鸟,并为它的精灵祈祷。正在这时,又有一只小鸟从树上飞来,落在花园门上,鸟鸣声又充满了花园。小说以这样一句话作结:"我再不需要打开那些旧书了。我听到了音乐。"(400)

蒂姆没有后代,可跟他母亲同名的塞西莉亚就是他的后代。歌唱的小鸟死了,歌唱的小鸟又来了。热爱这歌声的,都是共同体的成员。只要音乐不灭,共同体就不灭,孤岛就不复孤寂。

第六章

当代移民作家的英国特性书写

虽然二战之前的英国作家就颇有预见性地描绘了英帝国衰落的图景,并对英帝国在殖民地的统治以及白人自诩的优越性进行了批判,但英帝国的真正衰落却是二战之后的事。二战之后,特别是苏伊士运河危机之后,随着英帝国的衰落以及美国的崛起,"许多和英国民族身份久已相连的特征或是消失,或是经历了剧烈的转型",①英国面临着多元文化(multiculturalism)以及美国化(Americanization)的挑战。在英帝国如日中天之时,英国人有着一种天生的优越感,他们很少会思考什么才是英格兰特性或英国特性这一问题。但是时过境迁,英帝国已然风光不再,多元文化和美国化对英国旧有的文化传统产生了冲击,甚至苏格兰、威尔士等最亲密的伙伴也开始谈论分权。在政治风云变幻、文化观念剧烈转型的关键时刻,何为英国民族身份抑或英国特性,以及英国文学如何再现英国特性等问题,便迅疾成为英国知识界普遍关注的话题。

所谓英国特性,其实就是英国民族身份。按照理查德·威特(Richard Weight,1908—1960)的说法,"民族身份是一种人们依据自己所属的民族而进行的身份界定,无论这个民族是否在固定的疆域上生存"。②威特在总结前人论述的基础上,将英国特性的基石归纳为:君主制、新教、民主和帝国。威特对英国特性的归纳有其可取之处,但他所归结的四点显然是从政治角度出发的,与英国文学所呈现的英国特性似乎关系不大。而且,就文学研究而言,将一个本来应该包罗万象的文化关键词人为地限定在某个点上似乎也不通情理。从文学的视角看,所有那些有可能失去或者面临转型的、极具英国文化风情的东西都可以归属在英国特性的旗下。就像当代英国诗人菲利普·拉金在

---

① Steve Padley, *Key Concepts in Contemporary Literature*, Basingstoke: Palgrave Macmillan, 2006, 83.

② Richard Weight, *Patriots: National Identity in Britain 1940 - 2000*, Basingstoke: Macmillan, 2002, 17.

《走吧,走吧》("Going, Going", 1972)中所写的那样,"这样的英格兰即将逝去/绿荫,草坪,小巷/还有市政厅,雕梁画栋的唱经楼"。①

在战后英国的社会语境中,文学作品中的英国特性书写带着一种失落感和怀旧情绪,也混杂着反思意识和重构的理念。此外,战后移民的大量涌入使得移民作家的视角在英国特性书写中占据一席之地。移民作家 V. S. 奈保尔(V. S. Naipaul,1932—2018)、石黑一雄和扎迪·史密斯(Zadie Smith,1975—)是英国特性书写中执牛耳者。奈保尔是出生在加勒比海特立尼达的印度裔作家,2001 年获诺贝尔文学奖;生于日本而后移民英国的石黑一雄在2017 年荣膺诺贝尔桂冠;史密斯是第二代移民,成长于伦敦西北郊的平民区,是新世纪女性移民新星作家。

从本章讨论的五部作品来看,四位作家从个体经历和个人风格出发,透过不同的人物形象和历史现象反思英国特性的方方面面。《抵达之谜》(*The Enigma of Arrival*,1987)表明移民可能对所在地比原居民更熟稔而有情,从而催生了一种更具包容性并不断新生的英国特性。《长日留痕》(*The Remains of the Day*,1989)以小说形式呈现帝国"遗产"意象的再流通,《西北》(*NW*,2012)让我们思考多元社会里阶级、种族、宗教、性别等交互作用造成的社会不公,而卡里尔·菲利普斯(Caryl Phillips,1958—)的传记故事《北方的灯光》("Northern Lights")②和小说《迷失的小孩》(*The Lost Child*,2015)则表达了黑人流散者的英国家园焦虑。这几部作品探讨了依旧困扰着当代英国人的问题:民族身份如何定义?阶级社会何去何从?人与自然又该如何相处?和谐的英国特性如何建构?在创作技法上,这些作品从个体生命经验和历史想象出发,通过繁复多样的叙事手段、人类学著作式的创作结构,重思历史本质,打造英国形象,塑造共同文化,促进社会共善。

---

① 转引自 Padley, *Key Concepts in Contemporary Literature*, 84.
② 《北方的灯光》是菲利普斯出版的传记故事集《外国人》(*Foreigner*,2007)中三个短篇故事里的第三篇。

第一节
《抵达之谜》的抵达与出发

奈保尔 1932 年出生于西印度群岛的特立尼达,是印度婆罗门后裔,其祖先因为生活贫困不得不在 19 世纪末 20 世纪初作为契约劳工来到西印度群岛的殖民地种植园劳作。1950 年,奈保尔获得了赴英国留学的殖民地奖学金,来到牛津大学学习英语语言文学。写作是奈保尔 11 岁时便开始的梦想,在其 60 多年的写作生涯中,他的视野涉及家乡特立尼达、故乡印度、非洲、拉美、英国、美国等国家和地区,发表了《毕司沃斯先生的房子》(*A House for Mr Biswas*, 1961)、《自由国度》(*In a Free State*, 1971)、《大河湾》(*A Bend in the River*, 1979)、《半生》(*Half a Life*, 2001)等重量级小说作品,也有《重返加勒比》(*The Middle Passage: The Caribbean Revisited*, 1962)、《幽暗的国度》(*An Area of Darkness*, 1964)、《失落的黄金国》(*The Loss of El Dorado*, 1969)、《信徒的国度》(*Among the Believers: An Islamic Journey*, 1981)等卓有影响的非虚构作品,获得包括诺贝尔奖在内的各项文学大奖。

《抵达之谜》1987 年发表,按奈保尔传记作者的说法,《抵达之谜》虽然以小说形式发表,却是"部分虚构的自传",是作者"对内心世界的缓缓揭示……是一部异乎寻常的杰作"。①《抵达之谜》得到了玛格丽特·德拉布尔(Margaret Drabble, 1939—)、苏珊·桑塔格(Susan Sontag, 1933—2004)等知名作家的推崇,而"抵达"这一中心意象更是成为触动读者心灵的某个神秘词汇。不过,读者热情背后的机缘可能是千差万别的,它可能跟漂泊者短暂的停泊意象有关,也可能是因为奈保尔一贯的简洁优美的散文风格。在《20 世纪小说中的共同体》(*Community in Twentieth-Century Fiction*, 2013)一书中,有关奈保

---
① 帕特里克·弗伦奇:《世事如斯:奈保尔传》,周成林译,北京:中信出版社,2012 年,第 466 页。

尔一章的题目是"'政治焦虑'：奈保尔或曰共同体的不可能开始"，论者给奈保尔的定义似乎就是对共同体没有愿景，他是悲观的作家。① 奈保尔研究专家皮特·休斯也说奈保尔的视域就是"无秩序"和"衰退"。② 同为著名移民作家的拉什迪（Salman Rushdie，1947— ）评论《抵达之谜》是"一部叫人忧伤的田园诗……让人非常非常忧伤"。③ 但是，细读全书，读者其实能看到衰败与新生并存，忧伤与喜悦同在。

奈保尔的这部中年之作，不复年轻时的尖锐和尖刻，可以说是自己与英国社会、后殖民社会以及与他自己和解的作品。诺奖授奖词对他做出如此评价："在他的杰作《抵达之谜》中，就像一位人类学家在研究密林深处尚未被开发的一些原始部落那样，奈保尔造访了英国的本原世界。在显然还是短暂仓促、漫无边际的观察中，他创作出了旧殖民地统治文化悄然崩溃和欧洲邻国默默衰亡的冷峻画卷。"④ "英国的本原世界"应该是指威尔特郡的乡村，而所谓人类学家的研究方法，是指作者对不同文化语境下不同身份的人加以观察，留下特定历史阶段的文化记录，对当代英国文化语境下英国特性的变迁加以勘探。

小说以作者本人居住十几年的威尔特郡一间乡村大宅为背景，记录对庄园主人、亲戚和外来者的观察。其中既有作者对庄园的嘈杂、琐碎和衰败的叹息，又有作家对乡村风景的迷恋。人生之路充满伤痛，写作之路富含创新之美。在这"半被遗弃的庄园"，⑤守旧的人怀着隐痛，来庄园以求"拯救"的人不得不黯然离开。在时光消磨中，庄园生活不断变化和动荡。庄园虽暮气沉沉，鲜见出落的下一代，但因"我"和杰克留下的作品（我的写作、他的花园）而成为有意义的希望和安身立命之地。在消长之间，作者传递了抵达的信号，以移民作家的身份重新定义了英国特性。

---

① Paula Martín Salvan, Julián Jiménez Heffernan, and Gerardo Rodríguez Salas, *Community in Twentieth-Century Fiction*, London: MacMillan, 2013, 195 – 217.

② Peter Hughes, *V. S. Naipaul*, London: Routledge, 1988, 10.

③ Salman Rushdie, "A Sad Pastoral," *The Guardian*, 13 March, 1987. https://www.theguardian.com/books/1987/mar/13/fiction.vsnaipaul(accessed 2018/4/16).

④ 瑞典文学院：《诺贝尔文学奖授奖辞》，阮学勤译，《世界文学》，2002年第1期，第83—90页。

⑤ 奈保尔：《抵达之谜》，邹海仑、蔡曙光、张杰译，杭州：浙江文艺出版社，2004年，第12页。本节以下引文如引用此译本只标页码，不再加注。

一、乡村庄园的兴衰：英国特性的变迁

《英格兰特性：1880—1920 年的政治与文化》(*Englishness: Politics and Culture 1880 - 1920*，1986)一书追溯了自 19 世纪以来英格兰乡村对于英国特性建构的意义。长期以来，英格兰乡村田园风光被浪漫化，象征英国社会的稳定祥和以及特别属于白人的纯净。① 而《国家与小说古今谈》(*Nation and Novel: The English Novel from Its Origins to the Present Day*，2006)在强调了英格兰乡村与英国特性的关联之后，感叹在威尔特郡乡村漫步的奈保尔"比英国人还英国人"。② 种族不再是英国特性的标识，而奈保尔在英国特性的变迁中有着举足重要的地位。

《抵达之谜》中奈保尔身处其中的位于英格兰心脏的乡村，正是 20 世纪七八十年代撒切尔夫人当政且保守主义兴起时国民怀旧意识中的乡村。这位首相推崇维多利亚价值观，而乡村庄园作为维多利亚时代财富和地位的见证热门起来，代表了当代英国社会对英帝国旧日荣光的怀念。奈保尔作为移民谈不上对英国乡村有怀旧情感，他从伦敦带到乡村的经历虽说是个人邂逅，是被写作生涯的变故逼迫，然而他"将此偶然变成了文化遗产"，这份文化遗产可以说是奈保尔对英国历史和社会的参与，也可以说是对英国特性的重建。③

首先，奈保尔所居住的乡村庄园日渐衰败，象征旧的英国特性已过时，需要他这样热爱英国乡村、熟悉乡村文化典故、书写乡村的人来重建和再造。庄园的凋败和衰落是多层面的：庄园主人和亲戚老弱病残或故去；庄园大而无当，运转难以维系；房子残旧，逐渐被废弃；动植物缺乏照顾和打理。《抵达之谜》分五卷，"旅程"和"告别仪式"主要聚焦叙述者，即奈保尔的写作之旅和哲学感悟，"杰克的花园""常春藤"和"乌鸦"这三卷都围绕着庄园生活。"常春藤"这卷的核心是房东退隐和代表往日荣光的园丁皮顿离开庄园，房东守着他的大片地产却无法让庄园焕发生机，解聘园丁也意味着古老秩序的失衡。房东虽说是回归了乡村庄园，但他已患抑郁类的冷淡症，生活靠人照料，乐趣仅

---

① Alun Howkins, "The Discovery of Rural England," in *Englishness: Politics and Culture 1880 - 1920*, ed. Robert Colls & Philip Dodd, London: Croom Helm, 1986, 62 - 88.
② Patrick Parrinder, *Nation and Novel: The English Novel from Its Origins to the Present Day*, Oxford: Oxford University Press, 2006, 405.
③ Hughes, *V. S. Naipaul*, 98.

限于晒晒太阳、赏赏花。他喜欢常春藤,不顾蔓生的藤缠死原本生机勃勃的樱桃树,暗示他已不再拥有活力。而且,他拿给叙述者看的早年创作充满了对印度和非洲的刻板想象,散发着腐朽的旧日帝国衰老气息。"乌鸦"这一卷也是弥漫着终结和死亡的气息。写作者艾伦是房东亲戚,从小就是庄园的半个主人,按说也是在锦衣玉食中长大,有着不错的家庭根基和良好的教育,但如今读者见到的是他分裂的生活、失败的创作、孤寂的死亡。他也是作家,但一辈子都只是个挣扎中的写作练习者,他一直在做笔记,一直在为他的书做准备,一直在作家圈儿里混,但他的书一直没有写成。长住庄园的布雷因童年生活的烙印充满了不安全感,也内化了对庄园的依恋,以至于他在宗教信仰、政治观点和工作态度上极端守旧而不能向前。庄园经理菲利普斯先生突然倒下后,其遗孀找来的帮手都是没法帮上忙的心理脆弱者。穿插其中的还有菲利普斯先生的老父亲的叙述,重点描述他童年经历表兄夭折的痛苦,还夹杂着所谓乌鸦叫声预示着死亡的说法。庄园的衰败正是英帝国陨落的象征,乌鸦也唱出对帝国腐朽、败落的哀歌,与死亡相随的是衰落和无序。①

除了对英格兰乡村庄园主要人物生活变迁的观察,《抵达之谜》还着力描写了花园的打理和园丁生活,其中有着英国特性变迁的意蕴。早在英国工业革命发展初期,外国到访者就以埃塞克斯"全郡如同一个打理整齐的花园"来表达对英国特性的认知,"赞叹英国乡村的美丽,农家打理田园的用心……"②当代文化名人伊恩·布鲁玛(Ian Buruma, 1951—)也不无自豪地讲起他外祖父母家的花园曾是他童年的世外桃源,更重要的是:"当我外祖父在国外参战时,在那焦灼不安的第一个年头,她(外祖母)会在信中和他详细谈论玫瑰的长势。……对我来说,我外祖父母的花园就代表着英国,一种关于英国的理想。"③来自殖民地农业社区的奈保尔没有这样的童年世外桃源,但他中年在威尔特郡乡村感受到了童年的喜悦。《抵达之谜》全书的正文开篇是"杰

---

① Lucienne Loh, "The Postcolonial Country in Contemporary Literature," *Journal of Postcolonial Writing*, 50(2013), 623-624.
② 埃里克·霍布斯鲍姆:《工业与帝国:英国的现代化历程》,梅俊杰译,北京:中央编译出版社,2016年,第13—14页。
③ 伊恩·布鲁玛:《伏尔泰的椰子:欧洲的英国文化热》,刘雪岚、萧萍译,北京:三联书店,2007年,第104页。

克的花园",结尾是"当我面对一个真正的死亡,以及有关人的新的神奇,我才将草稿扔到一边,抛弃了一切犹豫,开始悬河泄水,写关于杰克和他的花园"(353),可见花园的重要性。杰克在四周的废墟中创造出一个美丽的花园,并能以英雄主义的态度去应对死亡。从某种程度上说,他是作者奈保尔的代言人。杰克这个名字很容易让人联想到童话《杰克和豆藤》(*Jack and the Beanstalk*)。《抵达之谜》中的杰克以及奈保尔本人似乎一直怀揣着神秘的种子,希望它发芽、生长、攀至云端,收获理想中的成就和美好。同时,奈保尔不厌其烦地叙述他和庄园园丁皮顿的交往——帮他把成熟的苹果"收进来",学他用本地话说"花园废料",还模仿庄园主人关于"牡丹花"的发音。这一切都传达了奈保尔对英国特性的种种铭记,也代表一个移民逐渐抵达/融入英国文化。

同时,作者追求并推崇庄园植物的秩序之美,惋惜庄园不当管理中对美的破坏。"夏天的时候,那片蔓生的玫瑰丛开了多美丽的花!但到秋天,它们被剪成粗短、多节的树头,离地只有几寸。而且庄园经理菲利普斯的太太常常提起她所做的事情。'我将它们剪得干干净净。'她的话同时凸显了很多意思:炫耀她试图整理屋后那片荒野;喜欢狠狠地把花木剪得干干净净;而且对孤独的园丁皮顿不无指责之意……"(232)小说叙述者黯然叹息第二年只有野玫瑰,一片拼命长却又不开花的灌木丛。在这个古老的庄园,莳花弄草是传统,庄园的秩序很多时间有赖于花草之美的呈现,菲利普斯太太代表的是一种因为傲慢或是野蛮而生的对秩序的破坏,是秩序和创作的反面,不懂装懂,不认真学习,意气用事。虽然她和丈夫的工作是维护庄园秩序,但她却成了花园的破坏者,她不尊重园丁皮顿,也是杰克的反面。如此,奈保尔也从反面传达他对创造的敬畏和对努力创造的态度。像奈保尔这样来自帝国前殖民地的移民和像杰克这样的下层劳动者凭着学习的能力和认真的态度,在英格兰古老的乡村创造着美和秩序。比起颓废的房东以及艾伦这些帝国的遗老遗少,他和杰克这样的居住者和"闯入者"既是占领者,也是主人。换言之,《抵达之谜》颂扬外来者对英格兰中心的占领,以及他们在建构新英国特性方面的贡献。在奈保尔看来,土地的拥有者并非天然属于这个地方。当然,这样有力的占有者宣言并非奈保尔这样复杂细腻的作家所为。事实上,奈保尔后来在庄园大宅附近购买了两间农舍并加以翻建,对于改变了这块土地的面貌,他觉得很不好意思以至于后来有老人来看他们小时候住过的小屋时,他感到羞耻,假装自己不住在那里。因此,如果说奈保尔这样的外来者重构了英国特性,不如说他们是在内化了英国文化之后,无意识地向英国文化进行渗透。无怪乎作者有这样浪漫主义的表达:"土地不只是土地自身,它吸收了我们呼出的气息,触及了我们的感情和记忆。"(361)

二、英国特性建构之路

奈保尔能抵达并建构"融入英国文化"这一英国特性,有赖于他亲近本地生活并熟稔本地文化的过程,诚如作者所谓像学习第二语言一样去认识英国社会和文化。《抵达之谜》是作者审视自己在英国的经历,并以堪称典范的语言和思想来丰富英国特性,建构新的英国特性,这篇作品本身就是抵达新的英国特性的明证。他对所居住的英格兰乡村有一个从陌生到熟悉的过程,他的心路也经历了从无根漂泊到扎根抵达的过程,这些是在行走、接触、反思以及不断自我修正中完成的。

《抵达之谜》的开篇叙述者来到位于英格兰心脏的威尔特郡乡村,此地山谷的雨和雾使他缓解了新到此地的焦虑。这种焦虑在他几十年的英国生活中一直如影随形。他来自特立尼达的印度社区,那里仍是狭窄封闭的农耕社会,遵循从印度老家复制来的规矩和仪式,不与外界接触,与印度老家的历史相隔离,但也与特立尼达的殖民社会格格不入。他带着对文明的向往来到英国,自以为他所受的殖民地教育能帮他了解英国社会并助他实现作家梦。然而,尽管他已经在英国待了20多年,写出了《毕斯华斯先生的房子》这样有分量的小说作品,但是他到陌生的地方还是会紧张,在一部新作品不被接受时会很沮丧,因而没有经济上的安全感,在任何新环境里还是会不自在,"还是会感到会是在别人的国家,感觉自己的怪,自己的孤独。到这国家的各个地方去玩,在别人是寻幽探胜,在我却像揭起旧伤疤。"[①]威尔特郡乡村的生活终于让他自在并与自我和解,并让他唱出了喜悦的歌:"这个地方的美,使我内心中产生了对它强烈的爱,强烈得超过我所熟悉的任何其他地方……第二次生活的赐予,是

---

① 此处译文采用了李三冲的译本。V. S. 奈波尔:《抵达之谜》,李三冲译,台北:大块文化出版有限公司,2002年,第13页。

第二个、也是更幸福的童年,有的是这种自然万物知识的第二次抵达,加上在这树林中实现了童年时代的拥有一个安全家园的梦。"(90)

这种对英国强烈的爱来自此地山谷自然和人文的赐予,也来自他和此处大地和乡民的亲近。观看和行走是最直接的亲近方式,参与此地生活、与此地各种人物交谈、交集也帮他了解英国文化。作者刚到威尔特郡乡村时,尽管"弄不清楚身处何地",但是"我喜欢看,我注意所有的事物……"(1—2)"看"是个不断重复的行为——典型的例子是第 24 页一个不长的段落中,"看"(see 或者 saw)这个词用了七次之多,第 30 页两个短短的自然段里也用了八次。同样地,"行走"也是奈保尔亲近此地的方式。十年来,他几乎每天行走在这个叫"瓦尔登肖"的村子里。从开始在山坡故道、一条小径甚至是坟包都不拉下(19),到"每天固定的散步线路"(21),他消除了最初的紧张情绪,也慢慢感到与这片土地的风景和谐起来。①

另一方面,借助英国文学作品来认识并亲近足下的土地也是叙述者抵达英国特性的重要方式。"我以文学之眼看到这些,或者说我借助文学看这一切。……我能在所见之中找到一个特殊的过去,我的一部分大脑允许幻想的进入。"(15)虽说这样的认识方式有点儿书呆子气,毕竟通过文学认识环境的方式让他会对人和事多一些对人和物的铭记,而且英国文学作品会深化他理解周围的人和物。他到达这里的山谷不久,散步时见到杰克家院子里的鹅,回家翻出《李尔王》(*King Lear*),找出鹅在荒原的独白,理解了"《李尔王》中编辑说明的晦涩的地方",并联想到罗马帝国时代,高卢的鹅能走到罗马(16)。他散步的时候见到杰克的岳父,立即联想到华兹华斯诗中的拾柴人;看到乡人剪羊毛,也会想到哈代小说中的本地风物;碰到野兔,就会想起威廉·科贝特(William Cobbett,1762—1835)笔下的野兔,后者曾是 19 世纪本地有名的旅行者。诗人格雷(Thomas Gray,1716—1771)的《墓园挽歌》("Elegy Written in a Country Churchyard",1751)和哥德史密斯(Oliver Goldsmith 1728—1774)的《荒村》(*The Deserted Village*,1770),以及画家谢泼德(E. H. Shepard,1879—1976)为童话故事《柳林风声》(*The Wind in the Willows*,

---

① Bruce King,*V. S. Naipaul*,New York:Palgrave Macmillan,2003,140.

1931)配的插图画都让奈保尔加深了对本地风景的认识。科贝特帮助他懂得了本地人政治主张的由来,而康斯太勃尔的画更是将他童年教育中熟悉的风景和眼前的景物联系起来。从历史、文学和艺术中找到与本地的连接,使他与本地更加熟稔、有情,也使得作为作家的奈保尔与英国的文化与历史建立起联系甚至传承,对历史的丰富有更深的了解。这也是在行走和观察之外作者抵达英国特性的路径。

同时,奈保尔对"草甸""空间""收割"等本地风物的了解也在作品中被一再地修正,修正模式代表了奈保尔抵达英国特性、融入英国文化的方式。作者对人的认识也是同样的模式。以杰克为例,叙述者对杰克的态度经历了几次转变。最初,他认为杰克是"往昔的一个残余";接下来他又否认杰克是个"残余",因为他周围的往昔废墟并非来自他的过去——杰克也是新来者,他选择在农场生活、建造一个花园是"有意识的行为"(15)。之后,杰克被认为是与田园风光和谐的化身,"欢庆四季的更迭"(15)。这是《抵达之谜》典型的认知模式:从肯定到否定,再到重新认识,接下来开始新一轮的认识与改变认识。他最初感到杰克年轻、健壮、挺拔又轻快,但之后发现杰克已届中年,而且他那任性、神经质的眼神暗示他的平庸——换成在一个拥挤、竞争激烈的环境,他可能就不会像他打理花园时那般和谐,他的思想和原则也不能凸显出来。杰克死之前选择离开家去酒吧,这一行为被认为是有诗意的,具有英雄主义和宗教的意味——"他已经意识到生命与人是最神秘的⋯⋯在生命终结的时候,首要的不是超越生活,而是生活本身"(93)。叙述者对菲利普斯夫妇、皮顿、布雷等人的认知也同样有个从认识到改变认识,再到重新认识的过程。[①] 这样不断修正的认知模式也是作者的心理认同及哲学领悟的投射,反映了移民扎根所在地的艰难过程。

作者对不同版本的"抵达之谜"故事的想象与修正也表明了他是在不断的修正中认识自我的,而抵达真实的自我是作者为英国特性建构提供的典型性范本。作者首先在"旅程"这一卷提到他与《抵达之谜》这幅画作的偶遇,吸引他的是这个题目"以一种间接的、诗意的方式"使他感到与他的生活有共通之

---

① Michael Wood, "Enigmas and Homelands," in *On Modern British Fiction*, ed. Zachary Leader, Oxford: Oxford University Press, 2002, 90.

处,至于什么是共通他并无明确的理解(98)。他先是根据这个画面编了一个古典的故事。他的叙事者将离开凄凉的码头,投入到本地的生活中,在一些"遭遇和冒险"之后去完成他的使命。不久,他开始感到失去使命感,惊慌和逃跑的欲望吞噬着他。在成为某种宗教仪式牺牲品的当口,在慌乱的关头,"他来到一扇门前,推开它,发现自己回到当初抵达的码头。只有一样东西失去了……那古老的海船已经消失。这位旅行者过完了他的一生。"(98—99)他盯着这个普通但有名的城市港口,看着水面的漂浮物,感到一阵恐惧,他害怕离开船,但是他必须按事先的安排上岸。上岸后他没有什么目标,在这个城市流浪,偶尔铤而走险。绝望中,他发现自己又来到码头。"没有了船。他的旅程——他的生活旅程已完成了。"(180)"抵达之谜"的故事几经修改,变得个人化——作者首先必须离开家出发"上船",来到一个港口都市,又不得不"上岸",来到英国,来到威尔特郡的乡村。在这个他并不想来的乡村,他竟然"以一种最不可能的方式"获得了新生,得到了康复,感受到了岸上生活的美好。只是,一直以来,他在害怕,害怕没有完成使命,害怕浪费了机会,害怕一无所成,那就会不得不回到"船上"。他多年的自我期许、对自我的要求使得他拥有了自己的抵达之谜,他作为作家的创作之谜。

"旅程"这一卷详细记述了奈保尔18岁开始到现今的创作之路。创作最初的四五年,他苦苦寻找创作素材,以为只有英国人的生活值得书写,而他并不能深入了解英国人的生活,他只好去模仿英国现代主义作家。他没有那些作家的经历,他不知所措,作家与自我分裂着。当作家奈保尔面对真实的自我,他写出了一批有关家乡特立尼达的作品,成为后殖民创作的典范,而当第一波因合适素材带来的创作高潮过后,他再次面临写作的困境。几十年来,一次次更远更长的旅程给他带来新的创作源泉。一次次的写作是"填补一个个小小的罅隙"(164)。"旅程开始时彼此分离的人和作家"(343)在旅程结束前又结合起来。[①] 同时,有些人读了奈保尔的有关第三世界的文字后会觉得他矮化了这些地方,认为他的写作是为新殖民主义服务的,是保守派的偏见。虽说他对家乡和非洲政治有着尖刻的评论,"但奈保尔的复杂性绝不是一句种族主

[①] Richard Kelly, *V. S. Naipaul*. New York: Continuum, 1989, 155-156.

义就能打发的。因为事实上他写非洲和亚洲时笔下的亲密感和同情,要比许多对人性只有抽象概念的叫人着急的左派要多得多。"①他在写作过程中对真实的追求、对自我的诚实态度是他成为优秀作家的创作之谜底。

奈保尔对杰克与土地关系的描述透露了他的创作观和文化哲学观。杰克"创造了自己的生活,他自己的世界,他自己的一片大陆。但是他的周遭的世界,他那么享受并使用的世界,是那么珍贵,因此不能不被别人使用。而直到杰克离开,直到取代他的城镇工人离开,我才看出,所以这些人对于他们工作或居住的土地的控制是多少脆弱。"②人只有在爱护和耕耘过足下土地后才与土地建立牢固的关系。同样地,身处英国的人只有懂得这个国家的文化并为它的延续作贡献才称得上是拥有了英国特性。生于斯并不意味着文化上的天然优势,在文化上能创造、有传承才是扎根于斯。

《抵达之谜》可以说是奈保尔研究的重要读物,包含作者对他几十年各类作品创作的介绍,能深化读者对他作品的理解。《重返加勒比》《幽暗的国度》以及《失落的黄金国》等旅行作品包含着他对家乡、故乡的无序、苦难、错置的观察,还有他如何将初抵威尔特郡时因为《失落的黄金国》出版受挫而带来的幻灭情绪投射到正在创作的小说《在自由国度》和《大河湾》之中。"这两部小说中幻灭的流放者以及可怕的旅程呼应了奈保尔本人离开特立尼达后的身份。"③同时,更多作品的涌现也改变了他作为移民的身份和地位,给予他关于生活和创造更深刻的认识。"每一次的探索,每一本书都使我增长了知识,修正了我早先对自我和世界的认识。"(154)他的作品和本人生活的密切关系也成为考察移民作家的一个重要维度。《抵达之谜》中一个不断迁徙的创造者在此落脚,我们看到意义的发端和流淌,也看到神秘契机,以及无中生有的创作冲动。"……我得等同我的叙述者,他就是我的眼光,他的感觉就是我的,我不想去杜撰一个人物,让他在这乡村有一个假的冒险。我想我应该清楚表明这作家就是我——让他真实吧,然后在此背景下加上虚构的景象,因为我不能通

---

① 伊恩·布鲁玛:《奈保尔的多重面具》,《上海书评》,http://www.dfdaily.com/html/1170/2014/8/3/1172482.shtml(accessed 2017/8/3)。
② 此处译文采用了李三冲的译本。V. S. 奈波尔:《抵达之谜》,李三冲译,第118页。浙江文艺版译文此处错译。
③ King, *V. S. Naipaul*, 193.

过真实人物来谈论关于流动和变化的哲学。所以会有创造的部分，就这样，我们有两个方面。这样很自然。"① 在另一次访谈中，他也表达了同样的意思。"这本书有传记的因素，这是我一直想做的，原因很简单，中立的人物是不够真实的。"② 这是一本真实的书，也是一本难读的书，蕴藏着深厚的意蕴，连作者也说"你必须慢慢地读，细细地读，才能读懂。"③

一直以来，奈保尔梦想成为一个英国作家，一个像他从小阅读的文学作品的作者那样的英国作家。《抵达之谜》展示了他如何成为英语文学传统的一部分，也提供了一种后殖民或曰全球化时代移民写作的范例。当民族国家的概念被理解成想象共同体，英语作为载体提供了文化共同体建构的可能。

当越来越多的移民成为英国作家，他们的创造力丰富了英国文学，推进了英国传统和文化的传承。虽说殖民教育或小世界的生活可能阻碍正确的判断和准确的英文写作，《抵达之谜》从内容到形式都展示了移民作家不断学习，追求内心与外在的真实，并形成独特的观察方式和思维方式，从而抵达心中的文学圣地。④ 一次次的出发是为了一次次的抵达，而抵达又会激发新的启航和旅程，这是"抵达"中蕴含的矛盾统一，也是"抵达之谜"。在出发和抵达的辩证过程中，英国特性得以不断丰富和重构。

第二节
《长日留痕》中的帝国"遗产"

在战后英国的语境中，文学作品中的英国特性书写往往带着一种浓浓的

---

① Alastair Niven, "V. S. Naipaul Talks to Alastair Niven," In *Conversations with V. S. Naipaul*, ed. Feroza Jussawalla, Jackson: University Press of Mississippi, 1997, 163.
② Andrew Robinson, "An Elusive Master: V. S. Naipaul Is Still Searching," in *Conversations with V. S. Naipaul*, 107.
③ Stephen Schiff, "The Ultimate Exile," in *Conversations with V. S. Naipaul*, 149.
④ Dominic Head, *The Cambridge Introduction to Modern British Fiction*, 1950 – 2000, 重庆：重庆出版社，2006，175 – 179.

失落感和怀旧情绪。此外,有着不同肤色的外来人的视角在英国特性的建构中也起着十分重要的作用。按照上述标准衡量,2017 年诺贝尔文学奖得主石黑一雄的名作《长日留痕》似乎可以作为讨论英国特性问题的范本。哈尼夫·库雷西(Hanif Kureishi, 1954—)的《郊野佛陀》(The Buddha of Suburbia, 1990)也经常被英美学者拿来阐释英国特性,尤其是小说的开头语:"我叫克里姆·阿米尔,是土生土长的英国人,差不多是。"①这句话把英国人的排外情结刻画得入木三分。《郊野佛陀》虽然出神入化地展现了外来人的视角,但未能很好地展现怀旧情怀。因此相比之下,还是石黑一雄的《长日留痕》最能展现战后英国文学英国特性书写的精髓。诚如瑞恩·特里姆所言,《长日留痕》展现了一种"田园和怀旧式的英国特性",②石黑一雄抓住了最具英国特性的人和物,即男管家和乡村,并以服饰为载体,通过人和物之间的张力,活灵活现地展现了让人爱恨交织的当代英国文化图景。西方学者通常将再现英国民族身份、文化传统以及田园风光的文学称为"遗产工业"(heritage industry),而用当代英国文化的视角审视,《长日留痕》就是以小说形式呈现的帝国"遗产"意象的再流通。

一、男管家:职业尊严与"忠诚"

冒国安在《长日留痕》的"译序"中写道,美国有牛仔,日本有武士,西班牙有斗牛士,而英国则有"最能代表其社会和文化特征的男管家"。③《长日留痕》围绕着"男管家"这一经典的英国形象展开——男管家史蒂文斯是这部小说的核心人物,同时也是叙述者。对于史蒂文斯而言,男管家的立业之本就是尊严。尊严是英国最高级别的男管家俱乐部"海斯协会"申请入会的首要标准。协会的标准十分苛刻,只吸收真正一流的男管家入会,会员最多不超过 30 人。所谓"真正一流",是说申请者必须服务于某个显赫的家族,而显赫的家族专指贵族,富商或"暴发户"则被排除在外。除了这个高不可攀的门第标准,申请者

---

① Hanif Kureishi, *The Buddha of Suburbia*, London: Faber & Faber, 1990, 3.
② Ryan Trimm, "Telling Positions: Country, Countryside, and the Narration in *The Remains of the Day*," *Papers on Language and Literature*, 45.2(2009), 181.
③ 冒国安:《译序》,载石黑一雄:《长日留痕》,冒国安译,南京:译林出版社,2003 年,第 2 页。本节以下引文只标页码,不再加注。

还必须满足一个概念十分含糊的道德标准,即尊严。史蒂文斯对"海斯协会"不以为然,但他对该协会的核心理念"尊严"却是情有独钟。"海斯协会"在无数次修正的阐释中也未能把"尊严"的概念说清楚,而史蒂文斯则凭借 30 多年达林顿府供职的体会,对尊严做出了自己的解释,在和卡莱尔医生交谈的时候,他说尊严的底线就是"不在公开场合脱去一个人的服装"(210)。对于卡莱尔医生来说,史蒂文斯的"尊严即为不当众脱衣"的说法颇为费解,有点儿像玄学派诗人邓恩惯用的奇思怪喻(conceits)。但是,对于中国读者来说,尊严和服饰的关系似乎并不难解。冯友兰的《中国哲学简史》中讲述了一个关于什么是"良知"的哲学故事:明代著名学者王守仁的门人夜间捉得一贼,他和贼讲了一番良知的道理,贼大笑,问他:"我的良知在哪儿?"他叫贼脱光上身的衣服之后又说:"天太热了,把裤子也脱掉吧!"贼犹豫了,说这样做不妥。于是,他大声对贼说:"这就是你的良知!"①这则中国哲学中的"良知"和《长日留痕》中的"尊严"颇为相似,无论高低贵贱,人的本性中总会潜藏着一种尊严,不当众脱衣似乎就是这种尊严或曰良知的底线。

在史蒂文斯的第一人称叙述中,男管家的尊严被提升到一个职业化的高度,他对男管家(butler)和男仆(man servant)进行了严格的区分。史蒂文斯坚持认为,只有英格兰才有真正的男管家,因为男管家需要节制情感;只有英国人才具备节制情感的天性,欧洲大陆上是没有的。因此,欧洲大陆只有男仆,不可能有男管家,男管家是英国特有的职业。英国男管家所展现的职业风范"宛若体面的绅士穿上考究的西服,他是决不允许任何恶棍,或是任何情况在大庭广众面前将其衣服撕破的";而欧洲大陆的男仆则由于不会节制情感而无法维护职业性,他们"只要受一丁点的刺激,就会撕开身上的外套和衬衫尖叫着四处奔跑"(41)。由此可见,在史蒂文斯的心目中,只有英国才有杰出的男管家。另外,和男仆不同,男管家的尊严是一种"职业尊严"(professional dignity)。

如果"职业尊严"是检验男管家的唯一标准,那么,按照这个标准,史蒂文斯的确是一位杰出的英国男管家。男管家的最高原则莫过于忠诚,史蒂文斯

---

① 参见冯友兰:《中国哲学简史》,赵复三译,天津:天津社会科学出版社,2005 年,第 272—273 页。

对达林顿公爵的忠诚让人叹为观止。他唯公爵马首是瞻,无论什么事情,公爵认为对,他就认为对;公爵认为错,他就认为错。公爵受反犹主义分子的影响,决定解雇府里的两个女仆,史蒂文斯立即告知肯顿小姐,让她遣送女仆回家。当肯顿小姐与他争论是非曲直之时,他毫不动摇,毅然决然地执行了公爵的命令。然而,事过之后,公爵回想起此事又有些懊悔,此时,史蒂文斯也异乎寻常地开始拷问自己的良心。有西方学者将史蒂文斯的忠诚称为"不分青红皂白的忠诚"(uncritical loyalty)。① 然而,如果我们仔细品味,便会发现他的忠诚并非"不分青红皂白",只是他区分是非的标准和我们不一样罢了。

对史蒂文斯"职业尊严"的一个最严峻的考验是他和父亲的关系。史蒂文斯举贤不避亲,将父亲介绍到达林顿府做副管家,其理由是后者在拉夫伯勒豪宅供职时体现出了男管家的尊严。和史蒂文斯一样,他的父亲也具有节制情感的天性。史蒂文斯的哥哥因为其所在部队的军官指挥失误而丧生疆场,当军官以客人身份拜访拉夫伯勒豪宅时,史蒂文斯的父亲凭借着"职业尊严"尽善尽美地为军官服务,丝毫看不出有什么怨恨之情。这位父亲常以随主人去印度的一位男管家的故事来励志:在豪宅举行宴会的时候,男管家突然发现一只老虎,他十分委婉地向主人借了枪,杀死了老虎,而且未留任何痕迹,然后若无其事地继续为宴会服务。② 史蒂文斯从未相信过父亲的故事,就像他从未质疑过父亲的职业尊严一样。由于年老体衰,他父亲在一次关键的场合把装满食物的托盘摔在地上,"职业尊严"毕竟无法和人总要衰老的自然法则相抗衡,因而史蒂文斯非常委婉地劝导父亲面对事实。跟史蒂文斯一样,父亲在自知已到风烛残年的时候,和儿子谈话时刻意提前"全身穿戴整齐",维系着尊严。

在《长日留痕》中,史蒂文斯有两个"父亲":一个是他的亲生父亲;另一个是"他的雇主和父亲的替身"③达林顿公爵。在亲生父亲弥留之际,史蒂文斯正

---

① Brian Shaffer, *Reading the Novel in English 1950 – 2000*, Malden: Blackwell Publishing, 2006, 161.

② 这则男管家的故事和英语世界广为流传的、发生在印度的用牛奶引诱眼镜蛇的故事极为相似。参见 Mona Gardner, "The Dinner Party",载《大学英语》第 2 册,翟象俊主编,上海:上海外语教育出版社,1997 年,第 21—23 页。

③ Shaffer, *Reading the Novel in English 1950 – 2000*, 161.

在为达林顿公爵最重要的外交活动忙里忙外,而且偏偏赶上法国外交官脚痛发作,因此没有时间为亲生父亲尽孝,却把所有的时间都用于服务"父亲的替身"。如果以孝道作为标准,史蒂文斯的尊严就会大打折扣;可是,如果我们以两个"父亲"的视角来审视,史蒂文斯为另一个"父亲"而暂时冷落亲生父亲的行为,就可以少受一些伦理的谴责。史蒂文斯不是冷血动物,他对父亲的感情是深厚的,他的许多"职业尊严"也是从父亲那里继承而来的。他之所以能够在父亲离世之时节制情感,个中原因是对另一个"父亲"的感情更加深厚。他对达林顿公爵的"恋父"情结,自始至终都没有改变。他不仅总是在别人面前极力为达林顿公爵的亲纳粹行为辩护,在自己的内心当中也在极力美化达林顿的一生:达林顿错了,但他毕竟有过自己的选择;而史蒂文斯一生最大的遗憾就是从未有过自己的选择,这或许是他努力维系"职业尊严"的代价。

从表面上看,史蒂文斯似乎是石黑一雄笔下的悲剧人物。他失去了父亲,错失了真爱,而这一切都是出于对达林顿公爵的愚忠。石黑一雄本人并不这么认为,他解释说:"我精心选择男管家这个角色,是因为我认为我就是男管家,我们大多数人都是男管家。"①男管家不是英国的另类,相反,从某种意义上来说,他是英国最具代表性的人物。史蒂文斯并非愚忠,他对于达林顿公爵的错误是有所反思的。虽然他美化了豪宅内的龌龊外交,但他那一句"男管家之职责是提供良好的服务而不是干预国家大事",已经明白地告诉读者他并非不辨是非。至于他忠诚于达林顿公爵的缘由,他在小说的叙述中已经说得很明白了:达林顿虽然错了,但他有过自己的选择,这样的人是值得效忠的。

职业尊严和忠诚是英国男管家最可贵的品质,一旦失去了这两种品质,男管家这种最具英国特性的人也就失去了他应有的价值。在英帝国日渐衰落、美国影响日渐明显的语境中,男管家的职业尊严和忠诚的品质就显得愈发重要。美国商人法拉戴之所以斥巨资买下达林顿府,为的就是享受一下地地道道的英国乡村大宅以及和乡村大宅打包销售的地地道道的英国男管家的服务。正是由于史蒂文斯身上具有那种让人肃然起敬的职业尊严和忠诚的品

---

① Barry Lewis, *Kazuo Ishiguro*, Manchester: Manchester University Press, 2001, 77.

质,拉戴才深信自己买到了物有所值的英国乡村大宅,他才会十分豪爽地出汽油费,让史蒂文斯驾着自己的汽车去英国西部旅行,让最具英国特性的人去和最具英国特性的物做近距离接触。如果史蒂文斯像钱伯斯子爵的贴身管家格雷厄姆那样,惯于见风使舵,法拉戴就会为购买达林顿府的行为而懊悔。因为在他的心目中,正宗的英国男管家就应该是史蒂文斯那个样子。一旦男管家成了冒牌货,英国乡村大宅的价值也就会大打折扣。一旦男管家、乡村、乡村大宅这些英国特性的徽标不复存在,英帝国衰落之后英国的价值也就会大打折扣了。

二、乡村:英格兰,谁的英格兰

如果说男管家是《长日留痕》中最具英国特性的人,那么,乡村就是石黑一雄笔下最具英国特性的物。在达林顿府新主人法拉戴的劝导之下,史蒂文斯终于走出达林顿府,到英格兰西部去欣赏"美丽如画的风景名胜"(4),顺便去寻访达林顿府的前任女管家、如今已为人妻的肯顿小姐。史蒂文斯领略了延绵不断的英格兰乡村风光,尤其是雄伟的索尔兹伯里大教堂,不由得心旷神怡。在他的心目中,英格兰的风景是无可媲美的,英格兰乡村风景的"伟大绝伦"(greatness)和"大不列颠"(Great Britain)中的"大"有着一种不言而喻的默契:

英格兰的风景是无可媲美的——比如今天上午我所见到的那样——它所具有的特征是别国风景根本无法具有的,尽管那些表面上看去更为激动人心。我深信,在任何实事求是的评论家面前,这种特征都将无可争议地表明,英格兰的风景在全世界都是最让人满意的,而且这种特征只有用"伟大绝伦"一词才可能高度概括。事实不容争辩,今天上午当我站在那高高的岩石上俯瞰着眼前的那片土地时,我明显地产生出那种罕见、但又是确凿不误的感情——这是一种身临伟大绝伦场面才会产生的感情。我们把我们的国土称之为"大"不列颠,也许有些人会认为这有点儿不太谦虚,但是我却敢冒昧地说,单是我们国家的风景就足以证实,如此高尚的形容词用在这里是当之无愧的。(26)

理查德·威特认为,"英国人是西方世界最早将乡村浪漫化的民族",① 这句话虽然缺乏足够的事实依据,但不无道理。简·奥斯汀就是极具代表性的将乡村浪漫化的英国作家之一,她让富有的男主人公们陶醉在英国乡村的美景之中,感受史蒂文斯所说的那种"伟大绝伦"。奥斯汀笔下的乡村是英国社会的缩影,她对如画美学的反思"不只是对自然审美的反思,更是关于阶级话语权的反思"。② 和奥斯汀笔下的乡村一样,《长日留痕》中的乡村不仅是大不列颠"伟大绝伦"的见证,也是英国社会阶级制度的缩影。让史蒂文斯陶醉的是英格兰西部乡村的美景,而不是来自乡村的人。他的心底充满了对穿着乡村服饰的人的莫名其妙的歧视,比如他这样描述他父亲离世前不离不弃的女仆莫蒂默太太:"她还穿着那件围裙,很显然,她曾一直用它擦掉她的泪水;结果弄得她满脸都是油污,她那副模样就好似参加化妆黑人乐队演出的演员。"(108)在史蒂文斯为达林顿公爵恪尽职守的时候,莫蒂默太太不辞辛劳地照顾了他那垂危的父亲,史蒂文斯本应充满感激之情。然而,虽然莫蒂默太太有着和他一样的对主人或者上司的忠诚,但她的忠诚却不被视作尊严,因为她来自乡村。在史蒂文斯眼里,乡村有最具英国特性的风景,但乡村的人与最具英国特性的风景并无关联。

　　让史蒂文斯陶醉的还有风景如画的乡村大宅(country house)。德国有城堡(castle),法国有大别墅(chateau),意大利有别墅(villa),而英国有乡村大宅。乡村大宅是大英帝国的文化遗产,因为"这些乡村大宅是一种特殊的公共财产,乡村大宅和教堂一样,也许是我们最接近英国灵魂和精神的地方"。③《长日留痕》中乡村大宅的代表就是达林顿府,它用一种特殊的方式记载着历史的变迁。正如叙述者所言,许多重要的决定"是在这个国家的豪宅内那隐秘而又静谧的氛围中运作的"(115),盛大的会议只不过是重要的府邸内秘密决议的公开仪式。恰尔兹(Peter Childs)指出,在《长日留痕》中,达林顿府从某种意义上讲是"英国及其战后衰落的换喻"。④ 据此推论,史蒂文斯对达林顿公爵

---

① Weight, *Patriots*, 7.
② 何畅:《"风景"的阶级编码——奥斯丁与"如画"美学》,《外国文学评论》,2011年第2期,第46页。
③ Patrick Cormack, *Heritage in Danger*, London: Quartet Books, 1978, 49–50.
④ Peter Childs, *Contemporary Novelists*, Basingstoke: Palgrave Macmillan, 2005, 132.

的忠诚也就是对大英帝国的忠诚。小说故事发生在 1956 年 7 月,刚好是埃及领袖纳赛尔宣布将苏伊士运河收归国有的时间,苏伊士运河危机开始升级,而美国商人法拉戴买下达林顿府的时间(1955 年春季)适逢英国首相艾登开始掌权。苏伊士运河危机代表着英帝国的衰落,美国的威力开始辐射全球。放在历史的语境中解读,达林顿府的易主显得颇有深意:史蒂文斯最终"沦落"为美国人的男管家。然而,在美国的威力震慑全球、英帝国旧日殖民地纷纷独立的背景下,史蒂文斯依然保持着职业性尊严,穿着旧主人相送的西装去旅行,在整个旅途中时时处处维护着达林顿公爵的名誉。英帝国的辉煌已然成为历史,达林顿府的雇员已从鼎盛时期的 28 人减员为现在的 4 人,但是男管家的职业尊严并没有成为历史,它紧紧地依附在史蒂文斯身上,就像体面的绅士穿着讲究的西服一样。

  非常有趣的是,在《长日留痕》中,乡村和乡村大宅之间形成了一种张力。虽然乡村风景如画,乡村大宅离小说虚构出来的西蒙斯夫人所著的《英格兰奇观》所描述的乡村也并不远,但是,久居乡村大宅的男管家史蒂文斯却很少有机会领略英格兰乡村的伟大绝伦。如果不是达林顿府新主人、美国商人法拉戴极力劝导,乡村大宅里的人就可能一辈子与伟大绝伦的英格兰乡村无缘。在没有走出乡村大宅之前,史蒂文斯似乎对自己无缘领略美丽如画的英格兰乡村并不感到遗憾,他觉得乡村大宅里的人比其他人更了解英格兰,因为他们"身处英格兰名流显贵常常聚集的豪宅里"(4)。当走出乡村大宅之后,他领略了索尔兹伯里如画的风景,体验了黄昏时分塔维斯托克的宁静,他的看法略有改变,但唯一没有改变的是对乡村的人的漠视。当他登上高坡远眺索尔兹伯里的美景之时,早把给他指路的乡民忘得一干二净。塔维斯托克的泰勒夫妇好心让他留宿,他却把自己不得不接受泰勒夫妇殷勤款待的理由说成是"一个愚蠢至极而且令人恼怒的疏忽"(157)。如果不是他驾驶的福特车燃油耗尽,他是不愿意留宿在地地道道的乡村民居里的,虽然此时的他已经对地地道道的乡村风景如醉如痴。

  乡村风景何以代表整个国家的民族特性?伊丽莎白·赫尔辛格(Elizabeth K. Helsinger)曾对此做出了很好的解释:

英国所呈现的风景将可以看见和可以想象的东西局限在某一时刻、某一个人在某一个地方的视野,但这些风景的细微之处却是用传统的表现方式串联在一起的。它将重点放在英国乡村那些可以被人洞察的结构之上,比如和居于主导地位的乡村大宅渐行渐远的公园和田地的那种视觉图景。这些近乎雷同的结构蕴含着一种权力和财产的架构,而它们本身就是这个架构的一部分。所以风景可以用来代表民族/国家之类抽象的概念……风景可以居于一地而代表整个国家。①

《长日留痕》中的乡村书写就是赫尔辛格所说的用一时、一地、一个人对乡村以及乡村大宅的感悟来映射一个国家的民族情感。在达林顿府易主、英帝国日渐衰落的背景下,不变的只有男管家的尊严以及如画的乡村风景,这些才是最具英国特性的事物。史蒂文斯用他特有的方式感受着世事变迁,在变迁中寻求着不变的踪迹,乡村风景是这些不变的踪迹的一部分。当然,无论变与不变,乡村风景都与乡村的人无关。亚当·帕克斯(Adam Parkes)在讨论《长日留痕》中的乡村问题时用了一个非常有深意的小标题:"英格兰,谁的英格兰?"②我们借用了这个小标题,因为我们也有同样的疑问。如果非要给出一个明确的答案,那么这个答案应该就在史蒂文斯的心中。在他的心目中,最能代表英国特性的乡村风景,不属于穷人,也不一定属于富人,但一定属于他这样最能代表英国特性的男管家。

三、服饰:帝国衰落时期的政治

如果说《长日留痕》中最具英国特性的人是男管家,最具英国特性的物是乡村,那么,最具英国特性的载体就是服饰。《长日留痕》中的"服饰"有两个所指:一是真实的服饰,即着装;二是比喻意义的服饰,即和史蒂文斯服饰一样道貌岸然的"男管家语言"。史蒂文斯服饰政治的核心是他开着新主人的车去

---

① Elizabeth K. Helsinger, "Land and National Representation in Britain," in *Prospects for the Nation*, eds. Chritiana Payne, Michael Rosenthal and Scott Wilcox, New Haven: Yale University Press, 1997, 15.

② Adam Parkes, *Kazuo Ishiguro's* The Remains of the Day, New York: Continuum, 2001, 54.

旅行,在旅途中却穿着旧主人的服饰,而且在旅途中一再为达林顿公爵在二战爆发之前亲德的行为辩护。此外,他还将不当众脱衣作为英国男管家职业尊严的标尺。史蒂文斯以"服饰"为掩体,通过"得体"的第一人称叙述,不仅压抑了真实的自我,还掩盖了达林顿府不光彩的历史。

史蒂文斯的服饰政治有两个十分显著的特点:其一是他不仅对服饰十分讲究,而且对于服饰的用词也十分考究;其二是他的服饰政治极具欺骗性。史蒂文斯在解释尊严与服饰的关系时使用频率较高的词语是 clothing(着装)或 clothes(服装),有时辅以具体的词,如 shirt(衬衫)或者 overcoat(外套),而做旅行准备时使用较多的是 costume(行头)或者 pantomime costume(戏装),有时还使用非常正式的 attire(礼服)。作为一名古板得不能再古板的英国男管家,史蒂文斯对服饰的用词如此考究,真的是让人叹为观止。然而,当他面对亲情,处理自己和父亲的关系时,他像变了个人似的。在探望父亲的时候,他说来说去总是一种单调的句式:"我希望父亲现在感觉好一些了","我很高兴父亲感觉如此之好","您现在感觉好多了,我真是太高兴了","我非常高兴您现在好多了"(95—96)。英国著名作家兼批评家戴维·洛奇将史蒂文斯的语言称为"男管家语言"(butler language),说这种语言毫无智慧、没有快感、缺乏原创性。史蒂文斯将"男管家语言"用于亲人之间的交际确实有点让人窒息,当他一遍又一遍地重复"我很高兴您现在感觉好多了",真的是让人难捱。但是,当他将"男管家语言"用于叙述与达林顿府相关的历史时,这种古板的语言就比文采飞扬的华丽辞藻更具欺骗性。

史蒂文斯在小说的开头极力辩解,说他为旅行而精选服饰不是由于虚伪,而是为了与达林顿府相称。从表面上看,作为显赫门庭的男管家,他追求服饰与府邸相称的举动,是一种贵族气质的表现,和英国上流社会的传统一脉相承。按照吴尔夫(Virginia Woolf,1882—1941)的记述,早在 17 世纪的英国,服饰就已经成为女性社会地位的标识,纽卡斯尔公爵夫人出门时,一定要身着饰有无数宝石的裙褶,以示与她的贵妇身份相称。到了维多利亚时期,男人也加入了服饰政治的行列。没有爵位的将军"在拜访伯爵的侄女之前要刷一刷外衣",[①]因为

[①] 吴尔夫:《普通读者 I》,马爱新译,北京:人民文学出版社,2003 年,第 202 页。

他知道自己只是个穷绅士。同样,伯爵的侄女去服侍坎伯夫人之前,也要精心打扮一番,因为坎伯夫人的地位比她略高一等。在《长日留痕》中,史蒂文斯的服饰没有派上"拜访伯爵的侄女"的用场,但他的精心打扮还是带来了意想不到的回报:他的汽车不幸在荒野抛锚,被迫留宿乡村,由于穿着"得体"的服饰,史蒂文斯受到当地村民的顶礼膜拜。

如果史蒂文斯对车子和服饰同样考究,那么,他的服饰政治也许就天衣无缝了。耐人寻味的是,他穿着旧主人所赐的西装,却开着新主人的车,服饰和车子之间的不相称,使他的"相称"之说不攻自破。同时,与达林顿府相称本身也是一种虚荣。达林顿府不仅有亲纳粹和反犹太人的劣迹,还有男女仆人之间授受不亲的约法。史蒂文斯和肯顿小姐之所以有情人难成眷属,这种男女授受不亲的约法难辞其咎。对于肯顿小姐的爱慕,史蒂文斯是心知肚明的。肯顿小姐闯入书房并发现他在阅读罗曼司的时候,史蒂文斯的"职业尊严"暂时退居其次,他没有因为肯顿小姐闯入书房重地并揭开他的隐私世界而恼火,相反,他用了最不可信的辩白,说他读罗曼司是为了提高英语水准。

史蒂文斯运用服饰政治"回写"历史的能力是让人叹为观止的:他将达林顿公爵的德国"客人"视为衣冠楚楚的绅士,而把反对对德妥协的外交官们降格为穿着颇不得体的俗人。德国"客人"布雷曼初来达林顿府邸的时候,身着军装,绅士风范儿十足。几年下来,他的"衣着越来越不整洁",身体状况也随之每况愈下(象征着德国经济状况的恶化)。布雷曼的绅士风采深深吸引了达林顿公爵,他的健康状况也博得了公爵的同情。在公爵组织的最重要的外交活动中,公爵以及德国外交官一副绅士风采,而反对绥靖政策的法国外交官杜邦则穿着"欧洲大陆的绅士们在节假日穿戴的那类服饰"(89),不太得体。更有失体面的是,杜邦在谈判最关键的时候忽然脚病复发,竟跑到台球室里,"坐在一把皮椅上开始脱掉鞋子"(107)。史蒂文斯以服饰来评判一个人,把有亲纳粹行为的达林顿公爵美化为衣冠楚楚的绅士,借机为自己对达林顿公爵的愚忠而辩解,这似乎才是他运用服饰政治回写历史的真正用意。

伯曼(Marshall Berman,1940—2013)指出,在现代文化中,"服饰变成了旧有的、虚幻的生活方式的象征;裸露成为指示新发现的以及新经历的真理;

脱衣的举动变成了精神自由、追求纯真的举动"。① 史蒂文斯的服饰政治有其可敬的一面,在达林顿府易主的情况下,他依然执着地认为"只有英格兰才有真正的男管家",依然执着地穿着旧主人赐予的服饰去旅行。对于美国主人的调侃(bantering),他也坚持用英国式的幽默予以回应。在这里,英国人的正统和美国人的随意形成了强烈的反差,1993 年艾弗瑞(Merchant-Ivory)公司拍摄的电影把这种反差进一步拉大,穿着考究的史蒂文斯比随意着装的法拉戴更像主人。英帝国衰落了,但英国绅士的风范并没有衰落。艾登首相没有能力处理好苏伊士运河危机,但他在英国民众中的威望依然很高。史蒂文斯阴差阳错地留宿乡村时,村民误以为他服侍过首相,村民们所表现出的对艾登的敬仰和热情完全超乎他的想象。当有村民散布"所有的小国家都应该独立"的言论时,史蒂文斯留宿的旅馆的主人以及大多数村民坚决反对,并请求史蒂文斯"以足够的学识证实他是错的"(189)。在小说中,像史蒂文斯一样眷恋大英帝国的人大有人在;在苏伊士运河危机的历史时期,120 多位保守党议员在反美提案中签名,抗议美国操控国际社会、破坏英国的帝国事业,英国媒体将美国干涉苏伊士运河事件是为了给它到处奔跑的汽车加油。在这种特殊的历史语境中,史蒂文斯以他的职业尊严对抗美国主人的调侃,以他对达林顿府的忠诚表达对大英帝国的眷恋,便成为一种特殊的英国民族精神的象征。

服饰留给人的是表层身份(surface identity),穿上服饰之后,"许多可能的身份就被隐藏在下面"。② 史蒂文斯运用服饰政治压抑了真实的自我,掩盖了达林顿府不光彩的历史。在英帝国衰落、美国霸权地位崛起的特殊历史语境中,他的服饰政治有其可敬的一面;但同时,他的服饰政治中充满了对不属于特权阶级的、穿着乡村服饰的人的歧视。史蒂文斯在小说的结尾顿悟:夜晚是一天中最美好的部分;白昼逝去的时候,人才有时间反思过去,追忆美好时光。当达林顿府易主,英帝国的辉煌成为过去,旧日的肯顿小姐已经成为今天的本恩夫人的时候,史蒂文斯才终于走出达林顿府,欣赏英格兰的美景,认真

---

① Marshall Berman, *All that Solid Melts into Air*, New York: Simon and Schuster, 1982, 106.
② Ryan Trimm, "Inside Job: Professionalism and Postimperial Communities in *The Remains of the Day*," *Literature Interpretation Theory*, 16. 2(2005), 149.

反思过去。但是，职业尊严依然依附在他的身上，就像考究的西服依然穿在英国男管家的身上。史蒂文斯的服饰政治掩盖了自我，人们很难看清他隐藏在服饰之下的可能的身份。经历乡村之旅的史蒂文斯虽然没有脱衣求真，但他终于学会了调侃，他希望自己的新本领能够使新主人满意地大吃一惊。细心的读者会对此画个问号，因为他在小说开始时所有的调侃都无果而终。

约翰·麦克考比(John P. McCombe)认为，当史蒂文斯在小说结尾面对落日余晖而陷入沉思之时，他的沉思和"这个国家不愿接受新秩序"[1]有着一种明显的默契。史蒂文斯的乡村之旅不仅仅是他个人的心路历程，也是英国整个国家的心路历程，这一点是毫无疑义的。但是，史蒂文斯极力维护职业尊严和忠诚，极力颂扬英国乡村风景的伟大绝伦，这是否意味着他拒绝接受现在而一心只想着过去呢？显然不是。在英帝国日渐衰落、美国霸权辐射全球的语境中，史蒂文斯所做的努力不仅仅是一种维系，更是一种重构。他之所以不遗余力地维护职业尊严和忠诚，是因为这两者是正宗英国男管家必不可少的高贵品质，一旦失去了它们，男管家就成了冒牌货。富裕起来的美国人之所以愿意斥巨资购买达林顿府，是因为达林顿府是正宗的英国乡村大宅，大宅里有帝国衰落之时依然极力维护着职业尊严和忠诚的正宗的英国男管家。男管家一开始并不想走出乡村大宅去领略英国乡村风景，但他最终还是走了出去，在美丽如画的乡村风景中体验了"伟大绝伦"和大不列颠之"大"的关系。男管家旅行时穿着旧主人赐予的服饰，一身正装去旅行确实有些不太得体，但他开着新主人的车，汽油费也是新主人担负。他在旅途中受到乡民的热情款待，他旧主人的服饰在此起了很大的作用，但他新主人的福特车也是功不可没。史蒂文斯对旧主人忠诚，对新主人也同样忠诚，而且他的忠诚绝不是趋炎附势。他一开始不太适应美国主人的调侃，他的英国式幽默也不被美国主人理解，但他在旅途中认真领悟，终于学会了调侃。在20世纪50年代的语境中，英国特性既是英国人通过挖掘文化传统试图保持并重构的东西，也是英国之外的人最想看到的那些能够持久流传的东西。英国特性需要重构，但重构中必须有让人们能够达成共识的不变的元素保留下来，《长日留痕》中的男管家和乡村似乎

---

[1] John P. McCombe, "The End of (Anthony) Eden: Ishiguro's *The Remains of the Day* and Midcentury Anglo-American Tensions," *Twentieth Century Literature*, 48.1(2002), 79.

就是这种不变因素的集大成者。虽然史蒂文斯身上有许多让人觉得有些迂腐的东西,但没有人能否认他是正宗的英国男管家,他所领略的乡村风景也都是最能代表英国文化传统的风景,虽然他唯一的缺陷是还没有从心底接受穿着乡村服饰的人。如果经历乡村之旅的他能真的顿悟,不仅接受乡村,而且接受穿着乡村服饰的人,他就可以在保持职业尊严、赞叹大不列颠风景"伟大绝伦"的同时,超越"男管家语言",不仅让他的美国主人、也让那些无比眷恋田园和怀旧式的英国特性的人满意地大吃一惊。

第三节
《西北》中的英国特性

《西北》是扎迪·史密斯的第三部小说,发表于 2012 年,延续了作者成名作《白牙》(*White Teeth*, 2000)的背景和主题。《西北》指的是伦敦西北,即作者成长的郊外,或者叫城乡接合部的贫民区。史密斯近年来在纽约大学教授创意写作,但是伦敦西北仍是她心心念念之所在,"西北"不仅是她了解英国社会的窗口,而且也成为她创作的标志性空间。"这片地区一直是我创作中必不可少的元素。但我发现,不只是我,所有和我一起长大的人,以及生活在那一带的居民,对那片地区都怀有特殊的感情。"① 《西北》中的主要人物成长于伦敦西北的贫民区"考德威尔",以第二代移民为主。

英国著名评论家詹姆斯·伍德(James Wood, 1965—　)盛赞《西北》为年度最好的几部小说之一,是史密斯迄今最好的作品;他认为《西北》的主题是"关于种族的,也是关于阶级的"。② 爱尔兰作家安妮·恩莱特(Anne Enright,

---

① 张芸:《〈白牙〉作者扎迪·史密斯谈种族、女性与文学创作》,《澎湃新闻》,2016 年 11 月 20 日, http://www.thepaper.cn/newsDetail_forward_1563890(accessed 2018/3/29).

② James Wood, "Books of the Year," *The New Yorker*, 17 Dec. 2012, https://www.newyorker.com/books/page-turner/books-of-the-year(accessed 2018/3/29).

1962—　)以"当心间隔"为题评论《西北》,认为该作品与史密斯以往的作品相比,"在主题上更激进,在语言上更分裂。"①美国著名作家奥茨(Carol Joyce Oates,1938—　)也撰文点评《西北》,认为它打的是身份牌。② 由此,我们能大致感知《西北》的影响力,且可以认定身份问题是《西北》重要的主题,其中涉及多元文化视阈下的英国身份认同问题和新世纪英国社会主流价值观对英国特性的影响。

一、多元文化与英国特性

尼克·本特利(Nick Bentley)在《重写英国特性》("Re-writing Englishness: Imagining the Nation in Julian Barnes's *England*, *England* and Zadie Smith's *White Teeth*")一文中分析了扎迪·史密斯的处女作兼成名作《白牙》中英国特性与多元文化的关系,指出小说"试图重构英国民族身份的原型","作者向读者提供了一个当代英国特性的版本","挑战了英国特性和多元文化相互敌对的思想"。③ 12年后,作者以中年的眼光重新审视她成长的伦敦西北,建构多元文化新英国仍是作品的主题,但比起《白牙》,《西北》少了年轻时的乐观,对多元文化下的英国特性建构多了焦虑。

《西北》分五卷,主要人物都成长于伦敦西北考德威尔的政府统建房,年龄三十几岁,算是作者史密斯的同辈。前三卷"造访""过客"和"主人"是小说主体,分别叙述利娅、菲利克斯和娜塔莉的人生经历。娜塔莉和菲利克斯都是黑人,是牙买加移民的后代,可以说是"移民二代",利娅和娜塔莉是一起长大的多年好友,不过她是白人,母亲来自爱尔兰,从广泛意义上说也是第二代移民。作者史密斯的父亲是爱尔兰移民,母亲来自牙买加,因此她对娜塔莉和利娅都有着某种认同和理解。小说第四卷"十字路口"和第五卷"再造访"④篇幅短小,

---

① Anne Enright, "Mind the Gap," *The New York Times Book Review*, 21 Sep. 2012, https://www.nytimes.com/2012/09/23/books/review/nw-by-zadie-smith.html(accessed 2018/4/6).
② Carol Joyce Oates, "Cards of Identity: Rev. of *NW* by Zadie Smith," *The New York Review of Books*, 59(2012), 20 - 24.
③ Nick Bentley, "Re-writing Englishness: Imagining the Nation in Julian Barnes's *England, England* and Zadie Smith's *White Teeth*," *Textual Practice*, 21(2007), 495.
④ 本节译文选自扎迪·史密斯:《西北》,赵舒静译,上海:上海译文出版社,2012年。此处自译为"再造访"。

算是前三卷的尾声。小说主要情节在时间上定位为 2010 年 8 月 27 日,是主要人物的汇合和交集之时。

故事聚焦的主要人物和配偶以及交往的人大都有少数族裔和多元文化的特质,鲜有土生土长的伦敦本地白人,但每个人似乎又面临着一些人生危机,人与人之间有着深深的隔阂,难以构建和谐的多元文化的新英国特性。娜塔莉是史密斯笔下投入情感最多的人物,她的故事置于"主人"这一卷,占据了小说近一半的篇幅。娜塔莉的父母都是牙买加移民,父亲是等活儿等得焦虑的水暖工,母亲是等着拿执照的护士。她从小住在政府廉租统建房,有个成了单身妈妈的姐姐和一个没出息的弟弟。她是家族第一个上大学的人,一路苦读,一路打工,成为高薪律师,嫁给家庭地位比她高好多的大学同学,搬到靠近富人区的别墅,养了两个孩子。

表面上看,娜塔莉自强、自立、积极上进。她在大学期间将加勒比名字"凯莎·布莱克"改成更英国化的名字"娜塔莉·布莱克",这似乎标志着她对英国文化的认同和对自我身份的掌控。相形之下,她对父母所代表的加勒比之根却鲜有认同感,回到父母家也是嫌弃多过理解。培养过她的布雷顿中学"已不复存在。她消失了,被丢弃了";她的同学和好友不无痛苦地评说:"也许是太出类拔萃了,才会不记得自己的出身。"①也就是说,她挤进伦敦中产阶级并融入英国社会是有代价的:"若要这样的生活,必须忘记之前的一切。若非如此,又怎样做到?"(63)

娜塔莉可以说是那种善于钻营的、精致的利己主义者,她利用自己在多元文化社会中的少数族裔身份来发展事业。她求学时靠黑人指导员帮忙指点,工作时以黑人身份接加勒比移民相关案子。她不跟任何人交心,为了地位高的男人放弃高中一起苦读和陪伴的黑人男友,不参加闺蜜利娅的社会服务和社会抗议活动,婚后在网上跟人搭讪搞婚外情。她只是在摇头丸的迷幻作用下发出这样的宣言:"我会当律师,你会当医生,他会当老师,她会去银行,我们会从艺,他们会参军,我会是第一个黑人女性,你会是第一个阿拉伯人,她会是第一个中国人,所有人都会成为朋友,所有人都会彼此理解。"(223)她还以励

---

① 扎迪·史密斯:《西北》,赵舒静译,上海:上海译文出版社,2012 年,第 63 页。本节以下引文只标页码,不再加注。

志人士的口吻,与人分享了如下人生经验:"拒绝给我自己设定人为的界限","我才能实现我全部的潜能";"时间管理、认清目标、尊重自己和自己的搭档";"为了生存,你们必须同心协力"(307)。这些冠冕堂皇的话她自己是不信的,她对"共善"没有兴趣,无意为新的英国特性的构建出汗出力。

在娜塔莉家庭派对上,那些律师和银行家宾客大都是移民二代,"牙买加的,爱尔兰的,印度的,中国的"(87)。这些人抱怨着父母国家的习俗,抱怨父母想搬进他们的房子同住的愿望,抱怨父母的不高兴和失落,也承认父母曾经勤恳地工作,努力让他们进入英国的中产阶级。这是一众移民二代成功逆袭的聚会,成功人士们以与父母以及母国文化切割为荣,以融入英国文化为荣。从表面上看,他们的成功象征了多元文化的新英国特性,或者说象征了英国特性的新元素,但是实际上他们的成功是以其他人的失败为代价的,因而不能真正代表英国特性,至少不能代表理想的英国特性。

以娜塔莉为代表的成功人士的生活充满了对本族和本阶层的背叛。背叛和疏离会让他们处于悬置的状态,这也是娜塔莉暗中与黑人男子出轨的原因。他们的焦虑、悬置和不安全感也使得他们无法产生新的和谐的英国特性,不能说是以霍米·巴巴的"补充性原则"丰富了英国特性。①

利娅的生活记录在小说第二卷"过客"中,她是白人,是很多场合中唯一的白人,是黑人人群中的白人。她就读的学校里大部分同学是黑人,跟她一起长大的闺蜜是黑人,她和非洲裔的米歇尔结婚,现在她的同事也都是黑人。她代表从底层进入中产阶级的白人。利娅自己能力不强,读书时也不怎么刻苦,读的是没什么特色的哲学专业,是个普普通通的白人青年。"不会拉丁语,不会希腊语,不学数学,不学外语"(32)——书中对她能力的总结集中在语言能力上,无非是暗示她作为只会讲英语的普通白人,依靠不公平的手段获取了一些机会。事实上,她是个两边都靠不上的边缘人:她没有进入白人的世界,一直住在以黑人为主的社区;无论是在大学选专业时,还是后来找工作时,她都没有什么优势。

大学念的哲学并没有给利娅任何实际的技能,在政府部门的慈善机构工

---

① Homi Bhabha, *Nation and Narration*, 44-70.

作表面是为弱势群体提供帮助，实际上只是在官僚体系中按部就班地混混日子。她在一群没受过高等教育的黑人同事中的位置比较尴尬。大家觉得利娅作为一个大学生在这个服务机构工作是屈才，因而认为她总要走的，于是不能给她重要的工作。此外，在长达六年的时间里，同事们几乎每天都要嘲笑她没有生育。作为已婚女性，生育可以说是社会赋予的使命，可是利娅这样的新时代女性在生儿育女问题上颇有主见。在小说的开头，对着验孕棒显示的怀孕结果，利娅的反应是"怎么办？"(25)之后一段时间，她都将有孕的消息瞒着丈夫米歇尔和妈妈波琳。米歇尔不停念叨要个孩子，不行就去求助于医疗辅助方法，波琳也一直在旁"催生"。现在孩子来了，利娅却一个人悄悄去做了人流手术，之后就从闺蜜那里偷来避孕药吃。利娅选择不要孩子，一方面是出于某种逃避心理："我在自己心中是十八岁如果我什么也不做如果我站在原地什么也不会变我永远都是十八岁。"(25)她害怕生孩子，"害怕什么？它关乎死亡、时间和衰老"(25)。另一方面，利娅拒绝子嗣，也是对他们夫妻关系或者说自己生活状态不满的表现。虽然他们身体上相互吸引，但是她对丈夫缺乏更深的交流和爱恋，加上婚后的日子过得紧，没钱给宠物狗请医生，这也成了她心里的伤痛。她与少年闺蜜差距越来越大，阶级区隔已代替了种族差异，成为和谐英国特性的新绊脚石。她拒绝后代，不愿意为英国社会添丁进口，这意味着她拒绝参与新英国特性的建构。

利娅因为单纯善良而受骗的故事贯穿"造访"这一卷，这也是源于作者亲身的经历，表明了当代英国社会的信任危机。利娅在家中，有人来敲门，来者是一位同龄的黑人女子，手里拿个信封，晃给她看自己的地址，是离她不远的地方，门牌号还是利娅喜欢且当作有神奇力量的 37 号。她叫夏尔，哭着说母亲生病，要钱入院。利娅安慰她，给她茶喝，聊到她们曾共同就读于布莱顿中学，利娅甚至还透露了自己怀孕的秘密。临走，利娅给她 30 英镑，送她上出租。在起先的几个月中，利娅总是碰见夏尔，开始时夏尔会逃跑，后来却破罐破摔，承认自己骗人，还说自己吸毒，被丈夫欺负。再后来是夏尔的同伙打匿名电话威胁利娅，要她别再找夏尔的"麻烦"，利娅听出打电话的人是当年她喜欢过的同班同学内森，而后者正是在"过客"这一卷中杀害黑人青年菲利克斯的凶手。

菲利克斯因地铁座上无谓的小口角而被黑人同胞杀死，这体现了底层的焦虑，也表明多元文化带来的不仅仅是融合，也有隔阂，甚至是种族内部的隔阂。菲利克斯是"过客"这一卷的主角，牙买加裔，父母十多岁就有了他，母亲后来离家出走，弟弟因抢劫坐牢，两个双胞胎妹妹也与家疏离。"过客"这一卷开始时，菲利克斯 30 出头，刚有了新恋人格蕾丝，要与过去告别，开始新的生活。他跟父亲一样，早早有了孩子，跟前妻不和。他曾做过电影导演和制片，却都失败了。后来又染上酒瘾和毒瘾，甚至从事贩毒。再后来有了新女友，愿意踏实做技工，好好过日子。这一天，他幸福地告别了格蕾丝，去看望独居的父亲，又给女友买了礼物，之后还向前女友安妮告别，满怀期望准备回家。在地铁上，菲利克斯与内森发生了争执，起因不过是一位白人孕妇想有个座位，凶手无视请求，被孕妇和路人侧目，而菲利克斯因为帮助孕妇收获赞扬的目光，惹得凶手老羞成怒，在出地铁后抢劫并杀害了菲利克斯。菲利克斯的悲剧既有个人原因，也有社会原因。他游走在不同工作和不同女人之间，不过是缺乏安全感的行为。虽说前女友给他温暖，新女友给他新生的力量，但她们无法拯救他的无奈和困顿。公共空间中白人和黑人因座位之争，引发黑人种族内部的互戕，这既是个人的悲剧，也是英国社会多元文化融合困难的隐喻。

菲利克斯的前女友安妮是作者笔下不多见的、从贵族阶层跌落到底层的典型。她是白人，且自称有王室血统，却已经沦为酒鬼和瘾君子，蜗居在阁楼，颓废到不可救药。她姓贝德福德，是英格兰古老的郡县名称。她的屋子里有来自所谓"温特沃斯城堡接待室"的高背木椅子，还有满屋子的俄罗斯元素，如俄罗斯舞蹈演员巴甫洛娃的大幅海报，以及那只名叫"卡列宁"（典型的俄罗斯名字）的宠物猫。所有这些表明她是英国贵族和俄罗斯人的后代，尤其暗含对俄罗斯文化之根的认同。[①] 不过，她的文化之根并没有给她滋养。相反，她日益消沉，吸毒，抽烟，喝伏特加烈酒，拖欠房租，麻木自己，在自恋和自怜中消耗青春。她的脸上涂着厚厚的粉，满口的脏话。她有舞者的身材，但从未有过舞者的生活。她找年纪小自己很多的菲利克斯做情人，也是想抓住某

[①] Philip Tew, *Reading Zadie Smith: The First Decade and Beyond*, London: Bloomsbury Academic, 2013, 98.

种年轻的有力量的东西,借此获得新生。另一个颓废者是菲利克斯的父亲劳埃德,他是牙买加移民,晚年困顿在住了20余年、门口连"门铃"也没有的房子里,屋里脏乱不已,了无生机。他年轻时抗争过,但最后选择了逃避。安妮和劳埃德虽说起点不同,但都落在底层,是多元社会中不和谐的表征。

凶手内森是利娅和娜塔莉的同学,还是当年利娅暗恋过的男孩儿。他早早辍学去踢足球,腿伤了也接着踢,结果不得不告别足球。他的境况如他自己所说:"你一长大,就没法在这个国家生活了。完全活不下去。他们不需要你,你的同胞不需要你,没人需要你。姑娘们不一样,我说的是男人。"(335)他一再说自己为了生存,想挣点儿钱,做过些坏事,但不说谎,现在是"跑不了,藏不了"(336)。事实上,他几乎什么坏事都干,混黑帮、贩毒、吸毒、拉皮条、抢劫杀人,简直是十恶不赦。最后,他遭到同学故人娜塔莉和利娅的举报。他的堕落也与弥漫于英国社会的生存焦虑有关。

《西北》暗含的时间线索是伦敦一年一度的狂欢节前后,凶杀的悲剧发生在狂欢节期间,这也具有反讽和黑色幽默的意义。诺丁汉狂欢节本是黑人的节日,是巴赫金式所谓"小人物的狂欢",是颠覆和消解阶级差别的时刻,小人物此时的互戕反映了对颠覆和消解阶级差别无望而产生的绝望。同时,娜塔莉和利娅两位好友齐心协力,将自己掌握的有关凶手线索报给警察,为菲利克斯谋得微弱的公正,为她们的未来寻求更好的方向。娜塔莉在"十字路口"游走,最终来到她长大的伦敦西北郊,有意无意间和她的工人阶级社区亲近,这分明又透露出多元文化和英国特性融合的希望。

另外,对于史密斯来说,她本人是多元文化的获益者。她得益于黑人优惠政策,上了名校,又在大学谋得了教职,这在单一文化语境下是不可能的。同时,史密斯认为,移民、少数族裔等社会边缘人群如果保有母族文化的成分,就不至于迷失自我。多元文化可以是赐福,又可能是诅咒,如何在多重力量撕扯的张力场保持平衡,是英国社会建构新的英国特性必须思考的问题。

二、"自我奋斗"与英国特性

盖德(Pope Ged)在《阅读伦敦郊区》(*Reading London's Suburbs: From*

Charles Dickens to Zadie Smith)一书中对比了姊妹篇《白牙》和《西北》的不同：前者重在探讨多元文化中的普通人，尤其是移民对环境的适应，后者的主题是自我奋斗和塑造自我。① 这一改变源于作者的视角变化，也跟千禧年后英国社会经济的变化有关。在小说《西北》发表的这一年，史密斯在《纽约书评》上发表《伦敦西北布鲁斯》("The North West London Blues")一文，以非虚构形式呼应小说《西北》的主题。② 史密斯写她回威尔斯顿社区（她在那里长大）探望母亲的经历：她看到她当年珍爱的公共图书馆和书店正在被拆除，社区的老人们正在举行抗议活动。她来自社会底层，之所以能走上成长之路，是因为有机会接受好的教育和医疗服务，有图书馆可以借书，有懂书的书店店员帮着挑好书，换言之，她依赖教育改变了命运，实现了对知性生活的追求，并使自己的阶级地位上升。然而，那几年政府削减了教育经费、社会福利和公共服务，这越来越不利于底层阶级的发展。政府提倡的所谓"自我奋斗"，其实就是早早将年轻人推到市场，没书读的年轻人只能为生存挣扎，有的从事廉价劳动，有的混黑帮。

《西北》中充满了自我奋斗话语的各种表述，凸显了小说对英国特性和自我奋斗主题的探讨。虽说保有贵族传统的英国社会并无对白手起家那种"美国梦"的倡导，但自我奋斗的概念在英帝国辉煌不再时开始大行其道。20世纪八九十年代，撒切尔夫人执政时倡导"生活节俭、自我奋斗、道德自律"等所谓维多利亚价值观。到了21世纪，布莱尔首相虽说是工党领袖，其政纲却与撒切尔一脉相承，以至于《当代英国史》(*A Companion to Contemporary Britain, 1939-2000*)将布莱尔主义等同于撒切尔主义(86)。有政治学学者分析，21世纪的欧洲一体化，以及烦琐复杂的福利制度等，"限制了工党以往在社会正义的名义下成功解决社会不平等的战略，如对经济大规模干预、高公共开支、政府对资源及收入的再分配等，工党由左翼向中间移动是对变化

---

① Pope Ged, *Reading London's Suburbs: From Charles Dickens to Zadie Smith*, London: Palgrave Macmillan, 2015, 164-175.
② Zadie Smith, "The North West London Blues," *The New York Review of Books*, 2 Jun. 2012, http://www.nybooks.com/daily/2012/06/02/north-west-london-blues/(accessed 2018/3/29).

的环境做出的理智反应"。① 从表面上看,"自我实施选择,自我创造命运,选择自己的阶级归属"显得公平合理,但是对于毫无根基的工人阶级,特别是移民工人阶级,简直就是自生自灭。② 同时,就算工人阶级的年轻人能够通过自我奋斗进入中产阶级,他们也可能因为与自己成长的社群疏远而迷失自我。

故事中,伦敦西北城乡接合部的70后青年念叨着自我奋斗的价值观。第一卷"造访"的开头是天气描写,典型的英国特性叙述。在叫人烦躁的炎热天气中,主人公利娅听到电台播送的励志口号,即"我是定义我的词典的唯一作者"(1),不由激动地把这句"鸡汤金句"记了下来。电台是20世纪80年代的大众传播工具,有着人生导航的意义,也是官方意识形态的传播渠道,反映的是社会的主旋律:自强自立、自我奋斗。这正是80年代撒切尔夫人当政时期推崇的价值观和宣传口号,《西北》中的主要人物(尤其是如今已30多岁的利娅)都深受其影响。不过,利娅只是个伪文艺青年,连个日记本都没有,"鸡汤金句"只是记在了"一本杂志的封底"(1)。35岁的人读到励志句子还要记下来,说明塑造自我是她未完成的向往。利娅一方面不想长大,不想要孩子,懒散或倦怠着,一方面又向往自我定义的自由和成绩。同时,她的同性恋秘密也让她处于面对自我和屈于社会身份压力的纠结之中。她的同性恋经历仅限于对偶遇的陌生人,如跟夏尔的暧昧。她小时候迷恋过的内森后来是夏尔的同伙和情人,这也意味着利娅与夏尔的镜像关系,表明利娅在想象中的自我建构。③ 夏尔的命运暗示利娅自我定义的艰难。同时,利娅与母亲、丈夫、闺蜜、同事的关系都很疏离,仿佛只能跟逝去的父亲亲近。从表面上看,娜塔莉是自我奋斗的典范。前文提到,她原名凯莎,后来改成了更具英国范儿的娜塔莉,这意味着重塑自我的努力。粗粗翻看娜塔莉的故事,读者容易得出她是自我奋斗、自我塑造的成功典范。当利娅试图探索夏尔和内森悲剧命运的缘由时,娜塔莉笃定地说:"因为我们工作得更卖力","我们更聪明……我们想挣脱。

---

① 谢峰:《困境与前途:"后撒切尔主义"时期的英国保守主义》,《国际政治研究》,2007年第2期,第76页。
② Paul Addison, Jones Harriet, *A Companion to Contemporary Britain, 1939-2000*, Oxford: Blackwell, 2005, 276-278.
③ 刘文:《拉康的镜像理论与自我的建构》,《学术交流》,2006年第7期,第24—27页。

像博格尔(内森)这样的人——他们挣脱的意念不够强。如果你觉得这样的回答不好听,我很抱歉,可利娅,这是真相"(354—355)。这种得意扬扬的自我奋斗精髓不过是主流意识形态的内化。

以娜塔莉为主角的"主人"这一卷有多处呼应小说开头的励志语,即"我是定义我的词典的唯一作者"。"唯一作者"先是作为标题,用以概括娜塔莉的大学生活状态,她"沉浸在自我的世界里"(219),中文版这里只译了原文中的"自我"(self),漏了"塑造"(invention)。其实,"她没有自我,无论是和利娅在一起,还是别人"(219)。她需要塑造自我,可至于如何塑造自我,她却没有理性的思考。在英国社会"自立自强"的浪潮下,她从平民区上升到了中产区,在经济上和社会阶层上都实现了飞跃,但自我奋斗似乎没有给她自我的意识。她有关自我奋斗的概念多于生活本身,"无情的比较"是她和别人相处的模式,这一点突出地表现在她对中学同学米歇尔·霍兰的关注。霍兰生长在同为伦敦西北的"无情的高楼里",父亲坐牢,母亲进了精神病院,只能跟着祖母生活;"她敏感、真诚、别扭、孤独、防范心强"(222)。她虽以数学天赋进了大学,但是无法继续自我奋斗;虽然没有酗酒,没有吸毒,也没有不良行为,可就是突然"停止了",不去听课,不学习,甚至不吃饭。她没有福气像同学或普通人那样去自我成长,而娜塔莉在大学却以改名字的形式转换着身份。娜塔莉跟霍兰没有任何互动,只是"追踪"(tracking)似的了解着她,不过了解是为了比较,不是关心,而是为了在比较中获得自我安慰,然后发出一声感叹:"我是唯一的作者。"(222)可见,在大学阶段,娜塔莉的自我塑造是浅薄的。

"唯一作者"又一次作为标题出现在娜塔莉的大学生活中,是在表述她和后来的丈夫弗兰克确定恋爱关系时。她要成为塑造他的作者,照料他,"助他成为真正的人"(233)。弗兰克的母亲来自意大利豪族,父亲当年是火车上的保安,从特立尼达移民到了英国。弗兰克成长路上当然不缺钱,但他没见过父亲,一直在寄宿学校生活。娜塔莉发现弗兰克"脆弱、骄傲、恐惧、孩子气",便以为正是这些特质吸引了她,让她找到了改造/塑造的对象,然而此时的娜塔莉无力塑造自我,遑论帮助弗兰克塑造自我。

娜塔莉因为弗兰克和男友罗德尼分手,理由是她"随心而动",不过罗德尼一语道出了实质:"你的心总能知道面包的哪面有黄油。"(225)这个隐喻对娜塔莉标榜的"自我奋斗"是一个极大的讽刺。后来，她出轨的秘密被丈夫发现，她在"困苦和矛盾中"重回西北区，这时她才明白罗德尼是"一个自我创造的奇迹——一个有着强大意志力的年轻男人，远胜于她自己的"(203)。不过，娜塔莉从内森那里得知，罗德尼在开洗衣店，"混得不错"，他不像别人那样装作不认识内森，还和他聊天，对他很客气(325)。考大学时，罗德尼和娜塔莉的志向是当律师，成为家族的第一个专业人士。他俩一起读法律专业，不过作者没有解释罗德尼放弃学业的原因。无论如何，罗德尼虽说在内森的眼里是混得不错，他到底算不上黑人自我奋斗的典范。娜塔莉称他为奇迹，显然是她自己的认识有了转变——她明白了黑人实现成为专业人士的梦想有多难。

跟利娅和娜塔莉一样，菲利克斯在 30 多岁还热衷于自我塑造。他的新女友向他念叨励志的金句："别幼稚，有目标，成功"(100)，还送给他《成功领导人的 10 个秘密》这类成功学书籍。他之前不得不调整职业方向，告别对他来说是浮华的电影制片和广告工作，暂时当起了汽车修理工。然而，他仍然不时地畅想未来，幻想他以导演和编剧的身份拍电影。卖车给他的小人物汤姆也在挣扎着自我奋斗，并这样想着："有时候你需要幻想你是自食其力的，你不依靠你的资源。"(138)汤姆和菲利克斯有"同是天涯沦落人"的感觉。最后，菲利克斯死于非命，也可以说是热衷于自我奋斗的小人物的悲剧。

在小说中，利娅的丈夫米歇尔也絮絮叨叨想着自我奋斗和人生进阶。他是非洲裔，经法国来到英国。他认为英国机会多，来英国"方向是对的"，并满脑子"要往梯子上爬，至少一个梯级"，"你得非常努力地工作，把自己和下面这个荒唐的世界区分开来！"(29)米歇尔是个理发师，赚不了多少钱。他的进阶目标是拿着利娅父亲留给她的一小笔钱，在电脑上对着一本投资指南，在互联网上投资，当日交易，当日发财。事实上，21 世纪的金融资本是不会给米歇尔这样的散户留下多少机会的。对此弗兰克曾一针见血："米歇尔，你要是输个精光可不赖我。我是为某个大户工作的，你瞧我们有着安全保障，可一旦转到散户身上，你懂⋯⋯"(67)这里的安全保障(safety net)是个重要的概念，道出了社会运转的实际情形。小说情节还表明，除了经济的贫困，伦敦贫民区人民的精神生活贫乏，这也阻碍着人的自我奋斗，因而难以实现和谐英国特性的建构。《西北》各卷的标题"造访""主人""十字路口"等都有宗教的内涵,寓意着新生,但宗教并未给主要人物带来充实和丰盈的精神世界。菲利克斯(Felix)这个名字有幸福、福气的意思,他在与格蕾丝初次见面时,也是这么介绍的,而格蕾丝(Grace)的名字也有赐福、恩典的含义,但他们的生活悲剧使得宗教的地位颇为尴尬。

另外,小说人物常常使用"下一个"(the next)这一说法,呼应"自我塑造"的逻辑,仿佛是主流的意识形态在提醒人们:只要你笃信自我奋斗,下一个成功的就是你;只要你坚持,下一步你就能赢。利娅的丈夫、母亲和同事们都向她兜售"下一个"的愿景,却不能真正带来实际的人生进阶。米歇尔也一样,尽管他曾装腔作势地宣布:"我一直朝着自己的宿命前进,心里想着下一个成就,下一件事情,目标远大,所以我们,所以我们俩,就能让下一步——"(30)同样的反讽见于利娅妈妈和同事对她的催促:"接下来是你。"(44)另一个例子是菲利克斯,他相信"过了这一关,下一关就好过"(164)。事实上,生活并不按宣传和期许的逻辑进行。小说中,菲利克斯等众多人物的实际遭遇都凸显了新世纪英国社会底层生活的异化,①也就是跟社会主流话语所宣扬的恰恰相反,不过这又都从反面彰显了在社会公平的基础上建构英国特性的重要性和紧迫性。

史密斯显然在《西北》中重新思考了多元文化问题,而她给出的答案已经不像《白牙》那样"天真"。当多元文化街区变成了暴力发生地,多元文化不免让人焦虑。在多元文化社会,每个人的身份都是多元的,没有任何一个概念可以统一所有人,史密斯让我们警醒阶级、种族、宗教、性别等交互作用造成的社会不公。"自我奋斗"是好听的口号,但社会政策应该是个安全网,给奋斗的青年兜底。唯其如此,和谐的英国特性方能在 21 世纪得以建构——这就是史密斯向当代英国人传递的信息,也是她在民族性建构层面赋予文化观念的新内涵。

---

① Philip Tew, *Reading Zadie Smith*, 111-126.

第四节
黑人流散者的英国家园焦虑

英国当代著名作家卡里尔·菲利普斯生于西印度群岛圣基茨(St. Kitts),此后随父母移居英国利兹。对菲利普斯而言,在白人占绝大多数的利兹长大意味着对两种文化分歧的感知:"(我内心)有种深切的分裂感。有时感觉是英国人,有时又觉得来自西印度群岛。双重身份感在你成长过程中留下了深远的影响。那意味着你从未有过舒适感,总感觉自己是个观察者"。[①] 菲利普斯的创作长期聚焦归属、流散和身份等主题,旨在通过丰富多彩的文学作品"赋予人们讲述自己故事的声音,让他们能将自己写进历史"。[②] 菲利普斯笔下的"人们"具有特定所指,他们是祖籍非洲、移民英国并将英国视为家园的黑人。

从英国黑人流散者的视角出发"回写"帝国,菲利普斯在批判英国人所患的历史健忘症的同时,希望唤起英国黑人共同体压抑许久、未曾言说的受难者的种族意识。菲利普斯一家到达利兹的第二个月,诺丁山种族暴乱爆发,期间"黑人被拉下火车、汽车,遭毒打;与想象中黄金铺就的街道的景象截然相反,黑人陷入有组织的种族迫害的圈套"。[③] 菲利普斯认为英国黑人的生活经验与第二次世界大战期间犹太人种族屠杀之间存在相似之处:"几乎一夜之间一个人珍视的、引以为荣的身份变得对自己不利……若干年来,几乎作为一种并行的兴趣,每当我想起自己的历史和流散中的非洲人,我同时会想到欧洲的历

---

① Qtd. in Gail Bailey, "Fighting the Silence Born of Injustice," in *Conversations with Caryl Phillips*, ed. Renee Schatteman, Jackson: University Press of Mississippi, 2009, 139.
② Ibid., 140.
③ Qtd. in Maya Jaggi, "Rites of Passage," in *Conversations with Caryl Phillips*, ed. Renee Schatteman, Jackson: University Press of Mississippi, 2009, 79.

史,尤其是那场大屠杀"。① 通过上述类比,菲利普斯指出英国黑人与第二次世界大战期间的犹太人相似,与生俱来的特殊身份是导致他们成为受难者的根本原因。

菲利普斯小说中黑人流散者的英国家园焦虑与黑人流散史以及英国社会种族歧视现象密切相关。本节以传记故事《北方的灯光》和小说《迷失的孩子》为例,力图阐释菲利普斯笔下英国家园中的黑人受难者与道德恐慌等论题。透过作品,菲利普斯指出以黑人为代表的有色人种的存在已重构了英国社会的人种景观;然而,英国人种景观与种族歧视的道德景观之间尚存在着不可调和的矛盾。以史为鉴,菲利普斯就此对英国政府和国民发出了呼吁:化解上述矛盾和解除英国黑人家园焦虑的唯一途径是对英国社会"有色性"的认同。换言之,重塑中的英国特性应该包含"有色性"。

一、英国家园中的黑人受难者

在《北方的灯光》中,菲利普斯凭借对发生于1969年英国利兹的奥利瓦里谋杀案的阐释揭示了英国战后移民政策虚伪、邪恶的本质,批判了英国社会对黑人施加的体系化的种族迫害。

1948年,429名牙买加旅客到达英国,开启了第二次世界大战之后英国有色移民的历史。② 所谓有色移民,主要指来自英国前殖民地的移民。③ 随着大量有色移民的到来,此前殖民者与被殖民者之间的接触区域由英国海外殖民地转移至英国本土;在后殖民语境下,殖民者与被殖民者之间"我尊你卑"的殖民伦理④关系随之发生迁移,进而成为英国境内英国白人与有色移民之间关系的核心。奥利瓦里谋杀案即是上述殖民伦理关系时空延拓的具体

---

① Caryl Phillips, *The European Tribe*, New York: Vintage, 2000, 60.
② Ann Blake, Leela Gandhi and Sue Thomas, *England through Colonial Eyes in Twentieth Century Fiction*, Houndmills: Palgrave, 2001, 3.
③ 20世纪50年代,涌入英国的移民主要来自西印度群岛、东非和亚洲——这些移民与本地人最大的差别是他们的肤色。参见 K. Sillitoe and P. H. White, "Ethnic Group and the British Census: The Search for a Question," *Journal of the Royal Statistical Society*, Series A (Statistics in Society), 155.1(1992), 141.
④ 殖民伦理可被归纳为殖民者与被殖民者"他者"之间高低贵贱、主动与被动的主仆式或家长制伦理关系。参见徐彬、汪海洪:《劳伦斯·达雷尔〈亚历山大四重奏〉中殖民伦理的后殖民重写》,《山东外语教学》,2015年第5期,第70页。

表现。

聚焦奥利瓦里谋杀案,菲利普斯谴责了 20 世纪 40 年代至 60 年代间英国社会普遍存在的种族歧视思想和体系化种族迫害现象。菲利普斯指出奥利瓦里谋杀案并非偶然,而是以"警局—监狱—精神病院"为基本结构的"圆形监狱"权力控制与迫害下的必然结果。菲利普斯勾勒出一条奥利瓦里从"来自拉各斯(Lagos,尼日利亚首都)的年轻非洲雄狮"到"满怀希望、不畏艰难的移民"再到"惨死街头的流浪汉"的生活轨迹。将奥利瓦里毒打致死的英国利兹警官基钦和埃勒克则扮演种族歧视"执法者"的角色,是英国种族歧视思想和相关政治、法律体制的代言人。

1968 年,时任英国保守党议会议员的伊诺克·鲍威尔(Enoch Powell, 1912—1998)是新联邦(New Commonwealth)的官方发言人,专门应对新联邦因有色移民而引发的英国道德恐慌。在"血河"演讲("Rivers of Blood" speech)①中,鲍威尔巧妙地以讲故事的方式借"他人"之口指出:"在这个国家 15—20 年的时间里,黑人将手拿皮鞭统治白人。"②他毫不避讳地将移民视为"异族元素"和"恶魔",主张英国政府采取措施将现有移民遣返回国。

伦敦大学比尔·施瓦兹(Bill Schwarz)教授指出演讲当年举行的民意调查中有 74% 的英国人同意鲍威尔的观点。③ 这种支持绝非仅停留在语言层面。1969 年,来自尼日利亚拉各斯的黑人移民戴维·奥利瓦里被利兹警官基钦和埃勒克蓄意杀害,这一事件便是英国社会中种族歧视思想行动化的体现。《北方的灯光》开篇,卡里尔·菲利普斯就主人公奥利瓦里的被害时间写道:"那必定是 1968 年或 1969 年。"(168)不难看出,菲利普斯旨在通过刻意而为的时间记忆含蓄地映射鲍威尔"血河"演讲与奥利瓦里谋杀案之间的隐秘逻辑关系。

以探讨奥利瓦里真实身份的叙事为主线,菲利普斯提出并解答了如下问

---

① 1968 年 4 月 20 日,鲍威尔就移民问题在伯明翰做了英国历史上臭名昭著的"血河"演讲。批评家们指出这是鲍威尔一系列极具煽动性的演讲之一,是种族歧视运动的导火索;"血河"演讲引发了英国白人工人阶级对移民的恐惧与歧视。参见 Brian MacArthur, ed. *The Penguin Book of Twentieth-Century Speeches*, London: Penguin, 2000, 383.

② Enoch Powell, "I seem to see 'the River Tiber foaming with much blood'," in *The Penguin Book of Twentieth-Century Speeches*, ed. Brian MacArthur, London: Penguin, 2000, 384.

③ Bill Schwarz, *The White Man's World*, Oxford: Oxford University Press, 2011, 48.

题：奥利瓦里移民英国的动机是什么？奥利瓦里是否如利兹警方所说，是非法移民、酒鬼、罪犯和精神病患者？通过对奥利瓦里移民动机合法性、合理性的阐释，以及对奥利瓦里遵纪守法、精神正常的有色英国人身份的描述，菲利普斯实现了对英国特定历史时期内的移民政治和种族歧视思想的伦理道德批判。

1949年8月，19岁的奥利瓦里藏在前往英格兰东北部港口城市赫尔的轮船中抵达英国。① 1948年，为了解决二战之后劳动力短缺的问题，英国政府制定了《英国国籍法》(British Nationality Law)，该法律以自由入境为原则，允许来自英国前殖民地的移民进入英国，并与英国人享受相同的公民权利。② 由此可见，奥利瓦里不应该被视为非法移民，其偷渡行为不过是没钱买船票却想搭船去英国的无奈之举。奥利瓦里英国之行的动机是接受英国教育，将来成为一名工程师，这也是他白天在西约克郡铸造厂从事繁重危险的体力劳动，晚上坚持去夜校上课的原因。

就奥利瓦里的社会形象而言，熟悉他的利兹百姓和加害他的利兹警方各执一词。菲利普斯将不同观察者对奥利瓦里的印象整合在一起，拼凑出两幅截然相反的身份肖像。就关于奥利瓦里的善恶判断而言，以精神病院医生、利兹警官为代表的官方叙述和以14岁英国姑娘、奥利瓦里同乡、好心的店铺老板、精神病院病友为代表的平民叙述之间存在巨大差异。

奥利瓦里被官方叙述妖魔化为非法移民、酒鬼、罪犯和精神病患者，而在平民叙述中他却是个爱微笑、爱跳舞、努力学习与工作的、遵纪守法的市民，他酒量小且从未醉酒，从不惹是生非，但面对种族歧视却敢于反抗。奥利瓦里对种族歧视行为的据理反驳，是他被利兹警官妖魔化的原因之所在。奥利瓦里对英国利兹市民的身份认同被利兹警方视为精神病患者的一派胡言。面对朋友的告诫，奥利瓦里的回答是："我来自英国殖民地，所以我是英国人。为什么他们管我叫'黑鬼'？"(191)由此可见，支撑奥利瓦里移民英国的力量，除经济

---

① Kester Aspden, *The Hounding of David Oluwale*, adapted for the stage by Oladipo Agboluaje, London: Oberon Books Ltd., 2009, 30.

② 从1948年至1962年，英国殖民地公民与英国本土公民从法律层面上讲没有区别。参见 Randall Hansen, *Citizenship and Immigration in Post-War Britain: The Institutional Origins of a Multicultural Nation*, Oxford: Oxford University Press, 2000, 17.

因素外,更重要的源自他将英国视为"祖国"而将自身视为"大英帝国"子民的身份认同。

在利兹警官随机抓捕有色人种的过程中,奥利瓦里不幸被捕入狱,此后奥利瓦里又因对利兹警官种族歧视言行反唇相讥而被多次关入阿姆利监狱,并被送往西莱德贫民疯人院。菲利普斯笔下的警察局、监狱和疯人院恰如福柯(Michel Foucault,1926—1984)所描述的惩戒机构,它们有"一套控制体系,其工作原理就像监视他人行为的显微镜";①除了传统的监视功能之外,还具有"改造个人",甚至置人于死地的邪恶力量。

在《北方的灯光》中,菲利普斯深入剖析了利兹警官为满足个人种族歧视的快感,打着"维持公共秩序"的旗号,把奥利瓦里从正常人逼成疯子,并最终毒打致死、抛尸利兹河的犯罪过程。利兹警官希望借助警局、监狱和精神病院对反抗种族歧视的奥利瓦里加以惩戒,迫使其认同英国白人与有色人种之间尊卑、贵贱的种族伦理关系。西莱德贫民疯人院偏信警官基钦和埃勒克做出的奥利瓦里患有精神病的非专业判断,在未对奥利瓦里的精神状况进行有关医学检查的情况下,对奥利瓦里实施了包括电击疗法在内的一系列精神病治疗手段,"治疗"时间竟然长达八年。

菲利普斯的伦理叙事并非仅限于第三人称的事实陈述,还表现为第一人称叙事者的旁白插话。第一人称叙事者仿佛道德法庭上的原告律师,而叙事方式的切换旨在激起读者陪审团对这一体系化种族迫害事件深层次的伦理道德反思:

(我的朋友,1953年至1961年间你在这个精神病院里,做些什么?他们是如何待你的?有没有像你一样的其他人?)主建筑像一个巨大体面的家。上面有一个钟楼,无情地提醒着你在这里时间对你来说不再重要。你的时间已被剥夺。再见,时间。(他们是如何待你的?有没有像你一样的其他人?)……(戴维,你跳舞了吗?还是他们只给你吃镇定药让你屈服?)(193)

---

① Michel Foucault, *Discipline and Punish: The Birth of the Prison*, trans. Alan Sheridan, London: Penguin, 1991, 173.

致疯后的奥利瓦里成为失去语言表达能力、反抗与自卫能力的街头流浪汉，只能默默忍受警官基钦和埃勒克的频繁施暴，并最终被二人毒打致死。

奥利瓦里谋杀案法庭审判中，为了减轻对警官基钦和埃勒克的判罚，辩护律师所提供的利兹警方、精神病院医生等政府专业机构人士的证词刻意将奥利瓦里描述为：非法移民、智障、臆想症者、暴徒等。尽管法庭获得了利兹警方逮捕并监禁奥利瓦里的详细记录，以及警官基钦和埃勒克对奥利瓦里长期蓄意施暴的供词，但终因关键证据不足，对杀人凶手重罪轻判。

通过对法庭成员组成情况的分析，菲利普斯对判决的合理性提出了质疑。法官欣奇克利夫先生已是71岁的老者；23人的陪审团中仅有2名女性和1名有色男性。该审判由白人主导，且带有明显种族歧视的色彩，因而致使审判结果的公正性有待商榷，正如老法官在宣判词中所说：

> 这是我主持过的审判中最令人难过的一个。毫无疑问，戴维·奥利瓦里是个不受欢迎的人。他的肮脏、暴力和重复犯罪令文明社会感到震惊。他是那类你在大街上避之不及的人。然而法律却赋予他受保护的权利。你们的行事不当给崇高的警察部队带来了耻辱，给那些批评警察的人提供了口实。希望你们服刑期间能对此前的所作所为加以反思。(109)

欣奇克利夫法官的言外之意是：警官基钦和埃勒克虽然有罪，但二人的种族歧视与种族暴力行为无可厚非；"肮脏、暴力和重复犯罪"的奥利瓦里被视为城市"垃圾"，理应被"清扫"出利兹城。在此，欣奇克利夫法官挑战并否定了保护奥利瓦里人身安全的英国法律，在他看来，这条法律不该适用于有色人种。欣奇克利夫法官认为警官基钦和埃勒克的过错不在清除奥利瓦里，而在于以杀人这一极端方式使奥利瓦里在利兹城消失；与杀人罪相比，给利兹警察部队抹黑才是警官基钦和埃勒克真正的罪责。换言之，在欣奇克利夫法官眼中，基钦和埃勒克在一定程度上履行了利兹警官的职责，而问题仅出在"清扫"手段的使用不当上。

菲利普斯在其作品内部的道德法庭上所提供的证词还包括对利兹城内阶级压迫史的阐述：

1836年利兹城建立、加强警察部队是为了专门应对工人阶层日益不满的抗议……1847年新建立的阿姆利监狱旨在关押流浪汉和不受欢迎的人,随着城市的快速增长,富有的市民很快就认识到加强对下层阶级监视的重要性。在任何情况下,绝不能让他们占上风。(198—199)

通过此番插叙,菲利普斯意在说明:早在奥利瓦里谋杀案之前利兹警方已有此类犯罪前科。如今历史重演,只不过利兹警方的执法对象不再是英国工人阶级,取而代之的是来自英国前殖民地的有色移民;有色移民已成为后殖民时期英国社会转嫁内部阶级矛盾的替罪羊,在"我尊你卑"的伦理关系规约下有色移民将代替英国工人阶级成为遭受歧视、压迫和"不占上风"的下等公民。

二、英国家园中的道德恐慌:希斯克里夫究竟是谁

菲利普斯巧妙地将英国著名女作家艾米莉·勃朗特(Emily Brontë,1818—1848)的代表作《呼啸山庄》(Wuthering Heights,1847)中有关男主人公希斯克里夫身世的介绍以及对勃朗特家族现实生活的描述引入其2015年出版的小说《迷失的孩子》。英国作家、巴斯斯巴大学伍德沃(Gerard Woodward,1961—)教授在其书评中写道:"卡里尔·菲利普斯在其新出版的小说(《迷失的孩子》)中通过与英国经典文学作品《呼啸山庄》建立对话关系的方式,延续了他一贯的创作主题:出身、归属和排斥。"[①]值得一提的是,虽涉及"出身、归属和排斥"等问题,但《迷失的孩子》中描述的却是殖民、反殖民与种族政治语境下以父亲、母亲和孩子之间关系为内核的英国家园主题。

尽管艾米莉·勃朗特在《呼啸山庄》中曾多次暗示希斯克里夫的吉卜赛人身份,但从未明确告知读者希斯克里夫的真实身份。因此,"希斯克里夫究竟是谁?"始终是英国文学史上困扰读者们的难解之谜。《迷失的孩子》第一章"分离"和最后两章"旅行"与"回家"中,菲利普斯以18世纪后期英国殖民贸易枢纽利物浦为叙事背景,将《呼啸山庄》中男主人公希斯克里夫的身份设定为英国绅士恩肖先生与被贩卖到利物浦的刚果女黑奴的混血私生子。曾被希斯

---

① Gerard Woodward, "*The Lost Child* by Caryl Phillips, Book Review: Wuthering Heights Relived in Post-War Britain," *The Independent*, 26 March 2015.

克里夫母亲视为英国家园的利物浦是令其饱受磨难的人间地狱;母亲的早逝和无家可归的混血私生子的身份焦虑才是希斯克里夫在《呼啸山庄》中复仇欲的最初来源。

菲利普斯笔下的希斯克里夫是英国绅士殖民政治力比多(libido)的产物。透过《迷失的孩子》,菲利普斯意图揭示以下逻辑关系:《呼啸山庄》中,希斯克里夫的鸠占鹊巢直接引发英国殖民者后代(如欣德利)的家园焦虑,这一焦虑源自以恩肖先生为代表的英国绅士对以女黑奴为代表的被殖民者所犯罪恶而引发的英国殖民者的道德恐慌。

在故事中,希斯克里夫一出场便被描述为:"皮肤黝黑的吉卜赛人"。① 此后,希斯克里夫被恩肖夫人称为"吉普赛顽童",② 被林顿先生称为"印度小水手,或是来自美洲或西班牙的漂流者";③ 女仆耐莉安慰自尊心受挫的希斯克里夫说:"你父亲或许是中国的皇帝,你母亲是印度女王,他们每人仅用一星期的收入就能将呼啸山庄和画眉山庄一并买下,谁人晓得?你或许是被邪恶的水手绑架或被贩卖到了英格兰。"④ 在情敌埃德加·林顿面前,希斯克里夫意识到自己黑头发、黑皮肤的种族劣势是无法与凯瑟琳结合的重要原因之一。

恩肖先生将利物浦街头的流浪儿希斯克里夫带回家,称之为"上帝的礼物;然而它却黑得如同来自地狱"。⑤ 恩肖先生为何将希斯克里夫视为"上帝的礼物"?为何对养子希斯克里夫宠爱有加,远超对自己亲生儿子欣德利的爱护?就《呼啸山庄》而言,上述谜题始终悬而未决。

英国约克大学鲍温(John Bowen)教授曾撰文指出,希斯克里夫是"被贩卖到英国的奴隶的后代,或是逃避饥荒流散到利物浦的爱尔兰人之子"。⑥ 菲利普斯似乎对《呼啸山庄》中希斯克里夫吉卜赛人的身份暗示和鲍温教授对希斯克里夫二选一的身份定义均不满意,于是在《迷失的孩子》中阐明了恩肖先生

---

① Emily Brontë, *Wuthering Heights*, New York: Bantam Dell, 1981, 3.
② Ibid., 33.
③ Ibid., 47.
④ Ibid., 52-53.
⑤ Ibid., 53.
⑥ John Bowen, "The Brontës and the Transformations of Romanticism," in *The Oxford History of the Novel in English*, Vol 3: *The Nineteenth-Century Novel 1820-1880*, ed. John Kucich and Jenny Bourne Taylor, Oxford: Oxford University Press, 2011, 209.

与希斯克里夫之间英国绅士与其混血私生子间的隐秘逻辑关系。《呼啸山庄》中该逻辑关系存在的前提有二：1）希斯克里夫无中生有地突然出现，以及恩肖先生对希斯克里夫不合常理、不是父子胜似父子的亲情；2）恩肖先生在利物浦秘而不宣的生意往来。

《呼啸山庄》的叙事时间始于1801年，艾米莉·勃朗特以倒叙的手法让女仆耐莉给画眉山庄的新租客洛克伍德先生讲述20多年前呼啸山庄里的故事。擅长将历史考据融入小说创作①的菲利普斯敏感地捕捉到时间（18世纪后半叶）、地点（利物浦）和人物（恩肖先生与希斯克里夫）之间的内在联系。

18世纪后半叶，利物浦是大西洋奴隶贸易的重要港口城市。在此期间，近3/4的欧洲奴隶贸易商船从利物浦起航。英国奴隶商人通过利物浦的商船共贩卖了150万非洲黑奴。几乎所有利物浦富商和包括多位市长在内的利物浦市民都与奴隶贸易有关。②英国斯特林大学詹姆斯·普罗克特（James Procter）指出茶叶与糖的贸易与英国奴隶贸易和殖民扩张并行不悖："16世纪开始，英国从南亚进口茶叶，从加勒比海进口糖。英国的奴隶贸易、攻城略地和殖民统治与上述商品交易同时进行，这一切促使英国发展成强大、富有的殖民力量。"③《迷失的孩子》中，凯瑟琳对恩肖先生恋恋不舍地说："求求您了，父亲，您必须去（利物浦）吗？您的船不是还停靠在安提瓜岛④吗？您的糖厂出问题了吗？"⑤通过凯瑟琳的问话，菲利普斯在揭示恩肖先生殖民商人身份的同时，还为恩肖先生与流散至利物浦的刚果女黑奴之间"浪漫情史"的展开做好了铺垫。

《迷失的孩子》中，菲利普斯在讲述刚果女黑奴（希斯克里夫的母亲）

---

① 美国佐治亚州立大学的夏特曼（Renee T. Schatteman）教授曾就卡里尔·菲利普斯作品对特定历史背景下人物生活的关照评论如下："在其小说和非小说中，卡里尔·菲利普斯对极少呈现于历史之中的人们的生活展开丰富联想；实际上，这些人却是遭受历史环境之负面影响最多的人。"参见 Renee T. Schatteman, "Introduction," in *Conversations with Caryl Phillips*, ed. Renee T. Schatteman, Jackson: University Press of Mississippi, 2009, ix.
② 参见 http://www.liverpoolmuseums.org.uk/ism/slavery/europe/liverpool.aspx（accessed 2017/5/19）.
③ James Procter, *Stuart Hall*, London: Routledge, 2004, 82.
④ 位于加勒比海的安提瓜岛于1632年成为英国殖民地，1674年克里斯多夫·科德林顿爵士（Sir Christopher Codrington）在安提瓜岛上建立了第一个大型甘蔗种植园，制糖业成为岛上的支柱产业。参见 https://en.wikipedia.org/wiki/History_of_Antigua_and_Barbuda（accessed 2017/5/19）.
⑤ Caryl Phillips, *The Lost Child*. London: Oneworld Publications, 2015, 243.

"恋爱"与"失恋"故事的基础上,阐释了恩肖先生的"善意"与"恶果"之间的悖论关系:始终被刚果女黑奴视为"谦谦君子"的恩肖先生却是18世纪崇尚功利主义的英国殖民商人的代表,他的自私自利导致刚果女黑奴的英国家园梦想的破灭,最后客死他乡。希斯克里夫母子将命运交付给了英国绅士恩肖先生,换回的却是低人一等的卑贱地位和食不果腹、衣不遮体的困苦生活。

与暴虐、无人性的西印度群岛上的奴隶主和英国奴隶商船船长相比,彬彬有礼的恩肖先生的出现让刚果女黑奴产生了对英国家园的归属感。对船长而言,柔弱的女黑奴并不能在美洲殖民地卖个好价钱;船长之所以从奴隶主手中买下她,是为了将其作为性消遣的对象。商船停靠利物浦期间,船长给她一枚金币,让她下船后自谋生路。在一位满头白发、上了年纪的英国女工的帮助下,刚果女黑奴成为一名女织工;善良的英国女工还"帮助她重新打起精神,在满是船只与水手且喧嚣吵闹的小镇安了家"。① 在利物浦做生意的恩肖先生上街散步时,被女黑奴的优雅气质所吸引。面对恩肖先生持续一周的求爱攻势,女黑奴最终答应与恩肖先生约会。恩肖先生用鲜花、美食和甜言蜜语俘获了她的芳心;在知道恩肖先生已有妻儿家室的情况下,女黑奴愿做恩肖先生在利物浦的秘密情人。

伯布里克(Christine Berberich)博士在其专著中写道:教养、礼貌和礼节是行为方式(manners)的核心组成元素;尽管在文艺复兴时期家族背景和博得好感的能力被视为判断一个人是否绅士的主要依据,但行为方式很快成为定义绅士气质(gentlemanliness)的重要指标。② 18世纪英国著名思想家埃德蒙·伯克(Edmund Burke,1729—1797)认为"行为方式比法律更重要,且有助于人们道德水平的提高,行为方式要么服务于法律,要么将法律彻底破坏"。③ 显然,伯克已将礼貌、谦和的行为准则与绅士品质画上了等号。

恩肖先生身上展示出明显的"善""恶"二重性,他的行为方式符合18世纪

---

① Caryl Phillips, *The Lost Child*, London: Oneworld Publications, 2015, 10.
② Christine Berberich, *The Image of the English Gentleman in Twentieth-Century Literature Englishness and Nostalgia*, Aldershot: Ashgate, 2007, 17.
③ Qtd. in Anna Bryson, *From Courtesy to Civility: Changing Codes of Conduct in Early Modern England*, Oxford: Oxford University Press, 1998, 43.

英国社会对绅士品质的要求,然而他对刚果女黑奴的"善行"其实是殖民政治力比多的投射,女黑奴是殖民者对被殖民者欲望的发泄对象。

恩肖先生的绅士举止不过是一种假象,一种骗取女黑奴信任之后满足自己性欲的手段。女黑奴眼中的恩肖先生永远是"她的绅士";即使是在弥留之际,女黑奴仍对恩肖先生的"善良"(goodness)、"礼貌"(courtesy)和"文雅"(delicacy of manners)念念不忘。①

通过第三人称叙事,菲利普斯揭露了恩肖先生绅士身份的伪善本质。恩肖先生对女黑奴示爱与友善的目的是对其身体的占有;发现女黑奴怀有身孕且生下皮肤、头发黝黑的混血私生子后,出于对自己所犯通奸罪的恐惧和逃避,恩肖先生断绝了与女黑奴母子的联系。原本能自食其力的女黑奴因怀孕生子而失业。为了抚养希斯克里夫,女黑奴只能靠卖身挣钱,直至染病失去行动能力。年仅七岁的希斯克里夫与身患重病的母亲只能以乞讨为生。在经历了从刚果到加勒比、从加勒比到英国的两次旅程之后,女黑奴最终完成了从英国到阴间(从生到死)的第三次旅程。

恩肖先生是18世纪末众多利物浦商人中的一个,他将与女黑奴之间的关系视为一种你情我愿、不需负任何责任的买卖关系。菲利普斯写道:利物浦的商人皆是铁石心肠、没有善心的人,抛弃妻子是这些绅士的常事。② 金斯敦咖啡馆中,高谈阔论的商人们喜欢用吹嘘、炫耀战胜逻辑和理性;平日里他们的主要话题是位于利物浦市中心的旗帜交易所里蔗糖、朗姆酒和奴隶价格的波动。金斯敦咖啡馆和女王治下头号酒馆是恩肖先生在利物浦经常光顾的两个场所;前者是恩肖先生与其他商人聚会聊天的地方,后者则是他与女黑奴幽会的地方。念及与恩肖先生之间的"感情",女黑奴已将酒馆看作她在利物浦的家。③ 然而,在恩肖先生眼中,酒馆与交易所一样,不过是他买和卖的另一个交易地点。

《迷失的孩子》中,恩肖先生与女黑奴断绝来往七年之后重返利物浦,处理了女黑奴的后事,并将私生子希斯克里夫带回呼啸山庄,却不公开宣称与希斯

---

① Phillips, *The Lost Child*, 8-9.
② Ibid., 243.
③ Ibid., 251.

克里夫之间的父子关系,这一切皆出于他的道德恐慌,即他对自己道德犯罪的认知与恐惧。此次利物浦之行,并非恩肖先生刻意而为,而是被他人"敲诈勒索"的结果。首先,恩肖先生的家人都蒙在鼓里;其次,恩肖先生在利物浦的接头人是个肮脏的酒鬼,是他婚外恋的知情人。为保守秘密,恩肖先生不得不买通酒鬼。不过,他也终于有了负罪感,于是发出了感叹:"愿上帝的清洗降临到每个人身上。"①

随着女黑奴的离世和成功收养希斯克里夫,恩肖先生个人的道德恐慌似乎宣告结束了,但是希斯克里夫的"回家"却是《呼啸山庄》中以欣德利为代表的新一代英国绅士们集体道德恐慌的开始。恰如斯图亚特·霍尔所说:"寻找民间妖魔(folk-devils),并将其放置于自身梦魇之中,这是主流文化(dominant culture)抒发道德恐慌的重要途径。"②在《呼啸山庄》中,鸠占鹊巢般强势回归的希斯克里夫被文学评论家们普遍视为充满无理性复仇欲的恶魔。英国威尔士斯旺西大学瓦因(Steven Vine)将希斯克里夫视为打破《呼啸山庄》小说世界内在平静的外来威胁:"希斯克里夫来自外界,来自他者,给接纳他的世界带来危险,他从未在任何一个所到之处随遇而安。"③就菲利普斯而言,《呼啸山庄》中的虚构人物与现实社会中对希斯克里夫的妖魔化评述皆折射出了英国社会主流文化对以希斯克里夫为代表的"异族入侵"所产生的道德恐慌。

凭借对《呼啸山庄》的互文指涉,菲利普斯巧妙地驳斥了那种对希斯克里夫的妖魔化阐释。他笔下的希斯克里夫并非恶魔,而是恩肖先生恶行的产物与受害者。希斯克里夫对自己是恩肖先生私生子的身份早有所知,从在利物浦街头被恩肖先生收养的那刻起,希斯克里夫便清楚无误地表露出对恩肖先生的憎恨之情。在菲利普斯看来,《呼啸山庄》中希斯克里夫鸠占鹊巢的最初原因不过是没有名分的混血私生子因母亲的惨死和与生俱来的继承权被无情剥夺而引发的复仇行为,这也可被视为殖民绅士(恩肖先生)对被殖民者(刚果女黑奴)的恶行而引发的因果报应。

---

① Phillips, *The Lost Child*, 252.
② Qtd. in James Procter, *Stuart Hall*, London: Routledge, 2004, 80.
③ Steven Vine, "The Wuther of the Other in *Wuthering Heights*," *Nineteenth-Century Literature*, 49.3(1994), 341.

菲利普斯笔下的"恩肖先生""刚果女黑奴"和"希斯克里夫"构成 18 世纪末以利物浦为例的英国境内殖民者与被殖民者之间罪与罚的能指符号链,上述三者分别对应英国殖民政治力比多、遭受英国殖民者罪恶欲望迫害的被殖民者、暴力夺取家园并确立英国绅士之子身份的复仇者。在菲利普斯眼中,希斯克里夫的鸠占鹊巢与其说是种报复,不如说是对英国绅士罪恶行径强有力的惩罚。

菲利普斯有关恩肖先生道德恐慌的描写,是对鲍威尔之流关于有色移民的阐释的有力反驳。与鲍威尔描述的"手拿皮鞭奴役白人的黑人"形象不同,菲利普斯笔下的刚果女黑奴和希斯克里夫皆是遭受白人绅士恩肖先生迫害的受难者。因白人殖民者对黑人被殖民者的奴役与迫害发生于英国境内,地域上的共生关系令殖民者担心被殖民者就地报复。因此,从某种意义上讲,以恩肖先生为代表的英国白人绅士的道德恐慌源自对其自身罪恶的认知。

透过菲利普斯的作品不难发现,黑人大规模移民英国的主要途径大致有二:1) 以始于 18 世纪末的英国殖民贸易中的奴隶身份进入英国;2) 在英国战后移民政策的吸引下,以廉价劳动力的身份进入英国。由此可见,鲍威尔所说的黑人对英国如同古罗马人般的血腥入侵,以及评论家们对《呼啸山庄》中黑人代言人希斯克里夫鸠占鹊巢的批判,均属无稽之谈。以黑人为代表的英国有色人种已构成英国社会不可去除、不可回避的人种景观,与此相对的却是英国社会由来已久的以种族歧视为内核的道德景观。两种景观之间的矛盾是包括菲利普斯在内的有色公民英国家园焦虑的重要原因。二战后英帝国土崩瓦解,包括南非、加勒比地区等很多英国前殖民地成为英联邦(Commonwealth)的一部分,但名义上的联邦并没有带来前殖民地移民的共同福祉(common wealth),英国主流阶层存在的种族歧视催人发问:英联邦到底是谁的 common wealth?

在《给我涂上英国的颜色》(*Colour Me English*,2011)一书中,菲利普斯阐释了他对"英国特性"的理解:"英国特性"应该被赋予"有色性"的特征,英国社会的"有色性"指的是英国文化的双色现象,其中流散移民的源出文化是其作为英国公民的底色,流散移民后天习得的英国文化为其表层颜色。通过对这种双色文化现象的倡导,菲利普斯旨在倡导一种尊重、保留源文化基础上的多元文化和谐共生的新型英国社会文化模式。英国社会的"有色性"愿景虽带有明显的乌托邦特征,但从英国种族和谐共存的伦理道德诉求出发,此愿景又展示出极高的社会文化价值,不啻是对文化观念内涵的一次扩充。

第七章

历史书写的反思性回潮

当代英国文学与文化观念的互动,常常以历史书写的方式呈现。无论是探寻历史谜题,还是寻找共同记忆,都是塑造共同文化的有效手段。

A. S. 拜厄特曾断言:"历史小说的复兴是和一种关于历史书写的、复杂的自我意识同时发生的。"① 她首先叙说了 20 世纪 50 年代盛行的所谓书写历史意味着"逃避主义"的悲观看法,然后指出此后历史小说在英国蓦然回潮,"既非古装剧也非怀旧",而是"主题和形式多样、有着很强的文学性和真正的创新"。② 事实上,这股回潮推波逐浪,至今不退。单从英国布克奖从 1969 年到 2016 年半数以上获奖作品为历史题材这一事实来看,学界、出版业和读者对历史小说执着的偏爱就可见一斑。尤其在 21 世纪,女作家曼特尔(Hilary Mantel, 1952—)凭借《狼厅》(*Wolf Hall*, 2009)和《提堂》(*Bring up the Bodies*, 2012)两次布克奖折桂,令人瞩目,还引发了英国报刊媒体争相放出评论家们的私人历史小说十佳或百佳的榜单。及至今日,2017 年诺奖得主石黑一雄那萦绕着二战余音的《长日留痕》《上海孤儿》(*When We Were Orphans*, 2000)等作品也一再被提及。

正如拜厄特所言,这股持续半个世纪的历史小说热潮正赶上后现代主义文艺思潮和后现代历史哲学的兴起和繁荣,因此也不可避免地镌刻着时代的烙印,呈现后现代主义自指性和颠覆性的创作特征,以及后现代史观对以历史作为话语建构出发点的质疑。琳达·哈钦(Linda Hutcheon, 1947—)所谓后现代主义的"固有的矛盾性、决绝的历史性和必然的政治性"的特质,③ 就鲜明地体现在战后历史小说的热潮之中;而在后现代史观的影响下,历史小说倾向于模糊史实和虚构的边界,自由地利用、质疑和颠覆历史素材,将边缘的置

---

① A. S. Byatt, *On Histories and Stories: Selected Essays*, Cambridge: Harvard University Press, 2000, 9.
② Ibid.
③ Linda Hutcheon, *A Poetics of Postmodernism: History, Theory, Fiction*, New York: Routledge, 1988, 4.

于中心，对存疑的铺陈想象，将史实戏谑地颠覆，大胆假设、大胆虚构，使得历史书写成为作家虚构的起点、表达的手段和反思的媒介。英国文坛正是在这种语境下催生了哈钦所定义的"历史编纂元小说"（historiographic metafiction）。本章讨论的三部小说中，《法国中尉的女人》（The French Lieutenant's Woman，1969）和《水之乡》（Waterland，1983）都是哈钦推崇的此类典型，而《海洋三部曲》（To the Ends of the Earth，1991）也同样有着颠覆史实和谈论创作的内容。

这股历史小说的创作潮流形成了二战后英国文坛叩问共同记忆的反思性回潮。从本章讨论的三部作品来看，福尔斯（John Fowles，1926—2005）、戈尔丁和斯威夫特（Graham Swift，1949— ）在叙写过去的同时观照当代英国社会和人类未来。三位作家从个体经历和个人风格出发，透过不同的反思角度聚焦具有现实意义的重大问题。《法国中尉的女人》重审维多利亚时代的社会现实和文化主题，《海洋三部曲》想象 19 世纪初英国舰船上的微型阶级社会和航海生活，《水之乡》推敲 19 世纪"进步"话语和历史的本质，分别探讨这些依旧困扰着当代英国人的问题：人类灵魂何处安放？阶级社会何去何从？人与自然又该如何相处？在创作技法上，这些作品尝试从个体生命经验出发，通过繁复多样的叙事手段、百科全书式的历史图景构建和细节填充、解谜和发现的创作结构，来召唤文本中的幽灵，探寻历史中的谜题，重思历史本质，重塑共同记忆，塑造共同文化。

第一节
《法国中尉的女人》的三种对话

20 世纪下半叶，英国开始遭到"维多利亚人"的"入侵"。一股维多利亚热潮裹挟着这一特定历史时期的趣味和风格席卷了文学、影视、建筑、服饰等英国社会文化的各个领域。这股热潮被称为"新维多利亚主义"（Neo-Victorianism）。在英语文坛上，一度因现代主义大师们"逐新"而边缘化的维多利亚时期重现于历史小说之中。这股热潮至今不退，涌现了一大批作品，如里斯（Jean Rhys，1890—1979）的《藻海无边》（*Wild Sargasso Sea*，1966）、福尔斯的《法国中尉的女人》、拜厄特的《占有》（*Possession*，1990）、斯威夫特的《自此以后》（*Ever After*，1992）、阿克罗伊德的《奥斯卡·王尔德的遗言》（*The Last Testament of Oscar Wilde*，1983）、托尔宾（Colm Tóibín，1955— ）的《大师》（*The Master*，2004）、沃特斯（Sarah Waters，1966— ）的"维多利亚三部曲"——《轻舔丝绒》（*Tipping the Velvet*，1998）、《亲和力》（*Affinity*，1999）、《指匠情挑》（*Fingersmith*，2002）以及凯里（Peter Carey，1943— ）的《杰克·麦格斯》（*Jack Maggs*，1998）等。这些作品在后现代主义文艺思潮的框架下，或以当代视角审视维多利亚社会生活百态，或依据当代史学发展重写维多利亚时期的历史事件，或回写文学名作如勃朗特的《简·爱》、狄更斯的《伟大前程》等，或以历史想象再现王尔德、詹姆斯等作家生平，从而将维多利亚时期的纷繁世界、林林总总，重新带到了当代读者的面前。

  战后英国文坛对维多利亚时期的浓厚兴趣，首先建立在这个时代尚未远去的文化记忆上。对于20世纪的英国社会，无论在空间上还是时间上，维多利亚时期都似乎依稀可触；然而在文化价值观上，"维多利亚人"却仿佛成了米切尔（Kate Mitchel）所说的"绝对的他者"，[①]尤其在二战后甚嚣尘上的后现代思潮中，保守、严谨、狭隘的维多利亚时代特征显得尤为格格不入。米切尔指出，"切近而又遥远、熟悉却又陌生，维多利亚时期在当代人的想象中唤起了种种多样且常常自相矛盾的形象"。[②] 其次，这一兴趣也建立在对于维多利亚时期文化记忆的传承、探究、矫正和批判上。"新维多利亚小说"往往意欲对这一特定时期进行反思性的再现，通过不断重审维多利亚时期的社会现实和文化主题，与之对话，以史鉴今，思考未来。正如泰勒（Miles Taylor）所说，"一代又一代人用维多利亚的过往来定位自己的当下，于是20世纪自始至终，人们都

[①] Kate Mitchel, *History and Cultural Memory in Neo-Victorian Fiction: Victorian Afterimages*, Basingstoke: Palgrave Macmillan, 2010, 39.

[②] Ibid., 40.

在不断地重塑维多利亚人"。①

《法国中尉的女人》堪称"新维多利亚小说"的开山之作。小说对维多利亚社会风俗深描细写，通过描绘英格兰南部海边小镇民风和男女主人公的情爱故事，带出19世纪中叶英国社会政治经济结构渐变、新兴科学与保守势力之间的矛盾、男权社会体制下失衡的两性关系、中产阶级性道德的双重标准、艺术界拉斐尔前派的离经叛道等维多利亚时期社会生活百态。同时，《法国中尉的女人》被琳达·哈钦视作历史编纂元小说之典型。小说以多种形式罗织史实和历史人物于虚构故事之中，形成历史和虚构的融合；它插入关于文学创作的探讨，通过作者闯入叙述、戏仿、多个结局并置等技法打破小说的虚构性，制造出后现代主义叙事虚虚实实、层层叠叠的"短路"效果。《法国中尉的女人》对维多利亚中期英国社会的重审蕴含着20世纪60年代的文化眼光：小说以导致战后作者中心论解体的后现代文艺思潮对位19世纪中叶的进化论与神创论之争，以20世纪的存在主义哲学思想观照19世纪英国贵族青年的情爱选择，以萨拉追求自由的现代精神批判19世纪男权话语和中产阶级性观念，构成与维多利亚时期共同文化记忆的三种对话。

一、进化论与神创论之争："上帝之死"的双重隐喻

1859年，达尔文发表《物种起源》(*On the Origin of Species*)，从地质学、解剖学、植物学和动物学等各个角度论证"进化论"，提出"自然选择""适者生存"思想。达尔文的"进化论"前所未有地挑战了神学传统奉若神明的"神创论"，撼动了自文艺复兴以来尊人类为万物之灵的人文主义信念，成为19世纪英国，乃至西方世界最为重大的科学事件之一，产生的影响涉及英国社会文化生活等各个方面。"总体而言，大多数维多利亚中期的诗歌和评论更关注的是科学与宗教之争，而非科技、经济和政治领域的问题。"②《法国中尉的女人》的重要主题之一就建立在这场科学与宗教之争上。

小说用不少篇幅讨论了19世纪中期的进化论和神创论之争，叙述者在多

---

① Qtd. in Mitchel, *History and Cultural Memory in Neo-Victorian Fiction*, 39.
② M. H. Abrams, ed., *The Norton Anthology of English Literature*, New York: Norton, 1979, 1895.

处提及 19 世纪地质学的发现和达尔文的进化论,在三个章节章首引用达尔文著作,男主人公查尔斯更是自称达尔文主义者。① 小说第 8 章,叙述者以不无戏谑的口吻描述了查尔斯作为古生物化石爱好者的形象,而正是 19 世纪初古生物化石的大量发现为达尔文的进化论奠定了基础。只见查尔斯按照"维多利亚时代那种让你办事有条不紊的刻板程序"(50)配齐装备,携带着各种地质锤外出寻找化石。虽然他不过是业余爱好者,却对古生物化石有着相当深入的了解,也不乏见解,并且颇为自得地划定了"介壳"为自己的专门研究领域。第 8 章的章首引用了勒斯利·斯蒂芬(Leslie Stephen,1832—1904)于 1865 年发表的《剑桥随笔》(Sketches from Cambridge)中的句子:"如今,如果你既想无所事事而又受人尊敬,最好的借口就是从事某种深奥的研究工作。"(47)这段引文含蓄地嘲弄了查尔斯这类不事生产的贵族青年,不乏反讽意味。不过,19 世纪初收集、研究古生物化石蔚然成风,却也是事实。小说描述的莱姆里吉斯镇处于富含化石的蓝色里斯岩石海岸地带,是当时英国古生物学家和古化石爱好者的朝圣之所。"近百余年来,该地区海岸上最常见的动物是人,是挥舞着地质学家专用锤的人。"(48)莱姆里吉斯镇上的古化石商店名声在外,店主玛丽·安宁(Mary Anning,1799—1847)并非虚构人物,她曾发现鱼龙、蛇颈龙和翼龙化石,是当时名闻遐迩的业余古生物学家。叙述者不无遗憾地指出,竟然没有一例她发现的化石以她的名字命名,实乃"英国古生物界一个微不足道的耻辱"(48)。查尔斯在收集化石的过程中积累起古生物学知识,因而相当自然地接受了进化论的观念。

小说所述的 1867—1869 年间恰逢经济繁荣的维多利亚时代中期,随着达尔文《物种起源》的发表,知识界业已开始对宗教传统的拷问。在小说第 19 章,查尔斯和格罗根医生一番夜谈,就现代地质学之父赖尔(Charles Lyell,1797—1875)、达尔文和戈斯(Philip Henry Gosse,1810—1888)的科学成就交换了看法。赖尔发表于 19 世纪 30 年代的《地质学原理》(Principles of Geology)把地球的历史前推了数百万年,因而"使人类在时间面前的形象变得

---

① 约翰·福尔斯:《法国中尉的女人》,陈安全译,上海:上海译文出版社,2002 年,第 52 页。本节以下该书引文只标出页码,不另注。

大为渺小"。① 查尔斯极为推崇这一地质学的进展,认为这一发现必然会引发科学与宗教之间的战争:"赖尔的发现有许多重要的意义……牧师们恐怕会有一场大仗要打。"(172)至于达尔文,格罗根医生的书架上就放着一本《物种起源》,他不吝将其称为"伟大的人物",于是两人如同烧炭党人秘密集会一般认出了彼此"狂热达尔文主义者"(174)的属性。谈话间,两人又对戈斯的《脐:解开地质学难题的尝试》(*Omphalos: An Attempt to Untie the Geological Knot*,1857)一番冷嘲热讽,称之为"言之无物、荒谬透顶"(174)。戈斯的《脐》尝试调和赖尔的地质学发现和神创论之间的矛盾,强行将古生物化石的存在归因于神的创造。查尔斯和格罗根对戈斯的挞伐无疑显示,两人认为戈斯的观点荒诞不经,进化论和神创论之间存在着不可调和的矛盾。

戈斯的尝试代表 19 世纪神创论试图适应当时地质学发展的努力,但是宗教传统与科学发展的矛盾必然随着进化论思想的传播而激化。事实上,《物种起源》的发表不啻一枚深水炸弹,在科学界和宗教界均引发了巨大的反响,人们在各类报刊、科学会议上争论不休。1860 年 6 月 27 日,英国科学促进会年会在牛津召开,会上这场争论到了白热化的地步,进化论和神创论的支持者展开了面对面的交锋。论战一方为达尔文坚定的支持者 T. H. 赫胥黎,另一方以时任英国科学促进会副会长的牛津教区主教威尔伯福斯(Samuel Wilberforce,1805—1873)为代表,两人在牛津自然历史博物馆的图书馆、当时的动植物分会场上唇枪舌剑,前者自诩达尔文的斗犬,始终战斗在为进化论辩护的第一线,而后者则德高望重、能言善辩。两人围绕达尔文的研究方法展开辩论,这场论战被称为"牛津论战"(Oxford Evolution Debate)。其中最知名的桥段是威尔伯福斯讥讽赫胥黎的祖父母与猿人有血缘关系,后者驳斥道:"人没有理由因祖先是猿人而感到羞耻;真正令人感到羞耻的,是竟有这样一位祖先,他虽有满腹的才华和活跃的智识,却不肯安于在熟识的专业领域取得某些成功,而非要对并不了解的科学问题指手画脚,一味口若悬河,偷梁换柱,然其作为不过是混淆视听,借助宗教偏见将听众引向歧途。"②这场著名的论战

---

① Abrams,*The Norton Anthology of English Literature*,1896.
② J. Vernon Jensen,*Thomas Henry Huxley: Communicating for Science*,Newark:University of Delaware,1991,72-74.

昭示了进化论在科学和宗教之争中旗开得胜,这段轶事也不胫而走。小说中,查尔斯与准岳父弗里曼先生争论是否打算经商时,后者称自己并不相信达尔文的进化论,他的说法便是"你永远也无法让我相信我们全是猴子的后代"(308)。"牛津论战"产生的影响当然不止于"人与猴子"的桥段。事实上,经此一役,达尔文的进化论思想开始了更广泛的传播,"教会在科学界的影响急剧下降,1865 年前的 30 年间,先后有 41 位教士担任英国科学促进会专业委员会主席,而在 1865 年后 30 多年间,只有区区三人占有这些位子。"①

查尔斯身上同样体现了宗教信仰和科学信念之间不可调和的矛盾。小说描绘他在彷徨之际步入教堂,面对十字架上的耶稣像,虽然他的理智告诉他自己的科学观念是正确的,但他却明白,他和神之间已经有了阻隔,他为此而哭泣。进化论和神创论之争从根本上撼动了西方社会的神学传统。"在哲学上,正是进化观念的确立,才使得人们的意识开始从传统时代那种'静穆的伟大'与'和谐的不朽'的世界幻想中解脱出来,而不得不去面对一个稍纵即逝和随机变幻的外部世界。"②神作为偶像的崩塌使人类进入了一个无父无依的生存旷野。"物竞天择"的残酷生存法则又把人类丢弃于弱肉强食的动物世界。无论是神,还是人,都被抛离了世界的中心。福尔斯本人在其笔记中也写道:"进化论之于维多利亚人正如原子弹之悬于我们的头顶。他们仿佛被猛地投入无垠的宇宙,感到无比孤独。"③

对于维多利亚时期进化论与神创论之争,《法国中尉的女人》的元小说形式还提供了一个后现代主义框架下、文学意义上的观照视角。1967 年,法国文学理论家罗兰·巴特用英文发表《作者之死》,宣告另一位"上帝"——作者的退隐。作者中心论之解体和 19 世纪神创论的式微,仿若一场跨世纪的对话,形成了微妙的对位关系。巴特写道:"现在我们知道,文本并非一行传递单一'神学'意义(作者—上帝的'信息')的字句,而是一个多维空间,各种著述在其中既混合,又对抗,却都不是本源。……正是以这种方式,文学通过拒绝将一

---

① 史钧:《百年论战:关于进化论的持久战争》,https://read.douban.com/reader/ebook/1056839/(accessed 2017/8/27)。
② 彭新武:《造物的谱系》,北京:北京大学出版社,2005 年,第 3 页。
③ John Fowles, "Notes on an Unfinished Novel," in *The Novel Today*, ed. Malcom Bradbury, Fontana: Collins, 1977, 141.

个秘密,一种终极的意义派定给文本(以及作为文本的世界)而解放了某种可称之为反神学的活动。这种活动是真正革命性的,因为拒绝固定意义最终意味着拒绝上帝和他的本质——理性、科学和法则。"[1]在罗兰·巴特为作者所写的讣告中,我们读到了一个以神创论之消亡为喻体的隐喻。正如神学传统把创造的荣耀归于上帝,传统的文艺理论将文学作品的创作者奉为神明,视为意义的本源。无论是浪漫主义文论崇尚创作灵感的神秘主义,还是阐释学实证主义式的对创作者本意的重建,都是以作者为研究的主体。20世纪,文艺理论关注的焦点从作者转向作品,进而于下半叶再转向读者。诗人不再是无冕的立法者,文学作品意义的再造取决于读者。作者,这个小说世界中的"上帝"被消解了,文学作品的解读走向总体上更为自由的方式。正如小说叙述者所说的,小说家是"新的神学时代之神的形象",他的"第一原则是自由,而不是权威"(103)。《法国中尉的女人》刻意并置的三个结局,以及作者闯入情节之中成为小说人物的元小说创作技法,可谓是作者解构自身神话和权威的行为艺术。在这种解构和行为艺术的背后,不难看出福尔斯的文化使命,即对文学作品意义乃至文化/生命意义的探究。在20世纪下半叶,从事这一探究的远远不止福尔斯,而这必然会影响文化观念流变的走向。

二、多义的"化石":从达尔文主义到存在主义

达尔文的进化论撼动了维多利亚时期几乎所有领域的思想观念。"自然选择"的生物学观念被不可避免地用于类比人类社会。马尔萨斯(Thomas Robert Malthus, 1766—1834)的《人口论》(*Essay on Population*, 1798)启发了达尔文关于生存竞争的思考,为他的进化论思想奠定了基础。达尔文本人在《人类起源与性选择》(*The Descent of Man, and Selection in Relation to Sex*, 1871)中也明确地用自然选择的生物学观念描述人类作为物种的演变。社会达尔文主义的创始人赫伯特·斯宾塞(Herbert Spencer, 1820—1903)最早提出了"适者生存"(Survival of the Fittest)的说法,后为达尔文所用。斯宾塞将"适者生存"的进化论思想应用于人类社会的发展机制,在20世纪被广泛

---

[1] Roland Barthes, "The Death of the Author," in *Modern Literary Theory*, eds. Philip Rice and Patricia Waugh, London: Edward Arnold, 1989, 116-117.

诟病。有学者认为,社会达尔文主义把进化论的法则理解为"强者胜出是进步的必要条件",是"一种特别野蛮的向上爬的行径"。①

查尔斯自诩"狂热的达尔文主义者",他对当时社会生活的理解也自然而然地带上了达尔文思想的眼光,在价值判断上也娴熟地运用古生物学的知识。他不由自主地被萨拉吸引,秘而不宣地与她交往。对于自己不顾身份悬殊和社会压力接近萨拉的冒险行为,他自欺欺人地找到了科学依据和人道主义的理由,认为自己是出于"责任"帮助弱者。他相信自己"无疑属于最适合生存者一类,但是人类中的最适合生存者更应该对不适宜生存者承担起一定的责任"(177)。然而不久,查尔斯就发现自己成了"进化论的受害者"(309)。他原本可望继承伯父的庄园,却不料伯父娶妻生子,查尔斯失去了继承权,财产大大缩水,在和欧内斯蒂娜未来的联姻中落了下风。弗里曼先生对准女婿提出必须为他的产业工作的要求,并搬出了进化论试图说服查尔斯。弗里曼虽然对达尔文的生物进化论没有好感,却把"适者生存"的思想运用得头头是道。他告诫查尔斯,时代正在变化,人也需要适应时代的潮流,在实干的时代,仅仅当一名绅士是不切实际的。弗里曼的一番话让查尔斯觉得,有关进化的抽象思想的确令人着迷,但是如果要把它付诸实践,却又显得俗不可耐(310)。他甘当一名无用的绅士,经商只让他觉得耻辱。这不合时宜的想法使他觉得无奈和孤独,"就像一块活化石","他觉得,等级制度要求绅士必须在自己周围构筑起大型防御设施,这就像许多古蜥蜴物种身上的大鳞片一样,最终导致了它们的灭绝。"(312)

在这里,"活化石"的比喻颇能说明 19 世纪英国社会阶层的动态变化,"1850 年以后的数十年是中产阶级发展壮大的黄金时代"。② 在这期间,农业衰落,金融服务业迅速崛起,英国的经济中心从制造业转向商业,从生产者转向消费者,为弗里曼这样的经商者提供了发家致富、跻身中产阶级的契机。社会地位上升了,随之而来的是对绅士生活方式的追求。弗里曼先生可谓典型。

---

① Jonathan Howard, *Darwin: A Very Short Introduction*, Oxford: Oxford University Press, 1982, 106–107.
② Kenneth O. Morgan, ed., *The Oxford History of Britain*, Beijing: Foreign Language Teaching and Research Press, 2007, 542.

他虽然对贵族没有多少好感,却模仿他们的绅士派头,在乡间拥有住宅,在私生活方面严谨正派,为教会和慈善机构慷慨解囊,在价值观、宗教观方面固守保守阵营。事实上,在财富的驱使下,英国的贵族阶层也并没有完全偏离商业大潮。有学者指出,英国贵族一向参与英国的工业化进程,在商业扩张的时期十分精明地插手金融业,或者"通过睿智的联姻挽救自己的财产"。① 小说第37章引用马克思的《共产党宣言》指出这种融合的趋势:"资产阶级迫使一切民族采用资产阶级的生产方式;它迫使他们在自己那里推行所谓的文明,即变成资产者。"(300)这段引文匹配该章节中弗里曼先生要查尔斯为自己的产业工作的说辞,颇有点儿喜剧效果。

然而,查尔斯却没有紧跟时代步伐、加入商业大潮的意愿。相比他伯父那阴暗陈旧的庄园生活,委身于以赚钱为目的的商业事务令他更难以忍受。查尔斯信奉进化论,却不会违背自己的天性去适应现实、算计未来,他更愿意带着怀旧的愁绪回望过去。叙述者认为,查尔斯属于某种特殊的群体。虽然这类人在不同的时代呈现不同的面貌,例如13世纪的圣杯骑士、19世纪厌恶经商的绅士查尔斯和20世纪的科学家,但他们共有的、最本质的特征就是,"不把占有作为人生的目标,不管是占有一个女人的身体,还是不惜代价追求高额利润,或是拥有规定进程速度的权力。"(317)懒散也好,清高也罢,查尔斯就这样成了时代潮流大浪淘沙后被遗弃的"活化石"。

与查尔斯被时代抛弃的"活化石"形象形成鲜明对比的,是他的仆人萨姆。萨姆是时代的弄潮儿,他的利己本能、机变才干、对社会地位的渴望都令他在那个时代如鱼得水。"他的双眼始终凝望着未来。"(228)萨姆属于维多利亚时期迅速膨胀的仆佣群体。中产阶级的扩大刺激了仆佣行业的发展。当时,仆佣是劳工阶层中人数最多的类别。1891年,人口统计数字显示,英格兰和威尔士共2 900万人口中,有1 386 187名女性、58 527名男性是仆佣。② 小说第7章引用了马克思的评论,指出现代工业的产量促使仆佣这类非产业性雇佣工人的人数大增(40)。该章节介绍了查尔斯的男仆萨姆,他是一个追求时髦的

---

① Morgan, *The Oxford History of Britain*, 547.
② Jean Fernandez, *Victorian Servants, Class, and the Politics of Literacy*, New York: Routledge, 2010, 2.

衣着,说话带有伦敦平民发音特征的年轻人。他对自己的社会地位深感屈辱,不安于现状,一心寄望未来。他在撞破查尔斯和萨拉幽会的秘密后,靠着敲诈他的雇主获得了第一桶金,此后又出卖了查尔斯。他机敏而善于钻营,懂得揣摩他人心理获取利益,脱离仆佣的身份后迅速在弗里曼的商店得到重用,日子过得愈加滋润。作者引用了克勒夫(A. H. Clough)的诗句来形容他的生活方式及其背后的价值观,不无讽刺地指出利己者胜出的丛林法则:"争先为己依旧是条规则……落在最后的势必遭殃。"(447)相形之下,不懂得"争先为己"的查尔斯落在了最后,成了"化石"。

　　小说多次出现查尔斯将人与低等生物或化石进行比较的情节,但是其意义却发生了转化,从关注社会等级制度的社会学层面转向观照个体生存境遇的哲学层面。这一转化意味着查尔斯内省的视角从达尔文主义转向存在主义,也凸显出小说的存在主义内涵。例如,在对待萨拉的问题上瞻前顾后的查尔斯觉得自己"跟一枚菊石一样缺乏自由意志"(254)。小说第一个结局,查尔斯决定与欧内斯蒂娜结婚,放弃了追求自由的权利,叙述者感叹道:他"是在历史大变迁中遭难的又一菊石,现在永远搁浅了,将来必然变成化石。"(357)查尔斯在教堂与十字架上的耶稣对话时,忽然理解了这个虚伪时代对他的束缚,以及自己虽生犹死的生存状态——"简直就是化石"(390)。在小说的这几段引文中,化石不再意味着被时代抛弃的可怜虫,而成了被时代桎梏所困、缺乏自由意志、失去勇气和生命力的象征。查尔斯在追逐萨拉的过程中也开启了自我灵魂的追问。他获得了某种顿悟,不肯再与时代同流合污而失去自我。他渴望从维多利亚社会价值体系的囚笼中脱困,去追寻那种"残酷却必要的自由的纯粹本质"(393)。在顿悟的瞬间,查尔斯步入了存在主义的自觉。随着小说叙述的深入和多重结尾的层层递进,婚约、财产、体面、地位、优越而懒散的生活,甚至是对于查尔斯来说象征着爱情和自由的萨拉……所有这些制约着他赢得自由的附属品都逐一剥离。再也没有小说第一个结局中惩恶扬善的上帝,也没有第二个结局中以爱情为终极追求的止步不前。再也没有任何天降的价值本源。他不再是受困于时代的化石,而是割肉剔骨,一跃而至时代的前方,如同新生儿一样从头开始,在心灵上完全孤独,除了自身无所依从。于是查尔斯从19世纪的达尔文主义走向了20世纪的存在主义。达尔文主义也好,存在主义也好,关注社会等级制度的社会学也好,观照个体生存境遇的哲学也好,都跟生活/生存方式这一文化观念的重要内涵有关。《法国中尉的女人》同时从哲学和社会学这两个层面切入生活/工作/生存方式的探讨,显然是跟文化观念发展史的又一次互动。

三、萨拉之谜:维多利亚时代的现代女性

作为引领着查尔斯走向存在主义觉醒的神秘女性,萨拉这个人物本身承载着作者对于维多利亚社会关于女性的价值观的多重反思。对于她的时代来说,萨拉是一个谜,作者在小说第 1 章引用哈代(Thomas Hardy,1840—1928)的《谜》("The Riddle")来暗示这一点。在莱姆里吉斯镇居民的眼中,萨拉是以"悲剧"、法国中尉的"妓女"等形象示人的堕落女性。即便是当时思想激进的格罗根医生,也将她的种种行为解读为疯狂。她编造莫须有的失身故事将自己"污名化",承受世人的冷眼,以一种仿佛行为艺术的方式坚守自身的独立性。她引诱查尔斯之后又离开他,拒绝接受他所提供的依靠和安稳,超然于传统的两性关系。萨拉之不被理解,在于她和所处的时代格格不入。叙述者多次暗示萨拉超越时代的特质。查尔斯在韦尔康芒斯巧遇熟睡的萨拉时,叙述者表示,在这短暂的一刻,"整个维多利亚时代已不复存在了"(77)。萨拉离开小镇,和查尔斯在谷仓见面时,两人四目相对,叙述者再次表示,"那一短暂瞬间战胜了整个时代"(268)。萨拉与查尔斯有过一夜之欢,又决定弃他而去时,也明白无误地说:"在另一个世界,另一个时代,在另一个人生,我也许是你的妻子。"(380)有学者指出,"萨拉在精神上完全是后现代的",包括她洞察一切的目光、离经叛道的疯狂和对存在与自由的热切追求。[①] 萨拉本身就形成了与时代的强烈反差。正是这种差异,昭示了小说对维多利亚时代的反思性审视。

小说所展示的 19 世纪中期是女性开始觉醒,却被清教徒式的性主张所误解和束缚的时代;是文学作品对性爱缄口不言,却盛产黄色刊物的时代;是花几英镑就能买到少女的肉体,却将女性的身体神圣化的时代;是色情业空前繁

---

① 杜丽丽:《后视镜中的他者:"新维多利亚小说"中的历史想象和叙事重构》,兰州:甘肃人民出版社,2015 年,第 35 页。

荣,却要求女性严守婚前贞操的时代。1857年,威廉·艾克顿医生(William Acton,1813—1875)发表了《生殖器官的功能与紊乱》(*The Functions and Disorders of the Reproductive Organs*,1857),认为女性很少有或没有性的感觉,贤妻良母更是不会沉溺其中;同年,据记者亨利·梅休(Henry Mayhew,1812—1887)估计,仅在伦敦就有大约八万名妓女。① 用叙述者的话说:"那时候,人类活动的每一个其他领域都获得了巨大的进步和解放,然而,在最涉及私人的和最基本的领域,专制主义依然盛行。"(286)桑德斯如此概括:"这个经历了第一次激动人心的近代妇女运动的时期,也接受和尊崇由维多利亚女王本人提供的主妇楷模,默认了由该时期许多小说家和诗人宣传的贞洁女性模式。"②

《法国中尉的女人》对维多利亚社会的深描细写也反映了当时女性境遇和性观念的问题。小说第35章就集中引用了各类数据和文献,展开以女性为主角的、剖析维多利亚社会性观念的讨论。该章节在章首引用了1867年出版的《儿童雇佣委员会报告》,又通过作者加注的形式援引1854年的"性知识手册"《社会科学要素》和1867年一名牧师的记述,然后讨论作家哈代的作品和秘密恋情等。同时,叙述者条分缕析地探讨了导致这些情形的原因。他首先婉转地批驳了所谓维多利亚人将欲望倾注到其他领域的"升华作用"假说,认为19世纪和20世纪的人们一样,在"进步和解放"的领域里同样孜孜不倦。叙述者随后提出,虽然维多利亚人对待性爱的态度严肃且讳莫如深,但是较之公开谈论性爱的当代人并无本质的不同:"这些严肃的'方式'只不过是约定俗成的认可而已。它们背后的事实是永恒不变的。"(288)维多利亚人"高度的性无知"并不能等同于"低度的性快感"(288)。也就是说,性本身并无时代的差异,差异体现于不同时代的观念和风俗。叙述者还指出,这种性观念有着阶级的烙印。当代人对于维多利亚人在性爱方面过于拘谨的看法,来自中产阶级的话语,是"中产阶级对中产阶级精神特质的看法",并不能扩大到其他社会阶层,而且下层社会人群更为随意的性观念也有着社会剥削、贫困、卫生条件落

---

① Sean Purchase, *Key Concepts in Victorian Literature*, Basingstoke: Palgrave Macmillan, 2006, 125 – 126.
② 桑德斯:《牛津简明英国文学史》,第585页。

后等政治和经济方面的深层原因(289)。

事实上,这些看似矛盾而复杂的状况充分说明了维多利亚时期中产阶级的性道德加之于女性的规训,以及女性的生存处境。萨拉在时代的种种限制下,自陷绝地而反戈一击,自主选择并设计人生道路,是对这种规训的反抗。她来自中下层阶级的家庭,父亲是一个名门出身、具有绅士情结的小农场主。他不善经营,几乎赔尽老本,最后精神错乱。萨拉被父亲送到当地的三流女子书院受教育,得到了淑女的虚名,实际上却"成了等级社会的地道受害者",在婚姻市场上既高攀不了,也下嫁不得,只能自谋生计(57)。这种两难的情形倒是和失去财产继承权的查尔斯颇为相近。虽然萨拉天生丽质,善于洞察人心,有着独特的魅力和非同寻常的聪慧,但是维多利亚社会开放给这样一名女性的谋生手段却极为有限,附庸于男性的婚姻制度几乎成为唯一的退路。她当过家庭教师,在背负堕落女性的名声后成为波尔坦尼太太的伴读,后者极其虚伪无知,可是萨拉只得忍受她的监视和迫害。萨拉既没有欧内斯蒂娜的丰厚嫁妆来吸引贵族青年,也不可能像女佣玛丽那样和男仆萨姆两情相悦。《法国中尉的女人》用两个和她面貌相似的女性人物暗示,她面临这样两种可能:要么出嫁,像成功"俘获"查尔斯伯父的汤姆金斯太太那样,靠巧施手段来取得婚姻保障;要么沉沦,像查尔斯在伦敦遇到的妓女那样,靠出卖肉体来抚养私生女儿勉强度日。① 这两种可能的前景通过小说的前两个结局暗示了出来:第一个结局中,查尔斯选择与欧内斯蒂娜完婚,萨拉去向不明,沉沦不可避免;第二个结局中,查尔斯找到了已为他养育一女的萨拉,两人互诉衷肠,沐浴在幸福的爱情之中。

真正体现萨拉追寻自我价值的,是小说的第三个结局:她拒绝了查尔斯的求爱,选择留在拉斐尔前派画家罗塞蒂(Dante Gabriel Rossetti,1828—1882)的画室工作,在她和维多利亚时期的女性形象之间划出了一道清晰的界限。在19世纪的英国小说中,受过一定教育、没有财产而不得不自谋生路的女性形象并不鲜见,然而她们借以改变自身境遇、挣脱习俗束缚的方式往往是恋爱和婚姻。即便是奥斯汀笔下聪慧的女主人公们,或者像简·爱这样坚强

---

① 在小说中,查尔斯拜访伯父,见到了汤姆金斯太太肖像,觉得她的脸与萨拉隐约有些相似,气质上也相近(232)。后来查尔斯在伦敦招妓,也觉得妓女的长相与萨拉有些相似(330)。

自尊的女性，都还是以爱情和婚姻为最终的归宿。又如，《法国中尉的女人》描绘的欧内斯蒂娜有财富傍身，聪明时髦，也敢于追求爱情和幸福，然而她人生的唯一目标依然是挑选夫婿，成为传统意义上的贤妻良母；小说中还提到她对妇女选举权无所谓的态度（122）。相形之下，萨拉对自我价值的定位和追求远远更为激进和热烈。查尔斯在画室再次见到她的时候，她成了罗塞蒂的助手和模特，充分发挥着自己的艺术天分。她已然一派"新女性"的形象，简单而新潮的着装"公然抛弃当时有关女性服装样式的一切传统观念"，"以俏皮而略带卖弄风情的方式暗示其他方面的解放"（474）。她不再是等待查尔斯救助的弱者，"没有锁链，没有哭泣，没有伸手乞求帮助"（477）。

《法国中尉的女人》将萨拉置于罗塞蒂的画室，赋予她的正是拉斐尔前派离经叛道、冲破维多利亚审美价值束缚的特立独行。拉斐尔前派是英国活跃于19世纪中叶的艺术和文学流派，其核心为"拉斐尔前派兄弟会"（Pre-Raphaelite Brotherhood），由一些画家和诗人组成。重要的画家包括罗塞蒂、亨特（William Holman Hunt，1827—1910）和米莱（John Everett Millais，1829—1896）等。拉斐尔前派旨在复兴中世纪艺术的创作观念，讲究忠实、细腻地再现自然，因此他们的创作呈现丰富的色彩和精美的细节，大胆地表达感官感受，为当时保守的艺术界所不容。在小说叙述者看来，拉斐尔前派的艺术追求和维多利亚时期掩盖真实、拒斥自然的艺术观念格格不入，因其"至少试图承认本质和性的存在"（190），"对艺术和生活采取统一态度"（395）。这种真实坦率也正是萨拉的特点。萨拉诚实地对待自己的欲望，无论是爱情还是对自由的追逐。她选择听从于自我而非男性，忠实于天性而非习俗。萨拉的形象恰如她在维尔康芒斯酣睡的画面所象征的一样，超越时代。她从时代的束缚中破茧而出，同时也引导着查尔斯挣脱维多利亚社会价值观的桎梏。虽然有学者质疑莎拉是否真正赢得了自由，并指出她在罗塞蒂画室依然依附于男性，[①]然而，《法国中尉的女人》所勾勒的分明是萨拉追逐自由的轨迹，她刻意将自己"污名化"，虽在波尔坦尼太太家中忍受屈辱，却又我行我素，主动接近查尔斯后又拒绝他的求爱，这一切无不说明她对维多利亚时期性道德和男权社会体制的蔑视。

[①] 陈榕：《莎拉是自由的吗？——解读〈法国中尉的女人〉的最后一个结尾》，《外国文学评论》，2006年第3期，第77—85页。

反观福尔斯创作这部小说的20世纪60年代,"对于英国的女性来说,社会的、性的和文化的观念都有所松动,而一些开明的法律也起到了关键的示例作用,因此,最为重要的推进正是发生在这个十年"。① 60年代初期,避孕药开始进入人们的生活,1967年流产合法化,1969年离婚改革法案通过,这一系列事件改善了女性的社会地位和生活质量。1960年,劳伦斯的小说《查泰莱夫人的情人》(Lady Chatterley's Lover, 1928)经过一场旷日持久的诉讼后得以全文发表,开启了60年代西方社会的性解放运动,对于女性如何理解自我和两性关系,以及英国社会的性观念等产生了深远的影响。学者帕德利(Steve Padley)如此总结60年代"性开放社会"的特征:"性实验更为大胆,对婚前性关系的态度更为宽松,单亲家庭数量上升,婚姻制度衰落,公众对同性恋的态度更加宽容,各类纵欲行为得以推广,等等。"② 虽然如今女性普遍意识到固有的男权思想本没有真正地改变,性解放运动也没能真正解放女性,但是和维多利亚时代相比,此时英国女性在社会生活各方面都更加活跃。从这个意义上看,萨拉在与查尔斯两性关系中的主导地位、对自身价值的自信和追求,以及她颇为不羁的性观念,都更接近20世纪下半叶的女性形象。她的形象构成了20世纪60年代与维多利亚时代之间相隔一个世纪的对话。就文化观念而言,两性平等事关伦理道德、生活方式、秩序诉求和共同体诉求,因而上述对话可以看作对文化观念诸多内涵的进一步深化。

第二节

《海洋三部曲》的历史想象

威廉·戈尔丁在20世纪八九十年代创作的《直至世界尽头》(*To the Ends of the Earth*, 1991)又称《海洋三部曲》,由《越界仪式》(*Rites of Passage*)、

---

① Padley, *Key Concepts in Contemporary Literature*, 24.
② Ibid., 45.

《近距离》(*Close Quarters*)和《甲板下的火焰》(*Fire Down Below*)三卷构成，是戈尔丁晚年最重要的作品。小说以英国青年托尔博特的航海日记的形式，记述了他在1812—1813年间，经由位高权重的贵族教父安排，乘船前往澳大利亚出任殖民地官员的经历。在航行途中发生的一系列事件颠覆了托尔博特的阶级认识和人生观念，船上的社会群体和阶层在大海的波涛中几经冲突与碰撞后，在危机中达成相对的价值融合和阶级融合。

《海洋三部曲》的历史书写以拿破仑战争为故事背景，小说最初的灵感来自朗福德(Elizabeth Longford)所著《威灵顿公爵传》(*Wellington: The Years of the Sword*, 1969)记录的一则真实事件：青年时期的威灵顿公爵带领远征队前往马尼拉，随军牧师醉酒出丑后绝食而死。[1] 小说涉及的历史背景还包括当时英帝国对澳洲的殖民、英政府对异见人士的控制、腐败选区的运作以及议会改革、艺术创作、19世纪初的航海技术、舰船职级、南极洲的发现等。戈尔丁模仿19世纪的多种语言风格，包括格律诗歌、水手行话、官场辞令等，并且采用了当时盛行的文体如航海日志、书信、日记等体裁，构筑出一个近两百年前逼真的海上微型英格兰。

《海洋三部曲》是关于海船上的微型不列颠的共同体隐喻。从第一卷开篇离港出发，到第三卷尾声在抵达目的地后付之一炬，这艘船在海上漂泊将近一年。虽然戈尔丁始终未曾透露船的名字，评论界却对此颇多猜测。其中，研究者泰格(Virginia Tiger)的猜想颇能印证小说的共同体隐喻：不列颠尼亚(Britannia)——不列颠的古拉丁文名。[2] 也有研究者在访谈中向戈尔丁求证船的名字是不列颠尼亚(Britannia)还是小不列颠(Britain in little)，戈尔丁承认"不列颠"最为接近。[3] 在《海洋三部曲》中，这艘"不列颠尼亚号"旧舰船俨然是19世纪初等级分明的迷你英国社会：有地位超然、代表贵族阶层的托尔博特，有代表知识文化阶层的政治异见人士普列特曼和画家布洛科尔班克，有神

---

[1] Elizabeth Longford, *Wellington: The Years of the Sword*, London: Weidenfield & Nicolson, 1969, 51.

[2] Virginia Tiger, *William Golding: The Unmoved Target*, New York: Marion Boyars, 2003, 271.

[3] James R. Baker, "An Interview with William Golding," *Twentieth Century Literature*, 28.2(1982), 161.

职人员考利,有绅士阶层的乘客,也有地位较低前往澳大利亚的移民以及底层民众。舰船上的另一组人群由船上的工作人员,即水手以及统领他们的各级军官构成,其首领为独断专行的"暴君"——船长安德森。一年的航程历经一场又一场人间悲喜剧,有人病入膏肓,有人绝望弃生,有人起死回生,不同人群和阶层之间始终互动和碰撞着,漂泊在大海之上,远涉千里,前往共同的目的地。同时,戈尔丁往托尔博特的日记中倾注了多样而芜杂的文化记忆:受过高等教育的男主人公以俯拾皆是的典故装点自己的写作,而19世纪初的文学气候和文化生活又构成了小说的背景,因此,《海洋三部曲》也如同那艘意蕴丰富的船,成为承载着共同文学传统的海上生活记录。

《海洋三部曲》的历史想象专注反思英国的阶级社会,表现为对船上等级制度的探讨和相关文化符号的阐释,以航海生活形态和历史文化现象为阶级表征,作为现实之镜像。小说探究的是一个在危机中逐渐生成的、而非静态恒定的共同体。这个共同体在人际交往上体现为情感而非理性的、直接而非抽象的人际联结,在政治上表达的是颠覆现有等级秩序的平等诉求,在价值上强调责任感、利他主义等公共生活的参与性,在文化上体现为注重情感的浪漫主义气质和狂欢化的颠覆性。小说展现的共同体隐喻是作家对19世纪初英国共同体生活的历史想象,蕴含着作家对20世纪英国社会现实的忧思。戈尔丁虽以反乌托邦小说《蝇王》横空出世,晚年却在《海洋三部曲》中表达了弥合阶级隔阂的以责任感、利他主义、理想主义等价值观念为支柱的乌托邦向往。小说以历史书写的面貌想象19世纪初的海上共同生活,所抒发的却是作家的共同体情怀。

一、危机与融合:20世纪的现实指涉

《海洋三部曲》历史想象的背后是当代忧虑,19世纪初海上的微型共同体折射的是20世纪英国社会的现实。小说有着相当明晰的现实指涉:戈尔丁在一次访谈中曾阐释《越界仪式》的主题是阶级。"它全然是关于阶级的,不是吗? 它表达的是关于阶级的迫在眉睫的问题⋯⋯它是一部对现今的情形有着现实意义的黑色喜剧。"[①]在小说中,戈尔丁借萨默斯之口,不无心酸地说:"我

---

① James R. Baker, "An Interview with William Golding," *Twentieth Century Literature*, 28.2(1982), 160.

们的国家固然了不起,但有一样她却无法做到,那就是把一个人从一个阶级完全转化(translate)到另一个阶级。把一种语言完美地翻译成另一种语言是不可能的。阶级就是不列颠的语言。"① 这些话道出了戈尔丁眼中阶级问题的英国特性。

戈尔丁对阶级问题的关注和他的个人际遇有关。20世纪初叶,中等阶层出身的戈尔丁在他生活的家乡小镇马尔伯勒体验到浓厚的等级意识。戈尔丁在他父亲任教的文法学校就读,而小镇高街另一端的马尔伯勒学校是英国知名公学之一。在当时,这个"社会不公的标志每天都刺痛着他"。② 戈尔丁入学牛津,这虽然提升了家庭地位,但是作为该届新生中唯一的文法学校毕业生,他的牛津求学经历不乏挫折感。二战时期,国土安全危机下的民众团结精神虽然暂时缓解了英国国内的阶级矛盾,而战后工党在六年执政期间将主要的产业和机构国有化,扩展了由公共财政支付的社会福利,增加了义务教育的年限,对于弥合社会等级之间的经济和教育水平上的差异起到了一定的作用,但并没有从根本上改变国内的阶级结构。作为那些出身中等或中下阶层、受过高等教育、亲历战火的年轻人中的一员,戈尔丁对当时英国的阶级传统极为反感。这一点也鲜明地体现在他的创作脉络之中。在戈尔丁的成名作《蝇王》中阶级主题就初露端倪,在他创作中期的《金字塔》(*The Pyramid*,1967)以及后期的《海洋三部曲》中,英国社会的阶级问题都是最突出的主题。

《海洋三部曲》是时代更替和重重危机下的共同体隐喻,表达了作家对弥合阶级隔阂的理想共同体的向往。一方面,小说表现的是19世纪初社会文化背景下的、危机不断的海上共同生活。秘密携带印刷机、率领移民群体到澳大利亚建立理想国的普列特曼所代表的是法国大革命影响下浪漫主义的理想共同体信念,他的政治理想对托尔博特产生了深刻的影响。同时,拿破仑战争带来的威胁、诡谲多变的航海环境又引发了生存危机。这一切都使船上的微型共同体得以形成价值和阶级融合。另一方面,小说所观照的20世纪英国经历

---

① William Golding, *To the Ends of the Earth*, New York: Farrar, Straus and Giroux, 1991, 110. 下文中该书引文只在文中标出页码,不另注。
② John Carey, *William Golding: The Man Who Wrote* Lord of the Flies, London: Faber & Faber, 2009, 17.

了第一次世界大战、30年代的经济危机和大规模失业、第二次世界大战的全面战争、帝国版图的缩水、"英国病"、70年代种族关系的恶化及其引发的骚乱、90年代公共理想的破灭,等等。重重危机之下,原有的社会结构能否置换更新? 至少,在第二次世界大战之中,民心凝聚,国家机器的运作也更为公正平等,"这场战争清晰地表现出英国历史上前所未有的深刻的平等精神"。[1] 无论是定量配给、战时管制物资的均享,还是在闪电战中的共渡难关都蕴含着这种平等的原则。尤其因为城市儿童向乡村的疏散,"有史以来,英国不同阶层的人们第一次有了交集"。[2] "平均主义也激发了对社会规划的新理想",政治激进主义思想蔓延,在经济财政领域,激发出重建家园的国有化设想,为战后福利国家的成形埋下了伏笔。及至世纪之交,经过一个世纪的动荡和变革,英国等级社会的矛盾也终于显得不那么尖锐了,开始逐步让位于多民族、多元化社会的矛盾。[3] 可以说,无论是现实世界的战争危机,还是小说中的沉船威胁,都导致了共同体对乌托邦理想的某种共识。同为海上"孤岛",《海洋三部曲》的历史想象所表达的乌托邦诉求和早年《蝇王》中的反乌托邦思想已大异其趣。

《海洋三部曲》所描绘的共同体也是在重重危机中形成的。生存压力之下,来自不同阶层和生活经历的人们逐渐建立起情感上的有机联结。人在面对危机的时候,更加具有共同行动的意向;危机情势对于生成认同是极为有利的,无论是来自自然的,还是发生在社会中的,危机事件都会对现有秩序形成挑战,并且激发人们重建秩序的强烈渴求。[4] 航行旷日持久,而狭小的船体犹如漂浮在海上的孤岛,人为地挤压了人们的生活空间,形成异常紧密的人际关系。第一卷《越界仪式》的尾声处,托尔博特就感叹航程漫长,而人与人之间如此切近,竟致自己神思恍惚,头晕目眩。他所秉持的工具性的、理性的人际原则开始分崩离析,而自己在考利惨死时所承担的责任更使他难以置身事外。第二卷《近距离》的书名更是明确标示出这种根植于人类天性的、情感的和本能的紧密人际关系。船先是在海上遭遇敌舰的威胁,随后证实是友舰"奥尔塞

---

[1] Morgan, *The Oxford History of Britain*, 628.
[2] Ibid.
[3] Ibid.
[4] 张康之、张乾友:《共同体的进化》,北京:中国社会科学出版社,2012年,第363页。

尼号"的到来,为的是宣布英法战争结束,这一波三折的事件激发了船上人们的狂欢化感受。释放情感和压力的共同心理需求挑战了不同阶层之间的等级界线。此后,船失去主桅导致的沉船威胁更使这种情感成为连接阶级、人群之间的纽带。第三卷《甲板下的火焰》描述了船几乎撞上南极冰山等种种险情。重重危机将这种心理需求挤迫到极致,使人与人之间达成了空前的情感联结和生存互助。同时,男主人公的成长也昭示了共同的情感对个体的影响。在良师益友萨默斯的引导下,托尔博特逐渐建立起对公共事务的责任感,关心船上的秩序和航海事务,在主桅折断的危急时刻挺身而出,此后还承担起普通水手夜间瞭望的职责,对自己的阶级优越感也开始反思。同时,他也更为娴熟地运用航海术语和行话,融入船上的人群。渐渐地,船上的小型社会成为一个有着共同归属的、情感联结紧密的共同体。由此可见,戈尔丁的《海洋三部曲》所描绘的是一个在危机中生成和演进的共同体,是在共同生活中形成了逾越社会等级的共识、达成共同行动的群体,具有生成性的特点,以及在危机中达成的情感认同。

二、狂欢与颠覆:航行中的阶级融合

《海洋三部曲》批判阶级体制,向往阶级融合,表达了理想共同体构建过程中消弭阶级隔阂的期冀。这一思想通过小说的狂欢与颠覆主题体现出来,在狂欢化的诗学理论中得到验证。狂欢化诗学是俄国文论家巴赫金的重要学说。巴赫金通过对文艺复兴时期民间文化和拉伯雷作品的研究,指出狂欢化体现为对等级秩序和现实规范的颠覆,构建的是"颠倒的世界",有着"独特的'逆向''相反''颠倒'的逻辑",在否定的同时蕴含着"再生和更新"的生机和激情。[①]《海洋三部曲》的狂欢和颠覆体现了阶级融合的进程,是对理想共同体诉求的重要表达。戈尔丁立足于他多年的航海经验,在小说中详尽地刻画了19世纪初的海上生活。从水手的日常劳作,到乘客的生活起居,从船上各色人等的社会关系,到政治、宗教、文化、社交活动和语言表达,甚至是水手们的行话,都进行了生动的、细节丰富的描绘。船上空间的划分和各类活动都不乏等

---

① 米哈伊尔·米·巴赫金:《巴赫金全集》(第六卷):《拉伯雷研究》,李兆林、夏忠宪等译,石家庄:河北教育出版社,1998年,第13页。

级社会的指涉，形成了独特的阶级语汇。

船体空间形态蕴含着丰富的阶级意味。船上遵行两种等级秩序：社会等级和专业等级。乘客的尊卑取决于他们的社会等级，船上工作人员的等级秩序依据的则是船长、军官和普通船员的自上而下的专业等级序列。不同的人群被划定到特定的空间，充满象征意味地规定了船上的等级秩序。首先，船体上下犹如划分社会等级的金字塔。在船员们日常劳作的甲板下面，第一层是属于贵族、绅士阶层和神职人员的官舱，托尔博特、牧师考利、普列特曼先生、画家布洛科尔班克及其情妇、格雷厄姆小姐等分别居住在左右船舷，由乘务员专门照料他们的饮食起居，享有餐厅等公共活动空间。普通乘客乃至人畜混居的统舱在下层，生活条件相当艰苦。高级军官和低级军官分别居住在下甲板的军官起居室和炮舱，在潮湿黑暗、臭气熏天的底层则生活着普通水手。其次，甲板上也划着白线，以区分不同阶级和人群的活动空间。后甲板高居近船尾的区域，是舵轮所在地，也是船长的指挥所，乘客不经邀请不得擅越。船长的起居舱就在后方的船尾。船头前甲板的水手舱则是属于普通水手的区域。乘客们可以自由活动的区域是中间的船腰部分。

阶级意味最为明显的是后甲板上的冲突。后甲板是船长的指挥所，象征着船上的最高权威，乘客舱里常年张贴着的《常规指令》警示乘客非请莫入。船长安德森是贵族私生子，其父为财富联姻，将情妇（连同安德森）转嫁给家庭教师，并安排后者担任教区牧师。成年后的安德森被父亲派往海军任职。父亲去世后，安德森同父异母的弟弟继承了爵位，他也失去了庇荫。"一位爵爷、一个牧师或者说生活屈待了安德森。"(268)因此，安德森对贵族和牧师极为憎恶。偏偏托尔博特和牧师考利先后擅自登上后甲板。托尔博特借着教父的威望擅闯指挥所，船长不敢发作，将一腔怒气发泄到了同样冒冒失失登上后甲板、却出身卑微的考利身上。社会地位的悬殊致使考利被扔下了后甲板，而地位高贵的托尔博特则享受着出入自由的贵族特权，超然于船上的专业等级秩序。

第一卷《越界仪式》中的"海神袋"活动是阶级冲突的外化。后甲板上的角力间接导致了考利在海船穿越赤道时举行的"海神袋"(badger bag)活动中受辱。"海神袋"活动往往旨在通过对新手施加侮辱的形式规范其行为，建立船上的等级秩序,是船上秩序对陆地秩序的重新整合。牧师考利在"海神袋"中被迫跪在假扮的"海神"面前接受"审判",然后被扔进了装满污水的大水袋中,成为众人戏耍的对象,遭受恶意迫害。一方面,牧师受辱意味着神权在船上的失利,另一方面,即便考利因恩主的照拂攀上了更高地位,却无法确保他在社会阶梯上的晋升。"海神袋"触发了其后的一系列事件,成为导致考利之死的导火线。但实际上后甲板上不同社会阶层的权力博弈才是考利付出血的代价的根本原因。

《越界仪式》的"海神袋"活动开启了海船越过赤道之后的季节倒错的航程,也开启了两部续书颠覆等级秩序的狂欢。危机之下,社会阶层的外衣被迫除去,每个人显示出品格的真正底色。《近距离》以船意外失去主桅和"奥尔塞尼号"到来开始。由于正处于英法交战的时期,友舰"奥尔塞尼号"被误认作敌舰,全船进入战时状态,托尔博特也和平民一起钻进低矮的炮舱备战。他的笨拙举止屡遭大家嘲笑。阵阵哄笑声穿透甲板,传到安德森的耳中,船长诧异于船上的失序:"这究竟是条船,还是疯人院?"(282)此时此刻,生存成为第一要义,英勇善战才能赢得尊敬,现有的等级秩序也不得不让位于时势的需要。

战争危机过后,海洋又加入了这场狂欢,汹涌的波涛使得失去主桅的船身剧烈摇晃,同时,船身松动,随时有沉没的危险。船上开始笼罩着大难临头的氛围。甲板上的白线作为阶级表征,经过海水的不断冲刷而渐渐消失,意味着阶级鸿沟的弥合。就连托尔博特也意识到它的象征意义:"主桅那里的甲板上曾经划着白线,如今却被冲刷得干干净净,我发现这远远不止是个简单的事实——它其实是我们现状的隐喻。"(481)自然力冲刷着人类社会的人际屏障和阶级隔阂。在船只倾覆的危机下,军需官自以为能弃船逃生,开始向人们讨要欠款。托尔博特只同意购买一只木桶存放自己的日记,条件是军需官必须将木桶送上岸。一时间各色人等拜访他的舱室,纷纷请求在他的木桶里存放物件。或是穷苦的移民把书信托付给他,或是晒得黝黑的水手窃笑着递上一截自己的发辫,只为分享反对军需官的全民玩笑。慷慨大方的托尔博特来者不拒,并和众人共同抵御死亡的阴影,反抗军需官的贪婪,因而成了最受欢迎的人,还被大家称作"托尔博特大人"。船上流传起这样的笑话:"——是什么让船晃晃悠悠?——托尔博特大人的木桶!"(482)不同等级的人们分享着共同的诉求和价值,在纵情的狂欢气氛中形成了前所未有的凝聚力。

服饰也成为颇有意味的阶级表征,模糊了托尔博特的阶级身份。在狂欢的氛围中,身为特权阶级一员的托尔博特也"开始渴望摆脱他原先已经规定好的社会脚本"。① 他的阶级意识受到了巨大的挑战与颠覆。好友萨默斯为了帮助他治疗湿疹,赠给他水手穿的干衣服。托尔博特发现着装的变化竟然使自己的举止也变得随意了:"我想就是从那天起,我抛弃了原来的某种不自然的、僵硬甚至是高傲的举止。"(482)此后,他又接受了萨默斯的邀请,穿上水手服,像一个军校新兵那样午夜瞭望,在危难中协助掌舵。行业的制服似乎也赋予了他新的责任感和对专业技能的尊重,履行普通水手的职责更使他重新定义了自己的特权身份。

正如研究者迪克(Bernard F. Dick)所指出的,《海洋三部曲》描绘的是"奥德赛""前往世界另一边的旅行",而其中覆盖一切的隐喻即"颠倒",即事物关系的完全颠倒。② 克洛福德(Paul Crawford)也指出小说的颠倒主题(topsy-turvydom):"这个混乱颠倒的世界迷失在海洋的'起起伏伏'之中,导致了社会意义上的反转和颠倒。"③小说以航海生活的阶级表征所呈现的固然是 19 世纪初的英国阶级社会,但是随着人物社会身份的重新界定,船上等级秩序的颠覆,全体共同参与的狂欢,这艘或许名为"不列颠尼亚"的旧船,船头朝向的正是逐渐弥合阶级隔阂的理想共同体。

三、阐释与反思:共同文化记忆的阶级表征

《海洋三部曲》的历史书写是以 19 世纪初海上生活为题材的虚构。然而,戈尔丁在文类、语言等方面对 19 世纪初的风格极尽模仿,将当时的文化风尚和物质生活细节编织入人物的叙述之中,因此,整部作品浸淫着关于特定历史时期的共同文化记忆。一方面,这些共同的记忆内容形成了小说英国历史文化的信息空间,联结了当下与过去,强化了共同体的文化归属感。正如扬·阿

---

① Tiger, *William Golding*, 269.
② Bernard F. Dick, *William Golding*, Boston: Twayne Publishers, 1987, 116.
③ Paul Crawford, *Politics and History in William Golding: The World Turned Upside Down*, Columbia: University of Missouri Press, 2002, 202.

斯曼(Jan Assmann)所说:"作为'延伸的场景',文化干脆创造了一个远远眺向过去的自有时间性的视野,在这种时间性中,过去仍然存在于现在,而且一种特有的同时性形式占统治地位……我们可以感受到自己是这些信息的接受者。"① 另一方面,留存下来的文化内容总是不断在适应变化着的理解与阐释,因此,"文化是一张可以重复书写的羊皮纸"。② 在重复书写文化记忆的过程中,被边缘化、被掩埋的意义如浮雕般凸显出来。《海洋三部曲》中特定历史文化内容所展现的正是萦绕着英国社会的阶级况味,戈尔丁的共同文化记忆书写也蕴含着作家对英国等级社会的反思。

学界普遍注意到小说展现了19世纪初文学气候的更迭,这尤其体现在《越界仪式》中托尔博特的文风和考利长信的文风之间的差异上。戈尔丁研究者们指出,托尔博特和考利的文风对比呼应了时代和风格的巨变:尊崇理性和秩序的旧世界让位于革命的广阔新纪元,奥古斯都时代晚期那种讲究格调的、启蒙理性的风格让位于浪漫主义崇尚情感和想象的风格。③ 在两部续书中,叙述者托尔博特遭遇头部的数次撞击和一次突如其来的爱情,从精明冷静的政治动物变成了多愁善感的爱情俘虏。可以说,在小说的整体精神气质方面再次上演了前述两种风格的对比和转换。

《越界仪式》中所谓的奥古斯都时代晚期的风格主要体现在托尔博特的叙述上,而浪漫主义的风格则主要由考利书信的风格展现出来。两个叙述者在思想和情感上形成了鲜明的对比。考利的长信记述了海洋、自然带给他的惊奇和美的感受。他关注的是心灵世界,他的笔触生动细腻地描述了周遭的景物在心灵世界中唤起的情感。在考利的笔端下不难发现浪漫主义注重情感和感受的特质。英国浪漫主义诗人华兹华斯在文论中所提出的观点,诸如诗歌需取材于"微贱的田园生活"、需源于强烈情感的自然流露,应采用人们真正使用的、淳朴有力的语言等,都蕴含着颠覆社会等级秩序、关注普通民众的思想。无论是新古典主义者唯奉古代经典为权威,还是理性主义唯持理性为导引,都

---

① 扬·阿斯曼:《文化记忆》,冯亚琳、阿斯特莉特·埃尔主编:《文化记忆理论读本》,甄飞译,北京:北京大学出版社,2012年,第9页。
② 同上,第16页。
③ Ian Gregor and Mark Kinkead-Weeks, *William Golding: A Critical Study of the Novels*, London: Faber & Faber, 2002, 257, 269.

被浪漫主义文论去中心化了。

相形之下,新古典主义重秩序、讲尊卑的思想中蕴含着对既有制度和权威的尊崇。"水池蓄水,泉水喷涌",对古代经典的模仿和对形式的规范限制了创作中情感的真实和个体的特质。托尔博特更是处处端着一把尺子,充满优越感地丈量着他人的言行,丝毫没有意识到自己认识论上的巨大盲点。他更关注外部世界,而非心灵情感,是典型的政治动物和社会动物。他在日记中冷嘲热讽,所观察到的一切皆由他傲慢的视角过滤,沾沾自喜,妄自尊大。当他得知萨默斯是由普通水手晋升为军官时,惊奇不已,竟至失礼地祝贺对方"完美地模仿了高于他出身的上等阶层的言谈风度"(45—46)。在《近距离》的开篇,他又毫不掩饰地大谈自己的精英观,认为由少数人选举的政府来管理所有人是现有制度的菁华。

只有在读完考利长信后,他的灵魂受到触动,真挚的同情和自责唤起了他的良知,对考利灵魂深处的探寻也使他得以跨越阶级隔阂,重新认识到考利是具备情感的个体,而非举止可笑的小丑。在两部续书中,他对孤女玛丽恩一见倾心,汹涌的热情使他进一步探知了自身和人类情感的深度,而几次三番头部撞击造成的脑震荡又不无喜剧色彩地扰乱了他自以为是的理性。晕眩以及恰如晕眩的爱情,如同使人晕眩的大海,将托尔博特从新古典主义式的矜持推向了浪漫主义式的情感迸发。出身低微的萨默斯成为他的挚友,而对玛丽恩的一片真情也令他将门当户对的婚姻观念抛诸脑后。强烈的情感冲破了他的阶级局限,使他对人类情感有了全新的认知。

从文类的角度来看,《越界仪式》中托尔博特的叙述蕴含着风俗喜剧的元素。风俗喜剧注重人的社会性,道德评价缺失,有着明确的阶级意涵。喜剧类型的研究者发现,风俗喜剧的受众更多为贵族或上层社会的观众,而非中产阶级或普通民众。① 这个戏剧门类"无疑是最为反浪漫主义的喜剧形式,因为在这类喜剧中传统的道德标准被另一种标准替代了,即品味的标准、形式的标准。"② 在两部续书中,托尔博特的讲述却逐渐转变为狂欢化的节庆喜

---

① Maurice Charney, *Comedy High and Low: An Introduction to the Experience of Comedy*, New York: Oxford University Press, 1978, 122.
② David L. Hirst, *Comedy of Manners*, London: Methuen, 1979, 2.

剧模式。战争的威胁和海上严酷的生存危机唤起了船上人群犹如节庆一般的、无视社会规范、蔑视等级秩序、恣意放任的心理感受。在《越界仪式》的叙述中，戏剧舞台是核心意象；而在两部续书中，爱情的力量把托尔博特从业余戏剧爱好者变成了蹩脚的诗人，戏剧舞台的意象也转化为倾诉衷肠的诗句。

《近距离》中和"奥尔塞尼号"相遇、两船举行的庆祝舞会可谓19世纪初各类艺术文化活动的大集成。小说通过托尔博特的叙述展现了舞会的各项节目，夹杂着托尔博特的评价和感受，透露出其中蕴含的阶级意味。当晚，舞会随着一曲严肃的《天佑吾王》开场，紧接着人们就欢乐地唱起了《不列颠万岁》（"Rule Britannia"）。先是一位"诗人"朗诵了他的打油诗，对船上的各色人等，尤其是绅士阶层，极尽讽刺之能事。普列特曼先生的婚事、画家的放屁习惯、"托尔博特大人"的响亮名号、针对船长的关于船上伙食匮乏的抱怨等等，都引起了阵阵哄笑和喝彩声。托尔博特意识到"在这段时间扮傻逗乐是允许的"（341）。欢庆的氛围下，底层民众尽情地宣泄情绪，贵族绅士们也大度地一笑了之。此后的莫里斯舞蹈则不得体地充满着性挑逗的意味儿，跳舞的男人们还扮起了木马，追逐年轻姑娘们。接着人们又模仿起绅士淑女们跳的方阵舞，他们虽然不会跳复杂的舞步，却做出庄重的样子来，模仿得惟妙惟肖，甚至反串扮演起贵妇人来。无论是韵脚凌乱、风格混杂的打油诗，还是男人们狎昵的舞步，底层的人们都反客为主，通过讽刺、滑稽模仿等手段降格并颠覆了绅士贵族们的趣味和礼仪。

庆祝舞会上伊斯特夫人的歌喉也深深打动了托尔博特。伊斯特夫人流产初愈，形容憔悴，衣着简朴。她清唱一曲，悠扬的歌声令全船屏息聆听。托尔博特觉得歌曲"奇异质朴……犹如野玫瑰般朴实无华，至今萦绕心头"（342）。玛丽恩则称之为"自然之作"，以更为内行的眼光指出歌声装饰度不够，缺乏练习："如今崇拜自然是很时髦的，但是……我还是更欣赏技艺。"（343）玛丽恩的点评突出了自然与艺术、天工和人工之间的二元对立，也表明当时的古典主义与浪漫主义之争。然而，托尔博特却全然被打动了："这歌声引领我去往礼堂、洞穴、空旷之地、感情的崭新殿堂……我情不自禁。这不是悲伤的泪水，也不是欢乐的泪水——我无法相信——这是懂得的泪水。"（342）也许是经历了考利事件的锤炼,抑或是爱情的患得患失,托尔博特的情感体验有了更为丰厚的质感。

无论是古典主义和浪漫主义的对峙,还是从风俗喜剧模式到节庆喜剧模式的转化,无论是船头的舞蹈,还是耳边的歌声,《海洋三部曲》对19世纪初文化内容的书写提示出其中的阶级意味。文化趣味的改变和文学风气的更迭在小说中所衬托的是托尔博特对阶级意识的自省,以及船上共同体消弭阶级隔阂的进程。戈尔丁以20世纪下半叶的历史眼光想象19世纪初船上共同体的文化生活,其中所体现的是不仅是集体文化记忆,而且也是对它的重新阐释与反思。

四、梦萦"黄金国":戈尔丁的乌托邦向往

在戈尔丁的全部作品中,《海洋三部曲》难得地透露出作家的脉脉温情。漫长的航行中虽然充斥着阶级的偏见、迫害、阴谋、不幸和死亡,但是整体上趋于喜剧风格,色调也趋向明快。小说从第一卷的阴郁调子最终走向两部续书的狂欢化的和声,其背后蕴含着戈尔丁的乌托邦向往。戈尔丁早年的名作《蝇王》在世界范围内产生了巨大影响,戈尔丁也往往被视为主要表现人性恶的小说家。《蝇王》表达的重要主题之一即"恶"托邦思想,"失落的伊甸园"也是随后的《继承者》(The Inheritors,1955)、《自由坠落》(Free Fall,1959)等作品的主题。事实上,自《蝇王》始,戈尔丁就致力于探索恶与智力、恶与信仰、恶之源头等命题。人性之恶瓦解了人类的乌托邦理想,人类所获取的恶的知识也终于使之失去了伊甸园。然而,戈尔丁却在晚年以三部曲的篇幅描绘了一次朝向乌托邦的航行,虽然作家并未真正走向早年观点的反题,小说中托尔博特也最终拒绝了普列特曼在澳洲一同建造理想国的邀约,但是在这位青年的内心却留存着对"黄金国"(Eldorado)的向往。学界对此也有所讨论,不过,虽然有研究者注意到普列特曼身上的"乌托邦式的平等主义",但是他们认为托尔博特的退守最终和撒切尔时代的保守氛围保持了一致:"平等精神和社会主义的前景和理想虽然激昂而鼓舞人心,却可能仅仅将人引向荒野。"[1]而麦凯伦

---

① S. J. Boyd, *The Novels of William Golding*, New York: Harvester Wheatsheaf, 1990, 196, 190.

(Kevin McCarron)更是将小说描述为"极其保守的政治寓言",为托尔博特最终的选择而哀叹。① 然而,正如前文所阐述的,《海洋三部曲》明白无误地表达了颠覆现有等级秩序的平等诉求,展现了一个经历了危机与融合、狂欢与颠覆而逐步成型的共同体。

而且,虽然托尔博特在《越界仪式》中的傲慢与偏见令人生厌,这个人物的心灵成长却标示出戈尔丁乌托邦理想中的共同价值。从恪尽职守、默默守护的萨默斯那里,托尔博特学习"权力越大、责任越重"的责任感、利他主义和跨越阶级的友情;从船上的军官和水手那里,学习尊重专业知识和技能;而对托尔博特影响最大的,莫过于普列特曼夫妇对他潜移默化的理想主义熏陶。最初,托尔博特对政治激进的普列特曼怀有戒心,并受教父之托暗中监视后者的言行。他与普列特曼的友谊始于两人对古希腊文化的共同热爱,随后,他逐渐被普列特曼夫妇高尚的品格和坚贞的爱情所吸引,深深地敬重并仰慕普列特曼的智慧、学识和浪漫的理想主义精神,成为与他心心相印的学徒。在普列特曼的影响下,托尔博特发现自己的人生观念和政治理想发生了巨变:"有时我真切地感到,我似乎已经抛弃了自己的出身,就像一个人褪去他的甲胄,赤身而立,无所凭依,却如此自由。"(667)普列特曼夫妇立志在澳大利亚建立理想城邦。他们带领着移民和改过自新的罪犯前往澳洲腹地,最终消失在那里,生死未卜。普列特曼曾诚挚地邀请托尔博特加入他们的行列,但是秉持保守思想的年轻人最终谢绝了。

某种程度上,戈尔丁的乌托邦向往受到了其父亚力克的影响。小说结尾暗示,托尔博特仕途顺利,地位显赫。多年后他曾梦见自己的身体埋于土中,只有头部露在外面,而普列特曼夫妇从他身边骑马疾驰而过,一群男女追随他们而去,留下一片欢声笑语。托尔博特从梦中醒来,泪流满面。凯瑞(John Carey)曾猜测,奔驰而去的普列特曼夫妇身上其实有着戈尔丁父母的影子,这一猜想得到了戈尔丁本人的证实。② 虽然戈尔丁的整体创作思想可谓对父亲信奉的 19 世纪理性思想的反拨,但是其中所蕴含的理想主义、乐观精神和对

---

① Kevin McCarron, "'A Simple Enormous Grief': Eighteenth-Century Utopianism and Fire Down Below," *Critical Survey*, 9.1(1997), 36.

② Carey, *William Golding*, 477.

人性向善的信仰却最终在他的作品中成为遥远的乌托邦,虽不能至,却向往之。

从19世纪初开始,西方人不懈地实践着他们的"乌托邦"理想。有调查显示,从1825年到1914年,人们建立起134个乌托邦社团,试图实现消除冲突、远离邪恶的理想共同体。① 然而,20世纪西方世界的精神危机、对科学理性的反思以及纳粹主义造成的巨大人道灾难等都促使人们警惕乌托邦思想的辩证性质可能使之走向其反面。无论是文学领域中扎米亚京的《我们》、赫胥黎的《美丽新世界》和奥威尔的《一九八四》,还是哲学领域的阿伦特(Hannah Arendt,1906—1975)和伯林(Isaiah Berlin,1909—1997)等,都揭示了乌托邦思想的消极面。戈尔丁本人更是亲历二战,在反法西斯斗争的战火中洞察人性本质。然而,正如布洛赫(Ernst Bloch,1885—1977)所说,乌托邦冲动是支配着人类生活和文化中一切以未来为导向的事物。② 人类建立理想城邦,重塑黄金时代的梦想从未泯灭。虽然戈尔丁写了一辈子关于"人性恶"的故事,他晚年的这部《海洋三部曲》却依然表达着乌托邦向往。如同"不列颠尼亚号"的"奥德赛",《海洋三部曲》回望的是19世纪初的海上共同生活,映射的是20世纪的英国社会现实,希冀的却是未来的、"还希望找到的天堂",建立平等、公正、和谐的理想共同体是人类超越时间的渴望。

第三节
《水之乡》的"进步"话语再推敲

历史位于《水之乡》的前景。斯威夫特曾说,《水之乡》创作的初衷之一就

---

① 让-克里斯蒂安·珀蒂菲斯:《十九世纪乌托邦共同体的生活》,梁志斐、周铁山译,上海:上海人民出版社,2007年,第4页。

② Qtd. in Frederic Jameson, *Archaeologies of the Future: The Desire Called Utopia and Other Science Fictions*, London: Verso, 2005, 3.

是探讨历史的"全部奥秘"——地方的、个人的、全球的历史。① 这部作品是被琳达·哈钦所推崇并界说的"历史编纂元小说"之一,然而,其自指性却更多地映射于叙史的声音,即对于史学这一知识领域的考察,而非文学本体论的思考。在对"历史"的多维审视中,《水之乡》所叙写的个体和集体记忆剖开了作为"正史"之"进步"话语的内里,小说承继了19世纪英国小说推敲"启蒙历史"的使命,反思"进步主义"历史观,审视人类"进步"的步伐。

《水之乡》对进步话语的质疑和颠覆体现在叙述者的历史观上。作为一名中学历史教师,汤姆·克里克在课堂上抛弃了传统的历史教学方式,跳脱出宏大的官方叙史模式。他的课堂叙史在法国革命这个现代精神发源处滞留不前,转而开始讲述个人的人生故事、家族史、地方史和环境史。历史还原为"他的故事"(his-story),分解为多条线索、多种历史观测点、多种话语形式的"故事",多方质疑历史作为客观知识和"进步"话语的观念。

《水之乡》融合各种"故事"的多重叙史,揭示了进步话语的漏洞。那些不曾随着"社会进步"而"进步"的一切,那些被认为是死亡的、静止的,被忽视和被抛弃的,那些在"进步"洪流中沉淀、留存下来并被"启蒙历史"所摒弃的边缘话语,在《水之乡》中,却给予"进步"话语反戈一击。无论是自然的反噬,还是人欲的横流,这些"反调"从水之乡无法驱逐的湿泥、黏液中,从芬斯地区的传说和谣诼中,从汤姆双亲的家族血脉中渗透出来,见证"进步"话语的傲慢和虚妄。

一、"历史的终结":关于历史的多重思考

《水之乡》融汇了不同版本和内涵的"历史的终结"。校长刘易斯删去了历史课程,解雇了历史教师,而在历史课的课堂上,核战焦虑和末日危机促使学生普莱斯叫嚣着"历史已经终结",教师汤姆则终止了历史课程内容,开始讲述他的"故事"。没有子嗣的汤姆·克里克,身上流着阿特金森家族和克里克家族最后的血液,他在课堂上所讲述的家族史到了他这一代就此终结。同时,所谓"历史的文本性"也终结了历史作为客观知识的纯真年代。

---

① Graham Swift, *Waterland*, London: Picador, 1983, viii.

对于熟识功利化教育体制的读者来说，校长刘易斯对待历史学科的态度并不陌生。在校长刘易斯的眼中，历史是一门属于过去的无用学科，其主要功能就是"探讨过去"；然而"教育的目的和内容都在于未来"，为孩子们开设哪类课程取决于是否"和当今现实社会具有实际关联性"，其功能是为学生装备好应用能力和实际知识。① 历史教师汤姆所面临的历史学科的困境映射的其实是人文学科整体上的困境，小小的课堂折射出的是历时一个半世纪的科学与人文之争。19 世纪下半叶赫胥黎与阿诺德关于科学和文化的争论延续到20 世纪中叶的"两种文化"之争。斯诺于 1959 年在剑桥大学所做的里德演讲以《两种文化与科学革命》为题，"在大西洋两岸的知识界引发了旷日持久的讨论"。② 陆建德指出："在国际竞争日趋激烈的时候斯诺建议纠正英国古老大学里重文轻理的倾向，呼吁弥合已分裂的两种文化，为的是提高科学在教育机构中的地位以维护英国的切身利益。"③然而，在两种文化之争中，斯诺的立场并非不偏不倚。他虽然是小说家，"但他基本上是站在科学家的立场上来批评人文学者"，相信"科学家骨子里有着未来"。④ 可见，《两种文化与科学革命》所探讨的文化政治命题的尖锐的现实意义已经超越了科学和人文关系的纸上谈兵，它所涉及的是更具体而切实的人才培养、学校教育、课程设置问题，是教育这项关乎英国未来国运的重要事务。事实上，这一命题的现实性丝毫没有随着时间的流逝而淡化。斯威夫特自己在小说 2008 年再版序言中也说，汤姆的科目所面临的课程设置的压力，即便现在，也依旧是教育界的现状。⑤ 在这场争论中，急功近利的轻人文观念显然影响巨大，而这一论争本身就说明了英国传统人文教育在近一个半世纪中所面临的危机和挑战。《水之乡》问世于1983 年，小说所描绘的历史教师汤姆在 20 世纪七八十年代仍旧成为这场危机的牺牲品。

《水之乡》中时时浮现的末日威胁从另一个角度提示了"历史的终结"。冷

---

① 格雷厄姆·斯威夫特：《水之乡》，郭国良译，南京：译林出版社，2009 年，第 18—19 页。本节以下引用该书均在文内标出页码，不另注。
② 陆建德：《破碎思想体系的残编》，第 154 页。
③ 同上，第 155 页。
④ 同上，第 155—156 页。
⑤ Swift, *Waterland*, viii.

战阴影下的核战争威胁成为校园里挥之不去的噩梦。孩子们做着各种关于核爆炸和世界毁灭的噩梦,梦见人类面临巨大灾变时的恐惧和无助,而校长则考虑安置家用放射性尘埃避难室,幻想着这种神奇装置就能使他免于世界末日的灾难。正是在这世界即将毁灭的传染性恐惧中,学生普莱斯声称:"关于历史的唯一重要的事情……是它差不多已经到了尽头。"(7)《水之乡》更具隐喻性的"末日"意象是洪水。如果说孩子们噩梦中的核战争是科技的发展脱轨失控的象征,是人类自寻死路,那么乌斯河决堤泛滥的洪水则是自然力对人力的报复和嘲讽。水是《水之乡》最重要的自然意象之一。芬斯地区人与水之间的斗争、芬斯的经济发展史,都和人类排水争夺土地、治水控制河道的努力密不可分。然而水象征着自然隐秘的意志,自行其是,在 1874 年深秋连绵的雨水中,冲刷着利姆河的河岸、水街房屋的基座和刚刚下葬的萨拉·阿特金森的墓穴,冲淡了阿特金森家族酿造的啤酒。1947 年 3 月,洪水再度造访,芬斯地区的人们在经历过战争、艰苦的经济紧缩以及几乎是历史上最严酷的冬季之后,见证了有史以来最恶劣的洪灾。正如叙述者所说:大乌斯河"对人类的努力报以一贯的傲慢"(125)。可以说,无论是核战争导致的世界末日,还是更具宗教象征性的洪水的肆虐,"历史的终结"都蕴含着对"进步"话语的批判。

  从史学发展的角度上看,"历史的终结"也意味着历史作为客观知识的观念受到了前所未有的挑战。从 20 世纪 60 年代开始,史学家们开始质疑历史哲学的一个根本问题,即事实和虚构之间是否存在清晰的界限。以海登·怀特(Hayden White,1928—2018)、安克斯密特(Frank R. Ankersmit,1945—)等为代表的史学理论家在后现代主义的思想框架下,将视线转向了历史编纂的语言问题,提出语言的不透明性,以及语言在历史编纂中必然存在的审美价值。事实和虚构被看作一种无法轻易区分的话语连续体,其理由(按怀特的说法)是"任何写作一个叙事的人都是在进行虚构"。① 同样,安克斯密特也指出,"科学的语言不再是"自然之镜",它和科学所研究的实在中的对象一样,只是实在总量中的一部分。……历史编纂再一次为所有这些提供了最好的证

---

① 埃娃·多曼斯卡:《邂逅:后现代主义之后的历史哲学》,彭刚译,北京:北京大学出版社,2007 年,第 33 页。

明……正是历史语言具有我们与现实中事物联系在一起的那种同样的不透明性"。① 安克斯密特进一步指出,这种不透明性是文学艺术和历史编纂共有的:"在历史著作中展现的有关过去的观点,其本质严格地说,是由历史学家们在他或她的作品中使用语言来定义的。"② 这种后现代主义的洞见明确地体现在《水之乡》的叙述者——历史教师汤姆的课堂教学中。从他终止历史教学,开始讲述"故事"起,他就把"历史"的内涵扩大了,所谓"历史"不再只是官方叙史,而是包含了自然史、地方史、家族史、个人传记、个体记忆以及传说、逸闻等各种话语的大杂烩,他的叙史在事实与虚构、现实与想象中来回往复,牵绊纠缠。汤姆的历史成为"有人栖居的场所",他的叙史所言说的不仅是过去发生的事件,也不止于关于过去的真相,更重要的是这一切的意义:认识、教训、信念、情感。

《水之乡》所探讨的多维度的"历史终结"有着鲜明的反思性。汤姆历史课程的废止、核战爆发可能带来的毁灭和"洪水"所象征的世界末日、传统历史观念的颠覆,所有这一切暗指的"历史的终结",都是叙述者迫切地提示着我们去反思的东西,去审视教育理念,推敲"进步"话语,质疑史学观念,而随着这一切终结的还有汤姆的家族史。从汤姆的叙史中可知,他父系的克里克家族和母系的阿特金森家族在他身上即将终结。汤姆为两个家族的唯一后人,其妻子的不育意味着血脉的断裂。不过,《水之乡》所表达的"希望"并未断裂,因为汤姆·克里克是一名教师。通过他的叙史,他的课堂将传承他对过去的记忆,他的希望寄托在他的学生身上。书中有一个细节耐人寻味:汤姆曾在酒吧里称普莱斯为其子(220)。这难道不意味着一种传承?

二、自然的反噬:关于淤泥与水的环境史

在《水之乡》叙史的多重声部中,对应于人的历史是自然历史,也是不可或缺的主线之一,因而自然也是小说无所不在的主角。《水之乡》把芬斯地区的河流和淤泥推到了历史编纂的前景,成为历史编纂的对象,于是历史成为自然

---

① 安克斯密特:《历史编纂与后现代主义》,刘北成、陈新编,《史学理论读本》,北京:北京大学出版社,2006年,第184—185页。
② 同上,第186页。

的故事——"它"的故事。同时,历史也成为人与自然互相博弈、互相作用的故事——"他和它"的故事。《水之乡》以自然的故事提示世人:生态环境的问题同样需要历史意识。

长久以来,史学致力于关注人类,遵循人类中心论的思想,专注于人类事物,将人类事务与自然割裂开来,因而一叶障目地忽视了人类赖以生存的自然界。美国当代著名环境史家唐纳德·沃斯特(Donald Worster,1941—)提出,在当今世界存在的种种严重问题中,人与自然的关系正处于生死关头,而在学者对历史的理解中,"自然被完全弃置一旁,正如很长一段时间中历史学家的研究遗忘了有色人种、劳苦大众、妇女和被殖民者。历史学的范围和想象都需要再一次的根本性的扩展"。[1] 实际上,人力造成自然环境的变迁,正是人类在狂飙突进的"进步"中改变乃至破坏了周遭的环境和生态。沃斯特据此提出,人与自然互相依存是不容回避的事实,历史学者们应当融合对自然环境和人类事务的探索,并将这种融合重新定义为"环境史",或者"21世纪的新史学"。[2] 沃斯特同时提出了环境史的研究对象和内容:"环境史把人类与自然之间随着时间的流逝而产生的互相影响——包括精神和物质两个方面,当作它的研究对象。它求问如下问题:地貌如何变化?因天力还是人为?如此变换对于人类生活有何影响?它检验人类所创造的经济与技术的力量,并且探求这种力量如何影响着自然界。它还在探求人类如何领悟自然,如何思考他们同非人类世界的关系。一言以蔽之,这些便是这一新史学的课题。"[3]

沃斯特提出的三个课题也正是《水之乡》的叙述者汤姆通过讲述淤泥与河流的历史所试图探求的。人类改变淤泥与河流,又反过来被其改变。《水之乡》中所嵌入的自然环境叙史直指人类当前迫切需要回答的问题,即人与自然应如何相处,以及人加诸自然的一切终会将自身导向何方。在求索答案的过程中,《水之乡》本着历史循环论的基本观点,批驳基于进步信仰的历史观。在小说第27章"关于自然历史"中,历史老师在他的历史课堂上发问:"这是什

---

[1] 唐纳德·沃斯特:《为什么我们需要环境史?》,刘北成、陈新编,《史学理论读本》,北京:北京大学出版社,2006年,第365页。
[2] 同上,第368页。
[3] 同上。少量文字和标点作了更动。

么——一堂生物课？不……我想称呼它为自然历史。"(185)老师并置自然和人性,指出两者共通的神秘、强大和难以驯服,他告诉孩子们:"自然历史,人类天性。那些古怪又神奇的东西,那些未解的谜中之谜。……这个自然的东西总是胜过人造的东西。"(185)可以说,斯威夫特通过讲述芬斯的自然历史批驳了关于"进步"的宏大叙述和虚妄的"进步"神话。

《水之乡》所描绘的自然可以借助古希腊人提出的土、水、气、火四元素来解析:芬斯沼泽的淤泥(土)、乌斯河(水)、夺去叙述者母亲生命的东风(气)、烧毁阿特金森酿酒厂的大火(火)。其中,《水之乡》的环境史围绕着四元素之中的水与土展开。小说第3章"关于芬斯"围绕土元素(淤泥),糅合了克里克家族史和人类排水技术的发展史,讲述芬斯沼泽地貌的形成过程。斯威夫特虚构的芬斯是英格兰中部临近北海的沼泽地区,并不坚实,是人力不断填海开垦、同时沃什湾的浅水不断试图夺回的领地。海洋和河流带来的淤泥使这里形成了一片富含泥煤的肥沃黑土。淤泥抬升陆地,同时又阻塞河水,垦荒和排水始终贯穿着这片土地形成的缓慢过程。淤泥因而具备了这种矛盾性:"它既塑造又破坏陆地;既创造又毁灭;既腐蚀又扩充;既非进步又非倒退。"(8)淤泥的矛盾性概括了芬斯地区人与自然的博弈史。17世纪初,"务实而前瞻"的荷兰人受雇在芬斯地区开凿新河,引流乌斯河,开挖支流,拓展牧地,但是自然毫不手软地破坏了人类的工程,淤泥堵塞河道,陆地面积缩小,河水倒流。人们依靠清淤和排水固守家园。曾经靠水而生、反对荷兰人的克里克家族开始与排水和垦田者命运与共。18世纪,克里克家族的子弟们操作由风车驱动的抽水机排出芬斯沼泽的水;19世纪,蒸汽取代风力;20世纪,柴油驱动又取代了蒸汽。技术的进步并没有挡住淤泥,而只是让克里克家族的后人们明白:"不管你如何抗拒,水终将回来;土地会下沉,淤泥会沉积,大自然终将恢复原貌。"(15)

《水之乡》第15章"关于乌斯河"围绕水元素,讲述乌斯河的故事。叙述者告诉我们,这条河的安静、迟缓,从史前那体型庞大、没有命名的大河,流过分离大陆的冰川时代,目睹直立行走的灵长类动物一次次定居和迁徙,开始创造他们的历史。渐渐地,这条无言而傲慢的大河开始承受人类强行加诸它的意志,然而,无论是他们欣喜若狂的预言,失去商机的懊恼,还是掌控航道的野心,都无法改变它奔流入海这一归宿。它要么改道分流,要么泛滥成灾,总要回到自己的源头,回归自身——"水"就是它最初的梵语名字——乌斯(127)。相对于河流的无限生命来说,人类存在的历史犹如沧海一粟。《水之乡》里这条牵动着人的生计、野心、悲喜和希望的大河循环往复,无动于衷,犹如循环往复的历史,历经万千变化,却亘古永恒。

《水之乡》以一部虚构的芬斯地区环境史勾勒人力如何改变地貌的过程,其中有科技和经济的推力,有野心和欲望的宿命,讲述自然的变迁又是如何反作用于人类的生活。这部环境史关乎人类如何看待和领悟赖以生存的自然世界,思考人类与自然的关系,推敲基于"进步"话语的历史观,评估人类自身的力量和价值。它的告诫是:人类必须了解并尊重自然,正如叙述者对"水"的断言,"当你努力要降服它的时候,你就得知道有朝一日它也许会奋起反抗,将你的所有努力化为乌有"(12)。

三、人类天性的"故事":探求真相的另类叙史

《水之乡》的叙史模糊真实与虚构的边界,其特征是叙史中融入多种虚构的叙述。家族史、地方史、环境史和人物的个人经历等构成互相渗透的多条叙史脉络,同时又融入传说、童话、谣传等传统意义上不能作为史料的内容。一方面,《水之乡》的这种处理小说素材的方式是和后现代主义史学研究范式的转变遥相呼应的:"这种范式转变主要在于把宏观历史结构变换微观历史情境和生活环境,以此作为历史学家关注的对象。"[1]宏大叙史被拆解成不同视角和题材的叙史类型。另一方面,这种历史和非历史材料的杂糅将史学的一个基本问题推向前台,即如果历史研究是以求取真相为目的,那么何为真相?什么样的材料会引导我们找到真相?值得玩味的是,斯威夫特在他的《水之乡》再版序言中也提到,这部小说探索的命题之一就是历史与故事的区别。[2]他在小说的题词页首先引用了一则关于历史的定义,明确将虚构的材料纳入历史的范畴:"历史:1. 探索,调查,学习。2.(1)对过去事件的叙述,史志。(2)任何叙述:记述、传说、故事。"(题词页)这则定义简洁地描述了历史探究的方法

---

[1] 安克斯密特:《历史编纂与后现代主义》,第189页。

[2] Swift, *Waterland*, viii.

论和历史文本或话语的形式。前者指出历史"探求真相"的目的,后者指出历史学者用以"探求真相"的材料。第二则引文取自狄更斯的小说《远大前程》:"我们的家乡还是一片沼泽地……"(题词页)在指出小说乡土色彩的同时,还以这部小说的虚构本质互文了一个世纪前狄更斯的虚构作品。据此,我们或可一窥斯威夫特对于历史求取何种真相的理解,即这真相不只是朴素的史实,而是关乎人类对自身的认识。

发现——通过探索、调查和学习来挖掘那些掩埋在过去的真相——是《水之乡》另类叙史的关键词。历史老师在课堂上讲述他的人生经历,其中的主线是一场谋杀案和一桩乱伦丑闻的发现过程,以及玛丽窃婴案的来龙去脉。这个关于发现的故事始于小说第 1 章中弗雷迪的尸体顺着利姆河而下,撞向水闸门,终于最后一章中杀人凶手迪克纵身跃入河中消失不见;同时,玛丽窃婴的原始动机也由叙述者慢慢揭开。历史老师剥丝抽茧的解谜过程犹如悬疑类故事,以倒叙的方式推进到事实真相,是一种从现在回到过去的旅程,这一点和历史探究的过程不谋而合。在玛丽接受警方调查时,汤姆想到,这种"从后往前逆推"的"犯罪过程重构""和研究历史的方法类似;和你发现你是如何成为现在的你的方法类似"(293)。如同历史学者审视淹没在过去的谜案,汤姆回望自己的少年时代,剥离出藏匿在人心深处的行为动机,以及由此引发的因果。

首先,弗雷迪死亡之谜的线索从发现尸体开始叙述,并向前逆推。随后汤姆发现了疑似杀人凶器的、形状独特的酒瓶,于是隐约猜到了真相:迪克爱上了玛丽,而玛丽向他暗示她怀上了弗雷迪的孩子,致使迪克因妒生恨。汤姆用瓶子试探迪克,证实了自己的猜想,找到了弗雷迪被迪克灌醉打晕后推入河中溺死的谜底。同时,这条谜线又牵连着迪克的身世之谜:在探究弗雷迪死亡的真相时,汤姆发现了迪克藏起来的钥匙,打开了他的箱子。箱子里是阿特金森家族特制的加冕酒和迪克外祖父欧内斯特·阿特金森留下的日记本,揭开了迪克的血缘之谜:迪克是外祖父和母亲乱伦而缔结的后代。无法接受真相的迪克跳进了乌斯河。穿插在这两条线索中的,是第三条伏线:对玛丽窃婴深层动机的揭露。这条线索走的仍旧是从现在到过去的时序。玛丽在商场偷偷抱走了别人的孩子,一时成了当地的丑闻,间接导致汤姆被学校辞退。汤姆的历史课堂难以为继,他开始讲述他和玛丽的故事。二战时期,汤姆和玛丽还是少男少女,他们相爱,共同探索着情欲的奥秘;玛丽得知自己怀孕后找到了当地的巫医堕胎,导致子宫脓毒败血症,终致不孕。少女时代的创伤留下了缓释的症状,多年后,失去生育能力的玛丽开始精神失常,失去记忆,混淆真幻,把别人的婴儿当作自己所生,抱回了家。玛丽终于从真实世界走失,来到了疯人院。汤姆叙述的这三条线索通过逆推的方式探求事件发生的原因,寻找推动人物行为的动机:好奇、欲望、嫉妒、恐惧、伤害……这些发自本能的动机并没有随着人类文明的推进而得到某种进步,它们固守在人的血肉深处,让人不断地踏入同一条河流。迪克正是这种顽固的人类天性的象征、返祖现象的典型。他智力低下,没有受过教育,不曾受过启蒙的知识或道德的教化,完全凭借本能行事。他属于人类在启蒙之前的过去,他的蒙昧、残忍、神秘和那条冷漠、自行其是的乌斯河系出同源,小说的结局也确实将他投入了乌斯河,他的来处即归处。

再来看卷首语关于历史的另一条定义:历史是对过去事件的叙述,史志;或者是任何叙述:记述、传说、故事。这一定义提示了《水之乡》叙史的后现代特质,借用叙述者汤姆的话,"历史和故事相互融合,事实与童话的界限逐渐模糊……"(188)在汤姆解谜家族史和个体经历的叙述中,那些被掩盖的、区别于客观现实的"故事"也浮上水面,揭示了另一种历史的真实。在"进步"话语的主流背后,是启蒙、进步、科技等等的反义词——疯狂、乱伦、幽灵、谋杀、巫术……"所有向前进的事务总有一天会倒退。这是自然的法则,也是人心的法则。"(65)在小说中,这一悖论通过阿特金森家族和克里克家族之间气质和行为上的巨大差异体现出来:"阿特金森家族创造历史,克里克家族编造故事。"(15)

芬斯沼泽地区本身就像是一个童话王国,这里"挤满了鬼魂和被人们一本正经讲述的传说"(15),人们遵行种种稀奇古怪的迷信仪式和信条,声称看见过鬼火和精灵,相信本地的守护女神圣·刚希尔德。这些迷信、传闻成为芬斯人共享的风俗和他们关于过去的记忆。在他们共同的记忆中,一度显赫的阿特金森家族给当地人们的生活带来了巨大的改变。然而,在人们关于阿特金森家族如何发迹的记忆中,超自然传说、谣传和史实编织在一起。第9章"关于阿特金森家族的崛起"是小说最长的一个章节。叙述者讲述阿特金森家族企业通过巧取豪夺而飞黄腾达的历史时,将巴士底狱被攻陷、特拉法尔加战役、拿破仑进军和战败等重要历史事件作为时间参照,真实和虚构、历史和谣传融于一处。他尤其详细地讲述了人们关于托马斯·阿特金森的妻子莎拉如何被丈夫失手打伤,一夜之间失去智力的传闻。叙述者告诉我们,关于这件事情,没有一手史料的佐证,却存在着无数版本的传说。接着,萨拉本人也成为传奇,据说具有神秘的预言能力,成为人们心目中守护着芬斯的先知。萨拉死后,芬斯又开始流传起各种传说,人们说在不同的地方见到了她的鬼魂。

"关于我的外祖父"和"关于加冕酒"这两章讲述了阿特金森家族的衰败史。到了欧内斯特·阿特金森这一代,酿酒厂的经营开始下滑,欧内斯特中年丧妻,虽然他政治眼光敏锐,但重返政坛的尝试却惨遭失败。1911 年,为了庆祝乔治五世加冕,阿特金森酿酒厂特酿加冕酒,美酒致使当天全城陷入迷狂,酿酒厂起火后化为灰烬。此后欧内斯特卖掉了其余的资产,带着独生女儿海伦离开了吉尔德赛。关于酿酒厂起火的原因,一时各种谣传甚嚣尘上,有人说是欧内斯特为了骗取巨额保险亲自将酒厂付之一炬,又有人说这大火证明了施加在阿特金森家族之上的诅咒,还有人说在现场看见了莎拉的鬼魂,口中念叨着她多年前不被理解的预言,即"火!烟!烧!"这一切好似酒神肆虐,触发了人类天性在"进步"步伐中的倒戈。无论是大火引发了狂欢,还是狂欢引起了大火,抑或是骗取保险的贪婪和欺骗,酿酒厂的大火终结了阿特金森家族的辉煌。至于阴魂不散的幽灵,借用叙述者自己的话,"鬼魂不正证明了——即使是谣言、耳语、鬼故事——过去一直攀附着不肯离去,而我们总在往回走……"(87)这些在处于正史边缘的"故事"颠覆了"进步"话语的宏大叙史,这是因为那攀附着不肯离去的、人类多少年来未曾"进步"的固有天性,拖着我们倒退返祖,重复过去,重新踏入同一条河流。

《水之乡》的历史重思回应了 19 世纪英国小说家们对"进步"话语的推敲。殷企平认为,19 世纪始终存在着"针对'进步'的推敲史",这类文学作品最活跃的书写者"创作了一批具有真正史书价值的小说"。[①] 19 世纪的良知在 20 世

[①] 参见殷企平:《推敲"进步"话语》,第 10 页。

纪汇入了后现代主义的质疑精神,质疑利奥塔所称的"元叙事"(metanarrative),包括"进步的观念以及人们对科学进步的盲目信任和对人们预料由此而带来的社会福祉的盲目信任"。①《水之乡》以历史编撰元小说的形式实现了对"进步"话语宏大叙史的颠覆:在芬斯沼泽单调的地平线上,在沉默而永恒的河流中,是"进步"话语背后的真相。

综上所述,《水之乡》继承了19世纪英国小说推敲"启蒙历史"的使命。斯威夫特显然很好地完成了这一文化使命,他用生动的故事揭示了"进步主义"史观和工具理性思维模式的荒谬,为新旧如何接续、人类和自然如何融合等文化命题交出了一份新的答卷。

---

① 安克斯密特:《历史编纂与后现代主义》,第189页。

第八章

增添了"救赎"维度的伦理关怀

在英国文学与文化观念的互动史中，当代英国小说家伊恩·麦克尤恩也是重要的一环，这一点尤其体现为他在伦理关怀层面赋予文化观念的新内涵。

如果说麦克尤恩创作初期曾聚焦另类的惊悚题材，关注人性幽暗的残暴面，那么随着麦克尤恩自身生活阅历的丰富、写作经验的累积以及创作视野的开阔，他看到人性弱点的同时也越来越表现出对人性的肯定，具有救赎维度的伦理反思意识和伦理关怀思想在《时间中的孩子》(The Child in Time，1987)和《赎罪》(Atonement，2001)中表现得独具匠心。本章以上述作品为例，探究麦克尤恩如何呈现复杂人性的多维可能性及其救赎维度，从而表现出深切的伦理关怀意识。

第一节
《时间中的孩子》：关怀伦理的力量

《时间中的孩子》的背景设置于距出版十年后的伦敦，批判撒切尔夫人当政的保守党政府统治下的现实世界。小说主人公斯蒂芬一度陷入丢失孩子的自我创痛而漠视他人，但是在女性朋友特尔玛及其关怀伦理的指引下，逐渐克服了自我中心意识，变得更能理解并关怀自己的亲人和朋友，最终走出了丢失女儿的创伤阴影，开始了新的生活。

一、关怀伦理缺失的公共世界

斯蒂芬置身于后工业时代的"贪欲社会"——"穷人饱受压迫，商业贪婪，政治腐败,环境恶化"。① 小说开场就描述了他陷入趋于瘫痪的伦敦公共交通网的情景。第一句话就充满了火药味:"在政府和大多数公民的心目中,廉价的公共交通一直跟剥夺个人自由紧密相连。"②政府无意保障公民的个人自由,而公民自身也无意主动争取自由,"人们在谈论寻求自由时,口气不免显得更为妥协而不是激进了"(1)。斯蒂芬踯躅于大街,在议会广场附近看见持有乞丐执照的孩子。面对后者,斯蒂芬陷入了伦理困境:是施舍还是不施舍?施舍则意味着政府的此项措施甚是成功,不施舍则又有对他人的贫困视而不见的嫌疑。"无能政府采用的策略便是切断公共政策与私人情感之间的联结,扼杀人辨别正误的直觉。"(3)可见,政府在制定公共政策的时候并没有关怀民众的具体处境,这是一个缺失关怀伦理的公共世界。

乞丐孩子形象的呈现则是上述公共世界的注脚。处于社会边缘的穷孩子需要政府切实的关爱和帮助,可是政府没有给予实际关怀,而是给他们颁发合法乞讨的执照,而且规定这些乞丐儿"不允许出现在靠近议会、白厅或是在广场上能看得见的任何地方"(2)。可见,政府只是以掩耳盗铃的方式把他们驱逐出政要们经常活动的视线范围。"在一个关爱的社会中,关注每个儿童的需要,将是一项重大的目标,这样做就会认识到社会安排的需要,社会安排提供各种经济、教育、儿童看护和健康关怀这些社区成员真正需要的支持。"③显然,斯蒂芬所处的现实世界并不是一个充满关爱的社会,而是一个缺失关怀伦理的社会。

富有讽刺意味的是,主人公斯蒂芬在白厅参与的官方育儿委员会的主旨又极具情感关怀特质,因为如何养育孩子是各个家庭倾注情感的私人生活。该委员会还受到首相的特别关注,下面有 14 个分会。作为儿童文学作家的斯蒂芬通过在政府工作的朋友达克的帮助,参加了读写委员会。育儿委员会探讨育儿手册的制定,这似乎是政府关怀民众生活的举措,但是小说各章摘自该育儿手册的题首语表明,孩子并非政府公共政策的真正关怀对象,而是政府权威规训的对象。官方育儿委员会关注的是如何把孩子塑造成政府所期望的驯

---

① Jack Slay, Jr., *Ian McEwan*, New York: Twayne, 1996, 40.
② 伊恩·麦克尤恩:《时间中的孩子》,何楚译,南京:译林出版社,2003 年,第 1 页。以下出自该书的引文只标出页码,不再加注,部分内容参考原著后稍有修改。
③ 弗吉尼亚·赫尔德:《关怀伦理学》,苑莉均译,北京:商务印书馆,2014 年,第 218 页。

化公民,孩子成了公共政治的工具,"与会者一致认为,这个国家到处都是不合格的公民。因此,大家展开了激烈的讨论,讨论内容涉及理想公民的构成要素,以及为了把小孩培养成未来的理想公民,现在所应采取的管教措施,等等。"(4)随着小说叙事的展开,官方育儿手册的内幕也逐渐曝光。事实上,育儿手册的具体内容早已经由政府官员写好,各个委员会每周一次的会议不过是欺骗大众的伎俩,所谓对大众的关怀不过是掩人耳目的假象。参与其中的专家成员大多同斯蒂芬一样,并不知晓实情;他们每星期来参加例行会议,探讨有关育儿的策略,成员之间除了例行话题以外,彼此间根本没有真诚的交流——"委员会成员认为没有必要增进彼此的了解。当冗长的会议结束了,文件和书都塞进公文包里后,礼貌性的交谈便开始了。交谈在双色调的走廊里持续进行,当委员们走下螺旋形混凝土楼梯,分散到不同层面的部级地下停车场以后,谈话就消失为模糊不清的回音了。"(6)如果说育儿会议本身不过是一种虚假形式,那么置身其间的委员们也不过是在虚伪地例行公事,彼此间的交流止于礼貌性的寒暄,并无任何真诚的沟通,这是一个仅具有关怀伦理假象的公共世界,健全社会本该具有的关怀伦理价值已经丧失殆尽。

二、斯蒂芬的个人创伤

在小说中,斯蒂芬作为一名公民,要承受社会关怀伦理价值的失落,而作为一名父亲则承受着丢失女儿的痛苦。两年前五岁的女儿凯特在超市走失,他至今仍然没有走出丢失女儿的创伤阴影,生活对于他失去了目的和意义,失落成为他生活的主题。

斯蒂芬丢失女儿这一事件颇具讽刺意味:他身为政府组织官方育儿委员会成员,似乎可以保护儿童,但是他的女儿凯特却在超市遭到了绑架。另外,文本中斯蒂芬作为隐形孩子的父亲这一身份也别具意义。如玛斯-琼斯(Adam Mars-Jones)所说,"《时间中的孩子》代表了文学中对父亲身份最持久的沉思"。[1] 确实,"主人公斯蒂芬为人父并不是一种经历的呈现——就文本的大部分篇幅而言,他的女儿并不在场——而是作为一种状态,不是作为传记的

---

[1] Adam Mars-Jones, *Venus Envy*, London: Chatto & Windus, 1990, 2.

一个侧面,而是一种不可简化的生存状态,该状态并不依赖于与一个现实孩子的当下关系"。① 孩子一旦从斯蒂芬生命中消失,也就同时剥夺了他现实生活中父亲身份的参照点。小说中斯蒂芬对孩子的疯狂找寻,在某种程度上是他对自我身份的追寻。作为父亲,斯蒂芬生命中构筑自我身份的重要他者之一正是孩子。"面对他者,人才成为真实的人,与他者相遇并探究人意味着什么,人才接近本真……"② 从某种意义上说,"他者的出现也就赋予她或他以人性,那么他者的丧失也就是一种死亡,但并非身体意义上的死亡"。③ 换言之,生命中他者的丧失可谓人在精神上的死亡,"没有他者,人遭遇情感、精神的死亡,近似于一个情感怪癖,一切皆无所谓"。④ 这是斯蒂芬丢失女儿后的精神写照。整个夏天到白厅去开会,这成了斯蒂芬生活的唯一活动,但是即便置身于白厅会场,他"所要做的只是在两个半小时里尽量使自己显得机敏,这种大有用处的表面功夫,他在学生时代就已经运用自如了……"(8)斯蒂芬开会时心不在焉,透过窗户,远眺外面的风景,"这是失落的时间,失落的风景……因为丧失是他的主题,很容易就联想到了一个寒冷而晴朗的日子,他站在伦敦南部一家超市外面的情景。在那冻结的一天,他拉着女儿的手……"(8)丢失女儿的创伤事件反复进入斯蒂芬的记忆和白日梦,他的脑海里反复呈现女儿走失的经过。

　　沉溺于自我创痛的斯蒂芬对周遭世界和他人都漠不关心。除了参加白厅育儿委员会会议,他切断了与外界的联系,从不回电话。"这些日子很多时间他一直独处"(10),更多的时间他穿着内衣在家看电视,屋子里又脏又乱,苍蝇乱飞,"一年过完了,他感到的是空洞的时间,缺乏意义或目标"(28)。外面世界所发生的一切对于他来说都无关痛痒。即便是全世界濒临毁灭,他也无动于衷。"奥运会的第二天,全世界突然面临毁灭的威胁。"⑤ 整整十二个小时,局势完全超出了控制。斯蒂芬呢,因为天热,只穿了内衣,四仰八叉地躺在沙发

---

① Mars-Jones, *Venus Envy*, 1990, 19.
② Lou Agosta, *Empathy in the Context of Philosophy*, London: Palgrave Macmillan, 2010, 26.
③ Ibid., 27.
④ Ibid., 26.
⑤ 根据小说的叙述,一名苏联运动员和一名美国运动员在奥运会期间发生了摩擦,进而引发了暴力冲突,苏美两国处于核战备状态,故全世界面临毁灭的威胁。参见伊恩·麦克尤恩:《时间中的孩子》,第29—30页。

上,对此漠不关心。"(28—29)对于斯蒂芬来说,"确实对地球上的生活是否继续一点也不在意"(29)。斯蒂芬的状态正是弗洛姆(Erich Fromm,1900—1980)所描述的现代异化人的状态:"一个被异化的人与自己失去联系,正如他与任何其他人失去联系一样。他同别人一样,像物一样被认识;他虽然有各种感觉和常识,但是同时却与外部世界失去了有机联系。"①作为异化人的斯蒂芬,体会不到自己作为主体的自我意识的存在,他不仅和他人失去联结,而且和自己也疏离了:"他现在干的正事是懒散地持续喝酒,回避朋友和工作,不管什么时候别人对他说话,他都心不在焉,读书读不到二十行就走神了,又开始幻想,陷入了回忆。"(30)斯蒂芬要走出创痛,从异化中觉醒,就必须历经康复之旅。

三、斯蒂芬的康复之旅:关怀伦理观的形成与践行

威尔斯(Lynn Wells)指出,《时间中的孩子》再现了20世纪晚期以失落为特征的城市景观,同时也呈现了主人公斯蒂芬意识到的与现实城市空间平行存在的另一个城市,这里没有现实时间的约束,以及随之而来的失落感。斯蒂芬正是遭遇一系列灾变事件后进入到那另一个空间,在这里突显的是康复而非丧失。② 威尔斯的这一观点显然是中肯的。小说在呈现以失落为特征的现实世界的同时,彰显了以康复为特征的、虚构的城市世界。需要指出的是,在这后一种城市空间里,主人公斯蒂芬逐渐从漠视他人走向关怀他人,践行了关怀伦理,与现实世界里道德沦丧、人际关系疏离的乱象形成了鲜明的对比。

女儿凯特是斯蒂芬生命中重要的他者,女儿的丢失成为其巨大的伤痛。要走出创伤,恢复自我,斯蒂芬还必须依靠生命中的他者。在巴赫金看来,"自我是对话性的,是一种关系",③与之相对应的是牛顿式的物理世界。有评论家指出巴赫金的对话主义是爱因斯坦(Albert Einstein,1879—1955)相对论的一种形式。④ 在《时间中的孩子》里,麦克尤恩正是在一种相对主义的时空里再现斯蒂芬的康复过程,也就是威尔斯所说的与现实世界相对应的另一个时空

---

① 许惠芬:《埃里希·弗洛姆类伦理思想研究》,北京:中国社会科学出版社,2015年,第81页。
② Lynn Wells, *Ian McEwan*, New York: Palgrave, 2010, 42.
③ Michael Hollquist, *Dialogism: Bakhtin and His World*, London and New York: Routledge, 1990, 20.
④ Ibid.

世界。麦克尤恩在剧本集《朝向异域的一步》(A Move Abroad, 1989)的前言里曾明确批判牛顿科学物理观,对爱因斯坦的相对主义时空观持肯定态度。① 他在一次访谈里说:

> 《时间中的孩子》涉及很多我并不确定自己是否真正持有的观点,但有一点既便于探寻也富有吸引力,即对童年的探究,探查童年如何伴随我们一生……童年似乎以一种永恒的现在时态而存在。当然这是一种关于时间和童年的主观感受,但我对于某些量子机械时间观彻底消除标准钟表时间观的方式极其着迷,并且我想我能够在数学基础上的时间观与其他形式的时间观之间锻造一种联系,当然主体方面会有些吱吱嘎嘎的异样声响:不仅仅是你头脑里长存的整个过往的永恒感,而且包括危机中时间的加速感。②

这里所说的"危机中时间的加速感"在斯蒂芬走出创伤的康复性时空里得到了体现。他在对时间的特殊感知里通过关注他人并与他者建立对话性情感联结,走出了自我中心主义的主观世界,最终在对他人践行关怀伦理的过程中疗治了创伤。

在斯蒂芬关怀伦理观的形成过程中,他朋友查尔斯的夫人特尔玛的作用不可小觑,因为正是在特尔玛践行的女性关怀伦理的启发下,斯蒂芬逐渐从封闭世界里走了出来,开始关注他人。诺丁斯(Nel Noddings)指出,关怀伦理要求个人以关切的态度对待他人,关切的行为就需要在情感和动机上敏锐地感知他人的特定处境,因而关注的重点是个体具体的特定需求,而不是抽象的道德原则。③ 很多关怀伦理学家达成共识,认为女性往往长于践行关怀伦理。小说中特尔玛便是一个范例。生活中小她近十岁的丈夫查尔斯自然是她的关怀对象,而朋友斯蒂芬遭遇创伤后她亦及时地给予关怀。丢失女儿后,斯蒂芬夫妻双方以不同的方式应对创痛。斯蒂芬每天外出找寻孩子,而妻子独自待在

---

① Ian McEwan, *A Move Abroad: Or Shall We Die? And the Ploughman's Lunch*, London: Picador, 1989, 15.
② Ian McEwan, *Conversations with Ian McEwan*, ed. Ryan Roberts, Jackson: University Press of Mississippi, 2010, 81.
③ 参见 Michael Slot, *The Ethics of Care and Empathy*, Abingdon: Routledge, 2007, 10.

家里,以静默的方式承受创痛,两人逐渐疏离,最终妻子离家去乡村隐居,两人分道扬镳。妻子离开后的第二天,特尔玛就来接斯蒂芬去自己家里住。她帮助斯蒂芬收拾行李,"做事敏捷,像母亲一样周到彻底,只有在必要时才跟他讲话"(37)。一切收拾就绪,准备离开的时候,斯蒂芬脑海中出现女儿凯特冒着暴风雪归家的一幕,因而担心女儿回来进不了家门,于是问道:"我们应该在门上留张条吗?"(37)特尔玛没有质疑凯特是否还会归来,"没有同他争辩说凯特不识字,而且永远不会回来了,她一转身上了楼,将自己的地址和电话号码钉在了前门上"(37)。特尔玛能理解斯蒂芬的感受,深知斯蒂芬始终怀有女儿归家的愿望,她身体力行的关怀慰藉着斯蒂芬。

特尔玛是大学物理学讲师,她的女性科学思维进一步启发斯蒂芬对他人践行关怀伦理。特尔玛给斯蒂芬讲述量子物理学给科学带来的具有女性特质的革新和影响,"她同他坐在火炉边,告诉他量子力学如何使物理乃至所有科学女性化,使它更柔和,不那么骄傲孤立,更容易参与到这个它想描述的世界中来"(37)。善于践行关怀伦理的特尔玛将科学视为需要自己关怀的孩子,"科学是特尔玛的一个孩子,(查尔斯)是另一个。她对它抱有热切而宏大的希望,而且想把更文雅的态度、更温柔的性情灌输给它……"(38)事实上,就科学的发展来看,麦克尤恩在《时间中的孩子》之前创作的剧本《或者我们会死去?》(*Or Shall We Die?*,1983)的引言里,已经明确表述了对女性思维的肯定,以及对男权思维的否定态度。他认为牛顿男权式绝对科学的发展把人类引向了灾难和危机,而女性视角的认知思维是拯救当今世界的解决之道。① 特尔玛无

---

① 麦克尤恩在1982年创作的歌剧《或者我们会死去?》的引言里谈及该剧本再现核战争威胁主题的缘由,坦承自己在1980年整整一年里为世界各国日益加剧的疯狂核军备竞争深感忧虑。麦克尤恩概述了西方文明濒临核战争、人们陷入绝望和恐惧的境况。他指出,牛顿式的绝对、客观、智性与情感完全分离的物理观深刻地影响着世界,人们的思维习惯、智性和道德的框架也都与牛顿式世界观相呼应。牛顿式世界观是男权式的价值观,在牛顿的宇宙里我们与这个世界是相分离的——我们与自己以及彼此之间都是分离的——我们像神祇一样描述、衡量并形塑这个世界。与牛顿式世界观相对照的新物理学的世界观与女性的价值观相联系,在这个新物理学的宇宙里观察者相信她自己是这个她所研究的世界的一部分,她自己的意识与周围的世界彼此渗透、相互依赖;她深知事物的本质存有局限和悖论,因而她不能认知并表述一切真相。她不会幻想自己全知全能,然而她的力量是无穷的,因为她的力量并不仅仅源于她孤立的自身。麦克尤恩提出了问题:"我们应该具有女性的时间观,抑或我们该灭亡吗?"麦克尤恩认为,答案是显而易见的,我们要拯救这个世界,就应该重新审视我们的世界观,采用与女性价值相联系的世界观,这才是解决之道。参见 Ian McEwan, *A Move Abroad: Or Shall We Die?*, *The Ploughman's Lunch*, London: Picador, 1989, 1-15。

疑是麦克尤恩持肯定态度的女性物理学家,她跟斯蒂芬讲述一些基本的悖论,如"空间和时间不是可以分开的范畴,而是彼此融合,互相依存;同样的还有物质与能量,物质与它所占有的空间,运动与时间等……"(38)特尔玛在颂扬20世纪物理学家对世界的巨大贡献时,还主张科学与文学间的对话、沟通,"物质、时间、空间、力——这些美丽而复杂的幻觉,我们现在必须和它们联合起来……莎士比亚将掌握波的功能,多恩将懂得并协调相对时间。他们将为此而兴奋。多么丰富!他们会把这门新科学用到创作的意象中去……"(39)特尔玛把物质世界的要素看成是彼此联系、相互依赖的,注重联系和对话,这与女性强调个体间彼此联结和关爱的关怀伦理密切相关。这也契合麦克尤恩对以物质间相互联系、彼此依赖为特征的爱因斯坦式新物理学的肯定态度。曾沉溺于伤痛、漠视他者的斯蒂芬在特尔玛女性科学思维的影响下,对时空有了全新的感受,并由此开始关怀生命中的他者。

就在特尔玛家停留的当晚,斯蒂芬对时间有了全新的感知。斯蒂芬脑海里浮现出他去父母家偶尔看到的一个场景。父母在水槽旁洗碗,他第一次想到父母的身体状况已经欠佳,意识到与父母交流的紧迫性:"他能看见他们的脸,脸上皱纹里流露出温和与关切。只有老化的、本质的自我还在延续,躯体已经衰弱了。他感到紧迫,时间收缩得那么快,他却还有那么多事没做完。有好些话他都还没跟父母交流过,他总认为有的是时间。"(42)斯蒂芬以往忽略了和双亲之间的对话和交流,如今在特尔玛践行的关怀伦理的影响下,他第一次意识到自己应该给予年迈多病的父母更多的关怀,"母亲的眼睛出了毛病,晚上很痛。父亲的心脏有杂音而且心律不齐……噩耗电报可能会发过来,沉重的电话会响起来,他得为从来没有进行的谈话感到沮丧和内疚"(42)。斯蒂芬试图在未来的日子里能对父母有更多的关怀和更深的理解,"只有你长大成人,也许只有你有了自己的孩子,你才能完全明白你的父母在你出生以前也是充实而复杂的个体"(42)。斯蒂芬意识到父母原本是不同于自我的他异性的个体,自己在以往的岁月对父母缺乏了解和关怀。尽管从父母的谈话里知道一些他们过往生活的细节,但是"不论多么熟悉,父母对他们的孩子来说总是陌生的"(42)。在特尔玛女性科学思维和女性关怀伦理的启发下,斯蒂芬试图跨越传统的时空,进入父母的情感和认知世界,从而更深层地理解并关怀父母。斯蒂芬逐渐从沉溺于自我创痛的狭隘意识中走了出来,开始关爱生命中的他人,而时间成了神奇的媒介。

小说中洪钟酒吧的情节是对神奇时间的极好注解,也正是在这个非传统的时空里,斯蒂芬进一步感受到与生命中的他人建立情感联结的重要意义。斯蒂芬穿行于一片乡村森林,路过了记忆中熟悉的洪钟酒吧。他看到"洪钟酒吧"的招牌,既觉熟悉亦觉迷惑,试图:

> 将这个地方和这一天同记忆、梦、电影或是童年遗忘掉的一次游历联系起来。他需要一个联系,这样才可以解释一切事情,减轻他的恐惧。但是这个地方对他的召唤,它的无所不知,它表现出来的渴望,以及毫无根据的重要性,这一切都十分肯定地说明了,虽然他也不清楚为什么,这一显眼的——他想到的就是这个词——特殊场景存在于他自身经验之外。(52)

显然,斯蒂芬此处遭遇的特殊场景并非传统的时空所能容纳,而是存在于他自身的经验之外,具有神秘现实主义元素。他意识到"一个突然的举动可能会驱散掉这一段精巧的、从别处重新构建起来的时间"(52)。尽管心存恐惧,斯蒂芬在好奇心的感召下去体验这不同凡响的情景,发现"他现在所处的这一天不是他早上醒来以后看到的那一天。他清醒而决然地往前走。他身处另一段时间当中,但并没有茫然无措。他就像一个做梦的人知道自己的梦一样,不管这是什么样的梦,虽然害怕,还是好奇地去看一看"(53)。透过窗户斯蒂芬看见一对年轻男女在酒吧内谈话,观察他们的举止,显然他们谈论的是双方亟须解决的问题。斯蒂芬认出那年轻女子是自己的母亲,而她却看不见他,于是他朝她做了手势:

> 然而这个他认识的、毫无疑问是他母亲的年轻女人却没有反应。她看不见他。她在听他父亲说话——父亲阐明观点时,总爱挥舞一只空着的手,他一眼就认出了这一熟悉的姿势——却看不见自己的儿子。他心里一沉,感到冷冷的、小孩子常有的心灰意冷,以及渴望与被排斥交织的痛苦。(55)

接下来斯蒂芬经历了虚无感：

> 他心里只有一个想法：他无处可去，没有一个时刻可以包容他，没有人期待他，没有说得出来的目的和时间；虽然他猛烈地朝前运动，他还是没动，他只是绕着一个固定点飞转。这个想法带来悲哀，却不是他个人的悲哀，而是好几个世纪以来、上千年的悲哀。它从他以及无数人的身上席卷而过，就像风扫过草地。没有什么东西是他自己的，他的划行、移动不是，呼唤的声音不是，甚至连悲哀也不是，没有什么东西是属于自己的。(55)

这次特殊的体验令斯蒂芬感受到生命中的他者对于自我存在的重要意义——当个体没有与他者之间建立起情感联结，游离于他者之外，那么生命便没有目的和时间感，只有无法摆脱的虚无感。这不仅于他个人而言是如此，自古以来自我的存在都不能脱离他者；抛却与他者之间的联结网络，则了无存在，唯有虚空。

斯蒂芬意识到与生命中他者之间交流联结的重要性后，愈加渴望更多地了解、关怀父母。他去看望母亲，从与她的谈话里了解父母的过往岁月。父母在第一次世界大战期间相识，父亲道格拉斯当年在空军行政勤务部队工作。母亲克莱尔当年未婚先孕，在德国服役的道格拉斯趁圣诞假期回国，得知未婚妻有身孕的消息后并没有像她那样喜出望外，而是忧心忡忡，因为未婚先孕在当时可是丑闻，而且时局混乱，生孩子意味着打乱他们的计划。他根本不想要这个孩子，这使克莱尔极其失望，一怒之下，她决定流产，并了断与道格拉斯的关系。在酒吧里，道格拉斯对克莱尔倾诉自己多么爱她，孩子是他们爱情的凭证，只是目前正值战争，时局困难，应该考虑要孩子的适当时机。克莱尔简直不能容忍道格拉斯的欺骗和懦弱。当她朝窗户望去时，奇迹般地看见一张小孩儿的脸，并确信这是自己孩子的脸，于是克莱尔发生了转变：

> 多么不可思议呀，她怎么能仅仅因为自己觉得受了未婚夫的气就毁掉这个孩子呢？这个婴儿，她的婴儿，突然变成活生生的了。它的眼光紧紧盯着她，要求她认领自己。不管这个男人和她之间会发生什么事，它已经具有了某

种独立性。她第一次意识到它是一个独立个体,意识到她必须用自己的生命去保护它。它不是一个抽象概念,不是一个讨价还价的砝码。它现在就在窗口,一个完整的自我,乞求她让自己活下去……他们现在讨论的不该是怀孕,而应该是活生生的人。她感到自己开始爱上它了,不管它是谁。一次恋爱开始了。(169)

对克莱尔来说,看见那张孩子的脸,即与他者相遇。莱维纳斯(Emmanuel Levinas)称"他者通过面貌呈现于我","面貌"为"他者"出场的方式,超出了我有关他者的概念。[①] 这里,腹中的胎儿通过面貌呈现于克莱尔,也就超出了她对于胎儿所形成的抽象概念,要求她成为履行对他者责任的伦理主体。孩子的脸庞在呼唤克莱尔践行尊重生命的关怀伦理。尽管时局混乱,并不是要孩子的好时机,但是相较于对他者的伦理责任,道格拉斯"男性的强大逻辑推理能力"是那么苍白无力,克莱尔与腹中孩子的相见和联结给了她践行关怀伦理的动力和勇气。她不仅要尊重并保护这个独立的个体生命,也要关怀孩子的父亲,她甚至能理解他的感受:

> 看着道格拉斯,他还在拐弯抹角地发表演讲。她温和地想起了自己对他的爱,以及他们一起开始的冒险。她在此处看到的不是欺骗或怯懦。这个男人动用了他所有强大的逻辑推理能力,以及所有关于当前事件的可观的知识,因为他陷入了极大的惊慌之中……她以为他或别的男人在任何情况下都会那么强大,她错了……在道格拉斯软弱的地方,她却让自己更软弱了。然而,事实上她已经领先一步了,因为她已经爱上那个孩子,她知道一些道格拉斯不可能知道的事情。因此,现在轮到她来负责了。这一刻该由她来决定。她要这个孩子,现在这是毫无疑问的了,她也要这个丈夫。(170)

克莱尔看见孩子脸庞的经历促使她践行尊重生命、以他者为尊的关怀伦理,她主动担当起责任,既要孩子也要丈夫,毅然决然成为承担伦理责任的主体。

[①] Emmanuel Levinas, *Alterity and Transcendence*, trans. Michael B. Smith, London: Athlone, 1991, 50.

斯蒂芬自己在洪钟酒吧所经历的一幕，正好呼应了母亲的讲述，他对时间的特殊体验在母亲所讲述的经历里得到了证实。经历创伤的斯蒂芬最终在母性的认知范式里找到情感联结，并认识到亲人之间情感联结的深远意义。他穿越了时空，与母亲的心灵息息相通。当年母亲以情感优先的女性思维战胜了父亲理智当头的男性思维，并毅然决定保全腹中的生命，斯蒂芬才得以来到这个世界。母亲的回忆证实并厘清了斯蒂芬遭遇的"洪钟酒吧"体验，事情几乎都连接上了(170)。在斯蒂芬的特殊体验里，他能看见正在交谈的父母，当他对母亲做出示意和召唤的时候，感觉母亲并不能看见自己；由于当时不能与母亲建立对话和联结，他才经历了虚无感。事实上，听完母亲的讲述后，斯蒂芬得知母亲当年不仅清楚地看见了自己的脸，而且还感知到他期望生存的乞求。换言之，当年的母亲不仅与腹中孩子建立了联结，而且能理解孩子期望生存的感受，母亲践行的正是关怀伦理。斯蒂芬通过与母亲的对话和交流，深化了对母性的了解。母亲不过是传统的家庭主妇，平凡而普通，可就是在这位平凡的女性身上潜藏着一股巨大的爱的联结能量，关键时候它超越时局混乱，保全了家庭。在母亲关怀伦理的指引下，斯蒂芬也逐渐关怀起与自己疏离的妻子。

在失去女儿的最初日子里，斯蒂芬和妻子朱莉尚能彼此依靠，可是随着沟通的消失以及应对创伤方式的迥异，两人逐渐疏离。斯蒂芬每天出去找寻凯特，而朱莉则"坐在扶手椅里，沉浸在个人深深的悲哀之中。两人之间不再有互相安慰，不再有接触，不再有爱了"(19)。朱莉隐居六星期后回到公寓，两人小心翼翼地相处了五周，仍然觉得"损失让他们分道扬镳了。没有可以共同承担的东西"(47)。他俩不可避免地走向分离，朱莉迁至新买的公寓。

沟通的缺失是导致斯蒂芬夫妇分道扬镳的根本原因。朱莉"把他所作的努力看成男性典型的逃避方式，也就是企图通过显示体力、条理与能力来掩盖自己的情感"(19)。斯蒂芬也绝不认同朱莉的行为，当他发现朱莉突然把家里凯特的东西装进几个胀鼓鼓的塑料袋时，感到非常气愤。在他看来，这是"女性自我毁灭的倾向，任性的失败情绪令他十分反感"(18—19)。不过，在特尔玛和母亲所践行的关怀伦理指引下，斯蒂芬开始逐渐理解朱莉的行为。在他去探望朱莉的途中，叙事人从斯蒂芬的视角重新审视朱莉的行为："朱莉开始着手改变自己,有意识地理解生活和自己在生活中的位置。她一定在这平整的松林里长时间地漫步,重新衡量她的过去、他们的过去,掂量着轻重缓急,规划新的未来"(49)。如果说斯蒂芬曾经站在自我中心主义的立场贬损妻子应对创伤的方式,那么如今他能够进入妻子的视角,想象妻子的认知方式和情感世界,并做出判断:"她并没有精神错乱和不理智,只不过她有一种不容违背的行之有效的方法,让她能以情感的、精神的方式理解并表达自己的困境。"(49)

也就是说,斯蒂芬逐渐放弃了自我中心主义的认知视角,认识到朱莉积极、负责任的人生态度,以及具有女性特质的积极的变化观。"朱莉笃信事物的无穷变化性,人有了更多的了解以后,就可以重塑自我或改变自己的看法,斯蒂芬逐渐把这一信仰看成她女性的特征,而男人与女人最显著的区别在于对变化所持的不同的态度。"(49)从关怀伦理的角度,斯蒂芬既能洞察朱莉善于在动态变化中积极地重塑自我的优点,也能反观包括自己在内的男性往往拙于变化、囿于固定角色的弱点:

过了一定的年龄,男人就定型了。他们即便身处逆境,也多半相信自己就命该如此了。他们是自己认为的那个样子。不管他们说什么,他们相信自己所做的事,并且坚持不懈……他们很少会认为,或者他们中只有极少数人会认为,他们完全可以去做点儿别的。(50)

此处麦克尤恩借叙述人之口,进一步表达了对积极变化的女性气质的肯定,以及对僵化刻板的男性气质的质疑和批判。斯蒂芬对男人、女人不同性别特征的反思过程也就是将自我与他者纳入对话性思维的框架内,既肯定他者的积极面,也在对话性思考中从他者方汲取力量,丰富人性的发展。

同样,朱莉也在关怀斯蒂芬的过程中找到了走出痛苦的力量。她曾在自己的住处抚慰还沉浸于洪钟酒吧惊恐体验的斯蒂芬,"这一次,"她说,"你可以不用假装没事了。你是我的病人。"(58)她的抚慰让斯蒂芬找到了归属感,"当他双手捧着朱莉的头,亲她的头,亲吻她眼睛的时候,感到无比快乐,而早些时候在洪钟酒吧外,感到的却是恐惧。但这两个时刻却不容置疑地联系在一块儿,它们都激起了本真的渴望,渴望归属。"(59)对于斯蒂芬来说,无论是父母、孩子还是妻子,都是建构自我身份所必不可少的,正是在与他者的联结关系之中才有自我的身份感。在和朱莉的亲密接触中,他体验到家的感受:"……家,他现在就在家里,被包围着,感到安全,能够有所贡献;家,他拥有的同时也被拥有;家,为什么要到别处去呢?不干这个而去做别的事难道不是浪费吗?时间被赎回来了,它又重新设立了目标……"(60)不过,这次相聚仅限于聊天,并无深入的对话交流,因而两人并没有完全和解,"他本来可以说一些情真意切的话,既不显得无礼又不会进一步暴露自己,但他们还是仅仅在聊天。他一心只想握住她的手,然而却没有那么做……"(61)他俩最终和解是在数月之后,在那几个月里,斯蒂芬对关怀伦理的指向有了更加深刻的体悟:自我和他者之间原本是对话性存在关系,自我仅仅尊重/理解他者还不足以真正抵达他者的心灵,而践行以对话、关心为基础的关怀伦理才是令彼此人性和谐发展的正道。

四、斯蒂芬对关怀伦理更深刻的体悟

斯蒂芬对关怀伦理指向的深刻体悟,得益于他对朋友查尔斯悲剧命运的深入透视,以及对童年、孩子的重新审视。

朋友查尔斯是指引斯蒂芬成为著名儿童文学作家的引路人。有着辉煌职业生涯的查尔斯代表了成熟男性,是斯蒂芬效仿的榜样。他俩结识的时候,查尔斯已经是成功的出版商,出版社工作人员由于疏忽,将斯蒂芬的小说《柠檬汽水》送到了儿童文学的编辑手里,并欲出版。斯蒂芬以欧洲文化传统继承人自居,对于自己的小说被误认为儿童文学而深感恼火。查尔斯虽然只比斯蒂芬长六岁,却世故老成,沉稳自信。他"像对小孩儿讲话那样",对斯蒂芬解释说:"成人小说和儿童小说的区别本身就是虚假的……那些最伟大的所谓的儿童书,一定是既针对成人又面向孩子的,是为孩子心中早期的成人而写的,也是为成人心中被遗忘的孩子而写的。"(25)不出查尔斯所料,该书的畅销令斯蒂芬一举成名。从此以后,查尔斯成了斯蒂芬的观察对象。

事实上,查尔斯置身于关怀伦理价值失落的公共世界,在追逐成功和荣誉的过程中逐渐丧失了本真的自我。他被社会认同为成熟男性,却有回到童年

的执迷愿望,在矛盾的生活中经历身份的分裂。斯蒂芬看见"曾经是商人和政治家的他,现在成了一个成功的青春前期儿童"(103)。查尔斯在树林里的一棵大树上搭建了类似鸟窝的房子,一举一动都像个孩子。他的内心渴望和外在追求之间存有难以调和的冲突。对查尔斯来说,童年意味着自由、安全,但是他却过早地失去了童年,母亲在他12岁时就去世了。自幼缺失母爱关怀滋养的查尔斯专注于自我,而不善于关怀他人。他希望回归童年,以摆脱世俗欲望的羁绊,却又放弃不了对名利的追求。当查尔斯接到首相的信件,暗示在上议院里给他找个贵族爵位,并在政府找个声名显赫的要职时,他陷入了更加痛苦的两难处境。特尔玛解释说:

他无法把作为孩子的个性中任何一点带进公众生活,相反,公众生活倒是对他自认为过度软弱这一缺点的补偿。所有这些奋斗、呼喊、垄断市场、赢得辩论,都是为了遏制他的弱点。老实说,当我想起工作中的同事、科学机构、管理它们的人,想起科学本身,以及这几个世纪以来它是如何发展的,我得说查尔斯的例子是一个普遍问题的极端形式。(197)

正如特尔玛所言,查尔斯是当代病态社会中众多异化的病态人格的极端代表。他的内心渴望与外在追求(如荣誉和成功等)发生了冲突,于是沉溺于自我关切,而没有能力通过爱、关怀与他人建立连接。尽管妻子特尔玛能理解他内心的冲突,并给予理解和关怀,但是他始终执迷于自我,最终选择了以自尽的方式离世。

斯蒂芬深入透视查尔斯悲剧命运的过程,也就是重新审视自己生活价值取向的过程。如果说在经历孩子走失的创伤之前,他曾以功成名就的查尔斯为榜样,那么在经历创伤之后,他在与关怀伦理相联系的女性思维的影响下,开始重视与家人、朋友之间的情感联结。查尔斯的悲剧命运启示了斯蒂芬,使他意识到与荣誉和成功相联系的所谓"男性气质"的不可靠,并开始反思童年对于成人的意义,学会了以童心照亮生命。对于斯蒂芬来说,女儿凯特的走失在某种程度上也意味着童年的失落,斯蒂芬对凯特的回忆和想象逐渐从最初聚焦凯特幻影般的成长,嬗变为理解凯特拥有的纯真童年的生存状态,反思凯特带给自己的启迪。总之,斯蒂芬经历了从自我愿望主观投射到践行关怀伦理的转变。

正如玛斯-琼斯所说,斯蒂芬的情形不仅是关于"痛苦和丧失的叙事",而且是"象征性的拥有权的压抑性戏剧"。① 威尔斯也曾指出,早些时候斯蒂芬对丢失凯特的回应与占有理念相联系,称凯特是自己"被盗"的"财产"。② 可以看出,孩子在成人眼里并非独立的个体,而是附着物,这也呼应了官方育儿委员会对养育孩子方案的讨论。这些讨论皆从成人视角看孩子,从政府统治需要的角度规训孩子,孩子作为成人世界的对立面和他者得以表征和再现,而成人并未从孩子的视角审视孩子的真实存在状态。同样,斯蒂芬对凯特的疯狂寻找在某种程度上是维持自己虚幻伦理身份的需要。在找寻过程中,斯蒂芬执迷于自己的主观愿望,甚至"没能意识到他人是独立的个体,与他自己寻找失踪女儿的执迷需求没有关系"。③ 斯蒂芬在自己见到的所有孩子身上都投射了女儿回归的愿望,比如在丢失凯特两年后的情形:

任何一个五岁女孩儿——虽然男孩儿们也一样——都让他实实在在地感受到了女儿继续存在着。无论是在商店里,操场边,还是在朋友家里,他总是在其他小孩儿中寻找凯特,总能注意到他们身上缓慢的变化和渐增的能力,总能感受到那些白白流逝的岁月——那些本该属于她的时间——的潜在力量……他是一个隐形孩子的父亲。(2)

斯蒂芬想象凯特的继续存在而成为隐形孩子的父亲,从对街头乞丐女孩的注视,到对某小学校内一女孩的误认,斯蒂芬在所见到的其他孩子身上投射希望女儿回归的主观愿望。当斯蒂芬坐车经过一所学校,看见学校操场上几个女孩儿在跳绳,他打量离自己最近的女孩儿,"他看见的是他女儿……绝不可能弄错"(135)。

校长对女孩儿身份的核实,以及女孩儿的回答,最终令斯蒂芬从自我的执

---

① Mars-Jones, *Venus Envy*, 27 – 28.
② Lynn Wells, *Ian McEwan*, 43.
③ Ibid, 44.

迷中清醒过来。他最终开始面对现实,意识到丢失的凯特命运有多种可能性:"凯特不再是一个活生生的存在,她不是他身旁一个他所熟悉的、看不见的小姑娘……他明白了凯特有这么多条发展道路,她在两年半的时间里有无数种变化的可能,而他却一无所知。他以前真是疯了,现在他清醒了。"(147)清醒后的斯蒂芬不再幻想凯特的隐形存在,开始直面女儿走失的现实。

他意识到自己之所以始终没有面对女儿走失的现实,很大程度上是没有走出自我中心的关切。他在关怀伦理的启示下,开始理解凯特作为孩子的独立存在带给自己的启示:

> 应该接受她好的影响,教会自己看重细节……直到消解了自身的存在。他总有一部分在其他什么地方,从来没有集中精神,没有完全在意过。这难道不是尼采所认为的真正的成熟吗,做到像孩子玩儿的时候那么认真?(100)

斯蒂芬回忆起和妻子带凯特到海边玩耍、凯特用沙构筑城堡的游戏情景,"她一直是认真的。斯蒂芬想,如果他做什么事都能像她帮凯特修建城堡那样专注和忘我,他将会是一个有着非凡才能而幸福的人"(101)。斯蒂芬在回忆中对凯特存在状态的理解,也是对人性的深层顿悟。他以开放和谦卑的方式接近孩子的异质性,从孩子的生存状态中汲取优点,丰富自己的人性。在关怀伦理的指引下,斯蒂芬认识到和妻子朱莉之间的情感联结和最终和解应该是他当下最关切的事情。特尔玛提醒斯蒂芬:"朱莉就摆在你面前。"(198)斯蒂芬在关怀妻子朱莉的过程中,最终治愈了痛失孩子的创伤。

从此,时间不再空洞和虚无,而是产生了丰饶的意义。斯蒂芬在前往妻子住处的路上,想起双亲当年在母亲的关怀伦理滋养下一起度过危机的情形,觉得自己的经历与父母当年的危机经历之间有了联系:

> 直到这时,他才明白他在这里的经历不仅与父母的经历相互作用,而且还是一种延续,一种重复。他产生了一种预感,紧接着有些确定了……所有那些痛苦、所有那些空虚的等待,都包含在意味深长的时间里,包含在可能有的最丰富的展现中。(205)

莱维纳斯指出,"时间不是孤独的主体的产物,而是主体与他者的关系"。① 在莱维纳斯看来,没有与"他者"的关系,就没有时间,时间在本质上是主体间性的。"时间在本质上打破自己的束缚,向新的时刻敞开。"②确实,如前文所述,斯蒂芬曾深陷自我创痛而忽视他者,没有与他者的关系,因此也就没有了存在意义上的时间,"一年过完了,他感到的是空洞的时间,缺乏意义或目标"(28)。直到他学会了联结他人,才体验到时间的丰富内涵;他不仅与朱莉重新团聚,而且又孕育了一个孩子。最终,斯蒂芬和朱莉在丢失孩子三年以后,在新的孩子即将出世之际,学会了一起面对昔日的创伤:

他朝床边走去,脚下温暖的地板又一次让他想起了家,想起了那种几乎想象不到的快乐……她双手握住他的手。他无法开口讲话,他背负的爱比他自己能够承受的要多得多。光和温暖从他腹部散发出来。他感觉自己失重了、发狂了。她对他微笑着,几乎要笑出声来了。这是一个人最大愿望得到满足时表现出来的胜利的喜悦……(207)

这里,我们看到斯蒂芬和朱莉关怀的对象不仅有他们自己、家人和朋友,而且有公共社群(政府、国家、星球)。更耐人寻味的是,他们决心从自身做起。故事接近尾声时,斯蒂芬以接生员的角色协助朱莉分娩,见证了新生命的诞生,这一过程进一步彰显了具有女性特征的移情关怀伦理。透过窗户,夫妇俩瞥见月亮正上方的一颗行星——"那是火星,朱莉说,让人想起艰难的世道"(214)。如果说火星隐喻了关怀伦理失落的残酷现实世界,那么走出创伤的斯蒂芬和朱莉已经鼓起勇气,在关怀伦理的指引下拥抱世界,而不是逃避现实,新生命的诞生预示了未来的无限希望。

就是在这新生命来临的曙光中,麦克尤恩从关怀伦理的角度形成了与文化观念的互动。

---

① Levinas, *Alterity and Transcendence*, 39.
② 转引自孙向晨:《面对他者:莱维纳斯哲学思想研究》,上海:三联书店,2008年,第108页。

第二节
《赎罪》中的移情书写

《时间中的孩子》的主人公被置于关怀伦理价值丧失的公共世界,而在《赎罪》里,麦克尤恩则将女主人公——13岁的布里奥妮——置于缺失移情关怀的家庭系统中。布里奥妮自幼缺乏移情关怀的滋养,年少时误解了他人,让无辜者遭受了牢狱之灾。随着年岁的增长,她的移情能力逐渐增强;最后,她以移情书写他者的形式,感受并体验了他人不同于自我的他异性,加深了对异质性他人的理解,以此赎罪,进而实现了自我伦理意识之反思。

一、移情关怀的缺失与布里奥妮自我中心的关切

从事移情(empathy)研究的很多学者有一个共识,即安全且亲密的家庭成员关系,尤其是孩子与父母之间的亲密关系,会有助于培育孩子的移情能力。[1] 首先,当孩子与父母之间建立了安全而充满爱意的情感联结时,孩子的情感需求得到了满足,便会较少专注于自我,而更多地回应他人的需求。其次,父母亲充满爱意和温情的行为会给孩子提供表率。[2] 戴维斯(Mark H. Davis)总结说,家庭成员间亲密而安全的关系与个体对他人经历所作出的强烈情感回应之间存在密切的联系。[3]《赎罪》中的故事似乎从反面印证了戴维斯的观点。

13岁的布里奥妮来自上层家庭,全家在乡间拥有别墅,可是家庭成员之间未能建立起亲密而安全的关系,遑论移情关怀。女主人艾米莉患有偏头痛,多

---
[1] Mark H. Davis, *Empathy: A Social Psychological Approach*, Colorado: Westview Press, 1994, 70.
[2] Ibid.
[3] Ibid.

困于病榻,不能担负看护孩子心灵成长的责任,"她在黑暗中静静地呼吸,竖起耳朵,竭力倾听,靠传来的声音来'看'这个家。以她目前的情况,这是她唯一能做到的"。① 男主人则经常以公务为名留宿在外,因而缺席于家庭系统;女主人对丈夫不忠的行径虽心知肚明,却自欺欺人地听之任之。简而言之,"孩子没有父亲疼,妻子没有丈夫爱"(131)。13 岁的布里奥妮正值自我意识不断增强的年纪,有关自我身份感的关切也就愈加明显,"早期阶段的青少年表现出日益强烈的自我意识,极为关切他人如何看待自己"。② 哈尼斯(Axel Honneth)沿袭黑格尔和米德(George Herbert Mead, 1863—1931)的观点,强调个体与自我的关系并不是孤立的自我评价问题,而是一个主体间性的过程。③ 布里奥妮要确立自我身份感,就迫切地希望获取家人对她的关注和肯定。她通过向家人展示自己的文学才华,得到了家人的鼓励与肯定,也由此获得了自我身份意识。11 岁时,她模仿民间故事写了第一个恋爱故事;13 岁时,她创作了道德剧《阿拉贝拉的磨难》,以迎接哥哥从伦敦归来。日常生活中讲究整齐、条理的布里奥妮对"秩序"有着强烈的要求,在她的奇想世界中一切都应该秩序井然,"因为一个无序的世界完全可以在写作中条理化"(7)。《阿拉贝拉的磨难》的主人公先是在激情的引导下作出了错误的选择,遭受惩罚后,在家人的帮助下认识到理性和责任的价值,最终获得了幸福的婚姻。该道德剧具有明显的教益作用,她希望哥哥看了该剧之后一方面能以她为傲,另一方面能收敛花花公子行为,并走向幸福的婚姻。她坦言自己之所以喜欢戏剧,是因为她认为"每个人都会欣赏她的才华"(11)。可见,布里奥妮近乎孤芳自赏,而没有对他人移情关切的能力。

为了躲避父母"离婚内战"而造访塔里斯庄园的三个表亲,刚一抵达就被布里奥妮安排去表演:"你们的角色我全都写好了,明天首演,五分钟后排练!"

---

① 伊恩·麦克尤恩:《赎罪》,郭国良译,上海:上海译文出版社,2007 年,第 58 页。以下出自该书的引文只标页码,不再加注。

② Thomas Sander, Heady Stegge and Tjeert Olthof, "Does Shame Bring Out the Worst in Nacissists? On Moral Emotions and Immoral Behaviours," in *The Development and Structure of Conscience*, eds. Willem Koops, Daniel Brugman, Tamara J. Ferguson and Andries F. Sanders, New York: Psychology Press, 2010, 227.

③ Axel Honneth, *The Struggle for Recognition: The Moral Grammar of Social Conflicts*, trans. Joel Anderson, Oxford: Polity Press, 1995, xii.

(9)守着行李抱成一团的小客人们被惊呆了,措手不及,却又没有选择余地。戏剧排练并不顺利,表姐罗拉巧妙地剥夺了布里奥妮饰演主角的机会,双胞胎表弟也没有顺从地配合,最后排演流产,这无疑挫败了布里奥妮的初衷和自尊心。对此,布里奥妮感到羞耻万分——"早期青少年阶段自我受到威胁的际遇非常普遍,典型的体验为羞愧"。① 为了"驱散自己的卑微感",她等待时机,以向家人证实自己的价值。就在她专注于向家人展示自我价值的过程中,酷爱秩序的她主观地将他人纳入自我中心的阐释框架,混淆了事实与想象的界限,最终闯下了不可饶恕的大祸。

二、布里奥妮以自我为中心的认知框架与罪过

布里奥妮对"秩序"的偏爱不仅体现于她的文学想象世界,而且还体现在她使现实世界"秩序化"的努力中。她凭借自己有限的文学知识来阐释自己周围的世界。当她透过窗口,看到姐姐塞西莉娅和管家的儿子罗比争夺一只花瓶的情景时,她试图以自己熟知的童话中英雄救美这一阐释框架来加以解释,"她也实在想现在就跑到塞西莉娅的房间里去,向她把事情问问清楚——但这个念头也很快被打消了。因为她希望能体验这种独自追寻的兴奋,就像刚才在窗口那样"(35)。尽管承认自己对姐姐和罗比之间的事情并不理解,布里奥妮还是固执地认为姐姐受到了罗比的威胁。接下来她偷看了罗比让自己转交给塞西莉娅的"淫秽"纸条,进一步坚信姐姐受到了罗比这个"色情狂"的威胁,她"立即察觉到这粗鲁言辞背后所包含的危险。某种完完全全的人性化的东西,或者说男性的东西,威胁到了她家的秩序"(100)。布里奥妮主观地阐释她周围的世界,但大她近十岁的姐姐和罗比之间的青涩爱情和复杂情感超出了她的理解能力,因此她把罗比看成破坏她家秩序、企图伤害姐姐的坏人,而姐姐则需要自己的保护。当她在图书室里撞上罗比和塞西莉娅做爱的场景,她还以为正是自己的英勇阻挠了罗比伤害姐姐的行为。在布里奥妮以自我为中心的认知框架内,她是维持秩序、保护亲人的英雄,以此获得家人的关注。当晚表姐罗拉遭遇强暴,这一事件进一步帮助布里奥妮"实现"了扮演英雄、维持

---

① Sander, Stegge and Olthof, "Does Shame Bring Out the Worst in Nacissists?", 227.

秩序的梦想。黑夜中她只看见了一个模糊的男性背影，并没有看清其真面目，但是她主观地把前后发生的事情串联起来，"并填补现实中的空白和不确定点"：她认定罗比在攻击塞西莉娅未果后把袭击对象转移到了罗拉身上，实现了自己的可耻欲望；尽管表姐罗拉并没有确认罪犯就是罗比，布里奥妮却迫不及待地要代替罗拉伸张正义，"如果她那可怜的表姐无法看到真凶，说出真相，那她可以替表姐仗义执言。我能。我一定会。"（149）她立即向警察指控罗比，并提供了证词和证据，认为自己"正在行善积德，做一件非凡之举，这一定会让大家感到震惊，人们一定会对她颂扬之至"（156）。可见，布里奥妮一直以自我为导向，其行为的动机在于获取众人的认可与赞赏，以确立自己青少年早期尚欠稳固的身份感。她的主观阐释对他人造成了不可弥补的伤害：它不仅导致无辜的罗比遭受牢狱之灾，而且毁灭了姐姐和罗比之间美好的爱情。

在回顾性叙述里，布里奥妮坦承："她那时本可以走近屋子，依偎在妈妈身边，把这一天发生的事情讲给妈妈听，如果这样做了，后来也就不会铸下了大错。很多事也不会发生，什么也不会发生。"（140）老年布里奥妮在回顾性叙述中以全知的叙事人声音传递了自己的悔悟："给人们带来不快的，不仅是邪恶和诡计，而且还有迷乱和误解；最重要的是未能把握简单的真理，即其他人与你一样实实在在。"（35）少年的她之所以犯下罪过，不是出于恶意，而是由于她认知上的局限导致了混淆或误解。更准确地说，少年的她缺失来自父母的移情关怀，总是以自我为中心，忽视了他人/世界的复杂性；当年的她如果对他人存有些许敬畏之情，就不会妄加判断，最终闯下弥天大祸。

三、移情书写他者与自我伦理意识之反思

随着年岁的增长，布里奥妮渐渐意识到自己当年的罪过。不过，她并非像罗比和塞西莉娅所认为的那样，是故意撒谎，而是因为年少无知。相比之下，表姐罗拉却工于心计，明明知道谁是罪犯，却诱导布里奥妮猜测，致使布里奥妮走上一条"犯罪—赎罪"之路。布里奥妮和罗拉恰好是一组对立的人物：布里奥妮最终认识到了自己的行为给别人造成的痛苦，而罗拉却一直在逃避这一事实，后来还同当年强暴自己的富商马歇尔结为夫妻，过着富裕生活。布里奥妮对自己行为的理解是渐进式的、修正型的：起初，她认为自己是秉着"爱"

的原则,为保护姐姐及罗拉而指控罗比;随着年龄增长,她意识到了自己的幼稚和偏见,因此渴望得到罗比和塞西莉娅的宽恕;最后,当她发现马歇尔才是真正的强奸犯,便试图以小说形式、通过移情书写的方式来赎罪。她花了59年的时间反复书写同一本小说,在反复移情想象和书写他者的过程中,移情感受自己给罗比和塞西莉娅带来的痛苦,并试图以艺术的方式修复或重建自己和受自己伤害的亲人之间的感情纽带,以获取亲人的谅解。

老年布里奥妮尝试移情进入事发当年各个人物的视角,想象他们不同于自己的情感和认知世界,不再是以自我为导向,而是以他者为尊。在书写他者的过程中,增强对他者的移情能力,学会理解并尊重他人。小说的第一部分从多视角叙述当年的事情,具有明显的心理现实主义特征。例如,三位表亲跋涉两百里路后来到塔里斯庄园,布里奥妮迫不及待地对他们提出排演戏剧的要求,而母亲和姐姐则"一直喋喋不休,这使客人本应有的轻松荡然无存";同时叙述人又从孩子们的角度传递他们来到陌生环境的内心感受:"人们都没有意识到,孩子们现在最需要的是独处。不过,昆西家的孩子使出浑身解数,假装很开心,假装很自在。"(9)表亲们初来乍到,没有享受到温暖的移情关怀,其心境压抑、郁闷,这绝不是当年以自我为中心、对他人缺乏移情关切的布里奥妮所能感受到的。从母亲艾米莉的视角的叙述,则揭示出艾米莉孤独的生存状态。父亲多日留宿在外,父母之间没有爱,仅有维持表面婚姻的虚伪之道:

每天傍晚,他都会打来电话,尽管艾米莉对他所说的并不怎么相信,但至少对双方而言也算是一种安慰……她能从房子、花园——最重要的是孩子身上——获得满足。她配合杰克的这套表面功夫,就是不希望失去这一切。况且她倒是更希望通过电话听到杰克的声音,而不是有他伴在左右。即便经常骗她,但至少这也说明长久以来他是在意她的,尽管这很难称之为爱。他肯定是在乎他的,所以才精心编了那么多谎言,骗了她那么久。他这样做,说明他还是看重他们的婚姻的。(131)

成年布里奥妮饱含同情地进入母亲的意识,呈现了母亲在无爱的婚姻中孤独与无奈的生存困境。但13岁时,布里奥妮只一味地渴望来自母亲的关怀与关注,根本不能体味母亲无助的"第二性"生存困境。

麦克尤恩在小说第一部分用更多的笔墨分别以罗比和塞西莉娅的视角,呈现了他们之间跨越门第的青涩爱情,而13岁的布里奥妮对此是无法理解的。恋人相互表白前混乱、矛盾的情感,在当年钟爱理性及秩序的布里奥妮看来,也根本无法体悟。"透过他人的眼睛审视世界,在麦克尤恩这里敞开了伦理之维。"①对于当年引起自己误解的情景,老年布里奥妮应用了"多重式内聚焦"的叙述模式,即以不同人物的视角来看待同一事件,力求多角度、多层面地予以展现。比如,小说开始部分就以全知视角叙述了布里奥妮在看到姐姐和罗比争夺花瓶一幕之后的顿悟:

她可以把这场戏从三个不同角度写上三遍。最让她感到兴奋的是这种写法赋予她的自由——她不用再苦苦挣扎于善恶之间,不用再费心刻画好汉或恶棍。因为三人中没有哪个是坏人,也没有纯粹的好人。总之她不用再做出任何判断了,也不用设定任何道德标准。她只需要表现出他们各自不同的思维——每一个都和自己一样的鲜活,一样地意识到其他思维的存在而痛苦不堪。给人们带来不快的,不仅是邪恶和诡计,而且还有迷乱和误解;最重要的是未能把握简单的真理,即其他人与你一样实实在在。只有在故事中,你才能进入这许多不同人物的内心世界,并且将他们各自平等的价值展现出来。(35—36)

该场景在多视角的回顾性叙述中展开:布里奥妮少年的视角揭示了她所认为的罗比对塞西莉娅的威胁,第三人称万能视角则揭示了当时两位羞于表达情感的年轻人之间夹杂尴尬与怒意的青涩恋情。在小说第一部分,成为作家后的布里奥妮移情进入不同人物的意识和心灵,以心理现实主义的角度再现了各人物的情感世界和认知视角,感受了不同于自我的他人的独特存在。布里奥妮对艺术创作的理解和实践也呈现修正性特征:11岁时,她尝试创作民间故事;13岁时,她写起了简单的道德剧;在试图阐释姐姐与罗比争夺花瓶的情

---

① Pascal Nicklas ed., *McEwan: Art and Politics*, Heidelberg: Universitätverlag Winter, 2010, 8.

景失败后,她转向了心理现实主义。布里奥妮从事创作的历程也是对他者的移情理解不断增强的过程。从最初级的模仿,到对人物善、恶二元对立的简单判断,再到移情进入他人意识,并对他人心理现实进行复杂的描摹,布里奥妮逐渐加深了对他人的认识和理解。60 年后,年老的布里奥妮回顾了自己如何在 13 岁时穿越整个文学史的创作历程;如今,她的小说以不含道德意识而出名,她深入人物的心灵和意识,多角度地呈现同一事件,不做任何道德评判,任由读者参与其中,做出自己的判断。

布里奥妮对他者移情能力不断发展、增强的过程也就是审视、反思自我伦理意识的过程。随着认知能力、移情能力的提高,布里奥妮的罪恶感、愧疚感也日趋强烈,"犯错后的愧疚感促使修正性的行为得以发生"。① 后来,她放弃了去剑桥求学的机会,追随姐姐塞西莉娅去战地医院从事护士工作。如莫勒(Swantje Möller)所说,"布里奥妮成为护士的决定是他人意识增强的关键性一步"。② 小说第三部分以布里奥妮作为护士的视角,再现了战争给士兵们带来的巨大创伤;身为护士的她,移情感受士兵们所遭受的苦难,希望能有机会与参战的罗比相逢,并亲手救治他的创伤,借以赎罪。法国士兵吕克身负重伤,行将离开人世,把布里奥妮误认为自己相识的英国姑娘;起初,布里奥妮想告诉吕克他们彼此从未谋面,但当她意识到后者即将离开人世时,便把自己想象成吕克所说的那个英国姑娘。吕克问她:"你爱我吗?"她便回答说"我爱你。"(273)在她看来,不可能有任何其他回答。正如莫勒指出的那样,布里奥妮此处放弃了优先考虑自己的视角,甚至放弃关于真相的看法,转向以他人的视角为主导。③ 这正是布里奥妮近距离感受、拥抱并尊重他人的典型场景。五年前的她因自我中心的主观想象而犯罪,如今她在以他人为尊的道德想象中完成了救赎——当然,这只是就客观过程而言。

就主观感受而言,"移情能够引起强烈的愧疚感,甚至对于并非有意为之

---

① Tamara J. Ferguson and Heidi L. Dempsey, "Reconciling Interpersonal Versus Responsibility-Based Models of Guilt," in *The Development and Structure of Conscience*, eds. Willem Koops, et al., New York: Psychology Press, 2010, 174.
② Swantje Möller, *Coming to Terms with Crisis: Disorientation and Reorientation in the Novels of Ian McEwan*, Heidelberg: Universitätsverlag Winter, 2011, 88.
③ Ibid.

和难以预见的后果也是如此"。① 布里奥妮对他者的移情能力越强,就越觉得"不管她做多少下等和卑贱的工作,不管她做得多苦,多出色,不管她心甘情愿地放弃了多少——她都弥补不了自己造成的损害。永远都弥补不了。她是不可饶恕的"(367)。布里奥妮少年时候的无知虽未直接导致罗比和塞西莉娅的死亡,却葬送了一对恋人可能的幸福。如果没有战争,罗比和塞西莉娅就很可能依然活着,布里奥妮也很有可能得到赎罪的机会。然而,战争带走了一切,布里奥妮"终于明白这场战争会如何加重她的罪孽"(254)。

麦克尤恩在《赎罪》中对布里奥妮之"罪"、战争之罪、人类之罪的描述还涉及文学理论界在20世纪80年代后期"伦理转向"以来受到热切关注的一个问题:叙述伦理。② 基于老年布里奥妮的叙述,整部小说表面上讲的是布里奥妮的罪,但字里行间,读者看到罗拉夫妇、警官及布里奥妮的父母兄长更应该赎罪。他们犯了势利和偏见的罪——他们一直怀疑真正的强奸犯应该是仆人丹尼·哈德曼,却从未怀疑过马歇尔这位富商。当他者地位比自己所属的阶层要低,人们对他者的尊重也就更加具有伦理意味。除了布里奥妮,其他合谋将罗比送入监狱的人——如警官、布里奥妮的父母兄长、罗拉、马歇尔等人——从未尊重过来自较低阶层的罗比,势利和偏见蒙蔽了他们的双眼,仅仅依据一个孩子的话就主观地判定罗比是强奸犯。而真正的罪犯马歇尔却利用人们的势利而穿梭于警官之间,目送无辜的罗比蒙冤入狱,自己则逍遥法外,是真正意义上的罪魁祸首。罗拉明明知道罪犯是谁,却引诱布里奥妮犯错,因而也罪不可恕。甚至连罗比和塞西莉娅也要赎罪——他们一直怀疑真正的强奸犯应该是仆人丹尼·哈德曼,却从未怀疑过马歇尔这位富商,因此他们也犯了势利和偏见之罪。

然而,随着故事的进展,布里奥妮的作家身份得以暴露,这就增加了新的谜团:众多人物中间,究竟还有谁该赎罪? 布里奥妮的叙述有多大可信度?

---

① Möller, *Coming to Terms with Crisis*, 174.
② 保罗·德曼(Paul de Man)在20世纪40年代效力于纳粹报刊的陈年劣迹于1987年12月1日在《纽约时报》上被披露,从而引发了理论界对解构主义学派伦理立场的质疑和论争。伦理成了理论界关注的热点。由此,哈柏姆(Geoffrey Harpham)严肃而又戏谑地宣称:"在1987年12月1日前后,文学理论的性质发生了改变。"此事件标志着文学理论界的伦理转向。参见 Geoffrey Galt Harpham, "Ethics," in *Critical Terms for Literary Study*, eds. Frank Lentricchia and Thomas McLanghlin, Chicago: University of Chicago Press, 1995, 387 - 405.

换个角度来看,她在描述中将罪过推给罗拉、警官、父母等人,是否在为自己寻找借口?毕竟,在整个叙述中,罗拉等人都是被叙述者,没有发言权。因此,当读者主观地同情布里奥妮,相信她的一面之词,判定他们有罪的时候,是否也犯了布里奥妮式的"罪"?

四、究竟谁该赎罪?

对于麦克尤恩来说,"谁之过"其实并不重要,重要的是所有这些人都需要赎罪,并引导读者反思自己可能的罪过,反思人类所犯的罪。既然文中多个人物,甚至人类整体都有"犯罪"的嫌疑和"赎罪"的必要,那么何以赎罪?赎罪又有何益?读者对这些问题又会作出怎样的伦理判断?施瓦兹(Daniel R. Schwarz)认为:"文本要求读者作出伦理反应,一方面是因为叙述总有一个伦理的维度,另一方面也因为我们本身代表着自己的价值观,而且我们从来都无法逃离我们自己的道德价值观。"①作为《赎罪》的读者,我们有必要探讨文本内外人物和作者的赎罪方式及意义,进而反思自己在阅读中的伦理反应和价值取向。

从文本内部来看,布里奥妮认为自己的罪是无法赎的,"是不可饶恕的"(367)。她所能做的只是在想象和虚构中,在她移情书写他者的小说结尾为塞西莉娅和罗比安排一个完美的结局,让他们"依然活着,依然相爱"(326),给读者和她自己一丝安慰。不过,她同时意识到,无论她如何呼求,如何诉诸进一步的想象去虚构更多美好的场景和结局,都无法回到纯真无瑕的年代,她的身上、心里总是沾染着"罪"的阴影,令她无以遁形。尽管如此,她选择了勇敢面对,并试图通过故事叙述来获得救赎。如前文所述,她在小说创作过程中从不同的视角进入当年塞西莉娅、罗比、母亲等人的意识,这种移情能力在麦克尤恩看来,正是"我们道德的起点"。②

从文本外部来看,作者是如何赎罪的呢?老年布里奥妮这样说道:"拨去

---

① Daniel R. Schwarz, "A Humanistic Ethics of Reading," in *Mapping the Ethical Turn: A Reader in Ethics, Culture, and Literary Theory*, eds. Todd F. Davis and Kenneth Womack, Charlottesville: University Press of Virginia, 2001, 5.

② Ian McEwan, "Only Love and Then Oblivion: Love Was All They Had to Set Against Their Murderers," *The Guardian*, 12 Sep. 2001, 1.

想象的迷雾吧！小说家何为？走到极限之处，在可望而不可即的地方安营扎寨，打法律的擦边球，然而在判下来之前，谁也不知道确切的距离。为稳妥起见，最好还是不动声色，暧昧难明。"(325)这其实是麦克尤恩本人的态度，他不动声色地将读者卷入故事，任凭读者作出自己的判断。那么，以"叙述"作为赎罪方式的意义何在呢？芬尼(Brain Finney)提供了一个答案："无论如何，想象别人的感受可能是我们在不断发生的人类苦难面前所能做的一种修正。"①这也契合麦克尤恩曾多次强调的移情。在后者看来，移情/想象别人的感受正是人性的核心，是道德的起点。布里奥妮通过回忆、想象和叙述感受着罗比和塞西莉娅所受的痛苦，而麦克尤恩也同样通过想象和叙述感受着人类的苦难，试图修正人类的偏见和罪过，唤起人类的良知和理性。

必须特别强调的是，麦克尤恩把布里奥妮塑造成一位作家，这一角色本身就深意藏焉。如洛奇所说，"小说家具有的创造人物的能力，帮助我们在现实生活中发展同情和移情的能力"。② 这一观点显然在麦克尤恩那里得到了继承，他认为小说家作为一个群体比普通大众更具有移情心，写小说会培养小说家角色扮演的能力，因而他们的移情能力更为强烈。③ 用他的原话说："我将小说看作一种探索、审视人性的形式。"④无论是布里奥妮的忏悔，还是战争的残酷，故事归根结底讲的是人性，恰如书中所述："人，归根结底，是一个物质存在，很容易受损伤，却不容易修复。"(392)这样的感慨也使小说对人性的探询上升到哲学的高度：人的存在究竟意味着什么呢？马歇尔和罗拉的存在与布里奥妮的存在有何区别？又有何高低之分？叙述者和作者并未提供一个确切的答案，因为人性永远是"复杂多变和无限神秘的"。⑤ 麦克尤恩把人性的复杂性展现在读者面前，无非是让读者发现，每个人都不是那么单纯，都可能给他人、给自己带来伤害和伤痛。读者若以布里奥妮的经历反观自己，会提出这样

---

① Brian Finney, "Briony's Stand Against Oblivion: The Making of Fiction in Ian McEwan's *Atonement*," *Journal of Modern Literature*, 3(2004), 82.
② David Lodge, *Consciousness and the Novel*, London: Secker and Warburg, 2002, 42.
③ Ibid., 127.
④ Ian McEwan, "A Novelist on the Edge: Interview with Dan Cryer," Newsday, 24 (2002), B6.
⑤ 弗吉尼亚·吴尔夫：《吴尔夫读本》，吴钧燮、马爱农译，北京：人民文学出版社，2011年，第429页。

的疑问：自己能像布里奥妮那样，勇敢地把自己的缺点和罪过暴露在显微镜下吗？能细察自己的内心，反思自己的举动，并真诚地悔恨吗？读者审视自我的过程，也就是移情能力增强的过程，或者说自我伦理意识增强的过程。

麦克尤恩面对复杂的人性选择了叙述，剥茧抽丝般地曝光人性的善与恶，这是一种以叙述为己任的伦理，一种默多克理解为勇气的善，一种道德。① 一言以蔽之，《赎罪》的重心不是追究"谁之过"，而是以移情书写的方式引起读者对自我伦理意识的反思，呼吁人们超越自我，践行移情关怀伦理。正是在这一意义上，麦克尤恩为文化观念输入了新的伦理内涵。

---

① 曾有人问默多克什么是"善"，她颇费了一番踌躇后，通过信件回复提问者："复善之界定：善的一个基本的要素是勇气。"参见 Gillian Dooley, *From a Tiny Corner in the House of Fiction: Conversations with Iris Murdoch*, South Carolina: University of South Carolina Press, 2003, 112.

第九章

找回"忠诚"的民族良心

民族良心或民族之魂的凝练过程,折射出作家在创作过程中努力构建民族特性和追寻民族身份认同的精神。在这一方面,当代英国作家也跟文化观念发展史形成了互动——通过文学作品来锻造民族良心,这是一种文化使命,也必然使文化观念的内涵更加丰富。本章以威尔士诗人 R. S. 托马斯、英格兰诗人菲利普·拉金、爱尔兰诗人谢默斯·希尼和英格兰小说家多丽丝·莱辛等作家为考察样本,审视他们如何在多元文化背景下处理文化身份、民族和社会的共同信仰、行为准则和凝聚力等问题,进而揭示当代英国文化流变中民族共同体形塑的轨迹。

凡是以德为本的文化都离不开宽容度和同理心,而民族良心正是形成良善社会的基础。良心(conscience)一词由 con(共同、一起)和 scire(了解、认知)构成,作家作为民族志的书写者恰恰扮演了分享个体经验、提炼共同记忆的角色。无论是身处核心文化外围的"卫星文化"(satellite culture)的托马斯和希尼,还是身处公共语言和家庭关系新旧更迭的漩涡的拉金和莱辛,他们的文学作品为读者提供了鲜活而丰富的文化样本。这些样本并不是二元的,所谓的"忠诚"也不是单极的,而是体现了英国文化共同体内部各团体、各民族、各阶层和而不同的复杂性及合而不分的凝聚力。

第一节
托马斯重建威尔士民族共同体之旅

对于英国以外的读者(尤其是中国读者)来说,解读 R. S. 托马斯(R. S. Thomas, 1913—2000)作品的一大难点便是他与威尔士民族主义(Welsh

Nationalism)之间,以及他的民族性写作与英国文化共同体之间的微妙关系。现代"英国"(U. K.)的组成,无论是"大不列颠及爱尔兰联合王国"(1801—1922),还是爱尔兰独立之后的"大不列颠及北爱尔兰联合王国"(1922—   ),威尔士始终是不列颠(Britain)不可分割的一部分。威尔士与英格兰融合的历史甚至可以追溯到英格兰王国(Kingdom of England, 1536—1707),远早于苏格兰和爱尔兰加入英国大家庭的时间。不同于后两者,威尔士从未表达过主权独立的诉求①,但威尔士也有自己独特的语言(Cymraeg)和文化(比如独立的教会、节日习俗、民族音乐等),这使它在和英国的从属关系中并未被完全同化或盎格鲁化。

作为个体的 R. S. 托马斯,似乎正好体现了这种微妙的民族关系,身为"盎格鲁—威尔士文学运动"(Anglo-Welsh movement)的精神领袖,他自己也往往被冠以比"威尔士诗人"(Welsh poet)更准确的"盎格鲁—威尔士诗人"(Anglo-Welsh poet)或"用英语写作的威尔士诗人"(Welsh poet in English)的名号。② 威尔士作家比安齐(Tony Bianchi, 1952—2017)曾称 R. S. 托马斯是"盎格鲁—威尔士作家中孜孜探求读者民族身份的最强音"。③ 事实上,托马斯一直倍受非母语写作的煎熬,甚至一度想要放弃诗歌创作。他出生于威尔士南部英语区的卡迪夫(Cardiff)——即他诗中的"虚假国度的首府",④而他直到30 岁才开始学习威尔士语,以至于他认为"用威尔士语写诗会力不从心"。⑤ 反映在他作品中的这种力不从心感有时会被英语文学评论家所忽视,后者更关注的是托马斯作为母语非威尔士语的威尔士作家对本土文学所作的杰出贡献,以及他所倡导的文学运动在后期为本土主题普世化所作的努力。

---

① 在英国的语境中,英格兰、威尔士、苏格兰及北爱尔兰被称为 countries,但并非主权独立的 states(国家)。

② 需要说明的是,大卫・劳埃德(David Lloyd)曾在《威尔士的英语写作》("Welsh Writing in English," *World Literature Today*, 66.3(1992), 435-438)一文中指出,不少学者对"盎格鲁—威尔士文学"(Anglo-Welsh literature)一词持否定态度,称其含有后殖民主义色彩,故目前学界倾向于采用"以英语写作的威尔士作家"(Welsh Writer in English)来替代"盎格鲁—威尔士作家",类似的术语还包括"以英语书写威尔士"(Welsh writing in English, writing Wales in English)等。

③ Tony Bianchi, "R. S. Thomas and His Readers," in *Wales: The Imagined Nation: Studies in Cultural and National Identity*, ed. Tony Curtis, Bridgend: Poetry Wales Press, 1986, 82.

④ R. S. Thomas, *The Echoes Return Slow*, London: Macmillan, 1988, 4.

⑤ R. S. Thomas, *Selected Prose*, ed. Sandra Anstey with Introduction by Ned Thomas, Bridgend: Poetry Wales Press, 1986, 182.

这种批评忽视的恰恰是托马斯作品所反映的非常重要的一方面，即他对威尔士民族身份的追寻。实际上，托马斯的英语诗歌创作作为威尔士文学的一部分，"与威尔士的过去有着千丝万缕、难以消融的关系"，①如果我们细读其作品，就会发现，即便是托马斯后期的宗教诗歌和看似个人书写的散文，也无处不体现他深厚的民族情怀和关切。

一、"盎格鲁—威尔士作家"的民族与文学身份

对于托马斯的民族书写和民族身份困境，我们或许可以从艾略特在《文化定义札记》里的相关论述中找到解答的线索。艾略特对"卫星文化"所下的定义为"因地理或其他原因而与某种强势文化结为永久性关系的文化"，②因而对英格兰来说，爱尔兰、苏格兰和威尔士的地区性文化都属于这个范畴。同时，艾略特也强调了这些卫星文化并非被完全吞并：

任何生命个体都有保持其个性的本能，因处于弱势而联合起来的个体往往最排斥和憎恶这种合并，他们的反对声音也最强；也有一些个体则视被吸纳进强势文化为成功[……]不过，如果我们排除这两种立场，我们可以说任何有活力的小民族都希望保持他们的个性。③

不过，艾略特也有为强势文化辩解的嫌疑，他认为卫星文化通过对强势文化的影响，"在世界上发挥的作用要远超过它自身的影响力。对于爱尔兰、苏格兰和威尔士而言，将其与英格兰的纽带割断，就好比使它们与欧洲和世界隔绝。[……]让威尔士人、苏格兰人和爱尔兰人变得跟英格兰人一样，显然对英格兰文化无益。[……]苏格兰、爱尔兰和威尔士的持续影响对英格兰文化极有好处。"④正如托马斯在其《文选》(*Selected Prose*，1986)中把威尔士文学对

---

① Michael J. Collins, "Recovering a Tradition: Anglo-Welsh Poetry 1480 – 1980," *World Literature Today*, Vol. 63, 1(1989), 56.
② T. S. Eliot, *Christianity and Culture*, New York: Harcourt, Brace and Company, 1949, 128.
③ Ibid., 128.
④ Ibid., 129.

英语文学的影响比喻为向"英语文学的衰老身躯""输送血液",①按照艾略特的逻辑,这种"输出"对威尔士本身也有益处。托马斯将艾略特的这番言论视为不列颠不断剥夺威尔士文化遗产这一现状的狡辩。托马斯的盎格鲁—威尔士文学之路,并不是借助英格兰文化发扬威尔士文化的手段,也不是要为英格兰文化作贡献,而是"希望重新唤起人们对威尔士语言文化的兴趣,尤其是引导威尔士人回归母语"。② 在托马斯的文学创作过程中,他始终坚信盎格鲁—威尔士文学运动"只是威尔士重新威尔士化(re-cymrification)过程中的一个阶段",③而所谓"用英语写作的威尔士诗人"——如他自己——都只不过是在用外语写作。

托马斯如此开诚布公地谈论自己的威尔士语创作感受(即如同外语写作),不禁让人联想到《一个青年艺术家的画像》(*A Portrait of the Artist as a Young Man*, 1916)中,斯蒂芬和教导主任关于油灯的那番讨论:

——还回到灯的问题上来,[教导主任]说,往灯里加油也是个很微妙的问题。你必须选择纯净的油,往里加的时候你还得特别小心,别让它流到灯外面,也不要让油从漏斗口上漫出来。

——什么漏斗? 斯蒂芬问道。

——就是你用来往灯里灌油的那种漏斗。

——那个? 斯蒂芬说。那东西叫漏斗;那不是通盘(tundish)吗?

——什么是通盘?

——就是那个。那个……漏斗。

——这东西在爱尔兰叫通盘吗? 教导主任问道。我这辈子还从没听说过这个词儿。

——在下德拉蒙康德拉一带这东西叫作通盘,斯蒂芬大笑着说,那里的人英语可都是说得呱呱叫的。

——通盘,教导主任若有所思地说。这个词再有趣不过了。我一定得查

---

① R. S. Thomas, *Selected Prose*, 52.
② Ibid., 53.
③ Ibid., 33.

一下字典。说真的,我一定得查一查。

　　他这种客气看起来有些虚假,斯蒂芬几乎是用寓言故事中长兄看待回头浪子的眼神注视着这位来自英格兰的皈依者。①

　　在乔伊斯的小说中,这位教导主任对这个外语"小词"居高临下的态度,激发了斯蒂芬的一种顿悟。想到此君乃"本·琼森的同胞",②他不禁有些难堪:

　　我们两人刚才谈话所使用的这种语言原本是他的语言,后来才成了我的语言。像"家""基督""麦芽酒""主人"这些词,从他嘴里说出来和从我嘴里说出来是多么不同啊!我在说这些词儿和写这些词儿的时候无时无刻不感到心神不宁。他的语言对我而言是那样地熟悉,又是那样地陌生,它在我看来永远只能是一种后天学来的语言。那些词儿不是我创造的,我也不能接受。我的声音拒绝说出这些词儿。我的灵魂在他的语言的阴影下惴惴不安。③

　　尽管斯蒂芬不是没有文化的粗人,但作为"卫星文化"的一员代表,他显然感到英语只是他的第二语言,有种不得已而为之的焦灼情绪。类似的不得已,抑或是力不从心,弥漫在托马斯的作品中,他曾表示:"千万别让人们陷入这样一种假想:因为在威尔士,英语无处不在,所以英语已经不是外语。"④1978 年在题为《作家的自杀》("The Creative Writer's Suicide")一文中,他揭示了威尔士作家尤其是以英语书写威尔士的作家的困境:

　　这恶魔般的双语主义!哦,我当然知道人们为何为它辩护:它丰富了我们的个性,锻炼了我们的思维,让我们最大限度地享受两个世界,等等。似乎如此。但对于任何想要写作的威尔士人来说,它就像是拴在脖子上的石磨一

---

　　① James Joyce, *A Portrait of the Artist as a Young Man*, ed. Chester G. Anderson, New York: The Viking Press, 1968, 188 – 189. 本段及下段引文的中文译文参考了李靖民译,《一个青年艺术家的画像》,杭州:浙江文艺出版社,2009 年。
　　② 即英格兰人。
　　③ James Joyce, *A Portrait of the Artist as a Young Man*, 189.
　　④ R. S. Thomas, *Selected Prose*, 181.

样的沉重负担。①

因此，托马斯认为威尔士的英语作者有着不同于威尔士语作者的困难，后者视拯救民族文化为最主要任务，必要时甚至可以牺牲作品的文学性；而前者"需要不断地走入两种语言文化间的无人地带"。② 因各种原因需要用英语写作的时候，"一旦[托马斯]试图把作品变得更有威尔士味，其结果要么是与英语读者对立起来，要么是让他们觉得索然无味"。③ 而更困扰托马斯的是，盎格鲁—威尔士作者的威尔士语学得再好，要用威尔士语（托马斯认为本应是其母语的语言）写诗也绝非易事。对此，托马斯的权宜之计便是用英语写诗，而用威尔士语写布道文④和其他散文。

二、从语言到灵魂：托马斯笔下的威尔士风光与威尔士人

有着"威尔士民族诗人"称号的当代威尔士女诗人吉莲·克拉克（Gillian Clarke，1937—　）和托马斯一样，也是成年后才开始学习威尔士语的。她曾说："诗歌是威尔士的民族艺术，这一古老的诗歌传统从未中断，而我正生于这一传统中。"⑤我们可以想象，这种民族自豪感同样也影响了托马斯的诗歌主题，尤其是他的早期作品。学界通常认为，《他》(*H'm*，1972)和《心灵实验室》(*Laboratories of the Spirit*，1975)是托马斯早期和后期诗歌间的分水岭。他的早期诗歌也是英语文学选集收录较多的部分，集中以威尔士乡村的自然风光为背景，来描绘威尔士山区农民以及整个威尔士民族的历史命运，正如《威尔士历史》("Welsh History"，1952)一诗所述："我们奋斗，也总退缩，/就像在密尼特茅尔山坡上融化的雪"；也如《威尔士风光》("Welsh Landscape"，1952)中所刻画的：

---

① R. S. Thomas, *Selected Prose*, 179.
② Ibid., 180.
③ Ibid., 180.
④ 托马斯是威尔士圣公会的牧师。
⑤ 见 Jules Smith, https://literature.britishcouncil.org/writer/gillian-clarke (accessed 2017/10/10).

> 生活在威尔士,就得明白
> 先人泼洒的鲜血
> 映红了黄昏时分的绚丽天空
> 也染红了
> 一条条清澈河流。①

这些诗读来真切质朴,但我们不能忽视诗行背后托马斯的意图——"为田里那个渺小的农夫发声、宣传(propagandise)"。② 托马斯赋予威尔士农民群像满脸的单纯与敦厚,他们的宁静生活和田园风光受到来自英格兰的工业革命者和游客的干扰和破坏。在众多农民形象中,最具代表性的是常在山野间劳作的埃古·普里瑟赫(Iago Prytherch)。③ 在《入侵农庄》("Invasion of the Farm",1955)一诗中,他听不懂盯着他看的英格兰游客的英语,因而十分懊恼,颇感"孤立无助,暴露无遗/在我自己的庄稼地里,无处可逃/逃不过你们犀利的眼睛"。④ 显然,托马斯在诗句中注入了强烈的民族情绪:一方面,他试图从这些农民身上发掘"传统的威尔士乡村文化价值观,希望以此对应英格兰化的社会进程,抵抗消费主义和市场价值的入侵,恢复威尔士乡村的田园诗意";另一方面,他"痛斥自己的人民自甘堕落,将威尔士的自然山水和历史文化作为商品向英格兰游客兜售,还抛弃故土追随英镑到英格兰生活,对本民族所面临的文化危机与英格兰的蚕食漠然不顾"。⑤ 这并不妨碍这类早期诗歌作为托马斯的代表作被收入英—威文学选集,⑥相反的,托马斯的真诚和勇气为他赢

---

① R. S. Thomas, *Collected Poems 1945–1990*, London: Phoenix, 2000, 35–37. 这两首诗及下文托马斯诗歌作品,都直接译自原文;少量借用他人译文的,会特别注明。
② J. B. Lethbridge, "R. S. Thomas Talks to J. B. Lethbridge," *The Anglo-Welsh Review*, Vol. 74(1983), 42.
③ 埃古·普里瑟赫是托马斯在早期诗歌中创造出来的一个普通威尔士农民形象。在托马斯诗歌中,直接以该形象为诗的共有19首。
④ R. S. Thomas, "Invasion of the Farm," *Collected Poems 1945–1990*, London: Phoenix, 2000, 60.
⑤ 程佳:"中译本序",《R. S. 托马斯诗选:1945—1990》,R. S. 托马斯著,程佳译,重庆:重庆大学出版社,2012年,第4页。
⑥ 该观察见 Tony Bianchi, "R. S. Thomas and His Readers," in *Wales: The Imagined Nation: Studies in Cultural and National Identity*, ed. Tony Curtis, Bridgend: Poetry Wales Press, 1986, 85.

得了"威尔士的良心"(Welsh conscience)这一称号①。

英语文学评论者往往将研究重点放在托马斯后期的宗教灵魂主题诗歌上。赫尔曼(Vimala Herman)指出,托马斯的这类诗歌大多围绕着追寻上帝这一主题,而诗中的"上帝最主要的特征便是他的缺席。"②我们认为,这些诗不再像早期诗歌那样直白地描绘威尔士的风景,而是将目光转向威尔士人内心的风景线,其中的"思维意识主宰着视觉形象"。③譬如,当矛盾聚焦在语言上时,问题不再是威尔士语和英语的冲突(比如上文这首《入侵农庄》中),而是人类语言在与上帝沟通时的无力和笨拙,如《等待》("Waiting",1978)一诗所写:

> 面对面? 啊,不
> 上帝;这种语言会歪曲
> 我们的关系。也不可肩并肩,
> 或在你近旁,或任一
> 时间和空间。④

这首诗鲜明地反映了托马斯在他后期诗歌中所关心的是"语言的/两面性,可以命名/并不在场的事物",却依然是人们与上帝沟通的手段;而上帝"所选择的沟通途径"⑤是超越语言的沉默。托马斯在诗中的回应并不是简单地否定人类的局限,并对上帝的沉默报以沉默,而是"倾其全部词汇/直到以一句谎言征服",⑥这里的"全部词汇"对托马斯来说当然包括威尔士语和英语,还有上帝的无声语言。可见,在其宗教诗中人与上帝间的语言沟通困境,似乎也折射出托马斯个人的双语写作的顿挫感,而这实际上也反映了当代威尔士人的语

---

① 比如,英国诗人贝奇曼(John Betjeman)曾评价托马斯代表了"威尔士的民族良心",见 A. N. Wilson, *Betjeman: A Life*, London: Hutchinson, 2006, 249.
② Vimala Herman, "Negativity and Language in the Religious Poetry of R. S. Thomas," *ELH* Vol. 45(1978), 713.
③ 参见 R. George Thomas, "Humanus Sum: A Second Look at R. S. Thomas," *The Anglo-Welsh Review*, Vol. 18(1970), 61.
④ R. S. Thomas, "Waiting," in *Collected Poems 1945 - 1990*, London: Phoenix, 2000, 347.
⑤ R. S. Thomas, "Code," in *Later Poems: 1972 - 1982*, London: Macmillan, 1983, 144 - 145.
⑥ R. S. Thomas, "The Vow," in *Later Poems: 1972 - 1982*, London: Macmillan, 1983, 188.

言困境——从小学习英语而非本民族语言,在融入英国文化共同体的同时,也渐渐淡化民族文化意识。

因此,无论是托马斯早期的威尔士乡土主题作品,还是其后期的精神主题作品,都有一以贯之的民族意识,以往过于简单的分割会导致对其作品的误读。在托马斯的散文《两座礼拜堂》("Two Chapels", 1948)中,他描写了一座盎格鲁化的威尔士小教堂(Maes-yr-Onnen)和一座保留威尔士本土特色的礼拜堂(Soar-y-Mynydd)。这两个威尔士名称的意思分别是"心灵礼拜堂"和"灵魂礼拜堂",拜访前者仿若"人类心灵一瞥",而进入后者时,他看到了"一类特殊人——威尔士人——的灵魂"。① 而当要在两者中作出选择时,诗人选择后者,因为"为生存而奋斗的民族绝不会将自己的灵魂改换为某种模糊不清的[英国国民]精神,不管后者在某些人看来有多优秀。[……]这种精神层面的东西往往与民族性格格不入,它们完全不具有威尔士特征,纯粹是外来影响,应该越早消失越好。"②托马斯这一早期作品和他后期散文在口吻和写作动因上是一致的,因此我们也不能简单地将其后期诗歌贴上"心灵类"的标签。或许我们可以这样理解托马斯不同时期的诗歌内容:随着他对威尔士语的掌握程度和对威尔士文化的认同度的加深,他越来越对自己的威尔士民族性(Welshness)表现出自信,因此他的中后期诗歌开始涉猎乡土题材以外的领域。在威尔士电台的一次访谈中,他证实了这点:"我开始写作的时候,英—威文学已然形成,我觉得凡是这一类的作家都有必要向世界宣称'我是威尔士人'。[……]我搬到 Llyn③ 的时候,我觉得我回家了,我达到了我的目标。于是我改变了我的写作主题,但同时我也变得更像个威尔士人,心直口快的威尔士人,天天都说威尔士语使我的言行举止自然而然就变成威尔士风格了,所以也就没有必要让自己写得像威尔士人了。"④这段话凸显了托马斯作为英—威作家内心的不安全感,通过驾驭威尔士语而最终确立了自己的民族身份,这是多么地不易!换言之,托马斯的民族良心从此得以安顿。

---

① R. S. Thomas, *Selected Prose*, 46.
② Ibid., 46-47.
③ 大约自 20 世纪 60 年代中期起,托马斯在该威尔士语地区任牧师。
④ Ned Thomas, "Introduction," in *Selected Prose by R. S. Thomas*, ed. Sandra Anstey, Bridgend: Poetry Wales Press, 1986, 16.

三、共同体的荒弃与重建：从《水库》到《石屋》

回顾托马斯的神职生涯，我们会发现他的诗歌创作与他的教会工作的地点有紧密的联系。1942 年，托马斯开始担任玛那芬（Manafon）地区的牧师。由于和英格兰接壤，该地区的居民说的英语除了有地方口音外，还夹杂着不少威尔士俚语。尽管是英语区，但山野农夫仍说威尔士语，正是这些人和乡村风光为托马斯提供了早期的诗歌创作素材（如上文提到的 Iago Prytherch），他也是从这时候开始学习威尔士语。也许是巧合，随着托马斯的威尔士语掌握得越来越好，他的神职工作地点逐渐搬迁到威尔士语区，而他也在威尔士语环境中的居住过程中加深了对威尔士民族共同体的归属感。在那些年中，他经历了威尔士人对英国政府在威尔士西北部的阙维林（Tryweryn）修建水库的近十年抗议。1965 年，为利物浦供水的克林湖水库（Celyn Lake Reservoir）在威尔士人民的反对声中建成，同时导致近千亩威尔士农田的淹没和大量古村落建筑被毁。在这一背景下，托马斯创作了《水库》（"Reservoirs"，1968）。就像前文提及的《威尔士风光》等诗一样，这首诗回归到托马斯诗歌中"失落的威尔士民族性"（the loss of Welshness）这一主题：

> 威尔士有些地方我不去：
> 水库是一个民族的
> 潜意识，烦透了
> 墓碑、教堂乃至村子。
> 它们沉静的表情
> 令我作呕，那是一种姿态，
> 做给陌生人看的，一幅水彩，
> 取悦大众的，取代了这首诗的
> 恶劣环境。群山还在，
> 花园消失在浮沫般的
> 树林下；农庄
> 面目全非，行行石泪
> 滚落在山边。

往何处去，才能远离
这恶臭，远离这具正在腐烂的
民族死尸？我在海边漫步，
走了一个钟头，看见英格兰人
正在清扫我们文化的
残骸，像海浪一样
席卷沙滩，海浪一样
粗暴，用肘把我们的语言
推进我们为它已掘好的坟墓。①

这里的"水库"既是字面意义上真实的水库——被淹没的山谷成为向英格兰供水的水库，也是一个隐喻——蓄水的水库同时也是存蓄威尔士民族精神（Welshness）的宝库，而威尔士的文化共同体也在英格兰特性（Englishness）的弥漫湮没中迷失。这首诗的创作让托马斯很自然地加入了威尔士国民党（the Welsh National Party）和威尔士语言协会（the Welsh Language Society）对水库建设的抗议声中。我们不难读出托马斯的愤怒：诗中痛陈"墓碑、教堂乃至村子"被水淹没的事实，实际上也是揭露被荒弃甚至抛弃的威尔士村落、传统生活习俗乃至威尔士身份。"取悦大众的"水彩画正如《威尔士风光》中所描述的被刻意修饰美化（英格兰化）的威尔士，在托马斯眼中，这不是美，而是"腐烂的民族死尸"和"文化的残骸"，英格兰文化像海浪席卷沙滩一样清洗着威尔士的民族性。

托马斯学习威尔士语并逐渐融入威尔士文化共同体的过程，正是他找回自己威尔士身份之旅，或者说是重树业已迷失的威尔士精神之旅。在散文与诗歌集《回音姗姗》（*The Echoes Return Slow*，1988）中，托马斯通过自传的形式回忆了乘坐英格兰的火车观察到的威尔士风光：

延续在背景中和地平线上的那些幽蓝的光影，不多时便笼罩了这片山谷、

---

① R. S. 托马斯：《R. S. 托马斯诗选：1945—1990》，程佳译，重庆：重庆大学出版社，2012年，第403—404页。

这座村庄和一座用河中卵石堆砌成的教堂,牧师的家就在河边,河水滔滔如同洪亮的钢琴声。月光下的溪流仿佛明亮的音叉。疾速后退的麦田带着一股暗流在奔跑。[……]此刻这个被遣往布道讲坛的年轻人对今后的生活毫无准备、一无所知。①

这里的"生活"便是威尔士的生活,包括威尔士的语言、风俗,也包括威尔士人的命运。"一无所知"便是托马斯(乃至如今多数以英语为母语的威尔士人)寻求民族身份的零起点。在这一人生旅程的终点,托马斯在威尔士语区阿贝达伦(Aberdaron)的汝镇(Rhiw)找到了安身之所,并写下《汝镇石屋》("Sarn Rhiw",1985)一诗:

> 那么我们明白
> 她一定对他
> 说了些什么
> 什么语言
> 生活?哦什么语言?
>
> 数千年后
> 我住在一间小石屋里
> 石块就是造屋人的语言
> 这儿
>
> 他们在海边没说什么
> 但他们给未来的讯息
> 是:造得好些。在傍晚的
> 火光中我看到那些脸

---

① R. S. Thomas, *The Echoes Return Slow*, London: Macmillan, 1988, 24.

盯着我看的脸。四月里，
光线飘忽混沌时
单薄无骨的身形
穿掠过我的房间

他们会承继我吗
终有一天？我该递交
何种肯定
就像这种准确：

月升时，海湾咧开
微笑，仿佛意义
根本不是难点①

与之相映成趣的是托马斯在早期诗歌《威尔士风光》中写过的"你无法活在当下/至少在威尔士不能"，②这一个人体验——同时也是民族体验——在细腻的《汝镇石屋》中得到延伸，诗人不仅体验到过去与现在、日常与历史的连接，也感受到人的生命时间与神的永恒存在之间的连接。

在诗行中，托马斯之所以强调"承继"（inherit），是因为就像其他民族一样，威尔士也是通过世世代代的血脉和文化传承形成一条不断的民族文化链，然而他也疑虑：到他这里，这链条是否会断裂？这其中蕴涵的道理也正是威尔士民族文化圈乃至英国文化共同体得以成型的基础——无人能游离于他所属的文化网络之外，也不该有人脱离这张网。托马斯"先威尔士人之忧而忧"，正反映了他强烈的民族意识和民族责任感。也正是他通过文学创作（尤其是英语诗歌）所唤醒的民族魂——首先是他自己，然后是威尔士读者，以至整个英国的读者——的民族魂，才使得威尔士文化作为英国文化的一支得以发扬。威尔士文学教授怀恩·托马斯（M. Wynn Thomas）甚至把 R. S. 托马斯比作

---

① R. S. Thomas, *Collected Poems 1945–1990*, 460.
② Ibid., 37.

"威尔士的索尔仁尼琴①,因为他时刻在挑战威尔士民族意识。"②或许托马斯这种强烈的民族意识还超越了民族,感染了英国其他民族的读者,英格兰诗人贝奇曼(John Betjeman,1906—1984)在为托马斯第一部诗集《跨年之歌》(*Song at the Year's Turning*,1955)所写的导言中就曾坦言:"在我被人遗忘之后,托马斯还会被人们久久怀念。"③凭借在英语读者中具有极大影响力的贝奇曼的这句话,托马斯的诗歌得以从威尔士传播到英国其他地区,其影响范围从卫星文化圈(威尔士)扩展到了整个英国文化共同体。

第二节
拉金歌咏的英格兰特性

在英国诗坛享有盛誉的菲利普·拉金(Philip Larkin,1922—1985)一生仅出版过五本小诗集,分别是 1945 年的《北方船》(*The North Ship*)、1951 年的《诗选》(*XX Poems*)④、1955 年的《较少受骗者》(*The Less Deceived*)、1964 年的《降灵节婚礼》(*The Whitsun Weddings*)以及 1974 年的代表作《高窗》(*High Windows*)。他虽不高产,但这些作品以其独特的诗歌风格体现了拉金"所固守的冷静而坚强的英格兰特质",并以其英式幽默,深入刻画了"战后英国零落的一代之精神群像"⑤。作为"非官方的桂冠诗人"⑥,他深受读者喜爱,诗集《高窗》中的同名诗("High Windows")更是英国中小学生的必读名篇。

20 世纪 50 年代,拉金以《较少受骗者》成为"运动派"(the Movement)领

---

① 诺贝尔文学奖获得者,苏联时期著名持不同政见者。
② M. Wynn Thomas, "R. S. Thomas: A Turbulent Priest," *New Welsh Review*, Vol. 101, 3(2013), 18.
③ John Betjeman, "Introduction," in *Song at the Year's Turning*, R. S. Thomas, London: Rupert Hart-Davis, 1955, vii.
④ 《诗选》(*XX Poems*)为私人印刷,并未公开发行。
⑤ 舒丹丹:《在拉金的世界上》,《诗歌月刊》,2006(10),第 36—38 页。
⑥ 1984 年,拉金婉拒了英国王室授予他的"桂冠诗人"(Poet Laureate)称号。

袖。他和金斯利·艾米斯等一批年轻作家排斥当时盛行的新浪漫主义风格，反对现代主义的文化形式，抵触外来文化的影响。这个活跃在英格兰作家当中的群体极力维护英格兰本土文化价值，追寻并探索传统民族特质，对传统生活方式遭受工业化和全球化的冲击发出感叹。当时的英国在世界政治格局中的地位已大不如前，在这样的历史背景下，"运动派"诗人试图以作品证明英国传统诗歌有超越现代派诗歌之处。这里需要厘清的是，包括拉金在内的这批英格兰诗人并非反现代主义者(anti-modernists)，而是基于与现代主义相区别的创作立场，与后者共同构建现代诗歌的多样性，他们甚至也会在创作中借用现代主义手法。以拉金为例，除了他钟爱的黑人爵士乐，他宣称反对一切外来文化，甚至拒绝出国旅行。这种看似固执狭隘的民族情结，往往被批评者作为证据来指责拉金的"反现代性"，但实际上，拉金的《高窗》一诗就明显受到法国象征主义诗歌的影响①。尽管拉金其人其诗充满矛盾，但不可否认的是，他对往昔传统的怀旧以及对远离乡村田园的城市生活的感伤正是其诗歌的魅力所在，也体现了他在游移不定的表象之下始终以英格兰为中心的自我意识。

一、拉金的"英格兰特性"悖论

英国运动派诗人和文学评论家唐纳德·戴维(Donald Davie, 1922—1995)曾在《哈代与英国诗歌》(*Thomas Hardy and British Poetry*, 1973)一书中指出，"我们能在拉金的诗中辨识出当下英格兰的四季，也能从中读出一颗英格兰灵魂的四季变化——拉金所表达的情绪也是我们的情绪[……]他诗歌中的英格兰正是我们居住的那个英格兰。[……]他不愧为战后英国的无冕桂冠诗人。"②尽管后来出版的拉金传记③和书信选集都揭示出拉金本人与其诗歌相悖的一面，但无论是他的批评者还是他的拥趸④都始终视其为英格兰特

---

① 目前学界普遍认为，拉金的《高窗》模仿了法国诗人马拉美(Stéphane Mallarmé, 1842—1898)的《窗》("Les Fenêtres")及波德莱尔(Charles Baudelaire, 1821—1867)的同题诗。

② Donald Davie, *Thomas Hardy and British Poetry*, London: Kegan Paul, 1973, 64.

③ 拉金授权其文学遗产执行人及密友莫逊(Andrew Motion, 1952—)为其作传，传记暴露了拉金不屑英国传统的一面，参见 Andrew Motion, *Philip Larkin: A Writer's Life*, London: Faber & Faber, 1993.

④ 批评和反对拉金者如科克兰(Neil Corcoran)、阿瓦莱兹(Al Alvarez)和阿尔德曼(Nigel Alderman)等，赞同和支持拉金者如希尼、格拉布(Frederick Grubb)和加迪纳(Alan Gardiner)等。

性的典范。

拉金矛盾的英格兰特性首先体现在他的个人身份上。由于拉金这一爱尔兰姓氏，加之其在北爱尔兰贝尔法斯特（Belfast）生活过一段时间（1950—1955），当《去教堂》（"Church Going"）等作品初发表时，不少编辑和评论家甚至把拉金错当成"北爱尔兰地区诗人"，并以他为例说明"用英语写作的爱尔兰诗人反映出同根性（rootedness）"。[1] 更为乌龙的是，英国诗人布朗约翰（Alan Brownjohn，1931— ）曾在1955年的诗刊《离别》（*Departure*）中误将拉金介绍为"出生于北爱尔兰"，而30年后在期刊《聆听者》（*The Listener*）上为拉金撰写讣告时又评价"拉金的诗歌是英格兰特性最精髓的体现"。[2]

其次，拉金的英格兰特性悖论同样体现在他的诗歌中。作家阿普尔亚德（Bryan Appleyard，1951— ）在谈到拉金最出名的《去教堂》时，以"闲庭信步进入乡村教堂具有小小英格兰（Little England）的特征"判定"应该正是这一典型行为激发出"拉金创作此诗的灵感。[3] 然而，拉金实际上是在贝尔法斯特写下该诗，据诗人自述，其真正的灵感来源并非英格兰的乡间小教堂，而是他"在北爱尔兰看到的一座残破的教堂遗址"。[4] 类似的，《周六秀》（"Show Saturday"）写的也不是普通的英格兰乡村，而是拉金多次前往英格兰和苏格兰之间的争议交界地参加的贝灵翰乡村节（Bellingham Show）；[5]而《去海边》（"To the Sea"）一诗则混杂了他和家人在英格兰和威尔士海滨度假的记忆；连毫无争议地被认为是写牛津的《生活之三》（"Livings" III）也含有非牛津的物与词。[6] 肖云华认为拉金的诗歌中隐含着明晰的"边界意识"[7]，但我们从拉金

---

[1] G. S. Fraser and I. Fletcher, eds., *Springtime, an Anthology of Young Poets and Writers*, London: Owen, 1953, 12.

[2] Alan Brownjohn, "Poet who Reluctantly Came to the Point," *The Listener*, 12 Februray 1986, 16.

[3] Bryan Appleyard, *The Pleasures of Peace: Art and Imagination in Post-War Britain*, London: Faber & Faber, 1990, 103-104.

[4] Philip Larkin, *Further Requirements*, London: Faber & Faber, 2002, 56.

[5] 贝灵翰乡村节是英格兰最北部诺森伯兰郡的年度农场节，有各种娱乐项目，是该地区人民的重要假日。

[6] 诗中出现的Snape这一地名不在牛津，而是在North Yorkshire或Suffolk；而sizar（减免学费生）则是剑桥大学或都柏林大学才有的名称。

[7] 该论述见肖云华：《拉金的〈电网〉：没落帝国的文化隔离墙》，《外国文学评论》，2010(1)，第205—215页。肖云华认为拉金的边界意识实质是文化隔离主义。

的诗中观察到众多相反的例子。拉金从英国各地汲取创作的养分来构建并充盈其"英格兰特性",并非因为缺乏纯粹的英格兰素材,而是他有意为之——他以消除和模糊具体地点的文学手法把英格兰特性延展到英伦群岛的每寸土地,而这正反映了普利斯特里(J. B. Priestley,1894—1984)所谓"英格兰特性的本质即对直觉和本能的依赖",而并非具体实指。①

收录于《较少受骗者》的《我记得,我记得》("I Remember, I Remember")是拉金唯一一首在第一行就出现"英格兰"的诗,也是唯一一首实指其出生地考文垂(Coventry)的诗,但恰恰是这首有"根"可循的诗因其游离疏远的风格而往往被文学批评界排除在拉金的英格兰书写之外。让我们对这首诗做一番重新审视:

> 曾经,在寒冷的新年初始,
> 沿着一条不同的线路在英格兰北行,
> 火车停下来,我们看到人们攥着号码牌
> 从站台冲下涌向熟悉的大门,
> "哎呀,考文垂!"我叫嚷。"我出生在这儿。"
>
> 我斜着身子探出老远,瞍寻某个标志
> 证明这仍是曾长久属于"我的"
> 那个小镇,但是发现我甚至弄不清
> 哪边是哪边。难道是在那些自行车篮
> 摆放的地方,我们一年一度出发,
>
> 为了与家人一起旅行度假?……哨声响起:
> 景物挪动。我坐回座位,盯着我的靴子。
> "那儿就是,"朋友微笑,"'有你根基'的地方?"
> 不,只是我童年未耗尽的地方,

---

① J. B. Priestley, *The English*, New York: The Viking Press, 1975, 12.

我想反驳,只是我启程的地方:

到此刻我已将整个地方在脑子里清晰描画。
首先是我们的花园:在那里我不曾编造
关于花朵与果实的欺人神学,
也没有什么老家伙和我搭讪。
在这里有我们那光辉的家,

可当我沮丧却从未跑回家寻求宽慰,
在这里小伙们都有二头肌,姑娘们都有丰满的胸脯,
这里有他们滑稽的福特车,他们的农场,在那儿我可以做
"真正的自己"。我指给你看,那儿,
我从未在那片蕨丛中哆嗦坐下,

也不曾下决心坚持到底;在那里她曾
仰面躺下,"眼前变成一团滚烫的迷雾"。
还有,在那些办公间,我的打油诗
既没在钝秃的十点字模里印成铅字,也不曾被
市长的某位尊贵表亲诵读,

在那里他不曾打电话告诉过我爸爸
在我们面前,有可以预见的天赋——
"你好像巴不得这地方去下地狱,"
朋友说,"从你的脸看得出。""噢,
我想不是这地方的错,"我说。

"无事,正如某事,总会在任何地方发生。"①

---

① Philip Larkin, *The Complete Poems*, ed. Archie Burnett, New York: Farrar, Straus and Giroux, 2012, 81-82. 译文根据舒丹丹译本做了修改。

这首诗开头的"英格兰"并不能带给读者归属感，反而给人以陌生感（"沿着一条不同的线路"）和令人困惑的超现实感（"人们攥着号码牌"），不过诗人笔锋一转，对出生地考文垂的一声叹息提醒读者：人们在站台拿着车牌是作为汽车工业中心的考文垂特有的一景。诗人兴奋地向同行的友人宣称位于英格兰中部的考文垂是他的出生地，不仅是在地理上确定了根基所在，更是在心理上巩固了英格兰身份。久别故乡的诗人在第二阙迫不及待"斜着身子探出老远"寻找归属感，并在第三阙得到进一步确认（"英格兰"—"这儿"—"我的"—"根基"），但紧接着以一连串的否定（"不"—"不曾"—"没有"—"从未"—"不曾"—"无事"）打破传统意义上的英格兰意象（代表英国田园乡愁的"花园"，代表英国人古怪喜好的"老家伙"，代表英格兰男性气质的"二头肌"以及女性特质的"丰满的胸脯"，甚至象征共同体人群的"某位尊贵表亲"，等等）。这些否定词在末句达到高潮："无事，正如某事，总会在任何地方发生。"一方面，考文垂不同于大都市伦敦，似乎百无聊赖，无事发生；但另一方面，嘈杂的伦敦也随时可能变得像考文垂这样平淡如水。也许我们可以这样来看拉金在这首诗中对英格兰特性的独具匠心的描摹：就像选了一条不常坐的火车线路，诗人以另一条文化路径迫近英格兰本质。诗人认不清自己的出生成长地，但却以这种方式清晰地展现出英格兰特性的要义：模糊及渗透的文化边界。

二、拉金诗歌中的英格兰文学传统

在论及拉金的诗歌语言特色时，傅浩曾指出：拉金的脏话是其语言艺术的一部分。[①] 吕爱晶进一步认为，俗言秽语可以被视作"有着悠久历史的民族性语言"，拉金以脏话这一英格兰传统诗歌语言抵抗现代派远离生活的高雅语言，其朴素的诗歌语言恰恰"表达了对英国传统的缅怀和重振英国诗风的决心"。[②] 其实脏话只是拉金文学语言策略的冰山一角，如果我们细读其诗歌，他对现代派的抵触与否总是围绕着维护英格兰文学传统展开。拉金在口头上表现出对现代派诗歌技巧中的用典和互文持排斥的态度，他曾在访谈中说：诗

[①] 参见傅浩：《英国运动派诗学》，南京：译林出版社，1998年。
[②] 吕爱晶：《菲利普·拉金的"非英雄"思想研究》，北京：世界图书出版公司，2012年，第148—158页。

歌必须具有原创性，"诗歌不是这个样子的，一首诗不能从别的诗那里诞生出来，它必须有自己的生命。多恩曾说，每个人都是一座孤岛，在大海中独踞。"①然而实际上，拉金在诗歌创作实践中不仅没有拒绝互文，而且是这一技法的积极践行者。他将现代派的惯用修辞手法"盎格鲁化"，把互文和暗指拿来向莎士比亚、多恩、哈代等前辈致敬，并以此充实其英国中心主义（Anglocentric）的诗歌。比如，《忧伤的步伐》（"Sad Steps"）的标题来自西德尼（Sir Philip Sidney，1554—1586）的《爱星者和星星》（*Astrophel and Stella*），内容则与豪斯曼（A. E. Housman，1859—1936）的《什罗普郡一少年》（*A Shropshire Lad*）中多首诗形成互文；《1940 年的仲夏夜》（"Midsummer Night, 1940"）、《蟾蜍》（"Toads"）和《老傻家伙》（"The Old Fools"）则含有多部莎剧的影子（如《威尼斯商人》《仲夏夜之梦》《暴风雨》《李尔王》等）；《本质的美》（"Essential Beauty"）这一标题出自济慈的书信；《写在一位年轻女性照相簿上的诗行》（"Lines on a Young Lady's Photograph Album"）挪用自丁尼生的《公主》（"The Princess"）；毛姆的小说《月亮与六便士》则是《背离之诗》（"Poetry of Departures"）的灵感来源，等等。② 由此可见，拉金对英国文学经典的借鉴和引用反映了和现代派相似的诗歌美学。

在拉金诗歌语言中，边界的模糊不仅表现在地理位置的杂糅，也表现在所涉互文的多样性。在前文提到的《我记得，我记得》中，诗人独辟蹊径，开启了一条新的英国诗歌用典路线。从标题看，至少有两个出处，其一来自英国幽默诗人胡德（Thomas Hood，1799—1845）的同名诗，其二来自英国诗人普雷德（Winthrop Mackworth Praed，1802—1839）的同题诗。从广义上讲，胡德和普雷德诗中蕴含的浪漫主义意识，我们同样可以在布莱克、柯勒律治、兰姆、雪莱以及华兹华斯的诗中找到：

当天边彩虹映入眼帘

---

① Philip Larkin, *Further Requirements*, London: Faber & Faber, 2002, 54. 多恩的原句应是"没有人是一座孤岛"，抛开误引不谈，拉金引用多恩本身恰恰说明了互文的不可避免。

② 这些例子详见 John Osborne, *Larkin, Ideology and Critical Violence*, New York: Macmillan, 2008, 54-55.

> 我的心为之雀跃
> 出生之时便即如此
> 至今长大成人亦是如此
> 将来老去还是如此
> 否则我宁愿死去
> 赤子为成人之父
> 我愿自然虔诚的意念
> 将我生命中的每个日子串联起来①

拉金无疑在诗中传承了浪漫主义的伤感情怀：童真童趣优于成人的复杂世界，自然在文化之上，乡村好过城镇。但这一沿袭又不同于以往单纯的引用和用典，拉金将这种浪漫主义情怀置于现代语境中，把伤感衍化为英格兰特性的载体。如果从具体的原典(locus classicus)引用来说，《我记得，我记得》中火车戛然而止这一情节源自爱德华·托马斯(Edward Thomas，1878—1917)的《艾德尔斯特洛普》("Adlestrop")：

> 是的，我记得艾德尔斯特洛普——
> 这个地名，因为一个下午
> 炎热中快速列车竟停在了那儿
> 不寻常地。是在六月下旬。
>
> 蒸汽嘶嘶响。有人清着喉咙。
> 没有一个人去也没有一个人来
> 空空的月台。我看到的
> 就是艾德尔斯特洛普——只有名字
>
> 和柳树、柳叶菜，和草，

---

① William Wordsworth, *William Wordsworth*, eds, Stephen Gill and Duncan Wu, Oxford: Oxford UP, 1994, 122.

以及绣线菊，和圆锥形的干草堆，
比起天空中悠远的碎片云
一点也不少静谧和孤寂的美。

在那刻一只鸟鸦唱了起来 就在近旁，
而围绕着它，越来越像雾，
越来越远地越来越远地，是所有的鸟
来自牛津郡和格洛斯特郡。①

如同拉金的考文垂一样，托马斯笔下的艾德尔斯特洛普亦是无事发生之处。此处"空空的月台"所呈现的英国特性中的深邃亘古，对应拉金在诗中揭示的民族身份的那份孤寂感。此诗后两阕中的典型英伦风景②则令人想起拉金诗中的种种否定，秀丽的田园风光与经受二战炮火的工业城市考文垂完全是天壤之别。在托马斯的诗中，蒸汽时代的火车戛然而止，停留在过客眼前的是宁静的英格兰风光，诗人似乎告诉我们，英格兰传统中的华兹华斯、胡德、哈代并没有逝去，只要停留下脚步细细观察，就能重新找回英格兰之美。同以英格兰为描述对象，拉金在与托马斯的"唱和"中，则以"无事"结尾对应托马斯以"是的"开头，以否定对应托马斯的肯定。

拉金对英国文学传统的借用并不局限于诗歌。仍是在这首《我记得，我记得》中，我们还可以从人物形象中嗅到劳伦斯小说的蛛丝马迹，拉金曾在访谈中透露——

这首诗的确对《儿子与情人》这样的小说进行了讽刺式转写——那种令人惊羡的童年。我在想，我怎么从未经历过这些，一想到这个就有写一首好玩的小诗的念头，于是就写了这首诗。③

---

① Edward Thomas, *Collected Poems*, London: Faber & Faber, 1981, 66. 译文参考周伟驰。
② 艾德尔斯特洛普位于英格兰以优美风景著称的科茨沃尔德(Cotswolds)山区的核心地带。
③ Philip Larkin, *Further Requirements*, London: Faber & Faber, 2002, 31-32.

借助这一线索,我们可以轻松找到诗中的"小伙""姑娘""打油诗发表"在劳伦斯小说《儿子与情人》(Sons and Lovers,1913)中对应的人物情节:丰盈的米丽安和克莱拉,保罗的画作被人买下,等等。而从该诗的叙事结构和口吻来看,其对浪漫主义怀旧的反写则可能来自拉金本人极喜欢的阿道司·赫胥黎小说《枯枝败叶》(Those Barren Leaves,1925)。① 小说中同样出现了"'我记得,我记得'……这些毫无意义的事,却又无法不置身其中",以及对家园和亲缘的否定——"我很高兴这地方被卖掉了。""我想,孩子长大就会遗忘自己和父母同血肉,但父母不会忘。"②

从华兹华斯到劳伦斯再到赫胥黎③,拉金诗中对童年记忆的刻画既受到英国文学传统的影响,同时,他又以否定("可当我沮丧却从未跑回家寻求宽慰","我从未在那片蕨丛中哆嗦坐下")批判了英国文学传统中的"幼稚病"(infantilism)。④ 一方面,拉金的诗歌语言与英国文学传统不可割离;另一方面,拉金又像孩子想挣脱父母的束缚一样试图否认与经典文本之间的关联。如果我们将拉金诗歌观的矛盾性与其英格兰特质的悖论性放在一起看,就能理解拉金与英格兰文化共同体血肉相连休戚与共的关系。在现实生活中,拉金为传统文化的保护传承事业做出了诸多贡献,比如他呼吁英国图书馆收藏英国作家手稿,以免流失;他为了使英国古老韵律流传下去而倡议英格兰儿童学唱英格兰儿歌,等等。⑤ "固执保守"的拉金正是以这些行动维护了英格兰的民族文化。

三、拉金笔下的英格兰共同体空间

民族共同体的构建除了时间向度的发展和承继,也离不开对空间理解的

---

① 赫胥黎该讽刺小说的标题亦引自华兹华斯的诗行,体现了对浪漫主义的反写。
② Aldous Huxley, *Those Barren Leaves*, London: Chatto & Windus, 1925, 114-119.
③ 学者奥斯本(John Osborne)认为吉本斯(Stella Gibbons)的乡村爱情小说《难以宽慰的农庄》(*Cold Comfort Farm*, 1932)对拉金产生了类似于劳伦斯的影响,详见 John Osborne, *Larkin, Ideology and Critical Violence*, New York: Macmillan, 2008, 143.
④ John Osborne, *Larkin, Ideology and Critical Violence*, 141.
⑤ Philip Larkin, *Required Writing*, *Miscellaneous Pieces 1955-1982*, London: Faber & Faber, 1982, 116. 转引自肖云华。

演变和内化。① 拉金在《我记得，我记得》中的火车纪行，以叙事者的物理移动和旅行者的视觉和听觉对象的移动来强化地理概念下的游移不定（unfixity），这一空间的不确定性在上一节我们讨论托马斯的民族身份时曾作为参照案例引用的《一个青年艺术家的画像》中也同样有所展现：

当一个人的灵魂在这个国家诞生的时候，立刻就有许多张大网将它罩住，不让它飞走。你跟我谈什么民族、语言、宗教，可我正是要冲破这些大网远走高飞。②

乔伊斯笔下的斯蒂芬在小说结尾准备离开都柏林，而拉金诗中的"我"在故乡考文垂做短暂停留后也将前往在英国铁路线上的某个未知站点，就仿佛是英格兰内部的流亡者。值得注意的是，该诗在拉金的作品中绝非孤例，实际上，火车旅行是贯穿拉金的英格兰书写的重要母题：从《本地人抽泣着穿越田野》("The Local Snivels Through the Fields"，1951)所描绘的"比钦大斧"③时代之前的铁路支线服务，到诗集《降灵节婚礼》中的同题诗（"The Whitsun Weddings"，1958）所展现的英国铁路主线旅行，再到《道克瑞和他儿子》("Dockery and Son"，1963)中吐槽的难吃的餐车食物，直到《皇家火车站酒店的周五夜》("Friday Night in the Royal Station Hotel"，1966)中的旅店经历。④ 如果不把拉金诗中出现的交通工具局限在火车，我们还可以在他的全部作品中读到两首关于骑自行车（如《去教堂》），五首有关巴士旅行，以《走吧，走吧》("Going, Going")为代表的十一首则涉及开车，另有四首谈及飞行⑤。借助些交通工具，拉金不仅完成了身体的旅行，也不知不觉在心中延伸了英格兰

---

① 本尼迪克特·安德森（Benedict Anderson）在《想象的共同体》第二版序言中指出空间想象对民族主义模式构建过程的重要性的同时，也坦陈自己的研究欠缺对空间维度的深入思考和论证，见 Benedict Anderson, *Imagined Communities: Reflections on the Origin and Spread of Nationalism*, London: Verso, 2006, xiii - xiv.

② James Joyce, *A Portrait of the Artist as a Young Man*, ed. Chester G. Anderson, New York: The Viking Press, 1968, 25.

③ "比钦大斧"（Beeching Axe）指 1960 年代英国铁路局的大规模线路削减行动。

④ 此处所举各例按创作时间顺序出现在：Philip Larkin, *The Complete Poems*, 2012.

⑤ 以《拉金诗歌全集》(*The Complete Poems*, 2012)中收录诗歌统计。

的文化版图,这也是前文所述他在诗中将英国具体地理位置模糊化的根本原因。

　　同样的,拉金诗中的"空间移动"也可分为身体上和心理上两个层面:从身体来讲,《我记得,我记得》中除了火车暂停和开动带来的身体移动,还有人们的奔跑("从站台冲下涌向熟悉的大门"),自行车("自行车篮")和汽车("滑稽的福特车")等交通工具,"靴子"则暗示了诗中人的徒步越野习惯——恰与长期伏案的拉金的图书管理员身份相悖;从心理层面看,记忆中每年的度假离别演变成了这次火车短暂停留之后的再度离去——既是寻根又是去根(uproot)——"'那儿就是,'朋友微笑,'"有你根基"的地方?'/不"。擅长文字游戏的拉金在这里埋了一枚彩蛋:在英文语境中,roots(根)、routes(路径)①和 Rootes(位于考文垂的英国老牌汽车集团"鲁兹")三词同音。也就是说,"我"通过新的路径来到"我"的根基考文垂所在,又在稍做停歇后沿着路径"弃根而去",通过这段空间移动,"我"完成了对故乡的全方位观察("到此刻我已将整个地方在脑子里清晰描画")。

　　同样的空间移动显然也出现在《这里》("Here")一诗中:

> 转向东面,偏离富裕的工业阴影
> 和整夜向北的车流;转过农田,
> 草太浅而刺蓟蔓生,不能称为草场,
> 偶尔经过的名字粗糙的小车站
> 于清晨庇护工人;转向独处的
> 天空和稻草人,干草垛,野兔和野鸡,
> 还有渐宽河流缓慢的出场,
> 堆叠的金色云彩,有海鸥踩出闪亮脚印的淤泥,
>
> 令人惊讶地围拢至一座大城镇:
> 这里穹顶与雕像,塔尖与吊架

---

① 注意在美国英语中 routes 与 roots 不同音。

在纹理稀疏的街道旁,挤满驳船的水边群聚,
而阴冷住宅区的居民,由潜行
的平面电车经过数英里笔直的路送来,
推过平板玻璃旋转门去看他们向往的东西——
廉价套装,红色厨具,时髦的鞋子,冰棒,
电动搅拌机,烤面包机,洗衣机,烘干机——

杀价的一群,城里人,但朴素,住在
只有推销员和亲戚会来的地方,在前面
街道的另一头,在有限的一排带鱼腥味的
田园式船只之中,奴隶博物馆,
文身店,领事馆,脸色阴沉的包头巾妇人;
而远在它那作了抵押、半建成的边缘以外,
有快速阴影的麦田,长得高高的犹如篱笆,
与世隔绝的村落,孤独就在

这些地方净化移走的生活。这里静寂就像热浪一般
凝固不动。这里无人注意的叶子变得稠密,
隐蔽的野草开花,被人忽略的水域加速,
满布熠熠人群的空气升起;
过了虞美人花,模糊的浅蓝色远方
在形状多样的圆石沙滩那里
陆地突然终止。这里是没有栅栏的存在:
面对太阳,不爱说话,不可及。①

诗中五处大写的"这里"(Here)呈递进发展:标题的"这里"——第 2 阙中描写霍尔(Hull)这座城镇的"这里"("这里穹顶与雕像,塔尖与吊架")——第 4 阙

---

① Philip Larkin, *The Complete Poems*, ed. Archie Burnett, New York: Farrar, Straus and Giroux, 2012, 136 - 137. 译文参考戴珏。

中的三个与否定相关的"这里"("这里静寂就像热浪一般""这里无人注意的叶子变得稠密""这里是没有栅栏的存在")。就像在《我记得,我记得》中火车在诗人的诞生地考文垂稍做逗留一样,《这里》的火车经过了诗人的过世地霍尔,两首旅行诗都暗示了"去根",并将这种游离于文化共同体核心之外的现象归结为现代性中的普遍人类处境。由此可见,拉金通过旅行和交通这一主题写作,"实现了民族身份在空间上的拓展"。①

第三节
"斯威尼"的文化象征

对于爱尔兰诗人谢默斯·希尼(Seamus Heaney,1939—2013)的译者身份,也许大众相对比较熟悉的是他出版于 1999 年的现代英语译本《贝奥武甫》(*Beowulf*)。在希尼丰产的创作生涯中,他也曾将一些其他欧洲语言文学中的诗歌经典翻译为英文,比如译自奥维德(Publius Ovidius Naso,43BC—AD17/18)《变形记》(*Metamorphosis*)的《午夜裁决》(*The Midnight Verdict*,1993)、普希金(Alexander Sergeyevich Pushkin,1799—1837)的《阿里翁》("Arion",2002)、波兰诗人寇查诺夫斯基(Jan Kochanowski,1530—1584)的《挽歌》(*Laments*,1995)、捷克音乐诗剧《消逝者的日记》(*Diary of One Who Vanished*,1999)等等,共计出版译诗九种。然而,他最早的翻译尝试——由爱尔兰语史诗《斯威尼的疯狂》(*Buile Shuibhne*)译成英文的《疯狂的斯威尼》(*Sweeney Astray*,1983)却往往被忽视,甚至被一些评论家认为是失败之作。② 我们认为,如果考虑希尼的创作意图以及"斯威尼"这一文化符号的复杂

---

① Osbourne, *Larkin, Ideology and Critical Violence*, 147.
② 参见 Denis Donoghue, "A Mad Muse, a Review of *Sweeney Astray: A Version from the Irish* by Seamus Heaney," *The New Republic*, 30 April 1984, Vol. 190, Issue 17, 27-29; Ciaran Carson, "Sweeneys Ancient and Modern," in *The Poetry of Seamus Heaney*, ed. Elmer Kennedy-Andrews, Cambridge: Icon Books, 2000, 147.

性,这样的评判是有失公允的。本节将从三个方面为希尼辩护,并重新判断这部作品在英国文化共同体中的价值,进而窥探它与文化观念的互动。

一、作为译者与诗人的希尼

由于希尼具有"诗人/译者"双重身份,我们不妨从他的"摆渡者"身份重新审视"译作"(translation)与"版本"(version)。从词源上来讲,翻译(translatus/ferre)即语义的摆渡(传递、沟通),而诗歌翻译除了文字层面的跨文化摆渡,还负有译出"非指向性"内容和"非兼容性"形式的责任;而将古代经典译为现代文本,又增加了时空摆渡的挑战,难度可想而知。实际上,希尼在翻译过程中小心翼翼,他的谨慎也体现在《疯狂的斯威尼》的副标题"A version from the Irish"中,用"版本"而非"译本",强调了"诗人/译者"这一双重身份中诗人的重塑与纠正的职责,这在其后来的牛津系列讲座中得到呼应(*The Redress of Poetry*, 1995)。美国学者玛丽亚·铁木志科(Maria Tymoczko)在《后殖民语境中的翻译》(*Translation in a Postcolonial Context*)中曾经指出:

在长达数个世纪的征服和支配过程中,爱尔兰的主权、财富、土地被转移给英国征服者。翻译作为一种殖民主义现象自都铎王朝以来就采用了转移(transposition)、迁移(transportation)、移交(transmission)、转型(transference)的实体和物质的形式[……]爱尔兰的许多文化也按照英国标准被改造,其结果便形成了英国法律、英国礼仪、英国习俗和英国语言文学的优势。英语名字被强加到爱尔兰风景上,很大程度上也强加到爱尔兰人民身上。翻译在几个世纪中成了一种实体的、具体的压迫形式,同时伴随着其他各种各样的剥夺。①

这一论述有其道理,尤其是对希尼所从事的翻译而言。如果我们从文化角度去定义"翻译",殖民主义的本质就是要把殖民地从总体上翻译(误译)为自己文化的附属物,而希尼对爱尔兰传统文献的翻译,实质上是对这种误译的纠正。②

---

① Maria Tymoczko, *Translation in a Postcolonial Context: Early Irish Literature in English Translation*, Shanghai: Shanghai Foreign Language Education Press, 2004, 19. 此处参考欧震译文。
② 欧震:《重负与纠正:谢默斯·希尼诗歌与当代北爱尔兰社会文化矛盾》,北京:中国社会科学出版社,2011年,第142页。

在这一"反误译"过程中,希尼在诗歌形式上作了一定的牺牲和让步,比如增强了原文中的诗歌部分,削减了散文部分,并从某种程度上削弱了爱尔兰语的头韵特色,这也是为批评者诟病的主要方面。不过,如果我们考虑到这一形式牺牲背后的目的,就可能会重新审视这一作品的文学力量。

《斯威尼的疯狂》(Buile Suibhne)[①]是爱尔兰广为流传的一个中世纪英雄传说。故事发生在爱尔兰岛东北部阿尔斯特(Ulster)的达拉雷(Dál Araide)王国,当地的国王斯威尼(Suibhne)与传教士圣罗南(St. Ronan)因误解而产生冲突,罗南因此诅咒斯威尼变为鸟并被长矛刺杀。在莫伊拉之战(Battle of Magh Rath)之后,诅咒应验:斯威尼变得疯疯癫癫,获得了"疯子斯威尼"这个绰号,而且果然变成了一只鸟在故土游吟,并在之后被一个行吟诗人刺死。斯威尼在临终前,和罗南尽释前嫌,互相谅解。这则故事表现了中世纪初凯尔特人的异教生活,具有极为鲜明的爱尔兰民族特性。希尼出生于爱尔兰岛北部,与传说中的斯威尼统治的王国接壤,也与今天的爱尔兰共和国有着一脉相承的文化传统和历史记忆,所以他的成长环境中充满了这个古老传说的氛围和斯威尼这一民族象征。希尼曾说:"北爱尔兰不只是英国的,还属于爱尔兰人远古的生活。"[②]在着手翻译《斯威尼的疯狂》时,故事中真实又遥远的地名让希尼产生强烈的历史归属感,长期为身份焦虑的希尼终于在翻译的过程中与爱尔兰传统文化联系在了一起。实际上,希尼开始构思这部作品时,北爱尔兰正处于冲突高潮,希尼"希望通过这本书让联合主义的读者能够接受'阿尔斯特属于爱尔兰'的观念,不必强迫他们放弃自己对其属于英国的心爱的信仰[……]通过把他们的历史记忆扩展到前英国时期的范围,一个人或许会在联合主义者当中激起少数群体对民族主义的同情。这些少数群体把他们丧失的主权安置在凯尔特人的梦乡。"[③]出于民族良心,希尼有意识地淡化译者身份,而加强诗人身份,在"翻译"时把故事的重心转向为斯威尼的漫游和最后的和解。

[①] 希尼在标题上对"疯狂"一词的词性做了改动,爱尔兰文原直译为"斯威尼的疯狂",而英文译本改名词为后置形容词"疯狂的斯威尼"。这一改动被一些学者诟病丢失了"爱尔兰原文的爆破音力量"。

[②] 吴德安:《"婴儿"的启迪》,谢默斯·希尼,《希尼诗文集》,吴德安等译,北京:作家出版社,2000年,第440页。

[③] Seamus Heaney, *Finding Keepers: Selected Prose 1971 - 2001*, London: Faber & Faber, 2003, 61.

二、斯威尼故事的重写

作为跨文化交际的翻译，往往出现在国家与国家、民族与民族、文化与文化之间。爱尔兰独特的被殖民经历和文化矛盾，使得翻译在爱尔兰语境中不再是国家、民族、文化之间的外部问题，而是爱尔兰社会和爱尔兰文化的内部问题。这种复杂性反映在希尼个人身上，其情形与本章第一节论述的托马斯十分相似。就像托马斯的威尔士身份跟英语母语发生了错位一样，希尼的爱尔兰人身份也跟英语母语发生了错位。希尼曾在《贝奥武甫》的译者手记中提到 lachtar（一群小鸡）一词给他带来的伤痛。他那说英语的姨妈经常使用这个词，因此他一直以为是英语单词，直到有一次偶然在词典里发现它实际上属于爱尔兰语词汇，因此他的"民族意识在被激活的同时也被深深刺痛"。[1] 由此可见，将爱尔兰文经典翻译为更具普及性的英文——这一在爱尔兰和英国均使用的语言——并在其中保留爱尔兰文的痕迹（尤其是专有名词），实际上是爱尔兰人独特的文化需求。欧震认为，爱尔兰语和爱尔兰传统的流逝，"使绝大多数爱尔兰人只能在语言和传统之外去回望这一语言和传统"。[2] 希尼也说："我把个人的爱尔兰情感当作元音，把英语滋养的文学意识当作辅音。"[3] 如此，翻译成了自身文化传统的认同和回归的途径。爱尔兰诗人卡森（Ciaran Carson, 1948— ）曾说："乔伊斯发明一种语言；贝克特用法语写作；别的人翻译，或者从翻译中汲取他们的灵感……翻译作为一种手段，能帮助人们与基于共同的爱尔兰语言而形成的良心相妥协。"[4] 这里的"别人"便包括希尼。姑且抛开殖民话语，这一英语世界内部的翻译活动所折射出的是英国文化共同体内涵与外延的复杂性。在北爱冲突的背景下，希尼借中世纪爱尔兰史诗的翻译，为冲突的双方寻求类似于斯威尼和罗南的最终和解。因此，希尼的译本把故事的重心转向了斯威尼化身为鸟之后的漫游经历以及最后的悲剧性和解，而对前面的故事做了较大程度的浓缩，在民族主义和联合主义之间形成绝妙

---

[1] Seamus Heaney, *Beowulf: A Verse Translation*, New York: Norton, 2002, xxxiv.
[2] 欧震：《重负与纠正》，第139页。
[3] Seamus Heaney, *Preoccupations: Selected Prose 1968-1978*, London: Faber & Faber, 1980, 37.
[4] Ciaran Carson, "Sweeneys Ancient and Modern," in *The Poetry of Seamus Heaney*, ed. Elmer Kennedy-Andrews, Cambridge: Icon Books, 2000, 147.

的平衡。可以说,这一译作体现了身处英国文化共同体中的希尼"和而不同"的文化宽容和文化共享的态度。

为保证英文译文的可读性,希尼将原文中的散文部分改为韵文,①也对无法处理的爱尔兰文做了直接剔除,比如卡森在阅读中注意到原文的"远离了我的家/是我到达的国家"这两句被删。② 爱尔兰语中的"家"(eolas)含义丰富(包括方位的知识、地方习俗、药方、咒语等意思),而"国家"(crioch)则有"田垄、界限、领土"等含义,这两个词显然无法简单地用 home 和 country 来取代。在译文中还有不少这种看似简单粗暴的处理,不过希尼给出了以下理由:要精准地从语言层面对行将就木的爱尔兰语进行对等转换是不可能的,他所做的是尽可能再现原作蕴含的精神。欧震曾从声音韵律这个角度提出:诗歌的韵律是一个民族刻在语言中的"音纹",其独特性恰恰体现为无论用何种方法都无法真正复原。③ 正因为如此,希尼以自己的方式对斯威尼的故事进行了重写,旨在以最接近的程度复活生动独特的爱尔兰文化传统。不管这种尝试是否成功,我们都不能否定希尼守望捍卫民族语言文化的决心和努力。

三、有良心的爱尔兰人和作为民族文化记忆遗产的"斯威尼"

以现代英语重新书写爱尔兰文化记忆形象"斯威尼",具有民族遗产传承和跨文化对话的双重意义,也有相应的困难和挑战。虽然在挽救斯威尼这一爱尔兰中世纪英雄叙事的过程中,希尼更多的是打上了个人的烙印,但我们不能因此否认其对文化记忆遗产的传承作用,不能否认其向英语世界传播爱尔兰传统文化所作的贡献——即使是批评该作缺乏艺术性的评论者也承认,假如没有希尼,这一古老作品就还在图书馆束之高阁。

《疯狂的斯威尼》绝不是希尼对民族文化形象代表"斯威尼"的唯一描摹。在对祖先的选择方面,与其他爱尔兰作家相比,希尼既没有像叶芝那样追溯到"过于坚持种族中心的"库丘林(Cú Chulainn),④也没有像乔伊斯那样选择族

---

① 比如《疯狂的斯威尼》第 11 部分描写斯威尼变成鸟这一情节。
② Carson, "Sweeneys Ancient and Modern," 148.
③ 欧震,《重负与纠正》,第 146 页。
④ Floyd Collin, *Seamus Heaney: The Crisis of Identity*, Newark: University of Delaware Press, 2003, 58.

群领袖芬恩·麦克库尔(Fionn mac Cumhaill),而是选择了生活在树上的斯威尼。在翻译《疯狂的斯威尼》之后,希尼又出版了配摄影图片的《斯威尼的飞离》(Sweeney's Flight,1992)。希尼在该书中说,"人物本身常常与其说是一个个体,不如说是一种普遍的、原始的感觉和情绪的传声筒,这些感觉和情绪是每个人面对自然世界时都会有的。"① 也就是说,希尼并不关心以斯威尼为代表的爱尔兰民族经历了怎样的文化冲突、有着怎样的独特感受,他关心的是民族文化中"自然性"这个普遍存在的本质特征。② 无论是希尼还是乔伊斯,作家对民族的个人化理解都反映了一个共同的问题:理解共同体的出发点是群体本身,还是组成群体的个体?乔伊斯提出,重新锻造爱尔兰民族精神的立足点,不是民族语言和民族宗教这类群体因素,而是"在我灵魂的熔炉中锻造出我那种族还未创造出来的良心。"③乔伊斯说的良心(conscience)是一种以群体为目标的个人品质。该词的拉丁文 conscire 由 con(共同)和 scire(认知)构成,说明这是一个社会共同体范畴——良心指向群体;也是对自我之外的价值的共同认知——良心立足于个体,而又不屈从群体。因此,只有重新唤起爱尔兰人的个人良心,爱尔兰民族才会屹立于世界之林。

不同于《疯狂的斯威尼》,《斯威尼的飞离》中的斯威尼将生命终止于自己喜欢的泉水中,整部诗也是集中描写斯威尼在大自然中的流浪经历,以山泉为安葬地:

因为疯子斯威尼是
走向每口泉眼的朝圣者
还有每条两岸青翠水芹丰茂的小溪,
它们的泉水就是他的纪念碑④

在这里,希尼没有像在重写《疯狂的斯威尼》过程中那样直面两个文化的冲突,

---

① Seamus Heaney, *Sweeney's Flight*, London: Faber & Faber, 1992, vii.
② 戴从容:《民族主义之后》,《深圳大学学报(人文社会科学版)》,2011 年第 5 期,第 116 页。
③ Joyce, *A Portrait of the Artist as a Young Man*, 228.
④ Heaney, *Sweeney's Flight*, 178. 此处参考戴从容译文。

而是用诗歌本身给出解决办法——即民族的自救没有具体的方法,每个人必须用自己的"意志、选择、反思以及评价,去锻造属于自己的良心",① 而这种个人的良心,必将最终合力为共同的民族精神,作为爱尔兰文化标志的"斯威尼"的意义正在于此,这也是希尼着墨"斯威尼"的苦心所在。

第四节
莱辛的"共同体之梦"

多丽丝·莱辛在《最甜美的梦》(*The Sweetest Dream*,2001)的作者手记中说,她希望这部小说"捕捉到了英国 60 年代的精神,因为和卑劣的 70 年代以及冷酷贪婪的 80 年代相比,60 年代尽管矛盾重重,但回想起来,它依旧显得那么纯真"。② 在这部小说中,莱辛通过描写一个不太寻常的伦敦家庭的生活,呈现了 60 年代英国的公共政治文化。弗雷德里克·卡尔(Frederick R. Karl,1927—2004)认为,在品特(Harold Pinter,1930—2008)和莱辛的作品中,"大房子代表着整个英国文化,并且象征着 60 年代之后英国逐渐失去二战时享有的国际威望和文化地位的衰落过程"。③ 我们认为,莱辛在这部作品中并没有预言英国文化的衰败,相反,她在回望以伦敦为中心的"摇摆的 60 年代"的文化时,不仅批判了公共政治生活中的极端主义,也对激进主义和理想主义提出了质疑,并通过描绘新型的家庭关系来憧憬/想象一种新型的英格兰共同体。

二战以后的 30 年被称作欧洲资本主义发展的"黄金时代"。④ 从 50 年代

---

① 戴从容,《民族主义之后》,第 119 页。
② 引自该书的作者手记(Author's Notes),Doris Lessing, *The Sweetest Dream*, London: Harper Perenial, 2001.
③ Frederick R. Karl, "Doris Lessing in the Sixties: The New Anatomy of Melancholy," *Contemporary Literature*, 13.1(1972), 20.
④ Stephen A. Marglin, "Lessons of the Golden Age: An Overview," in *The Golden Age of Capitalism: Reinterpreting the Postwar Experience*, eds. Stephen A. Marglin, Juliet B. Schor, Clarendon Press, 1992, 1-38.

中期开始,英国经济高速增长,社会财富急剧增加,以时装和摇滚音乐为代表的流行文化蓬勃发展,传统工薪阶层的文化生活由于工薪阶层收入的剧增以及消费文化的冲击发生了巨大的变化,这个时期的家庭关系、价值观念和伦理道德也产生了重大变化。这些变化在 60 年代得到清晰集中的体现。与此同时,60 年代还享受到了二战之后欧洲生育高峰带来的人口红利,战后出生的人到了 60 年代都成长为十多岁到二十多的青少年,这个群体成为 60 年代"反文化运动"(Counter-culture Movement)①的主力。于是,60 年代因其独特的文化特质被称为"摇摆的 60 年代"(the Swinging Sixties)。

如莱辛在《最甜美的梦》作者手记中暗示的那样,"摇摆的 60 年代"不是严格意义上的 60 年代,而是指亚瑟·马维克(Arthur Marwick,1936—2006)等历史学家称为"漫长的 60 年代"的那段时期,大致从 1958 年到 1974 年间,从战后欧洲文化生活开始发生明显的变化到欧洲石油危机和越南战争结束的这段时间。② 乔纳森·艾肯(Jonathan Aitken,1942—)这样诠释"摇摆"的意义:摇摆暗指"财富、性吸引力、名望、才华、轻而易举的成功等",它生动地传达了这个时期英国公共文化的特质。③ 如莱辛在小说中描写的那样,伦敦最时尚的卡纳比街道(Carnaby Street)被称为"摇摆的伦敦"的缩影,承载着那个年代人们对伦敦的所有幻想和憧憬。"街道上每个人都穿着'另类'的衣服,如高圆领衣、昂贵的牛仔裤、毛式中山装或皮夹克,头发要么凌乱不堪,要么留成时尚的罗马皇帝的式样。街头的女子三五成群,穿着超短裙,喝着伦敦最贵的咖啡,吃着维也纳风格的奶油蛋糕。"④当时伦敦丰富的物质生活和蓬勃的消费文化可见一斑。

1964 年,哈罗德·威尔逊(Harold Wilson,1916—1995)当选为英国历史上最年轻的首相,民众更是充满了对"新不列颠"的憧憬。威尔逊上台后,他代

---

① 20 世纪 60 年代中后期,西方资本主义的政治与社会危机渐浮表面,战后的黄金时代接近尾声。年轻一代掀起席卷全球的反文化运动,掀起一股强大的反对遵从资本主义理性文化道德法规及文化意识形态和价值观念的浪潮。很多学生走上街头发表演讲,各种大规模游行以及在警察与大学生之间上演的尖锐冲突成为重大新闻事件。这场运动在 1968 年巴黎的五月事件中推演至顶点。

② Arthur Marwick, *The Sixties: Cultural Revolution in Britain, France, Italy and the United States, c. 1958 - c. 1974*, Oxford: Oxford University Press, 1998, 10.

③ Jonathan Aitken, *The Young Meteors*, London: Antheneum, 1967, 36.

④ Doris Lessing, *The Sweetest Dream*, London: Harper Perenial, 2001, 62. 本节以下引文只标页码,不再加注。

表工党向民众郑重承诺,他领导的英国政府要把英国建设成"一个现代化的、没有阶级差别的'新英国'"。① 威尔逊政府强调的"年轻、乐观和创新精神"在很大程度上与英国"摇摆的60年代"的文化特质相吻合。在这样的背景下,莱辛通过描写一个新型家庭的生活,反映了60年代的"反文化"和新左派运动,并对60年代的公共政治生活进行了反思。

一、新型家庭和60年代的"反文化"

斐迪南·滕尼斯在《共同体与社会》中把共同体定义为"持久的真正的共同生活",并把"和睦的家庭生活"看作共同体的最基本形式。② 莱辛在《最甜美的梦》中描绘了几代不完全有血缘和亲缘关系,以及不同肤色的人组成的新型家庭的生活,并以此来想象更高层次的共同体生活。这个家庭的女主人弗朗西斯是一位自由撰稿人,她和前夫乔尼的儿子安德鲁和科林一起住在乔尼母亲朱丽娅的房子里,并收留了"因逃避不和睦的家庭关系、躲避精神病院以及离开非洲殖民地来到伦敦而敲开她家家门的所有人"(7),其中包括儿子的男女高中同学和朋友杰弗里、詹姆士、丹尼尔、苏菲、罗斯、露西和基尔,以及来自非洲的黑人高中生富兰克林。此外,她还接纳了前夫乔尼患精神病的妻子菲丽达以及她的女儿西尔维亚。乔尼不跟他们一起生活,因此弗朗西斯不仅要照顾两个未成年的儿子,还承担了看护生活在这个房子里的其他人的责任,她也就成为这所房子里真正的"母亲"(earth mother),③而朱丽娅的这所大房子也成为这群不完全由血缘姻亲关系维系起来的人们真正意义上的家。

瑞比茨恩斯基(Witold Rybczynski)认为,"从一开始,家的概念就与房子密不可分。家不仅指房子,也包括了房子里以及它周围的一切,它不仅包括了生活在房子中的人,还默认了房子以及与它相关的一切带给人的愉悦和满足"。④ 莱辛从弗朗西斯的视角向我们呈现了这所房子对于这群青少年的意

---

① Qtd. in Dominic Sandbrook, *White Heat: A History of Britain in the Swinging Sixties*, London: Abacus, 2007, xvii.
② 斐迪南·滕尼斯:《共同体与社会》,林荣远译,北京:北京大学出版社,2010年,第45,266页。
③ 同上,第68页。
④ Witold Rybczynski, *Home: A Short History of an Idea*, New York: Viking Penguin, 1986, 56.

义。她一天从报社回家,老远就听见科林在地下室里放的音乐,里面满是"孩子们"迷恋的节奏,其含义不妨用斯图亚特·米歇尔(Stuart P. Mitchell)的话来道破:"摇滚音乐是 60 年代'反文化'的一个最主要的载体,音乐无时无刻地把反主流的价值观念传播出来。"①紧接着上文"放音乐"一幕,大房子进入了弗朗西斯的眼帘:"整所房子都被灯光照亮,没有一扇暗黑的窗户,看上去,不仅窗户里透出光亮,墙壁也折射出光线:整所房子充满了光亮和音乐。"(41)这所明亮而且透着温暖的房子吸引了这群少男少女,詹姆士就是最好的例子——他离开了生活在乡村、狭隘无趣且无法相处的父母,来到这所被罗斯称作"自由大厅"(Freedom Hall)的房子里生活,就像飞蛾一样扑向了摇摆的伦敦给予他的自由和欢愉。换言之,这所房子给予了这群青少年从父母那里得不到的自由和包容。

莱辛以相当长的篇幅描写了这所大房子里的少男少女及其生活,反映了 60 年代青少年的"反文化"。多米尼克·桑德布鲁克(Dominic Sandbrook)曾说,"60 年代的青少年可以说是人们的偶像,他们的所作所为反映了那个年代的很多问题,如大众娱乐业的兴起和工薪阶级财富增加等新现象。青少年代表了英国的现代性、活力和雄心,他们给英国带来了希望,但也让人焦虑"。②生活在这所房子里的少男少女们不仅厌学逃课,而且抽大麻,小偷小摸,逃地铁票,享受性自由,以各种方式表现出对传统和正统文化的反叛。

在这群青少年中,詹姆士已经辍学了,西尔维亚也已经逃学几个月了。科林说他已经长大成人,不应该再上学了。科林的女朋友苏菲也决定圣诞节后就不再回学校,丹尼尔则刚刚接到圣约瑟夫中学的警告——他可能会因为偷窃被学校开除。在这群朋友中,丹尼尔最仰慕的人是杰弗里,而后者却常常偷东西——人们很难想象这么一个相貌英俊、彬彬有礼、举止得体的年轻人会做这种事情,但是只有杰弗里还坚持上学,而丹尼尔之所以还没有辍学,是因为他的偶像杰弗里没有这样做。安德鲁也不例外,他在伊顿公学里成绩一直很

---

① Stuart P. Mitchell, "You Say You Want a Revolution? Popular Music and Ret in France, the United States, and Britain during the Late 1960s," *HAOL*, Vol. 8(2005), 8.

② Dominic Sandbrook, *White Heat: A History of Britain in the Swinging Sixties*, London: Abacus, 2007, 205.

优秀,本打算进入剑桥大学,然而最后一年他却意志消沉,心里似乎藏着不愿告人的秘密。朱丽亚曾私下告诉弗朗西斯,她在安德鲁的房间里闻到了浓浓的大麻味,而弗朗西斯却不敢告诉朱丽亚,安德鲁不仅抽大麻,还很可能尝试过可卡因。

亚瑟·马维克曾经深刻地分析过60年代欧洲"反文化"产生的原因,他认为除了战后经济复苏和消费增长的原因外,另一个不可忽视的原因是"赫伯特·马尔库塞等政治理论家把马克思主义的斗争精神与弗洛伊德反对性压抑的理论结合起来",为"反文化"运动提供了理论依据。① 这场运动在青少年身上表现为多个层面的反叛:对正统文化的挑战,对传统家庭生活的叛逆,对权威的蔑视,以及对传统性观念和伦理道德的背离。随着50年代离婚率的逐年提高,青少年也在经历一场性解放的运动。富兰克林刚从非洲来到英国,他惊讶地发现圣约瑟夫中学的很多男女生都一起睡觉,他们甚至还成双成对地躺在学校后面的草地上,每次经过那里,他都会"听到她们的笑声,和比她们的笑声更可怕的沉默"(166)。他很快也加入了追求女孩子的游戏中。

60年代初避孕药开始普及,但与此同时,学校的性教育却没有跟上。根据莱斯莉·霍尔(Lesley A. Hall)的调查,这个时期英国每六所高中里最多只有一所提供性教育,而且仅仅是最基本的教育,因而并没有真正教会学生们如何保护自己。② 少女未婚先孕的现象非常普遍,莱辛把这份关怀写进了小说中。在基尔怀孕做了流产手术之后,弗朗西斯写了一篇专栏文章,告诫有女初长成的父母,由于这一代年轻人比他们更早接触性生活,父母都应该跟他们的女儿谈谈性的问题,有必要的话,应该带女儿们去医院,让医生给她们开避孕药。这篇文章引起了轩然大波,父母们纷纷写信,要求报社解雇弗朗西斯。然而,女主编却高度赞赏她的这篇文章,认为只有弗朗西斯这样诚实的人才有勇气告诉人们,充斥着时装店和高级餐厅的"卡纳比街道"虽然是伦敦这个"聚宝盆"(cornucopia)的象征,但它实际上不过是"一个廉价的幻象"(shoddy

---

① Marwick, "Youth in Britain, 1920 – 1960," 42.
② Lesley A. Hall, "Eyes Tightly Shut, Lying Rigidly Still, and Thinking of England? British Women and Sex from Marie Stopes to Hite 2000," in *Sexual Pedagogies: Sex Education in Britain, Australia and America, 1879 – 2000*, eds. Claudia Nelson and Michelle H. Martin, New York: Palgrave Macmillan, 2004, 63.

illusion)(159,162)。青少年就是在大麻、摇滚乐和性解放中迷失了自己。"卡纳比街道"似乎在暗示："摇摆的伦敦"是人们尚未从中醒来的梦境。

也正是在这个"摇摆的"60年代，人们对精神病症的了解有了长足的进步，抑郁症和厌食症进入了人们关于日常生活的谈话，而女性无疑是这两类病症的主要受害者。乔尼的第二任妻子菲丽达因为有精神问题，无法照顾患有厌食症的女儿西尔维亚，所以把女儿送到了弗朗西斯这里。弗朗西斯后来的男友鲁伯特的前妻梅丽尔也患有精神病，她不仅不能照顾自己的儿女，而且还一度搬进了弗朗西斯的大房子，依赖前夫和弗朗西斯的照料。莱辛在反映60年代女性面临的精神困境的同时，还突出了这所房子庇护所般的地位。朱丽亚精心照料西尔维亚，帮助她克服厌食症。她很多时候都把食物端到西尔维亚的面前，用勺子一边喂她，一边说："你好好听着，我不会让你像现在这样慢慢地、愚蠢地毁掉你自己。我不会允许你这么做。现在你张嘴吃东西。"(55)朱丽亚给西尔维亚喂东西的时候，弗朗西斯发现安德鲁也在一旁专注地看着，而且还同情地作出吞咽东西的样子，祖孙三代人尽力把西尔维亚从严重的厌食症中拯救出来，使她顺利地进入了医科大学。这所房子里的人给予西尔维亚的不仅是关爱，而且还有新生。

苏珊·瓦特金斯(Susan Watkins)认为，以弗朗西斯为家长的这个家庭既不是完全以血缘为纽带，也不是依靠婚姻关系或经济纽带来维系的，"而是一群人以各种情感形式维系建立起来的"。[①] 安东尼·切内尔斯(Anthony Chennells)也注意到这个家庭成员的多元性和组合的随意性，他把这个大家庭称作一个"自发形成的共同体"(a untary community)，一个有悖于社会决定论的隐喻。[②] 齐格蒙特·鲍曼(Zygmunt Bauman)曾用"家"这个意象来表述更大、更高层次的共同体，他说"共同体是一个'温馨'的地方，一个温暖而舒适的场所。它就像是一个家的屋顶，为人们遮风避雨；它又像一个壁炉，严冬时靠

[①] Susan Watkins, "Remembering Home: Nation and Identity in the Recent Writing of Doris Lessing," *Feminist Review*, 85(2007), 102.

[②] Anthony Chennells, "From Bildungsroman to Family Saga: The Sweetest Dream," *Partisan Review*, 69, 2(2002), 301.

近它,可以温暖我们的双手"。① 小说中这个家庭为一群跨越地域、超越血缘的人提供了庇护,给予了他们认同,它不仅构建了这个家庭中每位成员的身份,而且如苏珊·瓦特金斯所说,还"激发出一种对共同体、家庭和家的新认识,也潜在地改变着英国特性(modification of Englishness)。② 作为 20 世纪 60 年代英国社会的缩影,这所房子不仅代表着莱辛对 60 年代英国新型家庭的想象,也承载着她对英格兰新型共同体的憧憬。

二、60 年代英国的公共政治文化

60 年代的英国除了以青少年为主体的"反文化"之外,文化马克思主义者推动的新左派运动也是这一时期公共文化的重要内容。亚瑟·马维克曾断言,"我们说'反文化'时,主要指人们的服饰、价值观、生活方式和娱乐活动,而新左派运动则指那一批政治上很积极,并且亲自参与了示威游行的人的活动"。③ 马维克对英国新左派的评述显然不够充分。赵国新在《西方文论关键词》中对新左派运动做了简洁的诠释:"'新左派'是 20 世纪六七十年代席卷西欧和北美核心资本主义国家的一场激进的思想文化运动,这场运动的主要参与主体是知识分子和青年学生,而不是历次激进运动的主角工人阶级。这些文化人不满资本主义社会的现实,带着一种理想主义的情怀期许社会主义的未来。"④以雷蒙·威廉斯、爱德华·汤普森和斯图亚特·霍尔为首的新左派认为,二战以及战后经济复苏带来的消费文化的冲击,工人阶级的身份发生了很大变化,因此,正如丹尼斯·德沃金(Dennis Dworkin)所说,新左派们"试图在描摹战后英国社会文化景观的同时,重新定义社会斗争,并且清晰地表述英国进入了发达资本主义时期后适合于民主社会主义政治的新的对抗形式"。⑤

60 年代英国新左派形成的最直接原因是这批文化马克思主义者不满英国

---

① 齐格蒙特·鲍曼:《共同体:在一个不确定的世界中寻找安全》,欧阳景根译,南京:江苏人民出版社,2003 年,第 2 页。
② Watkins, "Remembering Home," 106.
③ Marwick, "Youth in Britain, 1920 – 1960," 13.
④ 赵国新:《新左派》,载赵一凡等主编《西方文论关键词》,北京:外语教育与研究出版社,2006 年,第 688 页。
⑤ Dennis Dworkin, *Cultural Marxism in Postwar Britain: History, the New Left, and the Origin of Cultural Studies*, Durham: Duke University Press, 1997, 3.

卷入苏伊士运河危机,同时也对以斯大林为首的苏共政策提出质疑。① 作为一名共产党员和新左派成员,莱辛不仅积极为创刊于 1956 年的新左派期刊《理性者》(*The Reasoner*)投稿,而且成为 1957 年创刊的《新理性者》(*The New Reasoner*)的编委之一。② 莱辛以漫画式的笔触描写了乔尼的政治和家庭生活,并以此来讽刺和批判新左派们所排斥的政治偏执和狂热。伊莲恩·肖瓦尔特(Elaine Showalter)曾在《泰晤士报文学增刊》上撰文说,莱辛为乔尼画出了一幅"职业革命者最完美的漫画",因而这部小说是"继《金色笔记》之后莱辛最无情地解剖男性自我中心主义的作品"。③ 乔尼的政治偏执和狂热在他念伊顿公学的时候就初现端倪。一天,他父母收到伊顿校方的信,信中说乔尼不辞而别,留下字条说他去参加西班牙内战了,落款是"乔尼·列诺克斯同志"。然而,在这段时间里,他却不时地向父母要钱,他们最终发现他实际上从未离开伦敦,而是一直生活在伦敦东区的一所房子里,并且被性病折磨。乔尼成年后还屡次告诉家人他要去参加古巴的共产主义运动,却迟迟没有成行;当 60 年代举国上下都为非洲独立运动欣喜不已的时候,乔尼又说他要去支援非洲解放运动。乔尼的政治愿望真实地折射出 60 年代英国公共政治生活中的一种普遍倾向——"人们认为发生在越南、古巴、拉丁美洲、非洲,甚至是美国和欧洲的社会运动都是同种性质的斗争"。④ 更有甚者,乔尼把他的政治生活带入了他的家庭,不停地向这群青少年灌输空洞的政治理想。他曾推荐詹姆士去参加一个夏令营,因为他觉得詹姆士在那里能更好地了解"资本主义的衰弱和帝国主义的内在矛盾"(106)。他还跟富兰克林说,乍米利亚(虚构的津巴布韦)的民族主义运动还不成熟,急需他这样的人去拯救那里的人民。作为一名职业革命者,乔尼会对年轻人夸夸其谈,但是作为丈夫和父亲,他却完全没有承担起对家庭的责任,因此弗朗西斯最终还是和这个"疯狂的自我主义者"(mad egoist)分手(68)。随着年龄的增长,乔尼的政治狂热逐渐减弱,他晚年

---

① Dworkin, *Cultural Marxism in Postwar Britain*, 53 - 55.
② Dworkin, 48 - 51.
③ Elaine Showalter, "Review of *The Sweetest Dream*," *The Times Literary Supplement*, 14 September 2001.
④ George Katsiaficas, *The Imagination of the New Left: A Global Analysis of 1968*, Cambridge: South End Press, 1987, 20.

完全放弃了政治初衷,全身心投入了印度佛教,并自称圣人,依旧吸引了很多拥趸,其"政治转向"暗示着 60 年代政治极端主义和狂热主义的消退。

莱辛在批判乔尼所代表的政治极端主义和男性自我中心主义的同时,还通过描写西尔维亚的经历,向六七十年代英国公共文化中的激进主义和理想主义提出了质疑。这群已经长大成人的年轻人纷纷来到了新近独立的乍米利亚,试图以各种形式声援当地的解放运动。富兰克林回到了自己的祖国,成为一名政府高官。安德鲁和杰弗里以政府和非政府援助机构要员的身份来到非洲,为乍米利亚提供经济援助。小说后半部分真正的主角是西尔维亚,作为一名医生和虔诚的天主教徒,她通过教会的关系,带着救助非洲人的理想,只身来到乍米利亚,设立"丛林医院",试图帮助那个教区里被疾病困扰的非洲人。

然而,现实与西尔维亚的想象差距太远。她和麦克奎尔牧师以及她的黑人助手丽贝卡住在一起,每天从自己的房间去医院,然后再回到自己的房间,千篇一律,毫无变化。由于国际救助资金缺乏有效的管理监督,很多资金都被乍米利亚政府官员贪污挪用,政府医院迟迟没有建成,而西尔维亚的教区医院却缺乏基本的设备和药品,救助工作无比艰难。50 年代亲自去撒哈拉以南的非洲实地考察过的经济学家伊恩·里特尔(Ian Little)对当时的非洲做出如下的评述,"人口的增加极大地阻碍了人均收入的增长,然而,在非洲的绝大多数地区,生育控制是人们闻所未闻的话题,包括受过良好教育的人"。[①] 由于人们没有采取控制生育的措施,导致了人口的肆意增长和艾滋病的流行。西尔维亚不得不亲自去当地政府部门询问一个月前就应该到达教区医院的避孕套为什么迟迟不到,而与此同时,她却眼睁睁地看着身边的人被艾滋病夺取生命。丽贝卡感染上了艾滋病,她的六个孩子中有三个已经死于艾滋病,而且她知道自己很快又会失去下一个孩子。然而,很多当地人都和丽贝卡一样,不知道艾滋病是一种致命的疾病,只是深信上帝迁怒于他们,用这种魔咒来惩罚他们。

虽然时空将这些年轻人与见证他们成长的伦敦北部的房子分隔开来,但是他们对房子的记忆仍然界定了他们的身份,并持续影响着他们的身份构建。

---

① Ian Little, *Aid to Africa: An Appraisal of U. K. Policy for Aid to African South of Sahara*, London: Pergamon Press, 1964, 2.

如维多利亚·罗斯纳(Victoria Rosner)所说,莱辛在那所房子与人之间建立了一种"有机的关联,通过描写人对那所房子的依赖来找寻一种稳固的身份认同"。① 西尔维亚在援非期间曾短暂地回到伦敦,她意识到"当你住在伦敦的时候,你感受不到它的分量,它的种种馈赠和无限可能。然而,从非洲回来后,伦敦好像重重地打中了她的腹部"(327)。她静静地坐在自己的房间里,感觉这所房子"爱你,接纳你,给你带来安全感,它张开双臂拥你入怀,它又像一张毯子,将你这只迷途的小动物裹了进去"(338)。然而,当西尔维亚回到非洲,重新站在医院前面时,她才体会到,这些可怜破旧的茅舍所代表的美丽的非洲缺乏一切,需要一切,重重地压迫着她的神经。只有当她不去回想伦敦和那所房子时,她才能容忍眼前破旧的茅舍,西尔维亚感到"她真实的自我,她的存在和信念都慢慢地离她远去"(367),而她对那所房子所代表的家的渴望却强化了她对伦敦的认同,稳固了她的英国身份。

乡村教区医院发生的事情最终迫使西尔维亚离开乍米利亚。由于政府医院没有建好,一些设备闲置,西尔维亚和丽贝卡就运了几件设备回到教区医院,这就成为当地政府指责她偷窃的理由。更糟糕的是,一个发着高烧、急需做阑尾切除手术的小女孩儿被送到了教区医院;西尔维亚知道,如果这个女孩不做手术,就会很快死去,由于她不是外科医生,而且医院缺乏外科手术的基本条件,所以她拒绝给这个女孩儿做手术,可是她经不住女孩儿亲人的哀求,勉强同意了,结果还没等手术做完小女孩儿就死了。西尔维亚不顾身边人的阻拦,把这件事汇报了督察员。督察员调查的结果是:因其涉嫌偷窃与非法行医,教区医院必须关闭。

小说中最具讽刺意味的是,签署关闭教区医院命令的正是如日中天的富兰克林。西尔维亚要求见他,他却由于受困于记忆而拒绝会见她。富兰克林永远不能忘怀"像母亲一样的弗朗西斯","那所伦敦的房子在他无家可归的时候成了他的家,当他渴望关爱的时候给予了他关爱"(157,434)。实际上,富兰克林的祖父母就住在西尔维亚的教区医院附近,他时常觉得伦敦的那所房子很像他祖父母的乡间茅舍,甚至直到现在,记忆中的西尔维亚也依旧美丽,

---

① Victoria Rosner, "Home Fires: Doris Lessing, Colonial Architecture, and the Reproduction of Mothering," *Tulsa Studies in Women's Literature*, 18.1(1999), 82.

"一头金发,一张天使般的面孔"(434),尽管如此,他还是没有帮助西尔维亚,反而抱怨她不该来乍米利亚,而且在没有合法手续的情况下开设医院,给政府惹了麻烦。他说,"这些白人来到这里,随心所欲,他们一点儿也没有改变,他们依然……"(435)富兰克林的话中饱含着殖民隐喻,他觉得白人还是像在殖民时代那样,来到非洲肆意妄为。莱辛在这里质疑的不仅是新近独立的非洲国家的政府本身是否可靠,来自欧洲的大笔援助资金是否被当地政府合理地利用,而且还有国际援助本身。提姆·穆里奇(Tim Murithi)曾断言,"对非洲的经济援助从很大程度上来看是对非洲施加影响的一种形式。援助资金的背后往往隐藏着援助者对非洲政府和人民的操控和压迫,国际援助可以说是另一种形式的殖民"。① 以富兰克林为代表的非洲政府的敌对态度迫使西尔维亚带着沉重的、遭受背叛的心绪离开了非洲。

西尔维亚回伦敦的时候,带回了两个黑人男孩儿克莱夫和西庇太,他俩都父母双亡。然而,西尔维亚却由于和病人频繁接触而感染上了疾病,回到伦敦后不久就在安睡中死去,这所伦敦北部的房子就成为黑人男孩儿们的家。当科林的女儿赛利娅第一次见到他们的时候,就大哭起来,因为她从来没有见过黑人,科林说她慢慢就会好起来的。果然,小说结尾的时候,大家都围坐在餐桌旁,赛利娅沉迷在独自玩儿的游戏里,轻声地说,"我是赛利娅,那是我的弗朗西斯和我的克莱夫……那是我的威廉……我的西庇太。"(479)作为这个家庭中唯一的新生代,赛利娅已经完全接纳了这两个跟她毫无关系的孤儿,并且把他们当作"自己人"看待。换言之,这所见证了她父辈成长的房子并没有随着岁月的流逝而改变,它不仅屹立不倒,而且坚定地成为新型家庭的象征。如科林所说,"一个经历过 60 年代的家庭将永远是一个 60 年代的家庭。"(472)这所房子保留了 60 年代的文化精神,它不以阶级、种族和姻亲关系来界定家庭关系,而使人们共同生活,相互包容,尽可能成全彼此的自由和梦想。

莱辛在这部小说中以一群不完全由血缘姻亲为纽带的人所组建的家庭为例,生动地描绘了"摇摆的 60 年代"英国的公共文化。如埃里克·霍布斯鲍姆

---

① Tim Murithi, "Aid Colonization and the Promise of African Continent Integration," in *Aid to Africa: Redeemer or Coloniser?* eds. Hakima Abbas and Yves Niyiragira, Capetown: Pambazuka Press, 2009, 3.

(Eric Hobsbaum)所言,"要反映60年代欧洲经历的文化上的巨变,最好的办法就是观察家庭和家庭关系"。① 莱辛正是通过描写这个非传统家庭中成员的成长经历和他们之间的关系,来反映60年代的"反文化"和新左派运动。西奥多·罗斯扎克(Theodore Roszak)60年代在《国家报》上撰文说,"反文化"是新左派运动的基础,体现了人们为发现和建立新型共同体、新型家庭关系、新的道德伦理价值和美学形式,以及新的个人身份所做的努力"。② 莱辛通过描写新型家庭和家庭成员关系,批判了60年代英国公共政治文化中的极端主义、激进主义和理想主义。在小说的结尾,赛利娅指着乔尼说:"这是我的爷爷,我的小老头乔尼。"(471)科林叫她不要这么不礼貌地称呼自己的爷爷,而赛利娅却坚持这样叫。小说意味深长地以赛利娅喃喃"小老头乔尼"结束,宣告了60年代政治极端主义和狂热主义的衰亡;与此同时,西尔维亚的死亡折射出60年代公共政治文化中的激进主义和理想主义的幻灭。然而,在这些政治狂潮消退的同时,莱辛并没有像弗雷德里克·卡尔所说的那样,悲观地预言英国文化地位的衰退。相反,她通过这所屹立不倒的、更具包容性的大房子,想象着一种不以肤色和血缘姻亲为纽带的新型家庭关系,进而想象并期待一种更多元、更具包容性的英国共同体文化。

---

① Eric Hobsbaum, *The Age of Extremes: The Short Twentieth Century*, 1914 – 1991, London: Abcus Book, 1994, 320.

② Theodore Roszak, "Youth and the Great Refusal," *The Nation*, March 25, 1968.

第十章

"魔棒"下的共同体形塑

二战以后,以《魔戒》三部曲(The Lord of Rings,1937—1949)为代表的现代奇幻文学或童话幻想故事呈现兴盛繁荣之势,这不得不让人思考在其或"逃避"或"怀旧"或"童稚"的外表下所隐含的社会文化意义。

两次世界大战造成历史文化的断层,带来空前的物质与精神的浩劫。为复兴国民经济,大力发展科技工业,其规模已达到无以复加的地步,物质生产成为生活的重心,经济利润成为检验一切活动的标准。突飞猛进的技术和商业的重击引发了传统生活方式的颠覆、传统道德观念的崩溃、传统社群的瓦解等一系列的社会问题。人们力图以科技来征服世界,以金钱来衡量自己的成功,越来越迫切地追求直接的感官满足和精神需求,受到贪婪、奴役、剥削和暴力等各种非理性主义力量的掌控而逐渐失去理性。针对这一现象,奇幻文学的作家们利用想象创造了理性思考的契机,引出他们在质疑、批判现代科学理性价值观的过程中而设定的文化命题:如何重建世界的和谐关系?

本章所论及的三位作家都试图借助"魔法"的力量针砭时弊,并开出一剂良方,即通过自己的创作实践来重新形塑在现代文明中业已丧失的共同体文化,以此表达对未来理想家园的美好憧憬。作为中古世纪文学的研究专家,J. R. R. 托尔金(J. R. R. Tolkien,1892—1973)凭借其非凡的"中州世界"重返前工业时代,追寻中世纪文化传统,借助于浪漫传奇的意象(如英格兰古老乡村"夏尔"的构建、骑士精神的复归),重新谱写多元共生、和谐共存的共同体图景。C. S. 刘易斯(C. S. Lewis,1898—1963)的作品《纳尼亚传奇》(The Chronicles of Narnia,1950—1956)蕴藏着广阔的想象愿景,他以"仙境"纳尼亚为载体重新想象了共同体文化的精神,并且抒发了他心中较之于天国憧憬更为强烈的乌托邦冲动。纳尼亚王国满足了人与其他生灵进行交流的愿望,激发了人们内心的愉悦、关爱、信任和理解等美好的情感力量,重现了中世纪骑士视忠诚、正义、荣誉等为生命的品格与情操。风靡全球的《哈利·波特》(Harry

Potter，1997—2007)同样蕴含着共同体话语的文化探究,作者 J. K. 罗琳(J. K. Rowling, 1965—)具体构建了由关爱、责任感、忠诚等道德情感来维系的共同体,通过"家""彩虹联盟""邪恶力量"等形象描绘出滕尼斯、威廉斯和鲍曼所阐述的共同体愿景,承载着厚重的道德力量。这是罗琳在个人主义盛行、团体归属感式微的时代背景下对现实社会生活方式的重新思考,具有显著的现实意义。

三位作家的文学创作不仅有"共同体冲动",而且还让喜爱他们的少年读者们获得愉快而积极的情感体验,即"憧憬未来的美好社会,一种超越亲缘和地域的、有机生成的、具有活力和凝聚力的共同体形式"。①

第一节

《魔戒》：奇境中的真实

托尔金的研究者帕琴·莫蒂默(Patchen Mortimer)曾说:"上个世纪,恐怕没有哪个作家像托尔金一样引起那么大的争议了。"②这一结论主要是源自作家的代表作《魔戒》的受众情况。这部"20世纪之书"历时12年才完成,又经四年修改,问世之初却饱受学界和批评者的诸多诟病——"(批评者认为)托尔金的作品不属于现实主义——因为他所创作的故事虽然大部分情节似乎产生于真实的历史和地理环境之下,但事实上这些故事既不是现代或近代某一时段,也不以真实世界为背景……他的作品也不属于现代主义范畴,其作品并未深入分析角色错综复杂的欲望和动机,也没有提供分析同一角色的不同视角。对于一些读者而言,《魔戒》更像是已经被现实主义淘汰了的道德小说。"③然而,普罗大众却热情地接受了此书,它一经出版便赢得众多拥趸,并激发了后

---

① 殷企平:《西方文论关键词：共同体》,第78页。
② Patchen Mortimer, "Tolkien and Modernism," *Tolkien Studies*, 2(2005), 113.
③ 安德鲁·布莱克:《托尔金：用一生锻造〈魔戒〉》,鲍德旺、高黎译,大连：大连理工大学出版社,2008年,第76页。

续一系列诸如《纳尼亚传奇》《星球大战》(Star Wars)、《哈利·波特》等奇幻作品的创作,推动了广播、电影、电视、电脑游戏乃至插画、音乐等其他文化产业的发展。在水石书店(Waterstones)与第四频道合办的"20世纪伟大之书"票选活动中,《魔戒》位居榜首,它还被亚马逊书店票选为2 000年以来最重要的书籍。可以说,《魔戒》引发了20世纪的奇幻文学热潮,托尔金也因此被誉为"20世纪奇幻文学之父"。这部作品能拥有如此长盛不衰的魅力,主要源自书中所体现的英格兰特性(Englishness)、其所蕴含的深长文化源流以及对现代社会的文化核心观念"共同体"的思考。托尔金实现了自己"创作一部属于英格兰自己的神话"的愿望,在因循英国骑士文化文学传统的基础上,以神话的形式,呈现了一幅在现代工业文明冲击下,以农耕经济为基础的和谐共同体在受到物质、权利、欲望的冲击和破坏之后,新的共同体确立的动态图景,从而传达出这位世纪大师对人类共同命运的关照和情怀。

一、"英格兰的民族神话"——《魔戒》的中古文化源流

德利·琼斯(Darrly Jones)认为托尔金是"描写英格兰民族特性最伟大的作家之一"。[①] 作为牛津大学的语言学教授,托尔金对语言、神话和文学有着浓厚的兴趣。而在研究中他发现,英格兰竟然没有属于自己的民族神话。"我从早年工作起就对自己所爱之乡土没有属于自己的故事而感到悲伤。希腊、罗马、凯尔特、德国、斯堪的那维亚、芬兰都有根植于自己语言的神话,唯独英格兰没有;亚瑟王的故事是不列颠的,而不是英格兰(English)的[②],因此无法抚慰我的失落感……我要为英格兰写一则神话,一则遥远的传奇,以精灵的眼睛来看天地初开以降的一切事情……"[③]于是,《魔戒》[④]诞生了。这部献给英格

---

① Darrly Jones, "Foreward," in *Tolkien, the Forest and the City*, Dublin: Four Courts Press, 2013, 6.
② 国内学者在转引此段话时,多将"English"理解为"英文的",而托尔金在写给儿子的信中曾特别将此处的"English"与"English commonwealth"(英联邦)加以区分,可见将其理解为地理概念英格兰更为妥帖,参见 Joseph Pearce, *Tolkien: Man and Myth*, London: Harper Collins Publishers, 1998, 157.
③ 迈克尔·怀特:《魔戒的缔造者:托尔金》,吴可译,上海:上海译文出版社,2005年,第98页。
④ 《魔戒》(*The Lord of the Rings*)由《魔戒同盟》(*The Fellowship of the Ring*)、《双塔殊途》(*The Two Towers*)、《王者归来》(*The Return of the King*)三部曲组成。中译名参考上海人民出版社译本。

兰的民族史诗受古英语叙事长诗《贝奥武甫》的启发，塑造了半兽人、巨龙、勇士杀妖夺宝等丰富的人物和情节。同时，托尔金把自己所热爱的英格兰乡野和人民糅进了创作之中，创造了一个拥有自己独特历史、文化、语言、种族、文字和历史记载的中州世界。托尔金本人曾在写给美国出版商的信中坦言"夏尔（Shire）是以英格兰乡村为原型的，这个名字就取自英格兰乡村①。夏尔居民的名字也是这样得来的，毕竟这是英格兰佬写的英格兰之书"。② 在他的最后一次访谈中，托尔金对夏尔的创作出处表达得更为具体："夏尔是我幼年时南非的家和少年时伯明翰祖母家的一个组合体，一个英格兰中部的传统乡村，那里有石头和榆树、安静的小溪和四野的乡民。"③ 映射到书中，未遭受机械文明侵袭时的夏尔是宁静、安详而怡人的，充满了旧时英格兰乡村风情："临近黄昏的天光清亮又安馨，园里的金鱼草鲜红似火，向日葵灿烂如金，草墙上爬满了旱金莲，甚至探头窥进了圆窗。花园里种满了美丽的植物。"④ 这里的居民霍比特人"热爱和平、安宁，以及耕垦良好的土地，最喜出没的地方是秩序井然、耕种得宜的乡野……他们穿戴色彩鲜亮的服饰，尤其喜爱黄色和绿色……能制造许多其他有用且好看的东西"（3—4）。他们所表现出来的这些特质都非常符合英格兰人的特点，托尔金更是把自己比拟为霍比特人："（除了身高）我完全就是一个霍比特人。我喜欢园艺，喜欢树，喜欢未被机器开垦过的农田。我吸烟斗，饮食质朴（不用冰箱），讨厌法国食物，甚至会在平淡的日子里装饰性地穿穿马甲。我爱吃蘑菇，有幽默感，晚睡晚起，不怎么爱出游。"⑤ 可见，霍比特人并非托尔金单纯的想象之作，而是深植于作者内心的英格兰民族特性的表征和具象。托尔金认为英格兰特性对于文学创作特别重要，在给奥登的信中，他这样写道："如果你也想写这样一个故事，就一定要去寻故事的源头，去古老世界的西北之端，那里的人们会赋予你的故事以灵魂和想象的

---

① 即托尔金幼年居住的小村庄 Sarehole，拆分开来是 sare（音似夏尔）和 hole（意为"洞"），距工业中心伯明翰四英里。
② Pearce, *Tolkien*, 154.
③ BBC Radio 4, "The Last Interview Which Tolkien Accepted before Death," http://www.daisy.freeserve.co.uk/jrrt_int.htm(accessed 2018/4/22).
④ J. R. R. 托尔金：《魔戒》，邓嘉宛、石中歌、杜蕴慈译，上海：上海人民出版社，2013年，第31页。本节以下引文只标页码，不再加注。
⑤ Pearce, *Tolkien*, 153.

气息。"①

除了以人物和场景来呈现英格兰风物,《魔戒》的创作语言也体现出英格兰的文化源流。托尔金非常重视语言对于文化的作用,书中的人与物几乎都可以寻得古英语源头。例如,中州(Middle-Earth)在古英语诗歌中是 middle-geard 的变化形式;索隆魔眼所在地魔多(Mordor)由古英语 morther 演变而来,取 murder(凶杀)之意。男主人公佛罗多·巴金斯(Frodo Baggins)的名字 Frodo 改自 frod——"通过历险获得的智慧"。作者以自己姑姑在伍斯特郡的农场 Bag End 命名佛罗多的叔叔毕尔博的住所,而作者用 Baggins 这个姓,也是为了纪念这个农场,此外,在英国北部常用 Bagging 来表示正餐以外时间吃茶点,这也是作者描写的霍比特人的生活特色之一。其他蕴含深意的人物名字还有背叛正义的巫师萨茹曼(Saruman)名字中的 Saru-源自古英语 searu-,意味着背信弃义、狡猾。精灵王的女儿阿尔纹(Arwen)名字中的 Ar-意味着贵族,-wen 是 maiden(少女)的意思,昭示出她尊贵的身份。此外,书中大部分句子使用了盎格鲁—撒克逊的诗歌技巧——头韵;随着情节的发展,作品的语言也变得愈加正式而富有英雄色彩,从而体现出托尔金对骑士文学传统的复归。

骑士文学依托骑士制度而生。后者发端于 8 世纪的法国,随 1066 年的诺曼征服引入英国,从而催生了英国的骑士阶层,并依此衍生出与骑士相关的生活方式、行为规范和文化;骑士精神则在文学作品中得以不断具化、补充和丰盈:《贝奥武甫》呈现了浪漫英雄主义特质,《亚瑟王传奇》(The Idylls of the King)描写了对待女性的绅士风度,《坎特伯雷故事集》(The Canterbury Tales)宣扬对朋友忠诚等。《仙后》(The Faerie Queene)的六卷文本则分别将骑士精神凝练为"圣洁""节制""贞洁""友谊""正义"和"礼貌",并汇诸多美德于仙后一身,从而将骑士精神升华为民族概念,成为后世如司各特、丁尼生、狄更斯、戈尔丁和艾略特等几乎所有时代文人的创作因子。正如司考菲尔德(W. H. Scofield)所说,"在英格兰,骑士精神绵延不绝,已经很难与正直的品质相分离"。② 骑士精神随英国

---

① H. Carpenter, ed., *The Letters of J. R. R. Tolkien*, London: Harper Collins Publishers, 2011, 212.

② W. H. Scofield, *Chivalry in English Literature, Chaucer, Malory, Spenser and Shakespeare*, Whitefish: Kessinger Publishing, 1970, 267.

文学发展的时间纵轴延展，成为英格兰民族特性的重要构成。而《魔戒》中所体现的骑士精神，宫廷诗人尤斯塔斯的诗句作出了最恰当的注解："你应遵循骑士规则，它将引导你走向新的生活/虔诚不断地祈祷/远离傲慢、卑劣和罪恶/守卫教会，保护人民/救助鳏寡孤独/勇敢、忠诚/不可巧取豪夺/你应谦卑，重然诺/英勇战斗，行侠仗义，履行职责/为贵妇人的爱比武/赢得荣誉，免遭谴责/行为果敢不怯弱/扶助贫弱/骑士当以此为准则。"[①]"勇敢""忠诚""谦卑""英勇""重荣誉感"，诗中所描写的这些骑士品质在书中各主要人物如佛罗多、山姆等人身上均有明显的体现，尤其是在自我牺牲这一方面。

此外，《魔戒》的叙事在情节范式上也达到了与骑士文学的完美统一。骑士故事一般遵循赋予使命、历经考验、使命完成和受封几个阶段。《魔戒》的情节刚好与这几个步骤相应合：从佛罗多接受毁掉魔戒的任务开始，他和其他守护魔戒的使者们便踏上了历尽艰辛的旅程，最后在成功毁掉魔戒之后，守护者之一阿拉贡重新登上王的宝座，而山姆、梅里和皮平则被夏尔的人们封为英雄。在这一过程中，《魔戒》再现了骑士文学的"寻求"母题。虽然护戒联盟的任务是毁灭而非寻得戒指，但在达成使命的过程中，主人公实现了另外一种获得，即个人的成长与自我实现。

托尔金因循骑士文学体例来架构这部英格兰民族神话，并非单纯出于对中世纪文学的热爱，而是有其深刻的时代背景：《魔戒》写成于两次世界大战之间（1937—1949）。历经一战的托尔金亲见了现代文明所带来的各种恶果——资本和工业化的发展虽创造了大量财富，却也催化了人类对权力和物质的贪欲；自然环境被破坏，社会阶层不断两极分化，精神价值不断异化。膨胀的帝国主义利益之争导致了战争的爆发，生灵涂炭。人性进步的古老梦想迅速褪色，自文艺复兴以来根深蒂固的理性权威开始动摇，文学开始反思、质疑和思考，开始转向理性的对立面去汲取力量和灵感。在托尔金看来，回到往昔才是真正的济世良方。《魔戒》中甘道夫对咕噜有这样一段描述："……咕噜并没有彻底完蛋。作为霍比特人，他那股顽强劲儿甚至连智者都叹为观止。他心中有一个小小角落还归他自己所有，黑暗中还有一道磔隙透进些许光亮，

[①] R. Rudorff, *Knight and the Age of Chivalry*, New York: Routledge, 1974, 166.

那是往昔的光亮。我想,倘若耳边重新响起温柔的嗓音,心中回忆起久违了的风儿、树儿与洒在芳草地上的阳光,那该是多么惬意的事情。"(66)可见托尔金认为,"往昔"的美好可以净化心灵,具有与暗黑世界相抗衡的力量。当然,回到往昔并不是真正地回到过去,而是复归其所代表的中世纪英格兰民族传统道德、价值观念、社会理想和精神追求,完成文化还乡,并依此构建一个新的共同体。

二、"一个生机勃勃的有机体"——《魔戒》的现代文化内核

殷企平在《西方文论关键词:共同体》一文中对"共同体"这一文化观念的衍生和嬗变进行了梳理。他指出,"共同体"观念的空前生发始于18世纪前后;由于工业革命和资本主义不断全球化,人们突然发现周围的世界/社区变得陌生:传统价值分崩离析,人际关系不再稳定,从而产生了对共同体的强大需求。① 在哲学、社会学等领域出现的众多关于共同体的著述中,殷企平将德国社会学家、哲学家滕尼斯对共同体的阐释视为经典概念:"共同体意味着人类真正的、持久的共同生活……共同体本身必须被理解为一种生机勃勃的有机体,而社会则是一种机械的聚合和人工制品。"②托尔金所生活的时代已经进入到第二次工业革命晚期,现代文明对"英格兰家园"的侵袭已经到了无以复加的地步。在《魔戒》第二版的序言中,托尔金这样写道:"它(《魔戒》)确实有一定的现实经历作为基础……而且来自很久以前。在我十岁前,我童年时居住的国家一直被卑劣地破坏,那时汽车还是稀罕东西(我一辆也没见过),城郊的铁路尚未建成。最近,我在报纸上看得到了一座小麦磨坊最后老朽残迹的照片,建在水塘边的它,曾经兴旺过,过去我觉得它是那么重要,我从来都不喜欢那个年轻磨坊主的样子。"(IV)可见,托尔金是非常排斥工业文明的。为弥补自己在现实社会中的失落,托尔金把自己的共同体理想寄托于笔下的中州大陆,塑造出一个想象的、生机勃勃的有机世界。那里除了生活着以阿拉贡为代表的人类,还繁衍着各色神奇的生命种群:身材矮小却善良乐观、坚韧勇敢的霍比特人(Hobbits),美貌优雅、拥有魔法和不死之躯的精灵(Elves)、正义

---

① 殷企平:《西方文论关键词:共同体》,第71页
② 同上。

感强、爱蓄胡须、善使斧头的矮人（Dwarves），还有与邪恶抗争、保卫和平的巫师（Wizards）。还须一提的是非常特别的物种树精"恩特"（Ents）：他们生活在范贡森林中，是大树的牧者；他们身形高大，长着厚厚的、树皮一样的皮肤。皮平在小说中有这样一段回忆："你会觉得（恩特）那双眼睛后面是一口深不见底的古井，装满了经年累月的记忆和漫长、和缓、稳定的思想。"（70）在托尔金的笔下，普通的大树被作者赋予了与人类无二、甚至高于人类的生命灵气和智慧，折射出作者众"生"平等的生态伦理观。他们各自保有独特的语言和文化，和谐共处在中州大地上，呈现出一幅多元共生的共同体图景。

当然，这样一部扛鼎之作绝不会仅仅含有单维度的人物谱系。除了前面提及的这几种向往正义和光明的生灵，托尔金也塑造了一系列邪恶力量，如半兽人（Orcs）、强兽人（Uruk-Hais）以及戒灵（Ringwariths）：他们的共同特点是长相凶丑，嗜血残暴，为黑暗魔君所驱遣。为了抢夺能赋予人无上权力的至尊戒指，他们砍伐森林，打造工具，代表现代机械工业力量。他们构成了矛盾冲突的另一方，在善恶双方此消彼长的交战中完成了由农耕社会共同体走向工业时代共同体的必然过程，这其实隐含了托尔金对现代工业文明的批判，表达出作者对自滕尼斯以来现代文化观念中"转型焦虑"和"愿景描述"这两个重要文化内核的关照。①

"转型焦虑"指由农业文明向工业文明转型而引起的焦虑。《魔戒》忧思于工业社会对旧有共同体自然资源的疯狂掠夺和破坏、担忧人性贪婪物欲与权力渴望所导致的人类未来命运。这种忧思和担忧借由对比来实现。未被邪恶力量占领的地方是美丽安详的，充满勃勃生机，比如精灵把家园建在了河流旁、海湾内、森林中。其中罗瑞恩整座城市的房屋都是建在一个个巨大的树木之上，整个树城如同一团绿云，令人感到惬意舒爽，目旷神怡，整个心灵都被涤荡干净（437）。相形之下，被索隆统治的米那斯魔古尔则给人恐怖、阴森、压抑之感，让人心生怯意："它的城墙与塔楼森然矗立……它的光如同腐烂之物散发的毒气一般飘忽不定，又如尸身上的鬼火，不为任何地方带去光亮。城墙和塔楼上现出了窗户，他们就像无数漆黑的窟窿，望进内里的一片虚空……幽灵

---

① 关于此两者为重要文化观念内涵的观点，转引自殷企平：《西方文论关键词：共同体》，第71页。论证请参见殷企平：《"文化辩护书"：19世纪英国文化批评》，2013年。

似的庞大塔顶睥睨着直刺入暗夜中。"(384)当佛罗多、山姆等人历尽艰险,回到久别的、曾经美丽如斯的夏尔时,却发现夏尔已经被奉行科技乌托邦主义的巫师萨茹曼搞得乌烟瘴气,树木全被砍光了,沿路新建了一排排丑陋的房子。"他们看见了那座肮脏丑陋得令人侧目的新磨坊……不断排放出冒着蒸汽的恶臭脏水污染溪流……这是他们一生中最悲伤的时刻之一。"(343)强烈的对比让读者心生哀叹和愤怒,更表达出作者对于现代工业社会的深深焦虑。

《魔戒》还以矮人族的家园墨瑞亚(Moria)的惨痛历史来昭示物质贪欲所带来的恶果。墨瑞亚建在大山深处,矮人依山开凿了宏伟的殿堂。大山不仅给矮人提供了天然的坚不可摧的牢固住所,还慷慨赠予了矮人丰厚的财富。靠着从大山中挖掘的金矿和宝石,矮人很快积累了巨大的财富,并成为远近闻名的技艺精湛的工匠,这是他们引以为傲的荣耀。然而,贪婪和欲望驱使他们无休止地向大山深处挖掘,终于惊动了都林沉睡的克星,墨瑞亚从此陷落,人烟绝迹。

产生转型焦虑的另外一个根源是权力渴望,而战争是人类对权力的终极欲望之必然归处。一战的经历给托尔金留下了深深的伤痛。他后来写道:"一个人只有经历了战争阴影才会充分感受其残酷……到1918年,我所有的知交除了一人全都死于非命。"[①]小说中的双方交锋战况惨烈。当围攻魔多的军队把飞弹扔进米那斯提力斯城时,飞弹并没有燃烧,有人跑过去却号啕大哭起来——原来敌人扔进来的是死亡战士的头颅,个个血肉模糊,神情凄惨。托尔金借山姆之口难过地问:"死者是谁,何方人士?不知他是否真的生性邪恶,或是什么骗得他,迫得他离家千里迢迢到这里来,而不是在家里安享太平日子?"(304)

不过,当战火渐渐消散后,建立新的共同体便成为托尔金在《魔戒》中所展望的美好愿景。

托尔金这样描述索隆战败后所建立的新型共同体:阿拉贡在米那斯提力斯城(人类王国刚铎的首都,也被称为"白城")登上王位,"一切都得到医治和完善,家家户户男女兴旺,充满了孩童的欢声笑语,不再有漆黑的窗子,也不再

---

① J. R. R. 托尔金:《再版前言》,郭少波等译,《魔戒》,南京:译林出版社,2001年。

有空寂的庭院。在第三纪元结束,世界进入新纪元后,白城保存了逝去岁月的荣光与记忆"(129)。如果米那斯提力斯城代表了城市共同体的重构,那么夏尔则代表了乡村共同体愿景。对夏尔的修复经历了几年的漫长时间,人们把巨大的磨坊、金属轮子和其他"怪模怪样的新玩意儿"一股脑敲碎,夏尔终于回复了往日的生机:"夏尔的1420年是个好得不可思议的年份。不仅阳光灿烂,风调雨顺,气候变化无一不是恰到好处,而且似乎还有额外的某种东西:一种丰富多彩、蓬勃生长的气氛,还有一种闪烁的美……那一年所孕育和出生的孩子非常多,全都美丽又健壮,大部分都有着浓密闪亮的头发……水果的产量也极其丰富……没有人生病,所有人都非常开心,只除了那些必须割草的人。"(343)

  由上可以看出,托尔金关于共同体想象的美好愿景基于两点展开:一是利好的自然环境,二是对传统的坚守。

  首先,托尔金受19世纪英国艺术家、建筑家兼诗人威廉·莫里斯的自然环境浪漫主义影响,坚信合理利用自然资源是维护共同体生活的基础。[①] 书中那些美好的地方总能融合善良的物种与人类,而风调雨顺的夏尔则非常有利于人类和植物的繁衍生息。除了自然的治愈功能,托尔金认为自然还具有一种对抗邪恶的强大力量,"在我所有的作品里,我都让大树能对抗他们的敌人"。[②] 托尔金不无骄傲地说,《魔戒》中恩特将萨茹曼的军队打得溃不成军、落荒而逃就是一个很好的例子。

  实现共同体想象美好愿景的第二个前提是对"往昔岁月荣光与记忆"——传统——的坚守。马克思这样描述现代社会:"一切封建的、宗法的和田园诗般的关系都被破坏了。它无情地斩断了把人们束缚于天然尊长的形形色色的封建羁绊,它使人与人之间除了赤裸裸的利害关系,除了冷酷无情的'现金交易',就再也没有任何别的联系了。它把宗教的虔诚、骑士的热情、小市民的伤感这些情感的神圣激发,淹没在利己主义打算的冰水之中。"[③]面对这样的精神

[①] Patrick Curry, *Defending Middle Earth: Tolkien: Myth and Modernity*, New York: Mariner Books, 2004, 102.

[②] Andrew O'Hehir, *The Book of the Century*, http://archive.salon.com/books/feature/2001/06/04/tolkien/(accessed 2018/4/22).

[③] 马克思、恩格斯:《马克思恩格斯选集》,第一卷,北京:人民出版社,1995年,第774页。

文化"荒原",具有时代精神和民族忧思的作家们进行了深入的思考,并把"回归"作为人类救赎的方式。劳伦斯的"瑞奈宁计划"、奥尼尔的"梦与醉之乡"、叶芝的"拜占庭乐园"以及普鲁斯特的"永恒的时光"等都传达了同样的怀旧情结。与托尔金失去的"英格兰乡间那一块小小的地方"一样,这些作家笔下的空间概念被赋予了文化属性,寄寓了作家对诗意生活的美好向往,以及对人类向善追求的执着信仰,成为现代社会背景下文化共同体的有机组成部分。

与其他同时代作家不同的是,托尔金采用了神话体例来完成他对现代性的批判,并获得了极大的成功。这是因为,从神话本身的特性看,"神话因其固有的象征性(特别是与'深蕴'心理学相结合),成为一种适宜的语言,可用以表述个人行为和社会行为的永恒模式以及社会宇宙和自然宇宙的某些本质性规律。"[①]而从《魔戒》的创作节点看,这本书的出现恰逢其时地满足了"上帝已死"之后的信仰需求。"在一个物质极大丰富、精神却徘徊不定的后现代社会里,人们往往有一种女娲补天的冲动,但传统文学和现代文学都不能满足这种冲动,于是孩童般的托尔金出现了,'中州'也就应运而生了。"[②]

然而,也有人因此而批判托尔金的作品过于简单。《魔戒》是一部背离了现代文学主流的奇幻小说(Fantasy)。当写实(Realism)成为现代评论家衡量文学的主要维度时,奇幻作品往往被认为只适合"孩子们"阅读。事实上,《魔戒》在成人世界引起的反响远远超出了少儿读者对它的喜爱程度,这就说明"大人们"或许更需要奇幻。托尔金曾说"童话的最高功能之一是还原一个清楚地看待世界的方式"。[③]当现代文学不厌其烦地讲述英雄死了、信仰崩溃、文化破碎、生活丧失意义的时候,现代人已经无法再对自身的生活产生确定性。与此针锋相对,《魔戒》在虚构世界里提供了一种现实生活所缺乏的平衡,回归了佛罗多这样一个拥有小身材、大勇气的英雄形象,重新倡扬了友谊、勇气、忠诚等美德,将已被现代社会所遗忘的民族文化传统以"仙境"的形式重新呈现,将其作为人们心灵和精神的支柱,从而在一片无序和混乱中建立起新的秩序。

---

① 叶·莫·梅列金斯基:《神话的诗学》,北京:商务印书馆,1990 年,第 12 页。
② Jack Zipes, *Spells of Enchantment: The Wondrous Fairy Tales of Western Culture*, New York: Viking Penguin, 1991, 7.
③ Christopher Tolkien, *The Monsters and the Critics, and Other Essays*, New York: Harper Collins, 1997, 146.

因而,《魔戒》是对现代社会人们因传统失落而产生的文化焦虑的回应,具有十分重要的文化意义。我们不妨用里西克(Andrew Rissik)的话作为本小节的结束语:"托尔金对 20 世纪文学的最大贡献就是不受其负面影响的干扰……他试图在作品中找回某些与现代社会本质上不相协调的东西——爱德华晚期英格兰古老、稳定、天真的道德确信。"①

三、幻构人类心灵之镜——《魔戒》的文化遗传

《魔戒》因循英格兰文化古老道德传统,开现代奇幻文学之先河。托尔金的好友刘易斯在对于《魔戒》的第一篇评论中作出了这样的评价:"这部书犹如万里晴空中一道霹雳闪电,说它是英雄主义的浪漫传奇,辉煌、壮丽、逼真灵动地回到一个反浪漫主义的时代,还不足以形容……或许世上尚未有一本书,能如此清楚地说明什么是作者的'次创作'(sub-creation)。"②确实,《魔戒》已经成为同时代及后世作家的创作蓝本,成为英格兰民族文化的继承者和缔造者。

在同时代作家当中,托尔金对好友刘易斯的创作有着最直接的影响。当时他们都是牛津学者组成的"吉光片羽社"(the Inklings)成员。这是一个由四个人组成的、在当时闻名遐迩的小团体。他们常常聚会,热衷于散步和聊天,其共同兴趣便是古英语和神话集,还探讨古典音乐、时事、艺术和文化等各种问题。他们为在茫茫书海里找不到自己偏爱的故事类型而恼火,于是决定亲自上场。托尔金因此写就了《魔戒》,而刘易斯则创作了《纳尼亚传奇》。

在托尔金众多的追随者当中,《哈利·波特》的创作者 J. K. 罗琳也赫然在列。她 14 岁时就阅读了《魔戒》,而且即使在《哈利·波特》已经写到最后一卷时,仍然坚持认为自己"不会超越托尔金",理由是"托尔金在作品里创造了全新的语言和神话,而我的魔幻世界里没有这些东西"。③

在大洋彼岸的美国,《魔戒》引发的反响更为热烈。美国"现代惊悚小说大

---

① Andrew Rissik, "Middle Earth, Middlebrow," *The Guardian*, 2 Nov. 2000.
② 转引自迈克尔·怀特:《魔戒的锻造者:托尔金传》,第 215 页。"次创作"是托尔金为自己的神话创作所提出的文学观念。托尔金在《论童话故事》中指出,相对于上帝"从无到有"的创作而言,作家的创作是对上帝创世的一种模仿,因而是一种次创作,尤其是对精灵、矮人等生命形态的创造,参见"Sub-creation", http://tolkiengateway.net/wiki/Sub-creation(accessed 2018/5/22)。
③ 李宁:《罗琳:〈魔戒〉在我身上留下深刻印记》, http://news.hexun.com/2015-06-16/176762672.html(accessed 2018/4/22)。

师"斯蒂芬·金（Stephen King，1947— ）在其小说《黑暗塔》（*The Dark Tower*，1982—2004）的序言中生动回忆了《魔戒》对他这一代人以及对他个人创作的影响："和大多数我这一代男女作家笔下的长篇奇幻故事一样（史蒂芬·唐纳森的《汤玛斯·考文南特的编年史》以及特里·布鲁克斯的《沙娜拉之剑》就是众多小说中的两部），《黑暗塔》系列也是在托尔金的影响下产生的故事。我对托尔金的想象力的广度深为折服（是相当动情的全身心的折服），对他的故事所具有的那种抱负心领神会……"①

除了成为文学创作的范式，《魔戒》也一直是学界探讨的目标。从最初对角色、主题、叙事等的分析，至后来从神学、语言学等维度的剖断，人们对这部巨著的兴趣从未曾消减。进入21世纪以后，《魔戒》研究已然成为英美学术界的常规研究课题，研究阵营进一步壮大，年轻学者显得尤为活跃，并出现了专门的期刊和学术研究会。随着互联网的出现和普及，这样的研究不仅仅限于大量已经出版的专著和论文，还包括全世界建立的上万个魔戒主题网站。无数爱好者不定期地在网站上发表自己的研究心得，撰写教程和指南，共同分享阅读心得和相关资源，甚至发行研究托尔金作品的专题电子刊物。这样的研究热情可以说在学界是绝无仅有的。

《魔戒》也为文学之外的文化产业带来了诸多商机。2002年经美国新线电影公司（New Line Cinema）授权，导演彼得·杰克森（Peter Jackson，1961— ）所拍摄的电影《魔戒》中的人物形象被做成了纸牌。② 此外，还有依据《魔戒》人物和情节研发的电脑游戏，例如大型电脑游戏《魔兽世界》。《魔戒》还激发了音乐及绘画艺术领域的创作，丹麦女王曾亲自为丹麦版《魔戒之王》画插图。

正如评论家莫蒂默所说，"托尔金的作品同艾略特、乔伊斯、海明威一样充满了时代精神……他的作品同其他现代主义文本一样，具有现代主义的特质：对文学的大胆尝试创新，对艺术进行的再创造，并且体现了对工业化、污染和

---

① 斯蒂芬·金：《黑暗塔》，于是译，北京：人民文学出版社，2016年，V。
② Brain Rosebury, *Tolkien: A Cultural Phenomenon*, New York: Palgrave Macmillan, 2003, 194.

战争的批判。"①托尔金从他认为英语世界应当有作为民族文化根源的、属于本民族的神话这一观念出发,用庞大的文本建构出虚拟世界,既弥补了英格兰没有属于本民族的神话这一缺憾,又以这一创造性的方式,为民族文化传统在现代社会的延续提供了新的解决方案,包含了深刻的文化意义。换言之,《魔戒》构筑了一个独特的想象世界,对现代性进行多维度反思,并在现代的理性进程中寻求一种永恒,这种寻求本身就具有文化感召力。

第二节
《纳尼亚传奇》:"仙境"与共同体想象

英国作家 C. S. 刘易斯的基督徒及护教者身份是学界解读其作品《纳尼亚传奇》②的一种较普遍的立足点。另一方面,因为作品明显融合了来自古典神话、北欧神话、中世纪传奇和宗教剧的多种幻想元素,所以也有不少学者对其进行文类研究与其他方面的原型研究。③ 事实上,就刘易斯本人而言,想象的重要性已经超过宗教对作品的影响。正如他自己所说,"那个想象中的我更加老成,勤于笔耕,从这个意义上讲,比起作为宗教作家或文学批评家的我,他更纯粹些。……当然,也正是他促使我在最近几年为孩子们创作《纳尼亚》系列故事;我不是在问孩子们需要什么,然后设法让自己去适应这种需要(没有

---

① Patchen Mortimer, "Tolkien and Modernism," *Tolkien Studies*. 2(2005), 113.
② C. S. 刘易斯的《纳尼亚传奇》由《魔法师的外甥》(*The Magician's Nephew*)、《狮子、女巫和魔衣柜》(*The Lion, the Witch and the Wardrobe*)、《能言马与男孩》(*The Horse and His Boy*)、《凯斯宾王子》(*Prince Caspian*)、《黎明踏浪号》(*The Voyage of the Dawn Treader*)、《银椅》(*The Silver Chair*)、《最后一战》(*The Last Battle*)七部曲构成(按照故事年代顺序)。本节引用的小说译文均来自南京译林出版社的中译本,详见各注释。
③ 例如以下的研究文献:郭星:《符号的魅影——20世纪英国奇幻小说的文化逻辑》,天津:南开大学出版社,2013年,第58—65页;Jennifer Rains Proper, *C. S. Lewis's Animal Images in the Chronicles of Narnia* M. A. thesis, Drew University, 2006, 42 - 78; Edward James, "Tolkien, Lewis and the Explosion of Genre Fantasy," in *The Cambridge Companion to Fantasy Literature*, eds. Edward James and Farah Mendlesohn, Cambridge: Cambridge University Press, 2012, 62 - 78.

这样的必要），而是因为童话这种文体最适合表达我想说的话"。① 可见，想象力在刘易斯的写作生涯中占据举足轻重的地位，乃至最后成为他创作《纳尼亚传奇》的动力。那么，刘易斯所谓"我想说的话"是指什么呢？"想象中的我"会说些什么比宗教作家"更纯粹些"的话呢？这些是本节试图解答的问题。故事创作的时代背景使人不得不去考虑刘易斯对当时社会现实的态度及其回应。二战前后的工业化、技术至上论和工具理性等现代化趋势的强劲发展漠视了人的情感追求与精神价值，给人们的精神世界带来了致命的伤害，这一点已经在刘易斯的《人之废》(The Abolition of Man，1943)中得到了深刻预示。刘易斯深知人们在现实中受到贪婪、奴役、剥削和暴力等各种力量的掌控而失去理智与情感。他关于纳尼亚王国的想象为我们提供了理性思考的契机，即面对现代文明带来的狂热与颓废，将如何重建世界的和谐关系？因此，我们的观点是：在不排除刘易斯宣扬基督教创作意图的同时，更应该看到他用想象力创造纳尼亚王国的动力与愿景。具体而言，作为童话故事的《纳尼亚传奇》利用想象来抵制现代工业化的侵蚀之力，通过"仙境"来重新建构人们在现代文明中丧失的共同体文化，抒发了作者心中的、较之于天国憧憬更为强烈的乌托邦冲动。

一、"仙境"的诞生——"沟通与交流"

《纳尼亚传奇》系列故事的创作恰逢二次大战及战后恢复这段特殊的历史时期。这是个百废待兴的年代，在复兴经济和重建社会的过程中，科技工业狂飙突进，物质文化疯狂滋长。与此同时，这也是个极其动荡而困惑的年代，战争的冲击波不仅摧毁了旧有的政治经济结构，而且促使传统的知识结构、价值观念和伦理规范的全线崩塌，造成了社会历史文化的巨大断层。新旧秩序的更迭变换促使知识分子们深刻反思身处现代科技文明中的境遇，他们"普遍地重新意识到历史的风险、人性的不可靠，以及存在的悲剧感。因此，出现了返回传统宗教信仰，返回更保守的道德观念的国际性思潮。这在小说创作中表

---

① W. H. Lewis and Walter Hooper, eds. *Letters of C. S. Lewis*, New York: Harcourt Brace Jovanovich, 1993, 444. Qtd., in Alan Jacob, *The Narnia: The Life and Imagination of C. S. Lewis*, New York: Harper Collins Publishers, 2006, xxiv - xxv.

现为向一种'新'的现实主义回归的潮流"。① 实际上,此前兴起的以《魔戒》三部曲为代表的现代奇幻文学又何尝不是反映了知识分子群体中普遍存在的社会批判精神和道德关怀呢？作为文化观念裂变时期的特殊文类,童话奇幻故事与风格迥异的"新"现实主义小说一样,都具有不可低估的社会功能和深刻的文化意义。刘易斯本人曾为童话奇幻故事做以下辩解:"首先,把幻想(包括童话)和儿童时代联系在一起,相信孩子是这类作品恰当的读者或者这是适合孩子的阅读,是现代而片面的看法。许多伟大的幻想和神话故事根本不是针对孩子的,而是写给每个人的。托尔金教授描述了这种情况的真实状态。"②刘易斯的好友托尔金在其专论《论童话故事》(*On Fairy-Stories*,1938)中重新阐释了童话故事的含义及其社会功能。他指出:"童话故事是关于仙境或者以仙境为载体的故事,而无论其主要目的是什么,无论是讥讽,还是冒险经历和道德说教,或是是奇异幻想。仙境本身或许只能用'魔法'一词来解释——这是一种具有特别情境与力量的魔法。"③在托尔金看来,童话故事中的"仙境"(Faerie)并非把人们带入虚幻缥缈的梦境,而是通过魔法来实现人们在现实世界中无法实现的基本愿望。首先,童话故事将日常生活的内容置于一个崭新奇异的世界中,使人们从周遭熟视无睹的事物中抽身出来,重新获得对自己所处现状的清晰的认识。童话故事所提供的"逃避"并不是逃离现实生活的消极活动,而是让人们摆脱现实生活对其思想的囚禁、获得心智解放的积极活动。从而,童话故事提供了"慰藉",满足人们克服日常生活的破碎隔离状态的需要与渴求,帮助人们实现一种突如其来的、逃脱灾难式的幸福"转变"。

可以看出,托尔金在阐述童话故事的四大功能时,把矛头直接对准现代工业社会的时代弊病,揭示了现实中人们遭受机器围困、科技侵袭的生存状态。如前文所提,二次大战后,现代化工业以前所未有的速度蓬勃发展,继而引发了一系列社会问题,例如,无节制的科技发展致使环境恶化,快速的变化节奏使传统社群解体,使人与自然分隔,使人与人疏离,使人与上帝隔绝。这些问

---

① 阮炜、徐文博等:《20世纪英国文学史》,青岛:青岛出版社,2014年,第207页。
② C. S. 刘易斯:《文艺评论的实验》,徐文晓译,上海:华东师范大学出版社,2007年,第89页。
③ J. R. R. Tolkien, "On Fairy-Stories," in *Tolkien: On Fairy-Stories*, eds. Verlyn Flieger and Douglas A, Anderson, London: Harper Collins, 2008, 10.

题令人担忧且发人深思,无疑会促使同是基督徒和奇幻文学作家的托尔金和刘易斯去探求解决之道。对他们而言,童话幻想故事所提供的"魔法"力量具有社会价值,能够帮助人们寻求"共享的财富""共同劳作和共享欢乐的伙伴",而不是让人们使用魔法迷惑、控制和奴役他人。① 他们希望通过童话幻想故事中的"仙境"来重新构建人们在推崇科技进步、工具理性的现代文明中逐渐丧失的共同体文化。这首先体现在托尔金眼里的"仙境"的社会功能:它能够满足业已被现实生活所抹杀的人类的基本愿望之一,即人与同时代其他生物进行沟通与交流的愿望。这也是刘易斯通过"仙境"所要表达的愿望。一开始,纳尼亚的诞生就为作者的意图传递奠定了基调:"纳尼亚,醒来吧! 去爱,去想,去说话。让树能走动,让野兽说话,还有神圣的水。"②在纳尼亚王国,不仅有充盈着生命活力的山脉河流和湖泊森林,而且还居住着能言兽、小矮人、羊怪、巨人、马人等生物。他们自由地和来自人类世界的孩子们对话交谈。更重要的是,刘易斯通过狮王阿斯兰道出了这种交流方式的前提条件:要"善良地、公正地对待这些动物",③即便是不能说话的生物,也要"善待它们,珍惜它们",而且要"保卫它们的安全"。④ 人类可以成为纳尼亚王国的成员甚至是管理者,他们对待周围万物的态度和对此肩负的责任维持着王国的和平与秩序。这一点集中体现在佩文西家兄弟姐妹们的冒险经历中。他们与羊怪、知更鸟和海狸等动物结交为友,通过它们深入了解纳尼亚王国的历史。他们捍卫着人与纳尼亚居民间的和谐关系,开创了王国的繁荣时期。在《凯斯宾王子》(*Prince Caspian*)中,台尔马人否认纳尼亚的历史,并抹杀了其他生物的存在,而佩文西家的孩子们则踏上了重新建立纳尼亚王国和谐秩序的征途。从纳尼亚的诞生、繁荣、复兴至危亡而又重生的整个过程中,我们不难发现人类与大自然、其他生物既和谐共存,又敌对冲突,这两种关系交叠更替,随着故事情节的发展而向前推进。人与其他生物的沟通始于纳尼亚的创建者阿斯兰的教导,但是取决于彼此间自然生发的理解与信任,就如露西与羊怪图姆纳斯先生

---

① Tolkien, "On Fairy-Stories," 68, 53.
② C. S. 刘易斯:《魔法师的外甥》,米友梅译,南京:译林出版社,2005 年,第 87 页。
③ 同上,第 106 页。
④ 同上,第 88—89 页。

的一见如故:"仿佛他们已经相识了一辈子。"①也如凯斯宾王子与羊怪初次见面时的心有灵犀:"他们的心似乎是相通的。"②故事中提及的奴役、破坏和摧毁其他生灵的细节都意味着人与其他生物间的交流遭受遏制或已被掐断,因而导致了纳尼亚王国的岌岌可危。这在《最后一战》(The Last Battle)中得到了最充分的体现。"最后一战"是抵抗外族侵略、阻止内部纷乱的最绝望的一场战役。"纳尼亚王国是不复存在了",③其真正原因是居民们已经丧失和阿斯兰交流的能力,人与其他生物之间由于缺少理解与信任而互相猜忌,导致分裂与恶斗等种种不可调和的矛盾。从纳尼亚王国的发展脉络来看,这个故事在很大程度上表明各种生物(包括人)之间的交流是世俗化的宗教意义的交流。这种交流模糊了人与"非人类"的界限,让两者不分彼此地融为一体,保持了和谐性。也就是说,刘易斯笔下的"仙境"为现代生活中异化了的个人提供了想象的空间,赋予人们洞穿生活中禁锢他们愿望的壁垒的能力,给予人们构建一个自己能够把握的理想家园的希望。

二、"仙境"的运行——情感力量与科技力量之争

如前文所示,"仙境"的魔法在于能够满足人类的基本愿望。它"与魔法师(magician)费尽周折、屡经实验失败后捣鼓出庸俗器具的做法判若云泥",这是托尔金在界定"仙境"时所强调的两种魔法的区别。④ 刘易斯在《人之废》中进一步明确了对后者的界定。他认为魔法师的做法与现代科学(指启蒙时期经验主义所倡导的实验科学和工具理性)的应用如出一辙:魔法巫术和应用科学是"源于同一种冲动而诞生"的孪生子,在实践过程中随时"准备做迄今为止一直被视作邪恶可憎的事情";前者"因病而死",而后者带着"巫术"的胎记逐渐蓬勃强大。⑤ 对刘易斯而言,两者都是通过技术手段去掌控外部世界,使一切事物(包括自然)服从人的意愿,满足人的权力欲望。他对这种共有性的批判集中体现于对安德鲁舅舅的人物塑造方面。在《魔法师的外甥》(The

---

① C. S. 刘易斯:《狮子、女巫和魔衣柜》,陈良廷、刘文澜译,南京:译林出版社,2005年,第9页。
② C. S. 刘易斯:《凯斯宾王子》,吴力新、徐海燕译,南京:译林出版社,2005年,第61页。
③ C. S. 刘易斯:《最后一战》,吴岩译,南京:译林出版社,2005年,第81页。
④ Tolkien, "On Fairy-Stories," 10.
⑤ C. S. Lewis, *The Abolition of Man*, Las Vegas: Lightning Source Inc., 2010, 44.

Magician's Nephew)中,迪格雷的舅舅安德鲁俨然是魔法巫术和应用科学两者的结合体。他拥有魔法师的头衔,继承了古老的"魔法"盒子,偷学了魔法常识。同时,他以知识的探求者自居,其所言所行犹如实验室里的科学家一般疯狂。他不停地用豚鼠做试验来求证自己的想法,又花言巧语地哄骗波莉为其证明戒指的实际功效,言行败露后转而用一套冠冕堂皇的现代科学的语言为自己辩解,最后被迪格雷——揭穿:"他的意思是……可以不择手段地得到他想要的任何东西。"[1]最有戏剧性的一幕发生在纳尼亚王国诞生之际:当其他人置身于正在发生的奇妙变化中时,安德鲁却为自己魔法的成功而沾沾自喜,他无视万物生长的动力,不顾自己妹妹的生命安危,只看到"这个国家商业上的潜力是不可限量的",满脑子都是伺机修建"疗养胜地"、生产"崭新的火车头"和"军舰"并大发横财的念头:一个害人利己的实用主义者的形象跃然纸上(被波莉称为"满脑子都是屠杀"的魔法师)。[2] 与阿斯兰那富有生命力的魔法相比,安德鲁的魔法不如说是以技术和机器为手段、以他人生命为代价的商业运作模式。它一直被排除在纳尼亚王国之外,有时被视作极具破坏力量的入侵者。[3] 安德鲁最终丧失了传统意义上的人性,沦落为纳尼亚王国的异类,这整个过程就是刘易斯所说的"巫师的交易"(the magician's bargain)。[4]

跟安德鲁所代表的"科技力量"相对照的是阿斯兰所代表的情感力量,而这情感力量往往通过音乐得以呈现。阿斯兰在黑暗虚无中用歌声创造了纳尼亚王国:"那声音一直在歌唱。"[5]此处的音乐不仅具有唤醒天地星辰、催发花草树木的生命力,而且汇成了一股强大的凝聚力,承载着纳尼亚的灵魂。用沙克(Peter J. Schakel)的话来说,刘易斯使用"音乐"的意图可以追溯至古老的西方文化传统:不管在中世纪的天文学中,还是在古典神话中,音乐都被赋予神奇的力量。它能够在混乱中创造秩序,带来宇宙天体或世间生物的和谐美。[6] 正

---

[1] 刘易斯:《魔法师的外甥》,第14页。
[2] 同上,第83页。
[3] 关于这点,《能言马和男孩》与《最后一战》中也有所涉及。例如,相对于纳尼亚王国的田园风光,敌国卡乐门王国是一派杂乱闹腾的商业景象(第39—41页);卡乐门人入侵纳尼亚王国后大肆砍伐森林,贩卖木材(第18—19页)。
[4] Lewis, *The Abolition of Man*, 44.
[5] 刘易斯:《魔法师的外甥》,第75页。
[6] Peter J. Schakel, *Imagination and the Arts in C. S. Lewis: Journeying to Narnia and Other World*, Columbia: University of Missouri Press, 2002, 103-104.

因为如此,美妙的歌声一直飘扬在纳尼亚的土地上,音乐的意象频频出现,贯穿于七个故事中。从那匹劳累不堪、脾气暴躁的老马"草莓"到第一个发现纳尼亚的人类孩子露西,再到历经艰险、爬出幽深的地下王国的女孩儿吉尔,所有进入纳尼亚王国的人物都被歌声所引领,并陶醉于其中。音乐激发了潜藏在他们内心的欢乐、关爱、同情、信任和理解等美好的情感力量,牵动着他们与纳尼亚共存亡的脉搏,铸就了他们共命运的奋斗足迹。

相形之下,"魔法师"安德鲁则对音乐有另一种反应:他难以忍受阿斯兰的歌声,因而狼狈逃窜。他听到的不是歌声,而是吼叫,"即使他想听,也听不出别的内容",[1]这正是安德鲁的真正悲剧所在。"魔法"背后的唯物质与功利至上的意识蒙蔽了安德鲁的心智,扼杀了他对生命的感受力和想象力,也就阻断了他与纳尼亚王国的情感交流。安德鲁和动物们之间似乎有无法逾越的鸿沟,后者的说笑声成为前者耳畔的"喧嚣声",而前者的一言一语已经变成"含混不清的嘶嘶声";动物们一致认为安德鲁与其他人的本质区别在于"他似乎不会说话",他们在安德鲁身上进行了一番试验,用以解开他的身份之谜——"动物、植物还是矿物"。[2] 换个角度看,现实中利用动物做实验的安德鲁反而成为"仙境"中动物们所掌控的试验品,他无力反抗与逃脱,只能受其围追堵截、任其摆布把玩。此处,刘易斯对两者关系的换位处理看似荒诞不经,却抛出了一个严肃的问题:在和谐美满的"仙乐"中,安德鲁就是极不和谐的音符,注定被消音。在纳尼亚的有机整体中,安德鲁犹如一具没有灵魂与思想的躯壳,毫无生命活力可言,注定被拒弃。可想而知,现实生活中横行的安德鲁式的"魔法"在纳尼亚招致颠覆性的嘲弄,"仙境"的运行无法容忍科技的机械性植入。

刘易斯认为现代人对科技进步近似偶像的崇拜业已抹杀了人类"非理性"的、超验的精神层面。他的以下这段表述耐人寻味:"机器组成的钢铁森林将要竖起,犬牙交错的钢铁怪物。放眼望去,天空被夸张和谎言划破,从这边一直到那厢。魅力要把智慧的声音完全清除,印刷出版社带着他们喧嚣的翅膀,污染着

---

[1] 刘易斯:《魔法师的外甥》,第 95 页。
[2] 同上,第 97—98 页。

你的营养。贪婪女妖的翅膀,整天在你脑子里塞满愚蠢的事情,要把思想之鹰驯服。"①在刘易斯眼里,以铁路、烟囱和工厂为代表的现代化机械不但丑化了现实世界的物质面貌,恶化了人们赖以生存的外部环境,而且变本加厉地侵袭了人们的精神世界。科技在快速推动社会"进步"的同时,也促使人们生活的世界遭受"祛魅"而分裂,能够为人们提供想象力源泉的精神领域已从社会生活中褪去,只剩下纸醉金迷的物质世界。也就是说,科技进步的思想已渗入社会生活的各个角落,随之而来的追求经济效率与物质利益的生活模式导致人们思维僵化,情感缺失,扼断了人们自由追求知识艺术的冲动和愿望,造成想象力的枯竭和创造性的湮灭。这也解释了"魔法师"安德鲁被排斥在纳尼亚"仙境"之外的真正原因。故事中还有一个典型的例子:长大成人的苏珊最终无法和她的弟弟妹妹们一起返回纳尼亚,是因为她沉迷于形形色色的世俗消费品(如口红、尼龙丝袜等)而变得浅薄和愚蠢。沦落为时兴物质文化掌中玩物的她,丧失了人与生俱来的好奇心、同情心和想象力等情感力量,自然也就失去了通往纳尼亚王国的门票。

刘易斯对科技工业的抵制态度使人想到了19世纪文化批评家卡莱尔的一个著名比喻:他把当时的世界看作"一个巨大的、毫无生气的、深不可测的蒸汽机"。②卡莱尔认为被机器所主宰的不仅是人们的物质生活,人们的思维与情感也被禁锢了,而精神层面的缺失导致人们的生活方式丧失了整体和谐性。刘易斯和卡莱尔虽然来自不同的年代,但都道出了对现代化所引发的问题的深刻思考。我们知道,在现代化语境下,科学方法和逻辑推理是人们解释自然、认知世界的唯一途径,工具理性与情感想象永远处于二元对立的状态。那些仅用狭隘的理性思维去解决问题的人被刘易斯称为"无胸怀之人"(Men without Chests),因为他们缺乏丰富宽厚的情感,更不用说具备"勇气"(Valor)、"信念"(Good Faith)、"义气"(Justice)等品格与情操。③ 刘易斯相信理性与想象是相辅相成、密不可分的。人不仅需要认知能力,还要仰仗丰富的想象力去本能地、带有感情地理解并响应世界提供的福祉与挑战。一旦失去

---

① C. S. 刘易斯:《天路回程——对基督教、理性和浪漫主义的寓意辩护》,赵刚译,北京:中国社会科学出版社,2014年,第234—235页。
② Thomas Carlyle, *Sartor Resartus*, Oxford: Oxford University Press, 1987, 127, 转引自殷企平:《"文化辩护书":19世纪英国文化批评》,第56页。
③ Lewis, *The Abolition of Man*, 18.

情感想象,人就如同"魔法师"安德鲁一样无法融入生气勃勃的有机体(共同体)。除此之外,刘易斯对两者结合的期盼体现于他通过追寻古老文化传统来探寻出路的努力,即对"仙境"的守望。

三、对"仙境"的守望——中世纪情怀

面对机器当道、理性与想象力严重割裂的现代社会,刘易斯声称自己是"西方古老文化的代言人"。① 他在斯宾塞、②丁尼生、③麦克唐纳(George MacDonald,1824—1905)和莫里斯等英国作家笔下的"仙境"中看到了自己内心所属的世界,吹起了纳尼亚"仙境"的号角。可以说,刘易斯和他的先辈们在共同缅怀过去美好时光、追忆中世纪文化精神的过程中,试图构建心目中的理想家园,为现代人的生存困境提供解决之道。

关于19世纪浪漫主义文艺运动中中世纪主义的兴起,西方学者塞林(Kim Selling)指出,罗斯金、麦克唐纳和莫里斯等作家兼评论家对中世纪文化的浪漫主义构想形成了对18世纪以降"两大主要社会潮流的有力反拨,即快速的工业化历程和倡导现世主义、认知性和实用主义的启蒙理性哲学思潮"。④ 19世纪的知识分子们立足于关注社会转型所带来的问题,并试图开具医治文化疾病的药方,这构成了他们回望并追思"中世纪"的现实意义。例如,莫里斯在《地上乐园》(*The Earthly Paradise*,1868—1870)的"序诗"中对比了两个截然相反的意象:充斥着"喷鼻息般的蒸汽"和"活塞的击撞"的伦敦与"小而白净,又清爽"的伦敦,以及在19世纪大工业时代的参照体系下被设想为中世纪近似天堂般的乡村景象,折射出莫里斯的生态焦虑和文化关怀。⑤

---

① C. S. Lewis, *They Asked for a Paper: Papers and Addresses*, London: Geoffrey Bles, 1962, 23.

② 刘易斯最喜欢的作家斯宾塞以《仙后》(*The Faerie Queene*,1590)开辟了英国文学领域中的"仙境"书写传统。刘易斯继续"仙境"书写的传统,但没有遵循前者的写作模式。关于这点,可以参见 Alan Jacobs, "The Chronicles of Narnia," in *The Cambridge Companion to C. S. Lewis*, eds. Robert MacSwain and Michael Ward, Cambridge: Cambridge University Press, 2010, 271.

③ 殷企平指出,维多利亚晚期的诗人丁尼生在诗歌创作中,采用了亚瑟王传奇故事的形式,并配以民间歌谣的形式呈现中世纪的田园景象,借此想象"英格兰家园"。"丁尼生理想中的家园/共同体显然以前工业为基础","构成了对建筑在工业革命/资产阶级革命基础上的帝国霸业的反思和反叛"。参见殷企平:《丁尼生的诗歌和共同体形塑》,《外国文学》,2015年第5期,第49—50页。

④ Kim Selling, *Why Are Critics Afraid of Dragons?: Understanding Genre Fantasy*, Saarbrücken: VDM Verlag Dr. Müller, 2011, 91.

⑤ 关于以上的引文和莫里斯在诗歌中运用中古世纪传奇题材的现实意义,参见殷企平:《"文化辩护书":19世纪英国文化批评》,第227—236页。

"中世纪"在特定的文化批评语境中幻化为乌托邦式的、拥有传统生活方式的"金色年代":人们与自然及其周围的环境和谐共处,共享绿色的乡村田园生活和社区宗教信仰,对民间风俗习惯持有自发的文化认同感。"中世纪"已然被赋予理想中的共同体文化内涵,成为生机蓬勃、质朴和谐的生活方式的代名词。卡莱尔、莫里斯等19世纪思想家们所批判的社会现实到了20世纪后愈演愈烈:人与自然、人与自身、人与人之间的关系被物质利益切割得支离破碎,毫无秩序感与意义感可言;人们的生活遭受机器工业的侵袭和科学技术的异化,其传统信仰和价值取向遭受重创,面临分崩离析的结局。作为现代奇幻小说家的刘易斯和托尔金也一起加入了反思现代性的作家队伍,他们通过自己的创作实践延续了前辈们的文化批评思想。如何恢复或重建关系和谐、情感相通、信念一致的共同体生态环境?这成为他们思考的文化命题。正如塞林所指出的那样,刘易斯和托尔金"继续从中世纪的英雄神话故事和浪漫传奇题材中汲取养分,同样是对比中世纪的共同体文化与城市社会中原子科技盛行和彻底商业化的文化状貌,以此反抗现代工业社会。"①然而,塞林并没有对刘易斯的任何作品进行探讨。因此,我们很有必要通过具体的文本解读,以说明刘易斯在守护"仙境"的同时是如何通过充满理想色彩的"中世纪"来关照现实世界、质疑并批判西方社会现代性历程的。② 换言之,我们有必要证明他的创作实践拓展了前文所论述的"仙境"这个有机体(共同体)的文化内涵,体现了他对"仙境"寄予的深厚期望。

《纳尼亚传奇》中不乏中世纪浪漫传奇的意象,最显著的是骑士形象。故事中骑士精神和美德的复现是刘易斯想象"中世纪"共同体文化的主要途径,

---

① Selling, *Why Are Critics Afraid of Dragons?*, 105.
② 也有若干文献论及中世纪题材运用和现代性反思的关系,但没有进一步说明原因或具体过程。例如,曼乐夫(C. N. Manlove, *Modern Fantasy: Five Studies*, Cambridge: Cambridge University Press, 1978, 104-106)曾笼统地指出刘易斯和托尔金转向中世纪文化价值观的原因是他们反对现代性及其产物(对科技的荣耀,把"社会平等"理想化,把神学自由化),但没有涉及文本中的细节;迪利兹(Colin Duriez, "Narnia in the Modern World: Rehabilitating a Lost Consciousness," in *Revisiting Narnia: Fantasy, Myth and Religion in C. S. Lewis' Chronicles*, ed. Shanna Caughey, Dallas: Benbella Books, 2005, 262-273)则主要从历史的角度阐明刘易斯从中世纪及远古时代汲取养料,试图为当下社会复原早已失落的价值观念和美德意识,但是更多地认为这些都和基督教的教义紧密相关,对当下社会文化语境的表述较笼统;托尔赫斯特(Fiona Tolhurst, "Beyond the Wardrobe: C. S. Lewis as Closet Arthurian," *Arthuriana*, 22(2012), 140-166)通过分析故事情节、主要人物及主题来说明《纳尼亚传奇》和亚瑟王传奇故事的相似性,认为亚瑟王传奇对刘易斯产生深刻久远的影响,促使他对现代社会进行重新想象,但没有进一步论及刘易斯对现代社会是如何想象的。

孕育着作者对早已被工业化抛弃的价值观进行理想化构建的蓝图。纳尼亚王国守护者的身上都闪现着骑士的影子,其中鼠将军雷佩契普几乎聚集了中世纪骑士所应具备的所有品质,如骁勇善战、荣誉至上、极富正义感和宗教情感等。雷佩契普虽然体形渺小,但是"腰间佩着一柄小巧锋利的宝剑",①他为神圣的使命而战,并以此为荣。他认为"黎明踏浪号"扬帆远航的目的是"寻求荣誉和奇遇",②他对两者的追寻是为了抵达阿斯兰的国土(象征着神圣力量的存在),以此完成自己的精神追寻之旅。因此,雷佩契普对自小听到的儿歌里的预言坚信不疑,能够成功地抵御外界的诱惑与影响。与其他纳尼亚人相比,雷佩契普显得更加纯真质朴、朝气蓬勃,且具有丰沛的、让人愉悦的想象力,因而是征途中想法最纯粹、意志最坚定的"骑士"。更有意思的是,刘易斯在重塑骑士形象的过程中把理性和想象几乎完美地结合了起来。进入纳尼亚王国的孩子们或多或少地受到世俗文明的污染,特别是爱德蒙和尤斯塔斯这两位男孩儿。前者曾因贪恋"土耳其软糖"而背叛了纳尼亚,而后者曾以科学知识和理性算计自诩,并厌恶纳尼亚。他们都以现世理智的目光看待周围的事物,以冷漠无情地拒斥纳尼亚的姿态出现在读者面前。然而,两人都遭遇了磨难,忍受被物欲鞭挞和肉体摧残的痛苦,终于在经历了象征性的"洗礼"后成长为勇敢无畏、信念坚定的"骑士"。其实,"黎明踏浪号"的航行象征着主人公们超越世俗需求的精神旅途,是各自的"圣杯"追寻之旅。以爱德蒙和尤斯塔斯为代表的"骑士"们身负保护纳尼亚的重任,投身于捍卫正义的战争,踏上追随阿斯兰的征途。这些冒险经历烙上了中世纪骑士传奇的印记,呈现了主人公们净化自己的思想、得到与神圣力量相遇的契机而完善自我的过程,同时成就了他们忠贞、勇敢、公正、以生命捍卫荣誉和信念等的品格。"骑士"们的相关行为举止(如谦让、奉献、敬畏神圣的力量等)为守护纳尼亚和谐美好的秩序提供了保障,甚至成为拯救纳尼亚的关键(见本节第二部分所评析的人类孩子的角色)。由此可见,刘易斯借助古老文化,构建了关于骑士品质的理想,对超越现实生活的共同体文化提出了深刻的设想,这不啻为他对现代社会所作出的独特贡献。③

---

① C. S. 刘易斯:《凯斯宾王子》,第 59 页。
② C. S. 刘易斯:《黎明踏浪号》,陈良廷、刘文澜译,南京:译林出版社,2005 年,第 131 页。
③ 关于刘易斯所论述的中世纪对现代文化的独特贡献,参见刘易斯的随笔《论"骑士品质之必要"》,摘自刘易斯:《切今之事》,邓军海译注,上海:华东师范大学出版社,2015 年,第 2—8 页。

中世纪文化的介入，难免让人想起刘易斯维护基督教的目的。他力图挽回被现代社会摈弃的宗教教义对人的规训和教导，因为西方人如今面对的现实是：作为机构的基督教团体已被边缘化，对上帝的敬拜也从法律、政府和学校等公共领域中隐退消失。人们生活的重要领域已由世俗社会直接管辖和控制。然而，如本节第二部分所示，世俗社会片面强调科技进步、一味追求利润的思维模式牢牢困住了现代人。道德衰微、信仰缺失、精神荒芜的危机迫使现代个体重新求取生命的意义，甚至探询人类的终极关怀。如此一来，科学知识无法解释的、工具理性无法算计的宗教层面上的问题重新被提上议程。刘易斯所守望的中世纪文化精神可以满足身处科学囚笼者的"宗教冲动"。他笔下的"仙境"因"骑士"们的冒险事迹及其与周围事物的关系而激发了人们心中的"宗教情怀"，构成了现代人精神领域的重要内容，有待成为他们摆脱生存困境、重建精神家园的重要思想来源。

以上论述所示，常以"逃避"或"怀旧"面目示人的童话幻想故事《纳尼亚传奇》介入了当时的社会文化批评语境。作者以"仙境"为载体，重塑共同体文化，这是他对社会现实的有力回应。"仙境"连接着过去，又指向未来，勾勒出刘易斯心中理想生活的美好图景。

第三节
《哈利·波特》：魔棒下的共同体话语

风靡全球的《哈利·波特》[①]系列所牵引出的文化现象已备受评论界的关

[①] J. K. 罗琳的《哈利·波特》系列由《哈利·波特与魔法石》(*Harry Potter and the Philosopher's Stone*)、《哈利·波特与密室》(*Harry Potter and the Chamber of Secrets*)、《哈利·波特与阿兹卡班囚徒》(*Harry Potter and the Prisoner of Azkaban*)、《哈利·波特与火焰杯》(*Harry Potter and the Goblet of Fire*)、《哈利·波特与凤凰社》(*Harry Potter and the Order of the Phoenix*)、《哈利·波特与混血王子》(*Harry Potter and the Half-Blood Prince*)、《哈利·波特与死亡圣器》(*Harry Potter and the Deathly Hallows*)七部曲构成（按照故事年代顺序）。本节引用的小说译文均来自北京人民文学出版社的中译本，详见各注释。

注。作为世纪之交童话小说创作中最奇妙的景观,该系列小说在批评家杰克·齐普斯(Jack Zipes)看来已经"巩固了儿童文学在文化版图中的地位"。① 在齐普斯看来,《哈利·波特》在英美社会引发强烈反响的原因在于它隐含的社会意义,即对现实生活进行的"充满想象力的投射和评论"。② 这一见解无疑是中肯的。然而,齐普斯同时发表的一个观点却值得商榷——他认为作者罗琳让"邪恶力量""始终处于完全神秘莫测的状态",把哈利描写为"一个永远不会被打败的明星",从而破坏了故事传递的道德信息。③ 事实果真如此吗?我们认为,齐普斯对书中"邪恶力量"和哈利形象的评析趋于简单,而且这些传统童话故事的模式并不是作者传递道德信息的唯一途径。罗琳在很大程度上通过哈利的成长经历来加强道德诉求,用以表达她对现实社会生活方式的道德关怀。故事中无一具体人物可以作为哈利学习的道德楷模,是人物间相互关系传递出的道德情怀培育了这位优秀的魔法师。罗琳对这一过程的把握离不开精心设想的"共同体"愿景。如她本人所说,改善哈利生活的既非魔法世界,也非魔法本身,而是"在那儿他遇到了更好的人……关系使他的生活变得美好"。④ 我们认为,此处的"关系"其实指向了小说中的共同体形塑。本节试图把《哈利·波特》纳入共同体研究的文化传统,通过探讨共同体的独特构建来重新解读"邪恶力量"和哈利的形象,从而揭示作为儿童奇幻作品的《哈利·波特》所特有的现实意义。

一、共同体和"家"

纵观整个系列故事,罗琳多次呈现"家"的意象。她对"家"的塑造与齐格蒙特·鲍曼对共同体的想象不谋而合。鲍曼把当今世界人们所向往的共同体比作"躲避暴风雨的屋檐"和"暖手御寒的火炉",传递出"温馨""舒适"等与家相关联的意象;他认为任何形态的共同体都应具备"相互理解""相互信任""相

---

① 舒伟:《从"爱丽丝"到"哈利·波特":现当代英国童话小说创作主潮述略》,《山东外语教学》,2014年第3期,第91页。
② 杰克·齐普斯:《冲破魔法符咒:探索民间故事和童话故事的激进理论》,舒伟主译,合肥:安徽少年儿童出版社,2010年,第233页。
③ 同上,第238—239页。
④ Lev Grossman, "Hogwarts and All," *Time*, July 25, 2005, 63.

互依赖"和"相互帮助"的内涵或特质,这样才能为身处不可知世界的人们提供安全的庇护所。① 在罗琳笔下,哈利的"家"就是帮助哈利摆脱谎言歧视的围困、保护哈利远离伏地魔侵害的共同体。魔法学校虽然充满学院之间的矛盾分歧,但每个学院的学生皆因勇敢善良、正直忠诚等共同的品质结合在一起。他们在安排共同生活、追求共同目标的过程中相互理解,相互支持,存有"多方面的默认一致",这就是滕尼斯所说的统辖共同体的主要特质:"和睦"(concord)或"家庭精神"(family spirit)。② 学院各自构成合作团结、紧密结合的"家"/共同体:"你们在校期间,学院就像你们在霍格沃茨的家。"③而格兰芬多学院自然成为哈利的家:"他们走到熟悉的、有五张床位的宿舍,哈利环顾四周,觉得终于到家了。"④勇敢善良的品质也把哈利和格兰芬多毕业的成人巫师紧密联系在一起。他们竭尽全力保护哈利的生命安全,让他深刻体会到爱的意义。哈利对"家"的理解集中体现于他为救出小天狼星而奋战摄神怪的场景,他成功呼唤出的守护神就是对家人关爱的化身和延续。小天狼星为救护哈利而牺牲的结局更是把家人间互相依靠照顾的关系发挥到极致。此外,书中哈利和韦斯莱一家人相互关心的例子也俯拾皆是。在三强争霸赛中,"勇士的亲属被请来观看决赛",韦斯莱夫人和比尔的到来填补了哈利的心理空缺,即"没有亲属——没有愿意来看他冒生命危险的亲属"。⑤ 这一细节足以说明韦斯莱一家已经取代了德思礼一家在哈利心目中的地位。

在罗琳的笔下,最紧密而坚固的要数哈利、罗恩和赫敏的三人组合。他们历经艰险,在流浪途中对自己搭建的帐篷产生"家"的感觉:"安全、熟悉和温馨。"⑥在这个"家"里,两个小伙伴从探查"魔法石"到击毁"魂器",一路陪伴哈利,常常在关键时刻帮助哈利脱离险境。哈利和罗恩甘冒生命危险,从巨怪手中救出赫敏,而赫敏为了两位男孩免受责罚,放弃了赢得个人奖赏的机会。罗

---

① 鲍曼:《共同体:在一个不确定的世界中寻找安全》,第7—9页。
② 滕尼斯,《共同体与社会》,第73页。
③ J. K. 罗琳:《哈利·波特与魔法石》,苏农译,北京:人民文学出版社,2000年,第69页。
④ J. K. 罗琳:《哈利·波特与阿兹卡班囚徒》,郑须弥译,北京:人民文学出版社,2000年,第57页。
⑤ J. K. 罗琳:《哈利·波特与火焰杯》,马爱新译,北京:人民文学出版社,2001年,第366页。
⑥ J. K. 罗琳:《哈利·波特与死亡圣器》,马爱农、马爱新译,北京:人民文学出版社,2007年,第311页。

琳写道:"当你和某人共同经历了某个事件之后,你们之间不能不产生好感,而打昏一个十二英尺高的巨怪就是一个这样的事件。"① 不仅如此,共同的遭遇还让三个小伙伴学会了以对方的需求为先,学会了自我牺牲。书中几乎没有人对哈利、罗恩和赫敏的友情表示怀疑。他们之间的忠贞互助关系贯穿了每个故事,他们共同探险的经历是故事中哈利成功脱险的必要铺垫,也是整个系列故事的核心环节。不管从故事内容上看,还是从情节结构上看,罗琳都是有意而为之,不仅刻画出"家"的牢不可破,而且传达了"家"之所以为家的重要性。

不难看出,罗琳通过哈利的"家"来正面展现她心目中的共同体:成员共有的信任、关爱等道德情感构成维系共同体的感情纽带,并为个体营造安全的庇护场所。此外,罗琳还借助伏地魔的"家"来衬托她对共同体的想象。在《火焰杯》中,重获肉身的伏地魔宣称跪拜在地的食死徒为其"真正的家人"。② 此细节传达给读者的信息有二。其一,维持"家庭关系"的纽带是"保持纯正血液"的种族意识形态。③ 其二,"家庭成员"之间只存在主仆关系和利益交换关系。此"家"非彼"家",伏地魔的"家"构成了罗琳形塑共同体的反面事例。

上述反面事例至少可以从两个方面去理解。

首先,故事中设有一系列围绕伏地魔的"家"而展开的"纯血统"巫师家庭,他们的处境可以用黑魔法商店老板博金的一句话来概括:"巫师血统越来越不值钱了。"④ 言下之意,一味追求同质性、排斥异质性势必恶化人际关系,致使整个"家"故步自封,死气沉沉,终将难逃消亡或衰败的宿命。罗琳穷尽"疯癫""阴森""昏暗""酸腐""肮脏""破败"等极具抨击色彩的词汇来形容这一群体,其"邪恶"集中表现为家庭内部欺凌和杀戮的行径。例如,贝拉特里克斯家族的人排除异己,断绝与那些跟麻瓜交往的家人的关系,甚至加以杀害。这些依

---

① 罗琳:《哈利·波特与魔法石》,第109页。
② 罗琳:《哈利·波特与火焰杯》,第383页。
③ 参见 Suman Gupta, *Re-Reading Harry Potter*, New York: Palgrave Macmillan, 2003, 99-110. 其中,作者指出连接马尔福、伏地魔和黑暗力量的是以"保持血液纯正、清除血液污渍"为目的的法西斯主义意识形态,认为它是当今时代种族主义的再现。罗琳本人也对这种现行的"纳粹"意识形态进行公开批评:"我想让哈利离开我们的世界,发现魔法世界存有完全相同的问题。所以,你会看到强制推行等级制度的意图,看到顽固偏执,还有'纯洁'的想法,这是个巨大的谬论,但在世界各地频频冒出。"(http://www.the-leaky-cauldron.org/2007/10/20/j-k-rowling-at-carnegie-hall-reveals-dumbledore-is-gay-neville-marries-hannah-abbott-and-scores-more/page/6)(accessed 2018/4/22)因此,在此不做详细分析。
④ J. K. 罗琳:《哈利·波特与密室》,马爱新译,北京:人民文学出版社,2000年,第29页。

靠"纯正血液"维系的"家"和哈利的"家"形成了鲜明的对比。正是这种对比强化了罗琳心中共同体的内涵:作为"家"的共同体不能局限于纯粹的"血缘"关系,而要依靠成员之间相互关爱、信任与宽容,这些品质赋予同样是"纯血统"家族的韦斯莱一家以生机勃勃的活力。韦斯莱夫人的每个形象特征,从唠叨不休的家庭主妇,到顾虑重重的孩子母亲,再到勇敢无畏的战士,都承载着对家人的关怀与爱护。其次,伏地魔的"家"经受不住考验,食死徒的"忠诚"往往在关键时刻土崩瓦解。无论跟随者们是出于贪婪和恐惧,还是出于"忠诚"和崇拜,伏地魔都把他们视作实现目标的工具,他会恣意处死那些妨碍其计划或阻挡其成功的随从。可想而知,这种明显的利益关系势必不能长久。罗琳这样描述霍格沃茨大战前夕伏地魔的"家":

有的(食死徒)仍然蒙着面,戴着兜帽,有的则露出了面孔。两个巨人坐在外围,给周遭投下巨大的阴影……芬里尔鬼鬼祟祟地在啃他的长指甲,金发大块头罗尔轻轻擦着流血的嘴唇……卢修斯·马尔福一副垂头丧气、战战兢兢的样子,纳西莎的眼睛深陷,里面满是惊恐。①

以上充斥着晦暗诡异、残酷血腥、惶恐丧志的细节充分展现了食死徒们各自心怀不轨、相互分离的形态。不同个体流露出的不安和恐惧指向不同的方向,并没有让他们真正团结起来,更不用说能够"浓缩为一种通过共同力量和一致的行为,可以更有效地追求'共同事业'"。② 他们怀揣私心,各自为政,置个人需求于团体需求之上。正因为这样,一旦危及某个人的利益,整个团体就会陷入剑拔弩张的局面:

在这里,人人为己,人人都处于同一切其他人的紧张状况之中。他们的活动和权力的领域相互之间有严格的界限,任何人都抗拒着他人的触动和进入……③

---

① 罗琳:《哈利·波特与死亡圣器》,第518页。
② 鲍曼:《共同体:在一个不确定的世界中寻找安全》,第56页。
③ 滕尼斯,《共同体与社会》,第95页。

此处呈现的人际关系,正好是对滕尼斯所说的"社会"的生动注解。类似的例子还有许多。例如,马尔福庄园里的食死徒们曾因哈利被抓事件而引发内斗。又如,纳西亚因爱子心切而谎报哈利已死。颇具讽刺意味的是,食死徒们对伏地魔的两次"背叛"都为哈利提供了逃生的机会,为他们溃败千里的结局埋下了伏笔。由此可见,正是狭隘无情、自私贪婪使得团体丧失其黏合剂,终结了个体间的积极结合。道德力量的缺失导致"邪恶力量"的出场,最终引向伏地魔军队的溃乱灭亡。在这样一个群体的反衬下,罗琳的"共同体"建构更显示出强烈的道德情怀。

二、"一个生机勃勃的有机体"

英国学者泰利(Robert T. Tally Jr.)认为哈利的个人成长应归功于集体的努力,归功于他和赫敏、罗恩等朋友的合作。① 确实,哈利不是拯救世界的孤胆英雄,他的每一次成功都离不开别人的参与和帮助。从个人成长的角度上看,哈利因在团体中的锻炼而扯断了与伏地魔之间复杂微妙的关联。从共同体想象的意义上看,伏地魔及其党羽的挑衅与侵犯实则为哈利的成长提供了契机——也就是说,所谓的"始终处于完全神秘莫测的状态"的"邪恶力量"在与魔法学校的交锋对抗中已经转化为团体发展的驱动力,不断刺激并推动内部关系的变化和调整,使不同成员的积极结合在经受考验的过程中越发坚固,成为集体意志或力量的表现,持续维护了共同体的发展。这一图景与滕尼斯当年对共同体的憧憬如出一辙——后者把共同体界定为"一个生机勃勃的有机体",而《哈利·波特》展现的正是这样一种有机的、自然生成的共同体。

先从上述共同体中邓布利多的形象说起。作为"世界上最优秀的巫师"和"霍格沃茨有史以来最伟大的校长",邓布利多无疑拥有至尊完美的首领形象。其一,他是魔法学校学习团体的维护者。他保护"麻瓜"出身者的权益,信任共事的教师与所教授的学生,尊重所有成员的生命和权利。其二,他是哈利和小伙伴们探询真相的引导者,他犹如滕尼斯眼中具备"年龄威严"的"白发老人",

---

① Robert T. Tally Jr., "The Way of the Wizarding World: Harry Potter and the Magical Bildungsroman," in *J. K. Rowling: Harry Potter*, ed. Cynthia J. Hallett and Peggy J. Huey, New York: Palgrave Macmillan, 2012, 36–47.

客观冷静地看待周遭发生的事情,没有直接参与解决问题,而是既隐身于其中又超越于其上,时而"在场"调控局势,时而"不在场"提供处理危机的线索。无论是《密室》中由于"麻瓜"学生遭受袭击所引发的罢免令,还是《凤凰社》中以惩治"聚众夺权"之名所签发的逮捕令,都不能把邓布利多驱逐出校,因为他相信:"只有当这里的人都背叛我的时候,我才算真正离开了这所学校。"①此话彰显了邓布利多和学校师生间的信任与忠诚,其后又被哈利作为自己要谨守保密承诺的决心重新加以强调:"只有当这里的人都不再忠实于他的时候,他才会离开这所学校。"②邓布利多就如滕尼斯式共同体中的"父亲":"高居于他的家人之上,保护、提携、领导着他们",他的"善行和恩惠会唤起尊敬的意志;而由于这种意志占了优势,因而从结合中产生敬畏的感情"。③ 魔法学校的师生和凤凰社的成员在变故中对邓布利多保持的信任与忠诚都源自这种"为下属所首肯"的"威严"。

所以,从《魔法石》到《"混血王子"》,读者可以看到团体成员在应对外部力量入侵时始终遵从邓布利多的安排和指示。对哈利来说,尤其如此。但是,在最后一部小说中,哈利和邓布利多的关系遭受外界干扰并经受严峻考验。哈利一度对邓布利多丧失了宝贵的信念:"他一直相信邓布利多,相信他是美德和智慧的化身。一切化为灰烬:他还能失去什么?"④罗琳向读者传达的信息很明确:这位功高德勋的老校长并非完美无瑕,他也一度追逐"死亡圣器"的权力,并迷恋于战胜死亡的欲望。对邓布利多"秘密"的揭露,与其说是有意颠覆二元对立的道德秩序,还不如说是为了促进成员间的互动并磨砺哈利道德品质所采取的策略。哈利一方面不再信任邓布利多,另一方面又与年轻时的邓布利多如出一辙。一时间,他也被权力的私欲所控制,最后因沉湎于拥有死亡圣器的渴望而付出了惨痛的代价:连累赫敏和罗恩陷入危境,多比为营救他们而献出自己的生命。多比是选择相信哈利而获得自由的小精灵,它的赤

---

① 罗琳:《哈利·波特与密室》,第154页。
② J. K. 罗琳:《哈利·波特与"混血王子"》,马爱农、马爱新译,北京:人民文学出版社,2005年,第481页。
③ 滕尼斯:《共同体与社会》,第64页。
④ 罗琳:《哈利·波特与死亡圣器》,第264页。

胆忠心让哈利彻底醒悟："他（哈利）好像被一巴掌扇醒了。"①哈利在多比坟墓前痛定思痛所做出的选择为正邪对峙的局势发展提供了转机，也标志着哈利在道德认知上的成长。哈利在邓布利多和多比身上学会抵制诱惑和坚定信念，能够置个人情感和需求于脑后，随时准备为他人和团体的利益牺牲自己的一切。这是他奋不顾身回到危机四伏的学校的动力。他不仅为了保护朋友和守卫家园去击败伏地魔，而且为了拯救无辜生命而战斗。至此，读者已经意识到以邓布利多为首的团体将被哈利所率领的"彩虹联盟"所取代。整个过程是通过团体内部关系的变化和调整而进行的。更重要的是，它始终透射出人与人之间道德关怀的光芒。

从第五部小说《凤凰社》开始，"邓布利多时代"学校的稳定性遭受破坏，这催生了新的"彩虹联盟"。学生们失去安全的庇护所，愈发险恶的外部环境促使他们破除三个学院的传统界限，组建起邓布利多军队。他们对付共同的敌人，也拥戴共同的老师兼领袖哈利。哈利在前四部小说中抗击伏地魔的英勇表现早已赢得大家的钦佩与赞同，他具备滕尼斯所说的"力量的威严"，因而与"公爵"的形象遥相呼应："在征战中身先士卒，抵御敌人，为发挥整体作用命令提供一切有用的东西，抗拒有害的东西。"②哈利的"威严"凝聚着战斗中的"彩虹联盟"。众人自始至终密切关注哈利的行踪，"波特瞭望台"成为忠诚与信念的寄托，连接起抵抗"邪恶力量"的不同群体。哈利重返学校的消息让邓布利多军的队员们从四面八方赶来，俨然组成一支斗志昂扬、整装待发的军队："（我们是）邓布利多的军队。我们都是一起的……事实证明，这里的每个人都是忠实于邓布利多——忠实于你的。"③麦格教授为掩护哈利而组织全校力量，公开向伏地魔宣战。三个学院的学生从未如此同仇敌忾，他们拒绝把哈利交给伏地魔："他（哈利）面前的格兰芬多学生站了起来，不是面对哈利，而是面对斯莱特林。接着赫奇帕奇学生也纷纷起立，拉文克劳学生几乎同时也采取了同样的行动。"④魔法学校内部产生的新团体和邓布利多军、凤凰社交相汇成

---

① 罗琳：《哈利·波特与死亡圣器》，第 350 页。
② 滕尼斯：《共同体与社会》，第 69 页。
③ 罗琳：《哈利·波特与死亡圣器》，第 426 页。
④ 同上，第 499 页。

"彩虹联盟",他们为保护哈利而战。这样的情节设计进一步显示出了罗琳对"共同体"的构想,这在麦格教授的战斗宣言中尤为明显:"霍格沃茨受到威胁……守住边界,保卫我们,为学校尽你们的义务。"①"彩虹联盟"既是因哈利而起,也是为捍卫学校这块神圣的领地而战。换言之,哈利已经从"力量的威严"的化身升华至击败伏地魔、保护家园的强大信念的象征。因此,读者发现哈利"死亡"的消息并没有挫败学校的战斗士气,而是激励更多的群体加入了"彩虹联盟":

  马人冲锋陷阵,把食死徒追得四散奔逃……哈利看见带翅膀的庞然大物夜骐和鹰头马身有翼兽巴比克在伏地魔的巨人头顶盘旋,在抓他们的眼睛,格洛普对他们饱以老拳……家养小精灵浩浩荡荡地涌进了门厅,尖叫着挥舞餐刀和切肉刀……②

这是罗琳对白热化战斗中"后现代军队"的戏剧性呈现,类似一场狂欢礼赞,能让读者提前去感受大战获胜带来的欢欣鼓舞。此时的哈利在经受了注定为"创造一个更好的世界"去赴死的命运的考验后,重新回到学校,在处于危险中的人们面前现身,在生死攸关之际扭转局势。这一过程酷似滕尼斯提出的"智慧的威严"一说。哈利化身为"神"的使者,他那强烈的道德责任感敦促他重返黑暗的现实世界,完成未竟的事业(见《死亡圣器》第35章"国王十字车站");这时候,众人犹如感受"神"的威严般仰望哈利,为其"复活"而欢呼不已,为其胜利而狂欢高唱。哈利通过和众人间的精神联系赋予"彩虹联盟"战斗的力量,"他们变不可能为可能,化腐朽为神奇,奇迹的作用就是他们的作用";一言以蔽之,罗琳塑造了建立在共同信仰之上的共同体,也就是滕尼斯所说的最完善的"结盟"——"精神共同体"。③

三、"共同体"背后的文化关怀

  关于齐普思提出的儿童奇幻故事具有隐含社会意义的看法,罗琳本人也

---

① 罗琳:《哈利·波特与死亡圣器》,第442页。
② 同上,第543页。
③ 滕尼斯,《共同体与社会》,第69、70、278页。

曾在 BBC 特别节目中提及一二:"我想霍格沃茨世界,或者我的魔法世界和我的巫师社会就是一面极度扭曲的镜子里的真实世界。"① 小说描述的魔法部、新闻媒体、巫师的日常生活以及魔法物件都有可能是现实社会各个侧面的隐喻。有学者指出,魔法学校集中勾画出多元文化社会的常态图景,来自不同文化背景的学生、不同家庭背景的巫师和出身经历迥异的成员之间的种种关系影射出现当代英国社会中种族、阶级和文化差异等引发的问题,特别是后撒切尔时代所标榜的民主社会的不公平现象。② 我们要补充的是,罗琳的小说世界除了具有深刻的"问题意识"以外,还充满着作者对未来生活的美好期许。通过前文的分析,我们可以看到书中"安全"的"家"和"忠诚"的"彩虹联盟"不仅培育哈利健康成长,而且成功拯救了深受"邪恶力量"迫害的魔法世界。罗琳极尽想象之力,把泥巴种、混血种、贫困的纯血种、狼人、逃犯、易容马格斯、混血巨人、马人、小精灵、退休傲罗和双重间谍等各具鲜明特征的个体组合成团体,其营造的"共同体"文化正是作者自己美好愿望的投射,在当代英国社会背景下具有显著的现实意义。

书中的哈利生活于 20 世纪 90 年代的英国,而现实状况是,80 年代以来的撒切尔政府致力于通过紧缩社会福利开支和刺激资本主义自由市场来振兴国民经济,这一系列的改革举措已经扰乱人们原有的生活方式。社会公共团体或组织无法为个人提供更多的保障和庇护,灵活的劳动力市场在赋予个人更多自由和选择的同时,又带来残酷的竞争和淘汰。用华顿(Will Hutton)的话来说,改革带来的结果是"一个兼收并蓄的文明社会的利他主义和传统价值观都献祭给一己私利和个人主义的行为方式"。③ 家庭养育、社区贡献等传统生活方式受到猛烈冲击,人们共同持有的道德情操和行为方式已日益涣散,各团体内部的凝聚力和归属感已逐渐被高度的个人主义体验所取代。滕尼斯心目中的具有强大情感关系的"有机体"已经瓦解,取而代之的是鲍曼眼中充满竞

---

① J. K. Rowling, "Harry Potter and Me," *BBC Christmas Special*, *British Version*, transcribed by Marvelous Marvolo' and Jimmi Thøgersen, http://www.accio-quote.org/articles/2001/1201-bbc-hpandme.htm(accessed 2018/4/22).

② Karine E. Westman, "Specters of Thatcherism: Contemporary British Culture in J. K. Rowling's *Harry Potter* Series," in *The Ivory Tower and Harry Potter—Perspectives on a Literary Phenomenon*, ed. Lana A. Whited, Columbia: University of Missouri Press, 2002, 305 – 328.

③ Will Hutton, *The State We're In*, London: Vintage Books, 1996, 15.

争的个体世界。实际上,鲍曼对当代社会的生活状况已做出全面深刻的剖析。他认为,个体世界的人们面对残酷无情的现实生活,相互间的情感关系淡漠疏离,信任危机重重,这使得"共同体"永远衰退下去。在此意义上,鲍曼赞同雷蒙·威廉斯的观点:"它(共同体)总是过去的事情。"①但与此同时,鲍曼也指出"共同体"又是人们心中向往的"天堂",它作为一种价值理想而存在,是我们努力尝试着去描述的愿景:

如果说在这个个体世界上存在着共同体的话,那它只可能是(而且必须是)一个用相互的、共同的关心编织起来的共同体;只可能是一个由做人的平等权利,和对根据这一权利行动的平等能力的关注与责任编织起来的共同体。②

鲍曼对后现代社会条件下共同体的设想在一定程度上呼应了威廉斯所主张的必须以"生命的平等"为基础建构共同体或"共同文化"的观点。③ 罗琳借小说中凤凰社成员金斯莱之口,也道出相同的文化关怀:"我们都是人,不是吗?每个人的生命都一样珍贵,都值得保护。"④如前文所示,以伏地魔为首的集团狭隘极端,仇视其他群体,他们为一己之私任意折磨和践踏其他的生命个体,这样的群体必败无疑。邓布利多和哈利率领的团体打破由外部世界划分的各类群体的界线,包容各色遭受"误解""排斥""歧视""诽谤"和"审判"的人员。对他们来说,个体的差别和不平衡没有招致等级和地位的重新隔离划分。他们平等地参与日常活动,合力承担需要完成的任务,以保护他人的生命安全为己任。这些盟员间的关系也回应了鲍曼对共同体纽带的界定:人与人之间的理解、关心、信任和帮助是任何形态的共同体所不可或缺的。罗琳针对"一个强烈地感受到道德模糊性的时代",⑤具体构建了人们心中向往的世界,即依靠善意、关爱、责任感等道德情感来维系友谊、忠诚等传统价值观的共同体。故事结尾处有句大战告捷的描述,正好是哈利所处"共同体"的应景之处,寄托着作者对未来生活的憧憬:"太阳在霍格沃茨上空冉冉升起,大礼堂里洋溢着

---

① 转引自鲍曼:《共同体:在一个不确定的世界中寻找安全》,第 5 页。
② 同上,第 186 页。
③ 威廉姆斯:《文化与社会》,第 396 页。
④ 罗琳:《哈利·波特与死亡圣器》,第 322 页。
⑤ 鲍曼:《后现代伦理学》,第 24 页。

生命和光明。"①

　　总之,罗琳的创作实践描绘出滕尼斯、威廉斯和鲍曼所阐述的共同体愿景,作品所蕴藏的共同体话语在很大意义上反映了罗琳对现实社会生活方式的反思和重新想象。这就是《哈利·波特》系列小说给我们展示的文化意义。

---

① 罗琳:《哈利·波特与死亡圣器》,第550页。

结　语

走向人类命运共同体

英国文化观念的流变经历了中世纪后期到17世纪的萌芽、18世纪的生长、19世纪的成熟、20世纪上半叶的拓展直至二战后到21世纪的裂变，显示出一个逐渐展开与深化的过程，其基本脉络是从物质走向精神、从个体走向社会两种向度的延伸和转变。

如果说英国文化观念成熟于19世纪的维多利亚时期，以"文化"与"文明"观念的决裂为其标志，[①]"文化"一词到那时才广为流传，[②]那么，英国文化观念到20世纪下半叶则经演变而发生了裂变。

一方面，我们发现英国当代文人依然关注文化观念的核心内涵，如共同体形塑、心智培育、伦理关怀、民族良心、愿景描述等；就最主要的文化命题而言，伟大的英国作家们在不同时期给出了相同的答案，即生活质量不在于发达的工业、诱人的科技经济指标，而在于共同体的和谐，在于精神与物质的互补和平衡。另一方面，如同二战后英帝国的分崩离析，英国文化观念也发生了裂变，曾经具有普遍意义、表达共同人性的文化观念被渗入政治色彩、阶级意识和民族特性，英国文学作品也因而呈现出一些新的文化内涵。

第二次世界大战以后，英国的文化观念受到了技术功利主义、消费主义、享乐主义、马克思主义、工人阶级运动、民族主义运动、移民风潮、后现代主义思潮和经济全球化浪潮的强烈冲击，这一时期的优秀文学作品，深刻地反思并回应了人类经历战争浩劫之后，社会急剧转型所引起的各种问题，以及全球化带来的文化多样性。利维斯传承了柯勒律治以降的浪漫主义文化观，继续关注"文化"与"文明"的对立，展开对"大众文明"和技术功利主义的批判；威廉斯把阶级意识引入文化批评中，认识到文化观念蕴含的阶级性，但也批判了狭隘的阶级文化论，肯定了工人阶级文化在社会发展中的重要作用；利维斯和斯诺

---

① 殷企平：《经由维多利亚文学的文化观念流变》，《浙江外国语学院学报》，2017年第5期，第84页。

② Terry Eagleton, *Culture*, New Haven: Yale University, 2016, 10.

的"两种文化"之辩提醒人们要努力弥合"科学文化"与"文学文化"之间的鸿沟;安德森深入探究民族意识的"文化根源",对文化和民族性的关联做出精辟的论述;霍米·巴巴则清醒地看到文化观念隐含的民族特性,从而提出由"文化差异"和"杂交性"建构"新英国特性"之路。这些新的变化左右了战后英国文化观念与文学创作的互动轨迹。本卷的主要任务就是剖析两者的互动关系,即战后英国文化批评如何反映文化观念的裂变,文化观念的裂变又如何对文学创作产生影响。

对于19世纪的维多利亚文人来说,他们需要应对的是"徘徊于两个世界之间,/一个已经死去,/另一个还无力诞生"所致的"转型焦虑",[①]而对于帝国解体后的当代英国文人(包括流散作家)来说,则是"徘徊于多个世界之间/一个已经死去/无数个仍在形成"的多元、混杂的文化处境。前后两代文人的应对策略大体相同,即通过文学作品形塑威廉斯所说的"可知共同体"(the knowable community),通过文学话语"把个人和内心的东西改造成共有的、公众的东西,也就是变成可以辨认的、大家认可的文化话语的一部分",[②]或者说借助带有民族特性的文学语言来凸显共同身份的特征,发出英国人民的文化之声,重构"想象的共同体"。

其实,文化一方面是混杂的"异质共存",如萨义德所暗示的那样,"所有的文化都是彼此关联的;没有任何文化是单一的、纯粹的,所有的文化都是混杂的、异类的、非常不同的、不统一的"。[③] 另一方面,文化又"具体表达我们共同的人性",人类因此才得以相互沟通。[④] 正如殷企平所言,"大凡优秀的文学家和批评家,都有一种'共同体冲动',即憧憬未来的美好社会,一种超越亲缘和地域的、有机生成的、具有活力和凝聚力的共同体形式"。[⑤] 就"共同体"而言,当代英国作家的有关思辨朝着"向后"(backward)和"向前"(forward)的双向维度展开。在后现代多元文化思潮的影响下,当代作家开始反思潜藏在文化

[①] Mathew Arnold, *The Poems of Mathew Arnold*, ed. M. Allott, New York: Longman, 1979, 305 – 306.
[②] 转引自殷企平:《经由维多利亚文学的文化观念流变》,第87页。
[③] 转引自伊格尔顿:《文化的观念》,第12页。
[④] 伊格尔顿:《文化的观念》,第7页。
[⑤] 殷企平:《西方文论关键词:共同体》,第78页。

表象之下的种种暗流,并且在"历史转向的集体写作"中保持着自觉与自省意识。虽有迷惘与困惑,但他们仍然坚信,通过文学的想象可以将孤立的个体和历史融入整个文化传统的命脉,以深度的情感共鸣将每一位成员相连。

20世纪下半叶,随着英国移民社会的形成和本土民族主义运动的兴起,重塑英国特性的任务变得异常紧迫,更多的英国文人志士自觉地担当起了战后民族特性和民族身份重建的职责。这其中既有英国本土作家的愿景描述,也有流散作家从个体经历和个人风格出发,透过不同的人物形象和历史现象反思英国特性的方方面面。一种更包容的、不断新生的英国特性得以形成,就像华兹华斯在《序曲》第九卷中所憧憬的那样,"分散的/部落如天上的云朵遍布各方,/却能共持新见,结成一体"。[①] 真正的共同体情怀终会超越血缘、地域、国度、种族等种种界限,达到人类大同的境界。

[①] 转引自殷企平:《华兹华斯笔下的深度共同体》,第82页。

主要参考文献

Abrams, M. H. Ed. *The Norton Anthology of English Literature*. New York: Norton, 1979.

Ackroyd, Peter. *Dickens*. New York: Sinclair Stevenson, 1991.

——. *English Music*. London: Hamish Hamilton, 1992.

——. *Hawksmoor*. London: Penguin, 1993.

——. *London: The Biography*. London: Chatto & Windus, 2000.

——. *Albion: The Origins of the English Imagination*. London: Chatto & Windus, 2002.

Addison, Paul and Harriet Jones. *A Companion to Contemporary Britain, 1939 - 2000*. Oxford: Blackwell, 2005.

Agosta, Lou. *Empathy in the Context of Philosophy*. London: Palgrave Macmillan, 2010.

Aitken, Jonathan. *The Young Meteors*. London: Antheneum, 1967.

Allsop, Kenneth. *The Angry Decade: A Survey of the Cultural Revolt of the Nineteen-Fifties*. London: Peter Owen, 1958.

Amis, Kingsley. "Why Lucky Jim Turned Right." *National Review*. October 17, 1967: 1121 - 1122.

Anderson, Benedict. *Imagined Communities: Reflections on the Origin and Spread of Nationalism*. London: Verso, 1991.

Ang, Susan. "OOOO that Eliot-Joycean Rag: A Fantasia upon Reading English Music." *Connotations*. 15. 1 - 3(2005): 215 - 242.

Arias, Rosario. " 'Aren't You Haunted by All This Recurrence?': Spectral

Trance of Traumatized Childhood(s) in Doris Lessing's *The Sweetest Dream.*" *Critique.* Vol. 53(2012): 355 – 365.

Arnold, Matthew. *Culture and Anarchy: An Essay in Political and Social Criticism.* Oxford: Oxford University Press, 2006.

——. "Literature and Science." In *The Norton Anthology of English Literature.* 2. Eds. M. H. Abrams et al. New York: Norton, 2006, 1415 – 1427.

Aspden, Kester. *The Hounding of David Oluwale.* Adapted for the stage by Oladipo Agboluaje. London: Oberon Books Ltd. , 2009.

Atkinson, Paul. "Eating Virtue." In *The Sociology of Food and Eating: Essays on the Sociological Significance of Food.* Ed. Anne Murcott. Aldershot: Gower, 1983, 9 – 17.

Augustine. *On the Free Choice of Will, on Grace and Free Choice, and Other Writings.* Ed. Peter King, Cambridge: Cambridge University Press, 2010.

Bailey, Gail. "Fighting the Silence Born of Injustice." In *Conversations with Caryl Phillips.* Ed. Renee Schatteman. Jackson: University Press of Mississippi, 2009, 139 – 142.

Baker, James R. "An Interview with William Golding." *Twentieth Century Literature.* 28. 2(1982): 130 – 170.

Barnes, Julian. *Letters from London, 1990 – 1995.* London: Picador, 1995.

Barthes, Roland. "The Death of the Author." *Modern Literary Theory.* Eds. Philip Rice and Patricia Waugh. London: Edward Arnold, 1989.

Baudrillard, Jean. *Simulations.* Trans. Paul Foss, Paul Patton and Philip Beitchman. Los Angeles: Semiotext, 1983.

Bauman, Zygmunt. *Community: Seeking Safety in an Insecure World.* Cambridge: Polity Press, 2001.

Bennett, James R. "New Left." *A Dictionary of Cultural and Critical Theory*. Eds. Michael Payne and Jessica Rae Barbera. Malden: Wiley-Blackwell, 2010.

Bentley, Nick. *Radical Fictions: The English Novel in the 1950s*. London: Peter Lang, 2007.

———. "Re-writing Englishness: Imagining the Nation in Julian Barnes's *England, England* and Zadie Smith's *White Teeth*." *Textual Practice*. 21(2007): 483–504.

Berberich, Christine. *The Image of the English Gentleman in Twentieth-Century Literature Englishness and Nostalgia*. Aldershot: Ashgate, 2007.

Berman, Marshall. *All That Solid Melts into Air*. New York: Simon and Schuster, 1982.

Betjeman, John. "Introduction." In *Song at the Year's Turning*. R. S. Thomas. London: Rupert Hart-Davis, 1955.

Bhabha, Homi. *The Location of Culture*. New York: Routledge, 1994.

———. *Nation and Narration*, London: Routledge, 2013.

Bianchi, Tony. "R. S. Thomas and His Readers." In *Wales: The Imagined Nation: Studies in Cultural and National Identity*. Ed. Tony Curtis. Bridgend: Poetry Wales Press, 1986, 71–95.

Blake, Ann. Leela Gandhi and Sue Thomas. *England through Colonial Eyes in Twentieth Century Fiction*. Houndmills and New York: Palgrave, 2001.

Blanchot, Maurice. *The Unavowable Community*. Trans. Pierre Joris. Barrytown: Station Hill Press, 1988.

Bolt, David. "Osborne's *Look Back in Anger*: Looking Back at Oedipus Rex." *Explicator*. 65.4(2007): 237–240.

Bowen, John. "The Brontës and the Transformations of Romanticism." In *The Oxford History of the Novel in English, Volume 3: The Nineteenth-*

Century Novel 1820 – 1880. Eds. John Kucich and Jenny Bourne Taylor, Oxford: Oxford University Press, 2011, 203 – 219.

Boyd, S. J. *The Novels of William Golding*. New York: Harvester Wheatsheaf, 1990.

Brace, Marianne. "That Thinking Feeling." *The Guardian*, 9 June 1996.

Brook, Susan. "Engendering Rebellion: The Angry Young Man, Class and Masculinity." In *Posting the Male: Masculinities in Post-War and Contemporary British literature*. Eds. Daniel Lea, Berthold Schoene-Harwood. Amsterdam: Rodopi, 2003.

Brontë, Emily. *Wuthering Heights*. New York: Bantam Dell, 1981.

Bryson, Anna. *From Courtesy to Civility: Changing Codes of Conduct in Early Modern England*. Oxford: Oxford University Press, 1998.

Bourdieu, Pierre. *Distinction: A Social Critique of the Judgment of Taste*. Cambridge: Harvard University Press, 1984.

Bradbury, Malcolm. *The Modern British Novel*. London: Penguin, 1994.

Buch, Esteban. *Beethoven's Ninth: A Political History*. Trans. Richard Miller. Chicago: University of Chicago Press, 2004.

Burgess, Anthon. *Little Wilson and Big God*. London: Heinemann, 1986.

———. *The Complete Enderby*. New York: Carroll & Graf Publishers, 1996.

Burt, Stephen. "High Windows and Four-Letter Words." *Boston Review*, 10(1996): 50 – 54.

Burton, Robert S. "Standoff at the Crossroads: When Town Meets Gown in David Lodge's 'Nice Work'." *Critique*. 35.4(1994): 237 – 243.

Burnett, D. Graham. "A View from the Bridge: The Two Cultures Debate, Its Legacy, and the History of Science." *Daedalus*. 128.2 (1999): 193 – 218.

Byatt, A. S. *On Histories and Stories*. London: Chatto & Windus, 2000.

———. *Passions of the Mind: Selected Writings*. London: Vintage, 1993.

———. *Angels and Insects*. New York: Vintage, 1994.

———. *On Histories and Stories: Selected Essays*. Cambridge: Harvard University Press, 2002.

Caracciolo, Marco. "Phenomenological Metaphors in Readers' Engagement with Characters: The Case of Ian McEwan's *Saturday*." *Language and Literature*. 22.1(2013): 60–76.

Carey, John. *William Golding: The Man Who Wrote* Lord of the Flies. London: Faber & Faber, 2009.

Carpenter, H. Ed. *The Letters of J. R. R. Tolkien*. London: Harper Collins Publishers, 2011.

Carpenter, Rebecca. " 'We're Not a Friggin' Girl Band': September 11, Masculinity, and the British-American Relationship in David Hare's *Stuff Happens* and Ian McEwan's *Saturday*." In *Literature After 9/11*. Eds. Ann Keniston, Jeanne Follansbee Quinn. London: Routledge, 2008, 143–160.

Carson, Ciaran. "Sweeneys Ancient and Modern." In *The Poetry of Seamus Heaney*. Ed. Elmer Kennedy-Andrews. Cambridge: Icon Books, 2000.

Charney, Maurice. *Comedy High and Low: An Introduction to the Experience of Comedy*. New York: Oxford University Press, 1978.

Chennells, Anthony. "From Bildungsroman to Family Saga: *The Sweetest Dream*." *Partisan Review*. 69.2(2002): 297–301.

Childs, Peter and Mike Storry, eds. *Encyclopedia of Contemporary British Culture*. London: Routledge, 1999.

Coleridge, Samuel Taylor. *On the Constitution of Church and State*. Princeton: Princeton University Press, 1976.

Colombino, Laura. "The Body, the City, the Global: Spaces of Catastrophe in Ian McEwan's *Saturday*." *Textual Practice*. 31.4(2017): 783–803.

Colin McGinn. *The Meaning of Disgust*. Oxford: Oxford University Press, 2011.

Collin, Floyd. *Seamus Heaney: The Crisis of Identity*. Newark: University of Delaware Press, 2003.

Collins, Michael J. "Recovering a Tradition: Anglo-Welsh Poetry 1480 – 1980." *World Literature Today*. 63. 1(Winter 1989): 55 – 59.

Cooper, Anthony Ashley. Third Earl of Shaftesbury, "Sensus Communis, An Essay on the Freedom of Wit and Humour in a Letter to a Friend." In *Characteristics of Men, Manners, Opinions, Times*. Ed. Lawrence E. Klein. Cambridge: Cambridge University Press, 1999, 29 – 69.

Cormack, Patrick. *Heritage in Danger*. London: Quartet Books, 1978.

Corthorn, Paul. *In the Shadow of the Dictators: The British Left in the 1930s*. London: Tauris Academic Studies, 2006.

Courtney, Hannah. "Distended Moments in the Neuronarrative: Character Consciousness and the Cognitive Sciences in Ian McEwan's *Saturday*." In *Mindful Aesthetics: Literature and Sciences of Mind*. Eds. Chris Danta, Helen Groth. London: Bloomsbury, 2014, 173 – 187.

Crawford, Paul. *Politics and History in William Golding: The World Turned Upside Down*. Columbia: University of Missouri Press, 2002.

Curry, Patrick. *Defending Middle Earth: Tolkien: Myth and Modernity*. New York: Mariner Books, 2004.

Davenport, Gary. "Tradition and the English Novel Today." *The Sewanee Review*. 102. 2(1994): 326 – 333.

Dick, Bernard F. *William Golding*. Boston: Twayne Publishers, 1987.

Dixon, Graham A. "Still Looking Back: The Deconstruction of the Angry Young Man in *Look Back in Anger* and *Déjàvu*." *Modern Drama*. 37. 3(1994): 521 – 529.

Dooley, Gillian. *From a Tiny Corner in the House of Fiction: Conversations with Iris Murdoch*. South Carolina: University of South Carolina Press, 2003.

Drabble, Margaret. *The Oxford Companion to English Literature*. Oxford:

Oxford University Press, 2000.

Dworkin, Dennis. *Cultural Marxism in Postwar Britain: History, the New Left, and the Origin of Cultural Studies*. Durham and London: Duke University Press, 1997.

Eagleton, Terry. *Literary Theory: An Introduction*. Minneapolis: University of Minnesota Press, 1983.

——. *The Idea of Culture*. Oxford: Blackwell, 2000.

Eliot, T. S. *Notes towards the Definition of Culture*. London: Faber & Faber, 1948.

——. *Christianity and Culture*. New York: Harcourt, Brace and Company, 1949.

Enright, Anne. "Mind the Gap." *The New York Times Book Review*. 21 Sep. 2012. https://www.nytimes.com/2012/09/23/books/review/nw-by-zadie-smith.html(accessed 2018/4/6).

Faber, M. D. "The Character of Jimmy Porter: An Approach to *Look Back in Anger*." *Modern Drama*. 65.4(1970): 67-77.

Ferguson, Tamara J. and Heidi L. Dempsey. "Reconciling Interpersonal versus Responsibility-Based Models of Guilt." In *The Development and Structure of Conscience*. Eds. Willem Koops, et al. New York: Psychology Press, 2010, 171-205.

Fernandez, Jean. *Victorian Servants, Class, and the Politics of Literacy*. New York, Routledge, 2010.

Fertel, Randy. "Saturn vs. Hermes: The Battle of the Hemispheres in Ian McEwan's *Saturday*." *Journal of Modern Literature*. 39.2(2016): 53-71.

Fiander, Lisa M. *Fairy Tales and the Fiction of Iris Murdoch, Margaret Drabble, and A. S. Byatt*. New York: Peter Lang, 2004.

Finney, Brian. "Peter Ackroyd, Postmodernist Play and Chatterton." In *Twentieth Century Literature*. 38.2(1992): 240-261.

——. "Briony's Stand Against Oblivion: The Making of Fiction in Ian McEwan's *Atonement.*" *Journal of Modern Literature.* 27. 3 (2004): 68 – 82.

Fisher, Philip. *Vehement Passions.* Princeton: Princeton University Press, 2002.

Foley, Andrew. "Liberalism in the New Millennium: Ian McEwan's *Saturday.*" *Journal of Literary Studies.* 26. 1(2010): 135 – 162.

Foucault, Michel. *Discipline and Punish the Birth of the Prison.* Trans. Alan Sheridan, London: Penguin, 1991.

Fowles, John. "Notes on an Unfinished Novel." In *The Novel Today.* Ed. Malcom Bradbury, Fontana: Collins, 1977.

Freiburg, Rudolf, Jan Schnitker, eds. "Do You Consider Yourself a Postmodern Author?" In *Interviews with Contemporary Novelists. Reihe: Erlanger Studien zur Anglistik und Amenkanistik,.* 1, 1999, 39 – 66.

Fulbrook, Mary. *German National Identity after the Holocaust.* Cambridge: Polity Press, 1999.

Gallagher, Catherine. *Stephen Greenblatt, Practicing New Historicism.* Chicago: University of Chicago Press, 2000.

Ged, Pope. *Reading London's Suburbs: From Charles Dickens to Zadie Smith.* London: Palgrave Macmillan, 2015.

Girard, René. *The Girard Reader.* Ed. James G. Williams, New York: Crossroad Herder, 1996.

Glicksberg, Charles I. *Literature and Society.* The Hague: Martinus Nijhoff, 1972.

Golding, William. *To the Ends of the Earth.* New York: Farrar, Straus and Giroux, 1991.

Green, Susan. "Consciousness and Ian McEwan's *Saturday*: 'What Henry Knows'." *English Studies.* 91. 1(2010): 58 – 73.

Gregor, Ian and Mark Kinkead-Weeks. *William Golding: A Critical Study of the Novels*. London: Faber & Faber, 2002.

Grossman, Lev. "Hogwarts and All." *Time*. July 25, 2005: 60 – 64.

Gupta, Suman. *Re-Reading Harry Potter*. New York: Palgrave Macmillan, 2003.

Guignery, Vanessa, Ryan Roberts, eds. *Conversations with Julian Barnes*. Jackson: University Press of Mississippi, 2009.

Habermann, Ina. *Myth, Memory and the Middlebrow: Priestly, du Maurier and the Symbolic Form of Englishness*. London: Palgrave Macmillan, 2010.

Hague, Angela. "Picaresque Structure and the Angry Young Novel." *Twentieth Century Literature*. 32.2(1986): 209 – 220.

Hall, Lesley A. "Eyes Tightly Shut, Lying Rigidly Still, and Thinking of England? British Women and Sex from Marie Stopes to Hite 2000." *Sexual Pedagogies: Sex Education in Britain, Australia and America, 1879 – 2000*. Eds. Claudia Nelson and Michelle H. Martin. New York: Palgrave Macmillan, 2004.

Hall, Stuart. "In the No Man's Land." *Universities and Left Review*. 3 (1958): 86 – 87.

——. "Politics of Adolescence." *Universities and Left Review*. 6(1959): 2 – 4.

——. "Life and Times of the First Left." *New Left Review*. 61.1(2010): 177 – 196.

Hall, Stuart, et al. "Editorial: ULR to New Left Review." *Universities and Left Review*. 7(1959): 1.

——. "Editorial." *Universities and Left Review*. 1(1957): i.

Hanscombe, Gillian E. *Penguin Passnotes: William Golding's* The Lord of the Flies. London: Penguin, 1986.

Hansen, Randall. *Citizenship and Immigration in Post-War Britain: The*

Institutional Origins of a Multicultural Nation. Oxford: Oxford University Press, 2000.

Harpham, Geoffrey Galt. "Ethics." In *Critical Terms for Literary Study*. Eds. Frank Lentricchia and Thomas McLanghlin. Chicago: University of Chicago Press, 1995, 387-405.

Harrison, Rodney. "Towards an Archaeology of the Welfare State in Britain, 1945-2009." *Archaeologies*. 5.2(2009): 238-262.

Head, Dominic. *The Cambridge Introduction to Modern British Fiction, 1950-2000*. 重庆:重庆出版社, 2006.

Heaney, Seamus. *Preoccupations: Selected Prose 1968-1978*. London: Faber & Faber, 1980.

——. *Sweeney's Flight*. London: Faber & Faber, 1992.

——. *Beowulf: A Verse Translation*. New York: Norton, 2002.

——. *Finding Keepers: Selected Prose 1971-2001*. London: Faber & Faber, 2003.

Heilpern, John. "Look Back at Osborne: The Original Angry Young Man Mixes It up with Beckett, Coward, Ravenhill and the Empire." (Excerpt) *American Theatre*, 1(2007): 80-86.

——. *John Osborne: A Patriot for Us*. London: Vintage, 2007.

Helmreich, Anne. *The English Garden and National Identity*. Cambridge: Cambridge University Press, 2002.

Helsinger, Elizabeth K. "Land and National Representation in Britain." In *Prospects for the Nation*. Eds. Chritiana Payne, Michael Rosenthal and Scott Wilcox. New Haven: Yale University Press, 1997.

Hennessy, Peter. *Having It So Good: Britain in the 1950s*, London: Allen Lane, 2006.

Hibbard, Allen. Ed. *Conversations with William S. Burroughs*. Jackson: University of Mississippi Press, 1999.

Hirst, David L. *Comedy of Manners*. London: Methuen, 1979.

Hillard, Molly Clark. "'When Desert Armies Stand Ready to Fight': Re-Reading McEwan's *Saturday* and Arnold's 'Dover Beach'." *Partial Answers: Journal of Literature and the History of Ideas.* 6. 1(2008): 181–206.

Hobsbaum, Eric. *The Age of Extremes: The Short Twentieth Century, 1914–1991*. London: Abcus Book, 1994.

Hollquist, Michael. *Dialogism: Bakhtin and His World*, London: Routledge, 1990.

Honneth, Axel. *The Struggle for Recognition: The Moral Grammar of Social Conflicts*. Trans. Joel Anderson. Oxford: Polity Press, 1995.

Howard, Jonathan. *Darwin: A Very Short Introduction*. Oxford: Oxford University Press, 1982.

Howkins, Alun. "The Discovery of Rural England." In *Englishness: Politics and Culture 1880–1920*. Eds. Robert Colls and Philip Dodd. London: Croom Helm, 1986.

Hudson, Julie and Paul Donovan. *Food Policy and the Environmental Credit Crunch: From Soup to Nuts*. New York: Routledge, 2014.

Hughes, Peter. *V. S. Naipaul*. London: Routledge, 1988.

Hutcheon, Linda. *A Poetics of Postmodernism: History, Theory, Fiction*. New York: Routledge, 1988.

Hutton, Will. *The State We're In*. London: Vintage Books, 1996.

Huxley, Aldous. *Literature and Science*. London: Chatto & Windus, 1963.

Huxley, T. H. "Science and Culture." In *The Norton Anthology of English Literature*, Vo. 2. Eds. M. H. Abrams, et al. New York: Norton, 2006, 1429–1435.

Irwin, Michael. "Growing up in 1953." *The Times Literary Supplement*. 3 Nov. 1978.

Jacobs, Alan. *The Narnia: The Life and Imagination of C. S. Lewis*. New

York: Harper Collins Publishers, 2006.

Jaggi, Maya. "Rites of Passage." *Conversations with Caryl Phillips*. Ed. Renee Schatteman. Jackson: University Press of Mississippi, 2009, 77–86.

Jameson, Fredric. "Of Islands and Trenches: Naturalization and the Production of Utopian Discourse." *Diacritics*. 7. 2(1977): 2–21.

——. "Nostalgia for the Present." In *Postmodernism, or, The Cultural Logic of Late Capitalism*. Durham: Duke University Press, 1991.

——. *Archaeologies of the Future: The Desire Called Utopia and Other Science Fictions*. London: Verso, 2005.

Jensen, J. Vernon. *Thomas Henry Huxley: Communicating for Science*. Newark: University of Delaware, 1991.

Jones, Darrly. "Foreword." In *Tolkien, the Forest and the City*. Dublin: Four Courts Press, 2013.

Johnson, Lesley. *The Cultural Critics: From Matthew Arnold to Raymond Williams*. London: Routledge & Kegan Paul, 1979.

Joyce, James. *A Portrait of the Artist as a Young Man*. Ed. Chester G. Anderson. New York: Viking, 1968.

Karl, Frederick R. "Doris Lessing in the Sixties: The New Anatomy of Melancholy." *Contemporary Literature*. 13. 1(1972): 15–33.

Katsiaficas, George. *The Imagination of the New Left: A Global Analysis of 1968*. Cambridge: South End Press, 1987.

Kelly, Richard. *V. S. Naipaul*. New York: Continuum, 1989.

Keulks, Gavin. *Father and Son: Kingsley Amis, Martin Amis, and the British Novel since 1950*. Madison: University of Wisconsin Press, 2003.

King, Bruce. *V. S. Naipaul*. New York: Palgrave Macmillan, 2003.

Kipling, Rudyard. "The Glory of the Garden." In *The Collected Poems of Rudyard Kipling*. London: Wordsworth Editions Ltd., 1999.

Kristeva, Julia. *Strangers to Ourselves*. New York: Columbia University Press, 1991.

Kureishi, Hanif. *The Buddha of Suburbia*. London: Faber & Faber, 1990.

Lacey, Nick. *Narrative and Genre: Key Concepts in Media Studies*. New York: St. Martin's, 2000.

Lacey, Stephen. *British Realist Theatre: The New Wave in Its Context 1956–1965*. London and New York: Routledge, 2002.

Larkin, Philip. *Required Writing, Miscellaneous Pieces 1955–1982*. London: Faber & Faber, 1982.

——. *Collected Poems*. London: Faber & Faber, 1988.

——. *The Complete Poems*. Ed. Archie Burnett. New York: Farrar, Straus and Giroux, 2012.

Larson, Jil. *Ethics and Narrative in the English Novel 1880–1914*. Cambridge: Cambridge University Press, 2001.

Leavis, F. R. *Mass Civilization and Minority Culture*. Cambridge: Minority Press, 1930.

——. *New Bearings in English Poetry: A Study of the Contemporary Situation*. London: Chatto & Windus, 1938.

——. *The Common Pursuit*. New York: New York University Press, 1964.

——. *Nor Shall My Sword: Discourses on Pluralism, Compassion and Social Hope*. London: Chatto & Windus, 1972.

——. *Education and the University: A Sketch for an 'English School'*. Cambridge: Cambridge University Press, 1979.

——. "Scrutiny: A Retrospect." In *Valuations in Criticism and Other Essays*. Cambridge: Cambridge University Press, 2009, 218–243.

——. *Two Cultures? The Significance of C. P. Snow*. Cambridge: Cambridge University Press, 2013.

Leavis, F. R. and Denys Thompson. *Culture and Environment: The Training of Critical Awareness*. London: Chatto & Windus, 1964.

Leavis, Q. D. *Fiction and the Reading Public*. Harmondsworth: Penguin, 1979.

Leonard, John. "The Adventures of Doris Lessing." *The New York Review of Books*. 30 Nov. 2006: 1–7.

Lessing, Doris. "The Small Personal Voice." In *Declaration*. Ed. Tom Maschler. London: MacGibbon & Kee, 1957, 11–27.

——. *The Sweetest Dream*. London: Harper Perennial, 2001.

Lethbridge, J. B. "R. S. Thomas Talks to J. B. Lethbridge." *The Anglo-Welsh Review*. Vol. 74 (1983): 36–56.

Lévi-Strauss, Claude. "The Culinary Triangle." In *Food and Culture: A Reader*. Trans. Peter Brooks. Eds. C. Counihan and P. van Esterik. London: Routledge, 1997, 28–35.

Levinas, Emmanuel. *Alterity and Transcendence*. Trans. Michael B. Smith. London: Athlone, 1991.

——. *Totality and Infinity*. Trans. Alphonoso Lingis. Pittsburgh: Duquesne University Press, 1969.

Levine, George. *Realism, Ethics and Secularism: Essays on Victorian Literature and Science*. Cambridge: Cambridge University Press, 2008.

Lewis, Barry. *My Words Echo Thus: Possessing the Past in Peter Ackroyd*. Columbia: University of South Carolina Press, 2007.

——. *Kazuo Ishiguro*. Manchester: Manchester University Press, 2001.

Lewis, C. S. *They Asked for a Paper: Papers and Addresses*. London: Geoffrey Bles, 1962.

——. *The Abolition of Man*. Las Vegas: Lightning Source Inc., 2010.

Little, Ian. *Aid to Africa: An Appraisal of U. K. Policy for Aid to African South of Sahara*. London: Pergamon, 1964.

Lodge, David. *Thinks...*. London: Secker & Warburg, 2001.

———. *Consciousness and the Novel: Connected Essays*. Cambridge: Harvard University Press, 2002.

Loh, Lucienne. "The Postcolonial Country in Contemporary Literature." *Journal of Postcolonial Writing*. Vol. 50 (2013): 623–624.

Londe, Greg. "Reconsidering *Lucky Jim*: Kingsley Amis and the Condition of England." In *British Fiction After Modernism: The Novel at Mid-Century*. Eds. Marina MacKay & Lyndsey Stonebridge. Basingstoke: Palgrave Macmillan, 2007, 131–144.

Longford, Elizabeth. *Wellington: The Years of the Sword*. London: Weidenfield & Nicolson, 1969.

Marcuse, Herbert. *The New Left and the 1960s: Collected Papers of Herbert Marcuse*. London: Routledge, 2005.

Mailer, Norman. *The Spooky Art: Thoughts on Writing*. New York: Random House, 2003.

Marglin, Stephen A. "Lessons of the Golden Age: An Overview." In *The Golden Age of Capitalism: Reinterpreting the Postwar Experience*. Eds. Stephen A. Marglin and Juliet B. Schor. Clarendon Press, 1992, 1–38.

Marwick, Arthur. "Youth in Britain, 1920–1960: Detachment and Commitment." *Journal of Contemporary History*. 5.1(1970): 37–51.

———. *The Sixties: Cultural Revolution in Britain, France, Italy and the United States, c. 1958–c. 1974*. Oxford: Oxford University Press, 1998.

Mattson, Kevin. *Intellectuals in Action: The Origins of the New Left and Radical Liberalism, 1945–1970*, University Park: Pennsylvania State University Press, 2002.

McCarron, Kevin. "'A Simple Enormous Grief': Eighteenth-Century Utopianism and Fire Down Below." *Critical Survey*. 9.1 (1997): 36–47.

McDonough, Frank. "Class and Politics." In *British Cultural Identities*. Eds. Mike Storry and Peter Childs. London and New York: Routledge, 2013, 179–202.

McEwan, Ian. *Atonement*. London: Jonathan Cape, 2001.

——. *A Move Abroad: Or Shall We Die? and The Ploughman's Lunch*. London: Picador, 1989.

——. "A Novelist on the Edge: Interview with Dan Cryer." *Newsday* 24(2002): B6.

——. *Conversations with Ian McEwan*. Ed. Ryan Roberts. Jackson: University Press of Mississippi, 2010.

——. "Only Love and Then Oblivion. Love Was All They Had to Set Against Their Murderers." *The Guardian*. 12 Sep. 2001.

——. *The Child in Time*. London: Jonathan Cape, 1987.

Miracky, J. J. "Replicating a Dinosaur: Authenticity Run Amok in the 'Theme Parking' of Michael Crichton's *Jurassic Park* and Julian Barnes' *England, England*." *Critique*. 45.2(2004): 163–171.

Mitchel, Kate. *History and Cultural Memory in Neo-Victorian Fiction: Victorian Afterimage*. Basingstoke: Palgrave Macmillan, 2010.

Mitchell, Stuart P. "You Say You Want a Revolution? Popular Music and Ret in France, the United States, and Britain during the Late 1960s." *HAOL*. Vol. 8 (2005): 7–18.

Möller, Swantje. *Coming to Terms with Crisis: Disorientation and Reorientation in the Novels of Ian McEwan*. Heidelberg: Universitätsverlag Winter, 2011.

Morgan, Kenneth O., ed. *The Oxford History of Britain*. Beijing: Foreign Language Teaching and Research Press, 2007.

Mortimer, Patchen. "Tolkien and Modernism." *Tolkien Studies*. 2.1 (2005): 113–129.

Motion, Andrew. *Contemporary Writers: Philip Larkin*. London: Menthuen,

1982.

——. *Philip Larkin: A Writer's Life*. London: Faber & Faber, 1993.

Murithi, Tim. "Aid Colonization and the Promise of African Continent Integration." *Aid to Africa: Redeemer or Coloniser?* Eds. Hakima Abbas and Yves Niyiragira. Capetown and Oxford: Pambazuka Press, 2009, 1-12.

Newman, Bobby. "*Clockwork Orange*: Burgess and Behavioral Interventions." *Behavior and Social Issues*. 1.2(1991): 61-70.

Niven, Alastair. "V. S. Naipaul talks to Alastari Niven." In *Conversations with V. S. Naipaul*. Ed. Feroza Jussawalla. Jackson: University Press of Mississippi, 1997.

Oates, Joyce Carol. "Cards of Identity: Rev. of *NW* by Zadie Smith." *The New York Review of Books*. 59(2012): 20-24.

O'Connor, William Van. "Two Types of 'Heroes' in Post-War British Fiction." *PMLA*. 77.1(1962): 168-174.

——. *The New University Wits and the End of Modernism*. Carbondale: Southern Illinois University Press, 1963.

O'Hehir, Andrew. The Book of the Century. http://archive.salon.com/books/feature/2001/06/04/tolkien/(accessed 2018/4/6).

Olsen, Kirstin. *Understanding* Lord of the Flies: *A Student Casebook to Issues, Sources, and Historical Documents*. Westport: Greenwood Press, 2000.

Onega, Susana, *Metafiction and Myth in the Novels of Peter Ackroyd*. Columbia: Camden House, 1999.

——. "Self, World and the Art of Faith-Healing in the Age of Trauma: A Response to Susan Ang's Reading of *English Music*." *Connotations: A Journal for Critical Debate*. 19.1-3(2009): 276-298.

Onega, Susana and Peter Ackroyd, "Interview with Peter Ackroyd." *Twentieth Century Literature*. 42.2(1996): 208-220.

Ortolano, Guy Samuel. *The 'Two Cultures' Controversy: C. P. Snow, F. R. Leavis, and Cultural Politics in Post-War Britain* (Diss.). Northwestern University, 2005.

Osborne, John. "Introduction." In *International Theatre Annual: No. 2*. Ed. Harold Hobson. London: John Calder, 1957, 9-10.

——. "They Call it Cricket." In *Declaration*. Ed. Tom Maschler. London: MacGibbon & Kee, 1957, 61-84.

——. *Almost a Gentleman: An Autobiography,. 2: 1955-1966*. London: Faber & Faber, 1991.

——. *Damn You, England: Collected Prose*. London: Faber & Faber, 1994.

——. *Plays: One*, London: Faber & Faber, 1993.

Ou, Rong. "Two Cultures Revisited in David Lodge's Works." *Journal of Cambridge Studies*. 4.4(2009): 147-155.

Padley, Steve. *Key Concepts in Contemporary Literature*. Basingstoke: Palgrave Macmillan, 2006.

Pateman, Matthew. *Julian Barnes*. Tavistock: Northcote House, 2002.

Parkes, Adam. *Kazuo Ishiguro's* The Remains of the Day. New York & London: Continuum, 2001.

Parrinder, Patrick. *Nation and Novel: The English Novel from Its Origins to the Present Day*, Oxford: Oxford University Press, 2006.

Pearce, Joseph. *Tolkien: Man and Myth*. London: Harper Collins Publishers, 1998.

Phillips, Caryl. *The European Tribe*. New York: Vintage, 2000.

Pimlott, Ben. *Labor and the Left in the 1930s*. Cambridge: Cambridge University Press, 1977.

Powell, Enoch. "I seem to see the River Tiber foaming with much blood." *The Penguin Book of Twentieth-Century Speeches*. Ed. Brian MacArthur. London: Penguin, 2000, 383-392.

Priestley, J. B. *The English*. New York: Viking, 1975.

Procter, James. *Stuart Hall*. London: Routledge, 2004.

Punter, David. *Philip Larkin: The Whitsun Wedding and Selected Poems*. London: York Press, 2003.

Purchase, Sean. *Key Concepts in Victorian Literature*. Basingstoke: Palgrave Macmillan, 2006, 125 – 126.

Quigley, William W. "The Political, and the Postmodern in Osborne's *Look Back in Anger* and *Déjàvu*." In *John Osborne: A Casebook*. Ed. Patricia D. Denison. New York: Garland, 2011, 36 – 40.

Rebellato, Dan. *1956 and All That: The Making of Modern British Drama*. London: Routledge, 2002.

Rees-Jones, Deryn. "Fact and Artefact: Poetry, Science, and a Few Thoughts on Ian McEwan's *Saturday*." *Interdisciplinary Science Reviews*. 30.4(2005): 331 – 340.

Reilly, Patrick. Lord of the Flies: *Fathers and Sons*. Boston: Twayne Publishers, 1992.

Rissik, Andrew. "Middle Earth, Middlebrow." *The Guardian*. 2 Nov. 2000.

Ritchie, Harry. *Success Stories: Literature and the Media in England, 1950 – 1959*. London: Faber & Faber, 1988.

Riley, Carolyn and Philis Carmel Mendeson. Eds. *Contemporary Literary Criticism*, 5. Detroit: Gale Research Company, 1976.

Robinson, Andrew. "An Elusive Master: V. S. Naipaul Is Still Searching." In *Conversations with V. S. Naipaul*. Ed. Feroza Jussawalla. Jackson: University Press of Mississippi, 1997.

Rodden, John. *George Orwell: The Politics of Literary Reputation*. New Brunswick: Transaction Publishers, 2002.

Roessner, Jeffrey. "God Save the Canon: Tradition and the British Subject in Peter Ackroyd's *English Music*." *Post Identity*. 1.2(1998): 104 –

124.

Rohland-Le, Andrea Louise. "The Space Between: A. S. Byatt and Postmodern Realism" (Diss.). University of Montreal, 2000.

Root, Christina. "A Melodiousness at Odds with Pessimism: Ian McEwan's Saturday." *Journal of Modern Literature*. 35.1(2011): 60–78.

Rosaldo, Renato. "Imperialist Nostalgia." In *Culture and Truth: The Remaking of Social Analysis*. Boston: Beacon Press, 1989, 68–87.

Rosebury, Brain. *Tolkien: A Cultural Phenomenon*. New York: Palgrave Macmillan, 2003.

Rosner, Victoria. "Home Fires: Doris Lessing, Colonial Architecture, and the Reproduction of Mothering." *Tulsa Studies in Women's Literature*. 18.1(1999): 59–89.

Roszak, Theodore. "Youth and the Great Refusal." *The Nation*. March 25, 1968.

Rowling, J. K. "Harry Potter and Me." *BBC Christmas Special, British Version*, transcribed by Marvelous Maro' and Jimmi Thøgersen. http://www.accio-quote.org/articles/2001/1201-bbc-hpandme.htm (accessed 2014/10/6).

Rudorff, R. *Knight and the Age of Chivalry*. New York: Routledge, 1974.

Rushdie, Salman. "A Sad Pastoral." *The Guardian*. 13 Mar. 1987. https://www.theguardian.com/books/1987/mar/13/fiction.vsnaipaul (accessed 2018/4/16).

Rybczynski, Witold. *Home: A Short History of an Idea*. New York: Viking Penguin, 1986.

Saguaro, Shelley. *Garden Plots: The Politics and Poetics of Gardens*. Hampshire: Ashgate, 2006.

Salvan, Martín Paula, Julián Jiménez Hefferman, and Gerardo Rodríguez Salas. *Community in Twentieth-Century Fiction*. London: Macmillan,

2013.

Salwak, Dale. "The 'Angry' Decade and After." In *A Companion to the British and Irish Novel 1945 – 2000*. Ed. Brian W. Shaffer. Malden: Blackwell, 2005, 21 – 31.

Samuel, Raphael. *Theatres of Memory*. London: Verso, 2012.

Sandbrook, Dominic. *White Heat: A History of Britain in the Swinging Sixties*. London: Abacus, 2007.

Sander, Thomas, Heady Stegge and Tjeert Olthof. "Does Shame Bring out the Worst in Nacissists? On Moral Emotions and Immoral Behaviours." In *The Development and Structure of Conscience*. Eds. Willem Koops, et al. New York: Psychology Press, 2010, 221 – 236.

Sassen, Saskia. *Expulsions: Brutality and Complexity in the Global Economy*. Cambridge: Harvard University Press, 2014.

Schakel, Peter J. *Imagination and the Arts in C. S. Lewis — Journeying to Narnia and Other World*. Missouri: University of Missouri Press, 2002.

Schluessel, Angelika. "Making a Political Statement or Refusing to Grow Up: Reflections on the Situation of the Academic Youth in Postwar British Literature." *The American Journal of Psychoanalysis*. 65. 4 (2005): 381 – 403.

Schwarz, Bill. *The White Man's World*. Oxford: Oxford University Press, 2011.

Schwarz, Daniel R. "A Humanistic Ethics of Reading." In *Mapping the Ethical Turn: A Reader in Ethics, Culture, and Literary Theory*. Eds. Todd F. Davis and Kenneth Womack. Charlottesville: University Press of Virginia, 2001, 3 – 15.

Scofield, W. H. *Chivalry in English Literature, Chaucer, Malory, Spenser and Shakespeare*. Whitefish: Kessinger Publishing, 1970.

Selling, Kim. *Why Are Critics Afraid of Dragons? Understanding Genre Fantasy*. Saarbrücken: VDM Verlag Dr. Müller, 2011.

Shaffer, Brian. *Reading the Novel in English 1950 – 2000*. Malden: Blackwell, 2006.

Shaffer, Brian W. & Cynthia F. Wong. *Conversations with Kazuo Ishiguro*. Jackson: University Press of Mississippi, 2008.

Showalter, Elaine. "Review of *The Sweetest Dream*." *The Times Literary Supplement*. 14 Sep. 2001.

Sillitoe, K. and P. H. White. "Ethnic Group and the British Census: The Search for a Question." *Journal of the Royal Statistical Society*. 155. 1(1992): 141 – 163.

Sinfield, Alan. *Literature, Politics, and Culture in Post-war Britain*. California: University of California Press, 1989.

Skinner, B. F. *Warden Two*. Cambridge: Cambridge University Press, 1960.

Slay, Jack Jr. *Ian McEwan*. New York: Twayne, 1996.

Slot, Michael. *The Ethics of Care and Empathy*. Abingdon: Routledge, 2007.

Smith, Zadie. "The North West London Blues." *The New York Review of Books*. 2 Jun. 2012.

Snow, C. P. *The Two Cultures*, with Introduction by Stefan Collini. Cambridge: Cambridge University Press, 1998.

Stanley, Lynn. *The Island Garden: England's Language of Nation from Gildas to Marvell*. Notre Dame: University of Notre Dame Press, 2012.

Stallybrass, Peter, and Allon White. *The Politics and Poetics of Transgression*. London: Methuen, 1986.

Swift, Graham. *Waterland*. London: Picador, 1983.

Tally, Robert T. Jr. "The Way of the Wizarding World: Harry Potter and the Magical Bildungsroman." In *J. K. Rowling: Harry Potter*. Eds. C. J. Hallett and P. J. Huey. New York: Palgrave Macmillan, 2012, 36 – 47.

Tew, Philip. *Reading Zadie Smith: The First Decade and Beyond*. London: Bloomsbury Academic, 2013.

Thomas, M. Wynn. "R. S. Thomas: A Turbulent Priest." *New Welsh Review*. 101.3(2013): 18-23.

Thomas, Ned. "Introduction." In *Selected Prose by R. S. Thomas*. Ed. Sandra Anstey. Bridgend: Poetry Wales Press, 1986.

Thomas, R. George. "Humanus Sum: A Second Look at R. S. Thomas." *The Anglo-Welsh Review*. . 18(1970): 55-62.

Thomas, R. S. *Later Poems: 1972-1982*. London: Macmillan, 1983.

——. *Selected Prose*. Ed. Sandra Anstey, with Introduction by Ned Thomas. Bridgend: Poetry Wales Press, 1986.

——. *The Echoes Return Slow*. London: Macmillan, 1988.

——. *Collected Poems 1945-1990*. London: Phoenix, 2000.

Thompson, Edward P. "Socialist Humanism: An Epistle to the Philistines." *The New Reasoner*. Vol. 1 (1957): 105-143.

——. "Commitment in Politics." *Universities and Left Review*. 6 (1959): 51-54.

——. "The New Left." *The New Reasoner*. Vol. 9 (1959): 1-17.

——. *Out of Apathy*. London: New Left Books, 1960.

Thrailkill, Jane F. "Ian McEwan's Neurological Novel." *Poetics Today*. 32.1 (2011): 171-201.

Tiger, Virginia. *William Golding: The Dark Fields of Discovery*. London: Calder & Boyars, 1974.

——. *William Golding: The Unmoved Target*. New York, London: Marion Boyars, 2003.

Tolkien, Christopher. *The Monsters and the Critics, and Other Essays*. New York: Harper Collins, 1997.

Tolkien, J. R. R. "On Fairy-Stories." In *Tolkien: On Fairy-Stories*. Eds. Verlyn Flieger & Douglas A. Anderson. London: HarperCollins,

2008, 3 – 68.

Tönnies, Ferdinand. *Community and Civil Society*. Trans. Jose Harris and Margaret Hollis. Cambridge: Cambridge University Press, 2001.

Trewin, J. C. *Drama in Britain 1951 – 1964*. London: Longmans for the British Council, 1965.

Trilling, Lionel. "The Leavis-Snow Controversy." In *Beyond Culture: Essays on Literature and Learning*. New York: Viking, 1965, 126 – 154.

Trimm, Ryan S. "Rhythm Nation: Pastiche and Spectral Heritage in *English Music*." *Critique*. 52.3(2011): 249 – 271.

——. "Inside Job: Professionalism and Postimperial Communities in *The Remains of the Day*." *Literature Interpretation Theory*. 16.2(2005): 135 – 161.

——. "Telling Positions: Country, Countryside, and the Narration in *The Remains of the Day*." *Papers on Language and Literature*. 45.2(2009): 180 – 211.

Tylor, Edward. *Primitive Culture: Research into the Development of Mythology, Philosophy, Religion, Art, and Custom, 1*. London: John Murray, 1929.

Tymoczko, Maria. *Translation in a Postcolonial Context: Early Irish Literature in English Translation*. Shanghai: Shanghai Foreign Language Education Press, 2004.

Vine, Steven. "The Wuther of the Other in *Wuthering Heights*." *Nineteenth-Century Literature*. 49.3(1994): 339 – 359.

Virginia A. Noble. *Inside the Welfare State: Foundations of Policy and Practice in Post-War Britain*. New York and London: Routledge, 2009.

Wally, Johannes. "Ian McEwan's *Saturday* as a New Atheist Novel? A Claim Revisited." *Anglia*. 130.1(2012): 95 – 119.

Watkins, Susan. "Remembering Home: Nation and Identity in the Recent

Writing of Doris Lessing." *Feminist Review*. 85. 1(2007): 97-115.

Weales, Gerald. "Here Come I, the Poet Good." *The Sewanee Review*. 98. 2(1990): 308-312.

Weight, Richard. *Patriots: National Identity in Britain 1940-2000*. Basingstoke and Oxford: Macmillan, 2002.

Weis, Samuel A. "Osborne's Angry Young Play." *Educational Theatre Journal*. 12. 4(1960): 285-288.

Wells, Lynn. *Ian McEwan*. New York: Palgrave, 2010.

Westman, Karine E. "Specters of Thatcherism: Contemporary British Culture in J. K. Rowling's Harry Potter Series." In *The Ivory Tower and Harry Potter — Perspectives on a Literary Phenomenon*. Ed. L. A. Whited. Columbia: University of Missouri Press, 2002, 305-328.

White, Allon. *Carnival, Hysteria, and Writing: Collected Essays and Autobiography*. Oxford: Clarendon Press, 1993.

Wilde, Oscar. *The Happy Prince and Other Tales*, Auckland: Floating Press, 2008. http://bookos-z1.org/book/859733/7a2f49(accessed 2018/5/8).

Williams, Raymond. *Culture and Society 1780-1950*. Garden City: Doubleday, 1960.

——. *Keywords: A Vocabulary of Culture and Society*. Oxford: Oxford University Press, 2015.

——. *The Long Revolution*. London: Chatto & Windus, 1961.

——. *The English Novel from Dickens to Lawrence*. New York: Oxford University Press, 1970.

——. "Realism and Contemporary Novel." *Universities and Left Review*. 4 (1958): 22-25.

——. "Culture is Ordinary." In *Conviction*. Ed. Norman Mackenzie. London: MacGibbon & Kee, 1958, 74-92.

——. "New English Drama." In *Modern British Dramatists: A Collection of Critical Essays*. Ed. John Russell Brown. Englewood Cliffs: Prentice Hall, 1961, 26-37.

——. *The Country and the City*. New York: Oxford University Press, 1973.

Wood, James. "Books of the Year." *The New Yorker*. 17 Dec. 2012.

Wood, Michael. "Enigmas and Homelands." In *On Modern British Fiction*. Ed. Zachary Leader. Oxford: Oxford University Press, 2002.

Woodward, Gerard. "*The Lost Child* by Caryl Phillips, Book Review: *Wuthering Heights* Relived in Post-War Britain." *The Independent*, 26 March 2015.

Wordsworth, William. *Lyrical Ballads with Other Poems*, I. London: Printed for T. N. Longman and O. Rees, 1800.

Zipes, Jack. *Spells of Enchantment: The Wondrous Fairy Tales of Western Culture*. New York: Viking Penguin, 1991.

A. S. 拜厄特、陆建德、止庵：《写能够让思想解放的小说》，《文学报》，2012年9月6日第4版。

阿诺德：《文化与无政府状态：政治与社会批评》，韩敏中译，北京：三联书店，2002年。

埃里克·霍布斯鲍姆：《工业与帝国：英国的现代化历程》，梅俊杰译，北京：中央编译出版社，2016年。

埃娃·多曼斯卡：《邂逅：后现代主义之后的历史哲学》，彭刚译，北京：北京大学出版社，2007年。

安德鲁·布莱克：《托尔金：用一生锻造"魔戒"》，鲍德旺、高黎译，大连：大连理工大学出版社，2008年。

安德鲁·桑德斯：《牛津简明英国文学史》，谷启楠、韩加明、高万隆译，北京：人民文学出版社，2000年。

安东尼·伯吉斯：《发条橙》，王之光译，南京：译林出版社，2011年。

安克斯密特：《历史编纂与后现代主义》，刘北成、陈新主编：《史学理论读本》，北京：北京大学出版社，2006年，第178—197页。

奥威尔:《奥威尔信件集》,李莉等译,武汉:华中科技大学出版社,2015年。
——.《一九八四》,董乐山译,上海:上海译文出版社,2011年。
——.《奥威尔日记》,彼得·戴维森编,宋金译,上海:上海译文出版社,2014年。
巴什拉:《空间的诗学》,张逸婧译,上海:上海译文出版社,2009年。
保罗·威利斯:《学做工:工人阶级子弟为什么子承父业》,秘舒等译,南京:译林出版社,2013年。
布尔迪厄:《国家精英:名牌大学与群体精神》,杨亚平译,北京:商务印书馆,2004年。
C. P. 斯诺:《两种文化》,纪树立译,北京:三联书店,1994。
——.《院长》,张建、戴歇珠、张立民译,北京:人民文学出版社,2007年。
C. S. 刘易斯:《文艺评论的实验》,徐文晓译,上海:华东师范大学出版社,2007年。
——.《魔法师的外甥》,米友梅译,南京:译林出版社,2005年。
——.《狮子、女巫和魔衣柜》,陈良廷、刘文澜译,南京:译林出版社,2005年。
——.《凯斯宾王子》,吴力新、徐海燕译,南京:译林出版社,2005年。
——.《黎明踏浪号》,陈良廷、刘文澜译,南京:译林出版社,2005年。
——.《最后一战》,吴岩译,南京:译林出版社,2005年。
——.《天路回程——对基督教、理性和浪漫主义的寓意辩护》,赵刚译,北京:中国社会科学出版社,2014年。
车晓勤:《寓言、意识:生产——解读戴维·洛奇的小说〈美好的工作〉》,《外国文学》,2001年第5期,第76—80页。
陈丽:《话语权的争夺:吉姆幸运的背后》,《解放军外国语学院学报》,2002年第5期,第90—93页。
陈茂林:《20世纪英国左翼文学研究宝典:评〈现代英国左翼小说研究指南〉》,《外国文学研究》,2010年第3期,165—167页。
陈榕:《莎拉是自由的吗?——解读〈法国中尉的女人〉的最后一个结尾》,《外国文学评论》,2006年第3期,第77—85页。
陈仲丹:《英帝国解体原因探析》,《南京大学学报》(哲学·人文科学·社会科学),1999年第4期,第102—109页。

程巍:《中产阶级的孩子们:60年代与文化领导权》,北京:三联书店,2006年。

戴从容:《民族主义之后》,《深圳大学学报(人文社会科学版)》,2011年第5期,第115—120页。

戴维·洛奇:《好工作》,蒲隆译,上海:译文出版社,2007。

邓伟:《当代"英国状况"的生动摹写和"治疗"的尝试——论戴维·洛奇小说〈美好的工作〉中的乌托邦倾向》,《湖北社会科学》,2011年第5期,第141—43页。

杜丽丽:《后视镜中的他者:"新维多利亚小说"中的历史想象和叙事重构》,兰州:甘肃人民出版社,2015年。

E. P. 汤姆森:《英国工人阶级的形成》,钱乘旦等译,南京:译林出版社,2001年。

恩格斯:《英国工人阶级状况》,《马克思恩格斯全集》,北京:人民出版社,1963年。

斐迪南·滕尼斯:《共同体与社会》,林荣远译,北京:北京大学出版社,2010年。

菲利普·拉金:《高窗——菲利普·拉金诗集》,舒丹丹译,上海:上海人民出版社,2016年。

冯友兰:《中国哲学简史》,赵复三译,天津:天津社会科学院出版社,2005年。

傅浩:《英国运动派诗学》,南京:译林出版社,1998年。

弗吉尼亚·吴尔夫:《普通读者I》,马爱新译,北京:人民文学出版社,2003年。

——.《吴尔夫读本》,吴钧燮、马爱农译,北京:人民文学出版社,2011年。

弗雷德里克·詹姆逊:《乌托邦作为方法或未来的用途》,王逢振译,《马克思主义与现实》,2007年第5期,第4—16页。

弗里德里希·哈耶克:《通往奴役之路》,王明毅、冯兴元等译,北京:中国社会科学出版社,1997年,第31页。

弗洛伊德:《自我与本我》,杨韶刚译,长春:长春出版社,2004年。

歌德:《浮士德》,绿原译,北京:人民文学出版社,1994年。

格雷厄姆·斯威夫特：《水之乡》，郭国良译，南京：译林出版社，2009年。

耿潇：《〈星期六〉的哥特文类属性研究》，《当代外国文学》，2014年第3期，第83—91页。

谷伟：《沤浮泡影——略论〈千万别弃我而去〉中"黑尔舍姆"的体制悖论》，《外国文学》，2010第5期，第14—20页。

郭国良、李春：《"宿命"下的自由生存——〈永远别让我离去〉中的生存取向》，《外国文学》，2007第3期，第4—10页。

海德格尔：《诗·语言·思》，彭富春译，北京：文化艺术出版社，1991年。

汉娜·阿伦特：《过去与未来之间》，王寅丽、张立立译，南京：译林出版社，2011年。

何畅：《"风景"的阶级编码——奥斯丁与"如画"美学》，《外国文学评论》，2011年第2期，第36—46页。

J. K. 罗琳：《哈利·波特与魔法石》，苏农译，北京：人民文学出版社，2000年。

——.《哈利·波特与密室》，马爱新译，北京：人民文学出版社，2000年。

——.《哈利·波特与阿兹卡班囚徒》，郑须弥译，北京：人民文学出版社，2000年。

——.《哈利·波特与火焰杯》，马爱新译，北京：人民文学出版社，2001年

——.《哈利·波特与凤凰社》，马爱农、马爱新译，北京：人民文学出版社，2003年。

——.《哈利·波特与"混血王子"》，马爱农、马爱新译，北京：人民文学出版社，2005年。

——.《哈利·波特与死亡圣器》，马爱农、马爱新译，北京：人民文学出版社，2007年。

J. 麦克唐纳：《英语脏词禁忌语词典》，何金桃等译，桂林：漓江出版社，2001年。

J. R. R. 托尔金：《魔戒·魔戒同盟》，邓嘉宛、石中歌、杜蕴慈译，上海：上海人民出版社，2013年。

——.《魔戒·双塔殊途》，邓嘉宛、石中歌、杜蕴慈译，上海：上海人民出版社，

2013年。

——.《魔戒·王者归来》,邓嘉宛、石中歌、杜蕴慈译,上海:上海人民出版社,2013年。

——.《再版前言》,郭少波等译,《魔戒》,南京:译林出版社,2001年。

J. 希利斯·米勒:《J. 希利斯·米勒文集》,王逢振、周敏主编,邓天中译,北京:中国社会科学出版社,2016。

杰弗里·迈耶斯:《奥威尔传:冷峻的良心》,孙仲旭译,北京:新星出版社,2016年。

杰克·齐普斯:《冲破魔法符咒:探索民间故事和童话故事的激进理论》,舒伟主译,合肥:安徽少年儿童出版社,2010年。

金冰:《维多利亚时代与后现代历史想象——拜厄特"新维多利亚小说"研究》,北京:北京大学出版社,2010。

金斯利·艾米斯:《幸运的吉姆》,谭理译,南京:译林出版社,1998年。

敬味治也:《文化关键词》,张泓明译,北京:商务印书馆,2015年。

居伊·德波:《景观社会》,王昭凤译,南京:南京大学出版社,2006年。

雷蒙·威廉姆斯:《文化与社会》,吴松江、张文定译,北京:北京大学出版社,1991年。

——.《漫长的革命》,倪伟译,上海:上海人民出版社,2012。

——.《政治与文学》,樊柯、王卫芬译,开封:河南大学出版社,2010年。

李菊花:《论麦克尤恩〈星期六〉中的交往思想》,《当代外国文学》,2013年第1期,第39—46页。

李宁:《罗琳:〈魔戒〉在我身上留下深刻印记》,http://news.hexun.com/2015-06-16/176762672.html(accessed 2018/4/22)。

廖衡:《亦真亦幻"黄金乡"——论〈一九八四〉中的田园主题》,《湖北社会科学》,2017年第1期,第129—35页。

林莉:《论〈星期六〉的空间叙事策略》,《当代外国文学》,2013年第1期,第47—54页。

刘春芳:《〈星期六〉中的当代都市文化逻辑》,《外国文学》,2016年第6期,第141—149页。

刘文:《拉康的镜像理论与自我的建构》,《学术交流》,2006年第7期,第24—27页。

陆建德:《思想背后的利益——文化政治评论集》,桂林:广西师范大学出版社,2005年。

——.《破碎思想体系的残编——英美文学与思想史论稿》,北京:北京大学出版社,2001年,第152—68页。

卢梭:《爱弥儿》,李平沤译,北京:商务印书馆,1978年。

——.《论人类不平等的起源和基础》,李常山译,北京:商务印书馆,1962年。

陆扬:《文化是一种生活方式》,《文艺争鸣》,2010年第17期,第6—10页。

陆扬、王毅:《文化研究导论》,上海:复旦大学出版社,2015年。

罗曼·罗兰:《卢梭传》,陆琪译,西安:华岳文艺出版社,1982年。

罗贻荣:《"英国状况"小说新篇——评戴维·洛奇的〈美好的工作〉》,《国外文学》,2002年第3期,第117—23页。

吕爱晶:《菲利普·拉金的"非英雄"思想研究》,北京:世界图书出版公司,2012年。

马克思、恩格斯:《马克思恩格斯选集》,第一卷,北京:人民出版社,1995年。

迈克尔·怀特:《魔戒的锻造者:托尔金传》,吴可译,上海:上海译文出版社,2005年。

孟祥春:《利维斯的文化理想研究》,《文化理论研究》,2012年第1期,第81—86页。

米哈伊尔·米·巴赫金:《巴赫金全集》(第六卷):《拉伯雷研究》,李兆林、夏忠宪等译,钱中文等主编,石家庄:河北教育出版社,1998年。

诺伯特·威利:《符号自我》,文一茗译,成都:四川教育出版社,2011年。

诺斯若普·弗莱:《批评的解剖》,陈惠等译,天津:百花文艺出版社,2006年。

欧荣:《从"少数人"到"心智成熟的民众":利维斯的文化批评与"共同体"形塑》,《杭州师范大学学报》,2015年第4期,第98—105页。

——.《"双重意识"——英国作家戴维·洛奇研究》,上海:复旦大学出版社,2011年。

——.《"小说与意识":戴维·洛奇小说批评理论的新贡献》,《国外理论动态》,2009年第3期,第77—81页。

欧震:《重负与纠正:谢默斯·希尼诗歌与当代北爱尔兰社会文化矛盾》,北京:中国社会科学出版社,2011年。

帕特里克·弗伦奇:《世事如斯:奈保尔传》,周成林译,北京:中信出版社,2012年。

彭新武:《造物的谱系》,北京:北京大学出版社,2005年。

齐格蒙特·鲍曼:《共同体:在一个不确定的世界中寻找安全》,欧阳景根译,南京:江苏人民出版社,2003年。

——.《后现代伦理学》,张成岗译,南京:江苏人民出版社,2003年。

让-克里斯蒂安·珀蒂菲斯:《十九世纪乌托邦共同体的生活》,梁志斐、周铁山译,上海:上海人民出版社,2007年。

让-皮埃尔·韦尔南:《希腊思想的起源》,秦海鹰译,北京:北京大学出版社,2012年。

R. S. 托马斯:《R. S. 托马斯诗选:1945—1990》,程佳译,重庆:重庆大学出版社,2012年。

阮炜:《吉姆的笑:代前言》,谭理译,南京:译林出版社,1998年,第1—13页。

阮炜、徐文博等:《20世纪英国文学史》,青岛:青岛出版社,2014年。

瑞典文学院:《诺贝尔文学奖授奖辞》,阮学勤译,载《世界文学》,2002年第1期,第83—90页。

桑翠林:《"人生而不平等"的极致演绎——〈千万别弃我而去〉的物种身份问题探究》,《湛江师范学院学报》,2008第5期,第100—104页。

沈河西:《要想在纽约心安理得生活,就得装作看不到无家可归者》,《澎湃新闻》,2017年6月23日,http://www.thepaper.cn/newsDetail_forward_1715906(accessed 2017/8/27)。

石黑一雄:《长日留痕》,冒国安译,南京:译林出版社,2003年。

史钧:《百年论战:关于进化论的持久战争》,https://read.douban.com/reader/ebook/1056839/(accessed 2017/8/27)。

史玮璇、苏擘:《论〈蝇王〉中涂花脸/面具的象征含义》,《河北大学学报》(哲学社会科学版),2007年第5期,第98—100页。

舒丹丹:《在拉金的世界上》,《诗歌月刊》,2006年第10期,第36—38页。
舒伟:《从"爱丽丝"到"哈利·波特":现当代英国童话小说创作主潮述略》,《山东外语教学》,2014年第3期,第84—91页。
斯蒂芬·金:《黑暗塔》,于是译,北京:人民文学出版社,2016年。
斯塔夫里阿诺斯:《全球通史1500年以后的世界》,吴象婴、梁赤民译,上海:上海社会科学院出版社,1999年。
宋艳芳:《小说何为?———从麦克尤恩的〈星期六〉看小说的功能》,《国外文学》,2013年第3期,第120—126页。
孙向晨:《面对他者:莱维纳斯哲学思想研究》,上海:上海三联书店,2008年.
泰勒:《原始文化》,蔡江浓编译,杭州:浙江人民出版社,1988年。
唐纳德·沃斯特:《为什么我们需要环境史?》,刘北成、陈新编:《史学理论读本》,北京:北京大学出版社,2006年,第364—77页。
特瑞·伊格尔顿:《文化的观念》,方杰译,南京:南京大学出版社,2003年。
童明:《现代性赋格:19世纪欧洲文学启示录》,桂林:广西师范大学出版社,2008年。
——.《西方文论关键词:暗恐/非家幻觉》,《外国文学》,2011年第4期,第106—116页。
童燕萍:《与"两种文化"的对话——谈戴维·洛奇的小说〈想〉》,《外国文学评论》,2004年第1期,第38—47页。
托·亨·赫胥黎:《科学与教育》,单中惠、平波译,北京:人民教育出版社,2005。
托马斯·卡莱尔:《文明的忧思》,宁小银译,北京:中国档案出版社,1999年。
V. S. 奈波尔:《抵达之谜》,李三冲译,台北:大块文化出版有限公司,2002年。
V. S. 奈保尔:《抵达之谜》,邹海仑、蔡曙光、张杰译,杭州:浙江文艺出版社,2004年。
王建:《第二次世界大战与英帝国的衰落》(硕士论文),西北师范大学,2012年。
王理行:《当后现代主义的"复制"发生在人类身上的时候——论石黑一雄的

〈千万别丢下我不管〉》,《英美文学论丛》,2007 年第 7 辑,第 118—130 页。

王宁:《当代英国文论与文化研究概观》,《当代外国文学》,2001 年第 4 期,第 116—123 页。

——.《叙述、文化定位和身份认同——霍米·巴巴的后殖民批评理论》,《外国文学》,2002 年第 6 期,第 48—55 页。

王守仁、何宁:《20 世纪英国文学史》,北京:北京大学出版社,2006 年。

王一平:《思考与界定:"反乌托邦""异托邦"小说名实之辩》,《四川大学学报》(哲学社会科学版),2017 年第 1 期,第 55—63 页。

——.《反乌托邦文学的几个重大主题》,《求索》,2012 年第 1 期,第 201—203 页。

王佐良:《英国诗选》,上海:上海译文出版社,1988 年。

——.《英国散文的流变》,北京:商务印书馆,2011 年。

威廉·戈尔丁:《蝇王》,龚志成译,上海:上海译文出版社,1985 年。

维特根斯坦:《哲学逻辑论》,郭英译,北京:商务印书馆,1962 年。

武桂杰:《"新左派"刊物与英国"文化研究"的原动力》,《文艺研究》,2010 年第 6 期,第 96—106 页。

吴德安:《"婴儿"的启迪》,谢默斯·希尼,《希尼诗文集》,吴德安等译,北京:作家出版社,2000 年。

肖霞:《两部孤岛小说两种人性内涵——〈蝇王〉和〈珊瑚岛〉中猎猪场景的文体学比较分析》,《天津外国语大学学报》,2003 年第 1 期,第 40—43 页。

肖云华:《菲利普·拉金:英国性转向与个人焦虑》,《世界文学评论》,2008 年第 2 期,第 63—66 页。

——.《拉金的〈电网〉:没落帝国的文化隔离墙》,《外国文学评论》,2010 年第 1 期,第 205—215 页。

谢峰:《困境与前途:"后撒切尔主义"时期的英国保守主义》,《国际政治研究》,2007 年第 2 期,第 71—79 页。

休谟:《人性论》(下册),关之运译,北京:商务印书馆,2014 年。

徐彬、汪海洪:《劳伦斯·达雷尔〈亚历山大四重奏〉中殖民伦理的后殖民重写》,《山东外语教学》,2015 年第 5 期,第 69—75 页。

许惠芬：《埃里希·弗洛姆类伦理思想研究》，北京：中国社会科学出版社，2015年。

徐蕾：《当代英国历史小说与"腹语术"》，《当代外国文学》，2016年第3期，第66—73页。

徐明：《论〈蝇王〉的象征手法》，载《西北大学学报》（哲学社会科学版），2000年第2期，第112—116页。

亚当·斯密：《道德情感》，蒋自强等译，北京：商务印书馆，2014年。

亚里士多德：《尼可马各伦理学》，廖申白译注，北京：商务印书馆，2003年。

颜学军：《哈代诗歌研究》，北京：人民文学出版社，2006年版。

扬·阿斯曼：《文化记忆》，冯亚琳、阿斯特莉特·埃尔主编：《文化记忆理论读本》，甄飞译，北京：北京大学出版社，2012年，第3—19页。

杨金才：《文本杂糅背后的历史隐喻——论麦凯恩〈舞者〉的叙事策略》，《外国文学》，2016年第5期，第3—11页。

叶·莫·梅列金斯基：《神话的诗学》，北京：商务印书馆，1990年。

伊恩·布鲁玛：《伏尔泰的椰子：欧洲的英国文化热》，刘雪岚、萧萍译，北京：三联书店，2007年。

——.《奈保尔的多重面具》，《上海书评》，http://www.dfdaily.com/html/1170/2014/8/3/1172482.shtml（accessed 2017/8/3）。

伊恩·麦克尤恩：《时间中的孩子》，何楚译，南京：译林出版社，2003年。

——.《赎罪》，郭国良译，上海：上海译文出版社，2007年。

——.《星期六》，夏欣茁译，北京：作家出版社，2008年。

殷企平：《推敲"进步"话语——新型小说在十九世纪的中国》，北京：商务印书馆，2009年。

——.《夜尽了，昼将至：〈多佛海滩〉的文化命题》，《外国文学评论》，2010年第4期，第80—91页。

——.《"文化辩护书"：19世纪英国文化批评》，上海：上海外语教育出版社，2013。

——.《华兹华斯笔下的深度共同体》，《杭州师范大学学报》，2015年第4期，第78—84页。

——.《西方文论关键词：共同体》,《外国文学》,2016 年第 2 期,第 70—79 页。

——.《英国文学中的音乐与共同体形塑》,《外国文学研究》,2016 年第 5 期,第 58—68 页。

——.《经由维多利亚文学的文化观念流变》,《浙江外国语学院学报》,2017 年第 5 期,第 83—91 页。

于海青:《"情所独钟"处——从〈蝇王〉中的杀猪"幕间剧"说开去》,《国外文学》,1996 年第 4 期,第 32—37 页。

约翰·奥斯本:《愤怒的回顾》,黄雨石译,北京:中国戏剧出版社,1962 年。

约翰·福尔斯:《法国中尉的女人》,陈安全译,上海:上海译文出版社,2002 年。

约翰·韦恩:《每况愈下》,吴宜豪译,南京:译林出版社,2009 年。

曾乐:《"两种文化"的困境》,《读书》,1988 年第 4 期,第 17—19 页。

扎迪·史密斯:《西北》,赵舒静译,上海:上海译文出版社,2012 年。

张康之、张乾友:《共同体的进化》,北京:中国社会科学出版社,2012 年。

张亮:《〈新理性者〉、〈大学与左派评论〉和英国新左派的早期发展》,《晋阳学刊》,2013 年第 1 期,第 78—83 页。

张旸:《黑色的宴飨：论〈蝇王〉的狂欢精神》,《名作欣赏》,2015 年第 10 期,第 19—25 页。

张一兵:《拉康镜像理论的哲学本相》,《福建论坛》(人文社会科学版),2004 年第 10 期,第 36—38 页。

——.《不可能的存在之真——晚期拉康哲学思想述评》,《学术月刊》,2005 年第 1 期,第 90—99 页。

——.《代译序：德波和他的〈景观社会〉》,德波:《景观社会》,南京:南京大学出版社,2006 年,第 1—38 页。

张芸:《〈白牙〉作者扎迪·史密斯谈种族、女性与文学创作》,《澎湃新闻》,2016. 11. 20。http：//www. thepaper. cn/newsDetail_forward_1563890 (accessed 2018/3/29)。

张中载:《一部"反文化"小说——〈幸运的吉姆〉》,《外国文学》,1998 年第 1 期,第 56—59 页。

赵国新:《新左派》,赵一凡等主编:《西方文论关键词》,北京:外语教学与研究出版社,2006年,第688—695页。

赵勇:《批判·利用·理解·欣赏——知识分子面对大众文化的四种姿态》,《探索与争鸣》,2011年第1期,第68—74页。

周刊:《雷蒙德·威廉斯的"情感结构"与几个相关概念的比较研究》,《社会科学论坛》,2014年第4期,第48—51页。

周钰良:《二十世纪上半的英国文学批评》,《外国文学》,1989第6期,第49—57页。

朱利安·巴恩斯:《英格兰,英格兰》,南京:译林出版社,2015年。

邹赞:《文化如何显影:"日常生活"与英国新左派的文化政治学》,《兰州大学学报》(社会科学版),2012年第6期,第20—25页。

——.《大众社会理论与英国文化主义的源起》,《浙江师范大学学报》,2011年第4期,第53—60页。

附录　戴维·洛奇:《想……》

（节译）

1

　　一、二、三,测试,测试……录音机工作正常……奥林巴斯袖珍磁带录音机,在希斯罗机场免税店买的,当时我是去……哪儿来着？记不得了,不过没关系……我录音试验的目的是尽可能及时、准确地记录此刻脑海中闪过的各种想法,现在是,让我看看……2月23日星期天上午10点13分——圣地亚哥！我是在去参加那次会议的途中买的……伊莎贝尔·霍奇基斯。当然,是在圣地亚哥,"视觉与大脑"会议。80年代末。伊莎贝尔·霍奇基斯。我测试了一下电容式麦克风……好了……我刚才讲到哪儿了？但那才是重点,我哪儿都没说,我还没决定去想任何具体的细节,录音试验的目的纯粹是为了记录一些随机的想法,如果任何事情都可以是随机的话；各种随机的想法闪过一个人的脑中,就在我的脑中,在一个随机选择的时间或地点……倒也不完全是真正的随机,我特意早上来这里,是因为知道这个地方在星期天不会有别人,我不会被打扰,被分心,被偷听,周围一个人也没有,电话和传真机都保持安静,办公室和工作间里的电脑和打印机也处于休眠状态。唯一顾自嗡嗡作响的,除了来自大脑的声音之外,就是我们放在公共休息室的那台顶级的咖啡机。在做实验前,我给自己做了一杯不加糖的肉桂卡布奇诺咖啡,但愿我用实验这个词不会太大……这次录音的目的是试着描述思维的结构,或者更确切地说是为了获得一个样本,也就是原始数据,以此我们或许可以开始尝试描述思维的结构,或推断出思维的结构。如威廉·詹姆斯所说的那样,思维就像是一条溪流吗？还是如他优美的形容那样,思维像一只在空中飞翔的小鸟,栖息片刻又再次起飞,然后飞翔会不时地中断……顺便提一下,打字员该如何记录这种停顿和中断呢？我得给一些提示，比如短暂的停顿用点表示，更长一些的停顿用句号表示，很长时间的停顿则另起一段……停顿都是通过语音激活的，如果超过大约三秒钟的时间不说话，就表示停止，但在话语中也可感知到时间上少于三秒钟的一些停顿……漂亮的小玩意……伊莎贝尔·霍奇基斯……为了测试电容式麦克风的感应范围，我录下了我和她在床上时的声音，我把开着的麦克风与我的衣服一起放在椅子上，不让她知道……她到达高潮的时候发出了很大的响声，我喜欢女人的那个样子……卡丽不会那样，除非房子里就我们两个人，可这种情况很少发生……天呐！我不能叫人把这东西转录成文字……不可能……即使我用化名从切尔滕纳姆的一个邮政信箱号把这录音寄给某个机构，那样会太冒险……即使我可以假称那是一部先锋派小说，可人名……总归有风险，有人会认出那些名字，把它寄给《侦探》杂志，或者甚至是企图敲诈我，他妈的，我总不能更改名字，太难，太让人分心了，我得要自己转录这鬼东西，他妈的，真是左右为难。但或许也幸好如此，不然我可能会下意识地因为录音打字员的缘故而审查自己的想法……事实上我也许已经这么做了，当伊莎贝尔·霍奇基斯的名字第一次进入我脑海的时候……毕竟思维的基本特征在于它是私人的，秘密的，因此，知道其他人，甚至某个匿名的打字员，有可能听到这份录音，那会彻底曲解了这个实验，我本该想到这点才是……可我只是今天早晨在床上才萌生了这个想法，我醒着躺在黑暗里，起床还太早，昨晚没睡好，有点儿消化不良，我不是很喜欢玛丽安招待的开胃菜，蟹肉慕斯或其他什么的……我需要的是一个带有语音识别的软件包，这样你就能对着电脑口述……只是我觉得你必须说得十分缓慢、清晰，这可能会抑制你的表达，破坏说话的自发性，如果你不得不停顿……像……这……样……在……每……个……字……之……间……尽管如此，如果我多做些这样的实验，那也还是值得去了解的，毫无疑问他们一直在不断地改进这软件……我讲到哪儿了？记住了，你不需要在任何地方。但有趣的事儿是……伊莎贝尔·霍奇基斯，不，不是她……不是说她不有趣……她下体的阴毛很多，乌黑浓密，富有弹性，像个鸟巢，就算在她的阴唇里发现一个温暖的白色小鸡蛋，也不会感到吃惊……詹姆斯，是的，威廉·詹姆斯和意识流或意识鸟，就是这个……我想知道那盒录音带去了哪儿，我把录音抹去了吗？不想让卡丽发现它……她昨晚叫我滚开,因为我的方式让她觉得受了欺负,她用了欺负这个词,要我说也只是争论、异议罢了,昨晚在宴会上和利蒂希娅一起参加晚宴……天哪,难以想象竟有人叫这样的名字,叫利蒂也好不了太多,利蒂希娅·格罗夫废话连篇地大谈印第安人、地球和西雅图酋长……那是一块很美味的牛排,在上个星期三……在餐厅吃牛排当然完全不合逻辑,虽然是在萨沃伊餐厅,他们一定是从最上等的肉牛身上取材……即使如此,我还是得承认,不在家做牛排而去外面吃实在是愚蠢……但家里没有菜单,因而也就没有任何诱惑……我的确喜欢那多汁的牛排,三分熟,表面有放在烤架上烤出的纹路,里面的肉呈粉色,略带点血丝……〔叹气〕……疯牛病已剥夺了我的享受,疯牛病和艾滋病让人生中的两大乐趣——上等牛排和狂野女郎——成为有可能带来死亡恐怖的诱因……真伤心。甚至家里的女人也不一样了,自从我们……我不知道她停止服用避孕药真的是出于健康考虑,还是想让我使用安全套?问题是,我不能告诉她我已不再跟别的女人鬼混了,没有承认……当然她一定猜想到这些年来我并不是百分之百的忠诚,但我们之间已有一种默契,只要不让她知道,她就不会大吵大闹……当她问起我中饭与出版商一起吃了什么时,我回答说吃了鸡,她说"哪种鸡?"我不假思索地说基辅鸡,与萨沃伊餐厅的相比有点土,卡丽显然也这么认为,而且我的呼吸中闻不出大蒜的气味,她大概觉得我跟别的什么人在伦敦乱搞不正当的男女关系,和出版商一起午餐只是一个编造的故事,但具有讽刺意味的是……或许在未来的素食时代,人们会把通奸当作吃肉的一个托词……在公开场合乱搞,然后溜去低级的牛肉旅馆,包一间按钟点计算的私人餐厅……我怎么会想到牛肉呢?我明明在想着……威廉·詹姆斯和如溪流般的意识或像一只鸟儿那样飞飞停停的意识……一个有趣的问题是,鸟儿的停歇是不是就代表一个想法的结束或思考过程中的停顿?空白,空白区或白噪音会更贴切一些,因为大脑活动仍一直在持续进行,否则你就死了……从那个意义上讲,"我思故我在"足够真实……这一定是哲学史上最广为人知的一句话。我想知道第二好的是哪句话呢?但思维是连续的、不可避免的吗?还是像反对笛卡尔的一些人所说的那样,有时我思,有时我在……我可以只存在而不思考吗?这个动词"存在"……我存在你存在他存在她存在他们存在,意思是仅仅存在而没有思考……但思维是不是与有意识一样,不是……被动意识,从感官上接受、辨别、组织讯号，意识到自己活着、醒着，以及对刺激做出反应，它们之间都有区别……因此并不完全是被动的……但都不形成连贯一致的想法……所以说不是区别，而是一个连续统一体，介乎于一种植物状态的一个连续统一体，哦不，去掉这个，植物是没有意识的，即使查尔斯王子偶尔也喜欢与他的天竺葵闲谈……譬如就拿只是处理感觉数据来说，也有一个连续统一体，一头是我热我冷我痒，另一头是抽象的哲学思考，在这两头之间有一个无限渐进的系列阶段……是的，但两者同时发生也是可能的，例如开车，一个人在开车过程中可能对自己所做的动作毫无意识，换挡，刹车，加速，等等，在保持高效安全的情况下还能想一些完全不同的事，比如意识这件事。那么意识又会带我们去哪儿呢？

啊，空白，明显的空白，就一瞬间，最多一两秒的时间，我没有了可报告的想法或感官印象，我的脑子出现了如他们所说的一片空白，我什么都不想，我仅仅只是存在着……所以当一连串的想法戛然而止时，你只是存在着，你进入了一种待机模式，准备要思考，却没有思考……就像在电脑中运转的硬盘，启动后却没有被使用，又像咖啡机，嗡嗡作响地准备冲咖啡，却什么也没有做……当然这个实验是人为的，无望的，因为决定去记录一个人的想法不可避免地会决定或至少影响一个人的思维……比如我此刻觉得脖子有点僵硬，我转动我的头，我伸伸懒腰……我转动座椅……起身……从桌子边走到窗前……所有这些动作，我一般都会不加思考地去做，就像我们说的，我都会"无意识地"去做，但今天早上我是有意识的，因为我手上拿着录音机，奥林巴斯袖珍磁带录音机，专门为了……那是一篇好文章，伊莎贝尔在圣地亚哥宣读的……关于三维物体模型制作的，她后来把文章寄给了我一份，对你来说她可是个真正的科学家，你在她的酒店房间把她干晕，她后来寄给你一份她论文的抽印本，作为纪念……现在可怜的伊莎贝尔·霍奇基斯已经死了，有人告诉我说是因为乳腺癌，他妈的，谁做女人可真丢脸，你的乳房有十二分之一的概率会杀死你，或试图杀了你……她也有一对漂亮的乳房，漂亮的三维物体，我记得我解开她的胸罩，捧在手中时跟她这样说了……一定要找找那份录音，如果没有抹掉的话，我想再听听录音，对着它打手枪，以此纪念伊莎贝尔·霍奇基斯。

又一次停止……嗯,死亡是一种停止……停止吧停止吧……校园里很冷清,奇怪……现在有趣的是,我已朝窗外眺望了一会儿,但并没有去想我看到了什么,而是想着伊莎贝尔·霍奇基斯,大脑仿佛就像一台电影摄影机,你不可能同时实现特写和景深……当我不再去想她时,校园就进入我的脑海,或者说是尽可能地成为我思考的焦点,今天早上雨水顺着窗户玻璃往下滴,在玻璃上留下一条条污垢,这就是全玻璃幕墙建筑带来的麻烦,窗玻璃亟须清洗,我必须给物业部门写一个备忘录,不过那也是浪费时间,他们的维护预算已经被大大削减……话题又改变了……这是注意力的问题,你不能同时关注多件事情,就像看鸭兔图那样,你事实上不可能在同一瞬间既看到鸭子又看到兔子,虽然你会在两者之间来回地转换……校园里没多少人,这并不意外,这样一个下着雨的星期天上午,老师们都待在家里,一边吃着晚早餐,一边翻阅着星期天的报纸,学生们都还在蒙头大睡,他们在经历了昨夜的酗酒和嗑药,以及跳博普舞和啪啪啪的性爱后,需要借睡眠来恢复。不过还是有一名慢跑者经过,溅着水花跑过水坑……我应该多做点运动,重新开始打壁球,不想慢跑,受不了为了跑步而跑步……请注意,他们说性爱是一项很好的运动,做一次相当于跑一英里路,血脉偾张的视觉冲击,更令人享受……有一个人,是谁,一个穿着雨衣撑着伞的女人,不是学生,因为学生不会穿雨衣,只会穿厚夹克和连帽风衣,或干脆让自己淋湿……时髦的雨衣,一条披肩,长长的宽下摆女裙,那是谁? 还有长筒靴……卡丽也有一双那样的高跟长筒靴,她曾经一丝不挂地只穿着那双靴子在卧室里来回走动,与我纵情欢愉……现在再也不会这样了,昨夜甚至连短促的性爱也没有……我与玛丽安亲吻拥抱时激起了欲望,可运气不佳……因为我在餐桌上太盛气凌人,她生气了,让我滚蛋,但人为什么非得要说些废话……下着雨的星期天早上是谁在校园里晃荡,她不像是想要去哪里,只是散个步,可谁会在这样的日子散步,啊,太好了,她收伞了,雨一定是停了,她……是那个女人,那个作家,昨晚在晚宴上,替代拉塞尔·马斯登的,海伦,她姓什么来着……对,就是海伦·里德,她就住在校园西边塞弗恩礼堂和壁球场之间的公寓里,她曾在晚宴前告诉我说她这个学期都住在那房子里。我说这样你不用像我们的大多数客座作家一样从星期四晚上到星期二早上赶回伦敦了,"不用,"她说,"我已经破釜沉舟,还是过河拆桥?"她微笑着,但说话的时候眼中有一种困惑和无奈的神情,迷人的眼睛,深褐色的瞳孔,漂亮的脸蛋,完美的唇形,上唇有淡淡的非常之淡的绒毛,精致细长的脖颈,很难说出她的身材怎样,或她的双腿,她穿着长长的裙子和宽松的上衣,但既不显瘦也不显胖……你说她几岁了呢,一定40岁以上了,她的一个孩子在上大学,另一个刚毕业,但是看上去不像……你的丈夫呢,我说,我注意到她手上的戒指,却愚蠢地忘记她说的是我的房子,而不是我们的房子。"他死了,"她说,"死了差不多一年了,"玛丽安这时拍拍手,招呼我们坐下,我便不再有机会和她说话,因为我们分别坐在桌子的两端……玛丽安安排的座位,她不想让我与这个新来的、有魅力的女人过于亲密,也是寡妇,玛丽安之后悄悄对我说她丈夫死于脑溢血,"很突然,很悲惨,才44岁,他是英国广播公司的一名电台节目制作人……"她在那里走着,绕过冶金大楼的拐角,我不知道她要到哪儿去,在下着雨的星期天上午十点半要去做什么,她一个人独自生活一定很孤单。"你星期天一定要来吃中饭,"我们昨晚离开时卡丽对她这么说,她说那真是太好了,她俩似乎互有好感,玛丽安如此评论……那是一次美妙的亲吻拥抱,我们两人在厨房里,在上主菜和点心之间,我直接把舌头伸入她的嘴里,她用手指揉捏着我的屁股,我勃起了,我现在正回想着……晚宴期间我们这次无声的亲吻拥抱非常刺激,自从那次我们在格罗夫夫妇家圣诞节前的晚宴上喝醉后,现在我们每次见面时都会这样做,虽然我们谁都没有提起此事,但彼此都明白我们得找机会这么做,这是一种游戏……一种危险的游戏,但正因为如此而显得刺激……玛丽安昨晚的处理很巧妙,让我帮她把脏盘子拿出去,似乎是想让我别再烦利蒂希娅·格罗夫了,可我看见卡丽对我那么爽快的服从却显得有点吃惊,有一个人,安娜贝尔·里弗代尔打趣说,"我看你把他训练得够好的……"我不知道玛丽安是不是真的想做那个?不,我觉得不会,我想她只是喜欢把我们幻想成情侣,贾斯帕是个呆头呆脑的人,当他戳她时,她大概需要一个幻想的对象,如果我在我们拥抱时说了些什么,即使只是简单的一句"亲爱的",警钟就会响起,她就会退缩并制止,因为那样会变得认真起来,而不只是一个游戏……幸好,太露骨了。

又一个停顿,又一段空白……奥林巴斯袖珍磁带录音机——不知道为何要叫这个名字?肯定不是因为它要记录你的智慧的珍珠,你的智慧箴言,那未免太老土而不真实，但还能有其他什么意思呢？我走回桌前，坐到转椅上，看着窗户，满是单调灰色的天空，他妈的，我真是恨透了英国的气候，想想波士顿现在会是什么样的天气，新鲜、寒冷、清澈的空气，蔚蓝的天空，地上的雪在阳光下令人眼花缭乱，帕萨迪纳的天气就更好了，后花园里的树枝上长满橘子和柠檬，或者他们也会称之为院子，即使占地有数英亩，就像瑟罗老爸在棕榈泉的大宅那样……我要查收一下邮件吗？不，这个实验不是要去做什么工作，不是要去完成什么任务，如果一条溪流是浑然天成的，我们那样做会把工作或任务的思维结构强加于意识流中，卡丽有一次说，像你这种情况，意识流更像是一条下水道……因为以任务为导向，针对一个目标，如赢得一场下棋比赛或解决一个数学难题，就容易模拟人的思维，但是如何在平平无奇和非专业化的思维以及毫无目的的思维中建立随机性和不可预测性，如何在结构中建立随机性和不可预测性，这对人工智能来说是个大问题，而可想而知的是，这个实验也许可以帮助解决……

我可以跟在她后面假装偶遇，或者说我碰巧在办公室窗口看到你，我觉得你看起来很孤单……不，不能那么说，人们不喜欢被告知他们……刚好看见你经过，然后，想到你可能喜欢喝杯咖啡，昨晚我们真的没多少机会说话……为什么不呢？〔录音停止〕

现在是十一点零三分。我走出去想追上她，但她已消失得无影无踪，我在校园里逛了近半小时，但全然没有她的踪影，没有在店里，也没有在湖边，图书馆要到下午才会开放，我猜她可能进入了某个大厅，和她的一个学生一起在喝咖啡，但这似乎不大可能，她或许回到她的房子去了，但我不想去敲她的房门，即使我能找到是哪一栋房子，叫她来这里喝咖啡，这原本应该是自然的偶遇，我开始觉得自己非常愚蠢，尤其是天又开始下雨了，因此就回到了这里，刚好接到了卡丽的电话，让我去玩掷马蹄铁套圈游戏的路上在停车场买些牛奶。她说午饭别迟到，我说吃什么，她说烤猪肉和苹果圈，我问她有没有烤的脆皮，她说当然，我说那我一定不会迟到的……卡丽烤的猪肉脆皮是我吃过的最美味的，脆而多汁，我一想到脆皮就会垂涎欲滴。午饭后，她说保罗和索克想让你带他们去骑山地车。我说我原希望下午孩子们可以自己玩，我和你可以睡觉,小睡一会儿。她说"不可能",然后挂了电话,但是她听起来没有生气,反而很高兴。那么今天晚上应该可以了……因为她昨晚拒绝了我,所以我想要她……也只有她说不的时候我才想要她……不然的话,我不会对想干她考虑那么多,我的意思是比她先想要,但是如果我一旦有了这个想法,她却因为什么原因拒绝了,那我会一直想这件事,直到拥有她……真悲哀,但那就是生活。或者说那就是男人,那就是我。

2

2月17日,周一　是的,我在这里,已安顿下来,差不多吧。我分配到了一套小房子,或叫maisonette(一个故作优雅的伪法语单词,我一直不喜欢),在校园内,就在露台的尽头,共有五套房子,是为长期访问学者或新任教师而留的。楼下是一个带"小厨房"的敞开式客厅,楼上是一个带小浴室的小卧室,两层楼之间有敞开式的楼梯相连。这房子对我来说足够大了,但我还是很想念布隆菲尔德新月街的房子,几个宽敞的房间,高高的飞檐天花板。这房子的设计和装计隐约带有斯堪的纳维亚风格——裸露的砖块和刷白的墙面,松木组合家具,合成的起圈地毯——让我想起诺富特酒店,实用却毫无生气。为了我,房子刚重新装修过,可事实上一切都显得更加黯淡、乏味。我必须去买一些海报,让墙面亮堂些。我真希望我能想到把家里最喜欢的那幅画带来——比如瓦内莎·贝尔的石版画。家。我必须停止想"家"。这是我接下去16周春季学期的家。

"学期。""校园。"从我的学生时代起,大学就已变得非常美式了——或许对我来说似乎是如此,因为我自己上的是一所传统的大学。毕竟,当我去牛津的时候,这个地方就已经存在了。我相信那可以被称作为一所"绿地"大学——真的非常绿,位于赛文河河谷和科茨沃尔德的交界处,格洛斯特大学——尽管它实际离切尔滕纳姆更近。可能学校创始人认为一座教堂城市的名字会让学校显得更有尊严,叫"切尔滕纳姆大学"在某种程度上就不具有相同的说服力。不管怎么说,就是这所大学,像一块巨大的混凝土筏板漂浮在格洛斯特郡的绿地上——更确切地说,像两只木筏松散地捆绑在一起,因为大部分建筑按两个楼群分布,中间隔着园林景观和一个人工湖。免费班车全天围绕着便道行驶,就像是机场停车场里的接送车一样。贾斯帕·里奇蒙德,英语系主任和人文学院院长,对我解释说,最初的计划是在乌托邦式的 60 年代提出的,原本想要建一个硕大的校园,像美国的州立大学那样,能容纳三万名学生。他们从选址的两头开始建设,人文学院在一头,科学学院在另一头,并很自信地认为很快会把中间的空地填上。但随着造价的攀升,财政的缩减,在 80 年代,政府意识到只需大笔一挥把理工专科学校全部变为大学要比扩大现有大学规模便宜得多。因此格洛斯特大学就不可能拥有超过目前八千名学生的规模,而人文学院和科学学院之间的空地大概永远也不会被填满。我和贾斯帕·里奇蒙德一起在人文学院十楼他的办公室里俯瞰校园,遥望远处的科学学院时,他说,"恐怕我们是两种文化的一个建筑讽喻吧,"脸上带着一丝苦笑。我猜想他不是第一次和到访者一起这样观察校园了。事实上,他说的几乎所有事情,都让人隐隐感到他已说过多次,就像一张纸用手频繁拿捏后已丧失清脆感那样。或许作为一个老师这是不可避免的,即使是一个大学老师,也不得不一遍又一遍地重复同样的事情。

一想到这个,我就感到一阵寒冷的恐惧。我不能以高人一等的态度谈论大学教师,既然我自己也是大学教师。贾斯帕·里奇蒙德给我看了学院课程手册上的条目:"创意写作文科硕士。散文叙事。周二至周四。下午 2 点至 4 点。辅导教师:海伦·里德(R. P. 马斯登博士在休进修假)。"拉塞尔·马斯登,评论家,文选编辑,年少时写了两部默文·皮克式的小说,一本写得很好,另一本不怎么样,自开课之初就一直担任这门课的任课教师,而现在已躲在多尔多涅自己的乡村小屋里,准备完成,或可能(贾斯帕·里奇蒙德颇阴险地推测着)开始撰写已等得不耐烦的第三部小说。令我非常沮丧的是,我到来时却发现拉塞尔·马斯登早已离开,去了法国南部,因为我很希望就如何上这门课从他那里能得到一些建议。在这个行业,我唯一一次的教学经历是在莫利学院为一群各式各样的家庭主妇上夜课,她们都是失业或退休人员,都是按照先到先服务的原则录取,有些人没有任何正式的学历证书。这样的经历,使我很难做好充分的准备,接任属于国内最负盛名的创意写作课程之一的教学工作。招收的学生是从一大批热切的申请者中挑选出来的,思想犀利,无所不知,如后现代主义和后结构主义等,可这些理论对于当时还在牛津读书的我来说只是从海外传来的模糊的谣言,就像远处一辆辆驶过巴黎智慧之石的双轮运货车发出的咯咯声,像厚厚的美国季刊上出现的那些术语含糊不清的读音。当我向贾斯帕·里奇蒙德提及我的顾虑时,他说,"哦,好吧,我一直认为好的学生是彼此教育的。"我认为他是在安慰我。

我问他在格洛斯特待了多久了。他叹了口气说道,"太久了,久到我都不愿意去想。我是学校最早的一批人之一,当时这里(他指了指窗外的景色)都还是一个巨大的建筑工地,我们以前经常是穿着绿色的长筒雨靴参加教师委员会的会议。"他说话的语气伤感而又怀旧。

这里的天色似乎要比在家暗得更早(我又想到家了),但那其实只是一个错觉。在伦敦,天从来都不会真正变黑,数以百万计的街灯、照明标志和打着灯光的商店橱窗照亮了夜空,所以夜晚天从不会是黑色,更像是柔和的黄灰色。在这里,路灯沿着便道间隔排列,人行步道和台阶上散布着一些安全指示灯,好像要用微弱的光芒去驱散冬夜的黑暗。在学校边缘的栅栏外,只有黑黢黢的田野和更黑暗的树丛,零零落落的农舍透出微弱的灯光,像是遥远海面上的船只点点。

这里也安静得令人害怕。大约在五点的时候,会有一个交通拥挤的小高峰,老师们都会从多层停车场(停车场在这片田园风光的映衬下显得格外不协调,很是难看)取车出来,然后开往在科茨沃尔德的乡村别墅或切尔滕纳姆城里的排屋,而那些不住在学校的低级别员工和学生则是乘坐大巴回到他们在当地的家或住所;但六点后不久,校园就陷入了一片乡村的寂静之中。我可以清晰地分辨出每辆汽车发出的声响,它们驶近、经过,然后从我前门外的便道上远去,不像伦敦的交通,杂乱而永不停歇。

天哪,我好可怜。

来这儿是一个可怕的错误,我想逃跑,想迅速逃回伦敦的家——家,是的,那儿才是我的家,不是这个简陋的小屋子。我敢吗?我为什么不敢?我还没真正开始工作。我还没碰见任何学生,也没拿过学校的一分钱。他们会很容易找到别人来做这项工作——周围有许多优秀的作家都愿意欣然接受这份工作。为什么不马上就走呢,明天早上,一大早?我仿佛看见自己天亮之前偷偷溜出屋子,就像一名小偷,把我的东西放入车中,轻轻地、轻轻地关上后备箱,免得引人注意,把一张便条和房门钥匙留在客厅的桌上,给贾斯帕·里奇蒙德,"对不起,这是个可怕的错误,都是我的错,我不应该申请这个职位,请你原谅我。"然后关上这个像斯堪的纳维亚兔棚的房子的房门,沿着空旷的便道驾车离开,晨雾就像一块块围巾包裹着一盏盏路灯,车子在出口处放慢速度,警卫在灯火通明的警卫室里打着哈欠,我向他招招手,他点点头回应,没有任何怀疑,升起路闸,让我出去,就像谍战电影中冷战时期的查理检查站,我自由啦!沿着林荫道驶向大路,驶向 M5、M42 和 M40 高速路,伦敦,布隆菲尔德新月街,家。

只是布隆菲尔德新月街 58 号已经租给了一位来度假的美国艺术史学家和他的妻子,租期三个月,他们下周五就要到了。没关系,给他们发个传真,"对不起,一切都取消了,计划改变,房子彻底不租了。"他们会起诉我吗?没有合法的合同,但我们的通讯往来会被视为有效……哎呀,这样徒劳的推测到底有什么意义呢,我们都知道(我指的"我们"是那个神经质的自我和更理性观察、记录的自我),我们都知道,那只是个幻想,不是吗?明天早上我不会逃跑的真正原因不是因为可能会与美国租客发生法律纠纷(或是格洛斯特大学因为我的擅自离开而起诉我违约,尽管我很怀疑他们是否会为我的这件小事费心),而是因为我没有勇气这么做。因为一想到认识的人都会知道我在此事上的怯懦、恐慌和逃避,我承受不了那份内疚、羞愧和耻辱。想象一下,如果这样,我不得不要打电话告诉保罗和露西,然后听到他们失望的声音,又是正巧在他们极力支持自己疯狂的母亲的时候。再想象一下,在文学聚会上,人们在觥筹交错的酒杯间窃窃私语时不加掩饰的假笑。"那就是海伦·里德,刚成为格洛斯特大学的驻校作家,但在学期第一天就因为无法面对而逃跑了,你知道吗?"也许还会加一句,"我倒不是责备她,换作我也肯定面对不了。"但不管怎样,他们会鄙视我,我也会鄙视我自己。

尽管有所延续,这不过是一个美好的幻想。我甚至已经选好了在 M5 大道上行驶时播放的音乐磁带,维瓦尔第的《风》协奏曲,轻松愉悦的快板。

2月18日,周二 今天下午和学生们第一次见面,在人文学院大楼八楼一间颇为阴冷的研讨室。我们坐在模压的折叠椅上,围着一张大桌子,桌子上有一层薄薄的粉笔灰。墙上有一些像路标一样的告示,程式化的图片和粗粗的斜杠,标示着禁止吸烟和禁止饮食等。如今已禁止学生在教室中饮食了吗?令人安慰的是,我的学生们似乎总体上还不错。当然现在是锋芒外露的时刻,还需要互相评判。他们的优势在于彼此都已熟悉,拉塞尔·马斯登已给他们上了一个学期的课。他们已经形成了一个群体,每个人都扮演或被分配到了一个角色:外向的,多疑的,滑稽的,圆滑世故的,叛逆的,像妈妈样的,调皮捣蛋的,神秘莫测的,等等。今天下午他们只需要对一个人作出考量,而我要记住12个人,还要从中作出区分。绝大多数人都已经20多岁了,但只有少数几个还在攻读第一个学位。大多数人已经工作了几年,然后辞去工作,依靠自己的积蓄或贷款来深造,这使课程教学变得严肃得可怕,也让我更加焦虑不安。我想知道,我该怎么做才能让他们交的钱物有所值?

为了打破僵局,我想我给他们读一些我自己写的东西。这一招在莫利学院上第一节课时十分管用,但我不确定在这个场合是否是个好主意。我读的是《暴风之眼》,不是手头在写的半成品,因为我并没有动笔写作。自从马丁死后,除了这部日记我还未能写任何东西。去年9月我试图写一本新的小说,但就是不行。为了逼迫自己写作,结果弄得身体很不适,因此只好放弃。你会发现创造一些虚构的角色并为他们编造一些情节实在是无聊又做作,当你身边一个活生生的亲人突然间残忍地离你而去,就像指间掐断的烛火。

[我停下笔轻轻啜泣。不好的征兆:我以为自己不会再哭泣。但是我又发现他的死已在我生命中留下了一个空缺,就像当你拔掉牙齿后留下了很大的空隙,而你总会用舌头去舔舐这个空隙。这种感觉又像是他们所说的幻肢,即使已经被截肢,似乎还是会感觉到它的存在和疼痛。]

所以我读的是《暴风之眼》,放风筝的那一章。学生们都听得很认真,适时地轻笑或微笑,然后又问了一些有独特见地的问题。但是我感觉到了某种克制,好像他们本来想表现得更具批判性,却不敢。也许只是我太多疑。

2月19日,周三　我在人文学院大楼十楼拉塞尔·马斯登的办公室单独见了一些学生。我的名字已经印在纸上,并草草地粘贴在门口原本是拉塞尔·马斯登的名牌上。他已经为我腾空了一些书架,清空了钢制写字台的抽屉,但却锁住了文件柜,并把他的艺术展览海报留在了轻质砖砌成的墙上。如果没有这些海报,这间小办公室肯定会非常单调、压抑,但上面写的那些重要话语又无不体现了马斯登博士的艺术品位(梅普尔索普、弗朗西斯·培根、卢西安·弗洛伊德),这让我不得不死命摆脱自己是个冒名顶替者的念头,那种感觉真真切切又近在咫尺。

西蒙·贝拉米是第一个敲响我办公室门的学生。我乘机问他为什么昨天的讨论会大家都看上去有些克制。西蒙是这群学生中的性格外向者——帅气、快乐、卷发、善于辞令。他已经被选为(默认地,几乎是下意识地)大家的代言人,我觉得问他这个问题很安全。他解释说他们不太确定该如何应答,因为拉塞尔·马斯登从不读自己的作品。"我猜,"他带着让人卸除防备的微笑说道,"我们都觉得,如果赞美你的作品,会显得像是在拍老师马屁,但批判又显得太过无理。"他又说,"其实我觉得写得特别棒。"他有意在前面弱化他自己对我的赞扬,这个做法结果引得我们俩一起哈哈大笑。但是我相信他。大概我们总是会相信别人赞美自己的话。即使我们知道这种称赞并不客观,但还会觉得是自己应得的。

玛丽安·里奇蒙德是贾斯帕的妻子,她今晚打了个电话给我,邀请我周六去吃晚饭,"会有一些朋友",这倒让我有些期待。我很害怕过周末,特别是星期天——绝不是一星期中最喜欢的一天。孤独。空虚。

公寓楼一整排都很安静。我旁边的那幢房子空着。再过去那幢住着一名非洲学者,每天早出晚归。我曾经在图书馆的社科阅览室里见到他,因此我推测他白天是在那里度过。再过去那幢住着一位年迈的经济学客座教授,来自加拿大,人很随和,但对外界的事充耳不闻。离我最远的那幢房子住着一对始终面对微笑但说话结结巴巴的日本夫妻,不清楚他俩的身份和学术背景。所以这里并没有多少社交的余地。我仍还非常想着逃跑,但显然随着日子一天天的过去,逃离已变得越来越不可想象,后果也可能会越来越严重,所以我坚持了下去，希望自己最终跨过心里那道坎不再想着要回去，而是接受命运的安排。与此同时，我也一直执意地想着能回到过去重新来过：我申请一份工作，得到那份工作，但在校园里四处逛了逛，经过仔细思考，还是礼貌并感激地予以拒绝，然后开车回伦敦，一路上，和着车载收录机播放的音乐高兴地哼着小调，恢复到我原本习惯的生活。我把写了一半搁置的小说重新从抽屉里拿出来，发现自己终于又能继续写下去。新月街58号的地下室（毫不费力地）改成一个设备齐全的独立套间。一名讨人喜欢的女子，与我同龄，丧偶或离异，租下套间，成为我的好伙伴和忠实的朋友。我在陷入这种白日梦后总是会发现自己讲错而突然住嘴。有时候新租客是一名男子，我们的对话太露骨，连米尔斯博恩出版社①都羞于写下，即使写在这本日记里也觉得羞耻。我好像一下子变成了两个人——一个是大家看到的海伦·里德，还在适应她在格洛斯特大学的新工作，冷静、能干、尽责；另一个则是疯狂的、受蒙骗的、脱离肉体的海伦·里德，在别处过着一种平行的生活，隐藏在第一个人的脑中。

　　两个生命合二为一又同时存在的这种紧绷感让我几乎无法忍受。我渴望就寝时间的到来，那样可以让矛盾的两个我歇息几个小时。睡觉是幸福的——但很可惜，这种幸福显然没法清醒地享受。当你感觉自己要睡着时，就像被注射了麻醉剂，也许会出现一会儿短暂而甜蜜的慵懒，但是马上你就会知道这种感觉的结束，或许在下半夜你就已经醒了，这时你的忧虑和遗憾会更甚，而你的知觉又无法再回到那种无意识的状态中去。我很想去健康中心配一些安眠药，然而在马丁死后的几个月里，由于我对安眠药变得非常依赖，每次服用后，到第二天早上我简直就像是一具僵尸，因此我下定决心尽可能不用安眠药。

　　2月20日，周四　　与全体学生第二次见面。研习讨论会，意思就是让他们中的一人读自己正在写的作品（以后会让他们事先传阅），其余的人对作品进行评论，我则充当裁判。这门课程的组织实施就以这种形式开展。星期四下午通常都是研习讨论会，而星期四的研讨内容由我决定：我可以安排他们进

---

　　① 译注：米尔斯博恩出版社（Mills & Boon）是英国的一家出版社，专门出版浪漫言情小说，成立于1908年。

行写作练习，或讨论某个文本，或安排其他内容。

拉塞尔·马斯登鼓励学生在研讨中直言不讳，这令我很担忧，因为在莫利学院上夜课时，讨论通常是在"让我们互相支持"的氛围中进行的。蕾切尔·麦克纳尔蒂读了她正在写的小说中的一个片段，讲述的是一名在阿尔斯特一家农场长大的年轻女孩。我觉得这个故事细腻入微、令人信服，但另外两名学生却提出了批评，因为文中没有提到北爱尔兰问题。问题提出来了：不提政治局势，写有关北爱尔兰的故事可能吗？我婉转地暗示蕾切尔在小说中所描述的家庭紧张关系可以看作是社会分歧的普遍象征；但值得赞扬的是，蕾切尔拒绝了我替她保住面子的说辞，她说，有些事情比政治更为普遍，那才是她想写的。我暗自同意了她的观点。

2月21日，周五　据我所知，在我的学生中，有很少是住在校内的。大多数人会在切尔滕纳姆或格洛斯特合租一间公寓或是租用一间一室户，有些则在伦敦或别的地方有长期住所，一周只在这里待三天，周二和周三会在家庭旅馆或朋友家的沙发上对付两晚。所以我有一种奇怪的感觉，觉得我比起他们来更像是一名学生。昨天的研习讨论会后，我与学生们一起去了艺术中心咖啡厅喝茶，算是喝早茶吧，我听他们都制定了周末离校外出的计划，很是羡慕。我见得越多，越觉得这所大学好像不是一个适合我给年轻人教一辈子书的地方。如果学生们没有自己的车，那就很难去切尔滕纳姆或格洛斯特，而且他们也提不起劲去。所有的生活必需品在校园里都有供应：有一个小超市，一家自助洗衣店，一家银行，一个男女通用的理发店，一家文具书店，还有几个酒吧、咖啡厅和餐厅。艺术中心会举办一些很棒的音乐会、戏剧巡演和艺术展览，还播放电影。西蒙·贝拉米几年前是这里的本科生，据他说，很多学生几个学期都不会离开学校。从他们所有对外界正常生活的联系来看，他们可能是住在周围拉有电网的绝密空军基地里的已婚人员宿舍，也可能是住在沿地球轨道运行的航天站里。西蒙笃定地对我说他们很满足这样的生活。"别忘了，他们当中的绝大多数人是第一次离家生活。可以有性行为，喝酒，吃兴奋剂，没有多大害处。医疗中心提供免费避孕工具。不存在酒驾的问题，也不必担心有警察会来要求你把口袋里的东西翻出来。没有人告诉你何时睡觉何时起床，或何时打扫房间。这是大多数十几岁青少年所梦寐以求的生活。极乐天堂。"当西蒙罗列出这些诱人的妙处时，咧着嘴笑了。尽管如此，但我想知道他们会不会在过了一段时间后对这样的生活感到乏味，到时候又该干些什么呢？在俱乐部底层有一个沉闷单调、烟味熏人、地上铺有漆布的房间，房间内摆满了弹球机和电脑游戏机，这是校园里最令人抑郁的地方之一，这里好像是一天 24 小时都开放，里面总有几个像得了精神性紧张症的人，他们两眼直直地盯着屏幕和显示器，在操作按钮和摇杆时，身体不时地抽搐。他们在读高中时为获得 A 等成绩而努力学习，然后仔细研究大学招生中心委员会的表格，并耗尽父母的钱财，难道就是为了这个吗？真高兴，保罗是在曼彻斯特大学，露西能在牛津占有一席之地，那里才是真正学习的地方，有真正学习的人。

我可以感觉到自己住在这儿后沾染了一些坏习惯。我的小屋子里装了一台电视机，这周我看了很多的节目。在家时我很少在《九点新闻》开始前打开电视，通常是在更晚的时候看一部艺术纪录片或一部电影。这周，我总是在一个人孤零零地吃饭时看电视，让它一直开着，因为关掉后会感到死一般的寂静，而且我也无法忍受用那台小小的半导体收音机听音乐。我已经看了各种平常根本不会去看的节目，像肥皂剧、情景喜剧和警匪片等，不加选择地看个不停，就像一个小孩把一袋什锦糖果全吃光那样。这样简单不费脑的消遣让我根本无法抵抗晚间电视的诱惑。没有一个场景持续超过 30 秒，故事从一个角色快速跳跃到另一个，你几乎注意不到这些角色有多单薄。

2 月 22 日，周六 昨晚新闻过后电视上开始放《人鬼情未了》，尽管以前已经跟马丁一起看过，还是决定再看一遍——更确切地说，正是因为以前跟马丁一起看过，我才想再看。这部电影刚上映时取得了令人意想不到的成功，大家都在谈论。记得当时虽然对老套的灵异情节嗤之以鼻，但我们还是很喜欢这部电影。我现在只记得大致的故事情节：一位年轻男子在与女友回家的路上，为了保护女友，被人阴谋杀害，变成了一个不为人所见的幽灵，他只能通过一位灵媒与女友交流。剧中人物死后的少数几个奇特场景一直在我记忆中挥之不去：比如男主角从地上站起来时明显是毫发无损，只是在看见悲痛欲绝的女友怀中抱着自己的尸体之后才意识到自己原来已经死了；又比如当歹徒们死的时候，迅速遭到几个黑影袭击，黑影尖叫着将他们拖向地狱（那场景出人意料，但令人满意）。我还记得乌比·戈德堡饰演的那位装模作样的灵媒特别滑稽，她惊慌地发现自己真的与灵异世界发生了接触。这些情节再看一遍时还是觉得有同样的效果。但没想到之后的爱情故事会排山倒海地把我淹没。我一直觉得黛米·摩尔是一名表演呆板的演员，但这次演失去男友的女主角却让人感动得难以置信。当她满眼含泪时，我的眼泪也快要流下来了。事实上，电影播放的大部分时间里我都在啜泣，一边流泪，一边因乌比·戈德堡的表演而发笑。虽然我脑子里清楚电影是廉价的、操控观众感情的垃圾，但也无济于事。我无力去抵抗这些情绪，也不想去抵抗，我只想沉浸在影片释放的情感洪流之中。通过乌比·戈德堡的角色，男主角的鬼魂使心有疑虑的女主角记起了他们俩曾在家中亲密生活的点点滴滴，而别人根本不可能知道这些细节，黛米·摩尔渐渐意识到他死去的爱人是真的在跟她说话，看到这里，我全身都起了鸡皮疙瘩。当男主角（我已经忘了他叫什么，也忘了是谁演的）获得鬼魂的力量并用来恐吓威胁乌比·戈德堡的恶人时，我开心地拍手叫好。而在临近结尾那个庄严而又愚蠢的场景里，乌比·戈德堡让男主角附体于她，随着电影开头他们做爱时响起的浪漫音乐，脸贴脸跳起了舞……啊，我几乎要为这种感同身受的愉悦和渴望着迷了。之后我洗了个长长的热水澡，喝了一杯红酒，同时脑海中回放着最喜欢的影片场景，上床前，我自慰了，可我自十几岁起从没这么做过，我幻想着马丁的幽灵之手附上了我的手，幻想着他在和我做爱。

我午夜以后醒来，黯然神伤，像往常一样，但并不觉得羞愧。我用这种奇妙的方式完成了精神上的宣泄。

2月23日，周日 昨晚前去参加里奇蒙德夫妇的晚宴——我在格洛斯特大学第一个星期的社交重头戏。这是个相当有趣的夜晚。他们在10英里外的乡村有一栋漂亮的房子——虽然很现代，但却用科茨沃尔德石盖成，既有品位又具有传统风格。我在昏暗的乡间小道迷了路，是最后一个到达的。一下子突然见到那么多新面孔，对我来说太难了，不过好在周五早上喝咖啡的时候,贾斯帕在教师公用室里已跟我简要介绍了参加晚宴的客人。

贾斯帕亲自打开前门,并且有些出其不意地在我脸颊上结结实实种下一个吻。我觉得我们还没有熟到那个程度,这么亲密问候还太早——但我大方地接受了。他手上拿着一杯白葡萄酒,我猜这已经不是今晚他喝的第一杯酒。一个十几岁的男孩在附近徘徊,身体焦躁不安地晃动着。

"奥利弗,拿一下海伦的衣服。"贾斯帕对他说道,并给我们做了介绍。"这是我的儿子,奥利弗。奥利弗,这是海伦·里德。她是个作家,她写小说。"

"艾格在写一部小说,"奥利说话时没看我。

"是吗?"我礼貌地说,"艾格是谁?"

"艾格住在伦敦,和米莉、安娜和麦尔斯一起。"

"他们是一部电视连续剧里的人物,"贾斯帕解释说。他用空着的手帮我把大衣脱下。"讲的都是合住一套房子的几个年轻律师的故事。"

"我最近看了很多电视,"我说,"但我一定是错过了这部剧。"

"我最喜欢麦尔斯,"奥利说道,目光越过我的头。

"给,奥利弗,把海伦的大衣挂起来,好不好?"贾斯帕说着把衣服递给他。"好了,你可以去看电视了。没有其他人来了。你去吧。"

奥利弗拿着我的大衣走了,贾斯帕说,"奥利弗有孤僻症。我本应该提醒你的,但突然忘了。"

"没关系,"我说。

"他觉得肥皂剧里的人物都是真的。"

"嗯,那样他就不会孤单了,我相信,"我说。

"没错,"贾斯帕面带微笑着说。

他把我引进客厅,并把我介绍给玛丽安。她正站在门边调试灯光,身上穿着一条无可挑剔的小黑裙,胸口别着一枚看上去价值不菲的金饰针,这样的搭配显得很协调。客厅宽敞、漂亮,敞开式的壁炉里燃烧着柴火,虽然用的是燃气,但给人有一种逼真的错视画效果;有许多高科技的聚光灯以及向上和向下照明的射灯,玛丽安不断地通过变光开关调试灯光,给人一种宛如在舞台上的感觉,可能还播放着一首斯蒂芬·桑德海姆的乐曲:当你突然发现自己沐浴在一片灯光中,大家可能会纷纷转过头,仿佛在期待着你放声高歌,你可能会想要躲到一个角落里与某个人静静地交谈。玛丽安曾在出版社工作，我发现我们俩有一两个共同的朋友。现在她在家做自由编辑。她比贾斯帕年轻，我猜这是他的第二任妻子。她打扮得很漂亮（金色的指甲油与她的金饰针很相配），社交举止既活泼又冷漠：与你交谈时，她的目光会扫视整个客厅，观察着其余的客人。

另外，前来参加晚宴的还有如下客人：满脸胡子、带着一副仿角质架眼镜的马克思主义者、历史学教授雷金纳德·格罗夫和妻子利蒂希娅——音乐治疗师、素食者、致力于环保组织"地球之友"的工作（这一点在后面的交往中愈发明显）。英语系年轻英俊的讲师科林·里弗代尔和妻子安娜贝尔。科林似乎是贾斯帕的门生，急切地想要留下一个好印象。他赞美了一番《暴风之眼》，引用了许多书里的话，我确信他这几天一定是在拼命记背，为见我做了充分的准备。他自己研究的是18世纪的东西，跟贾斯帕一样。安娜贝尔在大学的图书馆工作，看上去她为了保有这份工作且照顾三个小孩已经累得精疲力竭，年纪最小的那个孩子正在放在楼上里奇蒙德床上的手提式婴儿篮里睡觉。她整个晚上很少说话，事实上还一度打起了瞌睡。满头银发的美术教授尼古拉斯·贝克，他被邀请做我今天的男伴，但也只是安排餐桌座位时坐在一起，因为贾斯帕跟我说他是独身的同性恋，也不知道有什么依据。他最近才从剑桥来到格洛斯特，有着高超的言谈技巧，温文尔雅地谈论着任何话题，可说的话却让人什么都没记住，也没有任何深度。贾斯帕一直急切地问他葡萄酒的味道怎么样——显然他曾经为学院买过酒。贝克礼貌地表示满意，却又含蓄地针对贾斯帕给他喝的酒提出了批评，比如"澳大利亚的红酒已经好得让人认不出来了"。

最显要的客人有两位，也是贾斯帕向我介绍得较为详细的两位，拉尔夫·麦信哲和卡洛琳·麦信哲夫妇。当然，我早就知道拉尔夫·麦信哲了，他经常上电台和电视，尤其是《一周伊始》节目，他还是一位评论家，常在一些周日的报纸上为涉及科学和心理学方面的畅销通俗小说撰写书评。他在这儿就像个明星，是久负盛名的霍尔特贝岭认知科学研究中心的主任兼教授。研究中心是一幢外表怪异的大楼，有点像天文台，在我到来的第一天，贾斯帕就从他办公室的窗口指给我看过。我觉得麦信哲快有五十岁了，头很大，挺帅的，浓密而又花白的头发从宽阔的前额一直梳到后面，鹰钩鼻，结实的下巴。从侧面看，让我想起了铸造在旧硬币上的罗马皇帝头像。卡洛琳是美国人，人们通常叫她卡丽。她年轻的时候一定是美得令人惊艳，现在依然有着漂亮的脸蛋，大大的眼睛，一头金色的发辫，不过她的体态按如今的严格标准来说过于像个主妇。她穿着一条漂亮的丝质波浪裙，使她丰满的身材显得好看很多。他俩显然是引人注目的一对。她叫他"麦信哲"，有一种耐人寻味且自相矛盾的效果，半恭敬半挖苦，似乎有意要把他抬高到普通人之上，因为普通人在自己家中都只用名字互相称呼，工作中则用姓氏扮演专业角色；同时，妻子用姓氏称呼丈夫又极不协调，似乎是嘲笑他的自负做作，并冷冷地与他拉开距离。我只跟他做了短暂的交谈，就被招呼到餐桌前就座。他的说话方式坦率而直接，带有一点平民化的伦敦口音，偶尔还夹杂着美式用语。据贾斯帕说，那就是为什么媒体很喜欢他的原因：他的话听起来不像是个无趣而好卖弄学问的学者。

晚餐时我坐在卡丽对面，发现她开朗友好，很容易交流，就像美国人一贯的风格。她说她很喜欢我的书，但觉得没必要像里弗代尔博士那样一个劲地夸赞来表明自己对我的作品很熟悉。她还就如何在切尔滕纳姆购物给了我一些有用的建议，听上去她似乎经常去购物。贾斯帕告诉我说她自己有很多钱，还说，"我觉得正是这一点让拉尔夫对她保持忠诚，以他自己的方式。"那是什么样的方式呢，我问道。"卡丽告诉玛丽安说他们夫妻之间有一个约定，那就是他不能在她的地盘上让她难堪。他在外面有大把机会玩乐，在开会的地方，或是外出做节目的时候。《侦探》杂志有一次戏称他为'媒体淫'。"贾斯帕回想起往事轻声笑道，问我有没有看过麦信哲关于"身心问题"的电视系列节目。"看过一些，"我说。

实际上，我只看了这个系列最后一集的最后十分钟，还是偶然间看的。这个节目在傍晚播放，对我来说时间上太早，反正我也懒得看科学节目，但是现在我却希望自己曾看过。我记得那个罗马皇帝模样的大脑袋在一台仪器（仰卧的病人躺在这台类似脑部扫描仪的机器上，正被送入扫描孔中，就像要被大炮发射的炮弹一样）前转过身，身体前倾靠向拉近的扫描仪镜头，然后近乎沾沾自喜地说，"因此，高兴——还是不高兴——只是你大脑中的一个电路问题吗？"

如果从全身看，他的脑袋似乎大得不成比例，因为他的腿比较短。厚厚的脖子像牛一样粗,宽阔的塌肩使得脑袋向前突出,显得既具挑战性又有些咄咄逼人。毫无疑问,他具有一种晚宴上别的男人所没有的存在感——电影明星和国际政治家那样的存在感。我斜对着他,目光越过餐桌偷偷进行审视,试着分析他为何可以在闪光灯的一直照射下毫不畏缩。我有一次遇上他的目光,他友好地对我微笑。我们离得太远,根本无法交谈。餐桌很长,客人又多,两人连一次单独说话的机会也没有。在桌子的这一头,我们在贾斯帕的主持下讨论时下电影对经典小说进行改编的热潮,比较着《艾玛》的两个竞争版本(尼古拉斯·贝克生气地抱怨说两个版本中的草坪显然是被割草机修剪过的,这明显与时代不符),这时桌子那一头的说话声音突然提高了。利蒂希娅·格罗夫和拉尔夫·麦信哲就对环境保护主义的看法起了争论。"地球不属于我们,是我们属于地球,"她虔诚地声明,"连印第安人都知道。""印第安人?"拉尔夫·麦信哲说,"你是指把整个牛群逼到悬崖峭壁上,为了获得牛肉充当晚餐的那些家伙吗?""我引用的是西雅图酋长在19世纪中期的演讲,当时美国政府想要购买他部落的土地,"利蒂希娅生硬地说。"我知道那个演讲,"拉尔夫说,"那是一部美国戏剧式纪录片的编剧在1971年写的。"本已麻木的安娜贝尔·里弗代尔听到两人的对话后清醒过来,发出了一点笑声,随后场面安静下来,她努力装作自己并没有笑。"我不知道什么电视节目,"利蒂希娅红脸着说,"我是从一本书里读到的,那名编剧可能也是从书里看来的。""整个都是他创作的,"拉尔夫说,"然后人们开始在环保主义的小册子上引用这句话,好像要说的有什么历史意义似的。"利蒂希娅朝丈夫看了一眼,寻求支持,但他始终低着头,可能是不想在一个不确定的领域给自己的学术名声带来风险。而贾斯帕则勇敢地站出来解救利蒂希娅。"即使这句话没有历史出处,拉尔夫,可这份感情还是真实的。""恰恰相反,完全是错的,"拉尔夫说,"我们不属于地球。地球属于我们,因为我们是地球上最聪明的动物。""那样说太傲慢,太欧洲中心论了,"利蒂希娅叹了口气,闭上双眼,想尽可能彻底地摆脱这种可恶的观点。"你什么意思,欧洲中心论?"拉尔夫挑衅地伸出脑袋追问道。我们其余的人一个个都陷入沉默,停止了用餐。

"是欧洲殖民者把地球视为可以被买卖和剥削的东西,"利蒂希娅说,"土著人有一种自然的本能,要保护自己的家园,并节约利用资源。"

"恰恰相反,只是由于原始民族的技术局限,才阻止了他们大规模破坏环境达到骇人听闻的程度,"拉尔夫说。

"我不知道你怎么能那么确定,"她说。

"早在库克船长到达夏威夷群岛前,波利尼西亚人就已在岛上消灭了一半的鸟类,"他说,"在新西兰,毛利人屠宰了整个恐鸟种群,大部分的死鸟留在那里,没被吃掉。时至今日,玻利维亚热带雨林的尤基印第安人还在为了获得树果而砍伐树木。保护是属于先进文明的一个概念。"

"麦信哲,别再卖弄了,"卡洛琳说。此时我们都笑着松了口气。"我只是在把利蒂希娅纠正过来,"他温和地说。"你不是在纠正,你是在高谈阔论地说教。""就是,"玛丽安说道。她坐在桌子的主座,拉尔夫坐在她右边,利蒂希娅在左边离她两个座位。"别惹利蒂了,拉尔夫,帮我把这些盘子拿到厨房去。"于是,他咧着嘴笑了笑,拿着一叠脏盘子跟她离开餐厅,看上去颇为自鸣得意,像一个淘气而又冥顽不化的小男孩。利蒂希娅则哀怨地坚持说她完全可以为自己做出很好的辩护。

贾斯帕又开了两瓶橡树黑皮诺红酒(或是别的什么酒),绕着桌子给大家倒酒。我借机去上洗手间,但一定是听错了贾斯帕给我指的方向,因为我打开第一扇门看到的是一个放扫帚的储物间,第二扇门则通往后花园。我走到外面,吸了几口迎面而来的清冷而新鲜的空气,目光穿过铺整过的小院子,朝亮着灯的厨房里望去。拉尔夫·麦信哲正把我们的女主人按在厨房的门上,热情地拥抱着她,而她那涂得金灿灿的手正在揉捏他的屁股。她闭着眼睛——不过无论怎样她都不会看到我正站在暗处。看起来贾斯帕·里奇蒙德得到的是错误的信息,关于麦信哲夫妇的"约定":要么就没有什么约定,要么正在违背这个约定。

今天早上醒来,我感到昨晚的酒和食物让我有点余醉未醒,也让我有些消化不良(我还担心自己可能到了连车都开不回去的程度,尽管我开得很慢很小心),所以我早餐后出去散步,呼吸点新鲜空气。天公不作美——低垂的乌云一望无际——我一走出房子,天就下起了雨。下着雨的星期天早上,迈着沉重的步伐在校园里四处走动,虽然这种体验提不起我的精神,但我还是坚持下去，权当是一个熟悉校园和了解各院系所在位置的一个机会。学校的大楼建于六七十年代，还风化得不厉害，混凝土外墙不规则地吸收着雨水，就像一张张吸墨纸，色彩明亮的嵌板和瓷砖装饰原本在设计上是为了缓和灰色的主色调，而现在很多地方都已经破碎、开裂或脱落。拉尔夫·麦信哲的认知科学研究中心看起来造得更晚些，建筑标准也更高。这是一栋有穹顶的三层圆形建筑，穹顶中间有一条浅浅的凹槽，很像一个天文台，只不过没有放置望远镜的开口而已。据贾斯帕·里奇蒙德说，是霍尔特贝岭中心的计算机工作者们在一次国际竞赛后出钱造了这幢大楼。被凹槽一分为二的穹顶应该是代表人脑左右两个半球。墙面由镜面玻璃构成。我想知道这又应该代表什么——认知科学家们的虚荣心吗？

过了不一会儿，我看到了另外一幢奇形怪状的建筑——这次是八角形的建筑。原来是一个普世教堂和不同宗教信仰的人聚会的会场，来这里的既有各基督教派教徒，（从大厅里贴着的告示判断）也有佛教徒、巴哈伊教信徒、超在禅定派信徒、瑜伽爱好者、太极爱好者和其他类似的新时代团体。不过，真正吸引我走进去的是一首曲调熟悉的圣歌，当我还是个小女孩时，在教区教堂经常吟唱这首圣歌。"哦主啊我的上帝，当我不知所措时……"我查了一下告示板：是的，一场天主教弥撒刚刚开始。我一时兴起，悄悄走进教堂，坐在了后排。

或许也该是时候承认我自己对宗教信仰完全懵懵懂懂而又前后矛盾的态度了。我很感激自己曾接受了天主教教育，即使我在幼年和少年时期为此不必要地蒙受了因愧疚、挫折和厌倦所带来的诸多痛苦；回顾过去，我只觉得自己对那些曾给予我教导的修女仍抱有一份怀旧之情，尽管她们大多数由于迷信和性压抑而多少显得有点精神错乱，竭力想把那些思想灌输给我。到牛津学习的第二个学期，我就不再信奉天主教了，与此同时我也失去了童贞。这两者是相关联的——我无法把自己觉得是让人获得解放的行为视作一种罪孽而要虔诚地忏悔，并允诺不会再犯。于是，我很快在思想上对天主教其他的教义产生了排斥，很难说这样的道德决定是一个不好的结果还是一个合理的行为。几年以后，为了避免给父母带来不必要的痛苦，通过一定程度的搪塞和掩饰，我在天主教堂结婚了，同时也因为我觉得仅在婚姻登记处登记结婚终归还是不大合适。有了自己的孩子后，我让孩子们接受洗礼，表面上是为了再次让我的父母高兴，但暗地里是因为不那样做我自己也应该会感到不安。而且，这样一来我们到一定的时候可以把孩子送去天主教小学上学。尽管马丁自己没有任何宗教信仰，但他没有反对，因为他意识到当地的天主教小学比公立小学要好，而当时以我们的生活条件，还负担不起孩子们接受私立教育的费用。他觉得，只要我们能随时制止孩子出现病态或盲信的倾向，那让他们接触和了解天主教教义中一些较为良性的神话故事也没任何坏处，像圣诞节和守护天使以及人死后会去天堂等，而且到了一定的时候，等他们长大自然会放弃任何宗教信仰，事实上也的确如此。孩子们特别敏锐。尽管只有五六岁，保罗和露西似乎都凭直觉知道他们必须在学校相信一些在家里并不信的东西，反之亦然，他们应对这种双重生活非常沉着。进入世俗中学后，他们很快就对宗教变得漠不关心，像其他同龄人一样，但是我倾向于认为他们已经在早期教育中培养了一种超过平均水平的道德意识，更不用说还获得一把能打开过去两千年文学和艺术大门的无价的钥匙了。（在上周四的讨论会上，我震惊地发现我的一些学生竟然不理解蕾切尔·麦克纳尔蒂提到的《新约圣经》中马大和马利亚的故事。）

在为保罗和露西举行最初的圣餐仪式之后，除了偶尔出席婚礼和葬礼，以及看在过去的份上和我父母一起参加圣诞节的午夜弥撒之外，我们从未以家庭的形式去过教堂。但是马丁死后，出于一些说不清道不明的困惑和缘由，我又开始在周日独自一人去当地的教区教堂做弥撒。我渴望获得某种安慰和信心，或许也因为迷信惧怕那是天主教上帝对我脱教的一种惩罚，我最好还是在他再对我或我的孩子做出可怕的事情之前重新跟他好好相处。然而，我没有得到我要的安慰，而且随着时间的推移，那种恐惧感也变得越来越可忽略不计。我很高兴看到女孩们在圣坛做辅祭，若非如此，天主教堂与我上次所见的还真没什么变过。教区牧师是个毫无魅力可言的爱尔兰人，他把做弥撒当成是一项不得不为之的重复性工作，做得越快越好，而且他的布道辞几乎简单到让人觉得失礼。几个星期后，我就彻底不去教堂了。

那今天为何我会走进教堂呢？我的情绪非常低落，我以为这座教堂的氛围会和教区教堂不一样，的确有些不一样，不过也并没有更鼓舞人心的东西。

教堂本身的布置单调乏味,显得空荡荡的,让人感觉压抑,室内未留有任何宗教艺术和象征性的印记,可能是为了避免冒犯来此聚会的任何人。一张简单的木桌子被当作圣坛,周围的椅子呈弧形参差不齐地摆放着。这里主要是年轻人来聚会,当然还有少量的教师和他们的家人。我看到里弗代尔夫妇也带着他们的两个幼儿在屋子的另一边,我觉得很惊讶,但也并没有特别高兴。我尽量使自己不被他们注意到,但还是瞧见科林在颂歌的乐曲声中朝着我微笑。

弥撒仪式的风格比较随意:圣坛辅祭穿着运动服和运动鞋,乐曲由一名身穿牛仔裤的女孩弹吉他领奏,偏向于民歌的曲调和节奏。老师的婴儿宝宝们可以在室内走动或爬行,推拉他们的费雪玩具——或者也可能是做弥撒的年轻牧师没有勇气去阻止孩子们这么做。我发现今天是大斋节期第二主日。(大斋节期!这个词语唤起了我多少已被遗忘的情感和记忆啊!圣灰星期三那天禁食节欲,学校的女生和老师在前额上都涂着黑色的灰,虔诚得整整一天都不会将它抹掉……"戒除"甜食和茶饮中的糖……复活节那天开心地猛吃巧克力……不少因克己自制而获得的乐趣是很多年轻人永远都不会知道的。)读经讲的是亚伯拉罕和以撒的故事——一个很好的故事,但也很可怕,就像克尔凯廓尔所说的那样。可能有人希望在一所大学的弥撒布道中会找到引用克尔凯廓尔的著作《畏惧与战栗》的一些文字或话语,但没有这么好的运气,年轻的牧师只把它当成简单的故事来解释,要求人们服从上帝的意志,由此把注意力集中在对亚伯拉罕的"祝福"上。福音书就是耶稣变容的故事,结尾是使徒们"在他们中间自己讨论'从死亡中复活'可能意味着什么"。的确如此。

随后,我不可避免地得和里弗代尔夫妇交谈一番。"我不知道你还是个天主教徒,"科林笑着说,带着嘲讽的口气将最后一个词重重地强调了一下。如果除了《暴风之眼》他还读过我其他的作品,那他可能还会猜测我从小到大一直是个天主教徒。"我不信教,"我说,"我一时心血来潮就走了进来——凑巧路过这儿。""好吧,迷途的羔羊总是受欢迎的,"他说道。我觉得他说得有点无礼,尽管被当作是玩笑话。"让我为你引荐一下史蒂夫神父吧,我们的兼职牧师,"他继续说。"不用了,谢谢,"我冷冷地回答,"我得走了。"在我离开时,安娜贝尔怅然若失地给了我一个半带歉意的微笑。

在返回小房子的途中,我在超市稍做停留,买了三份已受潮发胀的星期天报纸,然后用一个下午的时间如饥似渴地阅读了有关在伦敦新上演的戏剧、电影以及举办的展览等方面的全部讯息。天黑之前我又去散了个步。雨已停了,天空中出现一轮红彤彤的冬日夕阳,钢丝网围栏在斜光照耀下反射出的短暂光芒,就像电烤面包炉中的电热丝,随着太阳在远处的落山而熄灭。我越来越觉得自己好像是处在一个开放的监狱里:我可以轻易地走出去,我渴望走出去,但预想到这么做所带来的后果,我不得不留在这里,为了我的名誉。我必须服刑。

3

学期第二周的星期三,拉尔夫·麦信哲和海伦·里德碰巧在大学的员工楼里相遇,正好是午餐时间。海伦站在大厅里,正观看当地一名画家举办的画展。拉尔夫通过旋转门进来时看到了她,并上前走到她身后。

"你觉得这些画怎么样?"他凑到她的肩头说道,把她吓了一跳。

"哦!你好……我在想这些画是不是很便宜,我可能要买一幅挂在客厅里,让屋子亮堂一些。"

"嗯,它们是够明亮的,"他抬起头用审视的眼光看了一下那些画。画的都是些风景,大胆使用了耀眼的丙烯酸颜料,事实上这样的风景即使有的话,也很少能遇到。

"是的,它们也足够便宜。但是……"

"从某种程度上说它们丑得可怕。"

她大笑,"我想你说得对。"

"你吃过午饭了吗?"

"我正要去自助餐厅。"

"那为什么我们不一起吃午饭呢?"

"好啊。那太好了。"

"但不是去自助餐厅。"

"我午饭通常吃得不多,"她说。

"我也吃得不多,但是我喜欢舒舒服服地吃,"他说。

二楼餐厅有服务员，餐桌上铺着桌布，还放有插着塑料花的小花瓶。他们俩在看得到湖的靠窗位置坐下。海伦点了一份沙拉，拉尔夫点了一份当日主打的意大利面，两人还一起点了一大瓶苏打矿泉汽水。

"其实我上个星期天的早晨就想请你喝杯咖啡，"拉尔夫说，"我看见你在雨中走着，看上去好像显得无事可做——"

"你怎么会看到我？"她看上去很吃惊，但是听到他这样说也没有特别不开心。

"从我办公室的窗户看到的。你路过研究中心，我碰巧正朝窗外看。"

"你星期天上午在办公室做什么？"

"哦……在赶工作，"他含糊地说，"我走出大楼想和你说话，但已经找不到你了。你就好像凭空消失一样。"

"是吗？"她看上去有些尴尬。

"你去哪儿了？"

"我进了教堂。"

"为了什么？"

"那你说为什么人们通常要在星期天上午去教堂呢？"

"那你信教吗？"从他的声音中听出了一丝不赞同，也可能是有些失望。

"我从小就是个天主教徒。但我现在不再信了——"

"噢，那好。"

"你为什么那么说？"

"噢，要和信教的人一起理性地谈论任何重要的事情，那是不可能的，我猜这就是我没想去教堂找你的原因。我觉得你是一个理性聪明的人。所以，如果不是教徒，那你在那里做什么？"

"嗯，我并不是真的全部都信，"她说，"你知道的，童贞女之子、圣餐变体论和教皇无误论，等等。但是有时我认为这些背后一定有一种真理存在，或者说是我希望有。"

"为什么？"

"因为若非如此生活就太没意义了。"

"我不那么认为。我觉得生活充满趣味，也让我深感满足。"

"嗯,你是幸运的。你很健康,生活富有,工作也很成功——"

"难道你不是吗?"他说。

"嗯,我也这样认为,一定程度上说。但有成千上万的人却不这样认为。"

"我们暂且不说他们。你呢?为什么对这样的生活不满意?你为什么还需要宗教呢?"

"确切地说,我并不需要宗教。我的意思是,在成年后的大部分时间里,我没有它也活得很好,但是有些时候……我失去了我的丈夫,你知道的,大约在一年前。"

"是的,我听说了。"

她等待片刻,好像是在期待他说些安慰之类的话,比如"真为你难过"等,但他并没有说。

"他走得很突然,毫无征兆。脑动脉瘤。事情发生前,我们的生活看上去非常顺利。马丁刚刚升职,我最近的一部小说也刚获奖——我们正计划去度假好好挥霍一番。其实当时我们正在查阅旅游手册,他……"她停了下来,显然是触及了记忆中的伤心事。拉尔夫·麦信哲耐心地等待她继续往下说。"他突然倒下。他陷入昏迷状态,第二天就去世了,在医院。"

"这对你来说太难受了,但对他来说倒是一个不错的选择。"

"你怎么能那么说?"她看上去很震惊,转而愤怒,愤怒地差点即刻起身离开。"他只有44岁啊,还有好多年幸福的生活在等待着他。"

"谁知道呢?他也许没准在第二年就得了某种既可怕又痛苦的退化性疾病。"

"也许不会。"

"是的,也许不会,"拉尔夫让步说。

"他本可以拥有幸福、长寿的生活,制作出许多精彩的电台纪录片,有孙辈相伴,能环游世界,还能……做各种各样的事情。"

"但是他现在并不知道那些。他在死之前也没有时间去想那些。他是满怀着希望死去的。那就是为什么我说这是一个不错的选择。"

这时服务员过来上菜,上菜时他们的交谈停止了片刻。这是一个让海伦冷静下来的机会。

"所以你认为我们死了就不再存在了吗?"服务员离开时她说道。

"从绝对意义上说并不是。我身体的原子是不可摧毁的。"

"但你的自我、你的精神、你的灵魂……"

"就我而言,那些只不过是我们谈论某种大脑活动的方式罢了。当大脑停止运转,它们自然也就停止了。"

"那这不会让你充满绝望吗?"

"不会,"他高兴地说,用叉子卷了卷奶油意大利面条。"我为什么要绝望?"他把冒着热气的意面送入嘴里,大口地嚼着。

"嗯,俗话说,一个人终究不能逃过死亡,那年复一年地去学习知识,积累经验,努力做得更好,并取得成功,似乎就毫无意义了,就像在涨潮线下建一座美丽的沙堡那样。"

"那是你能够建造沙堡的唯一一块海滩,"拉尔夫说,"不管怎样,我希望自己在死之前可以在认知科学的历史上留下一个永恒的印记,就像你也一定希望在文学史上留下一笔。那就是人死后的一种生命,唯一的一种。"

"嗯,是的,但只有极少一部分作家的作品在他们死后还能真正继续被人们广为阅读,而我们绝大部分作家的作品最终都化成了纸浆。"海伦把发黄的生菜叶茎拨到盘子的边上,把余下的菜切碎。"什么是认知科学,准确地说?"

"大脑思维的系统性研究,"他说,"这是科学研究的最后一个领域。"

"真的吗?"

"物理学家已经对宇宙了解得很清楚了,他们最终会提出一个统一的理论,这只是一个时间的问题。DNA 的发现已彻底地改变了生物学,意识则是人类知识地图上留下的最大一块空白。你知道现在是'大脑的十年'吗?"

"不知道。谁这么说?"

"噢,事实上我认为是布什总统说的,"拉尔夫说,"但他是在为科学界说话。最近什么样的人都对这个领域感兴趣——物理学家、生物学家、动物学家、神经学家、进化心理学家、数学家……"

"你属于其中的哪一类?"海伦问。

"我以哲学家的身份开始研究。我在剑桥大学学了道德科学,并取得了精神哲学的博士学位,然后我在研究员基金资助下去了美国,进入了计算机和

AI 领域——"

"AI？"

"就是人工智能。曾经除了一些哲学家以外没有人对意识的问题感兴趣，而现在却成了科学研究领域最大的香饽饽。"

"那有什么问题吗？"海伦问。

拉尔夫轻笑道，"你是一个有意识的个体，对于这个事实你难道一点儿也不觉得惊讶或好奇吗？"

"不完全觉得。关于我的意识的内容，是的，当然。情绪，记忆，感觉，这些都有很多疑问，你是这个意思吗？"

"嗯，这些包括在内。在文献中称作'感受质'。"

"感受质？"

"我们在感知世界过程中主观体验的具体特质——就像咖啡的香味，或是菠萝的味道，都是不会被弄错的，却又很难去描述。还没有人弄清楚该如何去解释它们，还没有人能证明它们确实存在。"感觉到她想反驳，于是他又补充说，"当然它们似乎足够真实，但它们可能仅仅只是某些更基本、更机械的物质的实现方式。"

"'你大脑中的电路'？"她说，语气上重重地强调了一下。

拉尔夫脸上露出了满意的笑容。"你看了我的电视系列节目？"

"只看了一点点，对不起。"

"嗯，我并不完全同意神经科学家的观点。好吧。大脑思维是一台机器，一台虚拟的机器。一个由多个系统组成的系统。"

"或许它根本不是一个系统。"

"哦，但它是。宇宙中的任何事物都是一个系统。如果你是一名科学家，你得先有这样的假设。"

"我估计那就是为何我以前一经学校同意就早早放弃科学课的原因。"

"不，你放弃科学，我猜，是因为它的传授方式无聊至极，内容太少，而且都是提炼过的……不管怎么说，意识的问题基本上是传承了笛卡尔古老的身心二元论。我的研究生们把我们的研究中心称作是'身心作坊'。我们知道思维并不是由非物质的幽灵之类的东西构成的，不是大脑机器中的鬼魂。但是它又是由什么组成的呢?你该怎么解释意识现象呢?它仅仅是大脑的电化学活动吗?是神经元放电,神经递质跳过突触?某种意义上说,是的,就是这么一回事,我们可以观察到。当实验对象不同的情绪和感觉被触发时,如今你可以通过正子断层扫描和磁共振扫描显示大脑的不同部位像弹球机一样被点亮了。但这种反应是如何转化为思维的呢?如果是'转化',但也可能不是,那是否存在意识的某种前语言介质——'思维语言'——在特定的某一点,为了特定的目的,通过大脑专司语言的特定部位清楚地表达出来的呢?这些都是我感兴趣的问题。"

"如果这些问题是无法回答的呢?"

"关于这一领域有些人持这种想法,他们被称作神秘人。"

"神秘人。这名字听起来不错,"她说。"我觉得我就是神秘人。"

"他们认为意识是有关世界的一种无法消除、不证自明的事实,并无法用其他术语解释。"

"哦,我觉得更像是济慈的'消极能力',"海伦说。听上去她有些失望。

"什么是消极能力?"

"'当一个人有能力在不确定、神秘、疑惑中存在时,不会急切地寻求事实和理由。'"

"不,那些家伙是科学家和哲学家,不是诗人。但他们放弃寻求解释是错误的。"

"那你呢?"

"我觉得大脑思维就像是一台电脑——你用电脑吗?"

"我有一台笔记本电脑。我不懂它的复杂运作,就把它当作一台美化了的打字机用。"

"好吧。你的电脑就是一台线性的计算机,它以惊人的速度同时执行许多任务。大脑更像是一台并行计算机,换句话说,它同时运行很多个程序。我们所说的'注意力'则是整个系统中不同部分之间的一个特殊的交互。子系统及其之间可能的连接和组合有成千上万,且极其复杂,整个过程很难模拟——事实上,以现有的技术水平来说是不可能做到的。但我们在朝着那个方向前进,就像英国铁路公司曾说过的那样。"

"你的意思是,你们在努力想设计一台能像人那样思维的计算机?"

"基本上,那是最终的目标。"

"像人一样有感觉? 一台会宿醉、恋爱、忍受丧亲之痛的计算机?"

"宿醉是一种痛苦,而痛苦一直是一个棘手的难题,"拉尔夫谨慎地说,"但是,通过编写程序设计出一种机器人,使它与另一个机器人形成共生关系,当另一个机器人停止运转时,它就可能会表现出悲痛的症状,我不认为存在任何固有的不可能性。"

"你是在开玩笑,对吧?"

"当然没有。"

"但是这太荒谬了!"海伦大声说,"机器人怎么可能会有感觉? 它们只是一些零碎的金属、电线和塑料啊。"

"目前是这样,"他说,"但没有理由说未来的硬件就一定不会是由某种有机物构成的,在美国已经有了为机器人开发的合成机电肌肉组织。或者我们也可能开发出用碳基材料造的计算机,像生物机体那样,进而取代硅基计算机。"

"你的'身心作坊'听起来像是现代版弗兰肯斯坦①的实验室。"

"但愿,"他带着一丝苦笑说,"我们没有资源建造自己的机器人。我们大部分的研究是理论性的和模拟性的,这样成本更低——但少了些刺激。我们发明的最接近弗兰肯斯坦实验室的东西就是麦克斯·卡林西的壁画。"

"那是什么?"

"如果你有空的话,我现在就展示给你看。再给你来一杯你所喝到过的最好喝的、机器研磨的咖啡。"

"行呀,"海伦说。"谢谢。"

拉尔夫拿起了服务员递过来的账单,但是海伦执意要付她自己的那份,他也没有再坚持。

---

① 译注:《弗兰肯斯坦》是英国诗人雪莱的妻子玛丽·雪莱在1818年创作的小说,被认为是世界第一部真正意义上的科幻小说。《弗兰肯斯坦》的全名是《弗兰肯斯坦——现代普罗米修斯的故事》。"弗兰肯斯坦"是小说中那个疯狂科学家的名字,他用许多碎尸块拼接成一个"人",并用闪电将其激活。《弗兰肯斯坦》已经成为科幻史上的经典,现在很多幻想类影视作品中经常出现这个怪物的翻版。

"你不介意走过去吧?"他们下楼去大厅时,拉尔夫问道。

"不,当然不介意。"

"有往返班车,就在……"他看了看自己那块厚重的不锈钢手表说,"大约在十分钟后。"

"不用,我喜欢走路,"她说,"这是我唯一的运动。"

"我也是。我总是在校园里散步,除非天下雨。"

此时外面没在下雨,但看起来很快又要下了。潮湿的风吹过校园,灰色的浮云在天空中掠过。他们沿着湖边的小路走着,时而并排时而一前一后,因为不时有叮当声响起,提醒着他们有骑自行车的人经过。这是一个星期三的下午,有迹象表明校园里有体育活动,西边的运动场上传来隐隐约约的叫喊声,一只橄榄球抛起后又落下,在天空中划出一道道旋转的弧线。湖面上,几个穿着潜水服的学生正在玩帆板。一片片色彩鲜艳的风帆映衬着深色的湖水,好看得就像一幅画,但是这个湖对帆板运动来说还不够大:帆船刚开始加速前进就不得不马上转弯,以免撞到岸边或互相碰撞。翻船也是常有的事。

"我知道这个地方让我想起了什么,"海伦突然说,"'林中空地世界'。你去过吗?"

"没有,那是什么?"

"一种高档度假村。我去年夏天与我妹妹一家去过。在一个比较大的林区,四周围着铁丝栅栏。大家住的是建在树与树之间的小房子。度假村的中间有一个巨大的塑料穹顶,穹顶下方是游泳池和植物园,有滑水槽和涡流池之类的一些设施。度假村里有一家超市,几个餐厅和运动场馆——还有一个可以开船或玩帆板的人工湖,不过湖不够大。让我联想到的就是这个地方。那个,自行车,一旦到了林中空地世界后,就不允许自己开车,所有人都租用自行车,或是步行。度假所需的一切在栅栏内都有,你永远都不需要出去。"

"听上去挺可怕的。"

"不得不说,我妹妹的孩子特别喜欢那儿,可我有点觉得是被困在那里了。门口有保安人员,外人未经许可禁止入内,但我不禁感到这同时也阻止了我们出去。"

他们继续走着,沉默了一阵子。

"我感觉你好像希望自己没有来到这里,"他说。

"我大概只是想家了,"她说,"我相信过不了多久我就会安定下来,享受这里的生活。"

"你为什么会申请这份工作?"

"首先,我需要钱。"

"但他们付给你的薪水少得可怜!"他大声说道,然后又补了一句,"我碰巧知道,因为我是学校评议会学术聘任委员会的成员,我看到了文件。"

"这份薪水对你来说可能是微不足道,但我需要,"海伦说,"唉,我出书也赚得不多。虽然马丁有保险,但只能获得很微薄的年金。不过你说得对,来这里工作也不仅仅是为了赚钱。我女儿高中毕业后在上大学之前有一个空档年,她现在在澳大利亚。这些都是在马丁去世前就计划好的,我不想去阻拦她,如今他们都是这样做的。我的儿子在艾奥瓦州,在国外待一年——他在曼彻斯特读美国研究课程。他们不在身边,房子显得又大又空旷,而且家中又充满了太多的回忆。我觉得换个环境可能会对我有好处……"

她说完又陷入了沉默。拉尔夫含糊地咕哝了一声,以示认同。

"那你呢?"她问,"你喜欢这儿吗?"

"还行吧,"他说,"但如果我不是时常离开外出的话,我会疯掉的。"

"去参加会议,与媒体一起短途旅行?"

他不解地瞥了她一眼,好像是被她的用词所触动。"是的,就是这一类事情。还有一些别的更糟糕的地方,但这里保守落后,让人感觉昏昏欲睡。这所大学在 70 年代曾是一个时髦的地方,但一直以来没有争取到足够多的钱去搞发展,达不到应有的规模,无法开展严谨的科学研究。坦白讲,现在更是每况愈下,就像超级联赛中一家极力想避免降级的足球俱乐部。我接受研究中心主任的职位时,我还未完全意识到这一点。我在加州理工很开心,但这里提供的条件似乎让我无法拒绝,我可以在一栋特意建造的获奖建筑里办我自己的节目。"他用手指着,一个呈蹲伏状的圆柱体结构进入他们的视野,包括开有一条沟槽的穹顶和不透明的玻璃墙面。

"我听说那个穹顶代表着大脑的左右两个半球,"海伦说。

"没错。"

"那为什么墙是用镜面玻璃呢?"

"你不能猜猜吗?"

海伦笑了笑,仿佛听了一个私人笑话似的,然后专注地皱着眉。"因为你可以从里面看到外面却不能从外面看到里面?就像大脑思维一般?"

"答得好。"拉尔夫点点头,像一名欣慰的老师。"回答对了一半。但是天黑后,灯都点亮的时候,你可以从外面看到楼里发生的一切,这象征着科学研究的解释力。总之,那是建筑师的主意。"

"但是如果你拉下百叶窗——"

"说得好!"拉尔夫哈哈大笑,"建筑师显然在设计时没考虑百叶窗和窗帘的因素,只是人们觉得办公室暴露在大太阳底下无法忍受,他才加上了百叶窗或窗帘,而我们中的有些人喜欢在天黑后拉上窗帘。"

"毁掉了它的象征意义。"

"也不完全是。你总是可以潜意识地拉下百叶窗。我们永远也无从得知另外一个人在真正想些什么。即使他们决定告诉我们,我们也永远不可能知道他们是否说了真话,全部的真相。同样,没有人能知道我们的想法,正如我们也不知道他们的想法。"

"或许也幸好如此,否则社交生活会变得很难。"

"肯定的。设想一下那次在里奇蒙德夫妇家的晚宴,如果我们每个人的头顶上都有些孩子漫画里的那种对话气泡,写着'想……',那会变成什么样的情况。"他一边说着,一边直视海伦的眼睛,好像在猜测她在那样的情况下会想些什么。

她的脸微微一红。"我猜想那就是为什么人们会去读小说,"她说,"为了去发现别人头脑中的想法。"

"但所有他们发现的都只是作者脑子里的想法,这并不是真正的知识。"

"啊?那什么才是真正的知识?"

"科学知识。问题是,如果你把意识研究局限地看作是可以凭经验观察和测量到的东西,那你会忽略意识中最与众不同的特质。"

"感受质。"

"正是。有一个老笑话,几乎每本关于意识的书籍都会提及,说的是两位行为主义心理学家在做爱后,其中一位对另一位说,'它对你有好处,对我怎么样呢?'"

海伦以前没听说过这个笑话,大笑了起来。

"简单来说那就是意识的问题,"拉尔夫说,"如何对一个主观的第一人称现象做出客观的第三人称描述。"

"哦,但小说家们在过去两百年里已经在这样做了,"海伦轻描淡写地说。

"你说的是什么意思?"

她在人行道上停了下来,抬起一只手,闭上眼睛,专注地皱着眉。然后,她几乎没有任何犹豫,开始流利地背诵:"'她等待着,凯特·克洛伊,等她父亲的到来,但他对她很过分。她几次在壁炉架上方的镜子里看到了那个自己,一张苍白无比的脸带着怒气,此刻她想要离开,不想看见他。然而,也正是在这一刻,她停留了,并换了位置,从破旧的沙发上起身坐到扶手椅上,椅子上光滑的布坐垫立刻给了她——她前面曾试过——一种又滑又黏的感觉。'"

他瞪大眼。"那是什么?"

"亨利·詹姆斯的小说,《鸽之翼》的开场白。"海伦继续往前走,拉尔夫也跟了上去,走在她旁边。

"这就是你的聚会把戏——凭借记忆背诵经典小说的桥段?"

"我曾经从亨利·詹姆斯的观点着手开始写博士论文的,"海伦说,"遗憾的是没写完,不过里面的一些经典句子还一直记着。"

"再背一遍给我听听。"

海伦又重复了一遍,说道,"你看——这里面有凯特的意识,她的思想,她的感觉,她的不耐烦,她犹豫着该离开还是留下来等候,她对镜子里自己形象的感知,还有那张布坐垫肮脏的质感,'又滑又黏的'——这些都不算是感受质吗?而且这一切都是用第三人称叙述的,语句精准优雅,又符合语法规则。真是做到了既主观又是客观啊。"

"嗯,写得很有效,我同意你说的,"拉尔夫说,"但那是文学小说,不是科学。詹姆斯可以称自己知道凯特脑子里的想法,因为那是他写的,他虚构了她。出于他自己的经验和民众心理学。"

"亨利·詹姆斯跟民众这个词没有任何关系。"

他没有理会她的争辩。"民众心理学是我们内行人用到的一个术语,"他说,"它指的是与人类行为和动机有关的标准知识和常识性假设,解释人们行为和动机的原因,在普通的社交生活中很有效——如果没有这个,我们可能无法和睦相处。它同样也很适用于小说,无论是《鸽之翼》也好,《东区人》也罢……但是这不够客观,因而不能被视作是科学。如果这个凯特·克洛伊是一个真实的人物,亨利·詹姆斯永远也不可能推测说她对那个扶椅有什么看法,除非她事先告诉他。"

"但如果凯特·克洛伊是个真实的人物,你的认知科学也依然一无所知,无法告诉我们想知道的有关她的感觉。"

"我不接受你说的'一无所知'。但是没错,同意,目前我们暂时不得不勉强承认,我们对意识的了解要比小说家们假装知道的要少。我们到了。"

他们已经来到了霍尔特贝岭认知科学研究中心的门口。

研究中心的自动滑门用钢化玻璃制成,门上刻着交错的两个大写字母"HB"①。他们走近时,滑门自动打开,同时也静静地划破了他们身后的空气。门厅被有色玻璃窗透出的光线所渲染,充斥着淡蓝色的潜水灯光。从里面可以看到整个建筑主要是用钢材和玻璃建成。办公室、工作间和其余房间的分布都围绕中庭展开,弧形的内壁也是玻璃的,这样到访者一眼就可以看到每个隔间内正在进行的各种活动,尽管看到的绝大多数人似乎都在做几乎相同的事情——坐在桌前,盯着电脑屏幕,偶尔敲击着键盘。在通向入口处的中庭对面,有一个连接三个楼层的升降机井,不过在一楼的中央还有一个盘旋而上的敞开式旋转楼梯,楼梯用不锈钢和抛光木材制成,通过水平的步道和长廊与上面的楼层相连通。

"你注意到楼梯有什么不寻常之处吗?"拉尔夫问。

"嗯,极其典雅,尤其是扶栏,"海伦说。

---

① "HB"为霍尔特贝岭的首字母缩写。——译者注

"不,不是指那个。扶手在左边,就好像 DNA 的双螺旋结构。旋转楼梯通常朝另一个方向走。"

"啊,你不说我还不知道。"

他带她参观了一楼的设施:一间综合办公室,一个小型图书馆,一个座椅都倾斜向上翻起的演讲大厅,几间桌上排放着电脑终端机的研究生工作室,一间带空调的地下室机房。拉尔夫说机房是这幢楼的大脑,里面放满了各种形状和不同大小的计算机。这些计算机自顾自地嗡嗡作响,指示灯不停地在闪烁,研究中心的大部分工作和研究记录都储存在机器的磁盘和录音带上。一个身穿白色实验工作服的人正在研究一份从机器上打印出的资料。拉尔夫向海伦介绍说这是他的系统管理员斯图亚特·菲利普斯。海伦注意到每台计算机的机箱上都贴有一张印有名字的白色卡片:"阿道克""汤普森一号""汤普森二号""白雪",等等。

菲利普斯说,"如果你根据技术指令——字母和数字——来辨认这些计算机很容易出错,所以我们给它们都取了绰号。"

"为什么都是《丁丁历险记》系列中的名字?"海伦说。

"是麦信哲教授的主意,"菲利普斯转向拉尔夫说道。

"我的孩子非常喜欢这些角色,"他说,"到现在都还喜欢得很,我也特别喜欢,就此而已。"

他带她来到地下的公共休息室。休息室里放着低矮的现代沙发和几张因使用过度而褪了色的破旧扶手椅,还有一台闪闪发亮的瑞士产自动咖啡机。三个穿着牛仔裤、运动衫和运动鞋的年轻人在一个角落里闲聊。拉尔夫向海伦做了介绍,他们都是博士生:吉姆、卡尔(来自德国)和健治(来自日本)。她问他们最近在研究什么。吉姆回答机器人学,卡尔说是情感建模,健治说得含含糊糊,拉尔夫给她重复了一遍——"基因算法式。"

"我能猜到什么是机器人学,"海伦说,"可另外两个究竟是什么呢?"

卡尔解释说,情感建模就是用计算机模拟情感对人类行为的影响路径。

"比如悲伤?"海伦说道,看了一眼拉尔夫。

"正是如此,"他说,"虽然卡尔正在研究的是一个关于母爱的程序。"

"我很想看看,"海伦说。

"我今天恐怕不能给你演示,"卡尔说,"我正在改写这个程序。"

"改天吧,"拉尔夫说。

"那个基因什么来着?"海伦转向健治问道。这个年轻人的英语不如卡尔那么好,解释得结结巴巴,满头是汗,拉尔夫老练地给海伦做了概述:基因算法式就是如同生物的生命形式那样可以自我复制的计算机程序。"这些程序都设置了一个待解决的问题,其中效果最好的程序被允许进行自我复制,以进入下一个测试。换句话说,它们配成一对,一起做爱——"拉尔夫的这番话逗乐了学生们。"我们把每个程序都一分为二并互相交换。如果你经常这样做,做得足够多,你最终获得的程序有时会比人类程序员所能设计出的程序还要强大。"

"但它们也可能失去控制,"海伦说,"然后接管整个世界。"

"它们也更可能会在公共休息室里讨论人类有没有意识的问题,"他说。

几个年轻人礼貌地笑了笑。或许是想到了应该对自己的研究表现出勤奋和投入的一面,于是他们就离开了,房间里只剩下拉尔夫和海伦两个人。他问她喜欢喝哪种咖啡,然后在咖啡机上按下了相应的按钮。她喝着一杯撒有巧克力粉的卡布奇诺,拉尔夫很期待地看着她。

"嗯,真好喝,"她说,"只是这个聚苯乙烯塑料杯影响了口味。"

"哦,固定员工都有自己的陶瓷杯,"他一边说,一边走到一块木板前。木板上的茶杯钩挂满了各种不同装饰的杯子,每只杯子上都贴有杯子主人的名字。他拿了一个黑色的杯子,上面印有白色的四个大写字母"BOSS"(老板)。他把杯子放到咖啡机口子下方,冲了一杯加糖的双份意式浓缩咖啡。

"你们没有一间独立的员工休息室吗?"海伦评论道,"很民主。"

"嗯,我们的学生都是研究生,我们不开设本科生课程,这一点让学校很不满意。"

"为什么这样?"

"我不想我的人浪费时间和精力去教本科生的那些基础课程。"

"不,我的意思说,为什么学校会不满意?"

"钱的多少与学生人数有关。你知道,高等教育如今已经市场化了。"他从他手中的咖啡杯上方看向她。"事实上,这是我们目前的一个心病,我说这个话题可以轻松地把你说到烦死为止。"

"那说说试试,"她说。

"嗯,简单说来,这个地方是霍尔特贝岭公共有限公司捐资建造的——当时的校长与他们的董事长关系不错。他们提供了基本建设资金和一半的运营开支,大学负担另一半的费用,双方每五年续签一次协议,明年第二个五年的协议到期后,霍尔特贝岭公司将不再续约。虽然他们对我们在做的研究赞赏不已,但已没有能力再给予资助,我不能责怪他们。他们的很多生意已被微软拿走,自己也面临着现金流的问题。过去一直有这样的假设,认为他们最终会退出,由学校来承担全部的经费,但是学校也很缺钱。新任校长和他的公共安全委员会——我通常都这么称呼他的管理团队——告诉我说,他们无力承担研究中心全部的运作经费。"

"那会发生什么样的情况呢?"海伦问。

"最坏的情况是我们会关门。"他带着嘲讽的微笑又补充说,"或许他们会把这个地方改成创意写作中心。贾斯帕·里奇蒙德告诉我说他在英语学院的场地已经不够用了,再说公共安全委员会对创意写作也是非常认同。"

"是吗?"海伦听上去很惊讶。

"哦,是的。这类课程很受欢迎,吸引了大量的申请者,本科生和研究生。美国学生选择在大三学年去国外学习,也喜欢来这里,因为他们可以在创意写作这门课上获得学分。学生多,学费就多。英语学院通过临时的短期合同聘用了不少穷困的作家——"

"为了微不足道的薪水,"海伦插了一句。

"微不足道的薪水,正是这样。只有固定的工资,没有退休金,没有公休假,也没有产假。这门课程的管理费用一定是可以忽略不计。从商业的角度来看,这是一笔低成本高回报的买卖。这个世界是否还需要更多的小说家,是一个见仁见智的问题。"

"那需要更多的认知科学家吗?"

"我觉得需要,这很明显。未来占主导地位的将是计算机科学和基因工程。你需要有人去理解这些领域的基本问题和发展潜力,而不仅仅是应用。

但我们的主人们似乎并没有理解这一点。想要为'蓝天研究'①争取到钱,总是很难的,任何领域都是如此。"

"但你不会是真觉得学校会把你的研究中心关了吧?"

"不会,嗯,不管怎样,这只是最后一手。我们是这所大学为数不多的世界级水准的部门,在上一次的研究评估中被评为 5 级。如果学校真得把这儿停了,那应属于管理不善,更不用说糟糕的公关表现了。所以更可能的情况是学校让我们勒紧裤腰带,或者开设本科课程。"

"你就不能新找一家资助公司吗?"

"这很棘手。你知道,最初捐资建这栋大楼的时候有一个条件,大楼的名字必须始终叫作霍尔特贝岭研究中心,不能改变。你可以想象得到,任何一家新的竞争公司都不会乐意接手。也是基于同样的原因,一些特定的项目甚至连资助经费也很难拿到。我们现在最大的希望就是国防部。"

"国防部?"

"他们对我们的某些研究很感兴趣,当然宣传是他们最不需要的。不管发生什么,都意味着我要做更多的文书工作。好吧,对于无聊的管理问题我们已经谈够了,"他说着,拿起海伦的空杯子和自己的杯子,走到洗涤槽边,把空杯子处理掉,又把自己的杯子冲洗干净。"我给你看看卡林西的壁画吧。"

途中,他们在一条走廊上遇到了研究生吉姆,他正在观察一个小机器人。小机器人大约两英尺高,有三个轮子,脑袋可以旋转,上面装有当作眼睛的两个镜头,另外还有一双机械手爪。

"这是亚瑟,"拉尔夫说,"最新增加的研究力量,现成买来的。"

这一刻,亚瑟一动也不动,面朝着一个角落,就像一个在课堂上调皮捣蛋而被叫到墙角面壁思过的小男孩。

"它在做什么呢?"海伦问。

"正在测算空间,"吉姆说,"并进行记忆。"

突然,亚瑟移动轮子,朝走廊的另一头奔去,然后重重地撞在墙上。

"哎哟,"吉姆皱着眉说,"一定是程序出什么错了。"亚瑟从墙边往后退,似

---

① blue skies research(蓝天研究),意指没有直接实用价值的基础科研。——译者注

乎一副愕然的表情,然后若有所思地看着墙。

"他如果想与其他机器人约会,那似乎还需要些时日,"海伦对拉尔夫说。

"是的,"拉尔夫说,"如果能教会他从地上捡起垃圾,那我们会很高兴的。我们继续走吧。"

拉尔夫领着海伦走向电梯。这架电梯不仅墙面是玻璃的,连地板也是玻璃的,所以如果你愿意的话,可以从两腿之间看到井道里的钢丝绳和机械装置,尽管海伦显然不愿这么做。当他们静静地缓缓上升时,拉尔夫解释说,麦克斯·卡林西是一位匈牙利裔美国哲学家和业余画家,几年前休学术假时从普林斯顿来到研究中心,作为一名研究员在中心待了一年。在拉尔夫的允许(事实上是鼓励)之下,他自娱自乐地创作了一幅壁画,用来装饰研究中心的三楼,壁画画的都是认知科学、进化心理学和精神哲学等领域里的一些著名理论和思想实验。

电梯在三楼走廊口停下,玻璃门打开时发出叹息般的机械声。"天哪!"海伦刚跨出电梯,就发出了惊呼声。这一层房间的内墙面不像下面两层那样用玻璃制成,而是用厚厚的砖块和灰泥砌成,所以围绕中庭一圈的内墙形成了一个可以作画的曲面。一系列相互重叠的场景、人物和插画,采用的是大胆的表现主义风格手法,从电梯的两边开始延伸,最终汇合于走廊的另一端,构成了一幅环形全景画。相较于其他楼层严肃单调的高科技氛围,这里实在是色彩斑斓、千姿百态。

"叹为观止吧,是不是,"拉尔夫说着,看上去对她的反应很满意。"要我给你当向导吗?"

"好的,谢谢。"

他转向他的左边,海伦跟在后面。吸引视线的第一个图像是一只张开翅膀的巨型黑蝙蝠,它就像一架隐形轰炸机,为许多同心圆所环绕,在齐眼的高度朝他们飞扑过来。

"在70年代初期,有一位名叫托马斯·内格尔的哲学家,他写了一篇著名的文章,题目是'做只蝙蝠的感受是怎样的?'"拉尔夫解释说,"他认为我们绝对没有任何办法得知什么样的感受才是一只蝙蝠的感受——唯一能知道的方法就是成为一只蝙蝠。因此感受质是不可言喻的,因此对意识的科学研究也是不可能的。这个论点虽然在我看来是过于简单化,但却意外地引起了激烈的争论。人们纷纷想选择蝙蝠做思维实验,尽管——这种生物实在是诡异。它们通过回声定位确定飞行的方向,就像雷达一样,你知道吗?"他指着那些同心圆。"发现这个事实的某个家伙第一次在科学会议上做描述时,一名老教授随即站出来大力抨击,认为这种想法荒谬至极。"

"那后面在背景中的两只蝙蝠在做什么?"海伦指着一对蝙蝠问道。它们似乎是用迪士尼动画中模仿人类求爱的姿势在互相亲吻。

"它们是吸血蝙蝠。其中一只正把血回吐到另一只的喉咙里。"

"啊,我刚才不问就好了。"

"显然,吸血蝙蝠夜里外出归来后,那些运气好的蝙蝠会与那些没觅到食的蝙蝠一起分享食物。"

"这与意识的问题有什么联系吗?"海伦问。

"与动机有一些关联。乍一看,分享是一种利他主义的行为,但只有在互惠的条件下,一只幸运的蝙蝠才会把它的血分享给另一只蝙蝠,即使两者的关系发生颠倒,结果也是一样,所以这实际上是一种开明的利己主义形式。人类也是如此——正如'囚徒困境'理论所阐述的那样。"

拉尔夫指向了另一幅画。画中有两个男人身穿漫画书上常出现的那种条纹囚服,分别坐在一排空牢房两头的囚室里,隔着铁窗神情忧郁地盯着外面看,在他们之间有一名看守在站岗。"情况是这两人都被控犯罪,两人都被要求提供指认对方的证据。需要注意的是,他们被分别关押,相互不能交流。如果两人都背叛对方,那他们都把牢底坐穿。如果只有一人供出对对方不利的证据,那指认的一方将被免于惩罚。如果两人都保持沉默,那他们都会因为证据不足而被从轻发落。这是一种事关合作与背叛的选择,能应用于各种各样的场合:经济、政治、捕鱼权、学校运动场,等等。整个人生可以被视作是一个不断在合作与背叛之间做出一系列选择的过程。"

"真的吗?"海伦说。

"就拿大学最近压缩开支的政策来说,各个院系的头头们都面临着一个选择,是投赞同票把这项政策在全校铺开,尽可能地予以稀释——大家都平等分摊——还是在祸及自身之前投票赞同先让某些部门大幅缩减开支。合作或背叛。数学家们已花了数千个小时的时间,试图研究出最有利的方案来玩这场游戏。所有的会议都在专门研究这个问题。为了想出最有效的策略,还举行了一场国际比赛。知道结果会是怎样吗?"

"怎么样?"

"礼尚往来,针锋相对。你与另一方合作,直到他们不与你合作为止,然后下一次你就背叛他们。不过,只要对方知道你会那么做,你就不需要再背叛了。社会就是这么维系的,人类的道德也仅限于此。"

"嗯,"海伦嘀咕了一声,像是要对此进行反驳,但最后还是没选择这样做。她走到壁画的另一面。"这又是什么?"她点着头,示意另一幅画。画中有一名男子坐在桌子前,桌上摆着收文篮、发文篮和一摞书,可他身处的房间却是空荡荡的,没有窗户,收发篮内装满了一卷卷写着表意文字符号的纸,另有一些相类似的纸卷飘落在门旁。

"那是塞尔的'中文房间',一个非常有名的思想实验。大意是画中的这个人在接收中文写的问题,虽然他既说不了中文也读不了中文,但他有一本类似规则手册的书,书里的逻辑程序能够使他用中文回答那些问题。他就整天坐在那里接收问题并给出正确的回答,只是他一个中文字都不认识。那他在做这件事时有意识吗?"

"他会意识到自己是正在做一件极其枯燥乏味的事情。"

"说得好,"拉尔夫说,"但这不是塞尔的观点。他认为,房间里的这个人对自己正在处理的信息一无所知,因为他的行为就好比是一个计算机程序,计算机程序同样也不可能对处理的信息有意识。所以,人工智能一定会失败。"

"我猜你不赞同。"

"是的,我不同意。因为即使是在思想实验中,也无法构想出一个像能这样正常运转的计算机程序。或者说,假如可以,那么它在任何常态标准下都会是有意识的。"

"我猜这些中国人是在提问和获得答案,"海伦说道,指着一幅画中一大群并肩而立的亚洲人,这些人身穿中山装,耳朵上夹着看似手机之类的东西。

"不是,那是另外一个人的思想实验。这个实验是让全中国的人都配备双向无线电对讲机,目的是为了模拟人脑细胞的连接。"

"为什么是中国?"

"我猜是因为中国拥有全世界最多的人口,使用一种共同的语言。有大约十亿中国人,我认为。"

"但中国人并非都说同一种语言啊,"海伦反驳道。

拉尔夫大笑。"是这样吗? 我想设计出此实验的家伙并不知道这个。但是,在一个人的大脑中约有数亿个神经元,与宇宙中的原子相比,它们之间有更多可能的连接,所以这个实验无论怎样也不会有任何结果,并不贴近现实。"

"那它的意义是什么呢?"

拉尔夫耸耸肩。"我忘了。我想也许是另一个反功能主义的观点。大多数思想实验都是如此。来看这个有趣的实验吧。"

眼前的这幅画画的是另一个房间,没有窗,像个单间牢房,但放满了家具和设备——一张书桌,几个文件柜和书架,几台电脑和一台电视机。屋子里的所有一切都是黑白色或灰色,包括坐在书桌前的那个年轻女人。她戴黑色手套,穿黑色鞋子和透明的黑色长筒袜,身穿白色实验工作服。电视机屏幕上的图像也是黑白的。但是这个房间是在地下;在房间上方的地面——通过横截面显示——是一片明媚的田园风光,充满鲜艳的色彩。

"那是弗兰克·杰克逊的'黑白玛丽'思想实验。玛丽是一名色彩科学家。实验的大意是,玛丽从出生、长大到接受教育,都是在一个只有黑白两色的环境里。从科学的术语来讲,她知晓一切有关颜色的知识——例如刺激视网膜实现颜色辨识的各种波长组合——但她从未真正见过任何颜色。注意,房间里没有一面镜子,她看不到自己的脸、眼睛、头发以及身体其他部位的颜色。然后有一天,她被允许走出房间,她第一次看见,比方说一朵红玫瑰吧,会不会有一种全新的体验?"

"明显会啊。"

"杰克逊就是那么说的。这是又一个支持感受质既不可描述也不能削减的论据。"

"这在我看来似乎是可以置信的。"

"嗯,这比大多数实验有说服力。但是再一次地,实验要求你接受很多前提条件。假如玛丽绝对知道所有关于颜色的知识——比我们现在知道的要多得多——或许她能够在大脑中模拟出对红色的体验,比如通过服用某些药物。"

"这些人是谁?"海伦问道,用手指着或坐或站或走动的一群人像。"他们有些古怪,但又很难确切地指出来。"

"你真是了不起,"拉尔夫说,"卡林西也很了不起。他们是僵尸。"

"僵尸!"

"是的,我们对僵尸做了很多的研究。僵尸之于精神哲学家,正如老鼠之于心理学家,或豚鼠之于医药生物学家。就算哪里发生了一场僵尸权利运动,我也不会感到惊讶。"

"但是他们并不存在啊!"海伦大呼道。

"作为一个小说家,你非常缺乏想象力,"拉尔夫说。

"我是一名现实主义小说家。"

"从哲学上讲,僵尸不一定存在,只是它们的存在有逻辑上的可能性。它们对思想实验很有用,因为它们的外表与行为和人类难以区分,但是从人类的意义上说它们没有意识,例如,这里的两个长头发的小伙子,"他指着画上的人说道,"是年轻的哲学家大卫·查默斯和他的僵尸双胞胎。但正如你所见,很难区分谁是谁。"

"说到动物权利,这只猫怎么了?"海伦问道,停在一幅画前。这幅画有一系列的框,就像一幅连环漫画横穿过 D. C. 道格拉斯教授的办公室门。画中的一名魔术师把一只昏昏欲睡的橙色斑猫放进一个木柜里,接着又把一套复杂的科学装置放进柜中,然后他盖上盖子。在最后的那个框里,魔术师消失了,只剩那只木柜。

"那是'薛定谔的猫',一个著名的量子物理学思想实验。柜子中的装置连接着一台测量电子自旋的仪器和一件注射毒药的器具。这项实验假设,如果电子'向上'自旋,那套装置会将猫杀死。但根据量子力学原理,除非有人观察到,否则电子有可能处于既不向上又不向下的状态。因此,在有人打开柜子之前,这只猫是处于非生非死的叠加态。"

"这位魔术师是薛定谔吗?"

"不,他是数学家罗杰·彭罗斯。"

"跟罗宾·彭罗斯教授有什么关系吗?"

"他是谁?"

"是女的,她这学期会来英语学院开讲座。我有一张讲座的宣传单。"

"我觉得没任何关系。这个彭罗斯认为量子物理学可以解答意识的问题。意识导致波函数的坍缩,量子在微管中坍缩。"

"恐怕你已经把我讲懵了,"海伦说。

"嗯,这个很难解释,"拉尔夫说,"据说那些声称自己懂量子力学的人不是疯了就是在撒谎。"

这时,门开了,一名戴眼镜的小个子男子手里拿着一叠纸出现在门口。他发现两个人站在他面前,吓了一跳,立刻止住步,一脸的惊愕,然后透过厚厚的眼镜片看着他们。一头灰白的头发,看得出他已届中年,但是有一张男孩气的脸。

"啊,达格斯来了!"拉尔夫说,"达格斯会给你解释,他比我讲得更清楚。"

"解释什么?"那名男子问道。

"量子力学,"拉尔夫说,"这位是海伦·里德,她是一位作家,这学期在英语学院任教。"然后他转向海伦说,"这是我的同事道格拉斯·C. 道格拉斯,大家都叫他达格斯。"

"我可从没有同意过这个称呼,"道格不悦地说。

"很高兴见到你,道格拉斯教授,"海伦伸出手说道。这时,他冷若冰霜的表情才有了一丝热度。

"你想要见我,麦信哲?"他问拉尔夫。

"不是,我是带海伦来看壁画的,"拉尔夫说,"我们刚刚在看'薛定谔的猫',你突然像量子效应似的从自己的办公室里蹦了出来。"

"这真的很有趣,"海伦一边说,一边面对壁画做着手势。

"假如可以按我的方式来做的话,我会把这片墙刷白,"道格拉斯说。

"天啊,为什么?"她问道。

"华而不实,而且迷惑参观的人。"

"海伦对量子理论有些疑惑的地方,达格斯。你不想给我们解释解释吗?"

"现在不行,如果你不介意的话。我现在要去复印一些图片。"

他锁上了办公室的门,向他们略微点了点头,然后离开。

"那我只能自己试着给你解释了,"拉尔夫叹了口气说。

但还没等他开口,电梯的门就打开了,里面出来的是综合办公室的一名秘书。她朝他喊道,"麦信哲教授!"脚上的高跟鞋在地上发出格登格登的响声,同时有点上气不接下气地来到他们面前,两眼睁得大大的,透露出她带来的信息的重要性。"哎呀,麦信哲教授——斯图亚特·菲利普斯一直在找你。阿道克船长死机了。"

"哎呀,我的天。"拉尔夫面露苦相,然后转向海伦说道:"我恐怕要跟你说抱歉了。"

"没事的,"海伦说。

"阿道克船长是我们的电子邮件服务器。如果我们不在下午结束前把它修好,我的员工们就会出现戒断症状了。"他微微一笑,表示这是玩笑话,但也可能不全是玩笑。

"不管怎样,我早该走了,"海伦说,"不过还是非常感谢你,这儿非常有趣。"

"好。我希望你会再来,"拉尔夫说,手指向电梯,"我们一起下去好吗?"

4

一、二、三,测试,测试……[打嗝]原谅我!现在是……我看看,2月26日星期三,下午6时51分……我还待在办公室里,没在家里,没在炉火前暖着我的屁股,享用着今天的第一杯酒,因为我们遇到了一个问题,在电脑机房……下午我得到一条信息,说阿道克船长死机了,不过现在看起来是硬件出了故障,或者是线路的问题……此刻技术人员和电工们都在那里,满屋子地爬着趴着,试图找到问题的根源,而我在知道他们把问题搞定之前也不想回家……一想到半夜里电脑机房突然发生电气火灾,就觉得可怕,不过这也不太可能……因此我打电话给卡丽,跟她说我会晚点回家。然后我安定下来,开始处理有关工作人员评估的事务,这事我已拖延了……他妈的,如今竟然会有这么多的表格……但当我打开存放机密材料的文件柜时，我的目光落在了那只旧的袖珍磁带录音机上……我克制不住想要听听自己上个星期天上午录的那些录音……还没来得及抽出时间把录音转录成文字……我确实需要一个录音打字员用的那种小玩意，带耳机的，还有一个可以暂停和播放录音带的脚踏板……我知道楼下办公室里有一个，但我羞于问他们去借，他们会觉得好奇，我为什么不直接把录音带交给他们转录……我已订购了一个名为"语音大师"的语音识别软件包，是我在市场上能买到的最好的软件，但货还没送到；再说，这东西你得先练习一下，让它能够识别你的发音，然后你才可以使用……不管怎么说，我刚才在袖珍磁带录音机上回放了录音，不得不说，录音内容绝对精彩……尽管是否有实验价值还是个疑问……在一定程度上，并不只是实验本身决定了你思维的方向和内容……而是表达思维的方式……无论是多么随意……你以说话的方式来表达思维，其实就已经与意识现象本身隔了一层，产生了一定的距离……因为……嗯，因为我说出口的一言一语，无论听起来有多么支离破碎、不合逻辑，都是一种产出，事先经过了一个复杂的相互作用……磋商……竞争……在我大脑的不同区域之间……就像是一份反复推敲、最终达成一致的公告，先是在脑内以十亿分之一秒的速度围绕编写内容进行激烈讨论，接着暗自反复推敲，确定达成一致的文稿，然后发送至大脑的语言中枢，以执行后续的传输工作……这样的编辑加工过程不可能被记录下来或被观察到，除了将它视作一种电化学活动模式，数以百万计算的神经元相互发生作用，这场景在扫描仪上呈现出来，会是一张很好看的图画……没关系，它也许值得我再坚持一段时间，这个录音，可能会带来一些有用的东西，或许是关于注意力的本质的……我想我永远都无法在文章中引用录音的大部分内容，这东西实在太私人化、太赤裸裸，更别提还有几处下流的地方了……但很吸引人……就好像是偷听别人的内心想法一样……录音结束的时候，我竟觉得有些遗憾。同时我也被打断了，被分心了，因为我看见了海伦·里德像丢了魂似的在雨中的校园徘徊……结果她走进了教堂。我在四处找她的时候，她正一直待在教堂里，这是她今天和我共进午餐时告诉我的……我碰巧在学校的员工楼里遇见她，然后我们一起吃的午饭……一定是那份意大利面上的调味酱让我消化不良的……显然她是一名天主教徒，或者从小就是个天主教徒……

现在已经不再信教,但还不能完全摆脱天主教对她的影响,仍追求人能永生不死的观念,和许许多多的聪明人一样……甚至科学家……比如,达尔文的几位密友都迷信唯灵论……华莱士、高尔顿、罗曼斯,他们都去参加降神会,向灵媒咨询……好像他们在摧毁了基督教的可信度之后,急于想找到某种东西来替代基督教的天堂……高尔顿甚至还说服了达尔文本人,这在我读过的那本传记中有写,让他去参加了一次降神会……但值得称赞的是,年迈的达尔文还是离开了,留下他们围坐在桌前,在黑暗中手拉着手,拉上的窗帘遮住了日光,等待着幽灵一现身手……乔治·艾略特和她的男伴,叫什么来着,刘易斯,他们也在那里,我似乎还记得,长着一张马脸的老女人,她宣称上帝……什么来着……上帝是不可思议的,永生是难以置信的,或者是意思相反的话……甚至她也准备试一试唯灵论……在消灭了上帝之后,他们开始对自己造成的后果产生了恐惧,甚至达尔文……顺便说一下,哲学史上第二句最著名的话或许是尼采的那句"上帝已死"……甚至达尔文……他的身体健康状况长期欠佳,难道不是受身心问题影响的?他年轻时身体健康,精力充沛,不然他怎么能够从"小猎犬号"的那次航行中幸存活下来?但是一旦他捕捉到了进化论的思想,一旦他撰写了《物种起源》,并开始注意到这将会对宗教带来怎样的后果时,他身上就出现了各种各样的病症——疥疮,肠胃气胀,呕吐,寒战,晕厥……痔疮……耳鸣……眼前出现小黑点……你能想得到的每一种该死的疾病……他的任何一位医生都无法解释清楚,也没有任何办法治愈……其中一名医生说是潜伏性痛风,更像是潜伏性罪孽……而且他还试了各种江湖医术,任何一位认真的科学家对于这些东西本该是想都不用想的……比如,是什么来着,把铜丝和锌丝缠在自己身上……用醋将自己全身淋湿……一天吸食两个柠檬的果汁……把整个身子完全浸泡在冰冷的水里……一切都无济于事……难道所有那些愚蠢荒唐的行为不是因为对宗教发出致命一击后带来的一种自我惩罚……虽然不是进化论,是他挚爱的小安妮的病死使他开始信仰上帝……不要忘了,在那个时候有许多人死亡,比现在多得多,普通的儿童疾病都可能是致命的,分娩时也是如此……高尔顿和他的伙伴们之所以相信唯灵论,与其说是为了渴望自己能够得到永生,倒不如说是出于他们想与自己已死去的至亲挚爱再见面的一种渴望,尤其是年纪轻轻就去世的亲人……毫无疑问,这也是海伦·里德上个星期天被教堂所吸引的原因,她还在为她死去的丈夫悲伤……我在她身上小试了一下休克疗法,午餐期间,当她在谈话中打起了丧亲牌时,我拒绝像常规那样给予同情,我以为她会一怒之下拂袖而去,但她依然保持着冷静……我们谈得很起劲,聊到了二元论、意识、人工智能,等等……然后我带她来这里看了卡林西的壁画……她很聪明,也很漂亮。她今天没像周六晚上赴宴时那样穿长礼服裙,掩盖住她的大部分体态,而是穿着更显身段的毛衣长裤,身材特别的匀称……而且她的皮肤之细腻,对于一个早已青春不再的女人来说,也实属了得……不过她也显得有些忧郁,在我看来她似乎很需要好好地做一次爱……我认为,自从她丈夫去世以后,她应该就再也没有过性生活;她摆出一副永守贞洁誓言的架势,像个修女……假如卡丽突然去世,我不知道我会禁欲多长时间,我猜不会长,嗯,我就知道不会……这很令人震惊,但……假如设想卡丽快要死了,进入我脑海的第一个念头并不是我自己发疯抓狂、悲痛欲绝的场面,而是我终于获得自由,可以去干别的女人,玛丽安或是海伦·里德或是到手的其他任何女人……当然,要是卡丽确实死了,我相信我真的会心慌意乱,万分悲伤,而且或许我也可能在一段时间里对做爱完全丧失兴趣,尽管我对此表示怀疑……更有可能是反过来做,在另一个女人的怀抱里寻求安慰,"请留下来过夜吧,我只想有人抱紧我",多好的一句话,令人难以抗拒……当然,我也会继承卡丽的一些财产,这样我就会变得既自由又富有了,那样的假想没用,也不会发生在我身上,如果我想象她快要死的话……我们今天下午所讨论的东西是个很好的例子,意识的隐私性,思想的秘密性,是那只文件柜,只有我们自己有钥匙可以打开,为了这个要感谢基督……如果卡丽知道我现在的这些想法,那她会伤心欲绝,永远都不会原谅我……但据我所知,她对我也有类似的胡思乱想,想象我会突然毫无痛苦地死去……想象着自己找到了一个新的伴侣,再度坠入爱河,或许是某个比我更年轻、更浪漫的人……这个想法令我烦扰吗?不,不见得,因为我其实不信,都是假设的,当我自己在假想时,我不能进入她的幻想当中。[录音停止]

刚来了个电话,说他们找到了问题的原因……一只老鼠……不是电脑的鼠标,是一只有四条腿、长着胡须的真老鼠……它咬破了一根电线,把自己也给电死了——他们发现了老鼠的尸体。我要下班了。

5

2月27日,周四 我昨天午饭时间在员工大楼里遇见了拉尔夫·麦信哲。嗯,说实话(为什么不写下来,除了我又没有别人看到),我透过窗户的平板玻璃看见他正大步走上台阶,来到大门口;而我则从女厕所出来,走到大厅里展出的一些绘画作品前,面对这些糟糕透顶的画,我来回地晃悠着,希望他进来后会注意到我——他注意到了我,于是我们一起共进了午餐。他提到,上周日早晨,他从办公室看见我在雨中的校园里徘徊——这个信息让我感到不安。我想知道我当时在他眼里是个什么模样,满身泥水?情绪低落?精神恍惚?

午餐后,他带我去参观了他的研究中心,没想到研究中心很有意思,尤其是那个被称作卡林西壁画的东西——一幅全景式的环形壁画,在三楼,画的是各种有关意识的理论和"思想实验"。意识显然是认知科学家们研究的那种事情——的确,目前也正是各种各样的科学家在研究的事。他们已判定意识是一个有待"解决"的"难题"。

对我来说这真是很新奇的东西,但我不是特别能接受。我觉得,我一直想当然地认为意识是属于文科的研究领域,特别是文学,小说更加如此。毕竟,意识是绝大多数小说都涉及的东西,我的小说也是。意识是我的谋生之道,就像我生活中的面包和黄油。或许出于这个原因,我从来都不认为把它视作为一个现象会有什么问题。意识只是人生活的一种媒质,具有一种个人身份认同的感觉。但问题是如何才能表现意识,尤其是在互不相同的各种自我中。在这个意义上,小说也可以被称作是思想实验。你虚构人物,将人物放置于假设的情境中,然后决定他们会如何做出反应。实验的"验证"在于他们的行为是否有趣、可信,是否揭示人性。是谁来验证?是"读者"——不是自作聪明的评论家,不是阿谀奉承的宣传人员,也不是你慈爱的母亲或嫉妒的竞争对手,而是某类理想的读者,敏锐、聪明、严格而公平,你在创作过程中反复阅读自己的作品时,会努力应用这样的读者角色。我有些讨厌科学干涉小说创作,这是我的事情。科学在现实世界占据的地位还不够吗？难道也一定要对无形的、看不见的、本质的自我提出要求吗？

我打字是自学的，只会用两个手指，容易出错（为此我要感谢上帝——以及科学——发明了文字处理器）。但有些词语貌似我总是会打错。science（科学）就是其中之一，在我的电脑屏幕上总是显示为 scince，少打一个 e，自动拼写检查程序会在单词的下方标示一条像是带有责备性质的红色波浪线。我及时订正，我很抱歉漏打了一个字母，但从声喻法的角度讲，scince（发 skince 的音）的发音有一定的表达意义：它表现了科学解释世界的一种冷漠、无情、简单化的特性。我在拉尔夫·麦信哲身上感觉到了这种无情、冷漠和近乎残忍的个性。在午餐的过程中，我们的话题提到了马丁的去世，但他做出的反应却犹如把一碗冰水泼在了你的脸上。我顿感震惊和愤怒——几乎要从桌前起身离他而去，不过我很高兴我没有那样做，否则我可能永远都不会看到卡林西壁画，这是一个方面，另外壁画也激发了各种各样的想法。

今天的研习课结束时，我给学生们发了《大英百科全书》上有关蝙蝠的一篇文章，并告诉他们说，要按照一位知名小说家的风格写一篇短文，题目是《做只蝙蝠的感受是怎样的？》，下星期二的课堂上讨论。

读着上面的这些文字，我突然想到，唯一不会招致拉尔夫·麦信哲异议的可能是那种根本不会去尝试表现意识的小说，一种停留在表面的小说，只描写人物的行为和外貌，陈述对话内容，从来都不采用内心独白或自由间接文体等形式让我们去听见他们的私人想法。如艾薇·康普顿·伯内特，已故的亨利·格林，以及一些新小说派作家……但是这类小说最终无法令人满意——或者说，总体上至少是令人愉悦的，给小说的规范性带来了振奋人心的改变。如果小说家们完全停止表现意识的尝试，那么读者们就可能会很快产生"断瘾症状"。

我觉得，我一字不差地背诵小说《鸽之翼》里的片段，一定给拉尔夫·麦信哲留下了相当好的印象。我没有告诉他我前一天在课堂研讨中用过这个片段，所以当时还记忆犹新。

2月28日,周五 我通过校内邮局收到了拉尔夫·麦信哲寄给我的一篇文章——一份出自学术期刊《认知科学评论》的抽印本,另外还有一张赠礼便条,上面潦草地写着:"你可能对它感兴趣,RM①"。

这篇文章的题目是《基于悲伤情绪状态的认知架构》,由萨福克大学的三名男性学者所写(与其说是"写",总比说是"拼装"要好)。文章开头就给出了悲伤的定义:"一种认知重组的扩展过程,会出现消极效价的、烦扰不安的状态特征,是由对一起死亡事件做出反应的一种附着结构造成的。"现在我知道了。那就是我在马丁去世后几个月里所经历的过程:只是一点认知重组。孤独寂寞,无助的哭泣,每走一步都会引爆记忆的诡雷(我们曾一起看过那个电视节目,我们曾一起购买了那盏台灯,我们——上帝救救我——曾一起吃着塞恩斯伯里超市出售的那种新鲜冰冻的咖喱鸡肉,就在马丁的脑动脉瘤发作前两三个小时。甚至连早晨从信箱里掉落的报纸也会使我想起在吃早餐时一起看报的情景,所以我后来就改订了另外一份报纸,尽管我对新订的报纸一点都不喜欢)。

在文章的中间有一张反映大脑思维结构的图表,图中所有的方框、圆圈和椭圆近乎疯狂地相互发生作用(通过一团团纠缠在一起的旋转箭头和虚线),以此来图解附着结构对大脑获得死亡讯息后所做出的反应。我想,"附着结构"应该就是认知科学表示"爱"的一个术语吧。

3月1日,周六 今天去切尔滕纳姆进行了一次小小的"购物治疗",不过也只是离开校园几个小时而已,天知道此行能否起到足够的"治疗"作用。

在这之前,我只去过切尔滕纳姆一次,是几年前,去参加文学节的一个读书活动,停留的时间不长,因而对那个地方并没有多少感觉。今天早上,我驾着车,围绕着几条单向通行的街道开了有些时间,直到我突然认出那幢新古典主义风格的市政厅大楼,就是举办文学节活动的地方(一幢用看上去脏兮兮的棕褐色石块筑成的建筑,门廊大得不成比例,相较于周围那些刷成白色的摄政

---

① RM 为拉尔夫·麦信哲(Ralph Messenger)名字的首字母缩写。

时期风格的排屋,显得很笨拙),这下我知道自己在哪里了。我把车停在了最近的停车场,然后往市中心走去。

天气很冷,但好在干燥,阳光充足。我沿着海滨长廊漫步,在水石书店浏览图书,在萝兰爱思店买了一件上衣,又去乡村休闲服装店买了一条裤子,中午在一家咖啡馆简单吃了点东西,咖啡馆的女服务生身穿老式的制服,腰间系着白色小围裙。前后差不多用了一个小时的时间,感觉心情颇为愉悦。在与长廊相平行的一条街上,有一家长长的两层楼购物中心,显得很不起眼,我进去稍微看了一下,但里面密不通风的环境和叮叮咚咚的背景音乐又使我立刻退了出来。接着,我又沿着指示路牌去了美术馆及博物馆,一个专门介绍国内艺术和设计历史的博物馆——这安排倒是恰到好处,因为在切尔滕纳姆,无论你去哪里,你都会看见有许多老房子和排屋里里外外地在翻修和恢复原貌,简直就是一种集体对"美丽居所"的狂热崇拜。博物馆里有关威廉·莫里斯以及工艺美术运动的介绍,相当有趣,我在博物馆的礼品店买了几张新艺术派的海报,准备带回去把我的客厅装饰得亮堂一些。

随后,我沿着海滨长廊返回,路过摄政式风格的市政办公大楼正面,路过太阳下冒着水泡、闪闪发光的意式海神喷泉,路过帝国花园,路过女王酒店(一幢气势庄严尊贵的白色建筑,就像是一艘战前的丘纳德邮轮,静静地停泊在那里),来到卡洛琳·麦信哲曾向我推荐过的蒙彼利埃步行街。这条乔治王朝时期风格的大道保存完好,确实很吸引人,两边林立的精品店、专卖店和画廊,相互之间紧挨着。另外还有一个漂亮的圆形大厅,穹顶的设计模仿罗马万神殿的风格,显得优雅无比,如今这幢建筑已成了一家劳埃德银行的所在地。

我心想,这一切是多么的惬意,此刻我在享受的是多么美好的时光啊!但总感觉少了点什么——一个可以分享或倾诉的人。我这么想着,心不在焉地望着一家健康食品专卖店的橱窗,瞬间萌发的抑郁情绪令我感到一丝寒意和不安。究竟谁会从店里出来呢?"呼"的一声,商店的老式门铃突然响起,从里面走出来的居然是卡丽本人。这简直就像是祈求的祷告得到了应允一般。只见她身穿鲜红色的轻便大衣,头戴马海毛针织帽,一头长长的金发披散着,红润的脸颊散发出迷人的光彩。她认出我时,咧开嘴笑了,双唇弯曲着,露出完美的牙齿。她邀请我回去后到她家喝茶,而我只是礼节性地稍做犹豫后便接受了。

卡丽之前把车停在附近住宅区的一条街道上,兰斯多恩新月住宅区,这里的联栋房屋呈新月状弧形排列,优美的曲线显得高雅华贵。"尼古拉斯·贝克买了这样一栋房子,"卡丽说,"他正在做精装修,肯定非常雅致,但对现代的家庭生活来说不太方便,有很多台阶,没有车库,更不用说花园了。"我说,温泉小城的情况通常如此,所建的一切都是为了出租。"你说的完全正确,"她一边说,一边把车开走。"我们的院子与房子比起来显得相当小,但管用;而且我们在乡下有一个小屋,半小时的车程,靠近斯托,是我们周末度假用的,你一定要去参观一下。"

麦信哲夫妇住在一个叫做皮特维尔的小镇,名字取自开发商约瑟夫·皮特,他在19世纪20年代设计建设了这个小镇。"听起来像美国英语中的'皮茨维尔',"卡丽说,"你可以想象得到,当我告诉我在美国的朋友说我们住在哪里时,他们会笑成什么样子。"但是我猜想,他们来看望她时,笑到最后的一定是她。皮特维尔是一个令人愉悦的、花园城市般的住宅区,有许多漂亮的房子和排屋,背景是一个景观公园,公园内有一个新古典主义时期的温泉水疗场所。貌似你还真的可以从温泉水供应室里取水,不像是在劳埃德银行。麦信哲的家是一栋豪华的希腊复兴式双开门独立别墅,两根科林斯式圆柱直抵别墅的二楼,粉刷成白色的墙壁反射出亮光,整栋房子看上去像是一个巨大的老式蛋糕,但一点都不显得荒谬或庸俗,设计的比例非常完美。在客厅,卡丽用安妮王后骨瓷茶壶将格雷伯爵茶倒入斯波德骨瓷茶杯中,为我端上了茶点饼干和自制的草莓脯。她与许多给人印象深刻的美国女人一样,似乎比我们更清楚该如何过英国生活——她有办法在现实生活中去设定一个严格的标准。房子的装潢很漂亮,室内的布置也很得体,无论是楼下衣帽间里的黄铜水龙头,还是家庭活动室内那只维多利亚早期的摇摆木马,无不体现了房子典雅考究的风格。卡丽说,尼古拉斯·贝克帮她弄到了最好的家具。开着车在当地的乡村转悠,参加拍卖会,光顾古董店,是他最喜欢做的事情。不过,墙上挂着的许多画都是卡丽自己收藏的,其中大部分是美国艺术家的绘画,也有少量法国印象派作品。她告诉我说,她研究生读的是艺术史,论文写的是贝尔特·莫里索的《她被重新发现之前》,莫里索的小幅油画作品,画的是一位正在读书的年轻姑娘,这是她最宝贝的东西——现在一定值不少钱了。

霍普是他们四个孩子中最小的,她在家庭活动室里。我们朝里面望了望,只见她正卧趴在一个豆袋椅上,用便携式电视机看迪士尼动画片:一个五官漂亮的八岁女孩,脸上有雀斑,头发蓬乱,穿着图案鲜亮的紧身裤,做介绍时,冲我笑笑并说了声"你好",露出了矫正牙齿的牙套。最大的孩子埃米莉17岁,个头高挑,眉清目秀,一头加州人风格的金发,长得像她妈妈。我们在喝茶时,她走了进来,脚上穿着一双刚买的新鞋。鉴于她的身高,我不知道高高的鞋跟和厚厚的防水台是否真的是一个不错的搭配,但我没有表露出我的想法。当得知这双鞋要八十九英镑时,卡丽丝毫没有感到吃惊。母女俩注意到我的购物袋,于是就说服我把我花钱不多买的衣服拿出来展示一下,然后我们就衣服和时尚聊起了女人们那种愉快而又琐碎的话题,其实我自露西离家以后还没买过一件新衣。当埃米莉离开时,卡丽告诉我说埃米莉是她和第一任丈夫的女儿。从埃米莉的说话声中可以觉察到一种很重的美国腔的鼻音,而其他的孩子则是英国口音。

窗外的天色开始黑了下来,卡丽将厚厚的丝绒窗帘拉上,按下壁炉边上的一颗按钮,用煤气点燃了炉内的仿真火焰——这是对现代性的一种让步,为此她解释说他们在"马蹄跌"有一只真火壁炉。马蹄跌显然是他们的乡村度假屋的名字。这时,拉尔夫走了进来,还有他的两个儿子,马克(15岁)和西蒙(12岁)——虽然在介绍时他们被称作"波罗"和"苏格"。几个孩子都有昵称,至于昵称的来源,我得到了及时的解释。"波罗"是"马可·波罗"的一个简写,而"苏格"则取之于"苏格拉底",西蒙用这个名字是因为他喜欢问问题;霍普的昵称是"小猫",因为她体形娇小,埃米莉被叫作"海豚宝贝",因为她童年时酷爱海豚,但现在已比海豚宝贝长得高大多了。不用说,孩子们的昵称与霍尔特贝岭中心大楼里的计算机名字一样,都是拉尔夫给取的,这似乎是他在自己的领地里留下个人性格印记的一种方法。他还时不时地用"金发女郎"称呼卡丽。或许她和孩子们会轻微地报复他一下,都直呼他"麦信哲"。

西蒙和马克即刻离开去厨房找东西吃,两人脖子上长长的条纹围巾松散地解开着。他们去巴斯看了一场橄榄球比赛。"男性情谊,"拉尔夫对我咧嘴笑着说,"卡丽觉得这很重要。"他显得兴致很高,似乎很高兴看到我在他的房子里。"你喜欢去,"卡丽说着,用手在他的肩上轻轻地打了一下。"嗯,我年轻时常打橄榄球,"他承认道。我可以想象得到他打橄榄球的样子,并列争球时,像一头公牛那样顶着头,宽阔的肩膀紧锁着,身体在泥地里拼命地推挤。他是一个非常物质化的人——他进来时,亲吻了卡丽一下,给了埃米莉一个拥抱,还把霍普抱在了膝上——她们对他的爱抚不仅反应自然,而且也感到满足。我不禁想到了过去我自己家庭生活中有限的肢体语言,并且将两者做了比较。孩子们过了婴儿期后,我和马丁就很少和他们拥抱,他们觉得这样很尴尬——还是我们刻意控制?现在细想起来,其实我和马丁的拥抱也不多,除非在做爱的时候。想到过去所有被忽视的互相爱抚的机会已一去不复返,我内心顿时充满了懊悔和愧疚。我羡慕麦信哲一家在身体上毫无拘束的亲昵接触,互相抚摸、拥抱、轻拍、倚靠……我忽然想起自己曾亲眼看到过拉尔夫亲吻玛丽安·里奇蒙德,而这表明做任何事情都是要付出代价的,至少我以前不必担心马丁是否对我忠诚。

拉尔夫拿来了酒和饮料,我要了一小杯雪梨酒,然后我说我该走了。虽然我不愿离开这个温馨的房间,但是我不想因为待得太久而不受欢迎。"我们今天晚上要出去吃饭,不然我应该邀请你和我们一起吃家常饭,"卡丽说道,似乎是读懂了我的想法,我也相信她读懂了。"我们出去吃饭,金发女郎?"拉尔夫皱着眉问。"你知道我们要出去吃饭的,麦信哲,"卡丽说,"去校长家。""我忘了,"他叹息道。"明天来马蹄跌吃午饭吧,"卡丽对我说,"或者下个星期天。"我本想接受明天的邀请,但出于某种愚蠢的礼数和矜持,我还是把一起过周末的邀请推后了。他们俩的确是一对特别友善和好客的夫妻。或许,当你很富有、生活又很满足的时候,你很容易做到善待他人。或者也可能——一个更为愤世嫉俗的想法——是一种将他人的羡慕转化为感谢的方法。

当我从椅子上起身准备离开时,拉尔夫问我的车停在哪儿,并坚持要开车送我过去;卡丽对此也很热情地附和着。我礼貌地听从了。在车上(一辆很大的奔驰车),我向他表达了谢意,感谢他把那篇文章的抽印本发给我。他问我对文章有什么看法,我说我觉得很生疏,那些术语和图表似乎与实际生活中的悲伤体验相距遥远。

"这只是一个模型。"他说。

"但是如果你想造一个真正能感受到悲伤的机器人……"

"噢,那只是一个非实质性论点。"

"你的意思是说这真的没可能?"我说。

"可能的,"他说,"但那将是一项耗资巨大、旷日持久的工程,会有什么用呢——机器人的认知功能会因随机事件的发生而彻底受到干扰——就像一个人?"

那这篇文章的意义是什么,我问道。

"大脑思维就像是一台虚拟的机器,有时你通过研究发生故障的机器能够学到很多东西,甚至在理论上也是如此。"

"那么悲伤就是这个样子?"我说,"一种功能故障?"我真的不想和他发生争论,他和卡丽对我那么友善,但我的说话声忍不住带上了一种讽刺的语气。他玩味地朝我快速瞥了一眼。

"嗯,"他说,"从进化的角度讲,很难说是为了什么,我的意思是,比如与嫉妒相比——同样是一种失去能力的表现,同样是令人不快,但它具有一种明显的功能。确保其他任何男人不会让你的配偶怀孕。"

"女人的嫉妒心是怎样的呢?"我问道。

"非常相似:它确保男人在抚养和保护她的后代方面所具有的排他性利益。你可以这么说,我猜想,"他继续说着,仿佛是在自言自语,"面对失去亲人的痛苦,要有欲望去消除这种痛苦,这是激励人去照顾配偶和后代的一个动机。但是,其他类似的强大动机已有足够多。不管怎样,要知道,你尽一切可能去回避丧失亲人的事实,而当痛苦袭来时,却似乎并没有减轻多少。"

"可有时候你什么也做不了,无法去回避。"我深有感触地说道,但他好像对我暗指马丁的话没有任何在意。

"的确是这样,"他说,"比如你在电视上看到的那些恐怖炸弹袭击或地震后的葬礼。人们满怀悲伤地守在旁边,哭泣,哀号,顿足捶胸。这都太过了,从进化论的角度讲,非常不相称。正如达尔文所说的,'哭是一个难解之谜。'"

"哭是一个难解之谜。"我被这句话震惊到了。拉尔夫说这句话在达尔文笔记中的某个地方有写。他答应帮我去把那段话找出来。

我们到达停车场后,他礼貌地从车里出来,主动表示要将我送至我的车前。但是我说不必了。这一次我是我行我素,没有听他的。我们握了握手,我瞬间有种预感,他要亲我的脸,但是他没有。

6

一、二、三,测试,测试……没有必要再测试这个小机器了,你可以看到一个个单词正出现在你眼前的屏幕上,不过我同时也在做一个录音资料,这样我后面就可以把文本仔细检查一遍,在短暂停顿的地方加上点号……我真没想到这个语音识别软件那么好……你也许认为认知科学研究中心就有这类酷毙了的新东西,但令我大吃一惊的是,我问了周围的人,结果发现拥有或体验过这种程序的在职员工实际上是一个都没有……他们似乎认为这是某种玩具,一种你可能会在迪克森商店为孩子们购买的圣诞节礼物,丝毫不感兴趣,只能说明学者们是多么保守和狭隘……不管怎样,"语音大师"星期五送到了我手上,我花了几个小时来做测试。我得先读几段文章,其中一段选自刘易斯·卡洛尔的作品,另一段是出自《泰晤士报》,使软件识别我的发音……刚开始软件生成了大量的乱语,但是你可以在屏幕上纠正,然后它就渐渐地熟悉了你的元音发音方式,这是主要的可变因素,到这一天结束,它每隔一行文字差不多只出一个错,这样的表现还可以,事实上比我自己打字要准确得多……该软件的工作原理是,将你的语音音素输入后,与一个数据库的高频词语进行匹配……这样自由联想的独白话语就成了转录最困难的任务,因为语境是不断地在变化……这个程序也有点过于规矩了……起初拒绝将 fuck(性交)一词转录下来……通过改变该词的第一个字母,出现了各种各样的替代词语,suck(吮吸)、ruck(弄皱)、tuck(挤进),等等……但是我已经教会它说脏话了。这就是我们现在的状况……现在是 3 月 2 日星期天上午 8 点 45 分,是的,8 点 45 分……因为卡丽有点生气,昨晚从校长家出来后,我在回家的路上告诉她说我……我的天,那真是一个无趣的夜晚……里奇蒙德夫妇也在那里,但根本没有机会和玛丽安来一次快速的亲吻拥抱……期间,她出去上洗手间时,给我递了一个眼神,可我没有注意到,她认为我会做些什么,跟着她出去然后敲洗手间的门进去……她变得越来越不计后果了,卡丽本来很容易就捕捉到那个眼神,幸运的是她当时正在和维夫夫人闲聊……我在和斯坦说话……斯坦爵士和维夫夫人,校长和校长夫人的名字好有意思,听起来像一幕歌舞杂耍剧的称呼……但他告诉我说唐纳森接受了荣誉学位,一个好消息,他显然非常高兴,这应该对我们寻求经费来源有所帮助……不管怎样……我的倒霉时刻到了,因为卡丽有些生气,我和她提了今天早上还要来办公室继续做实验的事情。"看在上帝的份上,难道你在那个地方待的时间还不够多吗?"她说得很客观,我不得不承认,但我很想试试这个软件应用于意识流实验的效果,所以我答应我先去那里,十点前准时回家,然后开车去马蹄铁,不管怎么说,星期天孩子们在十点之前都不会起床……当然,我也可以把软件安装到我家中的电脑上,在家里试验,但在那儿我会觉得压抑,担心有人可能会偷听,这类事情似乎是在我胡思乱想的时候突然进入我的脑子里的……即使他们得蹑手蹑脚地爬上楼梯,再把耳朵贴在门上……可事实是,当你大声说出你内心的私人想法时,你会觉得自己易受伤害,没有安全感,你需要非常自信,相信不可能有人偷听……所以我来了这里,再次坐在了研究中心自己办公室的桌子前,身旁放着一杯不加糖的肉桂卡布奇诺,但这一次,我是戴着一副耳机,按照要求把麦克风对着我的嘴边,准备开始……在实验过程中我只需纠正一些重大的错误,文本可以后面再整理……刚才在车里,我突然想到,不做意识流的随机实验,而是做一次具体的记忆测试,那可能会很有趣。当然,在某种程度上所有的意识都是记忆,我们不能意识到未来,尽管我们可以尝试去预测,严格地说,我们甚至对当下都不能意识到,因为思想状态总是落后于大脑状态,正如那个家伙,神经科学家,他叫什么名字来着……利贝,他指出,意识对做出行动决定的觉知总是要落后于大脑的相关活动半秒钟左右……所以在某种意义上说,我们生命中所经历的每时每刻都已经是过去时了……你可能会说意识是一种持续的动作回放……但我在说的是长期记忆,我要试一下,回忆一段遥远的经历,然后通过转录的文字看看或者试着看一看思想如何可以恢复……复原……让过去再现,以及由联想触发的短期记忆在何种程度上会对这个过程进行干预或产生交互……

那这样接下去该做什么呢？我应该尝试激活什么样的长期记忆呢？

  我的第一次性交，这个怎么样，好，没有问题，她的内裤……我首先想到的是她把内裤从屁股上脱下来时的情景……她俏皮地看着我，长长的头发从脸上垂了下来，我惊呆了，我以前从来没见过女人脱衣服……当然除了在电影中……但是在那些日子里，你从来不可能在银幕上真正看到女人脱内裤，对此我不确定我是否曾……我的意思是说，你可能看到女人的内裤在空中轻轻地飞过，或者落在地板上的特写镜头，而不是女人真实地……或许这样的动作过于笨拙或太不雅观，难以优雅地做出来或挑起情欲，俯身弯腰，单腿站立，然后另一条腿……例如，脱衣舞女们身上的衣服总是有一种撕扣或尼龙搭扣，这样她们就可以一下子脱掉内裤……哈，那个女孩，在苏荷区的那个地方，叫什么来着，在脱下胸罩之前把她的丁字裤脱了下来……她没有在思考，更确切地说，她是在想除脱衣之外的事情，做白日梦，下午三点钟左右，无课时间，只有几个顾客在场，上帝知道我在那里干什么，或许是在会议的间隙，或许是在工作午餐后有些喝多了，有点性冲动，我记不清了，不过我在那儿，在半明半暗的紫罗兰色灯光中和六个孤独的傻瓜一起瘫坐在椅子上，注视着这个女孩像梦游者一样在聚光灯投射的锥形区域里例行公事般地做着动作，一点一点地除去身上的衣服，跟随迪斯科音乐的节奏走着曳步舞，摇摆着臀部，直到她身上只剩下胸罩和丁字裤……然后她心不在焉地在脱胸罩前先脱下了丁字裤，哈……我们男人在观众席中立刻都坐直了身子，就好像是被轻微地电击了一下似的……她的脸上露出了一种极度尴尬的表情，舞步开始变得不稳，失去了节奏，她意识到自己做了什么，脸红了，她真的脸红了，嘴里喃喃低语说"对不起"，她第一次这么说，或者我敢打赌，脱衣舞女郎在其他任何舞台上从来都不会说这话，然后她把丁字裤重新穿上，继续着她机器人般的例行动作……机器人，是的，如果你能把硬件嵌入到令人信服的人造肌肉中，那么造一个机器人脱衣舞女郎就相对容易了，我的意思是说程序会非常简单……但有那么一刻，只是在这个时刻，她似乎像是个真正的人，不可预测，容易犯错，易受伤害……有人在黑暗中笑了起来，一声短促的狂笑，同时也在零散而坐的观众中激起了一阵轻笑声，一种阴郁的情欲亢奋的气氛被破坏了……因为表演脱衣舞的协议条例是很严格的，在暴露身体部位时必须遵守一定的顺序……任何偏差都会打破事件的框架,要使其看起来很自然……就像在家脱衣睡觉一样……对此每个人都有自己的做法、自己的顺序,有时候你会按照适合自己的方式去做出相应的改变……例如,卡丽有时会在除去胸罩前先脱内裤,按她的称呼是"女式内裤",然后在卧室里走来走去,就好像她要去用坐浴盆似的,至少以前常这样做,现在她对体形有了自省,已经很少再裸着身子来回走动了……玛莎最后还是照着脱衣舞表演的顺序,把她的内裤脱了下来,她一直看着我,享受着她此举给我带来的诱惑力……我那时正坐在床上,穿着三角裤的下身就像珠穆朗玛峰一样高高勃起,我的眼睛睁得大大的,口干舌燥,几乎不能呼吸,无法吞咽……双耳被外面传来的响声所刺疼,尽管那天早上我看到汤姆·比尔德已驾驶着他的那辆老式皮卡车和索尔一起离开,索尔坐在副驾驶的座位上,拉着满满一车已过壮年期的母羊,要送去市场处理掉,他们把这个叫什么来着……"铸态时效",是的,尽管我知道他那天晚上要直到深夜才回来,但我还是害怕会有什么意外发生,比如车子出故障或发生了车祸,导致他突然提前回来……"别担心,亲爱的,"她一边说着,一边牵着我的手从厨房走向楼梯。"你可以听到几英里外有车开过来的声音,而且那扇老旧的房门打开时发出的声音像鬼叫一样……"她领我上楼进入她的卧室,拉上窗帘,但房间还是很亮,午后的阳光透过薄薄的窗帘照射进来,将她沐浴在柔和的粉红色光中,就像舞台上的脱衣舞女郎……然后她开始脱衣服,每脱下一件衣服,都会小心翼翼地叠放在一张温莎椅的靠背上……"你还在等什么?"她说道,而我就像个傻子一样直瞪瞪地注视着她。"别害羞,这不是我第一看到你没穿衣服的样子,"她说,意思是指那天下午她看到我和狗一起在小溪里游泳……那天天气很闷热,我们刚把羊群赶到一块新的草地,羊急切地吃着新鲜多汁的青草,汤姆已开着他的拖拉机离开,去修理一处损坏的栅栏,我们之前驱赶羊群往前走时,涉水经过一条小溪,就是这条水很清凉的小溪,溪水在鹅卵石和厚厚的板石上漫流,在一块突出的岩石下方,那里的水足够深,可以游泳……我忍不住脱光了衣服,跃入水中,舒服极了……两只边境牧羊犬在岸上羡慕地看着我,在炎热的天气中伸出长长的舌头,直喘着粗气,它们训练有素,待在原地没动,直到我叫它们加入了我的行列,"来吧!"两只狗立刻叫唤着冲进水里,鼻子伸出水面,朝我游过来,然后绕着我转圈,仿佛我是一只迷途羔羊……我潜入水中,然后从它们背后突然弹出水面,我这样戏耍着它们,它们惊讶的表情逗得我哈哈大笑,我转身仰卧着浮在水面上,两眼注视着头顶上一望无际的蓝色的夏日天空,随水漂流,直至浅滩,感觉到溪床上的石头在轻轻地摩擦着我的背……我站起身,开始逆着水流朝深水区走去,两只狗跟在我后面嬉闹着,溅起阵阵水花。这时,我突然觉察到玛莎在远处的岸边,坐在自行车上,一只脚撑着地,面带微笑地看着我,看到我停下脚步,像足球运动员面对射来的一个任意球那样慌忙地用双手捂住胯部时,她咧开嘴哈哈大笑……她大声叫喊着问汤姆在哪里,得到我的回答后,她挥了挥手骑车离去……我仍一动不动地站在水里,双手捂着我的鸡巴,直到她消失在我的视线外……当我在想她这样面带微笑地看着我到底有多长时间时,鸡巴变大变粗了,我朝四周快速地看了一眼,确定没有其他人后,我打起了手枪,把精液射进阳光明媚的空气中和湍急的小溪里,目睹这一切的只是两条耐心等待、视若无睹、无任何责备之意的狗。因为我爱慕玛莎,哦,是的,可我却不敢奢望她会回报我,直到那一天,虽然她一直对我很好,为我准备精致美味的饭菜,问我有没有要换洗的衣物,替我熨烫衬衫,比我妈妈烫得还要好,好吧,我知道她喜欢我,但毕竟她是一个已婚的女人,年龄大我一倍……虽然汤姆年纪比她大,但据玛莎说,他对过性生活不感兴趣,也不是很行……"周六晚上十分钟差不多是他的极限……"他在中年时娶了一个年轻的妻子,希望生个儿子来继承农场,可一直生不出孩子,他就失去了兴趣,责怪玛莎不能生育。有一天她告诉我说,他拒绝认为这可能是他自己的问题,拒绝去做精子测试,也拒绝再讨论此事,尽管他花了——或者说因为他把绝大多数的工作时间花在了安排羊的交配上……于是就出现了一个经典的情境,年老的丈夫,年轻活泼的妻子,血气方刚的年轻租客,尽管只有17岁,还是个学生,但是,如玛莎所说的,确切地说是轻声低语,"以你的年龄已经很大了,亲爱的。"一名来自伦敦南部的男学生,因为健康原因被送到戴尔斯的一个牧羊场生活,在得了一阵子的腺热病之后来这里呼吸新鲜空气,劳动锻炼……这是我们的全科医生的主意,汤姆是他的一个远亲……一个不错的主意,劳动让我身强体壮,每天在山谷里步行数英里,在20度的斜坡上跨步行走,为了检查腐蹄病使劲把羊放倒,然后紧紧将它摁在地上等汤姆把受侵染组织割去……我的肌肉变得更加结实,肩膀更加挺直,我光着身子在小溪里涉水行走的样子,在玛莎眼里一定是很好看,事实上她后来告诉我说,"像博物馆里的雕像一样,就像一尊白色大理石塑成的希腊天神……"她坐在自行车上看着我的时候,我注意到了她微笑中的那份坦诚的羡慕,所以不完全是个意外,那天在厨房里的时候……尽管我当时仍然不相信自己会有好运,对于那件事情,我到现在都还有点不敢相信。想象一下,一名17岁的男生,他的身体就像发电站一样源源不断地释放出男性荷尔蒙,使他处于要被融化的边缘,而他的头脑……他的头脑就像是一家永远不会关闭的色情剧院……但是他的性经验仅限于午餐时间在路边和女子文法学校的女孩来个法式接吻,如果运气好的话,或许还能在她们哔叽制服外套下捏捏她们的乳头……把我的童贞交给一个富有经验且热情高涨的成熟女人……在我不可避免地过早到达高潮时,她大笑着让我别担心……可我还没准备好就爆发了……我说到哪了,哦,是的,那天汤姆带着他的羊倌索尔去了市场,只留下我和玛莎在农场。我进屋去厨房吃午饭,坐在冷杉木桌前,多年的擦拭已使木桌表面的纹路变成了凹槽。她给我端上午餐,然后坐下看着我吃。我意识到了,尽管我毫无经验,我还是意识到了空气中弥漫着一股性诱惑的气息……来自玛莎在厨房走动时摆动的臀部,来自她没有穿平时常穿的那件已褪色的无领印花连衣裙,我可以看到她紧身衬衫下的胸罩轮廓,以及本该扣上而又刻意松开的一颗扣子间隐约显现的乳沟,她俯身越过我的肩膀把一盘火腿和奶酪放在我面前,刚洗过的头发散发出洗发水的香味,她在餐桌另一边抿着茶看我吃时,唇角勾起淡淡的微笑,随意地说些我几乎不怎么理解的话……不,我并没感到非常吃惊,当我起身准备回去干活时,她留住了我,用了书里最古老的一个把戏,"我觉得我的眼睛里好像进了什么东西,拉尔夫,你能帮我看一下吗?"她让我靠得很近,直接盯视着她的眼睛,尝试用手指撑开她的眼睑,感觉到她的呼吸吐在我的脸颊上,感觉到她的胸部压到我的胸前,感觉到她放在我腰上的手搂紧了我,听见她低语道,"我们亲一下,拉尔夫,为了上帝的爱……"我吻了她,她也回吻了我,我身体摇晃了一下,失去平衡,打了个趔趄。她一边笑着说道,"上楼来躺下,我们会更舒服,"一边拉住我的手,带我朝楼梯走去。我问如果汤姆回来了怎么办。"别担心,亲爱的,"她说,"在这个被上帝遗弃的地方你可以听到几英里外有车开过来的声音。"……但我不只是害怕,还有负罪感,因为我喜欢汤姆,尽管他总是阴沉着脸,沉默寡言……他对我很不错,教给我养羊的基本知识,教我如何指挥牧羊犬,"来""停""坐""过来"向左,"过去"向右,"行了"结束……用这样遥控的方式指挥牧羊犬来赶羊非常刺激,就好像牧羊犬也跟你的四肢一样连接着你的大脑……我不想给这个教会我那一切的男人戴绿帽,起初我还没想要这么做,但是等到我们进入她的卧室,她开始脱衣服的时候,已经无法挽回了……"你还在等什么?"她说,"别害羞,这不是我第一看到你没穿衣服的样子。"但我那时真的很害羞,我背对着她,匆忙地开始脱衣服,身上只留下内裤,所以我没看到她脱长筒袜时的样子。当我转过身来时,她正在解胸罩的背扣,一种老式的胸罩,缝线很密,罩杯较尖。她耸耸肩膀,试图将胸罩抖落时,乳房从罩杯中挣脱了出来,脱落的胸罩在她的肋部完全展开,勾勒出两个半月形的阴影……我坐在床沿上看着,她惬意地在身上挠了挠痒,然后弯下腰去脱她的内裤,和胸罩一样,也是老式的内裤,我想是叫作灯笼内裤,裤腿宽大,镶有花边,桃红色的丝绸,也可能是绸缎,她一定是特意穿上它的……有趣,此事已经30多年了,之前我怎么从没想到过那个……这不是牧羊人妻子一周中每天会穿的那种内裤……她脱下内裤,直起身,将内裤丢在椅子的座位上,站在我眼前,一个尽显其荣耀的裸体女人……她不是那种古典美人,玛莎,也不是裸体像杂志上的那种美女,她的乳房有点下垂,腰身太粗,双腿也太短,但她是我见过的第一个活生生的裸体女人。她说,"嗯,你看到了,还喜欢吗,拉尔夫·麦信哲?"我用嘶哑的嗓音低声说喜欢,语气极其真诚。她温柔地笑着,面对着我移动脚步,然后站住,离我更近了,我甚至可以直接看到她胯部稀疏的姜黄色阴毛和下方粉棕色的阴部折缝……"内裤你自己脱还是我来帮你?"她说道。我连忙站起来脱内裤,由于鸡巴肿胀得厉害,不得不像拉弹弓一样去扯开裤头的松紧带……事实上,现在此刻,我身上穿的拉尔夫·劳伦牌运动短裤也给我惹了点小麻烦……回忆这一切竟然让我的鸡巴高高勃起……我得起身站一会儿,调整下我的……

啊,现在好多了……校园看起来很冷清,周围没有人,今早也没见海伦·里德的踪影……迷人的女人,聪明,领会得很快,能言善辩,随时准备为自己辩护,我喜欢这一点。有太多的人莫名其妙地认为,无论争论要紧的事情,还是为了输赢而争论,这些都是品味低下的表现……还有好看的腿,这是昨晚她下车时我看到的,她穿着一条开衩的裙子,从座位上转身下车的时候裙子张开了,露出一小截漂亮的大腿……我想要不要在道别时吻一下她的脸颊,但最后还是决定不要……她身上有一种气质,一种讽刺的疏离和超脱……只要有一点点胡扯哄骗的迹象,她都会保持警惕……这使我觉得她不会喜欢这个吻,她会认为我是在调戏……嗯,不急,我想我们会常见面的,卡丽似乎很喜欢她,她一个人待在那该死的学校公寓里一定很孤独,当卡丽说请她下周日来吃午饭的时候,我看到她的眼睛唰地亮了起来……"哭是一个谜题,"我答应替她查找一下这句话的出处……不过不是现在,重新回到桌前,玛莎……

我有一次跟卡丽讲过我和玛莎的故事,想这或许会激发她的性欲,可我们最终却是吵了一架,因为她说这是虐待,性虐待……我反驳说,瞎扯,我当时也很渴望,是自愿的……"这无关紧要,"她说,"她是个缺少性爱的成年人,把你未成熟的阴茎当作假阳具。"我说恰恰相反,她是个热心宽容的女人,她教给我的性知识,我的同龄人要学好几年,如果他们学过的话……每个男孩子都应该有一个玛莎,我继续说道,她教会了我如何做个好情人……"你的意思是说她把你变成了性瘾癖?"卡丽说着,翻了个身睡去了。我们那时在床上,在帕萨迪纳的房子里……"性瘾癖"……典型的加州式心理呓语,这又可能意味着什么,性瘾,男人的生理特性决定了他们想要与尽可能多的女人发生尽可能多的性关系,只要他们能搞到手……只是文化限制了我们乱交的强烈欲望……当然有时候这种欲望是被彻底抑制了,正如牧师和僧侣那样,遭蛊惑的倒霉鬼,或者是几乎完全被抑制了,像汤姆·比尔德的那种情况……"周六晚上十分钟差不多是他的极限……"他单身太久了,和他守寡的母亲一起住在一个偏僻的农场,他仅有的娱乐消遣就是在当地酒馆和男人们一起喝啤酒、抽烟、射飞镖和玩骰子……但玛莎却不一样。她在中部地区的一个集镇长大,集镇上有舞会、咖啡馆、一家电影院,还有很多男孩子……她告诉我说,当她在一个婚礼上遇见汤姆时,她刚遭男友抛弃,于是就在心灰意冷之际嫁给了汤姆,她已厌倦了和五个兄弟姐妹住在一起的生活,她在父母家里和最小的妹妹共用一间卧室,而汤姆则给了她一栋属于她自己的房子,房子里有彩电,有全权委托她订购的一个现代化的厨房,另外,汤姆老成持重、沉默寡言、阴郁帅气的外表吸引了她,觉得他像一个西部英雄,但是结婚后的性生活从一开始就令人失望……"由于和羊一起生活的时间太久了,这种事对他来说就跟公羊与母羊交配一样,快进快出,"丝毫不考虑玛莎的快感……考虑是一个关键词,因为区分人类性行为与动物交配的不同恰恰是在于我们会有所考虑,这就是为何我们会从中获得享受,享受彼此的快乐……观察两只狗在街上交配,两只猴子在笼子里交配,或者公羊与母羊交配,你会发现雄性动物可能会获得一些释放和解脱的舒适感,就像挠痒或撒尿拉屎一样,但它们绝不会想到快感这个词,雌性动物似乎只是在忍受……雌性动物有性高潮吗?我表示怀疑,必须得问问动物学领域的相关人士,但我敢打赌,女性高潮的发现源于"智人"……或者说是"穆勒智人"……再说我们通过自然选择进化出比猿更大的阴茎,女性倾向于选择性器官大的伴侣……并不是说汤姆在这方面有什么问题,我见过他在山坡上撒尿,他具备这样的器官,只是他不知道如何用它来给女人带来快乐……玛莎教会了我这一点,我要永远感谢她,正如有许多女人,我后来给予了她们许多性福的时光,她们并不知道该感谢谁……你不能把这叫作虐待,如果她只是利用我,那么当她用手握着我的阴茎,而我忍不住射了她一身的时候,她就应该生气发怒,但她只是笑了笑说"别担心,亲爱的",然后亲吻我爱抚我,直到我再次硬了起来……后来到我即将结束牧羊场的生活时,我能够在她的身体里待上十五分钟再射精,不用再默默地背诵物理公式……顺便说一下,即使有一些性欲旺盛的黑猩猩发现了雌性配偶的性高潮,我敢打赌他们不会有意延迟射精时间来延长雌性配偶的快感……玛莎从中获得了这种快感,然后她喜极而泣……我想,我更喜欢和成熟的女人做,而不是跟年轻女孩,或许是因为和玛莎的第一次经历……她们会非常感激,这让你很有自豪感……从生理学角度讲,她们有更强的性高潮能力……汤姆去酒馆的晚上,我们做了六七次……等他的皮卡车开过坡顶,听不见车的声音的时候,我们就立刻上楼……但有一天晚上,发生了事情,正如我此前所担心的,皮卡车在去酒馆的路上发生了故障,他是走着回家,准备打电话给汽车协会。当我们听到门吱吱响的时候,我们正在我的床上做那事。天啊,那真是千钧一发啊,幸好玛莎及时穿上了衣服,她让我躺在床上假装身体不舒服……这之后,我们吓得再也不敢做了,至少我是不敢了……我毫不怀疑汤姆会给我一顿暴打,如果我们被他当场抓住,我还想到了自己极不光彩地被送回家,不得不向我父母坦白认错的画面,这种事情想想就觉得可怕……假期过后,我把这一切告诉了我在学校最好的朋友,但他不相信,他觉得这都是我编造的,"你这个撒谎的混蛋,麦信哲,"他说。我没有争辩,在某种程度上说我却是觉得很宽慰……把这事说出去似乎是背叛了玛莎,也背叛了汤姆,但我不得不告诉某个人,我满脑子装的都是我的此番经历。但没人相信我对我来说更好,因为这样的话,这件事情流传出去的可能性很小,大概也不太可能传到我父母的耳中……或者我们的全科医生耳中。我给汤姆和玛莎写信,感谢他们让我在那里居住,那几年我们还互相寄圣诞贺卡,但后来我们失去了联系,我再也没有见过他们,也没收到过他们的来信……上帝啊,现在已经10点差一刻了[录音停止]

7

3月3日,周一　昨天一整天和今天大部分时间都在读学生们的半成品写作作业,他们今年最主要的写作项目,小说(或者说两盒子的短篇小说集),他们上学期在拉塞尔·马斯登的指导下开始写的,或者是早就在写,然后升入大学时带过来的。为此我看得疲倦不堪,并不是说他们写得很糟糕,相反他们的总体水平还是很高的,只是太多了,无法一下子全部看完。每当我打开一个不同的文件夹,都会出现一个不同的想象的世界,需要我去记住一大票新的人物角色和名字,理清他们之间的血亲姻亲关系,注意故事发生的时间和季节,想象人物的外貌特征,推断情节的因果关系……

蕾切尔·麦克纳尔蒂用阴郁的笔调记录了她在阿尔马郡一个奶牛场迎来月经初潮的经历;西蒙·贝拉米以讽刺戏剧的形式娴熟地讲述了一群年轻人在苏荷区创办时尚杂志的故事;罗伯特·德雷顿写的是在某个虚构的非洲独裁国家一名死因犯临刑前的记忆独白;弗丽达·辛克莱大胆地描述了年轻女性在从因弗内斯到伊比沙岛的俱乐部跳舞、喝酒、性交和呕吐的故事;吉尔伯特·贝弗斯托克的小说写的是一名有害羞病的保险业务员爱上了办公室里的一个女孩,通过电子邮件与她交流,佯称自己是洛杉矶的一名嘻哈编剧;托马斯·沃恩的历史小说真实地叙述了19世纪朗达山谷煤矿一次工人罢工的故事;查克·罗梅罗的成长体小说记叙了一名年轻人在罗得岛州普罗维登斯(查克的家乡)失去童贞并找到他一生的职业的故事;法拉·坎的几个相互关联的短篇故事记述了在莱斯特(她的家乡)亚洲人社区里发生的文化和代际冲突;索尔·高曼叙说的是一名白手起家的犹太商人与其学艺术的同性恋儿子之间关于"恋母情结"的一场纷争;弗兰妮·史密斯从多角度形象生动地描写了利物浦的一所贫民窟学校;欧若拉·达·席尔瓦则是怪异地虚构了一个希腊小岛上的一所开设受虐狂、人体穿孔艺术、密宗性爱和娱乐性吸毒等课程的新时代学院。这些小说故事是11个独立的虚构世界,本来应该有12个,但是桑德拉·皮克林还没有上交她的写作文件夹,不过11个已经够我应付了。故事的情节早已在我的脑海里乱成一团,我怕我单独见学生时,会犯一些可怕的错误,把人物名字和情节弄混。

当然,从一个未写完的故事再跳到另一个,是一种非常不正常的阅读方式,但这使我想到了我们文化中大量产出的小说作品。这是一种生产过剩吗?我们是否处在堆积一座"小说山"的危险中——数量巨大的、过剩的小说,就像欧洲经济共同体的"黄油山"和"牛奶湖"?我还记得拉尔夫·麦信哲说过的那句干巴巴的话:"这个世界是否还需要更多的小说家,是一个见仁见智的问题。"他自己的观点很明显。

当然,我们也可以认为叙事是人类的一个基本需求:它是我们理解经验的基本手段之一——一直是如此,如果你追溯历史的话。但是我反躬自问,这一定需要去没完没了地创作大量的新故事吗?在小说兴起之前,讲故事的人并没有同样的义务——你可以一遍又一遍地讲述那些古老而又熟悉的故事:特洛伊的故事、罗马的故事、英国的故事……随着时代和风俗的变化,可以不断地进行故事新编。但在过去的三百年里,作家们每一次的创作都被要求编写一个新的故事。当然,不是绝对的新——常有人指出,小说情节的数量在一定层次上是有限的——但情节每一次都必须具体化,要有新的人物角色来充实,并在一系列新的环境中展开。当你想到有数十亿真实的人生活在这个地球上,每个人都有其独特的个人经历时,我们永远不会有时间都去了解。我们不厌其烦地去虚构所有这些额外的虚假生活,似乎是不同寻常的,甚至是反常的。这的确是一个麻烦。当你写小说的时候,现实中有非常多的"假设的事实"需要被确定。事实得通过伪事实来体现,得不辞辛苦地编造和煞费苦心地描述。读者们为了跟上故事情节的发展，必须要记住这些事实，但他们一旦把书看完，记忆就会被冲走，为另一个故事腾出空间。不久以后，读者的记忆里就没有留下什么东西了，除了一两个人物的名字、一些模糊的印象、朦胧的情节回忆，以及一种总体上的愉悦感，或者什么都没有，视情况而定。想到我一生中必须得读多少部小说，而其中大部分的内容都没记住，不免令人恐惧。我真的应该鼓励这些聪明的年轻人将他们的智商耗费在编造那些要被遗忘的、像垃圾堆一样的虚构生活上吗？如果他们在拉尔夫·麦信哲的认知科学研究中心设计计算机思维模型，是否会更有收效？

3月4日，周二 今天没收到任何信件。自从来这里后，我还没有收到过露西的一封来信，尽管我写信告诉了她地址。或许她没有及时收到信——她说她要和一些朋友一起去大堡礁旅行，我确实让邮局重新寄送了信件，不过也可能是遗漏了。可能有她的一封来信躺在布隆菲尔德新月街58号门厅的擦鞋垫上，上面压着一堆寄给住户的垃圾邮件——当地商店的广告传单和免费洗发水样品。我房子的租客还没搬来——生病耽误了出发的时间——所以我无法让他们帮我查看。保罗也很久没有来信了，不过要他给你写信，结果总是令人失望的，但无论如何他是个男人。我很为离家这么远的露西担心，而且读了所有这些有关年轻人的小说故事后也没有好处，有很多内容是与吸毒、滥交和酗酒有关的。当然，我确信她在很小的时候就完全了解性方面的知识、避孕，等等，但我不知道她是否还是处女。这是好事还是坏事呢？卡丽星期六那天向我私下透露说，埃米莉和她的男朋友睡在一起了，并且把这一切都告诉了她。这表明她们之间的相互信任达到令人钦佩的程度，但从内心深处讲，父母和孩子之间的这种亲密关系着实令我退缩。

3月5日，周三 回答星期一提出的总结性问题：一个响亮的"不"。

我今天在学校的书店遇到拉尔夫·麦信哲，提到了我有点担心露西的事。"你没有电子邮件吗？"他问道。我不得不承认说我没有，况且露西也没有电脑。他说，"我敢打赌露西有机会接触到电脑。"他可能是对的，因为她在办公室工作。"你应该上网，"他说道。我想我确实应该上网。

说到露西让我想起了他的德国研究生关于"母爱"的项目,他邀请我再去研究中心看看。但结果却令人非常扫兴:除了一款美化了的电脑游戏,什么都没有,真的。电脑屏幕上有一个代表母亲的女人模样的图标和三个代表其孩子的小图标,三个小图标都需要母亲照顾,不仅要给他们喂食和穿衣,还要防范出现各种意外和危险,比如落入鱼塘,被锅子烫伤,或者跑出家门走到大马路上等,母亲得不停地做出决定,将注意力随时转向最迫切需要她的地方——把喊饿的孩子暂时晾在一边,先赶去将另一个孩子从快速驶来的公共汽车轮子底下拉回来,等等。这个可怜的女人不断地在跳动,应付了一个又一个的紧急事件,让我联想到了学生会娱乐中心里的视频游戏。任何事情一旦脱离了母亲的情感体验,都会是难以想象的。我怕我大声笑出来,卡尔看上去很沮丧,拉尔夫则是有点恼火。他说,这只是一个实验模型,还处于早期的开发阶段。

我正要离去的时候,他告诉了我如何前往他们位于斯托小镇附近的度假屋的路线,还说:"把泳衣带上。我们有一个热水浴池。"我猜测是他们在加州常用的那种很大的露天按摩池。三月初的格洛斯特郡肯定有点冷吧?

我对创意写作课程的信心增强了,至少是在自己教这门课的能力方面,因为学生们对我布置的以"做只蝙蝠的感受是怎样的?"为题的写作练习已有了很好的回应。我刚看了他们昨天交的作业,有的写得很棒,除了有些偏激、模仿或拼凑之外。写得最好的是西蒙·贝拉米,弗丽达·辛克莱,欧若拉·达·席尔瓦和吉尔伯特·贝弗斯托克。我要把它们复印一下,然后寄给拉尔夫·麦信哲。

3月6日,周四 我房子的租客已经到了布隆菲尔德新月街,整天都在给我打电话,询问有关房子的问题。中央供暖系统的定时器在哪里? 他们是怎么处理垃圾的? 洗衣机的说明书在哪里? (回答:丢了)怎么把休息室里的煤气取暖器点着? (回答:用火柴,自动点火器坏了)除了厨房里的小冰箱,另外还有冰箱吗? (回答:恐怕没有)等等诸如此类的问题。我想我应该给他们写下更加详尽的说明。听声音,他们相当不错,奥托·韦斯穆勒教授和他的妻子黑兹尔,只是对英式幽默缺少一点感觉。当我告诉韦斯穆勒教授说"你必须要坚定"对待楼下洗手间的冲水开关,"不要接受否定的回答"时,他以为我是在让他打电话叫水管工来。

尽管如此,还是有一点好消息:有两封来自澳大利亚的航空信,他们会尽快转给我。

3月7日,周五 今天的报纸上刊登了很长一篇关于让·多米尼克·鲍比的文章。他是一名法国作家、记者,还是时装杂志《ELLE》的主编,43岁。他得了中风,处于一种叫作"闭锁综合征"的状态,有意识但不能说话,身体也无法动弹——除了一个部位,他的左眼皮,他用这个与人交流,并且——令人震惊的是——还依靠它通过发指令的形式写了一本关于自己经历的书。他与朋友一起研发了一个系统,可以凭借眨动左眼皮对字母表上的字母发出指示信号来组词和造句。尽管费力费时,但确实有效。这本书刚出版就受到了好评,显然另外还有一部关于他的电视纪录片,也产生了巨大的影响。怪不得,即使在报纸的报道中,这也是一个非同寻常的故事,既不幸又鼓舞人心。

从某种程度上讲,这似乎可能是发生在人身上的最糟糕的事情,被你的身体锁定,分外无助,无法说话或做手势,甚至无法点头或摇头。显然他曾昏迷四周,医院的工作人员过了一段时间才发现他已经恢复意识,在此之前他已被认定处于植物人的状态。这种情况一定是像被活埋那样,听见有人在你的坟墓上走动,却又无法吸引他们的注意力。让·多米尼克·鲍比本人将这比作是被困在一只潜水钟里。他的著作书名叫《潜水钟与蝴蝶》,蝴蝶是他的思想,在潜水钟内振翅而动,却无法出来——直到他发明了眼皮密码。这是故事鼓舞人心的一面:他最终真的找到了表达自己困境的一种方法,这是对人类精神力量和适应力的一个巨大证明,拒绝保持沉默。

当然,我不禁也想到了可怜的马丁,他的动脉瘤听起来和这个法国人的中风非常相似,可能也有同样的影响。事实上……我突然有一个可怕的想法,在医院他们让我进去看马丁的时候,或许他并没有死,而是得了闭锁综合征。不过这当然是无稽之谈,他已经死了,他的心脏已停止跳动,也没有了呼吸。我不希望有另外的情况发生,我不认为我可以应付照顾像鲍比这种身体条件的人。我很自私,但那是事实。

3月8日,周六 我从伦敦带来了一件泳衣,因为我觉得可能会在这里的体育运动中心游泳池锻炼身体(一个很好的计划,但迄今为止还未付诸实施),但是今天早上我把泳衣拿出来一看,觉得它似乎又破又旧,还褪了颜色,所以我去格洛斯特买了一件新的。之所以去格洛斯特,而不是切尔滕纳姆,是因为我有一种愚蠢的恐惧感,害怕出现意想不到的巧合,在商店里撞见卡丽,然后我不得不向她透露,说我特意买一件新的泳衣,为的是能在她的热水浴池里好好表现一番。

对于一个女人来说,买游泳衣总会让你感到焦虑,尤其是在人变老的时候。没有一件衣服会如此残酷地暴露出你身体上不断增多的缺陷。站在试衣间成角度摆放的镜子前望着自己,我沮丧地看到呈网络状的靛蓝色静脉,像旧瓷器纹裂后的细缝,或是丹麦蓝纹芝士上的斑纹,从两个膝盖后面延伸开来。

在我一番好找之下,终于发现了一件露背的纯黑色连体游泳衣,我觉得看上去很合适,但我得穿着内裤试穿,商店提出的要求很合理,这是出于卫生考虑。可当我在家不着内裤再次穿上泳衣时,却注意到有几缕浓密卷曲的阴毛从裆边冒了出来。所以现在我必须去刮掉它们。真讨厌,我觉得自己因为虚荣受到了惩罚。

此行的唯一可取之处是我第一次看到了格洛斯特大教堂。教堂不是特别大,但比例匀称,用色彩柔和的科茨沃尔德石材建成,有一个壮观的方形垂直高塔,塔的方顶绕着一圈像栏杆一样的精美石雕。另外,教堂的回廊也很精致——我手中的《旅游者指南》称这是国内最别致的回廊之一,我也认为说得很有道理。爱德华二世就埋葬在这里。对于他,我所知道的一切都是出自马洛的戏剧,也许不那么可信,但至少让他看起来像一个曾经存在过的真实的人,而不只是一本历史书中的一个名字。站在一个活在七百年前的人的遗体旁,并且还知道他是谁,似乎给人一种很不寻常的感觉。如果拉尔夫·麦信哲是对的话,那他化为尘埃的原子微粒是不可摧灭的。然而,保留他身份的正是我的思想,这才使我们之间有了联系。

在教堂古老的侧廊通道上,我踩着石块铺就但已磨损严重的地面,不时驻足欣赏周围那些工艺精巧的铜饰品和雕像,脑海里突然产生了另一种文学联想。在小说《金碗》(又译《金钵记》)中,夏洛特和王子在格洛斯特开始了两人的婚外情,他们推迟了从乡村别墅的聚会返回伦敦的时间,托词是要去参观大教堂——书中也提到了爱德华二世的墓,我敢肯定。为了在回到各自配偶身边后能做出貌似可信的充分解释,他们俩是真的去看了大教堂吗?还是挤出时间在足智多谋的夏洛特挑选的旅馆房间里幽会?我无法查证,手头也没有那本小说。不管怎样,詹姆斯可能也没有说。

之后,我就在大教堂拐角处的科齐皮尤咖啡馆吃了午饭,仔细阅读着指南中的每一个字,因为我没有带其他任何可供我阅读的书来。我情绪很低落,很想知道未来等着我的是否会是老处女那样的生活:出入于各个大教堂,坐在花哨的餐厅桌子前阅读。或许买新泳衣就是抵抗这种命运的一个本能动作。既然这样,就让我自己毫无怨言地把阴毛剃去吧。

8

做只无尾蝙蝠的感受是怎样的?
马 X 恩·阿姆 X 斯

嗯,我们白天很多时候都是在闲逛。我们在洞穴中、裂缝里、屋檐下、屋顶上闲逛,任何黑暗和温暖的地方,洞穴是我们的最爱。我们从天花板上悬挂下来,在地板上拉屎,只是我们看起来好像悬挂在地板上,在天花板上拉屎,因为我们是倒着悬挂的。如果你能颠倒着身体拉屎,那就是一门技术。粪便在分解时会产生热量;当然,也有一股臭味。

天黑时,我们就出去找吃的,主要是吃昆虫。我们利用自身的雷达装置在飞行中贪婪地吞食昆虫,哔,哔,哔,哔,哔哔哔哔,啪!这很酷。我在盲飞的时候,能够在一秒钟内消灭两只果蝇,飞行失明。汤姆·克鲁斯,你很羡慕吧。

然后,我们回到洞穴,在地上拉屎。我们也在飞行途中拉屎,以减轻我们的负重。你也可以说拉屎是我们生活中的主要事业之一。吃昆虫和拉屎。

说实话,性生活不是那么热门。我们一年中只有六个星期的时间可以干那事——整个群体会同时发情。你可以想象这样一个场景:成千上万个朋友在洞里乱窜,疯狂地试图把一年的性欲全都挤压和发泄在这糟糕的六个星期的时间里。这样会严重损害你的健康。

女的只对一件事感兴趣:你的精子。她们有某种妇科把戏可将精子藏在阴道里,直到她们想怀孕为止。然后,她们都滚蛋,去一个温暖的地方,找一个育婴洞穴生孩子。只有女性和儿童可以进入洞穴内。我们回到男性的洞穴后,会出去闲逛,凑合着用爪子继续干活。

我不介意女性是否能做好照顾新生儿的工作。但是当她们外出吃饭时,会把孩子们单独留在家中,无人看管。洞穴里的孩子会像幼儿游戏班一样,在满是蝙蝠粪便、昆虫尸体和水果皮的地上打滚,互相打架,要不然就是集体成排地悬挂在墙上和洞顶上,有时候那些可怜的小傻瓜会从高处掉下来,落到地上,或者在自己的雷达还没调试好时就想飞,结果发生事故,撞上墙壁,甚至出现相互碰撞。我们的婴儿死亡率是一种耻辱。

但是,如果你能在育婴洞穴里生存下来,预期寿命会很长,你预计可以活十年,我现在是九岁半。

做只吸血蝙蝠的感受是怎样的?
伊X琳·威X什

我们同时回到老的洞穴——坎普斯和我,这时太阳刚刚升起。斯科蒂也已回来,正垂头丧气地悬挂在洞顶上。此前,我已从一只高地犍牛身上获得了食物,尽管牛腿上的肉感觉像长毛绒粗呢地毯,坎普斯也找到了一只被狐狸撕开喉咙的羊——撞大运的贱人,但斯科蒂却什么也没有。

"那个区域都是咕咕声,"斯科蒂说,"但那些龟孙子不断地醒来,我的牙齿都没来得及咬到他们。"我非常清楚坎普斯不相信他。"把你的血给我一些吧,坎普斯,"斯科蒂说,"你肯定从那只羊的身上弄到了好几加仑。"

"滚蛋,斯科蒂,"坎普斯说,"那天夜里我一无所获的时候,你一点东西都不愿给我。""我跟你说,坎普斯,我没法给你,你到家的时候,我都已消化了。"

"撒谎的贱人,"坎普斯,"我相信你昨天夜里没出去。你躲在这里,等着我们把血带回来。"

"那不是真的,坎普斯,我一整夜都在外面,我只是运气不好。"于是斯科蒂向我求助。"丹尼男孩,"他说,"把你的给我一些吧,为了上帝的爱。"

"没门儿,斯科蒂。"我说道。

"啊,吱吱,丹尼男孩,我极其需要,"他说,"下次我弄到了,我还给你双份。"

他全身都在发抖,翅膀散开着,他的尖牙上下一起颤动着,像筷子一样。看他不受控制的样子,我起了怜悯之心,把十五密耳的血吐进他的臭嘴里。他大口吞下,松了口气,瘫倒在地上的一堆陈年粪便上。"上帝保佑你,丹尼男孩,"他说,"你救了我的命。"

"你的技术出了什么问题,斯科蒂?"我说,"他们在咕咕叫的时候,你想要咬他们的哪个部位?"

"脖子。"他说道。

"那可不好玩,"我说着,朝坎普斯眨了眨眼。"你得咬肛门。"

"肛门?"他疑惑地问。

"在毛皮与肛门之间有一圈柔软细嫩的肉,"我说,"你爬到你的犍牛后面,用你的舌头舔他的肛门,就像是他的一个配偶为他所做的那样,然后你轻轻地将你的尖牙插进去。这些龟孙子喜欢这个。"

"哈哈,"斯科蒂大笑,"这些犍牛一定是同性恋性交。"

"他们当然是,"坎普斯说,"每个龟孙子都知道,他们都是艾滋病毒携带者。"

"什么?"斯科蒂又开始发抖,"你是在告诉我那血已被感染了?"

"你想我为什么要把它给你?"我说道。

"你这个贱人,你谋杀我!"他尖叫着,开始作呕,将他的爪子伸进喉咙,竭力想把血吐出来。坎普斯和我发出了嗤之以鼻的哼哼声,然后哈哈大笑。

"你别发疯了,"坎普斯最后对斯科蒂说,"犍牛已经被阉割了,怎么可能还会有问题?"

做只蝙蝠的感受是怎样的？
斯 X 姆 X 恩·瑞 X 什德 X

那是一个什么样的问题，先生？请恕我直言，如果我问您"做人的感受是怎样的？"您会怎么说？您无疑会回答，"这一切都取决于什么样的人。"什么种族，什么肤色，什么阶层，什么种姓，什么样的生活状况？蝙蝠也同样如此。我们有很多种类。有短尾蝠和长尾蝠，多种无尾蝠，花尾蝠，苍白洞蝠，西部大驯犬蝠，凹脸蝠，裂颜蝠，旧世界叶鼻蝠，鼠尾蝠，菊头蝠，斗牛犬蝠，筒耳蝠，烟蝠，盘翼蝠，旧世界吸盘足蝠，多布森狐蝠和普通蝙蝠，等等，这里仅举数例。我们都有我们独特的习惯和栖息地。

就我自己而言，我是一只寺庙蝙蝠。我所属的种群生活在濒临孟加拉湾的科纳拉克太阳神庙。至于我究竟是怎么会悬挂在这架印度航空大型喷气式客机头等舱洗手间的挂衣钩上的，是一个漫长的故事，这与游客的一只相机套、一片安眠药和一台发生故障的机场 X 光机有关。上星期三晚上，有人不小心把这只相机套忘在了太阳神庙一个石雕柱的基座上，相机套是打开着的，里面什么东西也没有。那时天色昏暗，我们寺庙蝙蝠都从藏匿处和砂岩剥落的缝隙中出来，并在温暖柔滑的空气中搜索可口的蠓虫、酥脆的蚊子、多汁的果蝇和其他美味的昆虫……您可能会说这是蝙蝠们的快乐时间。但是，唉，对我来说，没有一刻是快乐的。做只寺庙蝙蝠的感受是怎么样？就我个人而言，该死的糟糕，如果先生您能原谅我的表达的话。

您看，我的蝙蝠伙伴们对他们的生活非常满足，因为他们不知道自己是蝙蝠。正如您所观察到的，我拥有语言天赋，而我的兄弟姐妹只会发出吱吱声。此外，我还有记忆，他们却没有。他们不知道自己在前一次投胎时是男人和女人，不知道自己前世作了孽而被贬谪到了巨大生物链的这个层次。但由于某个意外事故，在正常的转生轮回过程中出现了一些短暂的变化和滑落，我受到了意识的折磨，蝙蝠的身体有着人类的思想，这使我遭受的惩罚又增加了一百万倍。

与流行的看法相反，先生，蝙蝠并非完全看不见。我们可以区分白天和黑夜以及事物的模糊形状，但世界的形态和色彩的丰富细节对我们来说却是一个尚未揭开的秘密，所以我只能通过记忆重构来"观察"这个洗手间的内部：

不锈钢洗手盆，几瓶免费的须后水和古龙水在微光中映现在镜子里，马蹄形的薄棉纸垫，体贴地保护着您的臀部，以免直接碰到普通的马桶座圈——或许您此时正在享受这种便利。不要，我求您了，先生，请不要委屈自己，您没必要感到尴尬——您裸露的双膝，对于我有限的视力而言，只是一团模糊……我之所以能够描绘这个小隔间内部的每一个细节，只是因为我自己也曾是这些闪闪发亮的飞行器上的常客，一名经常往返于宝莱坞和好莱坞之间的电影制片人。我曾懒洋洋地坐靠在富豪阶级才可以享受的豪华软垫座椅上，面带微笑、臀部柔软、身披纱丽的空姐在一旁呵护着，不断地给我送上香槟、鱼子酱和热毛巾。对于其中最可爱的和最容易上钩的那位女士，我会设法作出安排，在她们降落后的下班时间里与她见面，承诺让她在我即将开拍的影片中出演角色，但我不会告诉她新片名称是类似"亚洲宝贝"之类的——比如"性奴""咖喱波斯猫"和"肉饭谈话"。是的，我是一位针对印度市场的色情电影制片人——西姆拉·平克斯的男人晚会，孟买商人下班后的娱乐消遣，为悲伤难过、欲求不满的单身汉提供录影带租借服务……并不是真正淫秽的，我必须说，没有射精，没有暴力，只是模拟的自愿性爱和一点手淫。但是，让我的顾客们感到最刺激和最兴奋，莫过于看到一位明显有教养的印度姑娘以这样的方式堕落。让我最能获得快感的也莫过于此，实话告诉您（我也许就是您所认为的那种亲自动手的制片人）。恐怕我以前用谄媚、贿赂和欺骗的伎俩引诱了太多无辜的少女，令她们的生活蒙羞，我现在因此而受到惩罚……或许您已经参观过了太阳神庙？是吧？您还记得那些雕塑吗？是的，有人告诉我说它们令人难忘。遗憾的是，我在上次投胎前忘了去参观神庙。您也许可以想象得到，像我这种品味和背景的人，面对世界上最了不起的一排性爱雕塑，双眼却竟然只有蝙蝠的视力，那该有多么失望和沮丧？

做只失明蝙蝠的感受是怎样的？
赛X尔·布X特

在哪里？什么时候？为什么？吱吱声。我在黑暗中，我总是在黑暗中，以前情况并非总是如此。曾经一段时间里有亮光，或黑色的阴影。吱吱声。洞

口会有微弱的光亮。当亮光消失的时候,我知道离开洞穴的时间很快就要到了,就要和其他同伴一起在暮色中飞来飞去。吱吱声。可现在只有黑暗,一片漆黑。在任何特定的时刻,无论在我的脑海里还是在我的头顶上,都是黑暗的,我不知道。我所知道的是,如果是"知道"这个词的话,事实并非如此,而是因为我什么也看不见。我能感觉到,听到,闻到,但看不到。吱吱声。我可以感觉到我的后腿爪子抓着岩石突出的岩架。当他们离开和弹回时,我可以听到我发出的吱吱声,并能够与这个地方墙壁周围不断回响的其他吱吱声区分开来。吱吱声。我能够闻到从地面冒上来的氨臭味,如果地上有这气味的话。或许我是悬挂在一个氨水湖的上方,但我想不是,因为我每次排便后从来都没有听见过水花泼溅声,除非下方的湖面离我非常之远,以至于我的耳朵无法听到粪便的落水声。

我可以通过我脚上的触须感觉到身边有一个同伴,他也有触须,正不时地在轻触我。吱吱声。尽管我用的是"他",但就我所知,也可能是"她",没有办法告诉你,除非我用我的前爪去他折叠的翅膀下摸索,确定那里是否有两个洞,还是一个洞和一个突出的器官,可这样的行为可能会被误解。吱吱声。最好还是保持不确定的状态,虽然不确定会令人不快,但确定的事实结果可能会更糟糕。我宁愿不去确定自己是否失明,但这是我唯一能确定的事情,因为以前并非总是一片漆黑的。吱吱声。一旦有形状,我就能确定形状,更黑暗背景下的暗影。在我还很小的时候,我妈妈去打猎时,会把我带在身边,放在她的育儿袋里。吱吱声。当她在暮色中高飞和俯冲的时候,我紧紧贴住她的乳头。我还记得在她飞行途中注意到的那些东西的形状。现在已经没有更多的形状了,只有触摸,气味,声音。我已永远地失去了形状。什么时候? 为什么? 怎么样? 吱吱声。

9

"就模仿作品而言,他们可能很聪明,"拉尔夫说,"我真的无法判断,因为我没有读过多少当代小说。我没有时间。但是——"

"你应该读海伦的小说,麦信哲,"卡丽说,"很不错的。"

"我相信是不错的,"拉尔夫说,"总有一天我会把这个遗漏补上的。"

"我宁愿你不要,"海伦说,"但是,请继续说。"

"我想说,为了回答那个问题,他们是被拟人化的,尽管很无望。"

"什么是拟人——什么意思?"西蒙问道。

"嗡嗡嗡嗡!"马克发出了一种噪音,就像电视问答节目中的中断蜂鸣器那样,"把非人类的东西当作人类来对待。"

"很好,波罗,"拉尔夫说,"就像迪士尼电影中的动物一样。"

"那个问题是什么?"卡丽问道。

"做只蝙蝠的感受是怎样的?"海伦说,"这是一篇哲理性文章的题目。"

"是的,听起来像是。"卡丽说。

"另外一位哲学家最近提出了这样一个问题:'做只恒温器的感受是怎样的?'"拉尔夫说。

"这很酷,开开关关。"马克回答,引发了大家的一阵轻笑。

"真有你的,波罗,"拉尔夫说。

"我猜,这位哲学家,他是在开玩笑吧?"海伦说。

"不是,"拉尔夫说,"他是很认真的。如果说意识是信息处理的话,那么任何处理信息的东西,无论用多么简陋的方式,或许都应该被描述为有意识的。泛心论,在业内是这么称呼的。这种观点认为意识是宇宙的一个基本组成部分,就像质量和能量,强作用力和弱作用力。我自己真的不是很相信。"

"为什么不信呢?"海伦问道。

"它有一点点超验主义的意思。对此感兴趣的人往往太容易相信东方宗教。"

"你为什么不想让麦信哲读你写的书?"埃米莉问海伦,毫不掩饰她的好奇。

这个问题似乎让海伦感到有点不快。"人们只是因为认识你而阅读你的书,这往往会曲解阅读体验,特别是在他们一般不读文学小说的情况下。"她转身对着拉尔夫说,"不过我很惊讶你没有,因为你对意识非常感兴趣。这正是绝大多数现代小说的主题内容。"

"哦,我年轻的时候看过一些,"拉尔夫说,"《尤利西斯》的前几个章节写得很出色,之后似乎被文体风格游戏和填字游戏分心了。"

"那弗吉尼亚·吴尔夫呢?"

"太文雅,太诗意了。所有她的小说人物听起来就像弗吉尼亚·吴尔夫本人。在我印象中,还没有人可以在那方面超过乔伊斯,我说得对吗?"

"可能吧,"海伦说,"这样的意识流小说已经很不流行了。"

"我要出去了,我已经受够了,"卡丽说。

"浴池还是意识?"拉尔夫说。

"两个都是。"卡丽说。

对话发生在麦信哲的乡村度假屋后花园的热水浴池里。房子后面的地面坡度很陡,木质的平台旁有向下的台阶通往花园,中途有一个用木板搭出的夹层,那里修建了一个直径约7英尺、深5英尺的红杉木浴池,与夹层表面齐平,浴池内侧有一条长凳,海伦和麦信哲一家人可以很友好地坐在一起,臀部碰着臀部,热水带着气泡在他们的腿间冒出来,同时将阴魂似的蒸汽送入寒冷的空气中。现在时间接近傍晚,或者说已是傍晚了,天色已黑。唯一的照明来自嵌入在浴池内水线下方的蓝灯,以及相隔一定距离安装在台阶和木板上的带有琥珀色厚玻璃罩的灯笼。

卡丽从浴池里爬了出来,一只手搭着拉尔夫的肩膀,把自己稳住。水从她紧身的深色泳衣和苍白粗大的四肢上流了下来。她用一件毛巾袍裹住身子,将脚伸进一双麻绳编底的平底拖鞋。"孩子们也该出去了,"她说。

"哦,妈妈……"他们抱怨道。

"我是认真的。来帮我把茶点摆好。"

一个接着一个,孩子们从浴池里出来,裹上毛巾,然后登上台阶,往屋里走去。埃米莉是最后一个走的。"我想我应该帮帮妈妈,"她叹了口气。

"我真的该走了,"海伦说道,但坐着没动,"我来吃午饭,不是喝茶。"

"哦,留下吧,"拉尔夫说,"你好像很开心。"

"这样很幸福,"她说道,歪着头仰望天空。"躺在热水浴池里抬头看星星!如果我妈妈看见我这样,她会大发脾气。她会说,'你会得重感冒的。'"

"你不会的。"拉尔夫向她保证。

"在英国能够买到这样的浴池吗?"

"据我所知,那不是红杉木做的。这是我们从加州运过来的,花了巨大的代价,然后让这里当地的工人安装的。"

"嗯,这是一个了不起的发明,"海伦说道,伸出双腿,将它们浮到水面上,"我想一定有一个恒温器。那样会让浴池有意识吗?"

"不是自我意识。因为它不知道它正在享受美好时光——不像你和我。"

"我认为根本没有什么像自我之类的东西。"

"根本没有这样的东西,没有,如果你指的是一个固定、独立的实体的话。但自我当然是有的,我们一直在编造自我,像你就在编造自己的故事一样。"

"你是在说我们的生活只是杜撰的吗?"

"在某种程度上是。这是我们借助备用的脑容量在做的事情之一,我们可以编造关于我们自己的故事。"

"但是我们不能编造我们的生活,"海伦反驳道,"事情是否发生在我们身上,都不在我们的控制范围。你读过关于那个可怜的法国人的文章了吗?他们把它叫做什么,闭锁综合征?"

"是的,很有趣。"

"你不能说他这种可怕的情况是编造的。"

"他为此建构了一种特殊的回应机制,"拉尔夫说,"一个英雄人物,我同意你的观点。"

"但这难道不会让你相信有这样的东西存在,比如灵魂,或者人类精神?"

"不,为什么要相信?"

"嗯,这个人的勇气,他想要交流的决心……"

"是的,非常令人敬佩……但这些都还只是属于他大脑的信息处理,没有什么超自然的东西,机器中没有幽灵存在。"

"这是一个很重要的词,'幽灵',"海伦说,"它具有迷信和幻想的含义。我不相信幽灵,但我相信灵魂。"

"不朽的灵魂?"

"我不确定。"海伦说道,用一只脚搅动着水。

"好吧,我同意你说的凡人的灵魂,这只是描述自我意识的另一种方式。但笛卡尔相信他有一个灵魂,因为他可以想象他的思想独立于他的身体存在。难道那不被认为是幽灵的行为吗?"

"嗯,这不就是那个法国人,他叫什么来着,鲍比——这不就是他在做的,继续独立于自己的身体在思考吗？他是完全瘫痪的。"

"他仍然能够用一只眼睛看到，我相信，而且还能够听到。不管怎样，他的大脑是他身体的一部分。"

停顿了一会儿，海伦说，"你刚才说我们的备用脑容量是什么意思？"

"人的大脑要比地球上其他灵长目动物的大得多。我们的 DNA 与黑猩猩，我们最近的亲属，只有大约 1% 的不同，但我们的大脑要比它们的大三倍。显然，这使得我们的原始祖先在进化博弈中占据了很大的优势。我们学会了制造工具和武器，学会了通过语言进行交流，学会了通过我们的心智软件运行各种选项去解决问题，而不是仅仅做出本能的反应。我们超越了四个 F。"

"是什么？"

"战斗(fighting)，逃跑(fleeing)，喂食(feeding)和……交配(mating)[①]。"

"哦……"海伦窃笑不已。

"但与其他物种相比，人类较大的大脑与我们获得的进化优势不成比例，这就是我所说的备用容量。原始人就像是一个获得最先进的计算机的家伙，却只用它来做简单的算术题。不过，他迟早会去摆弄和琢磨电脑，然后发现自己也可以做很多其他的事情。这就是我们按自然顺序在适当的时候用我们的大脑去做的事情。我们开发了语言，我们反思我们自己的存在，我们开始意识到自己是有过去和未来、有个体和集体历史的生物。我们发展了文化：宗教，艺术，文学，法律……科学。但是，自我意识也有一个不利之处，我们知道我们将会死亡。想象一下尼安德特人，克鲁马农人，或者是首次记录可怕事实真相的任何一个人：有一天他会成为其他人或生物嘴里的肉。对此，狮子和老虎不知道，猿也不知道，但我们知道。"

"大象一定知道，"海伦插话说，"他们有墓地。"

"恐怕那只是一个神话，"拉尔夫说，"智人是进化史上第一个，也是唯一一个发现自己终有一死的生物。那么，他该如何做出回应呢？于是，为了解释他是如何陷入这种困境的，以及如何可能从困境中解脱出来，他就开始编造故事。他发明宗教，发展丧葬习俗，编造关于来世以及灵魂不灭的故事。随着时

[①] 第四个 F 应为"性交"(fucking)，此处麦信哲为避免显得粗俗，改口为"交配"。——译者注

间的推移,这些故事变得越来越复杂和微妙。但在最近的文化发展进程以及不远的人类进化历史过程中,科学突飞猛进,它针对我们如何到达这里的问题,开始讲述一个不同的故事,一个更加强有力的解释性故事,彻底击败了宗教故事。很多聪明人不再相信宗教故事,但他们仍然紧紧抓住其中一些安慰性的观念不放,如灵魂、死后重生,等等。"

"我认为那是真正让你感到烦恼的东西,不是吗?"海伦说,"绝大多数人继续执着地相信机器里有一个幽灵存在,尽管科学家和哲学家们已多次告诉他们没有。"

"确切地说,我并未对此感到烦恼。"拉尔夫说。

"哦,是的,"海伦说,"就好像你决心将它从地球上根除那样,就像审判者试图铲除异端邪说一样。"

"我只是认为我们不应该把我们主观想变成怎样的与事实是怎样的相混淆。"拉尔夫说。

"但你也承认我们所想的是私人的、秘密的,只有我们自己知道。"

"哦,是的。"

"你承认我此刻的体验,懒洋洋地躺在热水中,在星空下,与你的不可能完全一样吗?"

"我知道你想讨论什么,"他说,"你说的是,有些东西,就像是你,或者是我,或者是某种你或我所独有的体验特质,无法从纯粹的物理角度来进行客观地描述或解释。所以我们不妨称之为非物质的自我或灵魂。"

"我猜想是这样的。是的。"

"而且我说这仍然还是一台机器,生物机器中的一台虚拟器。"

"那么任何事物都是一台机器吗?"

"处理信息的一切事物,是的。"

"我认为这是一个可怕的想法。"

他耸耸肩,微笑着说:"你就是一台被文化编程的机器,可却不会意识到这是一台机器。"

这时,卡丽的声音从上面传来。"麦信哲!你们俩要整晚都待在外面吗?"

"我们最好还是进去吧。"海伦说。

"是的,或许我们应该进去了。"拉尔夫说。

他们爬出浴池,走上通向房子后面的木制台阶。在台阶的一个黑暗角落,有一盏灯的灯泡坏了,拉尔夫把手放在她的手臂上,留住了她。

"海伦。"他低声说道,吻上了她的双唇。

她没有抗拒。

10

3月10日,周一 我今天一直在努力阅读学生们的半成品作业,但觉得很难集中注意力,一直在想着"那个吻"。我完全惊呆了——我们一直在进行一场崇高的知识性讨论,虽然不能说是一场激烈的辩论……我感觉他的脚在热水浴池里触碰了我一两次,但我以为那只是意外,我从来都没想过他会有任何爱恋的意图。你在辩论,真正地辩论,想通过辩论争胜——同时还能够与人调情吗?肯定不能。虽然我记得以前在一次类似的激烈讨论后,我们在切尔滕纳姆的停车场外分手道别时,他也曾想吻我……或许他觉得一个女人在辩论中能够勇敢地面对他,是一种性刺激,但是在那种场合下,我以为只不过是一种友好的社交吻礼,只是轻拂你的脸颊而已,可昨天却是结结实实地亲在嘴上——虽然没有激情,没有侵入嘴中,但绝对是有性欲望的,而我还接受了这个吻。至少,我没有抗拒。我没有扇他耳光,也没有推开他,或者质问他想干什么。我一句话也没说。我甚至还回应了一下。我确实很享受——我的整个身体就像弹拨的竖琴一样被撩动着,感觉亢奋得都湿了。天啊,一个吻怎么可能有如此的冲击力?

当然,一段时间以来,我的生活里极少有亲吻的经历。亲爱的,你不记得了吗?你现在非常敏感,极易受诱惑。你是说性饥渴吗?嗯,是的,亲爱的,也许是有那么一点,他是一个非常有魅力的男人,无论你怎么看待他的观点和品行。但是要保持冷静,不要做愚蠢的事情。在那个时刻,我不会的。

但事情开始是这样的:我昨天赴约去麦信哲的度假屋吃午饭。度假屋位于风景如画的科茨沃尔德乡村中部——即使是在一年中的这个时候,阔叶树上见不到一片叶子,这里也依然很美。有一条公路,穿过星期天早晨宁静的村庄,经过古老的教堂、整洁的农舍和舒适的草房,在沾满露珠的草地和隆起的绿色丘陵之间蜿蜒起伏,山坡上都是羊。"马蹄铁"有一个茅草屋顶,但与其说它是一间村舍,不如说是一处大屋——房子用色彩柔和的科茨沃尔德石建成,双开的大门,墙上爬满紫藤,不禁令人想到五月份淡紫色的花瓣从墙上纷纷落下时的情景。低矮的天花板是一个橡架结构,高低不平的石板地面上铺着几块小地毯,客厅里有一个巨大的敞开式壁炉。不用说,肯定有集中供热系统和其他的现代化生活设施,这一切都与房子18世纪的建筑风格完美地融合了在一起。

麦信哲一家每星期会来这里,过上一两天英国乡村生活:卡丽会把水果装瓶,然后在烧油的AGA炉灶上制作蜜饯;埃米莉会骑上她养在当地马厩中的小马;拉尔夫则砍柴生火,或是带几个小一点的孩子出去溜达或骑自行车。然而,令人震惊的是,在房子的后面,却别有一番富有异国情趣的奢侈享乐格调:有一个双层阳台,或者按他们的说法是"平台",下面一层是一个红杉木做的热水浴池。当你从18世纪英国风格的房子走到20世纪加州情调的后花园时,你会觉得这样的布局匪夷所思,就像在电影摄影棚里走过不同的布景拍摄片场一样。

吃完午饭(一只超棒的本地羊腿,烤得极好,大蒜薄片和迷迭香叶片完美地嵌入了脂肪层),我们出去在附近的几条小路和步道走了一圈,我借了一双威灵顿靴(他们有各种不同的尺码,可供客人选择)。然后,当红彤彤的冬日夕阳开始下山时,我们换上泳衣,裹着毛巾和浴袍走出屋子,前往热水浴池。我不得不说,坐在露天的浴池里,冒着气泡的热水正好漫至脖子,身体完全浸在水中,抬头仰望渐渐变暗的天空,看着闪烁的星星一颗颗地出来,这样的体验绝对令人享受。全家人都挤在浴池里,围成一圈坐着。

事情发生在拉尔夫开始谈论他喜爱的老话题之后不久。我猜想他的家人对他反复唠叨意识这个话题肯定非常厌烦,但对我来说却十分新鲜有趣。等其他人都爬出浴池回到房子里后,我和他在浴池里继续待了一会儿,谈论了存在——或非存在——是关于灵魂的。他在这方面有完全的自信,善于从进化论和唯物论的角度对任何事物做出解释,令人难以抵抗,当然,我自己此时也是犹犹豫豫,对超验主义抱着半信半疑的心态。随后,卡丽在屋里喊我们进去喝茶,当我们上台阶时,他吻了我。

我后来当然没有把这件事告诉卡丽,所以我们两个人之间现在有了一个秘密,只有我和他知道,她并不知道。当他把茶桌上的蜂蜜和黄油递给我时,我们四目相接,在无形之中默默地传递着一种信息——不仅仅是因为我们接吻了,同时也表示我们都同意隐瞒此事。对其他人来说,我们的神情和表现并没有将刚才做过的事情出卖,眼神没有闪烁不定,说话声也没有一丝的颤抖。我们人类是多么善于欺骗,多么容易受欺骗的影响。我们是通过自我意识获得了这种能力吗?

我绝对没有想与拉尔夫·麦信哲发生暧昧关系的意图,理由有很多。让我们先把这一点弄清楚了。尽管如此,这段插曲还是给我带来了一些不可抑制的小小负罪感,为此我试图通过饭后帮卡丽收拾厨房来宽慰自己。当我们把餐具往洗碗机里放时,她不经意地跟我说她正在写一本书,一本以 1906 年旧金山大地震为背景的历史小说。显然她保留着家族一些老的档案——信件和日记,那个时期留下的,作为写作素材。她认为这本书在当代的加州会有现成的读者群,因为加州人对有关地震的故事都很痴迷。"问题是,我不知道在书中该插入多少历史背景,"她说,"这基本上是一个家庭故事。"我不知怎地主动提出来要读一下文稿——从埃米莉的表情看,却觉得我根本不需要这么做,又一个虚构的世界需要去认识和理解!卡丽热切地接受了我的提议。我是否陷入了圈套——这就是为什么他们要邀请我来"马蹄铁"——这就是为什么卡丽一直在刻意想和我结交?还是因为那个吻心中有愧而促使我做出愿意承担这份额外工作的举动?我不可能——我不会——作出决定。但是,我为什么总是要去寻找事情背后不光明正大的动机呢?为什么拉尔夫的吻就不可以是一个自然的、没有预谋的动作,是一个简单的献殷勤行为,是一种坦诚的认可,认为我很有魅力,喜欢与我为伴,仅此而已,只是为了给一段愉快的分享体验留下印记,在热水浴池里讨论形而上学而已。为什么卡丽就不能是偶然提到她的小说呢?为什么我要对自己主动表示想阅读文稿的度量持怀疑态度呢?我猜想这可能是由我小说家的身份引起的,小说家总是喜欢复杂的解释,而不是简单的理由。

我应邀来吃"午餐"的时间被大大地延长了,最终我们大约在 7 点钟才一起离开度假屋。突然,生活的节奏加快了。在卡丽的催促下,每个人都忙碌起来,收拾东西放好,重置恒温器,关闭电灯,拉上窗帘,关紧百叶窗,确保下个周末到来之前房子的安全。这一切就好像是一场梦幻般的田园牧歌终于降下帷幕,整个剧团像受了刺激一般立即行动起来,在转场前迅速脱去演出服,收拾道具,整理打包。我们开着各自的车,在屋前的小路上分手。我衷心地向他们表示感谢并道别。

"下次再来,"卡丽说,"要把这当成一种习惯……我不愿去想你一个人在校园里度过星期天。"拉尔夫越过她的肩膀对我咧嘴一笑,"当然。"他说。"不管怎样,我们下个星期六会见到你。"卡丽说道。她的意思是指我已被邀请参加拉尔夫的 50 岁生日聚会。

后来,我在当晚听到了让·多米尼克·鲍比已经去世的消息,就在他的书出版后的几天。我非常非常伤心,但至少他活了足够长的时间,能够知道自己的书取得了巨大的成功。也许这就是让他能够坚持活下去的动力,他决心要亲眼看到自己的书出版,而一旦目标实现后,他已枯竭的精神就放弃了挣扎。那么,他现在在哪儿呢? 任何地方都不在,根据拉尔夫·麦信哲的观点,他已经不复存在——除了留在《潜水钟与蝴蝶》的读者们的思想中,以及认识他本人的那些人的记忆中。但是这些思想和记忆被认为是属于他们自己的构想,是虚构的,而且随着脑细胞的日益衰退,最终也注定会消失。

拉尔夫的观点似乎非常有道理,宗教的起因源自人类对自己必死的命运的独特意识,等等。我在《大英百科全书》中查阅了有关大象墓地的资料,发现他是对的,该死的。被带到屠宰场的动物感觉到自己即将到来的命运,有人说——动物在被赶往屠宰场时会乱踢,挣扎,或者吓得大小便失禁;或许它们能够比人的鼻子更早地嗅到空气中的污血味,或者它们可以闻到前面动物的恐惧气息。但是它们不知道自己为什么痛苦;它们害怕死亡,却又不知道什么是死亡。我们人类是唯一知道死亡的生物,而且一直都知道,自从过了婴儿期之后。这是自我意识所要付出的可怕代价吗?

事实上——当你从这个角度思考时——《创世纪》中的原罪故事很可能是一个进化史中自我意识出现的神话。智人由于脑力的突增而认识到了自己必死的命运,他们被这个发现吓得胆战心惊,以至于开始编造故事,正如拉尔夫所说的那样,"为了解释他是如何陷入这种困境,以及如何从中解脱出来。"一个关于冒犯了比自己强大的某种力量,而受到这种力量的死亡惩罚的故事——在故事后来的详细描述中,他得到了第二次永生不死的机会。这在《失乐园》开头的五行诗句里全都得到了体现:

关于人类最初违反天神命令
偷尝禁树的果子,把死亡和其他
各种各色的灾祸带来人间,并失去
伊甸乐园,直等到一个更伟大的人来,
才为我们修复乐土的事……

剥掉神话学、神学和巴洛克诗歌的外衣,你从中或许可以发现一丝淡淡的痕迹——原始人第一次沮丧地发现自己是个凡人,发现自己生活一段时间后会最终死去。在神话中,禁树是智慧之树,是善与恶的智慧。上帝警告亚当和夏娃,吃了禁果就会死亡。但也许在现实中智慧就是与死亡有关的,而且所有存在的各种焦虑都是由它所带来的。人类的堕落在于陷入了自我意识,上帝只是一个补偿性的编造。证明完毕。

然而,正如有人所说的,宇宙不存在造物主的思想似乎就与上帝创造宇宙的思想一样牵强附会,特别是当你在夜间抬头看着星星的时候。我们知道它们并非总是存在。你可以将所有事物都追溯至宇宙大爆炸时期,但导致宇宙大爆炸的物质又来自哪里呢?

或许我们的错误在于我们的想象,想象宇宙背后的神一定都是和我们一样,正如基督教《教理问答》中所说的,"他照着他自己的形象和样子塑造了我们。"假设上帝是万能的、永恒的,却不比一头狮子或一片海洋具有更多的自我意识? 这解释了很多问题——例如,邪恶的存在。或许上帝并非有意创造邪恶,因为他或是它没有任何的意图。假设我们是宇宙中唯一有自我意识、意图和罪恶感的生物? 这是一个令人不寒而栗的想法。但是,人仍不愿意放弃自我意识,不愿意重新回到堕落前原始人类那种没有思考的动物生存状态,在树与树之间荡来荡去,或者迈着大步穿越广阔的大草原,只对四个 F 做出本能的回应。

可谁愿意死亡,
虽然满是痛苦,这个智性的存在

正如弥尔顿所说的。当然是用撒旦的口吻。或者又如约翰·斯图尔特·密尔所说的,"做痛苦的人,不做快乐的猪。"这是马丁最喜欢的语录之一。

马丁。我认为他已经不复存在了吗?不是,但他似乎有些变得……更加模糊、更加遥远。在他去世后的几个星期里,我常常和他说很多话,有时候是大声地说。我在吃早餐的时候阅读报纸,当读到一些会让他感兴趣或开心的新闻时,我会说,"听听这个"——然后我抬起头,看到了桌子另一边空空的椅子。但不管怎样,我还是会读出来,就好像他能够听到一样,无论他在哪里。而且,我还会在脑海里与他对话,有时也会大声说出来。当我为不得不做出某个决定而发愁时,比如关于钱或者房子修整,我就会问他该怎么做。我会说,"我是该把那笔钱作为一次性收入还是转存为年金呢?我要为重修屋顶做三个估算方案还是两个就够了呢?"以前这些事情一直是马丁处理的,我觉得用这种方法做决定是有用的,就像一个小孩与一位假想的朋友讨论他的问题一样。但是有一天,露西放学回家很早,她自己开门进到屋里,听见我在厨房里谈论保险续费的事情。她走进房间,忧心忡忡地看着我,因为她发现只有我独自一个人。从那以后,我就更加小心翼翼了。

对于马丁的死,我发现自己难以接受,真的难以接受的原因之一是他死得太突然,完全没有任何征兆。一分钟前他还在那里,但一分钟后他却离开了,感觉就好像他刚刚离开房间去办些小事,却没有回来。你一直在想,一定是什么地方出错了,他很快就会重新出现,然后微笑着道歉……

另一个原因是葬礼。马丁是一名不可知论者,他的父母是普通的英国国教徒,但并不经常去教堂做礼拜。他的妹妹乔安娜是一名激进的无神论者,从事家庭计划工作,她竭力反对我们让孩子接受洗礼并去天主教小学上学的做法。当我打电话告诉她马丁火化的时间和地点时,她严厉地对我说,"我希望你不要弄一个宗教仪式,马丁不会需要的。""嗯,不是天主教式的,如果你是这个意思的话。"我也同样严厉地回答道(我和乔安娜从来就不对付)。不管怎样,应该没有任何问题,因为我和孩子们不参加天主教活动已有好多年,而且我也没有与任何一位友好热情的牧师接触过,没有牧师可能会破例同意来主持葬礼。于是,我们决定举行一个只有家人到场的小型私人葬礼,然后再邀请他的朋友和同事来参加追悼会。但是,除了乔安娜,包括马丁的父母,更不用说我的父母,都认为这样一个完全世俗的葬礼会使我们内心感到不安,因此就安排了一个非常基本的基督教仪式,主持仪式的是由殡葬承办方推荐的一名牧师,但我们需要支付费用。当然,牧师根本不认识马丁,也没有打算在这样的场合掩饰自己厌倦和不耐烦的情绪,只是想赶快把仪式做完了事。虽然殡仪执事们待人礼貌、办事高效,但你还是可以留意到,他们对我们人数偏少和仪式过于简朴有着一种职业性的失望(来送葬的只有区区八人,其中一人明确表示不参加基督教仪式,我们没有安排吟诵赞美诗;我此前已要求不要花钱送花,可以把钱捐赠给医学研究)。那是十一月里一个阴暗潮湿的日子。火葬场看上去的样子简直就和它的作用一模一样,一幢乌黑的砖结构建筑,显得冷酷可怕;湿透的花圈和花束,套着塑料袋,布满前庭,以供送葬的人欣赏和估价,这些都是前面的葬礼用过后留下来的。虽然小教堂里非常之热,却显得阴郁沉闷,几乎没有任何可能会冒犯人的宗教装饰。葬礼仪式草率匆忙,牧师仓促地念着祈祷词,我们偶尔咕哝一声"阿门",然后他按下按钮,喇叭音乐响起,灵柩开始缓慢下降,就像一台老式的电影管风琴。露西失声恸哭,我用胳膊搂住她,安慰她,可我自己却什么都感觉不到。我只能通过让自己疏远来忍受这次可怕的经历,所以这场仪式对我的哀伤过程毫无任何帮助。

几个月后,马丁在英国广播公司的朋友为他在伦敦市的雷恩教堂举行了一场追悼会,我前去参加,抱着更大的希望,甚至是热切渴望。但是,令人大失所望,追悼会是一个神圣与亵渎相混杂的奇怪仪式:马丁最喜欢的现代爵士音乐在白色的墙壁和金色的爱奥尼亚式柱子之间回旋,同事们的回忆充满了只有他们圈内人才能领悟而我无法理解的笑话和影射,另外还播放了马丁获奖的关于污染和深海捕捞问题的纪录片片段,一位曾在马丁的"科芬园"节目中出现过的著名女高音歌手演唱了《万福玛利亚》……这是一场大型的集会,但在场的很多人我以前从未见过。之后,在附近一家酒吧楼上的房间里还有一个聚会,有几个人喝醉了,包括露西,她在回家的车上一直很不舒服……我并不认为这次仪式比葬礼更能有效地让我去面对和接受马丁死去的事实,或者说也不能让他的灵魂更加得到安息。

3月11日,周二　今天下午的讨论会很不错:阅读和讨论学生们题为《做只蝙蝠的感受是怎样的?》的写作练习。大家笑声不断,心情舒畅。我认为,对他们的指定练习进行公开的详细评论,大家就不会感到那么焦虑,那么敏感。真正的写作必然是一种自我暴露。它即使不带有明显的自传性质,也会间接地暴露出你的恐惧、欲望、幻想和优先选择。这就是为什么怀有敌意的评论总是如此伤人,如此难以摆脱。即使他们对你的书给出了错误的评论,你也想知道他们对你的解读是否正确。虽然学生们在讨论会上也都有同样的感受,但对于指定的写作练习来说其中的利害关系就要小得多。而且,这种模仿的写作元素也有助于他们能够更好地施展自身的文学才华——在他们自己的写作练习中,尝试着去写一些不会给他们带来风险的东西。重复似乎是值得的,所以我和学生们讲了色彩科学家玛丽的故事,说她是从黑白世界出来的,然后要求他们据此再写一篇类似的文章。只是这一次不会有任何的写作模板线索可循——我必须得有能力仅从写作风格上来确定他们的身份。(抱怨声)

我今天早上意外地在收音机中听到了拉尔夫·麦信哲的声音——某个大众科学杂志的节目。他正在接受有关"穿戴式电脑"话题的采访。虽然我是在讨论中途才打开收音机的,但据我所知,有人最近写了一本书,书中提到,未来电脑越变越小、越来越便宜,你可以很容易地把电脑戴在身上或植入身体中,由此来监控你的脉搏率、体温、血压、肌张力、血糖水平,等等,等等,任何能够从穿戴式电脑上读取信息的人都可以了解到你的想法和感受。这可行吗?有人问他。"嗯,这在技术上是可行的,"他说,"电脑芯片一直在变得越来越小、越来越强大,电脑更新的速度比历史上其他任何机器都要快。据计算,如果汽车在过去的三十年里能够与电脑发展的速度相同,那么今天不到一英镑就可以买下一辆劳斯莱斯车了,而且还可以用一加仑汽油行驶三百万英里……因此在不太远的将来,穿戴式电脑没有理由不变得更加便宜、更加实用。"但为什么说所有人都会乐意服从并接受在自己身上装配穿戴式电脑呢?又有人问他。"嗯,有一个建议是,家用电器会对信息做出反应并预测你的需求——当你下班回家筋疲力尽的时候,比如,'茶婆子'就会给你沏茶,电视就会给你自动播放轻松合适的节目,而不需要你自己动一根手指,"他说,"但是穿戴式电脑在某些情况下也会是强制性的。例如,假设当你的血压和脉搏率超过一定指标,穿戴式电脑就会触发你车里顶上的红灯。"像某种"路怒"测量仪?"正是如此。它就可以防止很多交通事故。是否戴这种设备有可能会成为能否持有驾驶证的一项条件。"但是这些穿戴式设备能否让我们也知道其他人实际在想什么呢?"不能,"拉尔夫说,"因为我们思想中的语义内容太复杂、太精细,以至于无法通过身体症状来识别。这项提议是建立在相对简单的行为主义心理学基础之上的。"

有趣的是,他自己对穿戴式设备却很不屑一顾。或许他的想法是不喜欢自己的拈花惹草在未来有被电子监控的可能——如果那样,卡丽只要看一眼一个像手表一样的小玩意,就可确切地知道他对晚宴上的另一个女人到底有多强的欲望。如果穿戴式设备是可行的,那么它们将会终结通奸的行为。

11

一、二,扣好我的鞋……现在是 3 月 12 日星期三,下午 5 点 30 分……我已经把"语音大师"打开,开始运行,它真的很棒,不仅可以直接记录口述的内容,而且我还能够将预录好的磁带通过线路直接转录成文字,这意味着我仍然可以使用那只老式的袖珍磁带录音机,在我喜欢的任何地方。我在口述的时候,正在从学校开车回家的路上,或者更确切地说,是被堵在 A435 公路上,前方有点交通堵塞,道路施工或交通事故……因此我没有必要星期天上午再去研究中心继续做实验,这样会大大改善我与卡丽的关系……而且无论如何那里似乎也不再是一个安全、隐秘的做实验的地方,因为上个星期天我正要离开的时候,遇见达格斯正走进大楼……我们同时透过玻璃门注意到了对方。我从里面向外走,而他正在外面刷卡开门……我们都很惊讶,互相对视着,就像两个窃贼在一幢空房子的楼梯上面对面地遇到了……他看上去有一丝慌张,毫无疑问,我也很慌乱,但当他把门打开的时候,我们恢复了镇静……你好,达格斯,我说,你星期天早上来这里做什么?"我经常在周末来这里赶我的工作,"他冷冷地说,"在这个地方唯一你确实能够获得一点安宁的时间是在周末。"我知道你的意思,我假惺惺地说道。"那你呢,麦信哲?"他说,"逃离家庭生活的乐趣?"你会知道些什么?我差点就要问他了。达格斯与寡母和未婚的妹妹一起住在一栋维多利亚式的方形红砖墙别墅里,这一带分布着几个毫无魅力可言的村子,他的别墅就在其中的一个村里。没有多少人应邀光顾过他的房子,当然我们也没去过,但是我有时会开车经过,你看到他的房子不会立刻联想到"乐趣"和"家庭生活"这样的词语。哦,不,只是取一些文件,我忘了带回家,我说着,拍了拍我正拿着的公文包。出于本能,我隐瞒了自己已在办公室待了一个小时的事实,或许是因为我想到他可能很早就来了而有些不安,只是我不知道他已在大楼里……他听到了我的低语声,便在我的办公室外停留……将他的耳朵贴在门上……不,他不会堕落到要那样做,但他总是给我一种毛骨悚然的感觉,达格斯,从我遇到他的第一天开始就这样,当时我来这个地方看一看,随后学校也对我进行了考察,他们让我从加利福尼亚飞来,我待了两天时间,见了老师和研究生,做了一个讲座,校长设宴……常规操作……我记得,介绍我们俩认识的时候,冷漠和反感的眼神从达格斯戴着的男学生气的圆框眼镜后面流露了出来……我立刻就明白他一定是校内申请这份工作的主要候选人,他也马上就明白我将获得这份工作……好吧,我理解他的感受,这种感受现在依然存在,在一定程度上,从科研记录看,他是出色的,比我的研究要窄一些,但更具原创性……但这项工作不仅仅是做研究,同样也是一项财务管理工作、一项领导工作和一项公共关系工作——它不仅需要智力,而且还需要魅力……达格斯具备的魅力与苦读书的青少年学生差不多……可怜的老达格斯……我很想知道他究竟在研究什么,如此有趣,以至于星期天上午还离不开,嗯?当然,我大体上知道,进化系统,可以教代理商如何使用系统,编写他们自己的使用说明书,可以这么说,因为这就是他在过去两年中所做的……但他是否已取得一个真正重大的突破……如果是,那可能会有巨大的商业潜力和理论意义……这对我的专业客观性可能会是一个考验,我不得不承认——如果达格斯凭借其轰动性的新发现登上新闻头条……对研究中心是有好处的,对中心保持精英研究机构的地位会起到决定性的作用,所以我应该感到高兴……但我能忍受这样的荣耀归他享有吗?假设他因此得到一个皇家学会会员的头衔……不,我想我无法忍受……我的天,只是想到要恭喜他,强迫自己把话说出来,虽然很想咬掉他的耳朵,还要与他握手,虽然很想卸掉他的胳膊……不,不行,皇家学会会员不能给达格斯,拜托……我自己已放弃,不打算争取这个……不是真的要放弃,可我知道他们怎么谈论我,"一个大众化的人,一个媒体名人,名下只有一本华而不实的书,没有任何原创研究……"这在一定程度上当然是出于嫉妒……不管怎样,认知科学研究领域极少有人成为会员……这个学科太模糊,或许与太多其他的学科相重叠,因而没有其自己的特征属性,它是数学,是哲学,或是心理学……还是工程学?所有这些实际上都相关,这就是它的魅力之所在,但是科学界却持有一种怀疑态度,认为它是一种杂学……很难想象一名认知科学家会获得诺贝尔奖……即使来日有人破解了意识的难题,他们会给他什么奖项?物理学?化学?生理学?它不适合任何学科门类……想知道怎么样,究竟怎么样,可以赢得一项诺贝尔奖……一定是像,表示成为神的那个词语叫什么来着……apotheosis(神化或尊奉为神),对的……突然之间你变得无懈可击,永生不死……当然不是字面上的意思,但你所取得的成就是死亡也不能从你身边夺走的……而且你在生活中无须再奋斗,随后取得的任何成就都只是一种意外收获,你的奖杯已经满得溢出来了……你对别人没有什么好害怕的……你已超越竞争对手……务必让达格斯成为皇家学会会员吧,让理学院的所有人都获得一个皇家学会会员的头衔吧……只有一个诺贝尔奖……你只需享受诺贝尔奖带给你的荣耀,诺贝尔奖的魅力会环绕着你,就像一个光环,无论你去哪里……知道自己是一名诺贝尔奖获得者,你每天晚上睡着时都在微笑,早晨开心地醒来,一下子不知道为什么,但随后马上就记起来了……在你以后生活中的每一天,第一个有意识的想法是……我获得了诺贝尔奖……我想知道真会是这样吗?还是诺贝尔奖获得者像我们其他人一样,仍然还不满足,仍然雄心勃勃,总是渴望有更多的发现,更多的荣誉,更大的名声?嗯,我永远也不会知道……甚至连成为皇家学会会员的实际感受是什么都不知道……或许我太热爱物质生活、女人、食物、酒……尤其是女人……真正的科学家只考虑他的科学,科学就是他的生活和呼吸,他每时每刻都不愿意被科学之外的事情所打扰……有一个故事,科学家的妻子敲响他书房的门……**妻子**:阿尔弗雷德,我们必须谈谈。**科学家**(从桌子上抬起头,皱眉):怎么了?**妻子**:我有一个情人,我要离开你,我要离婚。**科学家**:哦。(停顿)需要多长时间?如果你能想象一下达格斯结婚后的样子,那你就可以想象得到他会像那样做……如果他把他的意识流用"语音大师"口述转录音,那所有的内容都是遗传算法……算法以及对整个研究中心偶尔的抱怨,特别是对我……或者以图灵为例,一个真正伟大的智者,一个天才,改变了文明的进程,不管怎样反正是加速了文明的进程,别人迟早也会发明计算机的,但令人难以置信的是他走在了时代的前面……但是,他也是一个被扭曲的人,孤独、压抑,不幸的同性恋,最终在曼彻斯特一套凄凉的公寓里自杀身亡。如果我有机会让我重新活一次,无论是像图灵还是像拉尔夫·麦信哲,我都不会犹豫……如果有选择,我想知道,有人会选择成为一名同性恋者吗?并不是因为我害怕同性恋,我只是为他们感到遗憾。这是多么大的损失啊,发现不了女人身体的魅力,她们的身体曲线和她们的阴部,以及其他所有不同于男人的迷人之处……不断地贪求和自己一样的身体似乎……很无聊……那么,就让我们面对吧,成年男人的肛门不是一个美妙的东西……难怪尼古拉斯·贝克是独身主义者……

啊,很好,前面的车终于开始动了……有一盏蓝色的灯在那里闪烁,所以一定是一起交通事故……看上去像是在我抄近路去"马蹄铁"的那个十字路口……我吻了她……海伦……在其他人都回房子去后,我们俩留在浴池里聊天,更确切地说是讨论,实际上都是些很乏味的东西……这就是我喜欢她的地方,她不认为谈论严肃的话题是在装腔作势……直到最后卡丽叫我们进去喝茶,在我们上楼的时候,我吻了她……我抓住了一个机会,对于这种事情,我的本能通常是正确的,就像我当初在麻省理工学院的电梯里亲吻卡丽一样……我看得出来她玩得很开心,喜欢这个房子,酷爱热水浴池……她穿着泳衣的身体满足了所有的期望,趁着她抖去浴袍爬进浴池时,我抓紧时间快速地打量了她一番,可怜的卡丽羡慕地盯着她看,纤细的腰身,光滑的大腿……乳房有点下垂,稍微分开了些,但丰满结实……当她踏进浴池时,可以看得出胸前的双峰在跳跃起伏——很有弹性,不是棉花和乳胶……当她爬出浴池的时候,她的臀部尽收我眼底,非常好看的臀部,丰满但不摇晃……够丰满,在泳衣的勾勒下正好鼓鼓地分成月牙形的两瓣……事实上只是一点点布料,差不多只有一英寸宽,却妨碍了我直接看她的阴部……有趣的东西,泳衣,覆盖的区域那么少,可那又有什么关系……当你第一次看到一个女人裸体时,总是完全出人意料……有时是高兴,有时是失望……我不知道她是否有一天会裸着身体泡在浴池里,当然不是在家中,而是在只有成人参加的聚会上,就像过去在加利福尼亚,人们有时会那样……小口喝着高脚杯中的纳帕山谷仙粉黛葡萄酒,空气中弥漫着烧烤的气味,便携式立体声音响播放着拉格曲调的音乐……美好时光……卡丽在浴池里是不会裸体的,有孩子们在的时候……我想这很有道理,否则他们会尴尬得要死,不管怎样男孩子们会……现在我们都特别留意性虐待的问题,害怕给人留下任何怀疑的根据,也害怕将来造成虚假记忆综合征……而且埃米莉不是我的女儿,这也使事情变得复杂……尽管我不确定是否让她烦扰不安……大约在一年前,我看到了她的裸体,我走进家庭浴室,找东西,她正在洗澡,"哦！对不起！"我正好瞥见了她绷紧的青春期乳房,湿淋淋地散发出光亮,棕色的乳晕很大,尖突的乳头,我立刻转身,走了出去,透过门大喊道,"你洗澡的时候,请锁上门。"……后来她从浴室出来时,略显羞涩地朝我露齿一笑,"对不起,麦信哲。"……可她似乎并没有感到不安,但是,我很烦,因为我想操埃米莉……当然,我不会,那将是不可想象的,不,那恰恰是我正在做的,是可以想象的……没有什么性行为是不可想象的,无论多么邪恶或怪异,或者是还没有人想到过的……但我没有要做的意图,一点都没有……尽管一想到她那满脸粉刺、个子过分瘦长的男朋友格雷格,有这样的特权,令人几乎无法忍受……我也永远不会那么做……这是我们一直锁在思想的机密文件柜中的想法之一……试图撕碎它或烧毁它,或否认它的存在,都没有用,你只能隐藏它,远离你自己的视线,还有其他人的视线……这一点也不容易,当你惊吓到正在洗澡的、已到婚嫁年龄的继女的时候……

不管怎样,我怎么会把文件柜中这个特别抽屉的锁打开呢？海伦·里德,是的,我也想操她,这不仅仅是可以想象的,这想来也是可以做的,没有禁忌……我吻了她,她并没有拒绝……确切地说,她没有回应,但她也没有抗拒……这个星期真是亲吻偷情的好时光……昨天,我亲吻拥抱了玛丽安,居然是在英佰瑞超市的停车场……我在商店里买聚会用的酒,她独自一人在购买一周所需的生活用品,我们推着手推车在过道里迎面碰到了,在软饮料和斐利亚福克玉米片之间……我们聊了一会儿,很纯洁地,当我们准备分开时,我问她车停在哪里,她停顿了片刻,低声说道,"在玻璃瓶回收站旁边。"……我在手推车里装满了酒,在收银处付了钱,把推车推到停车场,然后把酒装进我的车里……天又黑又湿,蒙蒙细雨飘落在车上,窗户上起了一层雾。我坐在我的车里看着,直到她走了过来,推着她的手推车,里面的食物堆得高高的,她把食物放进沃尔沃车的后备厢,坐到驾驶座上,但没有发动引擎,也没有打开灯。玻璃瓶回收站旁的这个地方很不错,周围黑乎乎的,没有其他车停在附近。我走到车前,打开副驾驶座的门,上了车,她把座位往后调成一个倾斜的角度……我们抱在一起倒在座位上,一如既往地一声不吭,舌头伸进对方的嘴里,双手在彼此的衣服底下摸索……我在想,我们可以当场就在车里做,就像一个妓女耍她的鬼把戏那样,但是,突然听到玻璃碎裂的爆响声,有人向回收站里扔了一批玻璃瓶,把她吓了一跳,她立刻挣脱,转过身去,发动引擎……一句话也没说……她开始倒车……我不得不仓促地爬出车……她留下我一人站在玻璃瓶回收站旁,气喘吁吁,勃起的下身像扫帚柄……

哦,是的,一起严重的交通事故,一辆大众露营车翻了车,一辆名爵车躺在水沟里,警车,救护车……谢谢,警官……我要走了,就像美国佬说的……(录音停止)

索 引

A

阿克罗伊德（Ackroyd, Peter） 10, 221—224, 249—256, 258, 260—262, 323
 《阿尔比恩：英国文化想象的起源》(Albion: The Origins of the English Imagination, 2002) 221, 224, 251, 252, 255, 257
 《英国音乐》(English Music, 1992) 222, 249—252, 255, 256, 258—262
阿诺德（Arnold, Matthew） 19, 20, 28, 30, 32, 38, 84, 93, 94, 120—124, 131, 156, 165, 166, 352, 509
 《文化与无序》(Culture and Anarchy, 1869) 19, 20, 38, 94, 121, 123
 《文学与科学》("Literature and Science", 1882) 121
阿斯曼（Assmann, Jan） 344, 345, 518
艾肯（Aitken, Jonathan） 430
艾略特（Eliot, T. S.） 22, 28, 32, 38, 39, 44, 46, 61, 93, 94, 101, 124, 222, 248, 251, 252, 399, 400, 447, 455, 570
 《荒原》(The Waste Land, 1922) 22, 251
 《文化定义札记》(Notes Towards the Definition of Culture, 1948) 38, 124, 399
艾米斯（Amis, Kingsley） 8, 9, 55, 58—61, 63, 64, 69, 71, 72, 75, 76, 79, 111, 411, 513
 《幸运的吉姆》(Lucky Jim, 1954) 8, 9, 55, 59—61, 71, 72, 79, 513
安德森（Anderson, Benedict） 9, 15, 43, 47—50, 338, 342, 343, 419, 482
 《想象的共同体》(The Imagined Community, 1983) 47, 420
安宁（Anning, Mary） 325
盎格鲁—威尔士文学运动 398, 400
暗恐 239, 240, 243, 246, 516
奥茨（Oates, Carol Joyce） 293
奥登（Auden, W. H.） 95, 446
奥斯本（Osborne, John） 9, 56, 59, 61, 64—67, 69, 97, 99—102, 108, 111—113, 419, 519
 《愤怒的回顾》(Look Back in Anger, 1956) 9, 56, 59, 61, 62, 64, 65, 67, 97, 99—101, 105, 112, 519
奥威尔（Orwell, George） 57, 65, 171, 184, 186, 188—192, 208, 350, 510, 513
 《一九八四》(1984, 1949) 171, 184, 186, 188, 190—192, 208, 350, 510

B

巴巴（Bhabha, Homi） 9, 15, 43, 49—51, 82, 295, 482, 517, 533, 559, 590
 《民族与叙述》(Nation and Narration, 1990) 49
巴恩斯（Barnes, Julian） 8, 10, 221—227, 230—235, 520
 《福楼拜的鹦鹉》(Flaubert's Parrot, 1984) 223

索 引

《10 1/2 卷的人类史》(A History of the World in 10 ½ Chapters, 1989) 223

《英格兰,英格兰》(England, England, 1998) 222—225,227,233,235,520

巴什拉(Bachelard, Gaston) 102,510

拜厄特(Byatt, A. S.) 8,10,221—223, 236—239,242,243,245,248,251,321, 323,509,513

《心灵的激情》(Passions of the Mind, 1991) 248

《尤金尼娅蝴蝶》(Morpho Eugenia, 1994) 222,236—239,242,243

《占有》(Possession: A Romance, 1990) 323

班克斯(Banks, Iain) 193

《黄蜂工厂》(The Wasp Factory, 1984) 193

班扬(Bunyan, John) 22,250,256

《天路历程》(The Pilgrim's Progress, 1678) 22,259,260

鲍曼(Bauman, Zygmunt) 434,444,468, 469,471,476—478,515

鲍威尔(Powell, Enoch) 306,316

本特利(Bentley, Nick) 293

《重写英国特性》("Re-writing Englishness: Imagining the Nation in Julian Barnes's England, England and Zadie Smith's White Teeth", 2007) 293

标准化文明 21

贝克特(Beckett, Samuel) 111,426

波德莱尔(Baudelaire, Charles) 17,239, 411

《恶之花》(Les Fleurs du Mal, 1857) 239

波拉尼奥(Bolaño, Roberto) 193

伯克(Burke, Edmund) 313

伯吉斯(Burgess, Anthony) 171,192—194,196,198,199,201—203,205—208, 509

《发条橙》(Clockwork Orange, 1962) 171,192—196,199,203,205—208, 509

伯曼(Berman, Marshall) 289

勃朗特(Brontë, Emily) 310,312,323

《呼啸山庄》(Wuthering Heights, 1847) 310—312,315,316

布迪厄(Bourdieu, Pierre) 72,76

布莱克(Blake, William) 29,111,250, 256,294,416,444,509

《弥尔顿》(Milton: A Poem, 1804 - 1810) 29

布莱恩(Braine, John) 59,64,66,67,69

《往上爬》(Room at the Top, 1957) 59,64,67

布雷德伯里(Bradbury, Malcolm) 72,78

布洛赫(Bloch, Ernst) 350

D

大批量文明 21

《大学与左派评论》(Universities and Left Review) 63,65—67,69

大众文明 7,15—17,19—22,34,44,120, 123,128,481

戴维(Davie, Donald) 411

《哈代与英国诗歌》(Thomas Hardy and British Poetry, 1973) 411

道德 8,9,23,31,43,59,65,66,76,110, 121,124,127,147,151—153,172,179, 197,199,202—207,209,213,215,233, 236,281,299,305—311,313,315—317, 324,334—336,346,359,369—371,384, 388,389,391—393,430,433,440,443, 444,449,454,457,458,467,468,470, 472—477,518,543,544,549,564

道尔(Doyle, Conan) 250,260

道森(Dowson, Ernest Christopher) 254

德拉布尔(Drabble, Margaret) 68,269

德沃金(Dworkin, Dennis) 435

笛卡尔（Descartes, René） 210,212,523,550,603
笛福（Defoe, Daniel） 221,250
狄更斯（Dickens, Charles） 7,45—47,83,173,191,250,260,323,358,447
第二世界 11
丁尼生（Tennyson, Alfred） 254,416,447,464

E

恩莱特（Enright, Anne） 292

F

法农（Fanon, Frantz） 50
反文化运动 430
菲利普斯（Phillips, Caryl） 10,268,304—312,314—317
　《迷失的孩子》(*The Lost Child*, 2015) 305,310—312,314
费泰尔（Fertel, Randy） 160
费希（Fisher, Philip） 193
　《激烈情感》(*Vehement Passions*, 2002) 193
丰塞卡（Fonseca, Rubem） 193
弗洛伊德（Freud, Sigmund） 210,214,215,240,243,433,511,533
《福尔摩斯探案集》 260
福尔斯（Fowles, John） 10,221,322,323,325,327,328,336,519
　《法国中尉的女人》(*The French Lieutenant's Woman*, 1969) 322—325,327,328,332,333,335,510,519

G

盖德（Ged, Pope） 298
　《阅读伦敦郊区》(*Reading London's Suburbs: From Charles Dickens to Zadie Smith*, 2015) 298
高斯林（Gosling, Ray） 67
《梦中男孩》("Dream Boy", 1960) 67
戈尔丁（Golding, William） 9,10,71,171—176,178—184,193,322,336—339,341,344,345,348—350,447,517
　《继承者》(*The Inheritors*, 1955) 348
　《蝇王》(*Lord of the Flies*, 1954) 9,71,171—173,175,177—180,182,184,193,338—340,348,517
　《自由坠落》(*Free Fall*, 1959) 348
　《直至世界尽头》(*To the Ends of the Earth*, 1991) 336
戈斯（Gosse, Philip Henry） 325,326
　《脐：解开地质学难题的尝试》(*Omphalos: an Attempt to Untie the Geological Knot*, 1857) 326
共同体 8—11,15—17,20—24,26—31,35,37—43,47—50,56,64,69,84,85,98,100,102—104,106—108,110,113,129,130,153,155,176,184,186,192,197,203,206,208,221—223,236,241,246,249—252,254,255,263,269,270,279,304,336—341,344,348—350,397,398,405—407,409,410,415,419,423,426—429,431,434,435,440,441,443—445,449—453,456,457,459,464—473,475—479,481—483,514,515,519,590
古德曼（Goodman, Paul） 69
《观察家报》 29
《国家与小说古今谈》(*Nation and Novel: The English Novel from Its Origins to the Present Day*, 2006) 271

H

哈钦（Hutcheon, Linda） 321,322,324,351
豪斯曼（Housman, A. E.） 416
赫尔辛格（Helsinger, Elizabeth K.） 286,287

赫胥黎(Huxley, Aldous) 129,184,350,419,516
　《美丽新世界》(*Brave New World*, 1932) 184,350
赫胥黎(Huxley, Thomas) 120—122,124,326,352
黑格尔(Hegel, Georg Wilhelm Friedrich) 104,212,384
怀特(White, Hayden) 353
霍加特(Hoggart, Richard) 56,70,112

J

吉卜林(Kipling, Rudyard) 241,244
　《花园的光辉岁月》(*The Glory of the Garden*, 1911) 241,244
加缪(Camus, Albert) 111

K

卡尔(Karl, Frederick R.) 429,440
卡夫卡(Kafka, Franz) 239,244
　《变形记》(*The Metamorphosis*, 1915) 239,244,423
卡莱尔(Carlyle, Thomas) 3,32,62,117,123,140,141,143,281,463,465,516
　《过去与现在》(*Past and Present*, 1843) 3
卡罗尔(Carroll, Lewis) 250,260
卡森(Carson, Ciaran) 426,427
凯里(Carey, Peter) 323
　《杰克·麦格斯》(*Jack Maggs*, 1998) 323
考夫曼(Kaufman, Walter Arnold) 69
考利(Colley, Linda) 52
科尔斯(Colls, Robert) 221,224
　《英格兰的身份》(*The Identity of England*, 2002) 221,224
柯勒律治(Coleridge, Samuel Taylor) 32,123,125,137,416,481
　《论教会与国家的体制》("On the Constitution of the Church and State", 1976) 123
柯辛斯基(Kosinski, Jerzy) 193
　《涂漆的鸟》(*Painted Bird*, 1965) 193
可知共同体 42,47,482
克尔凯廓尔(Kierkegaard, Soren Aabye) 111
库雷西(Kureishi, Hanif) 280
　《郊野佛陀》(*The Buddha of Suburbia*, 1990) 280

L

拉金(Larkin, Philip) 10,59,75,267,397,410—413,415—421,423,511,514,516,517
　《北方船》(*The North Ship*, 1945) 410
　《高窗》(*High Windows*, 1974) 410,411
　《较少受骗者》(*The Less Deceived*, 1955) 410,413
　《降灵节婚礼》(*The Whitsun Weddings*, 1964) 410,420
　《诗选》(*XX Poems*, 1951) 410
莱西(Lacey, Nick) 176,177
　《叙事与文类》(*Narrative and Genre*, 2000) 176
莱辛(Lessing, Doris) 9,71,111,112,397,429—440
　《最甜美的梦》(*The Sweetest Dream*, 2001) 429—431
赖尔(Lyell, Charles) 325,326
　《地质学原理》(*Principles of Geology*, 1830) 325
朗福德(Langford, Paul) 221,224,337
　《鉴别英格兰特性》(*Englishness Identified*, 2000) 224
勒代特派(Luddites) 125,135,150
里斯(Rhys, Jean) 323

《藻海无边》(Wild Sargasso Sea, 1966) 323

理查逊 (Richardson, Samuel) 250

历史编纂元小说 322,324,351

利维斯 (Leavis, F. R.) 7—9,15—36, 38,42—45,47,64,93,94,117—120, 122—126,128—130,135,147,148,481, 514

 《大众文明与少数人文化》(Mass Civilization and Minority Culture, 1930) 16,17,20,21,120,123

 《教育与大学》(Education and the University, 1943) 24

 《勒代特分子？或者说，只有一种文化》("Luddites？Or, There is Only One Culture", 1966) 129

 《两种文化？论 C. P. 斯诺之意义》("Two Cultures？The Significance of C. P. Snow", 1962) 119,135

《利维斯主义的隐蔽网络》("The Hidden Network of Leavisites", 1962) 29

列文 (Levine, George) 122,221

刘易斯 (Lewis, C. S.) 443,454,456—467,510,570,580

 《纳尼亚传奇》(The Chronicles of Narnia, 1950 - 1956) 10,443, 445,454,456,457,465,467

 《人之废》(The Abolition of Man, 1943) 457,460

卢梭 (Rousseau, Jean-Jacques) 207,209, 210,213,514

鲁特 (Root, Christina) 157

略萨 (Llosa, Mario Vargas) 193

伦理 37,76,105,151—153,179,196,206, 209,210,214,283,305,307,308,310, 317,336,365—367,369—372,375—383,386,388—391,393,430,433,440, 450,457,477,515,517,518

罗琳 (Rowling, J. K.) 444,454,467—478,512,513

《哈利·波特》(Harry Potter, 1997 - 2007) 10,443,445,454,467—478

罗斯纳 (Rosner, Victoria) 438

洛奇 (Lodge, David) 7—9,117,118, 130,131,139—141,144—148,150,151, 153,154,216,288,392,510,511,514, 516,521

 《好工作》(Nice Work, 1988) 7,8, 117,130,131,138—141,145,154, 511

 《想……》(Thinks …, 2001) 7, 117,130,131,138—140,146,147, 151,154,521

M

马克思主义 6,45,57,68,70,185,433, 435,481,511,539

麦克尤恩 (McEwan, Ian) 7—9,117, 130,131,155—159,163,165,167,365, 366,368—372,377,382—384,388, 390—393,513,516,518

 《时间中的孩子》(The Child in Time, 1987) 365—371,383,518

 《赎罪》(Atonement, 2001) 365,383, 384,390,391,393,518

 《星期六》(Saturday, 2005) 7,117, 130,131,155—160,163,167,518

马尔库塞 (Marcuse, Herbert) 68,433

民族良心 10,192,395,397,403,405,425, 481

民族性 15,45—49,52,86,262,303,398, 405—407,415,482

民族主义运动 4,6,436,481,483

N

奈保尔 (Naipaul, V. S.) 8,10,268—279,515,516,518

 《毕司沃斯先生的房子》(A House for Mr Biswas, 1961) 269

《自由国度》(In a Free State, 1971) 269
《大河湾》(A Bend in the River, 1979) 269,278
《抵达之谜》(The Enigma of Arrival, 1987) 10,268—274,276,278,279,516
《半生》(Half a Life, 2001) 269

P

庞德(Pound, Ezra) 44,46
普通读者 23,288,517

Q

齐泽克(Zizek, Slavoj) 207
奇幻小说(fantasy) 453,456,465
情感结构 30,42,108,520
趣味 16,22—24,72,232,251,322,347,348,547

S

萨义德(Said, Edward) 482
少数人文化 7,9,15—21,30—34,42,44,84,120,123,128
深度共同体 84,184,254,483,518
桑塔格(Sontag, Susan) 269
生活方式 9,24,30,31,35—39,64,76,77,79,108,123—125,289,329,331,336,411,435,443,444,447,463,465,468,476,478,514
石黑一雄(Ishiguro, Kazuo) 9,10,171,208—211,217,268,280,283,284,321,515,516
  《长日留痕》(The Remains of the Day, 1989) 10,268,279—282,284—287,289,291,321,515
  《上海孤儿》(When We Were Orphans, 2000) 321
  《永远不要弃我而去》(Never Let Me Go, 2005) 171,208,209,212
史密斯(Smith, Zadie) 10,268,292—294,298,299,303,519
  《白牙》(White Teeth, 2000) 292,293,299,303
  《西北》(Northwest, 2012) 10,268,292—294,298—300,303,519
斯宾格勒(Spengler, Oswald) 6
斯密(Smith, Adam) 204,518
  《论道德情感》(Moral Sentiments, 1759) 204
斯诺(Snow, C. P.) 7,9,25,45,117—120,122—138,146—148,150,152,154—156,159,160,163,167,352,481,510
  《院长》(The Masters, 1951) 7,117,130,132—136,138,147,154,510
  《新人》(The New Men, 1954) 7,117,130
  《两种文化》(The Two Cultures, 1959) 25,119,126,127,130,133—135,137,138,146,147,152,159,167,510
斯威夫特(Swift, Graham) 8,10,222,322,323,350,352,356—358,361,512
  《水之乡》(Waterland, 1983) 322,350—361,512
  《自此以后》(Ever After, 1992) 323

T

滕尼斯(Tönnies, Ferdinand) 28,102,104,109,431,444,449,450,469,471—476,478,511
  《共同体与社会》(Community and Society, 1957) 431,469,471,473,475,511
童明 238—240,246,516
团结观念 38,40,41
托尔金(Tolkien, J. R. R.) 443—456,458—460,465,509,512,514

《魔戒》(The Lord of the Rings, 1937－1949) 10,443－456,458, 513
托马斯(Thomas, R. S.) 10,397－410, 418,420,426,515,516,562,589
陀思妥耶夫斯基(Dostoyevsky, Fyodor Mikhailovich) 239
《地下室手记》(Notes from Underground, 1864) 239

W

王宁 16,51,517
韦伯(Weber, Alfred) 6,52
《别了，欧洲历史》(Farewell to European History or the Conquest of Nihilism, 1947) 6
卫星文化 397,399,401,410
威尔士民族主义 398
威尔士的良心 403
威廉斯(Williams, Raymond) 7,9,15, 16,20,27,30－37,39－42,45－47,56, 63－65,69,70,83,92,112,153,154, 241,254,435,444,477,478,481,482, 520
  《现代主义和当代小说》(Realism and Contemporary Novel, 1958) 63, 64
  《文化与社会》(Culture and Society 1780-1950, 1958) 16,20,31,42, 45,64,65,477,513
  《长期的革命》(The Long Revolution, 1962) 42
  《英国小说：从狄更斯到劳伦斯》(The English Novel from Dickens to Lawrence, 1970) 45
文化差异 9,15,51,52,476,482
文学文化 7,25,119,120,125,128,129, 137,221,482
文学语言 42,49,415,482
吴尔夫(Woolf, Virginia) 288,392,511,
517
乌托邦 9,28,57,80,98,106,139,145, 154,169,171－174,176,183－188, 190－192,194,195,205－210,217,218, 233,317,338,340,348－350,443,451, 457,465,511,515,517,529

X

希尼(Heaney, Seamus) 8,10,397,411, 423－429,515,517
仙境 443,453,456－460,462－465,467
想象的共同体 9,47－49,52,241,482
享乐主义 6,481
消费主义 6,403,481
新维多利亚主义 322
新英国特性 8,9,15,43,52,273,294－296,482
心智培育 32,132,136－138,192,481
心智成熟的民众 15,17,21,22,26,27,84, 514
新左派 55－57,60,63－70,112,203,431, 435,436,440,517,519,520

Y

摇摆的60年代 429－431,439
遗产工业 280
伊格尔顿(Eagleton, Terry) 30,39,123, 124,171,172,195,206,482,516
  《文化的观念》(The Idea of Culture, 2000) 39,123,482,516
移民风潮 6,481
移情 382－384,386－393
殷企平 19,30,38,84,117,123,141,143, 165,184,236,239,252,360,444,449, 450,463,464,481－483,518
英格兰特性 7,8,43,44,46,72,221,222, 224,227,229,230,234,235,238,267, 271,407,410－413,415,417,445,446
英国特性 7,8,10,43,44,46,49,51,52,

112,221,223,249,258,265,267,268,270—276,278—280,283—285,287,291—293,295,296,298—300,302,303,305,316,339,418,435,483

英联邦 4—6,43,316,445

愿景 8,10,38,56,98,132,136—138,153,155,171,183,184,186,192,248,249,270,303,317,443,444,450—452,457,468,477,478,481,483

Z

杂交性 9,15,482

詹姆逊（Jameson, Fredric） 183,185,232,511

《未来考古学》（*Archaeology of the Future*, 2005） 185

秩序 70,73,87,91,96,113,132,158,189,201,206,238,248,270,271,273,291,308,336,338,340—347,349,384,385,388,446,453,457,459,461,465,466,473

资产阶级文化 7,15,36—38,45

周珏良 16

转型焦虑 7,9,15,115,117,126,130,209,450,451,482